国家社科基金
GUOJIA SHEKE JIJIN HOUQI ZIZHU XIANGMU
后期资助项目

宋代地域文学研究

The Study on Regional Literature in Song Dynasty

杨万里 著

上海古籍出版社

2013年国家社科基金后期资助项目13FZW012

国家社科基金后期资助项目
出版说明

后期资助项目是国家社科基金设立的一类重要项目,旨在鼓励广大社科研究者潜心治学,支持基础研究多出优秀成果。它是经过严格评审,从接近完成的科研成果中遴选立项的。为扩大后期资助项目的影响,更好地推动学术发展,促进成果转化,全国哲学社会科学工作办公室按照"统一设计、统一标识、统一版式、形成系列"的总体要求,组织出版国家社科基金后期资助项目成果。

全国哲学社会科学工作办公室

目　　录

第一章　导　　论

引　　言

在历史学的研究领域,研究者本能地将大多精力放在时间维度上。自二十世纪九十年代后期,在我国学界出现了历史研究要加强空间维度思考的呼声。[1] 何故? 文化的发展过程,从空间维度视之,其实就是文化在某一地域空间的展开过程,地域文化研究因此进入一部分研究者的视野。而地域文学作为地域文化的重要组成部分,理所当然地受到了学者们的关注。地域文化对地域文学创作的影响是实实在在的,并非出于悬想。陆游《渭南文集》卷三十二《曾文清公墓志铭》载:“(曾几)未冠,从兄官郓州(今山东东平),补试州学为第一。教授孙勰亦赣人,异时读诸生程试,意不满辄曰‘吾江西人属文不尔’,诸生初未谕。及是,持公所试文,矜语诸生曰:‘吾江西人之文也。’乃皆大服。”地域文化的认同对文学创作的影响,此即一显例。这是笔者提出“宋代地域文学研究”课题的学术考量之一。

另外,本课题的提出还基于如下学术思考:任何历史时期的文学主流,都由其源远流长的“预流”发展而成,而地域文学即是众多文学“预流”之一。正如程民生教授所指出的那样:“宋代古文运动的发展过程,在很大程度上是文风地域流变的过程。”[2]“文风地域流变”正是地域文学研究的重要内容。宋代朱弁在《曲洧旧闻》卷三中说:“(予)闲居洧上,所与游者,皆洛、许故族大家子弟,颇皆好古文。”北宋时,古文与儒学紧密相连,而许、洛之地

---

① 见唐晓峰《社会历史研究的地理视角》、李孝聪《传统文化与地域空间》、赵世瑜《从空间观察人文与地理学的人文关怀》等文章。《读书》1997 年第 5 期。

② 程民生《宋代地域文化》,河南大学出版社 1997 年版,第 354 页。

多文化世族,他们是儒学(后来发展为理学)的承载主体之一,故在文学趣味上必然"好古文"。北宋古文运动的发动者欧阳修等人,就是在洛阳完成文学思想转变的。① 又如北宋时"蜀中士子,旧好古文,不事举业"。② 当时官场的应用文体是骈文,科举文体也以骈文为主,而蜀地因长期自成王国,与中原隔离,罕事举业;其士子多习《左传》《战国策》,故文风深受此两书的影响。苏洵父子三人到京城,正好碰上欧阳修利用知贡举的机会痛惩太学体,遂大肆揄扬"三苏"文章,地域文学趣味转换成主流文学趣味,北宋文风由此成功转变(此前是渐变)。可见,在揭示中国文学发展的内在逻辑方面,地域文学是一个极佳的研究角度和切入口。

研究地域文学对深化中国文学史研究具有极其重要的意义,理应受到古典文学研究者的重视。本书"宋代地域文学研究"的立足点,即在地域文化与文学创作之间诸端问题的探讨,尤其关注二者之间复杂而丰富的互动关系,特别是深入到文学发展史的细节。西方有谚曰:"魔鬼藏在细节中。"以本课题而论,所谓魔鬼者,文学史发展规律之谓也;所谓细节者,地域文学也。

第一节 "地域文学研究"解题

1. 三层含义

"地域文学研究"大概可以有三层含义:一是研究某区域的景观(含自然景观与历史文化景观两类)与文学创作的关系;二是研究某区域历史文化传统对当地文学创作的影响;三是从中心文化与区域文化、区域文化之间的交流和影响的角度,研究地域文学的发生、发展。

此三个层面的研究侧重点各不相同。大致而言,对宋代以前的地域文学的研究,必然要以景观与文学创作之间的关系为侧重点。当然,不是说唐代及唐代以前就没有地域文化整合、地域文学交流,零星的事实是有的,如唐长孺《论南朝文学的北传》③、李浩《唐代三大地域文学士族研究》④、杜晓勤《地域文化的整合和盛唐诗歌的艺术精神》⑤等论著所揭示的那样,但这

---

① 王水照《北宋洛阳文人集团与地域环境的关系》,《文学遗产》1994 年第 3 期。刘磊《北宋洛阳钱幕文人集团与诗文革新》,陕西师范大学 2000 年硕士论文。
② 江少虞《宋朝事实类苑》卷 57《张乖崖》。上海古籍出版社 1981 年版。
③ 《武汉大学学报》(哲学社会科学版),1993 年第 6 期。
④ 李浩《唐代三大地域文学士族研究》,中华书局 2002 年版。
⑤ 杜晓勤《地域文化的整合和盛唐诗歌的艺术精神》,《文学评论》1999 年第 4 期。

些研究重在揭示一代文学的某些特质的成因,还不是地域文学研究的要义。程千帆先生在《文论十笺》中所指出的:"中国文学的方舆色彩,细析之则有先天后天之分。先天者,原乎自然地理;后天者,原乎人文地理。古则异多同少,异中见同;今则同多异少,同中见异。"①千帆先生的论断值得深入分析。自然地理亘古不变,可变者是人文地理,依程千帆先生的表述,"异多同少"、"同多异少"的意思只能是:古代时自然地理和人文地理相差都很大,中国文学的地域色彩差异性很多;后来则是自然地理相差依然很大,但人文地理相差不大,中国文学的地域色彩相似性很多。显然,依此逻辑,决定文学地域特征(方舆色彩)的,不是自然地理,而是人文地理。这是本课题将重点放在上述"研究三层面"的第二、第三层面的原因之一。

程千帆先生所指的"古今",时间段划在何处较合适? 没有明确。戴伟华《地域文化与唐代诗歌》一书中指出:"地域文化与中国文学的研究历程,举其要者而言,唐代以前则侧重于上古的交通不便及诸侯国的各自为政,中古则侧重于南北分裂时期的文风差异和交流;唐代以后则侧重于文士自觉分派传承而形成的区域或学派的文化传统和文学传统以及各自的地域性特色。"②最后一句话有些冗长拗口,但整段话的基本意思还是很清楚:唐以前与唐以后的地域文学研究,其侧重点是有明显区别的。戴书是以自然景观与文学创作之间的关系为侧重点进行研究的成功例子。不过,唐代文学是否已经"文士自觉分派传承"? 并进而形成"各自的地域性特色"? 此其疑义。

我认为把宋代作为地域文学"古今"之界较合理。也就是说,宋代开始,才有明确的"文士自觉分派传承",并进而形成"各自的地域性特色"。理由有如下数端:

从教化角度而言,虽然儒家"九经"在唐代时已确立它在思想和意识形态领域的统治地位,又通过科举考试这一有效形式,使之贯彻到全国,从此知识分子的思想有了一个共同的现实依据。但是,当时科举考试只是少数人的权利,每三年录取的进士人数相当少,这些都限制了儒家文化在民众中的普及。宋朝科举录取人数远超唐代,更重要的是,庆历以后全国兴学,崇宁年间全国普及乡县州三级公立学校教育体系,大大普及儒家文化在民众

---

① 程千帆《文论十笺》,黑龙江人民出版社 1983 年版,第 125 页。程千帆先生在该文中接着说:文学的地域色彩后来发展到"同多异少",是由于:"文明日启,交通日繁,则其区别亦渐泯。"按,文学地域色彩差别的"泯灭",发生在何时? 程先生没说,但依我们的研究,这种"泯灭"从未发生过。

② 戴伟华《地域文化与唐代诗歌》,中华书局 2006 年版,第 24 页。

中的影响力。这些,都是地域文化在宋代高涨的根本原因。

从思想史角度而言,以儒道释三教合一的中国文化的底色在唐代已经定型。以后的新思想,只不过是底色上的微调罢了。自宋代起,学统、文统的继承与发扬成为文化发展的主要动力和形式。宋代学术上的蜀学、洛学、关学、闽学等,之所以以地域为名,是从其学派的代表性人物的籍贯而来,其思想的产生、流布与该地地域文化有某种对应的关系,同时,也在该地域首先传播开来。所以说,对唐以后地域文化的研究,主要侧重点应放到文化交流与地域文化的空间扩展上来,即:地域文化在中心文化的影响下如何兴起,以及它与周边地域文化的交流等等。

从文学创作角度而言,在唐代,"文学——自然"对应的创作模式到达顶峰,同时也盛极难继,接下来进入"人——人"对应的创作模式新时代,人与社会的关系日益成为文学表现的主要题材。与之相应,文体也出现新变,在传统文体如诗歌、散文中,自然景观在其中的表现很难有艺术上的突破,代之而起的是文人情趣、文化品格日益成为诗文表现的内容;同时,社会转型(城市生活的崛起)也呼唤着新文体的产生,如传奇、词曲、戏剧、小说等文体的兴起,并日益为人们所喜爱。而这些新文体的兴起,如北宋初真定府的散乐,北宋中期泽州孔三传的诸宫调等,首先是与某地域的大众文化心理及审美方式密切相关,与自然景观的关系就不那么紧密了。总体上看,从宋代起,中国文学最终摆脱了自然的束缚,走进了世俗人生,地域景观对文学特征的制约已经不起关键作用,代之而起的是地域文化之间、地域文化与中心文化的互动影响问题,这就是"同中见异"。

文学史上常见的现象是"复古以通变",复古只不过是一时的模仿,并不能代表文学艺术上的新高度。从这个角度说,自北宋起,所有的诗学上主张回归唐代的看法,都不具备文化史上的实质意义。"江西诗派"为什么能取代唐诗? 因为"人——自然"对应的创作模式已经在唐代终结了。① 所以本课题中,将宋代列为文学上"古今"的分界点。

将宋代列为文学上"古今"的分界点,最直接的根据还在于:宋人较之

---

① 鲁迅的名言:"我以为一切好诗在唐代都做完了。"正应从这个角度去理解。宋诗则开启了诗歌的另一种美学风格,与唐诗大异其趣。鲁迅说这句话的背景是清末民初宋诗派大行其道的诗坛现状,而这些遗老遗少又是鲁迅所深恶的。正如要深入理解王国维的《人间词话》,就必须放当时词坛盛行"梦窗体"的现状中去,王国维对晚清词坛宗梦窗体也是深恶痛绝的。顺便提到,"江西诗派"所擅长和承载的士大夫文化精神,直到清末才真正终结。当士大夫文化精神一旦终结,"江西诗派"也真正走到了尽头,中国文学也走进了现代文学的阶段。

唐人,其地域文化意识的自觉性大大加强。① 有人统计过宋代地方志的数量,远多于唐人。在宋人近 300 部 3 600 多卷的地理志中,绝大多数为方志一类,约为 240 部左右,占全部宋人地理志部数的 80%。宋代方志这种由总志分离出来的趋势,正是宋人地域意识增强和宋代地域文化发达的突出表现。②

宋代地志大大增加了当地人文信息的记载,特别是文学信息大为丰富。其原因一是地方人文积累,二是宋代重文,文人地位高。在这两大因素合力作用下,地志中大大增加文学信息是很自然的事情了。反过来说,这种地域文化的自觉,刺激了地域文学的自觉。顺便指出:就诗文词而言,元明清文学在文学精神明显继承南宋文学而来,其原因之一是:两者产生在大致相同地域,而地域文化的稳定性则是决定两者内在精神一脉相承的重要因素。这些,都是研究地域文学给我们带来的启示。

2. “地域”的定义

关于文学地域的界定,有的学者进行过深入思考,如王祥教授就曾指出:地域是一个空间的、文化的概念,因此必须具有相对明确而稳定的空间形态和文化形态;地域是一个历史的概念,因而涉及时间和传统;地域是一个比较性的概念,因此必定要有某种可资比较的参照物或参照系;地域又是一个立体的概念,自然地理或自然经济地理之类可能是其最外在最表层的东西,再深一层如风俗习惯、礼仪制度等,而处于核心的、深层(内在)的则是心理、价值观念。③ 这里提到的有些问题似乎可以放在“文化”中去讨论和关注。对“地域”概念如此周密设计,似在提示我们,在进行地域文学研究时,地域本身可关注的文化内涵是很丰富的,不可等闲视之。不过,这些提法将“地域”加上了诸多限定之后,带来了实践中难以操作的问题。如按照

---

① 郝若贝(Robert Hartwell)和韩明士(Robert P. Hymes)等学者的“地方史”研究成果显示:由北宋到南宋有一种“地方化”(localized)的转变。这是西方近二十余年宋史领域中影响颇著的“变革”理论。尽管学者对于是否真有“地方化”,或此一“地方化”的实际历史意义尚有争议,大体上仍承认南宋有一个愈来愈庞大的地方士人群体(精英阶层),以及愈来愈大量与地方相关的记载(陈雯怡:《“吾婺文献之懿”:元代一个乡里传统的建构及其意义》,2009 年《新史学》第 20 卷第 2 期)。包弼德(Peter K. Bol)同意郝若贝与韩明士关于南宋与北宋之间“地方转向”的描述,但他检视地方士人对地方现象诸多类型的“地方性书写活动”时,提出了“士人社群”概念,并以“地方与国家”这组视角置换郝、韩二人的“社会与国家”二元对立视角(李卓颖《地方性与跨地方性:从“子游传统”之论述与实践看苏州在地方文化与理学之竞合》,2011 年《“中央研究院”历史语言研究所集刊》第 82 本第 2 分册,第 326 页)。

② 王祥《宋代江南路文学研究》,复旦大学 2004 年博士论文。第 20 页。

③ 王祥《试论地域、地域文化与文学》,《社会科学辑刊》2004 年第 4 期。

王祥的说法,我们就很难找到合适的"地域"标准。在具体的学术实践中,恐不必如此拘谨。自宋至今,我国省级区划大体保持相对稳定性,所以,很多研究者自然地将"州"或"路"或"省"作为地域文学史的承载体,自有其合理性。这些"州"或"路"或"省"在其划分之始,就已兼顾自然地貌因素和历史传统因素,长期以来,它们各自形成了相对明确而稳定的空间形态和文化形态,特别是写地方文学史,似乎很难找到比省、州等更合适的地域概念。求之过深,反增晦涩。

本课题中,"地域"概念的范围重点放在州(府)一层级,但那些因长期密切的文化交流而形成的"区域文化体",也是我们重点考察的对象,如许洛、浙东、闽北、蜀中、赣南等地域。① 当然,在论述时,我将以该地域内文学最发达的州作为重点,以免泛泛而谈,如论浙东地域文学时,就以温州、台州为重点,既突出重点,也留下余地,为今后作进一步拓展研究提供一个开放性的地域空间。在时间段的选择上,本书也有严格的限定,某地的地域文学不总是在整个宋代都突出,所以,本书专取那些在宋代文学史上产生过重要影响的、地域文学高峰时段进行探讨。总而言之,本课题是以某时段、某特定区域产生过重要影响的文学现象为研究对象。

需要指出的是,"宋代地域文学研究"与"地域文学史"相比,它们各自的学术目标和取径有别。从形式上,本书不是"史"的研究,而是系列"文学交流影响史"个案的研究;本书不以地方文学史的建构为学术目标,而是以某一阶段某地域文学展开的具体过程为重点,重点放在还原历史上。当然,他们的联系也是显然易见的。论者以为:"地域文学史首要关注的,是有关文学活动和文学现象中所铭刻浸染着的地域印痕,而其普遍性的意义指向,也往往需要借助地域性特征去作表达。文学的地域性特征通常是以它那独特的文化功用和美学价值为标志,这主要包括作品里所描述的地域自然背景、社会历史文化传统、人文习俗等内容与表层显露的审美风貌、深层贯通的艺术精神。"② 这里提到的诸多学术指向,也是本课题需要关注的。

---

① 近读张伟然《中古文学的地理意象》一书(中华书局 2016 年版),对其中所论"文化感知"、"地理感知"诸概念深表赞同,因为这些概念与我提出的"区域文化体"概念意思大致相同。张著谓:"做过了湖南的历史文化地理研究之后,笔者对政区与文化区的关系有了一个全新的理解——长期稳定的政区,往往就是某种文化区的间接表现。因此,考虑综合性的文化区划,完全可以从政区设置入手。"(张著《前言》第7页)。笔者关注地域文化、地域文学多年,深感此说实得我心。

② 乔力、武卫华《论地域文学史学的学术源流与学理观念》,《清华大学学报》(哲学社会科学版)2006 年第 6 期。

3. 作家作品的取舍

这个问题很复杂，但必须理清楚。事实上，现代地域文学研究，就是从作家占籍考起步的，这从一个侧面说明了作家籍贯问题在地域文学研究中的基础性定位。

哪些人该纳入研究对象？土生土长的本籍作家没有疑问，问题是那些生长地与籍贯不一致的作者，具体情况将会很复杂。如苏轼之子苏过，依籍贯论他是蜀人，但不在蜀地生长；吕祖谦籍贯北方，但在金华长大；张镃籍贯西秦，但无疑只能算杭州人；周必大籍贯北方，但他自小就在庐陵长大，在研究地域文学时，他们列入生长地作家应无疑义。因此，本籍作家的界定，应严格限制以生长地为断（占籍），不完全以籍贯而论。依此道理，长期寄居本地的作家，虽是寄籍，但从占籍角度来说，他们也应归入当地地域文学研究的对象。

从总体上看，传统文化是一种官僚文化。古代官僚大多兼作家身份，宋代尤然。他们为官一方，往往也是当地文学创作的倡导者和引领者，成了当地文学传统的构成因素之一。欧阳修、苏轼等人身上表现得特别明显。所以，这类作家在当地的创作也应归入本地地域文学研究的对象。当然，这并不影响欧、苏成为各自家乡地域文学传统的重要组成部分。欧阳修是对许洛地域文学创作有深刻影响的“域外作家”，在许洛地域文学研究中，他的创作自然被重点关注；但在庐陵地域文学研究中，他也是重要研究对象。欧阳修的后代居颍州，因此不成为庐陵地域文学研究的对象。类似情况依此例推。

作家取舍标准既定，则作品归属随之，将它们纳入研究对象自不难理解。然而，有些特殊情况需另加说明。有些拟想之作，如唐代诸多送人往天台的诗歌（见《天台集》《赤城集》），作者本人未必亲临天台山，但这些作品至少可以看作是天台山地域文化影响下的结果，自然也应列入研究对象，特别是谈地域文化传统时，它们就是传统的一部分。还有一些无名氏之作，描写特定地域很成功，不能因无法确定作者籍贯而置之度外，如水浒故事系列作品，多以山东为地域空间而展开，把它们置于山东文学研究的视域之外是不合理的①。当然，像《西游记》《鲁滨逊漂流记》等作品，则无法从地域文学角度来研究。地域文学研究跟其他所有文学理论一样，都有其局限性，它只能提供一种理解文学的视角，不能解释作品的所有方面。

---

① 武卫华、乔力《论地域文学史学的架构基础与范畴界定》，《江苏社会科学》2006年第6期。

第二节 "地域文学研究"学术史探源

地域文学研究其学术思想的源头,其实可以追溯到我国古已有之的"观乐知政"和采风传统①。观乐也好,采风也好,虽其目的在于知政教之得失,但客观上提供了一种以"地域"来考察艺术的视角,对此后的诗论、文论影响深远。

自汉代起,食货志、地理志中对各地社会风俗的总结多了起来,这其间涉及对文学(自然是广义上的"文学")的看法,如班固《汉书·地理志》中有一段经典的论述:

> 故秦地于《禹贡》时,跨雍、梁二州,《诗·风》兼秦、豳两国。昔后稷封斄,公刘处豳,大王徙邠,文王作酆,武王治镐。其民有先王遗风,好稼穑,务本业,故《豳》诗言农桑衣食之本甚备……天水、陇西山多林木,民以板为室屋,及安定、北地、上郡、西河,皆迫近戎狄,修习战备,高上(尚)气力,以射猎为先。故《秦》诗曰:"在其板屋。"又曰:"王于兴师,修我甲兵。与子偕行。"及《车辚》《四载》《小戎》之篇,皆言车马田狩之事。

可以看出,至迟在班固时代,人们已经觉察到了不同地域的社会生活方式对当地文学创作的影响,并以此来解释《诗经》。这应该是我国文学研究史上最早的"地域文学研究"的文字,有论者以为本段文字"简直可以当作一篇上古中国的各地域文学概说来看待了。"②其后曹丕《典论·论文》中说徐幹"时有齐气"③,已注意到地域文化性格与作家个人创作风格的对应关系,较之班固《汉书》论《诗》、地关系更进一层了。

进入六朝,地域与文学的关系已成人们较为关注的议题。这种思想大致分两个方面,一是自然环境对文学的影响,刘勰《文心雕龙》卷十"物色"篇云:

---

① 典型例子是《左传》襄公二十九年(前544)载吴公子札来聘,见叔孙穆子,观周乐时的一番评论。至于采风,其传统一直保持到汉代"乐府"机构的设立。

② 乔力、武卫华《论地域文学史学的学术源流与学理观念》,《清华大学学报》(哲学社会科学版)2006年第6期。

③ 李善注"齐气"曰:"言齐俗文体舒缓,而徐幹亦有斯累。"《文选》上海古籍出版社1986年版,第2270页。

及《离骚》代兴,触类而长,物貌难尽,故重沓舒状。于是嵯峨之类聚,葳蕤之群积矣。及长卿之徒,诡势瑰声,模山范水,字必鱼贯,所谓诗人丽则而约言,辞人丽淫而繁句也……若乃山林皋壤,实文思之奥府,略语则阙,详说则繁,然屈平所以能洞鉴风骚之情者,抑亦江山之助乎?

刘勰之意谓:由于楚地独特的自然地理环境,《离骚》难以状其物貌,故只好以复沓之词叙之,所以"嵯峨"、"葳蕤"之类的双声叠韵词语大量出现了。到司马相如时代,出于"模山范水"状物的需要,作家们用词更是像贯鱼一般堆叠。按刘勰的说法,从《离骚》到汉大赋的用词,之所以走上复沓重叠的道路,主要是由于山水景物"物貌难尽"所造成的。其结论正确与否且不论,我们从中不难看到,魏晋以后,自然景观与文学创作之间的关系已进入文学评论家的思考范围。从"社会批评"(如前班固《汉志》所引)到"自然批评"(江山之助),反映出有人不再完全以政教的眼光看待文学,文学自身的艺术特征得到重视,今人所谓"文学的自觉"大约就是这个意思吧。

魏晋人论自然环境与文风之间的关系,还可举《颜氏家训·音辞篇》为例:

南方水土和柔,其音清举而切诣,失在浮浅,其辞多鄙俗;北方山川深厚,其音沉浊而讹钝,得其质直,其辞多古语。

程千帆先生解释说:"夫文章之事,由情性生声音,由声音生文字,故论南北文学之不同,先陈其语言之别也。"[1]地理环境通过语言而对文学创作产生影响,这是六朝人对地域与文学之关系得出的第一层意思。

六朝文人谈地域与文学的关系,第二个层面的意思是:某一地域的社会风习(特别是知识阶层的爱好)对文学("文章博学")有巨大影响。刘义庆《世说新语·文学篇》"褚季野语孙安国"条,就已指出南北学问风格的差异。[2] 而《文心雕龙·时序篇》谓:"自中朝贵玄,江左称盛。因谈余气,流成文体。是以世极迍邅,而辞意夷泰,诗必柱下之旨归,赋乃漆园之义疏。"虽然本篇的主旨是论述"文变染乎世情,兴废系乎时序",但客观上也表明:江左知识界的风气对文学有明显的制约作用,正如同书《明诗篇》所指出的

---

① 程千帆《文论十笺》第 83 页。
② 原文是:"北人学问渊综广博","南人学问清通简要"。

"江左篇制,溺于玄风"。以上皆是六朝文人论地域文化与文学关系的显例。

唐初,魏征《隋书》卷七十六《文学传》序称:"江左宫商发越,贵于清绮;河朔词义贞刚,重乎气质。气质则理胜其词,清绮则文过其意。理深者便于时用,文华者宜于咏歌。此其南北词人得失之大较也。"以地域因素来解释南、北文学中的文与质的差异,代表着当时人们对地域与文学关系的见解的新高度。这篇明确地从地域角度研究文学的纲领性文字,影响深远。①

不过,"地域文学"研究意识在唐代毕竟还只是萌发在少数人身上,对于当时众多诗文评论家而言,他们此时更关心诗文的政教效果以及对诗文艺术规律的总结。据《宋史》卷二百九"艺文志·八"所载唐人文集情况可知,在宋以前以地域冠名诗文集的现象还是比较少见的,殷璠《河岳英灵集》二卷、《丹阳集》一卷,无名氏《大历浙东酬唱集》一卷、《临淮尺题集》二卷、《临平诗集》一卷、《洛中集》一卷,刘禹锡的《彭阳唱和集》二卷、《彭阳唱和后集》一卷,无名氏《汝洛唱和集》三卷、《吴蜀集》一卷,段成式《汉上题襟》十卷等,显得特别醒目。这些以地名标榜的文集,还大多停留在"同声相应"的范围,编集目的,主要是为纪念酬唱友谊,而非出于明确的、普遍的地域文化自觉意识。这种现象一直沿续到北宋中期以后。

随着宋人地域文化意识的自觉和强化,大约自北宋中期起,以地域命名的文学流派、诗文总集越来越多。以《宋史》卷二百九《艺文志·八》所载宋人文集为例,有如下数十种:幼暐《金华瀛洲集》三十卷,张逸、杨谔《潼川唱和集》一卷,无名氏编《苏州名贤杂咏》一卷、《新安名士诗》三卷,熊克《京口诗集》十卷,倪恕《安陆酬唱集》六卷,詹渊《括苍集》三卷,陈百朋《续括苍集》五卷,柳大雅《括苍别集》四卷,胡舜举《剑津集》十卷,许份《汉南酬唱集》一卷,杨恕《临江集》三十四卷,无名氏《豫章类集》十卷、《润州金山寺诗》一卷,滕宗谅《岳阳楼诗》二卷,孙氏《吴兴诗》三卷,吕本中《江西宗派诗集》一百十五卷,曾纮《江西续宗派诗集》二卷,石处道《松江集》一卷,江文叔《桂林文集》二十卷,刘褒《续集》十二卷,黄岂《续乙集》八卷,张修《桂林集》十二卷,徐大观《续集》四卷,丁逢《郴江前集》十卷、《后集》五卷、《郴江续集》九卷,杨俲《南州集》三十卷,王仁《澧阳集》四卷,道士田居实《司空山

---

① 蒋寅《清代诗学与地域文学传统的建构》一文中指出:这种地理环境决定论也是中国古代关于地理文化的基本思想,中国早期的思想家一致认为,人的气质决定于风土,如《孔子家语》中"坚土之人刚,弱土之人柔"一类的说法。而有关风土与生活方式的关系的思考,最早可以追溯到《黄帝内经·素问》卷二"异法方宜论篇第十二",也引发王鸣盛《蛾术编》卷二"南北学尚不同"、刘师培《南北文学不同论》的全面研究。见《中国社会科学》2003 年第5 期。笔者由此进一步想到,西方著作中有很多关于环境与文学创作关系的论述,如孟德斯鸠《论法的精神》、丹纳《艺术哲学》等书,不一一引论,庶免"言必称希腊"之讥。

集》二卷,林安宅《南海集》三十卷,曾肇《滁阳庆历前集》十卷,吴珽《滁阳庆历后集》十卷,郝馘《都梁集》十卷,无名氏《海南集》十八卷、《鄞江集》九卷、《嘉禾诗文》一卷、《浔阳琵琶亭纪咏》三卷、《浔阳庾楼题咏》一卷、《滕王阁诗》一卷、《永康题纪诗咏》十三卷、《君山寺留题诗集》一卷,孔延之《会稽掇英集》二十卷,程师孟《续会稽掇英集》二十卷,马希孟《扬州集》三卷,翁忱《岳阳别集》二卷,曾旼《润州类集》十卷,魏泰《襄阳题咏》二卷,薛傅正《钱塘诗前后集》三十卷,唐愈《江陵集古题咏》十卷,章粲《成都古今诗集》六卷,道士龚元正《桃花源集》二卷,许端夫《斋安集》十二卷,黄仁荣《永嘉集》三卷,李知己《永嘉集》三卷,鲍乔《豫章类集》十卷,萧一致《濂溪大成集》七卷、刘珵《宣城集》三卷等等。

这些还只是宋代以地域名集的冰山一角,稍加以他书检拾,可补《宋史·艺文志》者尚多,如董逌编《严陵集》、叶适编《永嘉四灵诗》四卷、金履祥编《濂洛风雅》六卷、龚昱编《昆山杂咏》三卷、程遇孙等编《成都文粹》五十卷、李庚、林师蒇、林表民编《天台前集》三卷、《天台集别编》一卷、《天台续集》三卷、《天台续集别编》六卷、林表民编《赤城集》等书就没有收入。祝尚书《宋人总集叙录》曾据《宋史·艺文志》《直斋书录》等书辑录部分遗佚宋人总集书目,成绩斐然。然而,资料辑补工作永无止境,宋人诗文集和今存各地方志中,均提及大量宋代的以地域命名的唱和集和地方作品选集,可补者还有不少。南宋嘉定元年(1208)宣城李兼序《天台集》云:"州为一集,在昔有之,近岁东南郡皆有集。凡域内文什,汇次悉备,非特夸好事资博闻也,于其山川土宇民风土习互可考见,然则,州集(乃)其地志之遗乎?"①据"近岁东南郡皆有集",可知在南宋中期(1200年前后),乡邦文学文献的整理已成蔚然之势,然今存者并不多见,是知湮灭者不在少数。"州集(乃)其地志之遗",南宋人将地域文学作品集与地方志相并提,把前者的文化意义提升到了一个新的高度,标志着地域文学研究的理念已在宋人中成为基本共识。王应麟(1223—1296)《诗地理考》五卷大概可算是宋人地域文学研究的具体成果和实践。

有学者指出,宋代舆地志的编纂也隐含了对地域文学的研究问题②。最近有研究表明:南宋时,舆地志编纂彻底被州郡志编纂所取代,编写权力由中央部门转移到地方长官手中,后者与当地士大夫联合编写州郡志在南

① 李兼《天台集原序》,见《天台前集》卷首,文渊阁《四库全书》本。
② 王祥《从舆地志的编纂看宋代文学与地域之关系》,《第三届宋代文学国际学术研讨会论文集》,宁夏人民出版社2005年版。

宋时蔚然成风。其结果是：文学与历史认同的表示方法在地方志中迅速发展，并成为占据统治地位的编撰方式。方志朝着人文化方向发展，它越来越多地承载着地方历史传统与荣耀记忆的重任。① 这种现象的背后，其深刻的原因主要是士人的地域文化意识的觉醒。这种觉醒自然会在他们的创作中体现出来。反过来说，因为宋人地域文化意识有了这样的变化，所以我们提出"宋代地域文学研究"这一课题，符合历史和学理的内在逻辑，其必然性和合理性由此得到彰显。

宋代以后，文集冠以地名的现象愈加普遍，数量也越来越多，一直沿续到近现代，无暇一一列举。其中出现了一个值得特别注意的现象：一些以某地为名的总集的出现，往往标志着以该地为名的文学流派的出现，并影响一时文学风尚。如清初《浙西六家词》的问世，标志着浙西词派登上词坛。这说明了：以地域名集的文献汇编，已超越了过去的"存文存人"的文献保存阶段，而进入到了地域创作的自觉阶段。这背后的实质是文化权力中心的下移，人性觉醒和个人意识的普遍高扬。

现代学术意义上的地域文学研究，始于梁启超自 1901 年起在《新民丛报》上接连发表《中国地理大势论》《地理与文明之关系》等文章。② 他认为地势决定生产方式，地理环境决定了民族精神、社会风俗、学术思想、宗教信仰、战争胜负、文学艺术的差异。他搬用现代西方学术术语（如丹纳的文学理论），将我国古代的地理环境决定论重新演绎一遍，令人耳目一新。梁文虽然不是纯粹意义上的地域文学研究，但对地域文学研究向现代学术转型产生了不可忽视的影响。1905 年刘师培发表了《南北文学不同论》③，他认为南北文学之所以不同，一为声音，"声音既殊，故南方之文亦与北方迥别"。二为水土，"大抵北方之地土厚水深，民生其间，多尚实际；南方之地水势浩洋，民生其际，多尚虚无。民尚实际，故所著之文不外记事、析理二端；民尚虚无，故所作之文或为言志、抒情之体"。刘氏基本上是重述了《隋书》"文学传"序中的说法，并无突破性的创见，但影响却意外的大。稍后王国维作《元剧之时地》④，根据杂剧发展各时期作家北人、南人的数量差异，得出杂剧创作中心南移的结论。这是一次真正意义上的地域文学研究。1935 年

① 潘晟《宋代地理学的观念、体系与知识兴趣》，北京大学 2008 年博士论文，第 95—101 页。
② 梁氏另有论文《近代学风之地理分布》发表在《清华学报》1924 年 1 月，也是引领地域文学研究的早期成果。
③ 刘师培《刘申叔遗书》，江苏古籍出版社 1997 年版。
④ 王国维《宋元戏曲史》，上海古籍出版社 1998 年版。

汪辟疆《近代诗派与地域》①一文从地域文化入手,将道光以后的诗派分为湖湘、闽赣、河北、江左、岭南、西蜀六派,较此前仅以南北划分显得详瞻具体了许多。唐圭璋 1944 年发表的《两宋词人占籍考》,继王国维上文的研究理路而气魄更加宏大。胡小石《南京在中国文学史上的地位》完成于 1950 年,文中列举中国文学史上几次重大意义的转型,都发生在南京。② 以上数篇文章,皆可视为现代学术史上的地域文学研究的奠基之作。

　　由于众所周知的原因,20 世纪前期确立起来的现代学术研究路数,在建国后中断了几十年,地域文学研究也不例外,这种状况一直延续到 20 世纪 70 年代末。面对"失去的 30 年",民族复兴的焦虑和渴望引发了对传统文化研究的热潮,经济的发展又推动了地方文化意识的觉醒,地域文学研究才重新走上了康庄大道。文化地理学者陈正祥在《中国文化地理》《诗的地理》两书中③,应用地理学的研究方法研究文学,诸如定量分析与定性描述相结合,绘制文学地图等方法,为地域文学研究注入了新的活力。1986 年,金克木在《文艺的地域学研究设想》一文中提出④:要从地域角度研究文艺,而文学的地域性研究可以由以下四个方面入手:一是分布,二是轨迹,三是定点,四是播散。此文可视作新时期地域文学研究的纲领性文章。其后,袁行霈《中国文学概论》特辟《中国文学的地域性与文学家的地理分布》一章,地域文学研究受到越来越广泛的关注。就古代文学各时段而言,近代文学研究则起到了引领地域文学研究大旗的作用,湖湘文学、江浙文学、岭南文学、齐鲁文学、关陇文学是近代文学研究中常见的学术选题。钱仲联的《三百年来江苏的古典诗歌》和《三百年来浙江的古典诗歌》则是新时期地域文学研究的典范之作(成文可能很早)。⑤ 与此同时,编纂地方文学史的热潮兴起⑥,大大地推动了地域文学研究向纵深发展。随着这些地方文学

---

①　汪文载《文艺丛刊》(南京)1935 年第 2 卷第 2 期;又见重庆《中国学报》1943 年第 1 卷第 1 期。

②　《胡小石论文集》,上海古籍出版社 1982 年版,第 138 页。

③　《中国文化地理》,香港三联书店 1981 年版。《诗的地理》,香港商务印书馆 1978 年版。

④　《探古新痕》,上海古籍出版社,1998 年版。

⑤　两文均收入《梦苕盦论集》,中华书局 1993 年版。

⑥　代表性著作如:马清福《东北文学史》(春风文艺出版社,1992),毕宝魁《东北古代文学概览》(春风文艺出版社,1993),陈伯海《上海近代文学史》(上海人民出版社,1993)、王文英《上海现代文学史》(上海人民出版社,1999),崔洪勋、傅如一《山西文学史》(北岳出版社,1993),陈永正《岭南文学史》(广东高等教育出版社,1993),王齐洲、王泽龙《湖北文学史》(华中理工大学出版社,1995),陈庆元《福建文学发展史》(福建教育出版社,1996),陈书良《湖南文学史》(湖南教育出版社,1998),杨世明的《巴蜀文学史》(巴蜀书社,2003),乔力、李少群《山东文学通史》(山东教育出版社,2004),范培松、金学智《插图本苏州文学通史》(江苏教育出版社,2004),吴海、曾子鲁《江西文学史》(江西人民出版社,2005)。

史的编纂和地域文学研究学术实践的开展,一些带有普遍性的理论问题日益受到相关学者的关注①,而这些理论问题的提出和解决,又与地域文学研究的深化密切相关。

第三节　宋代地域文学研究的现状

唐圭璋先生1944年发表的《两宋词人占籍考》,标志着宋代地域文学研究的开端。其影响超出了宋代地域文学的范围,与史学领域史念海的《两〈唐书〉列传人物本贯的地理分布》、唐代文学领域陈尚君的《唐诗人占籍考》一样,具有方法论上的普遍意义。

1995年,曾大兴出版了《中国历代文学家之地理分布》一书②,该书第六章专论宋辽金文学家的地理分布,是新时期比较早地从事文学与地域文化研究的专著。而王水照研究洛阳文人集团的系列论文,在新时期以来堪称宋代地域文学研究的典范之作③。程杰在《北宋诗文革新研究》一书中④,对宋代文学的地域性也作了深入研究,如上编第四章《北宋京东士人群体及诗文革新实践》,第九章《王安石、曾巩等淮南、江西文人与诗文革新的深化》,第十章《蜀中来风与诗文革新的新阶段》,中编第十一章《北宋诗文革新的地域性因素》等,将北宋诗文革新研究中常常被人们忽略的地域文化的因素进行了深入挖掘,将诗文革新运动研究提升到了一个新的高度。陈庆元《文学:地域的观照》以闽北为例⑤,深入分析了闽北地域文学在文学史上的意义,其中《词中的江湖派——南宋后期闽北词人群论》一篇专论宋代。此外,祝尚书《论南宋文学的东西部差异》(《四川大学学报》2000年第5期)、刘荣平《论宋末元初江西词人群》(《集美大学学报》2004年第3期)、《宋末元初临安词人群体特征》(《闽西职业技术学院学报》2007年第1期)、钱建状《南渡词人的地理分布与南宋文学

① 敬敏的《地域自然环境与地域文化和文学》(《文学评论》2002年第4期)、周晓琳的《古代文学地域性研究的回顾与前瞻》(《文学遗产》2006年第1期)。陈庆元《文学:地域的观照》是地域文学研究的具体成果,收在该书中的《地域文学与区域文学史建构问题》《地域区域文学研究摭谈》,诸文体现了作者对地域文学研究在理论上的诸多考量。
② 曾大兴《中国历代文学家之地理分布》,湖北教育出版社1995年版。
③ 王水照《北宋洛阳文人集团与地域环境的关系》《北宋洛阳文人集团的构成》《北宋洛阳文人集团与宋诗新貌的孕育》,收入《王水照自选集》,上海教育出版社2000年版。
④ 程杰《北宋诗文革新研究》,内蒙古教育出版社2000年版。
⑤ 陈庆元《文学:地域的观照》,远东出版社2003年版。

发展的新趋势》(《文学遗产》2006 年第 6 期)等,均是这一时期内有影响的研究成果。王祥《宋代文学地域性研究述评》(《沈阳师范大学学报》2006 年第 1 期)对相关研究作了初步总结。同时,我们还注意到,这一时期,文学家族的研究方兴未艾,其中颇有涉及地域文化与文学关系之处。不一一介绍。

近十多年毕业的硕士、博士们则是宋代地域文学研究的生力军。据笔者不完全统计,相关研究论文有:薛玉坤《区域文化视野中的宋词研究——以江南区域为中心》,苏州大学 2003 年博士论文;王祥《宋代江南路文学研究》,复旦大学 2004 年博士论文;王毅《南宋江西词人群体研究》,华东师大 2006 年博士论文;包忠荣《宋代南丰曾氏与文学》,南昌大学 2006 年硕士论文;王丽煌《宋代闽词三论》,厦门大学 2007 年硕士论文;郑玲《北宋扬州文学研究》,厦门大学 2007 年硕士论文;陈未鹏《宋词与地域文化》,苏州大学 2008 年博士论文;李智《南宋徽州词坛研究》,南京师大 2008 年硕士论文;王惠梅《唐宋岭南词研究》,苏州大学 2008 年硕士论文;王遥江《南宋绍兴地区文人群体研究》,浙江师大 2009 年硕士论文;陈颖《南宋中期徽州文人及其创作》,华东师大 2009 年硕士论文;李艳杰《南宋中后期婺州文人及其创作》,华东师大 2009 年硕士论文;姚蕙兰《宋南渡词人群的地域性研究》,华东师大 2009 年博士论文;钟乃元《唐宋粤西地域文化与诗歌研究》,广西师大 2010 年博士论文等等。地域文学研究在深入,诸多的细节和理论探索都有了一定的学术积累,今后的地域文学研究将会获得更大的发展。按常规说法就是:有可能成为新的学术增长点。

附带谈谈本书的基本思路。首先对有特色的地域文化进行细致的文献检索,尽量细致地勾勒出当地学术群体的儒学成就;其次是分析他们的交游与学术扩散,与作家的互动(有时学者兼作家),分析他们的学术思想对其文学创作尚理尚趣的制约和影响。儒学下移、学术传统、文化家族、文学群体、文学交游,将是本课题的用力之处。

基本的方法论是:以普遍联系理论的基本原理为指引,坚持历史与逻辑相统一的原则,将实证与义理阐发相结合。

方法跟学术表达的内容有关,在一个强调学术创新的时代,研究方法的创新被学者们寄予厚望。很多的学者都看到了引入科学方法对提升古典文学研究质量的重要意义,例如越来越多的学者在为建立"文学地理学"而努力就是一个很好的例子。但是,将人文地理学与文学联姻,两者学术方法的通用性是需要考虑的重要问题。以《人文地理学研究方法》一书中介绍的数据统计方法为例①,如何使数据的有效性与可靠性有所保证? 除去研究者本人的道德准则和文化理念因素之外,选择产生数据的方法,选择分析数据的方法和数据资料的完整性,都是影响数据有效性与可靠性的重要因素,例如,样本是否更具典型性? 定量分析时数据的测量规模如何确定? 运用概率方法能解释文学成就及影响吗? 文学史上"孤篇横杰,竟为大家"(闻一多《唐诗杂论》中评张若虚语)的现象,如何用数据来说明等等。以上疑问让我们对两门学科之间的巨大差异有较为清醒的认识。但不管如何,从学术进化的角度而言,文学与人文地理学的结合应是一条值得探索的学术道路,需要众多学者坚持不懈地进行下去。鉴于文学地理学目前还处于研究探索阶段,适合它的学术理念和方法还处于实验状态,故本课题"宋代地域文学研究"暂不定位于人文地理学与文学的交叉研究,但是希望能对"文学地理学"这门学科的推进尽一份力量。当然,我更希望也相信本课题能推进对宋代文学的研究。

---

① 《人文地理学研究方法》,[爱尔兰]基钦、[英]泰特著,蔡建辉译,商务印书馆2006年版。

第二章　南宋永嘉地域文学研究

第一节　林石与温州"太学九先生"之显

温州之地,初扬名于谢灵运,为山水诗之发祥地;然地域文化未开,故嗣后依然寂无声响。《全唐诗》中温州诗人似不多见,文章亦少有可称者。入宋,有诗僧惠云,与九僧同时,殆其流辈;又多与魏野、林逋诸人游,独其名不传。① 天圣甲子(1024)始有朱士廉者中进士,至元丰元年(1078)止,共得进士12人②,有社会影响者盖鲜③。其时,宋朝开国已118年。自元丰己未(1079)至宣和甲辰(1124),35年间温州则共得进士69人,且中举者后来的社会影响也大大超越前辈。就中尤可称道者曰"太学九先生"。④

九先生之姓名仕历,首见于周行己《浮沚集》卷七《赵彦昭墓志铭》中:"元丰作新太学,四方游士岁常数千百人。温,海郡,去京师阻远,居太学不满十人……蒋元中、沈彬老不幸早死,不及禄;刘元承今为监察御史;元礼为中书舍人;许少伊今为敕令删定官,方进未艾;戴明仲为临江军教授;赵彦昭为辟雍正以卒;张子充最早有闻,每举不利,今以八行荐于朝。"简言之,九人是:赵霄彦昭(1062—1109,学正)、张辉子充(?—1117,学录)、周行己恭叔(1067—1124以后,博士)、刘安节元承(1067—1116,左史)、刘安上元礼

---

① 许景衡《横塘集》卷二十《跋惠云诗》。《四库全书》本。下同。
② 《温州府志》卷十九《选举上》。李琬修,齐召南纂。乾隆二十五年刊,民国三年补刻版。台北成文出版社印行。下引该书,署乾隆《温州府志》以示区别。
③ 王开祖《儒学编》,鲜有知道者,至南宋中期始为人知,然流布不广,影响极有限。至明代弘治间始有刻本传于世。见该书序跋。《四库全书》本。
④ 明弘治《温州府志》卷十《人物》首提"元丰太学九先生"一词,《宋元学案·周许诸儒学案》、乾隆《温州府志》沿之,清光绪丙子孙诒让跋《永嘉丛书·横塘集》简称"九先生"。又有"元丰九先生"、"永嘉九先生"等称谓,均其义。

(1069—1128,给谏)、许景衡少伊(1072—1128,忠简公)、戴述明仲(1074—1110,教授)、蒋元中(生卒不详,太学)、沈彬老躬行(生卒不详)。

人才难得。为何熙宁元丰间兴学不几年,温州遽冒出如此庞大的人才队伍?这种变化突然且巨大,自有其深层原因。捡诸史料,原因盖有二。一是神宗元丰年间京师推行新太学,收天下英才以教之,温州读书人得以观光上国,习知京师体面,明了风气,较之以前参加科举时的蒙昧状态,情况大不一样①;二是选举取士方法改变,罢诗赋,专经义②,温州籍太学生在乡郡之时,已受到诸乡先生笃实厚重的经学教育,正合其时。③ 以其学有本源,动止合礼,故深得太学老师宿儒的喜爱,而学子争与之交往④,周行己《赵彦昭墓志铭》谓:"(温州)居太学不满十人,然而学行修明,颇为学官先生称道。一时士大夫语其子弟,以为矜式,四方学者皆所服从而师友焉。"自豪之情难掩。温州籍学子群卓立于京师士流面前⑤,推其始,究其源,助其成者,不得不归功于"乡先生"林石(介夫)、王开祖(景山)、丁昌期(逢辰)等在温州之地长期的讲学和培养。

今之论永嘉学术者,皆知上溯于太学九先生,而知九先生之学有得自林石介夫者盖少,至于知林石为何如人者,抑又少之。⑥ 某不忍其默默,试为

---

① 新太学的重要变化是对身份的限制大大降低,如国子监只收在京七品以上官员子弟,符合条件的温州士子凤毛麟角;而贡举三年才一次,名额也极有限,且士子待在一乡,不知京师风向,落选概率很大。而太学名额多达2 600人以上,摊下来温州的读书人的机会就多了,而且是在京师读书。

② 《宋史》卷一百五十五《选举一》:(王安石谓)"今以少壮时,正当讲求天下正理,乃闭门学作诗赋,及其入官,世事皆所不习。此科法败坏人才,致不如古。既而中书门下又言:古之取士皆本学校,道德一于上,习俗成于下,其人才皆足以有为于世。今欲追复古制,则患于无渐。宜先除去声病偶对之文,使学者得专意经术。"

③ 温州士子居乡所学,当然是"旧经学",非王氏之新经学,然较之以诗赋取士,永嘉士子仍易于就试,稍习京师体面即可转变,而诗赋非其强项。弘治《温州府志》称林石"讲论古今,必先行实而后文艺,曰本之不立,末之何有。"当然,这不表明他们就不作诗,只不过是表示一种态度而已。

④ 薛嘉言《刘安上行状》:"逾冠,首乡荐,复联名游太学,并为上舍生。选预魁选,声称籍甚,号二刘,一时贤士慕向争与之交。"(《刘给谏集》附录)弘治《温州府志》载蒋元中游太学时,著《经不可使易知论》,太学刻之石。这是很高的荣誉。此论载乾隆《府志》。这类情况在九先生身上都遇到过,见《府志》。

⑤ 王宇的博士论文《永嘉学派与南宋温州区域文化的进展》(2005,浙江大学),第一章第一节《北宋后期的制度转型带来的机遇》谈到太学法、三舍法对提高温州士子中举概率的意义,但是,这个机遇对全国各地是开放的。这个因素可以解释共性的问题,即中举的人多了,却无法解释元丰时温州来的太学生为何特别优秀,成为太学的楷模。这只能从他们所受的教育来分析,这样,他们的老师就浮出水面了。

⑥ 一个重要的事实是:从弘治《温州府志》到今人的研究文章,提到林石时,都将他排在王开祖后,叙述时则多将他与周行己一辈人放在一起论述。混乱至极。

表出,庶几抛砖引玉之义。

林石(1004—1101),字介夫,世称塘奥先生,温州瑞安人。生于真宗景德元年,卒于徽宗建中靖国元年,享年九十八。① 阅历六朝,德而寿者。以《春秋》教授乡里。有《塘奥集》《三游集》。② 布衣终身,事迹不显。陈傅良《止斋集》卷四十八《新归墓表》稍载其事,然真伪莫辨。试引相关文字而申论之。

> 初,塘奥先生林介夫葬其考妣于新归塘屿,而庐于旁。塘奥在瑞安县治之北二十里。

弘治《温州府志》卷十载:林石性至孝,遭父丧,不茹草木之滋,葬父于塘奥后,庐其墓侧三年。其母去世时,林石亦已九十余,犹亲为持丧,不少礼。葬毕,亦庐其墓三年。此举对当地的祭丧风俗(火化)影响很大,故当时人在文章里特地记录下来。塘奥后成林氏家族墓地。

> 熙宁元丰之间,宋兴且百年,介夫以明经笃行著称。

仁宗四十年太平,号称内外无事,然社会矛盾在积累,有识之士深忧之。庆历中,范仲淹欲行新政以振起,无奈在保守派的阻挠下,无疾而终,不过改革思潮的火种既已种下。到神宗熙宁年间,临川王氏、河南程氏突起,③一重事功改制,一重道德重建,代表着当时知识界应对时局的两种思路和价值取向。两者有其共同的出发点:对当时的科举取士之法产生了强烈的怀疑。当然,王学与程学的区别也是显而易见的。弘治《温州府志》称:"(石)初习进士声律,既而曰:古人之学不如是也。遂刻意诸经。"对科举取士法也同样产生了怀疑,并拒绝了它,且谓:"讲论古今,必先行实而后文艺,曰:本之不立,末之何有。"(同上)林石者,长于乡野,而能与当时思想界的最新思潮暗合,实所谓英雄所见略同,不得不然也。林石熙宁以后才出名,时已六十余岁,可谓大器晚成。其学如何?"维此麟经,将圣之志。诸儒盾矛,莫究厥义。微发大旨,析其异同"(《刘左史集》卷二《为林思廉祭林介夫》)。"麟经"指《春秋》。治《春秋》乃当时学界风气。《春秋》为断事之书,而暗

---

① 《宋诗纪事补遗》卷十六称林石九十八岁去世,此前记载未明确其年数,今人多从其说。

② 乾隆《温州府志》卷二十七《经籍·集部》。

③ 他们各自思想的形成,自然比这更早,此处以其显现并形成影响而言。

寓义理。治其学者,无不义理、事功兼重。林氏在温州讲授《春秋》学,从者甚众:"一时诸公,舍已请从。"(同上)"一时诸公",显然是指包括太学九先生在内的温州学子。

> 当世以赵清献公与其子岋景仁所遗诗次其岁月,则先生名动京师矣。自部使者郡守丞往造其庐,问起居况何如,肯仕否耶? 先生方婆娑泉石之间,作萱堂以养母,未暇出也。客至,斥床瓦豆具酒疏以延之。请与出游,则佳山水无不至者,而特罕趋郡。

赵清献公即赵抃,生于大中祥符元年(1008),卒于元丰七年(1084),赠太子少师,谥曰清献。林石长赵抃四岁。考元丰初(1078)赵抃致仕,赵岋元丰二年八月为温州郡丞,筑戏彩堂以养老(见弘治《温州府志》卷八"名宦")。林石、赵抃相见,当在此时。《止斋集》卷三十九《重修石岗斗门记》曰:"元丰四年,宋兴百有余载矣,郡丞赵岋景仁行县,与令朱素履常、隐士林石介夫赋诗记事,则有《观石岗斗门》之作。是时国家方修农田水利之政,通守与其属邑若布衣,巡行阡陌,咏歌民事。而郡守李公钧(元丰四年任)报之以诗,亦相劳苦,往还如交游,岂不盛哉。"则赵、林交游至少保持到了元丰四年以后。弘治《温州府志》载:"邑令初至,率上谒,执弟子礼。"林石乃当地宿儒,古时地方官有"敬乡"的规矩;弘治《志》又谓:"或请游山水,石亦不辞,所至唱和,有《三游集》。"这些唱和诗还有几首保留在弘治《温州府志》二十二"词翰四"里。赵抃一代名臣,与之酬唱往还,林石因此"名动京师"①,其后"自部使者郡守丞往往造其庐",也就顺理成章了。"问起居况何如,肯仕否耶",此话费解。绎其意,殆有人饵其出仕,被先生婉拒;但考虑到此时林石已早过致仕年龄,何来出仕? 或者,有人以耆旧荐之朝乎? 其实,关于出仕与否,先生早有定见,他的学生刘安节曾表其心志曰:"大道之行,维国求贤。往往其君,拥篲以先。后世多私,维贤求国。俛首有司,以幸一得。伟哉先生,则异于是。曰予之学,初不为利。胡为去亲,千里决科? 亏禄升斗,其获几何? 出耕东皋,入奉北堂。夫岂无他,而行一乡。"(《刘左史集》卷二《为林思廉祭林介夫》)先生奉为己之学,守先儒之道,期以孟子、王通居乡而教化乡里之境界。然先生非强项之腐儒,颇能识时顺变,已不赴试,却遣两儿游学京师以长闻见(见下),亦通达之人也。

---

① 苏辙《栾城集》卷十一有《寄题赵承事岋戏彩堂》,可证此事不虚。

> 是时,《三经新义》行,天下学者非王氏不道,《春秋》且废弗讲。

熙宁八年(1075)六月,王安石《三经新义》成,朝廷颁于学官。① 包括《诗义》《书义》《周官义》,均着眼于"托古改制",往往与老师宿儒解经不合。但王氏新学乃官方学术,"一道德"是重要目标,故其强势自不待言,"熙宁元丰之间,士无异论,太学之盛也"(时太学有两千八百人)②。废《春秋》不讲亦元丰中事。王安石不立《春秋》于学官,其原因很复杂,谈琐者以为王安石欲释《春秋》以行于天下,而孙莘老(觉)之传已出,一见而有嫉心,自知不能出其右,遂诋圣经而废之(《春秋经解》周麟之跋)。这未免以凡人胸襟来衡量王安石了。窃以为,王安石废《春秋》,主要是不想与天下士人争执。何则? 胡瑗(安定先生)讲《春秋》于湖州数十年,天下从之者众,其徒子徒孙遍天下(《宋元学案》将安定学案排第一),治《春秋》成士人必修功夫,传之既众且久,遂言人人殊。而这与王安石他们所要求的"一道德"背道而驰。作为政治家的王安石,他非常清楚强行推行《春秋义》的后果,于是干脆将其撇开不谈,不立于学,免生无谓之争执,以致加剧士大夫的分裂。不立《春秋》于学官,并不意味着王安石不治《春秋》之学。

> 先生少从管师常学,师常与孙觉莘老为经社者也③。先生故不为新学,以其说窃教授乡诸生。

管师常,处州龙泉人。早从陈襄学(胡瑗弟子),又从胡瑗学,益留心民事,适于时用,以荐为太学正。④ 熙宁三年(1070)诏赐管氏进士出身。⑤ 尝讲学乡里,"邑童子之愿学者,悉群聚而教之,尽心焉"。⑥ 此言林石"少从管师常学",不确。"少从"云云,管氏应比林石大一些,然而从管师常的行履来看,其年龄只堪称林石后辈。还是弘治《志》说得较合理:林石闻管氏明《春秋》,往从之,师常与之反复辨难,自以为不逮。⑦ 陈傅良去林石已远,所记容或稍有出入。陈襄曾荐管氏:"有乡贡进士管师常者,履行正固,经术专

---

① 《宋史》卷十五《神宗纪》。又见《宋史·选举志三》。
② 此冯澥语,见《靖康要录》卷六,六月二日右正言崔鶠奏引。
③ 《宋史》孙觉本传:"觉字莘老,高邮人。甫冠,从胡瑗受学,瑗之弟子千数,别其老成者为经社。觉年最少,俨然居其间,众皆推服。"
④ 《宋元学案》卷一《安定学案》。
⑤ 《续资治通鉴长编》卷二百十七"熙宁三年十一月己丑"条。
⑥ 陈襄《古灵集》卷十八《送管师常秀才序》,该文对其兄弟学行有介绍。
⑦ 弘治《温州府志》卷十。

精,东南士人多所从学,更练民事而适于时用。尝为太学正,众论推服。"同时被荐者还有程颐等人。①　胡瑗主张体、用并重,道德修炼与经世致用结合起来,故其学生皆各依天分分为经义和治事两斋。管师常于经术之余,"更练民事而适于时用",可见他不是一个纯粹以经学著称的学者,而有经世致用的一面。为什么林氏与他"从学"(准确地说是"论学")后"故不为新学"呢? 逻辑上不通。②　如果林石反感新学,为何还要将两个孩子送到新学巨子龚原门下游学呢?"先生故不为新学"恐怕只是片面之辞。林石与胡瑗弟子辩难《春秋》而稍居上风,可见其于斯道有一定造诣。"以其说窃教授乡诸生",太学九先生之学术思想,实肇基《春秋》学,义理与事功兼具。这就可以解释:为什么温州出来的太学生(周、二刘、许),虽然高度认同洛学,但详考其政治思想和仕绩,都带有经世致用的色彩。至于温州太学九先生一致倾向于程氏学,这主要是在"为己之学"这一点上,温州的乡先生们、太学九先生们和程氏完全一致。③

　　龚原深之尝以易学行世,比见先生,乃矍然顾恨识《春秋》之晚也。于是,永嘉之学不专趋王氏。其后《春秋》既为世禁,先生竟不复仕,而周公恭叔、刘公元承、元礼兄弟、许公少伊相继起,益务古学,名声益盛,而先生居然为丈人行。

　　龚原字深之,括苍人。嘉祐八年(1063)进士。深于《易》,以经学为王安石所知。初,王安石改学校法,引龚原自助,龚原亦为之尽力,名列《宋元学案·荆公新学案》之首:"龚原以经术尊敬介甫,始终不易也。"龚氏何时见林石,不清楚。据记载,龚氏治《春秋》,曾得到王安石指点。④　依陈傅良叙述,似龚原治《春秋》乃受林石之启发,或者,见到林氏《春秋》学后,顿悟

---

①　陈襄《古灵集》卷八《议学校贡举札子》,又见《历代名臣奏议》卷一百十四。
②　自南宋中期以后,历史的表述被理学家所控制,如管师常,其经世致用的一面不见了,只剩下经学家的形象。故造成叙述逻辑上的矛盾。
③　温州出来的太学生,往往讨厌为科举而读书:如周行己:"士也贵尚志,古道自足师,不必今人贵。""读书要知道,文章实小技。"(《浮沚集》卷八《赠沈彬老》)"(赵霄)选为济州州学教授,导学者以笃学力行,不专务科举"。(《浮沚集》卷七《赵彦昭墓志铭》)"(戴述)以为太学士皆科举口耳之学为未至,于是益游四方,求古所谓为己之学"。(《浮沚集》卷七《戴明仲墓志铭》)"(丁志夫)初从进士举,方尚辞赋,或劝其从时好,曰:经术吾家学也,舍之而从彼,何哉?"(《横塘集》卷十九《丁大夫墓志铭》)
④　蔡上翔《王荆公年谱考略》云:"其高弟子陆师农佃、龚深父原,并治《春秋》。陆著《春秋后传》,龚著《春秋解》,遇疑难者辄因为'阙文'。荆公笑曰:'"阙文"如此之多,则《春秋》乃为断烂朝报矣。'"按其意,谓不可随意治《春秋》,遇疑难辄绕道,非尊经之举。

自己治《春秋》之偏。"于是,永嘉之学不专趋王氏"一句值得细究,其一,上文提"故不为新学",而此言"不专趋王氏",似林石也曾有过认同王安石新学的时期,前后矛盾;其二,管师常是体用兼备之人,龚原是新学巨子,为何林石见他们两人后反而与新学拉大了距离? 不可解。① 这些不能自圆其说的话,更让我相信林石其实是不排斥新学的。"先生竟不复仕"者,似乎林石曾出仕,不知何据。元丰时禁《春秋》,林石已七十四岁,早该无出仕之意了,"绝意仕进"云云,实皮相之谈。自弘治《温州府志》以下,均引用此说而不辨析,乃学而不思之过。九先生多出林石之门,先振声于太学,后扬名于进士(早逝者除外),又游学程门。② 至徽、钦两朝,永嘉之学隐然成形,温州之地域文化亦因此兴起,而林石岿然成一代宗师。清万斯同《儒林宗派》卷十二载温州儒林人物,首列王景山和林石,其地位之崇可以想见。③

> 恭叔之铭沈子正也,曰河南程正叔、关中吕与叔,与介夫同为世宗师。少伊亦云尔,且曰非诗书勿谈,非孔孟勿为者。以二公所同尊诵如此,然而海内之士知有程、吕,而先生独教行于其乡,人以其所居里称之,不敢以姓字,他无所概见焉,岂非其居势使然欤。要之,永嘉之师友渊源,不曰先生之力哉。

周行止《浮沚集》卷七《沈子正墓志铭》云:"(时)洛阳程颐正叔、京兆吕大临与叔、括苍龚源(原)深之,与吾乡先生介夫,皆传古道,名世宗师。"④这里明确提到林石身份是"乡先生",并将他与程颐、吕大临、龚原等京师学术巨子并提,非全出私阿,乃就当时其学术影响而言。值得注意的是,陈傅良

---

① 林石元丰中遣两子从龚原游,此时龚原为新学巨子,值得深思。总之,林石的学术思想,还有待对前后矛盾的材料进行深入分析。笔者倾向于认为:林石与胡瑗那一辈学者一样,重经述而不废事功,与后来洛学、关学等杂佛道以谈心性不一样。陈傅良有意将林石打扮成一位理学大师,但在叙述时不经意地露了破绽,或者说造成了逻辑上的矛盾而无法自圆其说。须知我们看到的材料,都是"过滤"过的。
② 弘治《温州府志》载:"(沈躬行)字彬老,永嘉人,始从塘奥林氏,后从伊川程氏,蓝田吕氏。"这是太学九先生普遍的求学之路。如刘安节亦从林石游,并被寄予厚望:"一时诸公,舍已请从。嗟余晚学,实愚不肖。曾谓先生,肯赐之教。海我谕我,谓我宗盟。勉我以学,忘其不能。维是顽庸,莫堪鞭策。先生之教,夫敢不力,尚期终身,佩服不遗。"(《刘左史集》卷二《为林思廉祭林介夫》)"一时诸公"云云,非指太学九先生在内之诸生而何?
③ 自弘治《温州府志》以来的记载,均将林石之名排在王景山后,其实,林石大王景山近20岁。王景山排名在前,可能是因为王景山有科名。在南宋中期以前的文献里,王景山之学并不为人所知。
④ 《宋史》卷一百五十六《选举二》谓:"神宗朝,程颢、程颐以道学倡于洛,四方师之。中兴,盛于东南。"周氏所言情况乃熙宁元丰时事。为何不提乡贤王景山(开祖),令人疑惑。

在转述周氏文意时,没有提到龚原,而周氏说龚原是"传古道"的人,并将他与程颐、吕大临在学术上划为一派。周氏与龚原年齿相接,他的话应该是准确的。那么,依据何在? 盖当时学术评价分歧已很明显。① "永嘉之师友渊源,不曰先生之力哉",太学九先生与林石的师承关系,明确无误。然士之名显与不显,因素颇多,权势、机遇、长寿缺一不可。先生享年九十八岁,身历六朝,可谓寿者,其名不扬于中原,所缺者机遇与权势也。后永嘉之学声耀海内,推师友渊源,必达先生。则名之显晦,又岂可以一时而论哉?

> 先生讳石,卒于建中靖国元年。考讳定,妣戴氏。三子讳:晞颜字几老,晞孟字醇老,晞韩蚤卒。几老、醇老皆游京师,从龚氏学,亦不得寿。家无壮子弟,失其行事。醇老一子曰松孙字乔年者,最知名。乔年少孤,母曹氏改适城南张公子充,尝举八行,为国子学录,所谓草堂先生也。

林石两子几老、醇老皆游京师,从龚氏学,想必是林石之有意安排;龚原见林石后始识《春秋》之奥义,则两人互为欣赏如此。林石之媳曹氏改嫁张辉,参诸常情,可推知林石两子与张辉年龄相若或略小,其游京师,当亦在元丰时也。② 此时龚原,正是新学巨子。谓林石反感新学,其谁信之? 后新旧两党交相攻伐,是非颠倒,学术亦乱,林石去世前将自己一生的学术成果隐没③,这其中又有怎样的隐痛? 张辉亦太学九先生之一,在林石的学生中,张辉是最早有文名的,显达则最晚,直到政和壬辰(1112)年才以八行荐入仕。三子不寿,家无壮子,德寿如林石者,后代凋零如此,令人兴叹。林石母寿一百十九岁,林石九十八岁,家族实有长寿基因,何三子则不寿耶? 所幸林石之孙乔年(1095—1168)能传家学,守先人遗风:"绍兴之季,后进多宦达,及言高尚有旧隐典刑,但曰乔年。其所蕴抱,人未必尽知之也。"(《新归墓表》)

与林石相先后,为温州地域文化兴起作出了巨大贡献的人,还有王开祖、丁昌期等人,他们是历代在地方默默无闻地维系斯文、推动乡邦文献向前发展的"乡先生"的代表,不可不记。

---

① 程颐的弟子杨时攻击龚原,说他是王安石的死党,谈《易》全无是处。而以师礼事杨时的邹浩,却对龚原很推崇,相交二十余年,并为龚氏的《周易新讲义》作序,盛称之。
② 这样,又产生一个问题,九先生中,年龄最长者为赵霄,公元1062年生,假设林石长子与之同龄,则林石年已五十九岁始得子。盖其婚娶亦晚,而成名更晚。
③ 弘治《温州府志》卷十《人物一》林石条。

王开祖(约1023—1055),字景山,永嘉人。事迹不显①,绍熙二年(1191)陈谦撰《儒志学业传》,始彰其行事:少敏悟,过目成诵。中皇祐五年(1053)第三甲进士。初习制科,至此以所业上,召试不录。归,尽焚旧作,益纵观经史百家之书,考别差殊②,与学者共讲之。席下常数百人,尊之曰儒志先生。未几而卒③,年三十二。后人集其讲论,曰《儒志编》。"未几"云云,指他回乡讲学时间极短,假设其时距中举时间为两年,则王氏当生于天圣元年(1023)左右。虽不中,亦不远也。其人小林石近20岁,然有科名,成名早于林石。讲学于温州,门人盛众,特太学九先生不及见之,故少有提及之者。四库馆臣又谓其中进士后试秘书省校书郎,佐处州丽水县,既而退居郡城东山④。以其入仕浅短、长期居乡而言,王景山可算得上是一位"乡先生"。其学术宗旨皆见于《儒志编》,略谓:"复者,性之宅;无妄者,诚之原。"又曰:"学者离性而言情,奚情之不恶。"又曰:"由孟子以来,道学不明,吾欲述尧舜之道,论文武之治。"《四库全书总目》论此书:"当时濂洛之说犹未大盛,讲学者各尊所闻。孙复号为名儒,而尊扬雄为模范;司马光三朝耆宿,亦疑孟子而重扬雄。开祖独不涉歧趋,相与讲明孔孟之道。"极中肯。显然,王景山要发扬的是春秋时质朴的儒家精神。他的这种学术理念,与同时在乡讲学的林石和丁昌期等学者相契。此后濂洛诸人援佛禅入儒,参照佛家的理论体系和道家的绝对终极观重建儒家,儒家思想进入理学阶段。两者区别太大了。陈谦称景山殁后四十余年,伊洛儒宗始出,温州从游诸公还乡⑤,转相授受,理学益行于当地,景山实乃永嘉理学开山祖云云。应该说,王景山所宣扬的儒学,与程学有很大的不同,王氏是否接受"永嘉理学开山祖"这顶桂冠呢?

丁昌期行迹稍可勾勒。昌期,字逢辰⑥,号经行先生。由周姓过继丁姓,故与周行己家族有亲族关系⑦。业儒,通经术,著书教授乡里⑧。以明经

---

① 在绍熙二年(1191)陈谦序《儒志编》前,王景山开祖不见于官私记载,而陈谦序则始见于明弘治己未(1499)汪循刊本。虽四库馆臣谓此书奇特的流传方式"异乎王通《中说》出于子孙之夸饰",但吾人还得警惕。《儒志编》宋人少有提及者,《宋史·艺文志》载其书,洪武庚戌(1370)苏伯衡于王景山九世孙王渊处始得一见,并云后有刘屯田、戴惟岳二墓文。此两篇墓文,冒广生已辨其伪,见《永嘉诗人祠堂丛刊·儒志编》跋。

② 林石治《春秋》也是"微发大旨,析其异同",见前引。

③ 弘治《温州府志》称"复召试贤良方正,未行而卒,年三十一"。

④ 此据《四库全书总目》《儒志编》提要。

⑤ 据弘治《温州府志》,温士从程氏游者甚众,有十三人姓名可考。

⑥ 《刘左史集》卷二《祭丁逢辰》。

⑦ 周行己《浮沚集》卷七《丁世元墓志铭》。

⑧ 许景衡《横塘集》卷十九《丁大夫(志夫)墓志铭》

笃行师表后进,尝作醉经堂①。平居在家,父子商论如朋友,不肯苟且,其第三子志夫谓:此理天下所公共,不可为闺门屈也②。丁氏之家教与志趣可见一斑。时乡间祭礼寝陋,士大夫习之晏如,不觉为非,先生父子独革去,纯用古法式,闻者多窃笑,而全家率行之无难色,不惑于浮屠之说③,则真行孔孟之乡儒。哲宗元祐戊辰(1088)年曾应试,未中,遂绝意仕进,设馆授徒,讲论学问,并将希望寄托在三个孩子身上。刘安节也从之学④。有三子,曰宽夫、廉夫、志夫,皆好古博学,被服礼义,知名士大夫间⑤。宽夫曾三举乡贡,早卒;廉夫举八行;志夫与许景衡同登绍圣甲戌(1094)科进士第⑥。丁志夫中举后调宁海尉,许景衡则调台州尉,而丁昌期则从养于宁海,时时来台州看许景衡,叙姻亲契阔⑦。丁家与刘家也是姻亲关系⑧。崇宁改元(1102)前已卒,葬郡东南二十五里大罗山之西原,林石介夫志其墓⑨。盖丁、林两人同声气故也,惜乎林氏所作墓志已不可见。

两宋之交永嘉地域文化之兴起,端赖塘奥先生、儒志先生、经行先生这类乡先生的言传身教和辛勤培养。考当时,此类乡先生、乡贤颇多,略补充一二如下。

戴先生。《横塘集》卷四《戴夫人挽词》:"诗书历历教乡邻,甘旨熙熙八十春。尽道先生真孝子,故知贤行属夫人。缞帷一诀三年后,柏垄孤坟数尺新。翦彩种萱今已矣,多应处处有遗尘。"杨按,此处记戴姓乡先生,一生以诗书教授乡间,时已八十余岁。先生博得乡里好名声,这全靠他那位贤惠的夫人作后盾。细绎诗意,许景衡似是这位戴先生的弟子,而这位夫人则是师母。许景衡与戴述兄弟为同学,此或为戴述之长辈某人。

林师古信夫。《横塘集》卷十九《蔡君济墓志铭》云:"吾友君济既卒之三月,其父彦先遣使来谂。余惊咽不能语,顷之方能哭泣问故。呜呼,善人

---

① 《浙江通志》卷一百七十七引《两浙名贤录》。
② 《横塘集》卷十九《丁大夫(志夫)墓志铭》
③ 《横塘集》卷二十《丁昌期妻蒋氏墓志铭》。《刘左史集》卷二《祭丁逢辰》:"嗟我逢辰,名家以儒。不诡方士,不师浮屠。独抱六经,以恢圣谟。曰异此者,则非我徒。"
④ 《刘左史集》卷二《祭丁逢辰》曰:"越岁戊辰,辟为士涂。群举经行,以公应书。事乃中沮。贤网之疏,临川太息。"戊辰,为元祐三年(1088)。唯祭文中"事乃中沮。贤网之疏,临川太息"不可解。临川云云,一般指王安石,而此时安石已卒。或"戊辰"年号有误。
⑤ 同上。
⑥ 按,宽夫,许景衡《丁昌期妻蒋氏墓志铭》作惇夫,早卒。《浙江通志》卷一百七十七引《两浙名贤录》言夫志登绍兴进士第,误也。
⑦ 《横塘集》卷十八《祭丁二丈文》。
⑧ 《刘左史集》卷二《祭丁逢辰》。
⑨ 《横塘集》卷二十《丁昌期妻蒋氏墓志铭》。

君子其不幸至是耶！而彦先以乡先生林师古信夫状请铭。"

这些乡先生，与当地望族如蔡彦先诸人，一起将《春秋》之学和孔孟之道植根在乡间的重要角落，在合适的时候，这些思想的种子终于在温州开花结果。

第二节　温州"太学九先生"的学术及其文学创作

一

温州"太学九先生"是指神宗元丰至哲宗元祐时，温州在太学读书的九位学生。他们是：赵霄（1062—1109，字彦昭，学正）、张辉（？—1117，字子充，学录）、周行己（1067—1124 以后，字恭叔，博士）、刘安节（1067—1116，字元承，左史）、刘安上（1068—1128，字元礼，给谏）、许景衡（1072—1128，字少伊，右丞）、戴述（1074—1110，字明仲，教授）、蒋元中（生卒不详，太学）、沈彬老（生卒不详，字躬行，太学）。南宋绍兴末（1161），周和二刘已入乡祠，明弘治《温州府志》已载"元丰太学九先生"称号，而温州方志中所列之儒学、乡贤、乡祠，必自王景山、林石始，继则九先生，可知九人在温州文化史上占有重要地位。

九先生大多出身富有之家①，不少是当地有影响的望族，其有累世协助地方官员操持当地事务者。② 互为婚姻者多：许景衡与赵氏兄弟是表亲关系③；刘安上之妹嫁丁淳夫（丁昌期长子），故丁、刘二家是姻戚，且刘安节曾从学于丁昌期门下④；许景衡家族与丁昌期家族亦是姻亲关系⑤；沈彬老的

---

① 周行己《浮沚集》卷六《劝学文》："人皆有可学之性，而或不得学者，盖由出乎贫贱之家，日迫于饘粥之不暇，所以沉为下愚，终身不灵，以贻咎戮，无所不至。此人之不幸也。诸生生于富有之家，复赖父兄之贤，使得从师为学。"可以想见这是当时能求学诸子的一般情况。文渊阁《四库全书》本，页 649。下引该书版本同。王宇博士论文《永嘉学派与南宋温州区域文化的进展》（2005 年，浙江大学）第一章第二节论"游学的经济条件"已对温州太学生的家庭经济条件已稍作分析。
② 《浮沚集》卷七《丁世元墓志铭》："家或饶资，必被役于公。"周氏家族与丁氏家族即长期"被役"者，页 668。
③ 许景衡《横塘集》卷三《赵表侄出先德彦章诗卷》诗，卷十八《代家兄祭赵彦章文》。赵彦章或为赵霄（彦昭）兄弟行。文渊阁《四库全书》本，分别见页 189、页 333。下引该书版本同。
④ 刘安上《给事集》卷四《祭丁包蒙文》，刘安礼《刘左史集》卷二《祭丁逢辰》。分别见文渊阁《四库全书》本，页 41、页 72。下引该书版本同。
⑤ 《横塘集》卷十八《祭丁二丈（昌期）文》，页 332。

妹妹嫁赵霄之弟赵霈①;许景衡家族与沈氏家族为世亲②;戴述的夫人是刘安上的妹妹,故戴述与丁淳夫是连襟③。有着这层亲缘关系,加之又都离乡同游太学,故九人情谊深厚④。无论在乡抑或在外,均互相支持,互相砥砺。这种群体意识支配着他们共同的行为,大大提升了温州太学生的社会形象,而他们一致倾向程颐之学,也多少与这种群体意识有关。

自北宋元丰二年(1079)八月作"新太学"(即扩招后的太学)⑤,到元丰八年(1085)之间,太学均以新学讲授是可以断定的。元祐年间(1086—1094)情况有些变化,但《三经新义》似未废。⑥ 元祐八年(1093)三月庚子,诏御试举人,复试赋诗论三题。⑦ 此时苏轼任礼部尚书,想必是他建议的结果。绍圣元年(1094)五月甲辰,诗赋取士的作法又被否定,重回元丰法。⑧九先生在太学时,先后经历了以上变化。

据今考证,周行己游太学始于元丰六年(1083),仅 17 岁⑨,元祐五年(1090)十一月从洛阳回开封⑩,元祐六年中进士,出晁补之(无咎)之门。⑪

---

① 《浮沚集》卷七《沈子正墓志铭》,页 669—670。
② 《横塘集》卷十八《祭家姑文》,页 334。
③ 《浮沚集》卷七《戴明仲墓志铭》,页 670。
④ 周行己为同游太学的几位早逝同学写过墓志,均流露出不胜悲痛之情。另如许景衡《横塘集》卷十九《蔡君济墓志铭》:"余惊咽不能语,顷之方能哭泣问故。"页 342。蔡君济不属九先生之列,但为许景衡太学时同学。
⑤ 《宋史》卷一百五十七"选举三":太学生以八品以下子弟若庶人之俊异者为之(中华书局1985 年新一版,页 3657。下引该书版本同)。熙宁四年,(太学)生员厘为三等:始入学为外舍,初不限员,后定额七百人;外舍升内舍员二百;内舍升上舍员百。元丰二年颁学令,太学置八十斋,斋各五楹,容三十人。外舍生二千人,内舍生三百人,上舍生百人。月一私试,岁一公试,补内舍生;间岁一舍试,补上舍生,弥封誊录如贡举法;而上舍则学官不预。上舍分三等。学正增为五人,学录增为十人,学录参以学生为之(同上,页 3660)。此谓之新太学。元祐间置广文馆,以待四方游士试京师者;崇宁建辟雍于郊,以处贡生(同上,页 3657 至 3658)。由州郡贡之辟雍,由辟雍升之太学,皆行三舍考选法。北宋神宗以后学校建置情况大约如此。
⑥ 《续资治通鉴长编》卷三百九十四云:"(元祐二年春正月)戊辰,诏自今举人程试并许用古今诸儒之说,或出己见,勿引申、韩、释氏之书。考试官于经义论策通定去留。毋于老、列、庄子出题。"(上海古籍出版社 1986 年影印本,页 3722 下)《宋史·哲宗本纪》说同(页323)。但《宋史纪事本末》卷九"哲宗元祐二年春正月戊辰"条,此语后接着有"毋得专取王氏说"一句(文渊阁《四库全书》本,页 241)。"不专取王氏",表明王氏新说并未完全废除,此时《三经新义》尚行于三舍及科举。
⑦ 《宋史·哲宗本纪》,页 336。
⑧ 同上,页 340。
⑨ 《浮沚集》卷四《送刘絜矩序》,页 635;卷七《祭刘絜矩文》,页 662。又,卷五《上祭酒书》自言十七岁游太学(页 644)。
⑩ 《浮沚集》卷七《邓子同墓志铭》,页 673。
⑪ 《浮沚集》卷四《晁元升集序》,页 633。

周行己又谓张辉"元丰太学,莫如子旧"①,说明张辉是元丰时入太学的;"莫如"云去,说明其时入太学的不止周、张二人,赵霄年最长,必为元丰太学生无疑。② 刘安节年过二十入太学,从弟安上同游③,均不在元丰时。元丰改元时许景元始读书乡校④;二刘游太学时,许景衡还是诸生⑤;戴述比许景衡小3岁,"肄业乡校,较其艺常为诸生先,因去游京师,试广文馆"。⑥ 广文馆乃元祐间设立(见上注二),故戴述也不是元丰时的太学生。周行己《赠沈彬老》诗云:"晚得沈夫子,学问有根柢。"⑦很明显,沈彬老不是周氏元丰同学。因此,九先生除蒋元中不详外,只有周、赵、张三人是元丰太学生,二刘、许、戴、沈均是元祐太学生。⑧

二

　　无论是元丰时的太学,还是元祐时的太学,温州出来的学生都不适应。因为此时的太学本质上已沦为考进士的培训基地,侧重在程式训练,其特点是撷拾前人成文,拼凑成章以应试。连新太学的创始人王安石都深感失望。⑨ 九先生在去太学前,已在乡间接受了良好的经学教育⑩,追求"为己之学"⑪,读书的目的是明道,求得普遍真理。他们屡屡表达了这样的看法:

---

① 《浮沚集》卷七《祭张子充文》,页663。另,刘安节《宋国宝墓志铭》中亦说张辉为安节所敬,则辉辈份稍长。《刘左史集》卷二,页70。
② 赵霄与许景衡的兄长许景亮从小一起游戏,兴趣相同,年龄相近。见《横塘集》卷十八《代家兄祭赵彦章文》,页333。许景亮熙宁末游太学,则赵游太学必在元丰时。这与九先生中赵霄"年最长"的记载也是符合的。
③ 许景衡《刘安节墓志》,《刘左史集》附。页108—111。按:此文不见于许景衡《横塘集》。
④ 《横塘集》卷十八《送徐长世序》:"元丰改元,予始总发,授书乡校。"页324。
⑤ 《横塘集》卷十八《祭宣州刘舍人文》:"公游太学,我亦诸生。"页331。
⑥ 《浮沚集》卷七《戴明仲墓志铭》,页670。
⑦ 《浮沚集》卷八,页677。
⑧ "元丰太学九先生"一词,首见于弘治《温州府志》(上海社会科学出版社2006年版,页235),很不严谨。宋人无此称谓。宜改称"太学九先生"为确。
⑨ 《宋名臣言行录》后集卷六:"公(指王安石)改科举,暮年乃觉其失,曰:我欲变学究为秀才,不谓变秀才为学究。盖举子专诵王氏章句,而不解义正,如学究诵注疏尔。"(文渊阁《四库全书》本,页207)在集权体制下,应试教育永远是一个无法解决的难题,因为这种体制限定了"人才"的范围和选择方法。以昔观今,今犹昔也。
⑩ 刘安节在《为林思廉祭林介夫》文中说:"一时诸公,舍己请从……诲我谕我,谓我宗盟……先生之教,夫敢不力,尚期终身,佩服不遗。""一时诸公"云云,指包括太学九先生在内的当地诸生。《刘左史集》卷二,页73。
⑪ 《浮沚集》卷六《从弟成己审己直己存己用己说》:"尔亦闻有所谓君子之学乎? 夫古之君子为己而学。……何谓为己之学? 以吾有孝悌也则学,以吾有忠信也则学,学乎内者也,养其德者也。"页649—652。

"士也贵尚志，古道自足师，不必今人贵。""读书要知道，文章实小技。"①"（赵霄）选为济州州学教授，导学者以笃学力行，不专务科举。"②"（戴述）以为太学士皆科举口耳之学为未至，于是益游四方，求古所谓为己之学"。③"（丁志夫）初从进士举，方尚辞赋，或劝其从时好，曰经术吾家学也，舍之而从彼，何哉？"④例子举不胜举。在温州太学生中"学以明道"的看法具有普遍性，这与他们在乡里所受的教育有关，如他们的老师之一林石就是奉为己之学的。⑤

温州的九位太学生都倾向于程氏学，并将其传入温州。九先生中亲炙程氏者，有文献可征的至少有周、二刘、戴⑥、沈五人⑦，其他人则只能是算私淑。⑧但是，从南宋中期起，文献记载都将太学九先生片面化了，认为九先生的学术，除了得自程氏外无他。要知道，程学在当时也只是众多新学之一，九先生虽然认同他，但不是没有自己的思想。温州乡先生培养出来的学生，奉为己之学，故求学重在征道明理；又能博杂经史，尤深于《春秋》，故经术事功兼重。九先生的老师林石，他的两位重要讲友管师常和龚原都负经世之学，且林氏将自己的两个孩子都送到东京从龚原学，说明林石是经术和致用并重的。⑨因此，检视"太学九先生"的学术思想，应该深入考量伴随他

---

① 《浮沚集》卷八《赠沈彬老》，页 677。
② 《浮沚集》卷七《赵彦昭墓志铭》，页 664—665。
③ 《浮沚集》卷七《戴明仲墓志铭》，页 670—672。
④ 《横塘集》卷十九《丁大夫墓志铭》，页 335—337。
⑤ 刘安节曾转述过林石对求学的看法："大道之行，维国求贤。往往其君，拥篲以先。后世多私，维贤求国。俛首有司，以幸一得。伟哉先生，则异于是。曰予之学，初不为利。胡为去亲，千里决科。亏禄升斗，其获几何？出耕东皋，入奉北堂。夫岂无他，而行一乡。"（《刘左史集》卷二《为林思廉祭林介夫》）
⑥ 《伊洛渊源录》出自朱熹之手，容或有漏载之处，典型的例子就是戴述。他的同学周行己在其墓铭中说得很清楚，戴述曾从程氏游（《浮沚集》卷七《戴明仲墓志铭》，页 670—672）。墓志是极郑重的文体，周氏不会无中生有。
⑦ 《叶适集》卷十七《沈仲一墓志铭》："沈君名体仁，字仲一……有彬老者，北游程氏，师生间得性命微旨，经世大意。方禁《春秋》学，石经甫刻即废，彬老窃略守者，自摹藏之。"（中华书局 1961 年版，页 335）
⑧ 元祐中，鲍若雨（商霖）携同郡谢佃、潘旻、陈经正、陈经邦、陈经德、陈经邦不远千里，从温州赶赴洛阳，从程氏学。经开封，许景衡写诗送行，并代问已在洛阳的周行己："我欲收心求克己，公知诚意在闲邪。汝南夫子规模大，归去相从海一涯。"（《横塘集》卷五《送商霖兼简共（恭）叔》，页 211）程颐曾官汝南，故有"汝南夫子"之称。许氏表达了对程学的认同和向往，但他没有去洛阳亲炙程氏。陈傅良《重修瑞安县学记》说许景衡、沈躬行曾"借同郡诸儒，又尝越数千里外，窃从程（颐）、吕（大临）二氏问学"，恐是笼统的臆说，并无事实依据。弘治《温州府志》卷十甚至说："时新学行，（周行己）独之洛从伊川。二刘、许、赵继至，皆敬下之。"继至的恐是鲍若雨等一行人，非许、赵。再说，他们不可能在洛阳同时受程氏学和吕氏学。
⑨ 见笔者《林石与温州太学九先生之显》，刊《清华大学学报》（社科版）2010 年第 2 期。

们成长的三重文化背景：地方民众信仰传统（崇佛道），从乡先生们所受的《春秋》学教育，京洛师友所习。前两者可视为地方小传统，后者可视为大传统。九先生依于洛学而不同于洛学的独特面貌也因此而呈现。

周行己在《上祭酒书》中说，太学六年，其读书观念出现三次根本性转变。① 这种频繁的剧变超出常情，很令人生疑。这次上书不排除他有意向太学博士吕大临示亲近的成分，不能据之定论。事实上，周行己自小体弱多病，对存心养性之说较偏好，于周、孔、老、佛无所不求②，其阅读旨趣与洛学反感佛老明显不同。③ 从学术研究角度而言，周行己的哲学思想，集中于《浮沚集》卷二"经解"和卷四《论语序》等文④；而其政治思想则集中体现在卷一《上皇帝书》（二）。先引"经解"试析。

> 万物皆有太极，太极者道之大本；万物皆有两仪，两仪者道之大用。无一则不立，无两则不成。太极即两以成体，两仪即一以成用。故在太极不谓之先，为两仪不谓之后。⑤

"太极"被视作逻辑的绝对起点，"本""用"乃同一事物的两面。这种哲辩思维本非儒家所有，是洛学从老庄、佛教那儿借来的。显然，在周氏那里，"本"和"用"两者还是一体的，不分先后。刘安节也持道与物（器）不分的观点⑥，而与洛学"道本器末"拉开了距离。

濂洛之学将"太极"、"体""用"等辩证思维引入儒学后，儒家学说较之以前便走上了圆融通达之路，如孟子的话"岂道之远人哉"，经过洛学学者的一番术语包装后，发挥成日常生活即是道。一下子将儒学与普通百姓的距隔扫空了，人人都可成圣成贤成君子。⑦ 这种思想为太学九先生们所接受，并成为后来永嘉学派的学术精神的重要特征：

> 至于天下之民，目视耳听、手举足运无非道者，朝作暮息、渴饮饥食

---

① 《浮沚集》卷五，页644—645。
② 《浮沚集》卷五《上宰相书》，页642—643。
③ 南宋韩淲《涧泉日记》卷下："周恭叔行己，文字温淡，但时有庄老，与程氏说相背。诗亦好。"
④ 周梦江先生指出，《浮沚集》中《礼记讲义序》《易讲义序》两文是程颐所作，周氏拿来作讲义，后人编集时混为周文了。见《杭州师范学院学报》2003年第3期《论周行己》。
⑤ 《浮沚集》卷二《经解》，页610。
⑥ 刘安节《行于万物者道》："盖有道必有物，无物则非道，有物必有道，无道则非物。是物也者论其形，而道也者所以运乎物者也。明乎此，则庄周之论得矣。"（《刘左史集》卷三，页93）
⑦ 这种思维取向，显然受佛教"立地成佛"、"方便之门"的影响。

无非道者。然而察其声音镏镏,目视眴眴,有生而已,终身由是,曾不知洒扫应对之妙道,而耕稼陶渔之可以圣也。是岂道之远人哉!①

成为"君子"并非无标准可循:

> 夫所谓君子之道,中而已矣。或偏于仁,或偏于知,过乎中者也。日用而不知,不及乎中者也。太极即中也。中即性也。②

亲仁、尚智者是"过于中",对日常生活麻木不仁者是"不及于中",他们都不是君子。且不谈其理论的合理性如何,但将君子之道与中、性、太极之类概念联系起来,富于哲学味道,不能不说是洛学的创造。具体来说,成为君子还得从"持敬"、"无我"、"无物"、"不可满志"、"不可极乐"几方面去修炼。③ 周行己大体上能准确传达洛学精髓。九先生中的其他人,在继承和传播洛学精神方面,情况大多类此,如《二程全书》第十八卷皆刘安节所录,凡二百五十余条;许景衡的教育思想也可看出他对洛学高度认同④。而后世对九先生评价,也基本上着眼于他们的传播洛学之功,并且强化了这一点,而于周、刘二人关键处露出自家面貌(如本和用的关系、道和物的关系)则视而不见。

以九先生现存的传世文集来分析,他们的学术思想远比这要丰富得多,其广博深厚的经世致用思想更值得大书特书。如周行己在《上皇帝书》(二)中提出:

> 守位莫大于得人心,聚人莫先于经国用。……得人心之说有四:

---

① 《浮沚集》卷二《经解》,页611。又参《浮沚集》卷四《送何进孺序》:"圣人之学,自洒扫应对以至入孝出悌,循循有序,故曰尧舜之道孝悌而已。后世学者大言阔论,往往以孝悌为君子易行之事,若不足学。而以道德性命之说增饰高妙,自置其身于尧舜之上。退而视其闺门之行,有悖德者多矣。若人者,其自欺者欤?"页637。

② 《浮沚集》卷二《经解》,页611。

③ 《浮沚集》卷二《经解》,页611—614。类似的意思他在《储端中字序》中也表达过:"明吾之善以诚吾之身。明,然后知道之为道也;诚,然后知道之为道也。由公之学以达公之明,以达公之诚,其有不至于道者哉?古之圣人,皆由乎道,舍是其无适矣。宣和四年九月一日。"(《浮沚集》卷四,页635)许景衡《刘安节墓志》:"公清明坦夷,雅近于道。尝从当世先生长者问学。始以致知格物发其材,久之存心养性。"刘安上《祭亡兄左史文》:"载念西游,担簦于洛。依归夫子,覃思力学。格物致知,会方守约。"(《给事集》卷四,页41。)

④ 《横塘集》卷十八《温州瑞安迁县学碑》:"其学维何? 致知格物。反身而诚,物我为一。匪曰我私,推之斯行。亲亲长长,而天下平。秦汉以来,治功蔑然。学校弗修,斯道弗传。明明天子,千载有作。稽古圣谟,以觉后觉。"页327—328。

一曰广恩宥,二曰解朋党,三曰用有德,四曰重守令;为经国用之说有六:一曰修钱货之法,二曰修茶盐之法,三曰修居养安济漏泽之法,四曰修学校之法,五曰修吏役之法,六曰修转输之法。①

守位,用通俗的话来讲,就是如何使政府的管理职能有效运转;聚人,就是依靠人才治国。周行己已经深刻地认识到,没有经济基础,人才是不可能"聚起来"的。于是,如何"经国用"(发展经济)便成为重中之重。"经国用"六策中,修钱货之法颇具现代金融理念,其核心观念是:建立全国的货币信用体系,以应付当时复杂的金融问题,如铜钱外流、货币币值混乱、盗铸风行、流通受阻等等。《中国经济思想通史》用专节来阐述他的货币思想,并给予极高评价。② 周氏将修钱货之法放在"经国用"六法之首,表明他非常清楚货币在经济生活中的中心地位。有这种超前意识的人,绝非正宗洛学社里人。其他如修茶盐之法、修学校之法,均能切合实际③,且便于操作。像周行己这样在政治上系统而专业地提出见解的,此前似只有王安石可与之相比。"内之在知命厉节,外之在经世致用",梁启超评价王安石的话④,在周行己身上也可找到相似之处。"正宗"理学传人对周行己学术的"不纯"素有微词⑤,其实这些"不纯"之处,恰好体现了以周行己为代表的温州太学生们学术思想的闪光之处。很明显,在太学九先生身上,蕴藏着两条学术路线的可能:一是洛学温州支派⑥,是显流;二是经世之学(狭义的),是潜流。经过高宗前期的一段文化低潮后,到高宗后期,前者被郑伯熊兄弟继承并发扬,最终融入朱氏学中;后者被薛季宣继承和发扬,终成经制之学,是为永嘉学术(狭义的)形成的标志,也标志着温州地域文化走向成熟。

---

① 《浮沚集》卷一《上皇帝书》(二),页602—608。
② 《中国经济思想通史》第3卷第五十章第二节《周行己的货币思想》,北京大学出版社1997年版,第272—281页。
③ 刘安节《州郡立学皆置学官》:"况乎四方之士远京师者,或数千里,终岁聚粮尚惧不继,则虽有贤如原宪者,切恐不能自致于太学矣。故为今之计者,莫若推三舍之法,以行于天下。使近者不得抱羁旅之戚,而远者亦得承诱掖之化。"(《刘左史集》卷四,页99—100)
④ 梁启超《王安石传》,海南出版社1993年版,第204页。
⑤ 《伊洛渊源录》卷十四,文渊阁《四库全书》本,页526。另见前引《涧泉日记》卷下语。
⑥ 洛学温州支派由太学读过书的温籍士子们共同创立,但主要以九先生的影响为主(毕竟功名士宦摆在那儿),但其他人也有相当的贡献,如蔡君济,所学"以正心诚意为本,其优游涵养,日趋于自得。邹志完、陈莹中、杨中立、周恭叔尤所钦爱,皆许以有为于世。邹、陈久于谪籍,君济从之,不远千里。志完疾病,以书招之,比君济至,病且革矣,尽吐生平所欲言者,而性命之理,死生之说,见于《问答》云。"(《横塘集》卷十九《蔡君济墓志铭》,页343)这些人都是洛学的重要传承人。

<h1 style="text-align:center">三</h1>

北宋后期,在外来作家的号召带动下,温州地域文学创作曾出现一个小高潮。神宗元丰初(1078),一代名臣赵抃致仕,其子赵岏时为温州郡丞,筑戏彩堂以养老,而郡守石牧之(继任者李钧)、县令朱著、当地名宿林石等,皆好文之士,互相唱和,前后长达三四年。他们一起游山玩水,所至唱和,结成《永嘉唱和》。① 这些唱和诗还有几首保留在弘治《温州府志》二十二"词翰四"里。这些诗还传到了京城并引起人们注意②,此事对当地文学界的冲击也是不难想象的,正值青少年时期的"太学九先生"们,对此应该也有深刻印象。多年后,许景衡在《上石守》中对此深情回忆③:

> 某窃以永嘉名郡,江山秀发,甲于东南。自昔颜、谢相继出守,率以登临吟咏为事。考之载籍,则晋宋风流多出于此。陈迹依然,不知几寒暑,寥寥后来,谁复继之? 比何幸,乃有大君子来此。恩威所临,歌颂载路。又得以诗酒行乐,览古诏今,江山自是增气矣。乃者窃观酬唱篇轴,辞严义丰,远追前人,殆非庸庸刻琢者所敢窥寻其仿佛也。

许景衡提到的这些"酬唱篇轴"就是二十卷《永嘉唱和》诗。"江山自是增气",说明这次文学酬唱活动大大提振了当地文化自觉意识,故人们将这一次文学唱和与历史上谢灵运在永嘉的文学创作相提并论④。历史总是惊人的相似,外来文人带着惊奇的目光打量着这里的山山水水,并带头进行山水诗的写作。这是太学九先生们成长的文学背景之一。

太学九先生中,四人文集有传: 周行己《浮沚集》八卷,刘安节《刘左史

---

① 苏颂《朝议大夫致仕石君墓碣铭》:"(在温州)治办益无事,间或会宾僚,追文酒之乐,继以酬唱篇咏,不日盈编轴。好事者集成二十卷,目曰《永嘉唱和》云。罢郡时,年才六十六。"文渊阁《四库全书》本《苏魏公文集》卷五十五,页590。按苏文,石牧之元祐八年冬十一月卒,年七十九,则知其生于公元1015年。六十六岁罢温州郡政,事在元丰四年(1081)。

② 陈傅良《新归墓表》:"当世以赵清献公与其子岏景仁所遗诗,次其岁月,则先生名动京师矣。"《止斋先生文集》卷四十八(上海书店《丛书集成续编》本,第104册,页964)。苏辙《栾城集》卷十一有《寄题赵承事岏戏彩堂》,可证此事不虚。林石、赵抃父子三人唱和诗集为《三游集》,见弘治《温州府志》卷二十七《经籍·集部》。

③ 《横塘集》卷十六。页314。按: 石牧之罢温州郡政时,许景衡不足10岁,不可能有《上石守文》。此殆后来所作,献给致仕后的石牧之的。石牧之在温州罢政后致仕,故仍以旧称"石守"呼之。

④ 赵抃的到来对当地文化的冲击,还表现在当地人为他建祠上。周行己崇宁三年六月所作《瑞安县陶隐居丹室记》云:"(佛寺)今其像绘赵清献公⋯⋯乡民祝而尸之,方且舞倡优而荐荦膻。"此文载弘治《温州府志》卷十九《词翰三》,可为《浮沚集》补遗。

集》四卷,刘安上《给事集》五卷,许景衡《横塘集》二十卷。据弘治《温州府志》卷二十七"经籍·集部",当时师友文集还有:仰忻《永嘉百题诗集》,林石《三游集》《塘奥集》,鲍若雨《敬亭文集》,戴述《归去来集》,戴述、戴迅《二戴集》,萧振《萧德起文集》等。又据《横塘集》卷三《赵表侄出先德彦章诗卷》,可知赵霄也有诗集留世。文献的存留很不容易,太多的偶然因素在起作用,现存作品,也只是当时极小的一部分,如刘安上本有诗五百篇,制诰杂文三十卷①,今传《给事集》才区区五卷。

在"四海文章尽苏氏"的北宋后期②,高度认可洛学的太学九先生,其文学创作有何特色? 换句话说:在理学初传时文学出现了什么样的新质? 这是一个值得探讨的问题。

自韩愈来以来,儒学内涵已逐渐转换成中晚唐"新儒学"——道,道与文学的关系,成了文学家创作时需要审视的问题之一。所以,古老的"文以载道"创作理念,至此又开新境。文学被告知要承担文化复兴、人格力量、历史道义、政治辩护等重大责任,文风盛衰与政教兴废的关联被强调到了前所未有的高度。代表着中唐至北宋文学主潮的"古文运动"因此而发展起来。程氏理学是中唐以来"新儒学"发展的一个新阶段,相应地,唐宋古文运动也进入到了理学与文学"共生"的阶段。温州太学九先生是二程理学及吕氏关学的第一代传人,他们的文学创作实践为我们考察理学与文学"联姻"的最初状态,提供了较好范例。

文学的内容上,太学九先生们依据程洛学术理念,对此有了新的认识。周行己称自己进太学后的第四年"读书益见道理,于是始知圣人作书遗后世,在学而行之,非以为文也,乃知文人才士不足尚"。③ "德先艺后"是他们的共识,"道学"成了他们要表达的最重要的东西④,用四库馆存的话说就是"粹为儒者之言"⑤。"经解"、讲义、谈理论性等内容在文集中越来越常见。

文风上,今存周、许、二刘文集都体现出"明白淳实"、"娴雅有法"、"明白质实"(均四库馆臣评语)等特征。这与理学家追求"君子之道,中而已"的根本要求分不开。《浮沚集》卷四的几篇序和记最能体现这个特征,如卷

---

① 薛嘉言《刘安上行状》,《给事集》卷五附,页50—54。
② 《浮沚集》卷八《送欧阳司理归荆南》,页684。
③ 《浮沚集》卷五《上祭酒书》,页644。
④ 《横塘集》卷十八《祭蔡济仲文》《祭宣州刘舍人文》《祭王义夫文》等文,都表达了温州士子们对"道学"的共同追求。
⑤ 《浮沚集》提要:"(周文)粹然为儒者之言";《横塘集》提要:"(许文)粹然一出于正";《刘左史集》提要:"不失为儒者之言"。《给事集》提要:"文笔亦修洁自好"。

四《送何进孺序》,首明宗旨"尧舜之道孝悌而矣已,唯曾子得之",接批现实中士大夫以大言饰非,自然地引出何进孺致政回乡侍亲之事,赞之为行曾子之孝道。全篇以儒家孝道为中心展开,语气平和,雅洁古淡,一派儒者风貌。又如五言诗《送友人东归》:

> 是身如聚沫,如烛亦如风。奔走天地内,苦为万虑攻。陈子得先觉,水镜当胸中。异乡各为客,相看如秋鸿。扁舟忽归去,宛然此道东。我亦拟远适,西入华与嵩。饮水有余乐,避烦甘百穷。相逢不可期,偶然如飘蓬。于道各努力,千里自同风。①

此诗作于他在太学赴洛阳从程颐问学的前夕。平平的说理,淡淡的感慨,浅浅的离愁。没有激烈的情绪,没有跳跃的思绪,没有古奥的语言,娴雅之至,一种清澈纯净之美。

四库馆臣论《浮沚集》说:"行已之学,虽出程氏,而与曾巩、黄庭坚、晁说之、秦观、李之仪、左誉诸人皆相倡和。集中《寄鲁直学士》一诗称:'当今文伯眉阳苏,新词的烁垂明珠。'于苏轼亦极倾倒,绝不立洛蜀门户之见。故耳濡目染,诗文亦皆娴雅有法,尤讲学家所难能矣。"②其实,这也是温州太学九先生们的共同特征:学出程颐而文尚苏轼一派。可依馆臣评论作进一步的探讨。

周行己敬慕苏轼,有文献可征③。周行己在《晁元升集序》中说:"元祐丁卯(1087),行己与王文玉璪同在太学,每见文玉诵元升'安得龙山潮,驾回马河水。水从楼前来,中有美人泪'之句,每想其高趣,恨不得即见。"④早年周氏所激赏的作品,风情摇曳,神思飞度。这与他在《上祭酒书》中的自述是一致的:入太学两年后转学古文(1085—1087),"上希屈宋,下法韩柳","恃文为非消,凭文以戏谑,自谓吾徒为神仙中人"⑤。其时所学古文,实际上是非常接近苏轼早期汪洋恣肆的文风。然而,爱好与实际创作是有距离的,周氏虽慕苏轼文风,但其才力不足以驰骋恣肆。

---

① 《浮沚集》卷八,页680。
② 《四库全书总目·集部·别集类八》,中华书局1965年版,页1341。
③ 除四库馆臣所指出的外,周行己《送毕之进状元》(二首之二)有句云:"平生苏惠州,气概颇自许。人生艰难际,政可观去处。"毕渐以东坡气节自许,而作者以赞赏的口气写出,正表明了周氏对苏东坡的敬仰。
④ 《浮沚集》卷四,页633。
⑤ 《浮沚集》卷五,页644—645。

许景衡与周行己、刘安上一样,对苏轼及其追随者皆敬慕友好。①《横塘集》卷三有《闻子瞻南迁》诗,有"遂作天涯客,何如塞上翁。幽愁还有作,笑杀赞皇公"等句,将苏轼比作唐代名臣李德裕(李吉甫之子)。许景衡对苏轼的敬慕,不下于周行己。

大约自绍圣时期开始,程颐的能诗弟子与苏、黄的弟子(包括再传弟子)走向了融汇:他们理学宗程颐,诗学宗黄、陈,而以杜甫为旗帜,江西诗派由此而逐渐成形。这是宋代文学史乃至中国文学史上的重大变化时期。台州左纬(经臣)便是这种融合时期出现的著名诗人。

左纬在政、宣时期诗名甚盛,周行己、刘安节、刘安上、许景衡皆兄事之,与之有非同寻常的友谊。左经臣有诗集名《委羽居士集》,黄裳序之曰:"赤城之南有左氏子焉,不出仕,常以诗自适。慕王维、杜甫之遗风,甚严而有法。自言每以意、理、趣观古今诗,莫能出此三字。"②在两宋之交,当时论诗者已敏锐地感觉到了理学给诗歌创作带来的审美变化。左经臣明确是以杜甫为诗学榜样的,而主张作诗要以"意、理、趣"为标准,深得宋诗独特的审美意蕴。许景衡论诗,往往以杜甫为典范③,如评左纬诗:"泰山孙伯野尝见经臣《避寇》古律诗,击节称叹,曰此非今人之诗也,若置之杜集中,孰能辨别。余谓非《避寇》诸诗为然,大抵句法皆与少陵抗衡,如《会佅》一大篇,自天宝以后,不闻此作矣。"④他也模仿着写类似的诗,如《东郊》状农民遇旱灾后的困苦(《横塘集》卷二),有点杜甫诗的影子。宋代温州地域文学之起,受外来文人及旁郡文人创作的带动,这也说明了文化交流对一地文学崛起的重要作用。

四

概而言之,检视九先生的文学创作,应从三个角度来考量:理学传人的身份,文学交流与诗友切磋、地方文化传统对创作主体思维方式的影响(山水诗传统和崇信佛道)。前两者对九先生文学创作的影响已分析如上,可补论者尚有地方文化传统对九先生创作的影响。

在温州,文学界的崇古思潮有深厚的基础。赵彦章的岳父鲍某先生,有

---

① 周行己在太学的好友,如崔鶠、李鹰方叔,皆苏轼弟子(《浮沚集》卷四《送刘絜矩序》,页635);而苏轼弟子晁补之(无咎)则是许景衡的座师(《横塘集》卷十六《与晁无咎》,页307—308。)

② 黄裳《委羽居士集序》,林民表编《赤城集》卷十七。文渊阁《四库全书》本,页763—764。

③ 《横塘集》卷二《次韵郑希仲》:"周诗三百篇,强半出愤激。少陵嗣真作,千载无匹敌。"页173。

④ 同前黄裳《委羽居士集序》后许景衡跋,页764。

感于"李杜不作,儿曹乱真。斗靡俪华,泯泯纷纷"的诗界现状,锐意学古,其诗"浑然天成,近体古风,琅琅厥声"①。当地佛教徒佛月大师,作诗"又能作古体,淡淡造静理"②。这种文学传统和理学思想相结合,九先生文风的基调由此而奠定,正如薛嘉言为刘安上作《行状》所称:"公为文,典重有法……晚更平淡,浑然天成,无斧斤迹。"③《四库全书总目》评《横塘集》说:"至其诗篇,乃吐言清拔,不露伉厉之气。"④扩大来看,这也可视作当时温州太学九先生文学的共同特点。

同时,温州当地浓厚的佛道氛围也对他们的创作有一定影响。周氏退居在家后,以"浮沚"名居,又以名集。对这个词的偏爱,或许可以用来分析其精神世界,不妨来看看他的《浮沚记》⑤:

> 予浮云其仕,泛然出,油然归。有名无位,凡民如也。有乡无居,逆旅如也。僦室净光山之下,古西射堂之遗址。蕞然小洲,缭以勺水。予视吾生若沤,起灭不常。吾视吾身若萍,去留无止。以吾无止之身,而处暂寓之室,聚沫也,尘垢也,蝉蜕也,刍狗也,于吾何有哉?政和岁在执徐,六月癸丑,飓风大作,桥断门隳,檐折雨漫,乃易桥以舟,堇北户而南向,增檐为轩,寄容足之苟安。按《尔雅》,水中可居曰洲,其小者曰沚,人所为曰潏。予恶潏之名而欣沚之义,于是总其名曰浮沚……故吾不独浮其仕,又且浮其居;不独浮其居,又且浮其生,然则,有之而何得?无之而何失?如此而仕,吾故安于仕也。如此而居,吾故安于居也。如此而生,吾故安于生也。吾闻古之有道者贫而乐,穷而通,岂谓是欤?非曰能之,愿学焉。记以自警。

这绝对不是洛学所能规范的思想。文字之中,浸透着佛家人生如幻的洒脱和庄子超然物外的飘逸。这也难怪,周行己自小于周、孔、老、佛无所不求(《上宰相书》),加之生活在佛道氛围极浓厚的地方(他与林灵素是同乡同时人),强大的地方文化传统伴随着他的成长。他的家族与佛教有很深厚的关系,他本人也与佛教徒多有往来,形诸文字,俱见于《浮沚集》中。他的妹妹出家为尼,法号悦师,卒后行己曾撰文祭之。周家乃当地望族,其子弟

---

① 《横塘集》卷十八《代赵彦章祭鲍丈文》,页332—333。
② 《浮沚集》卷五《与佛月大师书》,页645。
③ 《给事集》附,页54。
④ 《四库全书总目·集部·别集类九》,页1345。
⑤ 此文载弘治《温州府志》卷十九《词翰一》,不见于《浮沚集》,可据补。

出家非为贫困，主要出于信仰。① 总之，周行己政治思想上的经世致用和哲学思想上的佛道因素，使他与正宗的洛学传人拉开了距离。因其思想依于洛学，故其为文"粹然为儒者之言"；因其在尚佛道的环境中成长，其思想有超越的一面，故其为文娴雅旷达。

又如许景衡《晚行》诗：

> 脉脉多愁思，栖栖复晚行。路回村更远，林邃客频惊。宿鸟非无处，归云自有情。乡关怅何许，天际暮山横。②

诗情低徊往复，无激烈、哀感之绪，得性情之正；又以景语抒情，含蓄不尽。台州诗友将他比作唐代的郑虔、张籍，许氏作诗回谢默认了③。刘安上诗风亦如是，四库馆臣评《给事集》中的诗歌"格意在中晚唐间，颇见风致"④。这种"风致"，就体现了地方佛道文化对他们创作的潜在影响。

此时的温州地域文学远未能形成自家面目，还处于步趋阶段。南宋乾淳以后，以陈傅良、叶适等人的制举文和"四灵"诗为标志的温州地域文学，在当时文坛大放异彩，这些乡前辈播下的文学火种是不应被忽略的。

第三节　南宋光宁两朝温州诗人群体研究

谈宋代温州诗歌者必曰永嘉四灵。研究永嘉四灵者，对南宋淳熙间（1174—1189）诗坛（如诚斋、陆游、萧德藻、赵蕃、姜夔等）突破江西诗派藩篱的种种努力，有较多关注。这种江西诗派盛行背景下的诗歌突围⑤，是如何影响到四灵的诗歌创作的？质言之，时代的文艺思潮是通过什么中介体现在永嘉四灵的诗歌创作中的？又，研究者已注意到四灵诗歌与浙东文化

---

① 类似的情况在温州当地很多，周行己曾提及朱氏家族有男子七人，三子习进士，二子从释氏。女子一人为尼，名戒学。见《浮沚集》卷七《朱君夫人陈氏墓志铭》，页 672—673。可以想见佛道文化对当地影响。
② 《横塘集》卷三，页 181。
③ 《横塘集》卷五《左崇见寄以郑虔张籍见况》，页 203。
④ 《四库全书总目·集部·别集类八》，页 1341。
⑤ 江西诗派在南宋中期仍盛行，且文学的发展，总是在继承中创新的，中兴诗人与江西诗派也应作如是观。两者之间非革命与被革命的关系，郑永晓对此有总结性描述，参《南宋诗坛四大家与江西诗派之关系》，《南都学坛》2005 年第一期。故本文用"突围"一词，不否定其深层联系，而意在关注其创新之处。

（大环境）的关系，但四灵诗歌"清、圆、苦"等艺术特征的形成，与当地的诗歌传统、当地禅道之风（小环境）关系如何？其间诸多细节，尚有粘合的余地。其基础性工作之一，在于要对光宁两朝的温州诗人群的组成，作出具体细致的勾画。

一、"乾淳诸老"而能诗者

光、宁两朝（1189—1224）温州诗人群体由两部分诗人构成：乾淳诸老而能诗者，光宗宁宗朝始以诗鸣者。

"乾淳诸老"是指温州乾淳时期（1165—1189）已有文名的那批人（包括当地非进士之有文名者）。其中能诗者，居乡时已设有诗社①，酬唱往还，切磋诗艺；外出为官者则多与中兴诗人唱和交游，并与家乡诗社诸友保持频繁的诗歌邮传联系。他们以诗社唱和为纽带，将主流诗坛最新诗学思想带入温州，为四灵诗派的崛起打下坚实的基础。② 他们既是光宁朝温州诗人群体中的前辈，也是此时温州诗歌创作的主体之一。其重要诗人如下（计27人）：

潘柽（1131—1209），字德久，号转庵。年少时，诗律已就，下笔立成。举进士不第，"用父赏，授右职，为阁门舍人"（韦居安《梅磵诗话》）。自云"我行半天下"（《书姜白石昔游诗后》，《全》二一五〇）。在许及之《涉斋集》中，许氏与潘柽唱和之诗比比皆是，可见两人诗谊之深厚。德久长期游历在外，与当世诗人如姜特立、陆游、楼钥、袁说友、敖陶孙、姜夔、陈造、韩淲、陈宓等唱和。潘柽以"能诗"在文人士大夫中享有较高地位，其诗在两浙颇有知者："浙右浙东赓唱诗"③，韩淲《读成季近诗慨然有怀诸人三首》之三是怀潘柽的："梅山已谢小山老④，律调不同情不殊。"（《全》二七六九）将他上接

---

① 在许及之诗中，题目或诗句中明确提到诗社的，有二十九首，如《与同社游山园次翁常之韵》中有"兹时届清和，同社共推激"等语，《转庵再用作字韵见酬有著蔡休咎之语复韵为答》有"诗家有医王，同社求句瘼"等语（以上《全宋诗》卷二四四三。下《全宋诗》卷简称《全》），《次转庵榴花韵》有"同社联翩须记取"之句，《同转庵诸人筠斋赏荷花次转庵韵》有"转庵凤昔董诗盟，同社歌呼剧欢伯"之句（《全》二四四七）、《闻转庵游西湖奉寄》有"强学后生须藉酒，苦邀同社索题诗"之句（《全》二四五〇）、《酬羊伯初仍简才叔常之》有"恍惊社里摛文手，夺得天边织锦梭"之句（《全》二四五二）、《再次韵宣甫探梅》有"城中诗社新牢落"之句（《全》二四五四）等等。这个诗社带有强烈的地方色彩，好像只吸收温州诗人，成员较多，而主盟者为潘柽、许及之、翁常之等人。
② 钱志熙曾指出："（温州）地方诗坛的存在，是四灵诗派发生的最直接的地域背景。"钱志熙《试论"四灵"诗风与宋代温州地域文化的关系》，《文学遗产》2007年第2期。诗坛诗人情况尚待充实。
③ 许及之《为转庵寿二首》。
④ 此处梅山指姜特立，有《梅山诗稿》，为中兴著名诗人；小山指刘翰，字武子，自号小山，绍兴间游张孝祥、范成大之门，诗名久著。

名家姜特立、刘翰,是一个很高的评价。又,许及之《邀德久兄灵芝纳凉》诗有"且邀海内忘形友,领揽招提半日凉"之句(《全》二四五〇),是知潘德久有兄出家为僧,法号灵芝。

郑景望(生卒年不详)。据周必大《文忠集》卷十八《跋郑景望诗卷》:"言学道者薄词章,近世则然。景望龙图通经笃行,见谓儒宗,而其诗句乃绰有晋唐名胜之遗风,胸中所养亦可知矣。自其云亡,不特永嘉学者深惜之,中外士大夫皆惜之,而予以旧交尝僚尤惜之。淳熙十三年十月十日。"

周学古(生卒年不详),字会卿,周行己孙,与潘柽同时,一生隐居作诗。叶适《周会卿诗序》:"周会卿诗本与潘德久齐称,盘折生语,有若天设,德久甚畏之。德久漫浪江湖,吟号不择地,故所至有声;会卿常闭门,里巷不相识。居谢池坊,窟山宅水,自成深致,知者独辈行旧人尔。"(《水心集》卷十二)

许及之(? —1209),字深甫,与潘柽年相若①,且同居温州城内华盖山下。孝宗隆兴元年(1163)进士,光宗朝官至礼部侍郎,宁宗时拜参知政事。开禧三年,韩侂胄败,降两官,泉州居住,卒。许及之在当时以"词章精敏"见称,诗学王安石(见《读王文公诗绝句》),王安石乃宋人学唐人绝句而得其神似者。四库馆臣称许及之诗气体高亮,琅琅盈耳,较宋末江湖诗派刻画琐屑者,过之远矣;孙依言称其诗"七言古诗用意妙远者,几非后人所能骤然领悟"(《涉斋集跋》)。《全宋诗》录其诗 18 卷 1 091 首,是宋代温州存诗较多的诗人。

陈傅良(1137—1203),字君举。师事郑伯熊、薛季宣,为永嘉学派巨擘。有《止斋先生文集》52 卷等。《全宋诗》录其诗 9 卷 520 首。

陈蕃叟,陈傅良堂弟,且同登进士第。《止斋集》收陈傅良与之唱和诗多首。

林宗易,字自牧。陈傅良、沈体仁(仲一)、徐一之、朱及之等在乡与之唱和甚多。

何傅,字商霖,号墓林处士。"自少攻为诗,竟以成名。殆其死也,犹课某章,未缮而卒。""死之日其友翁忱既襚敛之,又率尝往来者尽有赙焉,始克葬。"②《弘治温州府志》谓"贫穷作诗,意趣悠远"。③

翁忱(1137—1205),字诚之,乐清长安乡排岩头人(今属七里港镇)人。

---

① 许及之《为转庵寿二首》:"年颜相去追随得,难老如公寿更颐。"此诗写于潘柽从福建任满归乡后。

② 《水心集》卷十三《墓林处士志铭》。

③ 南宋绍兴十二年三月,温州有举子何溥中进士。为秦桧之党,见《宋史全文》卷二十一上。

幼承家学,登淳熙五年(1178)进士。初授慈溪县尉,任满升湖南邵阳县令,转巴陵县令,甚有政绩。任满赴京述职,升郴州通判,在任积劳成疾,病卒。薛季常称其为"英才",以为缓急可用;在张栻幕久,为得力助手(《止斋集》卷三十六《答丁子齐》)。同年好友叶适为作墓志铭,称"文字重密,有周汉体。诗尤得句律,读之者如在庙朝听韶濩之音、金石之声,非山泽之癯所能为也"①。陈傅良称其"徐刘文采后,邹鲁典刑间",②且谓"翁子看时辈,平生不妄贤"。③ 四灵与之多唱和。

翁常之,号松庐,翁诚之弟,一生未仕,隐居柳市与华盖山④,诗文自娱。许及之、四灵等人与之多有唱和。叶适《翁常之挽词》谓:"晋画唐吟老愈成,堪嗟动转是风机。"许及之《次韵常之岁晚督才叔诗课》(《全》二四五二),可见诗社同仁督促作诗之情景。叶适序其文集,以为其诗"辨而不华,质而不俚","每言下句当如秤星船碇,缋画既定,不可移改。袖手风骚之坛,所厌服多矣"。⑤ 温州诗人如潘柽、许及之、翁诚之等外出为官时,翁常之隐然是当地诗社的领袖。

木待问(1140—1205),字蕴之。曾拜郑伯熊(1127—1179)为师。隆兴元年(1163)状元及第,颇得著名学者洪迈(1123—1179)的赏识。官至礼部尚书,卒于任。长于诗文,为温州诗社成员,见许及之《次韵木缊之题挹爽书院》诗。⑥

鲍潚(1141—1208),字清卿。历任处州、兴华军教授、湖运司幹办公事、新昌知县、潮州知州、融州知州。以主管冲佑观致仕,累官至朝散大夫。为温州诗社诗友,曾在会昌湖畔筑"混碧楼",温州诗人多于此赋唱和,见许及之《清卿求作混碧楼额因赋唐律》二诗(《全》二四五〇)。许、鲍两人交情甚厚,叶适铭其墓。许纶《涉斋集》卷九《送鲍清卿运幹调官还里二首》,有"两郡漫游官似水,七阶懒觅荐为梯"句,知其淡于仕途。

冯一德(生卒年不详),字贯道,《诚斋集》卷七十八《送冯相士序》:"永嘉道人冯君与予别四年,别我时自言将上九疑,历苍梧,以遍览岭表之山川,与南海之涛波……涉猎书传及唐人诗,善言骨相。"

---

① 《水心集》卷十五《翁诚之墓志铭》。
② 《止斋集》卷五《送翁诚之尉慈溪》。
③ 《止斋集》卷九《挽包颙叟》。
④ 如许及之《次韵常之秋日郊居十首》(《全》二四四七),《次韵常之五日禁竞渡》诗有"思远楼前重禁渡,容成洞里独看山"之句。(《全》二四四九)
⑤ 《水心集》卷十二《松庐集序》。
⑥ 许及之《次韵木缊之题挹爽书院》:"岁月多歧路,生涯几短亭。归来故人眼,相对旧时青。诗带烟霞寄,园知杖屦经。预愁逃社去,湖外渺沧溟。"(《全》二四四八)

　　刘孝若,生卒不详。年岁与许及之相若①,为"太学九先生"二刘(刘安上、刘安礼)之孙辈。住温州城西,温州诗社成员。许及之《酬孝若》:"同社唱酬虽数至,扣门剥啄未尝听。故交要识今吾面,不是遗民即隐丁。"《融州和孝若韵见寄并谢真爱赏梅之集复次韵奉酬二首》之一:"城南家训不籯金,曾共青灯课夜吟。往行二刘元作则,后人六艺尽师心。经传乡派源流远,诗到孙枝志思深。玉润风流今鲍叔,卜邻佳处到于今。"之二有"同病齐年各老成"之句(皆《全》二四五二)。按:"经传乡派",指刘孝若、鲍潚能传祖辈("太学九先生")学术(洛学)。融州即今广西融水苗族自治县,时鲍潚为知州,寄刘孝若唱和诗给许及之,许因而次韵。刘孝若已隐居于乡,在徐照《同刘孝若野步》诗中,刘孝若正是隐者形象。在鲍潚、翁常之、刘孝若等人身上,强烈地体现着永嘉文化中喜隐逸的一面。

　　叶德友,生卒不详。温州诗社成员,许及之有诗与唱和,其《次韵德友惠黄雀》有句曰:"哦诗思陶谢,论交怀管鲍"之句(《全》二四四四)。又有《次德友韵》:"有时拈笔弄纸墨,大似临敌收枪旗。投老且愿共诗社,斗健聊欲为儿嬉。"(《全》二四四五)。叶亦温州诗社成员。许及之《次韵叶德友苦热吟》《喜雨次韵翁常之苦热吟》,两诗乃同时所作,诗社唱和之实例也。

　　周和叔,生卒不详,许及之《周和叔挽词》诗有"不烦月旦课乡评,少日声名老更成"、"故交零落我伤情"之句(《全》二四五四)。陈傅良有《周和叔通判雪寒索酒戏用来韵以将朋尊》诗,可知和叔乃当时温州诗社之活跃人物。

　　王楠(1143—1217),字木叔。孝宗乾道二年(1166)进士。有《合斋集》(《宋诗纪事》卷五三),已佚。尤袤淳熙二年至四年(1175—1177)知台州,王楠为其属,与相继同僚者楼钥、彭仲刚、石宗昭及郡人石𡐫、逸民应恕、林宪等多有唱和②。这对其诗学观念影响甚大,叶适序其诗说:"木叔不喜唐诗,谓其格卑而气弱。近岁唐诗方盛行,闻者皆以为疑。夫争妍斗巧,极外物之变态,唐人所长也;反求于内,不足以定其志之所止,唐人所短也。木叔之评其可忽诸?"③"近岁"云云,指光宁时也。木叔行事见《水心集》卷二三《朝议大夫秘书少监王公墓志铭》、元人吴师道《敬乡录》卷十一《书王木叔

---

①　许及之《酬刘孝若二首之二》:"回首城南同舍时,参辰相望更为谁。杜门正愧衰兼懒,枉句多惭颂不规。新竹筛金鸣粉箨,初荷擎盖弄纹漪。小园景物堪供给,剥啄何时共说诗。"《次韵孝若谢报谒》二首之二有"菊老容成宜退听"、"写寄城西老朋友"等句。(皆《全》二四五二)

②　《水心集》卷二十三《朝议大夫秘书少监王公墓志铭》。

③　《水心集》卷十二《王木叔诗序》。

秘监文集后》。

潘霆，字材叔（一作才叔），生卒不详。善诗，许及之《送潘才叔赴合肥录事》二首之二有"才堪当一面，句可敌长城"之句（《全》二四四八），潘氏于诗道之造诣可见一斑。为温州诗社成员，见许及之《和才叔次韵》："诗社久疏索，吟笺殊涩悭。"（《全》二四四八），唱和甚勤。① 徐照有《送潘才叔倅新安》诗（《全》二六七一）。

潘茂和，似为潘才叔兄弟行。许及之《潘茂和才叔远访雨后饯别》诗有"连璧远相访，断金情有加"之句（《全》二四四八），"连璧"云云，知"茂和才叔"为两人，非一人。许氏另有《从潘济叔觅花栽得红蕉凤仙大蓼谓水栀仅有一窠寒窗不可无戏作二绝》诗（《全》二四六〇），济叔或为茂和之字欤？

王宣甫，生卒年不详，与许及之为世交（许诗《次韵王宣甫谢笔》有"两家托契更谁如"之句，《全》二四五三），温州诗社成员，见许及之诗《再次韵宣甫探梅》中"城中诗社新牢落，绝喜陶山慰所思"句。多与许氏诗歌唱和往来，见许氏《次韵王宣甫催梅》《次韵王宣甫催梅》（皆《全》二四五四）等诗。

梅南寿，生卒不详，许及之《再酬梅南寿》有句"报答一春无好语，更怜同社曲优容"（《全》二四五二），可知其为温州诗社成员。

陈直中，字颐刚，喜论兵，注《孙子兵法》。许及之、陈傅良皆与之唱和，许诗有"诗翁四十九行年，说着行边喜欲癫"之句，盖有大志而能诗者。另《止斋集》卷四十《分韵送王德修诗序》提及送行十四人中，有陈直中在内。

林渊叔（1144—1195），字懿仲，淳熙十一年（1184）进士。父起家巨万，兄颐叔（正仲）登乾道二年（1166）进士。《止斋集》卷一有《和林懿仲喜雪韵》多首，卷四十九《林懿仲墓志铭》谓："吾州俗尊重师友，前一辈尽，学绪几坠，比懿仲二三子，修故事，后一辈趋和之，而复知有师。……诵楚词、晋宋间人诗，于《诗》《礼》《周官》家掇取其说，间出已意，往往与经意合，盖晚而后诗寝工。"

陈谦（1144—1216），字益之，号水云。《林下偶谈》卷四"止斋送陈益之诗"条载："止斋送陈益之诗甚工，且有理致，首云'论事不欲如戎兵，欲如衣冠佩玉，严整而和平；作文不欲如组绣，欲如疎林茂麓，窈窕而敷荣。'盖陈益之年正盛，论事豪勇，而作文喜为诘屈聱牙，故以此勉之。"可见其早年行文

---

① 许及之《次韵才叔分韵得七字》："竹院主人新筑室，涓吉上梁辰取乙。鸠工度材合忙冗，分韵题诗能暇逸。独怜久不到容成，词组全无课秋律。自伤病足转拘挛，不复抛砖为倡率。转庵忽传七字作，顿扫陈言洗凡质。剩喜金风入诗思，定挽银河洗吟笔。鼓宫宫动妙入神，上医医国愈吾疾。联翩急扫烦寄似，已负今年七月七。"（《全》二四四五）又《酬才叔再用韵》："黄花未必相欺得，正要诗翁着句催。"（《全》二四四九）

之特色。"又云'桢幹盍亦烦绳墨,风味何如余典则',末云'君看风雅诗三百,亦有初章三叹息。'皆有深长之意,学者所当思也。益之自负用世才干而脱略,边幅不羁,故又以绳墨典则规之。"(出处同上)开禧北伐失败后陈谦被罢职,退居永嘉故里,筑室华盖山。与叶适(同榜进士)过往密切,在会昌湖边筑"与造物游"楼,永嘉诗人多酬唱其间。《全宋诗》录其诗十首,断句二。

沈体仁(1150—1211),字仲一,"太学九先生"沈彬老曾孙。于岷山之南筑阁,奉沈彬老所摹太学石经《春秋》,叶适名其阁曰深明,杨简作《深明阁记》。又于瑞安北湖建园林,"君为诗十章,闻者皆和之,而北湖之胜遂夸一时"(叶适《沈氏萱竹堂记》),《止斋集》卷七有《和沈仲一北湖十咏》。仲一为陈傅良弟子,陈多与之唱和。平生敬士好文,叶适铭其墓,有"书林画苑纷交罗,诗得好语终夜哦"之句(《水心集》卷十七)。

沈仲归,生卒不详,殆沈体仁兄弟行。许及之《酬沈仲归》二首之一:"曾倚平山望远峰,桥过真主昔回龙。词翻十事温卿阁,句敌三都蜀岭筇。置驿家风罗四面,挥毫帅守角千钟。来归肯作萧闲伴,一诵新篇一起容。"唐温庭筠(飞卿)才思敏捷,手八叉则赋已成;印度等地买到的四川制作的手杖,上刻有司马相如文章中的名句,许氏以此喻沈仲归才华出众。又,许氏《仲归以结局丁字韵二诗七夕乃连和四篇至如数奉酬》(《全》二四五二),可见当时温州诗社成员酬唱之频繁。

叶适(1150—1223),字正则,号水心居士,有《水心先生文集》。《全宋诗》收其诗 3 卷 395 首。

侯居甫,温州诗社成员,许及之婿。① 许氏《次韵居甫六绝句》之一有句:"君家城市俨山家,翠竹疏松靓物华。"(《全》二四五七),其家道殷实自不待言,大隐隐于市者(叶适《送侯居甫》诗亦有"宅古竹阴晚"之句)。戴栩有《送侯居甫监军器所门》诗。

温州乾淳诸老能诗者,远不止以上所勾勒的人数,此仅列诗名稍著者。陈傅良《翁诚之尉慈溪再拟祖送不及》一诗中云:"江头祖帐几百人,落纸珠玑诗什什。"("几"当作"近"解)又,陈傅良《分韵送王德修诗序》:"右松风轩分韵送行诗,十有四家:赵容字叔静,翁斑字处度,魏谦光字益之,王自中字道父,徐谊字子宜,项允中字子谦,陈直中字颐刚,潘雷焕字省之,徐宏字蕴之,蔡幼学字行之,潘霆字材叔,潘倩字尚之。张东野字孟卓,郑志仁字能

---

① 许及之《用韵酬侯居甫》:"吾家安得此乘龙,从今社里添光宠……咳唾珠玑有仲容。"《再用韵酬居甫》:"凌云健笔耸云峰,夺得标归信是龙。官似梅仙非素隐,山经谢屐伴栖筇。柳边待起明光草,花外要闻长乐钟。暂肯闻闲入诗社,来篇三复叹南容。"(《全》二四五二)

之。"诗人数量之多,群体意识之盛,有超乎后人想象之外者。①

二、光宗宁宗朝始以诗鸣者

温州光宗宁宗朝始以诗鸣者,以四灵为首,形成一个艺术特征较为齐整的诗歌群体。其成员如下(学界熟知者仅列名号、著作诸情况。无考者阙如,以俟再考。计 27 人):

徐照(?—1211),字道晖,一字灵晖,自号山民。四灵中年最长。有《芳兰轩诗集》。

徐玑(1162—1214),字文渊,一字致中,号灵渊。有《二薇亭诗集》。

蒋叔舆(1162—1223),字德瞻,号存斋。四灵与其交往颇密,其外出任职返乡时,均有诗相迎。戴栩为其所作《墓志铭》,称"于诗则不废四灵,于文则水心之门友"。其父将行简,字仲可,事迹见叶适所作《朝议大夫知处州蒋公墓志铭》(《水心集》卷十八)。

翁卷,生卒年不详,字续古,一字灵舒。生平未仕,以诗游士大夫间。有《西岩集》《苇碧轩集》。其弟翁永年,字尚可,景定初(1260)推恩,与郡人方来(齐英)并命,未几卒,年九十三(事见《弘治温州府志》)。由此推知翁卷约生于 1168 年前后。

陈西老,生卒不详。许及之《送陈西老西上并简张功甫》诗有"阙下曾传乐府篇"句(《全》二四五一),徐玑《寄陈西老》谓"风度平生友"(《全》二七七八),翁卷《陈西老母氏挽词》有"成家无别物,有子作诗人"句(《全》二六七三)。徐照远游,陈西老等人亦有诗钱别(《全》二六七一)。

贾仲颖,刘克庄谓:"永嘉多诗人,四灵之中,余仅识翁、赵,四灵之外余所不及识者多矣,贾君仲颖,余所未及识者之一也。"由此可推知其人年辈当与四灵相若。又谓:"五七言如'灯花寒影里,诗句雨声中'、如'尽开窗户容秋月,遍倚阑干看晚山',舍人司仓得意句也。""君生风雅之国,为社友所推,不问可知其诗矣。赵几道(汝回)、王德嘉兄弟,人物如璧,君与之友,又可知其人焉。"(刘克庄《后村集》卷二十三《贾仲颖诗序》)温州诗社,至四灵时仍活跃存在,而写晚唐体诗句,已成当地诗人"一般知识"矣。

赵师秀(1170—1219),字紫芝,号灵秀,又号天乐。太祖八世孙。有

---

① 如果联系当时温州巨量的举子人数,温州有近百位诗人似乎又是可以理解的。弘治《温州府志》卷十七《灾异》:"淳熙七年秋,贡院火,是年试者八千人,焚死者百余人。"刘宰《漫塘集》卷十三《上钱丞相论罢漕试太补试札子》:"温州终场八千人,今解四十名,旧解十七名。"叶适《水心文集》卷二十三《包颙叟墓记》:"温之士几万人,其选解拘于旧额,最号狭少。"

《清苑斋集》。

曹豳(1170—1249),字西士,一字潜夫,号东畎。宁宗嘉泰二年(1202)进士,官至福州知府兼福建安抚使。有《玉泉集》,已佚。事见《曹豳墓志》(《文史》第三十辑),《宋史》卷四一六有传。《全宋诗》录其诗八首。

钱文子,字文季,绍熙三年(1192)上舍释褐。嘉泰初(1201)为醴陵令,刻其曾祖姑诗集《萧台诗》三卷,周必大为序。又吕祖谦弟吕祖俭上书被送钦州收管,道出醴陵,钱文子私赆其行。嘉定元年(1208)为成都转运判官,作《山谷外集诗注序》。四年除宗正少卿。后退居白石山下,号白石山人。《宋史·艺文志》载其著作有:《孟子传赞》十四卷,《中庸集传》一卷,《诗训诂》三卷,《白石诗集传》十卷。皆佚。

薛师石(1172—1228),字景石,号瓜庐。工诗善书,生平未仕,筑室会昌湖上,与赵师秀、徐玑等多有唱和。有《瓜庐集》。嘉熙元年(1237)赵汝回题薛师石《瓜庐诗》,文中首次对四灵诗派作了勾勒。

卢祖皋(1173?—1224),字申之,又字次夔,号蒲江。宁宗庆元五年(1199)进士。工乐府,意度清远,江浙间多歌之(《花庵词选》)。诗风清苦似四灵。许及之《次韵卢次夔直学投赠二首之一》有句:"大难过访忆曾酬,谒人徒惭刺字留。惠我新诗堪照夜,喜君逸气正横秋。"又《次韵卢康伯别家塾后示惠二诗》(皆《全》二四五二),卢康伯殆在许及之家为西席,似为卢祖皋之父。申之有词集《蒲江词》。

薛师董,字子舒。师石弟,陈谦女婿(见《水心集》卷二十五《朝请大夫提举江州太平兴国宫陈公墓志铭》)。叶适称其"未闻先悟,未睹先领"、"极古穷今,以锱称铢"(《祭薛子舒文》)。曾重造温州名胜敬亭,叶适为作《敬亭后记》。

刘明远,永嘉人。与四灵交往密切,常有诗歌唱和。曾往华亭、和州等地任微官。一生常隐居,文才较佳。

刘咏道,继四灵而起者(《南宋群贤小集·瓜庐诗》附王绰《薛瓜庐墓志铭》)。其人乃隐逸之士,喜韩文杜诗,诗风似异于同派其他诗人,殆与前辈诗人王楠主张宋诗同调。《水心集》卷七有题刘咏道游雁荡诗。刘咏道殆与四灵诗人一样,好游山水。

戴栩,字文子,戴溪族子。尝学于叶适。宁宗嘉定元年(1208)进士。清四库馆臣据《永乐大典》辑得《浣川集》十卷,其中诗三卷。

潘亥,字幼明,号秋岩。潘柽子。与赵师秀同时(《前贤小集拾遗》卷三)。许及之《转庵挽词》有"万卷千篇倚二儿"之句,知潘亥兄弟皆能守家法。《全宋诗》存其诗四首。

张直翁,曾官慈溪、筠阳、湖南等地。沈体仁(仲一)之婿。诗则继四灵而起者,见王绰《薛瓜庐墓志铭》(《南宋群贤小集·瓜庐诗》附)。薛师石《送张直翁之筠阳》诗有"时平民事少,诗句定能清"之句。

刘植,字成道,号渔屋。"太学九先生"刘安上曾孙。性喜云游,游必有诗。有别业名渔屋。诗集名《渔屋集》,已佚。翁卷、戴栩、释居简、赵汝回等皆与之唱和。吴泳《鹤林集》卷三十二《答刘成道书》谓:"某近来看诗,觉得须是以三百五篇为标本,以汉苏李枚生、建安诸子、晋宋陶谢等诗为风骨,然后能长一格……成道若用心科举外,当直以古人自期,更勿从晚唐诸人脚下做起生活,此则朋友之望也。"可知刘成道诗学四灵。

赵汝迕,字叔鲁(《前贤小集拾遗》卷三),一字叔午(《浙江通志》卷一八二),号寒泉(《宋诗纪事》卷八五)。乐清宗室。登嘉定七年(1214)第。兄弟群从多掇高第,汝迕尤以能诗名。许棐以"谪仙"目之,并云"世间多少王孙贵,无我寒泉一句诗。"(《梅屋集》卷一《赵叔鲁》)

赵汝回,字几道。乐清宗室,登嘉定七年(1214)第。弘治《温州府志》谓其好苦吟,兴致高迈,自成一家。名重当时,从其学者多知名。(有黄岩人赵师渊,亦宗室,亦号几道。)

赵崇滋,字泽民,登嘉定第。父汝鉴,终通判道州。崇滋少颖悟,卓荦不群。弘治《温州府志》谓其工诗,优入骚人阃域。

赵希迈,字端行,号西里。游叶适之门。宝庆三年(1227)任嘉定县尉,端平间(1234—1236)任雷州通判。其词《满江红》上阕云:"三十年前,爱买剑买书买画。凡几度、诗坛争敌,酒兵争霸。春色秋光如可买,钱悭也、不曾论价。任粗豪、争肯放头低,诸公下。"亦文豪之士也。《全宋诗》录其诗一卷45首。

陈昉,字叔方,号节斋。岘子,以父荫补官。有《颍川语小》二卷传世。

徐太古,先是隐居于乡,后应诏出仕。诗学四灵。薛嵎《云泉诗》有《徐太古主清江簿》诗:"四灵诗体变江西,玉笋风清首入题。旧隐乍违鸥鹭去,新篇高与簿书齐。"

陈居端,生卒不详,与薛师石有唱和。

胡象德,生卒不详。薛师石有《赵叔鲁端行胡象德携酒见顾》诗:"一贤二公子,枉驾瓜庐丘。烹鱼载美酒,竟夕为我留。评诗仍和曲,举白不计筹。"盖薛师石等人诗友。

高竹友,生卒不详。

据王绰《薛瓜庐墓志铭》,以上五人皆继四灵而起者。王绰为乾淳诸老之一,水心畏友,而薛师石卒于1228年,王绰去世当不会后于此年太久,故断王绰目见之高竹友等人,为宁宗朝诗人,此后则为理宗朝(1225)始以诗名的温州诗人,如宋庆之、薛嵎、陈圣元、宋希仁等。他们已超出本章论述范围,不再涉及。

三、两代诗人之承合

以上温州两大诗人群体,年龄有前后辈关系(相距最远者尚不止),但创作上又有共时关系。自光宗朝(1190—1194)起,温州诗人创作进入历史高潮时期。四灵组合在松台山、会昌湖一带唱和①;绍熙三年(1192)赵师秀出仕,入郑侨(1144—1215)幕,温州诗人在会昌湖边送行,翁卷、薛师石及侨居诗人葛绍体均有诗。绍熙五年(1194)七月,光宗禅位于宁宗,温州官僚多参与其中,随后韩侂胄掌权,政局突变,温州在京官员多受排挤,落职回乡。潘柽、许及之同住城东华盖山,周学古、翁诚之兄弟、刘明远等皆在此相与唱和;而陈谦、鲍溂、四灵辈等人则以会昌湖为中心举行诗歌唱和。自嘉泰元年(1201)起,伪学之禁稍弛,叶适等温籍官员被起用。四灵辈诗人也大多在此时短暂出仕。北伐失败(1207),温州官员又多受谴流放,乾淳一辈诗人在挫折中陆续谢世,在乡者再次发起诗歌唱和盛会,光宁朝崛起的温州诗人接过诗歌大旗,四灵诗派达到鼎盛期。此光宁两朝温州诗坛的大致情况。

温州地域文化性格中,有一种强烈的"抱团"意识,北宋末年的"太学九先生"身上已现雏形②,之后的永嘉经制之学,同样可看到温州学术界"抱团"的现象。再以文学创作来讲,温州诗人们唱和结社的历史与地域文化的兴起同步。许景衡《乡会诗钱晋臣和韵谢之》诗说明在北宋末③,温州已流行乡会作诗的风气。南宋初期王十朋《梅溪集》中多载其与乡里众多文士唱和酬咏之作,此时温州已有组织稳定的诗社④(见本文第一节注二)。陈傅良堂弟陈蕃叟赴江西任,同饯者有当地十位诗人⑤;翁诚之赴官,当地众多

---

① 吴晶《永嘉四灵传》,浙江人民出版社 2008 年版。

② 周行己《赵彦昭墓志铭》谓:"(温州)居太学不满十人,然而学行修明,颇为学官先生称道。一时士大夫语其子弟,以为矜式,四方学者皆所服从而师友焉。"自豪之情难掩。《止斋集》三十六《与林懿仲(书)》之二:"朋友宦游四方,虽时时上心,亦未有余力相照烛,非忘之也。"卷五十一《福州长乐县主簿诸葛公行状》:"往年余与薛叔似象先、陈谦益之俱会行在所,私相语,为授福之长乐簿。公(诸葛说,字梦叟)重违吾党意,强起之官。"此皆温州士人抱团之显证也。

③ 《横塘集》卷一。

④ 据周扬波《宋代士绅结社研究》(浙江大学,2005 年博士论文),南宋永嘉之地就有戴栩诗社、贾仲颖诗社、永嘉诗社、潘柽诗社、东嘉诗社等,其中永嘉诗社就包括四灵成员中的赵师秀和徐玑。

⑤ 陈傅良《送蕃叟弟移江西抚幹分韵诗引》,《止斋集》卷四十。

诗人相送①，王德修外出为官，于松风轩分韵送行诗者十四人："吾乡风俗，敬客而教师友。每一重客至，某人主之，邻里乡党知客者必至，不知客知某人者亦至。往往具籩豆，登览山水为乐，间相和唱，为诗致殷勤，或切磋言之。于其别，又以诗各道所由离合欢恻之意，冀无相忘。盖其俗然久矣。"②四灵诗派的出现，也同样受到以叶适为首的温州名士的大力提携和揄扬。这种地域文化性格应是理解光宁朝温州诗人创作的重要背景。

两代诗人在光宁朝的切磋交流，文献历历可征。徐玑居家时，即与同乡前辈诗人翁诚之、翁常之兄弟交游，徐玑在他们身上学到很多："翁侯两兄弟，志尚等高独。闲心没江鸥，逸兴狎山鹿。难兄早登第，高风动乔木。湘南花满汀，百里正膏沐。归作山水游，词源倾百斛。令弟小谢徒，深沉郁林麓。优游千卷书，平生几竿竹……善诗如善韵，警响间圆熟。……论诗暮继朝，吟思俱掣掣。"（《奉和翁千四知千十四隐居山中作》）1195年左右，赵师秀从建康郑侨幕回，徐玑从福建浦城任上回，潘柽有诗相迎，徐照有《和潘德久喜徐文渊赵紫芝还里》诗，可见老一辈诗人与年轻诗人之间亲近的诗歌唱和联系。

伪学之禁起，部分温州籍士人被迫闲居在家，度过了两年多时间。许及之赠年轻诗人卢祖皋诗句"惠我新诗堪照夜，喜君逸气正横秋"，那份鼓励之情不难体会到。叶适于会昌湖畔筑别业，赵师秀、蒋叔舆、徐玑等晚一辈诗人团结在其周围；特别是1207年后叶适落职回家，从此不再出仕，醉心于诗歌创作，举行诗会，对四灵创作理念进行了高度总结和大力推广（曾选编《四灵诗选》交陈起出版）。③温州诗歌创作再次进入高潮。鲍潚于会昌湖畔筑"混碧楼"，邀当地诗人唱和其中，今存之诗有：徐照《题鲍使君林园》《会饮鲍使君池台》、徐玑《中秋集鲍楼作》、翁卷《鲍使君闲居》，众人将他比作田园诗人陶渊明。鲍潚是温州诗社的活跃人物，与诸人唱和甚频，惜无作品传世。叶适称其尤喜文事，结交文友，常"与一世朋友上下，文墨论议之间，宫动商应而笙镛错陈之也，然而不以养交党，资进取。一吟一咏，有陶、谢之思；一觞一曲，有嵇、阮之放；隐几永日，澹泊灰槁，有瞿、庄之决也。"（《朝散大夫主管冲佑观鲍公墓志铭》，《水心集》卷十六）陈谦罢职后退居永嘉故

---

① 陈傅良《翁诚之尉慈溪再拟祖送不及》，有句"江头祖帐几百人，落纸珠玑诗什什"，场面非常壮观。徐玑亦有《送翁巴陵之官》，其《翁通判挽词》其二云："昔年楼上饮，分韵正秋深。"
② 陈傅良《分韵送王德修诗序》。
③ 行文至此，笔者不得不对叶适与四灵的关系作一简短补充说明。四灵的诗歌创作不是在叶适的指导下进行的，叶适的诗学理念也非来自四灵。特叶适与四灵，共同承接永嘉学术的文学自觉精神，不约而同地指向晚唐诗学。叶适以其文坛影响力，光大了四灵的诗歌路数，正如钱志熙所指出的那样，叶适也成了四灵的"眼睛"，他们从叶适的评价中发现了自己的价值所在，从而进一步坚定了已有的诗学取向。

里,于会昌湖畔建水云庄、与造物游楼。当地诗人(特别是四灵)常聚集于水云庄或与造物游楼唱和作诗,今存诗有:徐照《题陈待制湖楼》、《陈待制五月十四日生朝》、赵师秀《陈待制湖楼》、《和陈水云湖庄韵》、徐玑《题陈待制湖庄》、翁卷《和陈待制秋日湖楼宴集篇》。以上数诗,多有同韵唱和,彼时诗艺切磋之热烈可想而知。众诗人感觉堪比当年会稽"兰亭集会"。当年轻诗人艺术上尚未成熟时,乾淳辈诗人们及时地给予了热情指点;当后者在创作上尚不自信时,他们则给予鼓励①;并将他们热情地介绍给外郡名流。②在这种唱和之中,外来诗学新潮与地域诗歌传统,不知不觉间,完成了融合和传承的过程。③ 四灵诗派的出现,绝非偶然。那么,光宁朝四灵辈诗人,从前辈诗人那里,得到了哪些诗学经验?

弘治《温州府志》云:"濂洛之学方行,诸儒类以穷经相尚,诗或言志,取足而止,固不暇如昔人体验声病律吕相宜也。潘柽出,始创为唐诗;而师秀与徐照、翁卷、徐玑寻绎遗绪,日煅月炼,一字不苟下,由是唐体盛行。"④这里实际指出了从乾淳辈诗人到光宁朝诗人,温州诗歌极富自身特色的发展之路,而"体验声病律吕"、"日煅月炼,一字不苟下",则是温州诗人创作的明显特征。

潘柽游走半天下,作诗倡唐律,不唯与乾淳之际中兴诗人转学唐诗的大潮流一致,而且在温州一地,也是开风气之先。唐诗与宋诗(以江西诗派为代表)的差异,温州诗人看得很清楚。"夫束字十余,五色彰施而律吕相命,岂易工哉?故善为是者,取成于心,寄妍于物,融会一法,涵受万象……此唐人之精也。"(《徐道晖墓志铭》,《水心集》卷十七)"初,唐诗废久,君与其友徐照、翁卷、赵师秀议曰:'昔人以浮声切响、单字只句计巧拙,盖风骚之至精也。近世乃连篇累牍,汗漫而无禁,岂能名家哉?'四人之语遂极其工,而唐诗繇此复行矣。"(《徐文渊墓志铭》,《水心集》卷二十一)"唐人之精"、"风骚之至精"指唐诗,"连篇累牍,汗漫而无禁"指宋诗。褒贬之间,温州诗人的诗学取向就很清楚了。

学唐诗,重要内容是重"句律"。"句律"是四灵从前辈处得来的重要诗

---

① 陈傅良《再次韵简新第诸人》,有"吾今已定渔樵约,勋业烦公一辈人"之句,对后辈殷殷期望。

② 陈亮、姜夔来温,乾淳辈诗人多广邀诗友出面招待,光宁朝诗人无疑在其中。卢祖皋去临安,许及之将他介绍给老友张镃。四灵在江西拜会诚斋、周必大、二泉等长辈诗人,也应得到温州乾淳辈诗人的介绍。

③ 关于温州诗人与外郡诗人的诗学交流,笔者已有另文《地域文学交流与温州诗歌创作》,刊《文学与文化》2010年第2期。此处不再展开。

④ 这个说法,是综合了叶适对潘柽、徐照、徐玑三人文学地位的定论而成的。

学观念之一。陈傅良《送翁诚之尉慈溪》(之二)有"诗律吾将问,心期孰与亲"之句(《止斋集》卷五);《答丁子齐》三之一"示及新篇,意趣闲淡,然诗律更当进步"(《止斋集》卷三十六);《书种德堂因记陈仲孚问诗语》:"然古词务协律而尤未工,仲孚尝问诗工所从始,余谓谢元晖。杜子美云'谢朓每篇堪讽咏',盖尝得法于此耳。'解道澄江静如练,令人却忆谢元晖',与子美同意。"(《止斋集》卷四十一)叶适《翁诚之墓志铭》称翁诚之诗"文字重密,有周汉体诗,尤得句律"(《水心集》卷十五);《沈元成墓志铭》说沈元成(诚)"曲文短句亦中程律"(《水心集》卷十五)。

对句律的讲求,就是对诗歌"法则"的追寻,这与温州地域文化中重视"经制法度"的精神是一贯的。此前,永嘉文体也是讲求法度,开启了后世形式批评的先声,诗文点批,正是受永嘉文体诸公形式批评的影响而日益见重的。

讲求"句律",离不开苦吟。《水心集》卷八《翁常之挽词》:"晋画唐吟老愈奇,堪嗟动转是风机。"又卷二十八《祭翁常之》:"诗抽情而丽密,赋写物而宏壮。方五字之得隽,甚百胜而霸王。每孤吟而永日,何计外之得丧。"四灵诗派作诗强调苦吟,深受前辈作诗风范的影响。

第四节　地域文化自觉与南宋温州诗歌创作

南宋开禧初,姜夔再游浙东,至永嘉,潘柽等温州诗人在富览亭接待。姜夔赋《水调歌头》词:

> 日落爱山紫,沙涨省潮回。平生梦犹不到,一叶眇西来。欲讯桑田成海,人世了无知者,鱼鸟两相推。天外玉笙杳,子晋只空台。　　倚阑干,二三子,总仙才。尔歌远游章句,云气入吾杯。不问王郎五马,颇忆谢生双屐,处处长青苔。东望赤城近,吾兴亦悠哉。①

这首词涉及了温州最主要的一些历史文化符号:富览亭"在郭公山上,宋建,登者不越几席而尽山水之胜";②郭公即定下温州城规模的郭璞,字景纯,著名仙道人物,游仙诗的开创者;"玉笙杳"指王子晋,字子乔,周灵王的太子,刘向《列仙传》载其吹笙引鹤,成仙飞去;"空台"指子晋吹笙台,温州

---

① 唐圭璋编《全宋词》(3),中华书局,1965年版,页2187下。
② 《明一统志》卷四八《温州府·宫室》,文渊阁《四库全书》本,472册,页1113上。

有吹台山、吹台乡，"乐清"之名亦得于此；王郎五马指王羲之，据说其为温州守时庭列五马，温州有五马坊、洗砚池；谢生双屐指谢灵运，中国山水诗的开创者。一个外来人在温州作诗填词，尚无法摆脱当地历史文化符号的强烈制约，那么，自小生养其中的温州诗人①，其创作中渗透着地域文化底色，当不难理解。温州诗歌重摹山范水，多用白描手法，诗风清苦，均与地域文化的底色密切相关。

温州地域文化自觉的内涵丰富，表现多端，详述则显然不是本文能胜任的，也非本文的重点。此处就其中对诗歌创作起到重要影响的三点进行解说，即温州山水文学传统、温州的佛道信仰及隐逸传统。

一、山水文学传统与温州诗歌创作

谢灵运是温州地域文化中的文学坐标。据沈约《宋书·谢灵运传》载，谢灵运"性奢豪，车服鲜丽，衣裳器物多改旧制，世共宗之，咸称谢康乐也"。除纨绔习性之外，他最大的爱好是游山玩水。为永嘉太守时，"遂肆意游遨，遍历诸县，动逾旬朔，民间听讼不复关怀。所至辄为诗咏以致其意焉"；"尝自始宁南山伐木开径，直至临海，从者数百人。临海太守王琇惊骇，谓为山贼，徐知是灵运，乃安"；"为临川内史，加秩中二千石。在郡游放，不异永嘉"。② 谢氏显然不是合格的官员，但确是优秀的文学家。温州风景佳处极多，远如雁荡山，近则松台山、会昌湖、郭公山、华盖山、孤屿等，都是康乐公"谢屐"踏到之处，且吟咏于笔端。温州的自然山水或人文景观，从此有了永恒的"谢公"印记：忆谢亭、侣鸥亭、西射堂、读书堂、梦草堂、北亭、谢池、媚川、孤屿、江心亭、谢公楼、谢公岭、谢公岩、石门洞……与他有关的地方名胜古迹在在皆是。谢灵运发现的永嘉山水，以及由此而产生的山水文学③，都

---

① 此处所论南宋温州诗人群体由两部分诗人构成："乾淳诸老"而能诗者，光宗宁宗朝始以诗鸣者。前者以潘柽、许及之、翁常之等人为代表；后者以四灵为代表。参笔者《南宋光宁两朝温州诗人群体研究》(《温州大学学报》2010年第6期)

② 《宋书》卷六七《谢灵运传》，中华书局，1974年。页1743,1753—1754,1775,1777。

③ 历史上曾参与创造温州山水文学传统的文化名家还有很多，如陶弘景。陶氏云游方外，公元6世纪初到永嘉楠溪江畔风景秀丽的大若岩石室隐居。他在《答谢中书书》所描绘的永嘉山水："高峰入云，清流见底。两岸石壁，五色交晖。青林翠竹，四时俱备。晓雾将歇，猿鸟乱鸣。夕日欲颓，沉鳞竞跃。实是欲界之仙都。自康乐以来，未复有能与其奇者。"(《艺文类聚》卷三七，上海古籍出版社，1982年，页669)王京州《陶弘景〈答谢中书书〉创作背景考》一文指出，谢中书是谢览，清流实指楠溪江。见《温州大学学报》2006年第4期。又如丘迟(464—508)《与陈伯之书》是散文史上的名篇(《文选》卷四三，中华书局影印本，1977年，页609下)，其中"暮春三月，江南草长，杂花生树，群莺乱飞"数句，写尽江南春色。此文作于梁天监四年(505)，丘迟刚从永嘉太守任上被辟为北伐谘议参军、掌书记。这里的"江南"，就是以温州为背景的。

是温州人引以为自豪的文化资源,北宋末温州籍高官许景衡曾说,晋宋风流主要出于此地。① 然而,此时温州地域文化未起,故后继者寥寥,永嘉山水仅在少数外来文人笔下孤悬一线。② 直到数百年后,在北宋元丰初结集的《三游集》中方重放光彩,并在京城产生轰动③,提升了温州文人的信心;又经几代人相传相授,乾淳之际温州诗人群体出现,他们与谢灵运所倡导的山水诗有了集体呼应,并最终迎来了温州诗歌复兴的"四灵时代"。④

温州诗人作诗,头脑中不时闪现"谢公"的影子,如:

> 争不游山忆谢公,亭成孤屿恰当中。(许及之《登忆谢亭并呈质弟》)
> 谢客纾目力,郭公参地形。(许及之《次韵薛子明由罗浮登富览》)
> 昔年谢康乐,筑居待其终。(叶适《宿石门》)
> 州民多到此,犹自忆髯公。(徐玑《初夏游谢公岩》)
> 修行谢康乐,庵有故基存。(徐玑《题石门洞》)
> 却疑成片石,曾坐谢公身。(徐照《题江心寺)⑤
> ……

谢灵运的影响,对温州诗人来说,绝非"焦虑"⑥,而是自豪、敬仰、模范。兹以江心屿为例说明之。

江心屿,又名中川孤屿,位于温州瓯江之中。古时为两个小岛,谢灵运曾登此,写下"孤屿媚中川"等名句,媚川、孤屿之名因此而起。晚唐以来,屿上逐渐建成梵宇和道观。咸通七年(866),于西山东麓建净信禅寺。宋开宝

---

① 许景衡:"某窃以永嘉名郡,江山秀发,甲于东南。自昔颜、谢相继出守,率以登临吟咏为事。考之载籍,则晋宋风流多出于此。"《横塘集》卷一六《上石守》,文渊阁《四库全书》本,1127 册,页 314 下。

② 孟浩然咏温州山水诗,多为与张子容唱和而作,影响较大。宋代,与苏轼同时略早的杨蟠,曾为温州守,留有咏温州诗多首,见《全宋诗》(8),页 5034—5031。

③ 神宗元丰初,一代名臣赵抃致仕,其子赵岏时为温州郡丞,筑戏彩堂以养老,而郡守石牧之、李钧、县令朱素、当地名宿林石等,互相唱和,前后长达三四年。这些唱和诗结成《三游集》,名动京师(陈傅良《新归墓表》,《止斋先生文集》卷四八,《四部丛刊》缩印本,237 册,页 241 下—242 下),苏辙《栾城集》卷一一有《寄题赵承事岏戏彩堂》(上海古籍出版社,1987 年,页 256 页),可证此事不虚。

④ 四灵指温州的四位诗人:徐照(字灵晖)、徐玑(号灵渊)、翁卷(字灵舒)、赵师秀(号灵秀)。他们主要的创作年代约为 1190 年至 1124 年之间。

⑤ 以上各诗分别见《全宋诗》(46),页 28352;《全宋诗》(46),页 28289;《全宋诗》(50),页 31208;《全宋诗》(53),页 32863,32872;《全宋诗》(50),页 31361。

⑥ 布鲁姆(Harold Bloom),当代美国著名文学批评家,著有《影响的焦虑》、《解构与批评》等书。

二年(969),又于东山西麓建普寂禅院,并先后建西塔、东塔。南宋绍兴八年(1138)阿育王寺住持清了禅师奉诏来温州,合江心屿之龙翔、兴庆二禅院为一巨刹,楼阁堂庑百有余间。高宗赐名为"龙翔兴庆禅寺"。① 连外国僧侣(应为日本和南亚僧人)也慕名而来,"两寺今为一,僧多外国人"。② 江心屿遍布殿堂亭榭,古迹众多,树木葱茏,风景秀幽。

南宋时江心屿上曾有亭曰"媚川图",盖谓其地景观美如图画。许及之《媚川图亭上观江心寺》诗,曾引起温州诗人群和,许氏尚留下多首回应诗,如《酬翁常之和媚川图上观江心寺诗》《某谬题媚川图江心寺晚荷仲归兄依韵宠和至再愈工勉酬厚意终惭辞费》等(以上"多"韵);诸人依原韵唱和以外,兴犹未尽,又转韵和之,许及之再次回应,如《酬常之换韵和江心寺诗》《再次常之换韵题江心寺诗》《次王宣甫题媚川图韵》等(以上"虞"韵)。温州诗人这次群体唱和,与其说是吟咏媚川图亭和江心寺,不如说是集体缅怀谢灵运。何以见得?许及之《再次常之换韵题江心寺诗》道出其中奥秘:"不是谢公亲历览,相忘只竟渺江湖。"③如此山川,都托谢公发现之福。

谢灵运在此留下的写景名篇《登江中孤屿》,其中"乱流趋正绝,孤屿媚中川。云日相晖映,空水共澄鲜"数句④,体现了经典的谢氏创作方式——凭着细致的观察和敏锐的感受,运用准确的语言,对山水景物作精心细致的刻画,篇末加上人生无常的感叹以升华全诗主旨。温州诗人无形中受到他的影响。许及之《与同社游山园次翁常之韵》全诗较长,中间数句描摹江心寺景观:"修岚烁紫翠,远目眩朱碧。崚嶒双塔影,突兀古殿脊。媚川溟渤宽,绝境天地窄。前贤未尝亡,胜趣何有极。兹时届清和,同社共推激。"⑤其篇章布局以及描绘手法,明显是模仿谢灵运的。逝水如斯,山川依旧,"前贤"云云,许及之脑海中挥之不去的是谢灵运的影子和他的诗篇。何止许及之一人如此,其他温州诗人到此皆有同感:"却疑成片石,曾坐谢公身。"(前引徐照《题江心寺》)谢灵运的诗歌语言,特别重视描写实景实物的效果,具有强烈的写实性,正如刘勰在《文心雕龙·明诗》所指出的那样:"俪采百字之偶,争价一句之奇;情必极貌以写物,辞必穷力而追新。"⑥永嘉四灵诗派

---

① 弘治《温州府志》卷十五《宫室·寺观·江心寺》,上海社会科学院出版社,2006年版,页407。
② 徐照《题江心寺》,《全宋诗》(50),页31361。
③ 以上各诗分别见《全宋诗》(46),页28355,28354,28382,28355。
④ 《文选》卷二六,页379下。
⑤ 《全宋诗》(46),页28288。
⑥ 范文澜《文心雕龙注》卷二,人民文学出版社,1958年版,页67。刘勰是站在批评的角度提出这一点的,不过,倒是非常真切的概括。

重视摹写自然,语言上刻意追求寻常语中见深意,均可看出谢灵运山水诗影响的痕迹。

乾淳时期,诗坛正发生着深刻的变化。中兴诗人们普遍抛弃江西诗派"资书以为诗"的创作方式,将目光转向现实生活与大自然,"君诗妙处吾能识,正在山程水驿中"①、"小荷才露尖尖角,早有蜻蜓立上头"②。这种诗学诗潮,与温州自谢灵运以来自确立的山水文学传统,精神契合,故南宋中兴诗坛的诗歌新思潮,能被温州诗人认可,并产生影响。叶适说徐照作诗"上山下水,穿幽透深"③,这也可视作温州诗人的普遍现象:

> 佳句自山来,居然起衰惫。(许及之《次韵转庵用山谷半字韵见寄》)
> 更远更疏应不在,山谣水语记精神。(叶适《诗悼路钤舍人德久潘公》三首之二)
> 沿路万千景,费君多少吟。(翁卷《送刘成道》)
> 四灵诗体变江西,玉笥峰青首入题。(薛嵎《徐太古主清江簿》)④

时代思潮与文学传统,在此奇妙地结合,这或可作为考察温州诗歌创作、特别是四灵诗学来源的重要视角。应当指出的是:四灵诗派在继承前人山水诗艺术成就的基础上,又有自己的创新——从山水题材向农村题材拓展,增添了诗歌的生活气息,以田园生活特有的闲逸、淡泊情趣,改造了谢灵运山水诗中难以掩抑的焦虑、悲凉心境,如徐玑的《新凉》诗:"水满田畴稻叶齐,日光穿树晓烟低。黄莺也爱新凉好,飞过青山影里啼。"⑤卢祖皋《庙山道中》诗:"粉黄蛱蝶绕疏篱,山崦人家挂酒旗。细雨嫩寒衫袖薄,客中知是菊花时。"⑥语意清新,颇能摹写村居景趣。⑦

二、佛禅文化对温州诗歌创作的影响

温州夹处台州和闽北之间,而两浙和闽地自孙吴东晋以来蔚为佛禅文化的重镇,台州尤盛。陈隋之际,智者大师在台州创立天台宗,是中国第一

---

① 陆游《题庐陵萧彦毓秀才诗卷后二首》之一,《全宋诗》(40),页25200。
② 杨万里《小池》,《全宋诗》(42)卷二二八一,页26165。
③ 叶适《徐道晖墓志铭》,《叶适集》卷一七,中华书局,1961年,页321。下引该书版本同。
④ 以上各诗分别见《全宋诗》(46)卷二四四三,页28284;《全宋诗》(50)卷二六六三,页31264;《全宋诗》(50)卷二六七三,页31420;《全宋诗》(63)卷三三三九,页39881。
⑤ 《全宋诗》(53)卷二七七八,页32885。
⑥ 《全宋诗》(54)卷二八三九,页33803。
⑦ 韦居安《梅磵诗话》卷中,中华书局,1983年,页565。

个大乘佛教派别,在江南影响甚广。天台教建立在综合唯识与空宗两派思想的基础之上,主张"一念三千说"和"圆融三谛"①,当下一念,即转虚妄世界为实在的清净世界。唐时,温州已有名僧玄觉,俗姓戴,居帆游乡。少精天台宗,贞观后往曹溪参六祖,一见,语契而去,时谓一宿觉。卒,葬温州会昌湖畔松台山。有《永嘉证道歌》流行于世。② 北宋时温州有高僧本先,张氏子,得法于天台韶国师。继忠,永嘉人,丘氏子,八岁落发受戒,长习经律,劳苦得疾,不瘥,乃精修观音三昧。四明延庆广智大师传天台教,往就学,后代师讲演。住法明寺,法席之盛甲于东南(元丰五年正月八日坐化)。著《扶宗集》五十卷。南宋时,浙东佛禅文化因政权中心的南移而更加兴盛。南宋禅院"五山十刹"中,浙东就占有其中的二山:宁波天童寺(天童山)和阿育王寺(阿育王山),以及其中的四刹:温州龙翔寺、奉化雪窦寺、天台国清寺、金华宝林寺。程民生《宋代地域文化》载:南宋时,明州有大小寺院二百七十六座,越州有三百四十二座,台州有三百六十一座③。弘治《温州府志》卷十五"宫室·寺观"所载寺、庵,其数目亦相当可观,由此可以推想当时温州佛禅兴盛的一般情形了。南宋温州高僧有:道琛,永嘉人,仙洋彭氏子,乐清政洪院僧,传天台教观。南宋建炎四年(1130),宋高宗赵构避兵温州,曾驻跸江心屿普寂禅院,诏改林灵素故居为资福教院,吕颐浩荐圆辩法师道琛任主持。道琛后往四明延庆寺,士俗倾向,谓真佛出世。景元,永嘉人。南溪张氏子,习天台教,去之蒋山见圆悟,悟旨;俗称布袋禅师,世称此庵禅师。从瑾,永嘉人,南溪张氏子;晚退居鹿园庵,薛士龙、陈君举皆与之游,诸人称其"前辈",年八十四,书偈而寂,世称雪庵禅师。④ 弘治《温州府志》卷十四"仙释""从瑾"条谓"永嘉名僧,前后非一,惟无示(介谌)、心闻(翔龙寺禅师)、雪庵三世师传,接武继响,振撼诸方垂七十年"。翁卷约生于1168年,有《悼雪庵禅师》诗,可知翁卷成年后犹及见雪庵,由此推测雪庵卒于1190年以后。温州佛学(天台宗)约在1120—1190年间,达到鼎盛时期。

此时温州佛教文化有一个新的变化:默照禅开始流传开来。正觉(宏智禅师)自建炎三年起住宁波天童寺,长达三十年,创寺屋近千间,四方学者奔辏,逾千二百。倡默照禅,在禅风日下(如机锋、话头、棒喝等)的

① 《辞海》(缩印本),页1383中"天台宗"条。上海辞书出版社,1989年。
② 《宋高僧传》卷八《唐温州龙兴寺玄觉传》,中华书局,1987年版,页184—185;弘治《温州府志》卷十四《仙释》本传,页401。
③ 程民生《宋代地域文化》,河南大学出版社,1997年版,页263。
④ 以上数人,均见弘治《温州府志》卷十四《仙释》。

当时,默照禅有意回归达摩禅的禅定、止观证道路径。其名偈曰:"默默忘言,昭昭现前。鉴时廓尔,体处灵然。灵然独照,照中还妙。"①在禅定观照中,领悟虚明澄静的喜悦与解脱,达到物我两忘的境界,进而领悟本心清净、一切皆空的佛教真谛。大慧宗杲专以看话(公案提斯)为参禅正途,骂曹洞宗默照禅为"邪禅",清了(真歇禅师)驳斥之,以为主看话禅者不过是"运粪人"。② 如前所述,清了为温州江心寺主持,影响极大。温州流行之佛教,天台宗以外,必有默照禅无疑。清了和正觉乃曹洞宗丹霞淳禅师的两大弟子,两人皆尊师道琛。由此可看出:天台宗在温州佛教界地位较之曹洞宗稍高。

南宋以来,温州的知识界,素以事功思想著称,然大部分人的思想恐不必尽如此,佛禅文化对当地知识界的影响,更加绵远而厚实。温州上层社会的子弟因信仰而入佛者,在温州有长久的传统。"太学九先生"之一周行己的妹妹出家为尼,法号悦师;③同时一朱姓大家有男子七人,三子习进士,二子从释氏,女子一人为尼,名戒学;④潘柽之兄出家,法号灵芝;⑤状元王十朋之女出家为尼;⑥进士林正仲(温州望族)之长女出家为尼;⑦沈体仁(九先生之一沈彬老之后)之女出家为尼。⑧ 例子不胜枚举。

温州学人中,最不喜佛教者要数叶适,但身处当地浓郁的佛教文化环境中,他并未完全摆脱其影响。绍熙元年(1190),叶适在湖北安抚司参议官任上,闲时读佛经千卷。⑨ 联系到上述士大夫家崇佛的事实,我们就可以理解,叶适这种阅读取向,绝不是一时性起的偶然举动。叶适于庆元四年(1198)在会昌西湖北岸的水心南村建别业,并自号水心⑩,而水心就是北宋温州名僧继忠所住寺院之名称,后其地因此寺而名水心村。⑪ 水心村紧邻松台山,山上多寺庙。位于此山东麓的净光禅寺,始建于唐,后毁,叶适出资

---

① 《默照铭》,《宏智禅师广录》卷八,《大正藏》(48),页100上。
② 怀海(主洪州禅)认为:所有的执者都与佛教相违,求佛、求菩提的想法及其实践者皆"运粪人"。(见《古尊宿语录》卷二,上海古籍出版社影印,1991年,页16上左)
③ 《浮沚集》卷七《祭女弟悦师文》,文渊阁《四库全书》本,1123册,页664上。
④ 同上书《朱君夫人陈氏墓志铭》。页672下。
⑤ 许及之《邀德久兄灵芝纳凉》,《全宋诗》(46),页28349。
⑥ 许及之《送清监寺往平阳化缘清乃王詹事女》,《全宋诗》(46),页28363。
⑦ 叶适《林正仲墓志铭》,《叶适集》卷一六,页311。
⑧ 同上书卷一七《沈仲一墓志铭》,页335。
⑨ 《叶适集》卷二十九《题张君所注佛书》,页599;陈傅良《止斋先生文集》卷三《闻叶正则阅藏经次其送客韵以问之》,《四部丛刊》缩印本,236册,页33下。
⑩ 叶适《水心即事六首兼谢吴民表宣义》,《全宋诗》(50),页31263—31264。
⑪ 元丰初,赵抃就养温州,曾拜访当地名僧继忠,作《谒水心院讲僧继忠》:"烟波周匝望中赊,乘兴驱车一径斜。谁识上人修证地,水晶宫里法王家。"《全宋诗》(6),页4240

重建;宿觉寺重建后,叶适与僧人、诗友常于此论道作诗。① 叶适去世后,祠堂即建于宿觉寺附近。② 排佛如叶适者尚如此,他人可想见。又如鲍濓,叶适在其妻《刘夫人墓志铭》中提到了他在禅学上的精深造诣:"清卿(鲍濓字)喜禅学,跌坐辟观,湛慧凝寂……古今宗说蔓衍,数百千卷横竖案上,脉理断绝□(辄)下勘点曰:某话堕某,未圆。山袍野衲,为不请之友。所造诣,人莫测也。"③鲍濓于佛理探究之深可见一斑,由"跌坐辟观,湛慧凝寂"数句,可推其所修之禅,应是默照禅无疑。温州文人一生行事受佛教之影响,大多类此。晚叶适一辈的四灵,曾有过共同游山访佛问道的经历。④ 徐照惊讶于自己与佛教的亲近因缘,常疑自己"不除闲懒性,前世必僧身"。⑤

浸淫于这样的佛禅文化环境里的温州诗人(特别是四灵辈诗人),已有意识地将佛禅所宣扬的澄静空灵的"清凉世界"与诗境相接,创造一种"清苦圆融"的诗风。⑥ 如果说许及之《和转庵与洪共之说诗谈禅之什》《又再和转庵且置诗话聊答说禅之什》《又复次韵为酬答说禅偈言》等诗⑦,还只是顺应当时诗坛以禅说诗的风气而作,那么,下诗《再次大用韵赋梅花》则可看出禅学已在他诗中留下的强烈印记:

幽栖有心赏,巡檐常笑领。相对各忘言,岂但无机阱。诗虽道未尊,技可造经繁。孤标固洗凡,累句自无警。转庵诗家医,妙剂即苏省。元方诗家禅,默参惟打静。欲离香色想,恐堕人我境。昨夜来朔风,吹香过南町。小解作浅语,醍醐欣灌顶。⑧

① 叶适《宿觉庵记》,《叶适集》卷九,页158—159;又有《宿觉庵》诗,见《全宋诗》(50),页31243。另徐玑《净光山四首》其一咏宿觉庵,见《全宋诗》(53),页32874。
② 戴栩《走笔代书答西士》诗:"近闻乡里一奇事,宿觉庵边祠水心。"[《全宋诗》(56),页35111]
③ 《叶适集》卷十七,页334。
④ 四灵写寺观的诗较多,且题目多相近,疑即同游唱和之作,犹如他们同时送别某人时,往往有同题赠送。翁卷《同赵灵芝杜子野游豫章总持寺》则是比较肯定的例证[《全宋诗》(50),页31412]。赵紫芝《呈蒋薛二友》诗云:"中夜清寒入缊袍,一杯山茗当香醪。禽翻竹叶霜初下,人立梅花月正高。无欲自然心似水,有营何止事如毛。春来拟约萧闲伴,同上天台看海涛。"[《全宋诗》(54),页33853]大概是约蒋德瞻、薛师石等同游天台。
⑤ 徐照《愁》,《全宋诗》(50),页31362。
⑥ 禅与道对士人的影响,密不可分,是综合影响。今为叙述方便,姑分其为二。识者当能体会。
⑦ 三诗均见《全宋诗》(46),页28333。
⑧ 《全宋诗》(46),页28296。

在索居离群中体会静心之愉悦,相对无言之中体验会心而笑的快乐。"诗家禅"是这群乾淳辈温州诗人自我形象的定位。"默参惟打静"透露出温州诗人在日常生活中,已参禅悦之风。陈傅良曾提到,雪庵禅师与温州乾淳辈诗人往来甚密。① 温州诗人与僧人的交往,在诗中随处可见。参禅悟道,已成当地知识分子精神生活的一部分。至徐照四灵一辈,禅宗空灵静寂之境与诗境已深度融合,如徐照《宿寺》诗:

> 古殿清灯冷,虚廊叶扫风。掩关人迹外,得句佛香中。鹤睡应无梦,僧谈必悟空。坐惊窗欲晓,片月在林东。②

徐玑亦有《宿寺》诗:

> 古木山边寺,深松径底风。独吟侵夜半,清坐杂禅中。殿静灯光小,经残磬韵空。不知清梦远,啼鸟在林东。③

题目与用韵皆同,当为二人同时游山之作。没有像乾淳辈诗人那样在诗中谈禅论道,但诗境更近禅的世界,"就诗歌而论,当空观与直观于刹那间融合在一起的时候,境界——意境就产生了"。④ 综观四灵诗,"清"、"静"、"苦"、"悟"等词最为常见;四灵编选的标举宗旨的诗选,就取名《众妙集》《二妙集》;且四人字号灵晖、灵渊、灵秀、灵舒,均以"灵"字为核心。四灵对"灵"、"妙"两字的强烈偏爱,正折射他们受佛禅思想影响之深。这种情趣取向与禅道的"清静虚空"观念有关,默照禅就主张通过禅定止观,达到"鉴时廓尔,体处灵然。灵然独照,照中还妙"的境界。⑤ 又如:

> 诗因圆解堪呈佛,棋与禅通可悟人。(徐照《赠从善上人》)
> 悟得玄虚理,能令句律精。(徐玑《读徐道晖集》)

---

① 《跋云山寿昌院右帖公据后》,《止斋先生文集》卷四十二,237册,页214上。
② 《全宋诗》(50)卷二六七〇,页31360。
③ 《全宋诗》(53)卷二七七七,页32871。
④ 张节末《禅宗美学》,北京大学出版社,2006年,页177。
⑤ 赵平《宋代道禅演进与永嘉四灵诗旨的形成》一文中,曾列举四灵诗歌中与默照禅精神相契的诗句,如徐玑《宿寺》:"独吟侵夜半,清坐杂禅中。殿静灯光小,经残盘韵空。"翁卷《太平山读书奉寄城间诸友》:"寥寥钟磬音,永日在空林。多见僧家事,深便静者心。"《游寺》:"分石同僧坐,看松见鹤来。"赵师秀《岩居僧》:"茗煎冰下水,香炷佛前灯。"《万年寺》:"夜半空堂诸境寂,微闻钟梵亦成喧。"(见《台州师专学报》2001年第1期。)

近参圆觉境如何？月冷高空影在波。（徐玑《赠徐照》）
诗因道进言辞别，丹得师传火候真。（翁卷《赠陈管辖》）①

　　"诗因圆解堪呈佛"是诗人赞美从善上人的话，意谓从善在诗歌中吟咏天台教观，②是对佛教的最好敬意。围棋中，虚空与实地的转换变幻莫测，有如禅中空、假、中皆虚幻无实，由此可反思人生的得失究竟有何真实意义。"悟得玄虚理，能令句律精"、"诗因道进言辞别"，都强调悟道（禅道）对诗艺的推进作用。其相通在何处？在一"苦"字。佛教的根本目的，就是为了让人们明白一切皆空，生即是苦，而解脱的方法就是苦修、苦炼，从而进入极乐世界。以"苦"达到"不苦"的幸福结果。懂得这个道理，对于欲借诗歌以实现人生价值的四灵来说，将苦吟作为通向完美诗歌艺术世界的手段，是必然的选择。这样，不难理解四灵常以"苦吟者"、"苦吟人"自居或慰勉对方了：

吟有好怀忘瘦苦，贫多难事坏清闲。（徐照《山中寄翁卷》）
君爱苦吟吾喜听，世人谁更重清才。（徐照《宿翁卷书斋》）
昨来曾寄茗，应念苦吟心。（徐照《访观公不遇》）
酒醵驴倒载，吟苦鹤曾闻。（徐照《哭鲍清卿》其一）
吟苦曾游客，因君动远思。（翁卷《送卢主簿归吴》）
从来苦吟思，归赋若多篇。（翁卷《送徐灵渊永州司理》）
分明上天意，磨折苦吟人。（翁卷《哭徐山民》）
病多怜骨瘦，吟苦笑身穷。（翁卷《秋日闲居呈赵端行》）
独怜吟思苦，妨却梦西东。（翁卷《宿寺》）
寄言苦吟者，勿弃摄生诀。（赵师秀《后哀》）
苦吟无爱者，写在户庭间。（赵师秀《千日》）
不见苦吟人，芳思将谁拾。（赵师秀《山路怀翁卷》）
只应如意事，不属苦吟家。（赵师秀《赠陈复道》）③

　　诗中的苦吟及清贫生活（苦日子），是表象；诗人内心的"所得之乐"，是

---

① 以上各诗分别见《全宋诗》（50），页31363；《全宋诗》（53），页32874、32882；《全宋诗》（50），页31424。
② "圆融三谛"是天台教核心观念之一，意即空、假、中三谛"虽三而一，虽一而三"，乃观者心中自我设法，所观物件始终为一。
③ 以上各诗分别见《全宋诗》（50），页31363、31364、31365、31382、31413、31414、31416、31416、31422；《全宋诗》（54），页33835、33848、33861、33861。

本质。苦乐相循,似苦实乐,乃得道者境界。

徐照等对苦吟的体认还有另一重含义:自觉继承两浙诗僧"苦吟"传统。① 这个传统是中唐贾岛确立的。"唐世吟诗侣,一时生在今",徐照将自己和"诗侣"们比作唐代苦吟诗人贾岛、姚合,期待着能像他们那样"诗将远地传"。② 故云:

> 诗传叔伦句,真认贯休颜。(徐照《信州水南》)
> 古今称句法,岛贺是僧身。(徐照《寄赠葛朴翁》)
> 君诗如贾岛,劲笔斡天巧。(赵师秀《哀山民》)
> 魂应湘水去,名与浪仙俱。(赵师秀《徐灵晖挽词》)③

唐贾岛、姚合所以被选作四灵诗派的宗法对象,是因为他们的人生境遇和审美情趣正与四灵相近。贾岛、姚合所处的时代,与四灵所处时代有本质上的相似性:民心涣散,仕途艰难,淡淡的绝望感弥漫在下层知识分子之间,他们乐于躲进禅道以销忧。"渡江以来,员多阙少。中外久患之……近岁以来,东南郡守率有待阙五六年,蜀中亦三四年,由是朝士罕有丐外,而势要之人,多攘阙者。"④可想而知,有限的官场资源,只会向权贵集中,中下层文人的出路,是大大地恶化了。另外,自北宋以来,任子为官太滥,已是产生"冗官"现象的主要原因;⑤地狭人稠的南宋,情况更糟。《诚斋集》卷八九《冗官上》指出,任子补官是进士入仕的五六倍;⑥姚勉在《癸丑廷对》中亦云:"从观州县之仕,为进士者不十之三,为任子者常十之七,岂进士能冗陛下之官哉?亦曰任子之众耳。"⑦可见这是宋朝自始至终的社会毛病。张希清《论宋代科举取士之多与冗官问题》以具体的资料为例,说明"无论是从员多阙少,还是从官员素质来看,造成宋代冗官的主要原因都不是科举取士,而是门荫补官以及胥吏出职、进纳买官等。"⑧与冗官相表里的另一个现象是当时地方财政状况的恶化。经济的贫困加剧了权力资源的垄断,权力

---

① 此观点经赵昌平先生提示。赵先生还就全文结构调整提出了建议,特申谢意。
② 徐照《病起呈灵舒紫芝寄文渊》《括溪和徐文渊》,分见《全宋诗》(50),页31383、31369。
③ 以上各诗分别见《全宋诗》(50),页31370、31389;《全宋诗》(54),页33834、33843。
④ 《建炎以来朝野杂记》甲集卷六《近岁堂部用阙》,丛书集成本,836册,页88。
⑤ 如毕仲游就曾指出:"然则损任子之恩而严人仕之选者,正今日救冗官之道。"《西台集》卷四《冗官议》,文渊阁《四库全书》本,1122册,页45上。
⑥ 辛更儒《杨万里集笺校》,中华书局,2007年,页3524。
⑦ 《雪坡集》卷七,文渊阁《四库全书》本,1184册,页42下。
⑧ 《北京大学学报》(哲学社会科学版),1987年第5期。

的垄断反过来制约了社会的进步,加速了社会经济的凋敝。四灵时代的诗人,就生活在这样压抑的社会大环境下。这是四灵高度认可贾岛等苦吟诗僧的社会心理基础。①

当"苦吟"成为一种风尚后,它就会转化为一种力量,一种笼罩诗坛的审美力量,并泛化成一种写作姿态、方法。唐刘昭禹与人论诗云:"五言如四十个贤人,乱着一字,屠沽辈也。觅句者若掘得玉匣,有底有盖,但精求,必得其宝。"②这个"宝",就是诗僧们想要通过苦吟达到的审美效果,叶适将其归纳为"风骚之至精"③。四灵反对理学诗的枯燥说理,也反对江西诗派长篇议论、汗漫无禁的诗风,他们苦心经营字句,以"浮声切响,单字只句计工拙"为艺术目标。曾经中断了的两浙诗僧的苦吟传统,在历史境遇重现的情况下,在永嘉四灵手中复活了。④"钱郎旧体终难并,姚贾新裁近有声",⑤钱起、郎士元律诗虽好,但熟滑无新意,故曰旧体,此暗喻当时江西后学徒以堆砌词藻为工;姚合、贾岛以苦吟另开诗境,故曰新裁,亦喻四灵诗也。但四灵在苦吟时用字取向和诗境效果上自出机杼,不似贾姚那样执迷于用生僻字和险怪意象来表现一种枯寂的灰冷世界,而是取日常生活中常用的字句、常见物象,营造一种"清"、"静"、"闲"、"逸"的诗风。这种师法与革新之间,温州当地隐逸之风在文学创作中的张力起了重要作用。

需要补充指出的是,佛禅对温州诗歌的影响,除以上大端以外,还包括对山水景物题材的选择。何故?盖禅师论禅,多借景显理,如丹霞子淳向清了大师说偈:"日照孤峰翠,月临溪水寒。祖师玄妙诀,莫向寸心安。"⑥曹洞宗的《投子义青禅师语录》卷下《颂古》(一百则)偈语,多描写景物,借景以显理。⑦ 对于深受佛禅影响的温州诗人来说,耳濡目染,无形中会受到影响。

---

① 萧弛《佛法与诗境》一书特设"释子的苦行精神与贾岛的清寒之境",认为:"贾岛的清,是中唐寒士清贫生活体验中提举出的清。"(中华书局,2005 年,页 219)清贫生活也是四灵的共同体验。

② 周勋初《唐人轶事汇编》卷三八,上海古籍出版社,1995 年,页 2116。

③ 叶适《徐文渊墓志铭》,《叶适集》卷二一,页 410。

④ 两浙诗僧苦吟诗风在温州诗僧身上也有体现。晚唐僧人广利大师,俗姓吴(唐吴兢之后),永嘉人,"多作古调诗,苦僻寡味,得句,时有得色"(《宋高僧传》卷三〇,页 753)。又有诗僧道恣,俗姓陈,永嘉人,能诗,与皮日休之子皮光业往来频繁。汇征,温州僧人,钱俶赐号光文大师,善诗文。四灵对两浙诗僧苦吟传统的继承,是否有他们的影响之功?因资料不足,不敢妄议。

⑤ 释永颐《悼赵宰紫芝甫》,《全宋诗》(57),页 35996。

⑥ 德初等编《真州长芦了和尚劫外录》卷上《机缘》。《续藏经》第一辑第贰编第贰拾玖套第三册,叶 315A 下。

⑦ 同上书叶 232A 下—238A 上。

三、道教、隐逸传统对温州诗歌创作的影响

与温州紧邻的台州,自古为道教圣地,后佛教进入,号称"仙源佛窟"。温台相接,又皆多名山,炼师往来两地如平常,教旨所披,首必温州。仅以北宋台州道教大师为例。张无梦,字灵隐,号鸿蒙子,曾为温州开元观羽士。以修炼内丹之事形于歌诗,得百余首,名《还元篇》。宋咸平四年(1001)前后,台州通判夏竦献《还元篇》于参知政事王钦若,钦若奏闻真宗,真宗遂召张无梦来京。张还山时,真宗赋《送张无梦归天台山》诗送行。和诗者有王钦若、陈尧叟、钱惟演等大臣三十余人。① 当时影响极大。又如张伯端,字平叔,号"紫阳真人",人称"悟真先生"。② 为内丹南宗之祖,其《悟真篇》即作于温州,温州城尚有"悟真坊"以纪念之。

温州籍的"名道"甚多,北宋末的林灵素且不提,南宋时有谢守灏,字怀英。年少时博览群书,遇天台皇甫真人(坦),遂脱儒冠,为入室弟子,游天台十余年,随坦入见孝宗。淳熙十三年(1186)领西山玉龙万寿宫。绍熙初赐号"观复大师",并任寿宁观管辖高士。光、宁两朝眷遇优渥,所交皆当代名士。与陈傅良同学③,且与其他乾淳辈诗人多有往来,如许及之称他:"妙旨五千归日用,纂言十万见宗师。"④

蒋德瞻,字叔舆,号存斋。庆元六年(1200),编成《无上黄箓大斋立成仪》。永嘉诗人多与叔舆唱和,如徐照、翁卷两人均有《送蒋德瞻节推》《喜蒋德瞻还里》诗,戴栩亦有《送蒋德瞻弋阳》诗。⑤

夏元鼎,字宗禹,自号云峰散人、西城真人。约宁宗嘉泰初前后在世。少从永嘉诸老游而好观阴符,年届五十,弃官学道。著《紫阳真人悟真篇讲义》七卷、《黄帝阴符经讲义》四卷及《崔公药镜笺》等,章剖句析,皆有灼见。真德秀与其相善,并为之撰序。元鼎能词,著有《蓬莱鼓吹》一卷。⑥

黄良晤,字应伯,永嘉县真华观道士。持守刚峻,精五雷法。⑦ 按,南宋以来,道教内丹派与符箓派渐有融合之势。修内丹者兼修符箓(如雷法),主

① 《宋诗纪事》卷九〇,上海古籍出版社1983年版,页2126。《天台续集》卷上,文渊阁《四库全书》本,1356册,页458下—463上。
② 《宋诗纪事补遗》卷二二,《续修四库全书》,1708册,页532下。
③ 陈傅良《谢怀英老子实录序》,《止斋先生文集》卷四〇,《四部丛刊》缩印本,237册,页205下。
④ 《谢观复长鬑垂膝偾然山泽之癯弃去儒业从皇甫道士于庐阜余见之三茅以所编老君实录见赠赋此奉酬》,《全宋诗》(46),页28367。
⑤ 以上各诗分别见《全宋诗》(50),页31382、31411、31417;《全宋诗》(56),页35103。
⑥ 《宋诗纪事》卷九〇,页2148、2149。
⑦ 弘治《温州府志》卷十四《仙释》,页401。

符箓者亦修内丹。这种道派合流趋势在永嘉四灵诗作中留下了印记,如翁卷《游仙篇》:

> 旭日升太虚,流光到萌芽。旁有五云气,焕烂含精华。所愿服食之,跻身眇长霞。带我清泠佩,飞我欻忽车。宁为世间游,世道纷以挈。三山不足期,千龄讵云赊。悟彼劳生人,无异芳春花。①

又《步虚词》:

> 玄根布灵叶,妙化无常人。结兹清阳气,挺我空洞神。炼度得长生,列籍齐众真。登宾玉皇家,执侍罗星嫔。欻往宴十洲,飞客成相亲。茫茫尘中区,荒秽何足邻。②

　　光芒炫丽的太虚与卑微荒秽的人世形成鲜明对照,前者,是诗人内心世界的永恒之乡,后者才是诗人真实的处境。诗人心境之超凡脱俗可想而知了。永嘉诗人中,纯粹咏仙道境界者不算多,道教对其诗歌创作的影响,主要还是体现在清幽旷达诗风上。

　　道家及道教思想与隐逸之风天然相近,互为促进。有研究者指出:"乐清最早人文传说是王子晋跨鹤吹箫和张文君捐宅为寺……两个故事奠定了乐清文化浓厚的隐逸底色。"③王子乔、张文君是道家人物。温州名诗人中,或长或短都有隐居经历,其中翁常之、周学古、何溥、刘明远、薛师石等十余人终生隐居作诗人。他们是当地主持风雅的中流砥柱,四灵辈诗人多与之唱和。翁常之是四灵的引路人,而薛师石则是四灵诗派后期的重要庇护者。其他有功名者也深染禅道趣向,多物外之思。如温州大诗人鲍淲曾中进士,亦外出为官,不过最后还是归隐家乡。他的经历很具代表性,兹取以为例,具体说明隐逸与诗歌创作之关系。

　　鲍淲家族有隐逸的传统。鲍淲之祖为著名隐士,人称"东南名德",见叶适《朝散大夫主管冲佑观鲍公墓志铭》。④ 翁卷有《赠鲍居士》诗,写一鲍姓隐者,诗云:"日日湖波畔,群鸥相共闲。全家皆好佛,独坐或看山。晒药嫌

---

① 《全宋诗》(50),页31405—31406。
② 同上书,页31405。
③ 吴晶《永嘉四灵传》,浙江人民出版社,2008年版,页207。
④ 《叶适集》卷十六,页295—297。

云在,留僧伴月还。有时乘小艇,忽尔到城间。"①这位居士应是鲍潚族人,他全家好佛禅,居山巅水涯,足迹罕入城市。鲍潚辞官归隐后,筑"混碧楼"于会昌湖畔,并请许及之题额。其楼如何? 许及之《清卿求作混碧楼额因赋唐律》之二有载:

> 欸乃声中自答酬,湖山迥阔冠吾州。际天野色青环坐,照水岚光翠拥楼。莲浦渺弥无路到,松亭依约有船留。澄鲜近市翻堪恨,混碧能容数过不。②

寄迹山水、与万物一体之意豁然。"混碧"二字,深含委运造化、物我两忘之义。混碧楼建成后,鲍潚邀当地诗人唱和其中,今存之诗有徐照《题鲍使君林园》、《会饮鲍使君池台》,徐玑《中秋集鲍楼作》,翁卷《鲍使君闲居》等。众人将他比作田园诗人陶渊明。鲍潚是温州诗社的活跃人物,与诸人唱和甚频,惜无作品传世。叶适称其尤喜文事,结交文友,常"与一世朋友上下,文墨论议之间,宫动商应而笙镛错陈之也,然而不以养交党,资进取。一吟一咏,有陶、谢之思;一觞一曲,有嵇、阮之放;隐几永日,澹泊灰槁,有瞿、庄之决也"。③ 据此可知,他的诗风和文风,应是综合永嘉山水诗传统和道家旷达之思的混合物。鲍潚于嘉定元年(1208)去世,叶适另有《冲佑大夫鲍公挽词》④,回忆了会昌湖这一段风雅岁月。

另一位对当地诗坛有影响的人物是陈谦。陈谦,字益之,号水云。乾道八年(1172)进士。罢职后退居永嘉故里,于会昌湖畔建水云庄、与造物游楼。与叶适过往密切,同时关注着当地的文学活动。当地诗人(特别是四灵)常聚集于水云庄或与造物游楼唱和作诗,今存诗有徐照《题陈待制湖楼》、《陈待制五月十四日生朝》,赵师秀《陈待制湖楼》、《和陈水云湖庄韵》,徐玑《题陈待制湖庄》,翁卷《和陈待制秋日湖楼宴集篇》。以上数诗,多有同韵唱和,彼时诗艺切磋之热烈可想而知。"高楼参造物,健笔倒沧溟。几郡流威惠,今日识典刑。随行惟一鹤,堆案有群经"。⑤ 陈谦高人逸士的形象,呼之欲出。兹再举徐照《题陈待制湖楼》诗为例,略窥陈氏水云庄唱和对四灵创作意识之影响:

---

① 《全宋诗》(50),页31419。
② 《全宋诗》(46),页28351。
③ 叶适《朝散大夫主管冲佑观鲍公墓志铭》,《叶适集》卷一六,页296。
④ 《叶适集》卷七,页95。
⑤ 徐照《陈待制五月十四日生朝》,《全宋诗》(50),页31389。

天游观妙化，人世事皆轻。沆瀣藏仙境，津涯截海城。一身凌汗漫，品类仰高明。有道行藏小，无心视听精。上疑灵蜃吐，下觉巨鳌擎。雨气西帘入，月华东槛生。山临左辅近，湖自会昌成。风起僧钟直，村回野艇横。莲枯收绣段，松静发琴声。濠濮观鱼鸟，潇湘欠药蘅。一层休更上，百尺有谁评。昏日寒峰淡，残星远笛鸣。醉如元亮兴，归引仲宣情。阆苑琼为贵，黄州竹过清。郡图添圣迹，画轴记新营。奏乐渔人听，投车坐客盈。八篇移古咏，四字立嘉名。未必终成隐，清朝待秉衡。①

陈谦年轻时骁勇善战，开禧北伐时立三件大功；兼擅学术，叶适称浙东儒学特盛，以名字擅海内数十人，惟公才"最高，其在《易庵集》文最胜"；②杨万里(诚斋)向朝廷荐举他时，亦称其"学问深醇，文辞雄俊，声冠两学，陆沉下僚"。③ 这样一位杰特之士，最终在政治上并未有所作为，实乃天意难料。"天游观妙化，人世事皆轻"，是徐照对陈谦归隐后的评论，兼有自警之意。"有道行藏小，无心视听精"，有道之人深谙个体之微小，懂得"海藏"之理，晦迹埋行；与世无争，无所用心于世，才能倾听到自己内心和大自然的声音，看到人生的真实意义。"四字立嘉名"指陈谦"与造物游"楼。从鲍潚、陈谦两人所取楼名，可悟庄子达生观在温州诗人心中的分量。四灵学晚唐而能扬弃晚唐怪异幽冷的诗风，应得力于地方隐逸传统中与生俱来的旷放达观精神。

四、余论

温州地域文化自觉对当地诗歌创作的影响，远不止以上剖析的几个方面，其他大端可论者尚多，例如，作为温州重要文化符号的王羲之，他的《兰亭》书法清气与骚雅风韵，对温州诗歌创作有潜移默化的影响。温州文人有重书法的传统，如薛季宣好书钟鼎文，陈傅良书法遒劲，有二王之韵，叶适学蔡襄，许及之、藩柽善八分书，薛师石亦得单炜传授，求字者日众。徐照《酬赠徐玑》："字学晋碑终日写，诗成唐体要人磨。"徐玑《次韵刘明远移家》："诗得唐人句，碑临晋代书。"④魏晋风雅(特别是书艺)成了他们心中艺术的典范。这种带有唯美倾向的书艺自觉，与临安诗坛张镃、姜夔等人的"唯艺术"思潮碰撞以后，加深了温州诗人对"艺术即人生"观念的认同感。又如，

① 《全宋诗》(50)，页31384。
② 《朝请大夫提举江州太平兴国宫陈公墓志铭》，《叶适集》卷二五，页505。
③ 《杨万里集笺校》卷一一三《淳熙荐士录》，页4338。
④ 分别见《全宋诗》(50)，页31382；《全宋诗》(53)，页32867。

有学者提出:"讨论两宋时期温州的文学,甚至也可以纳入移民与文学传播这一视野中来研究。"①"宋室南渡带来的北方移民文化和温州本土文化的深度交融互补,是南宋温州文化繁荣包括永嘉学派、四灵诗派扬名天下的重要前提和深层原因。"②南宋宗室文化(扩大地说是外来移民文化)如何提高了当地文化的总体水平,还有待细致深入的分析,尚有挖掘的余地。最后,作为地域文化自觉重要标志的永嘉学术,其学术精神之一是独立思考,独树一帜,不盲从大流。四灵诗派与江西诗派之间隐然的竞争关系,难道不是永嘉学术精神的最好体现?永嘉学术主张道不离器,反对抽象的谈玄说理,而四灵遍写永嘉山水的自然之美,摹尽物态而无说道谈理之弊;叶适论诗,要求诗歌贴近现实,"大关于政化,下极于鄙理",而徐照的诗"无异语,皆人所知也,人不能道尔"③,都是永嘉学术"教人就事上理会,步步着实,言之必使可行,足以开物成务"的直接展现。④ 至于永嘉学术固有的专业化精神,与四灵专心于雕琢诗艺之间的内在相通性,未易言说,值得会心之士细细去品味。

第五节　地域文学交流与南宋温州诗歌创作

　　北宋覆灭后,政治、文化中心迅速南移。正如东晋时中原士族南渡给南方文化带来的深刻影响一样,自南宋乾淳(1665—1189)起,南方地域文化发展又迎来一个历史机遇。而温州,更是走在了当时地域文化兴起的最前列。其种种表现和原因,今人已有较好解说。⑤ 而温州地域文学,自乾淳起,也进入了全面兴盛的态势。以陈傅良为代表的永嘉文体以及由此而成的永嘉文派,继承了欧苏以来的北宋散文传统,代表着南宋散文的新高度。⑥ 温州诗歌创作的全面兴起,亦由乾淳辈诗人(陈傅良、潘柽、许及之等)带动,至四灵辈达到高峰。学界对四灵诗派的研究已有相当长历史,成果也很丰富。本文试图将四灵诗派放在温州诗坛的整体观照下,并从地域文学交流的大背景下来研究温州诗歌创作。为集中论述,本文选取当时两大诗歌重镇(江

① 钱志熙《试论"四灵"诗风与宋代温州地域文化的关系》,《文学遗产》2007年第2期。
② 吴晶《永嘉四灵传》,页267。
③ 两处引文皆出《徐道晖墓志铭》,《叶适集》卷一七,页321。
④ 《宋元学案》卷五十二《艮斋学案》黄宗羲按语。中华书局1986年版,页1696。
⑤ 陈安全、王宇《永嘉学派与温州区域文化崛起研究》,人民出版社2008年版。
⑥ 关于南宋时温州散文创作,笔者已有《从永嘉文体到永嘉文派》一文(《江海学刊》2011年第1期),对此有全面论述。

西诗坛①、临安诗坛）与温州诗人的交游为考察对象。

一

以江西诗坛为主体的江西后派对诗歌转型的探索已无须具述,概言之:抛弃早期江西诗派"资书以为诗"、"以意为诗"的作法,转学"情意平衡"的中晚唐诗,在日常生活及大自然中追求新诗境。诚斋在绍兴壬午(1162)年尽焚此前之作(《江湖集序》),标志着他有意识地与江西诗派拉开距离,此后他经历了向后山学五律、向半山老人学七绝、向晚唐人学绝句②,最后在淳熙戊戌(1178)彻悟(《荆溪集序》),摆脱"影响的焦虑",以大自然为师,我手写我心。江西后派诗人们将目光聚焦于大自然及身边物事,在日常生活中体验到一种人生境界,楼、台、亭、阁、园、雨、雪、山、泉、菊、梅、荷、水仙、牡丹等,成为他们重要的写作素材。特别是梅花,成为他们心中最佳歌咏对象,养梅爱梅成为诗人必备的风雅。以江西"玉山二泉"诗歌为例,赵蕃诗题中标明写梅者有 157 首,诗句中出现"梅"字 311 处;韩淲诗中这两类统计数字分别为 100 和 316(数据均依《全宋诗》电子版检索系统得出)。

诗歌题材回归到了日常生活中来,应该说是温州诗人与江西诗人们的文学交流中,借鉴到的最重要的诗学观念。诚斋是温州诗人重点学习的对象之一,杨氏《寒食雨中同舍约游天竺得十六绝句呈陆务观》,许及之全和(《全》二四五八)。《涉斋集》卷十四(五言绝句),卷十六、十七、十八(七言绝句),四卷所咏,除字画以外,皆山间田园自然景物。与诚斋精神相契若符。陈傅良《杨伯子以其尊人诚斋南海集为赠以诗奉酬》有"辱与门墙最不迟,白头方诵岭南诗"之句(《全》二五三二),《送宋伯潜宰高安》诗中更称"四海杨诚斋,吾道得自由"(《全》二五二九),对诚斋崇敬之情具见乎词。陈傅良诗清新流丽,隐然见诚斋路径。潘柽走得更远。钱钟书谓:捐书以为诗、尽量白描、以不用事为高格,这种比诚斋更为偏激的诗风,是从潘柽开始的。③

---

① 本文结合作者籍贯和主要创作地作为划分地域的依据。如诚斋,也在临安住过一段时间,短期看是临安诗坛的成员,不过总体来看,他应列入江西诗人。而临安诗坛情况更特殊。临安是精英集中之地,诗人流动性极大。如果从临安诗社有其核心成员和相对固定的成员、有大致相近的诗学主张等方面来看,临安诗坛的提法是可以成立的。

② 诚斋曾夸张地谈到自己对晚唐诗的极端喜爱:"笠泽诗名千载香,一回一读断人肠。晚唐异味谁同赏,近日诗人轻晚唐。""松江县尹送图经,中有唐诗喜不胜。看到灯青仍火冷,双眸如割脚如冰。""拈著唐诗废晚餐,傍人笑我病如癫。世间尤物言西子,西子何曾直一钱。"(《诚斋集》卷二十七《读笠泽丛书》)

③ 《宋诗选注》,人民文学出版社 1958 年版,页 249。

许及之《得赵昌甫诗集转呈转庵却以谢梦得诗见示有诗次韵》中有"谢诗澜翻豪且古,赵句清癯淡而苦"之句①,认为应该"更须传抄及同社,定不惊嗟斯是取"(《再次转庵韵》,《全》二四四五),这是温州诗社向外(特别是江西诗人)学习的显例,且有诗歌可证。仍以"梅"为例,许及之诗中,题目中标明咏梅者有59首,诗句有出现"梅"字者有90处,且10首以上的梅花组诗凡两见,知其咏梅非泛泛而论,实有所追摩。② 赵蕃年纪小于潘柽,但诗名同起。赵学唐诗以中唐刘禹锡为主要对象③;而潘柽的诗,在诗友们看来,走的中唐韦应物一路④。赵、潘两人诗风较为亲近。潘柽在赵蕃等"玉山诗友"们那里,"照见"了自己诗歌的影子,坚定了诗歌创作上走"唐律"的信心。⑤

以四灵为代表的光宁朝成长起来的温州诗人,继承了温州"乾淳诸老"与江西诗人的传统友谊⑥,但交往中切磋诗艺的因素较淡,这一点与乡前辈们已迥然不同。四灵与诚斋、周必大、赵蕃、韩淲、杨长孺(诚斋长子)等均有交往,且有诗。这种交往大致在两种情况下发生:一是年轻时结伴漫游顺访,二是在江西做官(赵师秀)或上任途中顺访。⑦ 由于辈分差距较大,四灵与他们的交往,尊崇礼貌的成分,远过师承学习成分;且此时四灵诗歌风格(宗姚贾)已大致定型,与二泉等诗风有明显差异。当然,这种差异不影响他们对前辈诗人的尊敬。

行文至此,很有必要将四灵诗学与江西诗派诗学的本质性差异作一补充说明,以期全面认识到温州诗人与江西诗人(江西诗派的主要继承群体)的交往,有前后两期之别。

---

① 谢梦得即谢尧仁,建宁人,徙家南丰,张孝祥门人,以文词清律游诸公间。

② 许及之多咏梅,还与临安诗坛张镃的影响有关。在张镃玉照堂观梅已是临安顶级雅事,诗人纷纷造访,以"玉照堂梅花"为题的诗尚有48首,未标明而实咏玉照堂之梅者当更多。许与张交情深厚,见下文。

③ 赵蕃(1143—1229),字昌父,号章泉,信州玉山(今上饶)人。早岁从刘清之学,后刘清之罢官,赵从之归,奉祠家居三十三年卒。与韩淲(涧泉)有"二泉先生"之称。两人合编《唐诗绝句》,入选盛唐5人6首诗,中唐16人35首(其中刘禹锡14首),晚唐30人60首(其中杜牧8首,许浑6首)。可见二泉学唐主要是以中唐刘禹锡等人为榜样的。刘、韦诗风相近,一旷远、一淡远。

④ 陈造称潘诗"诗力苏州季孟间"(《题潘德久竹居》,《全》二四三二),韩淲谓"四海转庵老,清诗晚更传"(《别德久丈》《全》二七五九),又《次韵德久丈》其二云:"写成淡泊句,洗尽淫哇声。"(《全》二七六六)可见"清淡"为潘诗特色。

⑤ 潘柽曾有诗怀"玉山诗友"寄韩淲,后者有答诗,见《次韵德久怀玉山诗友》(《全》二七六四)。

⑥ 四灵与江西诗人的交往,钱志熙《永嘉四灵诗学的再探讨——兼论其与江西诗派的关系》一文中已有集中描述(《文艺理论研究》2008年第2期),兹不重复。但四灵与江西诸诗人交往,时间跨度久,相见各有因缘,钱文未能在这方面对诸交往诗作应有的辨析,故稍嫌笼统。

⑦ 吴晶《永嘉四灵传》,浙江人民出版社2008年版。

　　前人也有偶尔论及四灵诗派与江西诗派相通之处者。宋末元初戴表元就曾指出：黄庭坚出，诗一变为雄厚，雄厚之至者可谓唐风；四灵出，诗一变为清圆，清圆之至者可谓唐风。① 戴氏看到了两者在"近唐风"上的艺术相通性。近年钱志熙在《永嘉四灵诗学的再探讨——兼论其与江西诗派的关系》一文中提出："在四灵看来，诗歌创作的真正目的，既不在于表现主体的思想感情，也不在创造个性化的风格，而是创造诗歌艺术本身，即他们所说'风骚之精'"。"黄庭坚诗学的基本立场，正是回归诗歌艺术本位，其情性观、兴寄观及诗学论，都是以这种回归诗歌艺术本位为主要精神的。……从这一点来说，四灵诗学正是沿着江西诗学的绪余发展的。""从尚唐体、专宗晚唐，到重句、尚法、秉持苦吟、苦思的宗旨，构成永嘉四灵诗学的核心"。"其（四灵）诗学却是以一种变化的形式承传了江西诗派诗学的基本内涵"。② 钱教授研究其乡先辈四灵诗派的几篇论文，窃以为是近来相关研究中思虑最为缜密深入的，特别对四灵诗派艺术本质的概括最引人入胜。不过，在四灵诗学与江西诗学两者关系的判断上，我的看法与钱教授相去较远。如果说四灵诗学的核心乃"传承"江西诗派诗学的基本内涵而来，似乎有些过了。这种表述，不唯逻辑上不通，且与实际也不符。基本内涵相同或相通的两个事物，应该就是性质同一的东西，这是基本的逻辑。显然，四灵诗派与江西诗派在艺术上的本质性区别是显而易见的：第一，四灵宗晚唐姚贾，而黄庭坚是比较明确地反对效法晚唐的："学老杜诗，所谓'刻鹄不成尚类鹜'也；学晚唐诸人诗，所谓'作法于凉，其敝犹贪；作法于贪，敝将若何！'"（《山谷老人刀笔》卷四）正宗江西诗派是不主张学晚唐诗的，所以江西后学往往将学晚唐当作摆脱江西诗派影响的一种选择。第二，体裁选择上，四灵多用晚唐体律诗；黄庭坚多用古体，即使作律诗，也是拗律居多，非唐律。第三，四灵诗所表达的，是一种清苦闲淡的人生体验，而正宗江西诗派要表达的，是一种兀傲不俗的士大夫文化性格，用元人袁桷的说法就是："神清骨爽，声振金石，有穿云裂竹之势，为江西之宗。"③江西诗派末流弊病百出，是因为他们没有（或者说无法）培养出一种高岸的士大夫文化性格，只好在一些具体手法上着手，资书为诗，成为没有灵魂的假古董。第四，江西诗派的显形特征表现为多用典，讲求"无一字无来处"、"点铁成金"、"脱胎换骨"等具体手法。④ 江

---

①　戴表元《剡溪戴先生文集》卷九《洪潜甫诗序》。
②　《文艺理论研究》2008 年第 2 期。
③　《清容居士集》卷四十八《书汤西楼诗后》。
④　至于好以禅论诗、喻诗，是南宋以来诗界普遍风气，非江西一派为然。所以，更不能以此作为四灵受江西诗派影响的表征之一。

西后学如二泉,在坚守江西诗派的核心诗学观时,在具体操作上也稍稍作了调整,比如转而学唐,但他们师法的对象是中唐的刘禹锡,走的是柳韦冲淡一路,而不是晚唐路径。四灵作诗强调苦吟,不是为了追求"无一字无来处"、"点铁成金"、"脱胎换骨",而是寻找寻常字面来传达最佳艺术效果,他们常用的手法是白描。这是四灵与江西在艺术特征上的最大不同,需要好好认识。时人多以四灵的少数诗中用典及化用前人诗句为例,来说明四灵认同"点铁成金"、"脱胎换骨"等手法,由此可见对江西诗派的继承云云①,似有未窥全豹之感。按,对于四灵诗句中化用前人诗句的现象,宋人早已指出大量例子,并有比较公允的说法:"作诗者岂故欲窃古人之语以为己语哉?景意所触,自有偶然而同者。盖自开辟至于今,只是如此风花雪月,只是如此人情物志。"(罗大经《鹤林玉露》卷九《诗犯古人》)又,魏庆之《诗人玉屑》卷十九引黄升《玉林诗话》云:"此类甚多,姑举一二。盖读唐诗既多,下笔自然相似,非蹈袭也。其间又有青于蓝者,识者自能辨之。"皆为深得创作会心之论,庶几可破今人之惑,更不必翻以为四灵"追求无一字无来历"之口实也。

当江西诗派成为诗坛主流后,它的基本手法就会普及为一般的写作法,非某派所专有。生活在这个时代的人,没有谁可以逃脱其"牢笼",或多或少、或轻或重,都会被打上主流思潮的烙印。因此,要找四灵与江西诗派的某些相似之处(所谓的"影响"),并非难事;但如何恰如其分地表达这种影响,以及辨识表象背后的实质性差异,端赖研究者细心掌握。

四灵诗派与江西诗派之间隐然的竞争关系,在当时是不言而喻的事实。叶适《徐斯远文集序》以"唐人之学"与江西宗派对举,并批评后者"汗漫广漠"、"枵然"(《水心文集》卷十)。王绰《薛瓜庐墓志铭》说:"永嘉之作唐诗者,首四灵。继四灵之后……风流相沿,用意益笃。永嘉视昔之江西几似矣,岂不盛哉!"(《南宋群贤小集·瓜庐诗》附)他们将四灵诗派与江西诗派对举,反映了当时温州诗人的文化自觉,其中隐含与江西诗派的竞争意味,不难理会到。宋陈世崇《随隐漫录》卷五:"宋坦斋谓曹东畂曰:'君生永嘉,诗学江西。'曰:'兴到何拘江、浙?''然则四灵不足学欤?'曰:'灵诗如啖玉腴,虽爽不饱;江西诗如百宝头羹,充口适腹。'"也是以江西诗派(江西)与温州四灵(浙江)对举。刘埙《隐居通议》卷十《刘五渊评论》:"近年永嘉复祖唐律,贵精不求多,得意不恋事,可艳可淡,可巧可拙,众复趋之。由是唐与江西相抵扎。"则是将永嘉诗派与江西诗派这种竞争关系挑明了。宋元人

---

① 这是常见的论调,未遑一一指出,仅举最近者,如任占文《论"永嘉四灵"对江西诗派的借鉴》,《山西农业大学学报(社科版)》2009年第1期。

对四灵诗派与江西诗派之间竞争关系的看法,不可轻易抛置一旁。可以这样说:永嘉四灵诗派的创作,是以江西诗派作为镜子来对照的。因此,四灵与江西诗派的关系,从另一角度来说是一种"有限影响与主动远离"的关系,他们之间的差别是本质的,而这更应是文学研究者重点关注的地方。可以说,四灵在新诗学境界的探索与创新上,远较其前辈温州乾淳诸老积极而主动。

二

江西后派中,"中兴诗人"群体在其中占重要分量。这个群体首见于《诚斋诗话》:"自隆兴以来,以诗名者,林谦之、范致能、陆务观、尤延之、萧东夫,近时后进有张镃功父、赵蕃昌父、刘翰武子、黄景说岩老、徐似道渊子、项安世平甫、巩丰仲至、姜夔尧章、徐贺恭仲、汪经仲权,前五人皆有诗集传世。"除作者诚斋本人外,可补充的诗人还有:韩淲涧泉、楼钥大防、姜特立邦杰、袁说友起岩、喻良能叔奇,等等。这些人因为在临安作官,故大多在此从事过文学创作,可宽泛地视作临安诗坛的诗人,不必拘泥于籍贯。温州诗人与临安诗坛交流可列举的方面很多,一一叙述开来将荡无所止,限于篇幅,仅以张镃、姜夔为例。

张镃(1153—1211 以后),字功甫,又字时可,号约斋居士。居临安。张俊曾孙①,藉祖上遗荫,生活侈汰。淳熙十二年(1185)构园林于北郊之南湖,主诗盟于其间,名流接踵。开禧三年(1207)为司农少卿,参预灭杀韩侂胄之谋,为史弥远所忌,一再贬窜。嘉定四年(1211)除名,编管象州,死于贬所。今传《南湖集》十卷(其中诗九卷,词一卷)。

姜夔(约 1155—1221),字尧章,鄱阳(今江西波阳)人。父知汉阳县,卒于官,遂居山阳姊家,往来沔、鄂、湘三地近二十年。淳熙十四年(1186)以萧德藻之介谒诚斋,从此踏入主流诗坛;绍熙四年(1193)识张镃之弟张鉴(平甫),张鉴遂成为姜最主要的庇护者。此后,姜往来湖州、苏州、杭州、绍兴等地,而以居杭为最多。姜夔善诗词,知音识律,工翰墨,尤精鉴赏法书古器。谓姜夔为"古今第一清客"当不为过。

中兴诗人们对张镃、姜夔的诗歌造诣均极为推赏。如诚斋《进退格寄张功父姜尧章》谓:"尤萧范陆四诗翁,此后谁当第一功。新拜南湖为上将,更差白石作先锋。"(《全》二三一五)此诗作于嘉泰三年(1203),可作定论看。

---

① 诚斋谓镃为俊曾孙,夏承焘《姜白石词编年笺校》谓镃为俊之孙(上海古籍出版社 1981 年版,59 页),当以诚斋说为准。

在我看来,以张、姜等人为代表的临安诗坛①,给文学界带来的最显著变化是:以闲适脱俗的人生态度,拉开文学世界与现实生活的距离,文学的自足性空前提升;并在诗坛树立了清空峻洁的美学风格。张镃乃华胄世家,锦衣玉食,生活场面极其奢侈,且有胆略,敢于谋杀权臣韩侂胄,"将家子"形象为朝野侧目。然而,他的文学作品却清雅通脱,无丝毫富贵尘俗气,且内容上也与世无涉,一副不食烟火人模样。正如他在《约斋赏心乐事序》中所宣示的人生态度:"昔贤有云:不为俗情所染,方能说法度人。盖光明藏中,孰非游戏。若心常清净,离诸取著,于有差别境中而能常入无差别定,则淫坊酒肆,遍历道场;鼓乐音声,皆谈般若。"(《武林旧事》卷十引)姜夔则是另一极端,一个自小到处寄居飘荡的孤儿,长无立锥之地;不事生产,却又图书古董满屋,家无担粮却每食必数人,常告贷于友人或卖文自活,而作品中无一点啼饥号寒的穷酸气,也看不出有任何卑微琐碎之感;反倒让人感觉其作品情辞超绝,"野云孤飞,去留无迹",充满着六朝文学那种清雅华贵之感。类似人生与作品"背离"的作家,还可举姜特立和史达祖。姜入佞幸传,史为韩侂胄堂吏,"五鬼"之一,为众人所诟。然两人诗词却深得当时诗人们赞赏,方回谓姜特立诗"旷达疏朗";张镃、姜夔都为史达祖词作过序,张序云"辞情俱到,织绡泉底,去尘眼中",有"瑰奇、警迈、清新、闲婉之长","可分镳清真,平睨方回"。这种生活与艺术分离的表象,其背后的文化大趋势是:艺术独立性在日益增强。南宋两浙风雅词派,就是这股文艺思潮的实践者。这种艺术思潮最大的推动力量,正是当时的临安诗坛。

　　温州乾淳辈诗人,与张镃、姜夔有比较持久的交往,结下深厚友谊。张镃《许深甫宰分宜》诗云:"峥嵘飞藻妙无前,廓廓披怀万丈渊。久矣愿交嗟迹异,兹焉觌面实心先。雪窗政握持杯手,风溆惊排转柁船。名宦祝君诚长语,安心西去试鸣弦。"(《全》二六八六)表达了对许及之无限敬仰之意。许及之宰分宜事在淳熙七年(1180),时张镃 27 岁。在诚斋、陆游等人诗中,多次出现同游"张氏北园"的情景,此园花木之盛,非一般私家花园可比,应是指城北的张镃家族园林。许及之对张园及往来张园的诗人都很熟,如《次韵诚斋醉卧海棠图之什》②,有"张园锦障人所惜,醉里看花尽英特"之句,张园

---

① 这个诗坛的整体形象,依托于以张镃为主的诗(词)社。西湖诗社(词社)在张镃诗里有记载,如"诗社不应常寂寞"(《送赵季言知抚州》,《全》二六八六),"社中宗匠交口称"(《庐陵李英才自制墨与梅花……》,《全》二六八二),《园桂初发邀同社小饮》(《全》二六八四)。

② 诚斋原诗为《醉卧海棠图歌赠陆务观》,见《全》二二九三。下引一首次韵诗,原诗即诚斋《上巳日予与沈虞卿尤延之莫仲谦招陆务观沈子寿小集张氏北园赏海棠务观持酒酹花予走笔赋长句》(《全》二二九三),陆游亦有《张园观海棠》诗,见《全》二一六二。

锦障以奢侈著称,周密《齐东野语》卷二十"张功甫豪侈"条有描述。许氏尚
有《次韵诚斋饮张园放翁醉酒海棠花下》(《全》二四四七),可知许及之也是
出入张园的"英特"之一。许及之暂隐家乡时,遇到乡人去临安,总会嘱咐他
们去拜访自己的老朋友约斋,如《送陈西老西上并简张功甫》有"须访南湖
桂隐仙"之句(《全》二四五一)。许及之《次韵古梅二首》其二:"玉鉴堂前
迹已疏,残香应伴鹤声孤。郎潜桂隐身藏却,新为梅花着句无。"(《全》二四
六〇),此写张镃被史弥远贬谪后,桂隐园的凄凉景象,时间应在1207年至
1209年间,为许氏去世前不久。该诗情意沉痛,既有对两人近30年友情的
留恋,也有对张镃奇特而悲惨的遭遇的同情。

　　姜夔《予居苕溪上与白石洞天为邻潘德久字余曰白石道人……》诗
(《全》二七二四),夏承焘定潘柽字白石在光宗绍熙元年(1190)。如果以此
为交往之始,则他们的友谊也维持了近20年。初交之时,潘柽即以"白石道
人"之号赠姜夔,姜夔喜而受之,似有宿缘者;姜夔在上诗中云:"囊中只有转
庵诗,便当掬水三咽之。"尽显敬慕之意。后姜夔《昔游诗》印行时(1201),
他又请潘柽题诗。潘柽与姜夔的忘年交友谊,建立在共同的艺术趣味之上。
他们两人都有强烈的"玩艺"心态。叶适说他"漫浪江湖,吟号不择地",不
难感受到潘柽对诗歌无所顾忌的喜爱。许及之《再次转庵催结局韵》谓"转
庵赋梅工赋影"(《全》二四四七),潘柽写梅,以写梅影著称,不得不让我们
联想起姜夔的咏梅名作《疏影》。姜夔此诗,是不是从诗坛前辈处获得到了
灵感?在没有他证之前,我不敢妄加推断。除作诗外,书画也是潘柽的最
爱。许及之说潘柽"爱诗爱字浃肤肌",又说"转庵蓄砚有奇材,受墨逡巡落
海苔"①;而姜夔也是终身执着于书画,在书法和书道上造诣颇深,著有《续
书谱》《绛帖平》。潘柽能吹笛②,而姜夔善吹箫。潘柽和姜夔都是将艺术作
为人生目标来追求的。潘柽以临安诗坛为"镜",再一次明确了自己在艺术
领域前行的方向。

　　姜夔、张鉴等临安词人,于绍熙四年(1193)来绍兴,后又往附近的武康,
盘桓到庆元二年(1196)冬始离。在越中唱和甚多③,将清空风雅词风带入
越中。开禧初(1205年左右),姜夔又游浙东,至永嘉,潘柽等温州诗人在富
览亭接待。姜夔赋《水调歌头》词,中有"二三子、总仙才"之句,对永嘉俊彦
极表赞叹。年轻词人卢祖皋及曹豳、薛师石等当侍立在侧。卢祖皋的词风

① 分别见《次韵酬转庵》,《全》二四四六;《三赓许令侄砚之什》,《全》二四五三。
② 许及之《次转庵寄用坡公赋梅韵》:"谁邀配食水仙人,长笛横吹倚苍昊。"《全》二四四七。
③ 陶宗仪抄本《白石道人歌曲》卷二收《越九歌》十首,咏越地历史文化。

走的正是姜夔一路。在姜夔身上,能看到六朝清雅诗风之影子,而其人被称为"魏晋间人物",已昭示着时代文艺趣味的转变;而张镃实为临安风雅总教主①,张姜之诗学,早已上溯六朝。叶适《徐道晖墓志铭》已指出徐照诗上追魏晋名家(《水心集》卷十七),《止斋集》卷五《送翁诚之尉慈溪》:"徐刘文采后,邹鲁典刑间"。《止斋集》卷四十九《林懿仲墓志铭》谓林懿仲"诵楚词、晋宋间人诗"。刘克庄亦谓翁卷诗:"非止擅唐律,尤于选体工"(《赠翁卷》)。选体即汉魏六朝五言古诗。翁卷的诗学取向,与当时主流已保持一致。杜耒(小山)尝问句法于赵紫芝,赵答云:"但能饱吃梅花数斗,胸次玲珑,自能作诗。"(《梅磵诗话》)这些话语的背后,都隐含着温州与临安诗坛诗学交流的因素。

温州乾淳辈诗人与江西、临安诗坛的文学交流,及时将主流的诗学思潮带回了温州诗社,使温州诗歌创作,站在了与主流诗坛大致相同的起点。后来四灵辈诗人开创一代新诗,既承辈诗人的铺垫之惠,也有自己艰苦的艺术探索之功。

当然,文学交流的基础是双方大致相似的文学观念,因此上述文学交流才有可能对温州诗歌界产生一定影响,否则不会。陈亮、辛弃疾也多次来温州,但豪放词风没有在温州留下明显痕迹。

地域之间的文学交流,只能看作文学发展的"外因",内因才是变化的根据。乾淳之后以四灵为代表的温州诗歌,毕竟走出了自己的特色之路。是什么样的"内因"推动了这种文学创新?是温州地域文化。

第六节　从永嘉文体到永嘉文派

从海隅温州吹向都城临安的第一股文风——永嘉文体,来势汹涌,于正在形成的南宋文化中心深深地打上了自己的烙印。第二股文风——四灵诗派,则温和平缓,然润物细无声,影响绵远深广,南宋中后期诗坛重晚唐的风气,也有他们的推助之功。谈南宋温州地域文学,这两者最宜深论。此处先论永嘉文体,以及由此而形成的文嘉文派。

一

"永嘉文体"一词,首见于吕祖谦(1137—1181)淳熙五年(1178)闰五月

---

① 玉照堂观梅已是临安顶级雅事,诗人纷纷造访。今存以玉照堂梅花为题的诗尚有48首,未标明而实咏玉照堂之梅者当更多。

回朱熹信：

> 书中具道所以箴戒儆厉之意，不胜感悚。去冬舍弟转致教赐，一一
> 深中膏肓之疾，朝夕玩省，不敢忘。独所论永嘉文体一节，乃往年为学
> 官时病痛。数年来，深知其缴绕狭细，深害心术，故每与士子语，未尝不
> 以平正朴实为先。去夏，与李仁甫（焘）议文体，政是要救此弊，恐传闻
> 或不详耳。前此拜答时，匆匆偶不及之，非敢忽忘也（《东莱集》别集卷
> 八"尺牍二"《与朱侍讲》第十六信，朱氏原信已佚）。①

乾道六年（1170），严州守张栻（1133—1180）召为吏部员外郎兼侍讲，
严州教授吕祖谦召为太学博士兼国史院编修、实录院检讨。两人在京保持
着严州时的讲学之谊。34 岁的温州士子陈傅良（1137—1203）亦于是秋来
太学学习，同行者有族弟陈武（生卒待考，字蕃叟）、郡人陈谦（1144—1216）
及学生蔡幼学（1154—1217）等六七人。陈傅良在家时早已名声在外，从学
者常数百人。这次他刚到达临安城外的浙江亭（驿馆），"方外士及太学诸
生迓而求见者如云"。国子监芮晔"即以公为学谕，俾为诸生讲说经义"，又
令其两个儿子拜他为师。② 吕祖谦、张栻亦以学友看待陈傅良，吕氏并对温
籍太学生们格外垂顾有加③。乾道八年，温州十七人中进士，耸动朝野，其
声势有如当年"元丰太学九先生"在东京太学时。这一榜温州进士中，陈傅
良、蔡幼学、陈谦、徐谊（1144—1208）、薛叔似（1441—1221）、林季友（曾出
使金国，又任广南西路转运使，终江东提刑）、鲍潚（1141—1208）、蔡必胜
（是科武举第一，光宗禅位的关键人物之一）等皆为光宗、宁宗朝比较活跃的
政治人物。加上此前乾道丙戌榜的王楠（字木叔）、薛绍（字承之），此后淳
熙戊戌榜的叶适（1150—1223）、王自忠（字道甫），这就构成了温州"乾淳诸
老"的主体阵容。"永嘉文体"就是指南宋陈傅良、徐谊、蔡幼学、叶适等温
籍进士所带来的那种新型文体。既可用于科举（尤其是策论），也可用于平
常著述。其浮出水面、成为一代文风所向，则与吕祖谦为学官时的提携、倡

---

① "乃往年为学官时病痛"云云，盖吕氏早年提倡永嘉文体，至此或稍有悔意。吕氏信中所透
露的悔意是否为真实意愿的表达？ 笔者倾向于其中文人客套成分居多，辨析起来比较复
杂，此处不作深论。

② 《荆溪林下偶谈》卷四"陈止斋"条。

③ 芮国器为祭酒，东莱为学官。东莱告芮公曰："永嘉新俊，不可不收拾。"出处同上。《陈亮
集》卷二十七《与吕伯恭正字》说："廷试揭榜，正则（徐元德字）、居厚（徐元德字）、道甫（王自中字）皆
在前列。自闻差考官，固已知其如此。……非公孰能挈而成之。"三人皆温人。吕伯恭对
永嘉文体的提携，在当时已为人共知。

导分不开①,下文对此将有论述。

从朱熹、吕祖谦两人讨论永嘉文体的书信中隐略可知:永嘉文体具有鲜明的个性特征,且在士子间很流行。那么,永嘉文体究竟有何特色?可依据陈傅良、叶适的现存著述、南宋与科举有关的散文选本、当时友朋的评论及学生的转述等材料进行综合分析。

从内容上来讲,该文体以经史结合为基础,偏重于阐明经制之学,喜论历朝成败得失之由。陈傅良的学生曹叔远②《止斋集原序》对此有介绍:"先生禀抱天颖,研尽学力,据六经奥会,执九经百家之辔,俾环向以趋于一,披剔文义,蹢藉众纠,究明帝王经世宏模,而放于秦汉以下治乱兴衰之故,独揭源要,不牵多岐……若成书则有《读书谱》二卷,《春秋后传》十二卷、《左氏章指》三十卷、《周礼进说》三卷,进读《艺祖皇帝实录》一卷,未脱稿则有《诗训义》《周汉以来兵制》《皇朝大事记》《皇朝百官公卿拜罢谱》《皇朝财赋兵防秩官志稿》。"自六经、历代史以究诸王经世之道,观其成败得失以资时用,形之著述,这就是永嘉文体诸公一般的学术道路。赵汝谈序叶适文集说:"以词为经,以藻为纬,文人之文也;以事为经,以法为纬,史氏之文也;以理为经,以言为纬,圣哲之文也;本之圣哲,而参之史,先生之文也,乃所谓大成也。"说明当时人对这样新文体的特色还是看得很清楚的。曹叔远曾对朱熹介绍陈傅良的读书之法:

> 其教人读书,但令事事理会,如读《周礼》,便理会三百六十官如何安顿;读《书》,便理会二帝三王所以区处天下之事;读《春秋》,便理会所以待霸者予夺之义。至论身已上工夫,说道:形而上者谓之道,形而下者谓之器。器便有道,不是两样。须是识礼乐法度皆是道理。③

曹叔远的话可以从《止斋集》卷四十《进周礼说序》得到印证:"尝缘《诗》《书》之义以求文武周公成康之心,考其行事,尚多见于《周礼》一书,而传者失之见,谓非古。彼二郑诸儒,崎岖章句,窥测皆薄物细故,而建官分职关于盛衰,二三大指,悉晦弗著。后学承误,转失其真。汉魏而下,号为兴

---

① 陈安全、王宇《永嘉学派与温州区域文化崛起研究》(人民出版社 2008 年 3 月版)对吕祖谦与永嘉学派兴起的关系有进一步的揭示。笔者以为,吕祖谦的早期学术理念,特别是其文章学理念,也可作为研究永嘉文体的辅助材料。

② 曹叔远(1159—1234),字器远,瑞安人。自述:"自年二十从陈先生。"见《朱子语类》卷120。现今流传的永嘉本《止斋文集》出其手编。

③ 《朱子语类》卷120,中华书局 1986 年版,第2896页。

王,颇采《周礼》,亦无过舆服官名,缘饰浅事,而王道缺焉尽废。"叶适也提到:"时诸儒方为制度新学,抄记《周官》《左氏》、汉唐官民兵财所以沿革不同者,筹算手画,旁采众史,转相考摩。"(《水心集》卷十四《陈彦群墓志铭》)温州知识界自北宋中期起,就重视《春秋》的教学与研究,至薛季宣时发展成经制之学,即制度新学。陈傅良所宣扬的,正是这种地方教育传统①,而这种求知理念和趣向,与以朱熹为代表的理学家们大相径庭。

　　永嘉文体在风格上的特征是:行文气势壮阔,议论辨洽宏博②,给人耳目一新之感。蔡幼学为陈傅良所撰《行状》云:"其为文出人意表,自成一家。"叶适为陈傅良撰《墓志铭》云:"时诸老先生传科举旧学,摩荡鼓舞,受教者无异辞。公未三十,心思挺出,陈编宿说披剥溃败,奇意芽甲,新语懋长,士苏醒起立,骇未曾有,皆相号召,雷动从之。虽縻他师,亦藉名陈氏,由是其文擅于当世。"这种文风的形成,既与该文体丰富深刻的内容息息相关,也与永嘉文体诸公自觉地继承韩柳欧苏的散文传统有关。视作者个人气质不同,其文或雍容广大如柳欧,陈傅良是也③;或汪洋恣肆如韩苏④,叶适是也。今传与永嘉文体同时先后的各种散文选本,如,《宋文选》⑤《古文关键》等,所选大多为韩柳欧苏一派古文。这种文学思潮已成当时有识之士的共识,正如《止斋集》卷三十五《答天台张之望》所说:"先儒之论,正统者欧、苏、张、陈数公,皆已名世。"这是陈傅良在文学方面自觉上接北宋古文传统的表白。《止斋集》卷三十九《温州淹补学田记》:"范子始与其徒,抗之以名节,天下靡然从之,人人耻无以自见也。欧阳子出,而议论文章粹然尔雅,轶乎魏晋之上。久而周子出,又落其华,一本于六艺,学者经术遂庶几于三代。何其盛哉!则本朝人物之所由众多也。"论者谓欧阳修等开宋学新境界,由此看来,陈傅良是较早地从文统上继承宋学的先驱者之一。叶适《习学记

---

① 蔡幼学为陈氏所撰《行状》:"薛公客晋陵,公往从之,薛公与公语合,喜甚,益相与考论三代秦汉以还兴亡否泰之故,与礼乐刑政损益、同异之际。盖于书无所不观,亦无所不讲。"

② 《龙川集》卷十四《郑景望杂著序》记载:"尚书郎郑公景望,永嘉道德之望也。朋友间有得其平时所与其徒考论古今之文,见其议论宏博,读之穷日夜不厌。"永嘉文体议论宏博,远绍韩柳欧苏,近承永嘉诸贤郑景望等人。

③ 陈傅良在《送陈益之架阁》中称"论事不欲如戎兵,欲如衣冠佩玉,严整而和平;作文不欲如组绣,欲如疏林茂麓,窈窕而敷荣"(《止斋集》卷二)。可知其主张雍容典雅的论事风格、疏朗平实的散文文风。

④ 叶适主张"文欲肆",认为理想的散文应是"词藻佳丽,意趣高远"之作。(《水心集》卷十二《观文殿学士知枢密院事陈公文集序》)

⑤ 《四库提要》谓此书出于北宋人之手。考最后一位入选者陈莹中死于1124年,且其于徽宗朝倍受执政者的迫害,其文在徽宗朝晚期被入选的可能性几乎没有。所以,此书应该是南宋解除元祐、元符党禁后出现的。入选者多是永嘉文体诸公所主张学习的对象。

言》卷四七亦言："文字之兴,萌芽于柳开、穆修,而欧阳修最有力,曾巩、王安石、苏洵父子继之,始大振。"永嘉文体这种气势壮阔,议论辨洽的文风,来源于它对现实的强烈关注,其背后实际上是自觉地继承范、欧等学人的学术精神而来的。由此可得出初步结论:永嘉文体实际是北宋以来古文运动在南宋的重续。

所以,永嘉文体诸公充分认识到,光模仿韩柳欧苏之文的表面文字是不够的,更应领会他们文章中充沛的思想感情之所由来。韩柳欧苏古文运动的成功,主要手段之一是重释历史,从而为古文注入新的思想内容。永嘉文体诸公谈作文章时,也强调多读经史。《止斋集》卷三十五《答贾端老》五之一谓:"《左传》且熟读,见得隐、桓以前,僖、文之际,哀、定终篇,无虑三变纲目,则成书举矣,其他依经为传,文无虚发,优游不迫,而意已独至。盖非二家所能及。"从经史典籍中悟文章作法,是永嘉文体诸公的重要观点。

不仅如此,永嘉文体诸公在释史的基础上,将释史引向释经,重释儒家经史典籍。两者都涉及视角转换的问题,而视角的选择,与时代需求有关。南宋政局,内忧外患孔殷,半壁江山的现状促使士子们去思考现实,如何增强国力、恢复中原成为摆在知识阶层面前最紧迫的课题。"何以利吾国"为成为这一课题的最集中的表达,由此形成了对经典的解读新视角:"但将孟子'何以利吾国'说尽一部《春秋》"①。《止斋集》卷三十五《答贾端老》五之三谓:"《春秋》同是圣人经世之用,要其托史见义,以五霸为据案,而左氏合诸国之史发明经所不书,以表见其所书,因五霸之兴衰,究观王道之缺。则战国之事起,周亡而秦汉出矣,此其大略。"②可以说,道学家在《春秋》里读到了"义理",而永嘉学者薛季宣、陈傅良、婺学创始者吕祖谦等人则在《春秋》里读到了"义理兼事功"。如何读书才能掌握有用之学?吕祖谦在《左氏传说卷首·看左氏规模》就有说明:"看《左传》须看一代之所以升降,一国之所以盛衰,一君之所以治乱,一人之所以变迁。能如此看,则所谓先立乎其大者。然后看一书之所以得失。"这与章句之儒的琐屑、理学之士的空

---

① 《朱子语类》卷83:"今之做《春秋》义,都是一般巧说,专是计较利害,将圣人之经,做一个权谋机变之书。如此不是圣经,却成一个百将传。因说前辈做《春秋》义,言辞虽粗率,却说得圣人大意。年来一味巧曲,但将孟子'何以利吾国'句说尽一部《春秋》。"(中华书局本,第2174页)朱熹当然是从反对立场提出来的。

② 吕祖谦也有相近似的看法:"大抵《左氏》载版筑、用兵、救焚之事,如世务曲折,条目所裁,纤悉备具,所载甚详,亦足以见当时风声气习近于三代。其人皆是着实做工夫,皆为有用之学,非尚虚文也。今人为学,多尚虚文,不于着实处下工夫,到临事之际,种种不晓。学者须当为有用之学。"(《左氏传说》卷五"令尹芳艾猎城沂使封人虑事"条)

洞相比,是完全不同的解读视角①;而与前引陈傅良指导学生的读书法完全相同(见曹叔远对朱熹语),这是永嘉学者自薛季宣至陈傅良所主张的经制之学的一贯思想。从这种视角写出来的文章,必然让人耳目一新,甚至改变了一时文风,《止斋集原序》称:"(陈傅良)执经户外,方屦阗集。片言落笔,传诵震响,场屋相师,而绍兴之文丕变,则肇于隆兴之癸未。"隆兴癸未即隆兴元年(公元 1163 年),这是永嘉文体影响一代文风的开始时期。

永嘉文体在文学精神上的显著特征是积极入世,文章为时而发。以陈傅良为代表的温州士子读书范围甚广,由历史、经术而指向时事,经世致用之意很强烈。明王瓒序《止斋集》说:"公淹贯六经,包括百氏,洞彻天人之奥,而于历代经制大法,与夫当世制度沿革失得之故,稽验钩索,委曲该洽,此岂泛然雕饰以骛于虚言者也。"叶适《水心集》卷十四《陈彦群墓志铭》曾提到,当地诸儒"其说膏液润美,以为何但捷取科目,实能附之世用,古人之治可复致也"。永嘉学人的学术出发点,就是不要忘记恢复中原,《止斋集》卷三十六《答丁子齐》三之三云:"吾辈为汉民将十余世,而使吾君忍耻事仇垂六十年,而学校乡党晏然无进志,其大者则率其徒为清谈,次摘章句,小则学为诗文自娱。当此时,吾党与士友不变其说,谓之波荡。此某所以惧,子齐勿以为疎也。"拳拳之志可见②。由于"救世"出发点不同,永嘉学派(以及浙东事功学派)不能得到理学派的理解。朱熹则认为"近人"(吕祖谦、薛季宣、陈傅良等人)将前辈以"夷夏之防"来释《春秋》的优良传统丢了,一味讲制度,讲得失,讲权变,《春秋》成了权谋机变之书,成了百将传,不是圣经了。为什么会这样? 朱熹指出,这完全是这些"近人"向秦桧的和议政策有意靠拢的结果:和议了,不需要讲夷夏之防了。朱熹完全看不到薛、吕、陈诸人的"新解释学"对思想界产生的巨大革新意义。

有必要在此将陈、朱两人的思想差异作一总结,这样更能清楚地认识陈傅良等永嘉学派学者的思想特色。陈傅良的基本思想是:通过以有道德为前提的事功进取,达到人之至善。③ 而理学家们则坚持:在恪守儒家传统行

---

① 吕氏又著有《历代制度详说》,彭飞序称:"(其书)凿凿于桑麻谷粟,切于民生实用。"乾道六年(1170)吕祖谦轮对札子之二:"章句陋生,乃徒诵训诂,迂缓拘挛,自取厌薄,不知内省,反归咎陛下之不用儒。"见《东莱吕太史文集》卷三。

② 《水心集》卷一《上孝宗皇帝札子》:"臣窃以今日人臣之义所当为陛下建明者,一大事而已。二陵之仇未报,故疆之半未复,此一大事者,天下之公愤,臣子之深责也。"

③ 陈亮有句名言:"功到成处,便是有德;事到济处,便是有理。"如果单独看这句话,颇有强者逻辑和实用主义的味道,以为此人不讲道德。以朱熹为代表的理学家最担心的地方也在这里,故力批陈亮及永嘉派学者。陈傅良等人皆有辩护之词,如《止斋集》卷三十六《答陈同父》三之一等。朱熹所认同的,其实就是董仲舒提出的"明道不计功,正谊不谋利"。

为规范的前提下,以自我道德修养的提升而达到人之至善。在陈傅良等人看来,功利与道德是一体的,功成之日就是有德之时;而朱熹们则认为功利和道德判若两途,前者对后者有妨碍。站在永嘉学术的立场上看,纯粹讲求道德心性修养是空谈,解决不了现实问题;而从理学家角度来看,事功学派迷失了通往"至善"的方向,将不可避免地走向"恶"。陈傅良对学生说:"若只管去理会道理,少间恐流于空虚。"(《朱子语类》卷120),深深刺痛了朱熹,难怪他要跳起来反对。综观文明进化的历史,陈傅良的思想无疑相对地更具"现代性",他已超越了王安石据经义以讲理财的阶段,上升到讲求制度之学。相反地,一个完全沉迷于道德自律与完善的民族或社会,其文化往往是极保守、极危险的,如教会控制下的欧洲中世纪和理学思想统治下的明清中国社会,上演了多少披着"善"的外衣的反人性行径。这涉及"恶"在社会进步中的绝对意义,当"善"的标准反人性时,"恶"就成为社会解放与进步的推动力。

　　永嘉文体的实践者们有鲜明的写作指导思想,强调和讲究写作法。这也算永嘉文体比较明显的特征。永嘉文体诸公为文主张加强学养,使"学与文相为无穷"①,已见上文论述;同时,他们也自觉追求散文的技巧,对文章的表现形式也很讲究,如叶适所撰墓志文,摇曳多姿,"廊庙者赫奕,州县者艰勤,经行者醇粹,辞华者秀颖,驰骋者奇崛,隐遁者幽深,抑郁者悲怆,随其资质与之形貌,可以见文章之妙"(《荆溪林下偶谈》卷三)。吕祖谦在推崇永嘉文体的时期,他也是非常讲究传授作文方法的。如乾道九年(1173)冬,吕祖谦曾选择古文四十篇示学者以作文之法。②《萤雪丛说》"东莱教学者作文之法"条载:"东莱先生吕伯恭尝教学者作文之法,先看《精骑》,次看《春秋权衡》,自然笔力雄朴,格致老成,每每出人一头地。"③《精骑》是吕祖谦选编的、建安书坊印行的文章作法之类的小册子。叶适再传弟子吴子良曾总结永嘉文体的总体风貌:"主之以理,张之以气,束之以法。"(《荆溪林下偶谈》卷二)这个"法",源于陈傅良多年在乡间教书时摸索出来的一整套文章学,曾编成《论格》示弟子。④ 陈傅良早年作品曾被编成《待遇集》板行,

① 《水心集原序》:"欲植杰木,必丰其根。欲潴巨泽,必浚其源。文其泽木也,学其根源也。学与文相为无穷也,是果专在笔墨间乎?"刘公纯点校,中华书局1961年版,第1页。
② 《东莱吕太史别集》卷八《与朱侍讲》之六:"拣择时文杂文之类,向者特为举子辈课试计耳。如去冬再择四十篇,正是见作举业者,明白则少曲折,轻快则欠典重,故各举其一,使之类为耳。亦别无深意。"前文说过,吕祖谦与永嘉学派各方面高度揖合,且永嘉文体又得其大力揄扬,故其文章学思想可视为永嘉文体思想的一部分。下节还将提到。
③ 《说郛》卷十五上。
④ 魏天应编、林子长注《论学绳尺》卷五陈芳《荀氏有二仁》"陈止斋批语"下引。《四库全书》本。

"人争诵之"。①曹叔远在编陈傅良文集时,尽弃其早年习作,《论格》之类的文章一概删除。②幸好《论学绳尺》一书的《论诀》中,还保留有不少陈傅良论文法的文字;另,该书第八卷中收录陈氏范文一篇,庶几可窥一斑而知全豹。如何写出一篇好的制举文章?陈氏认为应从以下几个方面着手思考:认题、立意、造语、破题、原题、讲题、使证、结尾。认题即今天作文教学法中的"审题":"凡作论之要,莫先于体认题意。故见题目,则必详观其出处、上下文,及细玩其题中有要切字,方可立意。盖看上下文,则识其本原而立意不差;知其要切字,则方可就上面着工夫。此最作论之关键也。"其余各环节皆有论列,不一一引用。今传《止斋论祖》五卷③,收陈傅良论文三十九篇,可视作"永嘉文体"的最佳样本,特别是该书经方逢辰评点后印行,影响极大。

自晚唐起,就有总结诗歌作法的"诗格"类著作问世,到北宋时,点评诗歌也比较流行,而对文章进行章法分析从而为科举服务,则应该是南宋初实施诗赋、经义两科取士政策和推行考试法的结果。中原陷落的现实,促使当权者的文化立场本能地转向元祐,经学上洛学,文学上苏轼,很容易成为新政权认可的文化旗帜。④"苏文熟,吃羊肉;苏文生,吃菜羹"谣谚的出现,不是偶然的。生与熟,不仅仅是背诵层面的东西,更重要的是能写出类似苏文的文章。于是对苏文,进而对欧文、柳文、韩文技法的解剖就应运而生了。《增注东莱吕成公古文关键二十卷》入选的作家是:卷二至卷四韩昌黎文,卷五柳子厚文,卷六至卷八欧阳公文,卷九卷十老苏文,卷十一至卷十七东坡文,卷十八栾城文、南丰文,卷十九、卷二十栾城文、宛丘文。如把宛丘换成王安石,则唐宋八大家已在此齐备了(在当时的情形下,王安石是不可能入选的)。这说明,吕祖谦、陈傅良等乾淳之际的学者们,已经有意识地去继

---

① 《林下偶谈》卷四。此集不传。明正统十三年戊辰,章贡黎(谅)序《水心文集》时说:"余幼时,先君东皋处士以遗书一帙名曰《策场标准集》授谅读,是书乃水心叶先生适在宋时所著也。"(中华书局 1961 年版,第 5 页)今其书亦不传。

② 《止斋集》曹器远序:"矧韦布眩慕,影响偏传,或混幼作,或杂真赝。诡题丛袭,诞弥遐陬,轮耀掩污,理合厘别。故今衰次,断自梅潭丁亥(乾道三年,1163)之后。"曹器远后从朱子学,接受了朱子之学,他这样评价其师早年的文章(即永嘉文体),是可以理解。这一侧面可看出,朱学已渗透到温州并渐成主流思想。

③ 四库馆臣谓"疑傅良当日自悔其少作,故其门人编次之时,不以入集。特别录此本,私存为程式之用耳"。

④ 陈傅良《祭郑龙图》说:"中兴斥扶,欲起复躐,晚生小子散无纪系。惟公及从渡江诸老,尚有典刑之学,不堕绍兴季年靡然流俗之弊。本之躬行,加之讲肆,充养和平,议论方大。析义利于秋毫,兼博约而独诣,盖伊洛源流与元祐之规模于是乎在。"见《止斋集》卷四十五。新的历史形势下,洛学与蜀学合流并非不可能。

承韩柳欧苏以来的散文传统。后世"唐宋八大家"的称谓、文章学评点热的兴起,都可上溯到永嘉文体及其实践者身上。

二

自南宋起,温州士人的科举考试无论是进士录取人数,还是科场影响力,都让人感到惊讶,几乎创造了科举文化的神话。① 温州科举录取人数的猛增,让人对温州举人的成功经验产生好奇,于是陈傅良、蔡幼学、叶适等人编选的应举教材,被大部分举子视为应试宝典,又经"名人批点"后由书商传刻翻印,永嘉文体遂风行海内,其情形犹如近数十年来盛行不衰的"黄冈高考复习试题""海淀高考试题""人大政治考研试卷"之类,其存在的社会心理是一致的。

关于永嘉文体在当时流行的盛况,颇有记载:楼钥(1137—1213)为陈傅良所撰《神道碑》云:"公自为举子业,其所论著如《六经论》等文,所在流播,几于家有其书。蜀中文学最盛,读之者无不动色,文体为公一变。至传入外国,视前贤为尤盛。"蔡幼学为陈傅良所撰《行状》称:"人相与传诵,岁从游者常数百人。"《荆溪林下偶谈》卷四"陈止斋"条:"止斋年近三十,聚徒于城南茶院。其徒数百人,文名大震。初,赴补试,才抵浙江亭,未脱草屦,方外士及太学诸生迓而求见者如云。"李心传(1167—1244)《道命录》卷七下:"场屋之权,尽归三温人。"②三温人,大概是指陈傅良、蔡幼学、徐谊三人。乾道八年(1172),蔡为省元,陈傅良第二,徐谊第三,一时传为佳话。叶适的《廷对》,吕祖谦曾赞美是"谓自有策以来,其不上印板即不可知,已上印板皆莫如也。"③文柄之权出自民间,引起了统治阶级本能的反应,庆元二年(1196),知贡举叶翥上言:"士狃于伪学,专司《语录》诡诞之说、《中庸》《大学》之书以文其非。有叶适《进卷》、陈傅良《待遇集》,士人传用其文,每用即效。"(《宋史·选举志二》)叶、陈二人之书遂毁板。永嘉文体自隆兴初(1163)渐为学子所接受,至此已风行了整整三十年。文风既成,不会立即扑灭,后《永嘉先生八面锋》《圈点龙川水心二先生文粹》等科举参考书仍继出无穷,且可以看出,永嘉文体过去以陈傅良为代表,此时已转为以水心之文

---

① 自南宋绍兴年间起,每榜温州进士人数较以前大幅增加,如绍兴壬子科18人,乙卯科14人,戊午科17人,壬戌科24人,乙丑科16人,戊辰科10人,辛未科22人,甲戌科13人;丁丑科21人(状元王十朋,温州人),庚辰科21人,隆兴癸未科27人(状元木待问,温州人),乾道丙戌科26人,己丑科11人,壬辰科17人(陈傅良此科进士)。如将北方附籍算入,则录取人数一科最高有四十二人之多者。

② 《丛书集成初编》本。

③ 周南《山房集》卷七《叶适对策跋》,北京图书馆出版社,2000年版,第40页。

为代表,继续领科场之风骚。叶适晚年也提到,此时向他请教的青年士子大多针对科举而来:"余久居水心村落,农蓑圃笠,共谈陇亩间。有士人来,多言场屋利害破题工拙而已。"①

一种文化现象的形成,离不开天时、地利、人和等现实基础,同时还要配合恰当的机遇。历史将这一切都赋予了以陈傅良、叶适为代表的温州进士群。

先谈天时。这里将"天时"指向南宋的科举取士政策。有必要对此作一基本的介绍。自神宗即位后,改革科举法,最重要的举措是兴学校,罢诗赋(其间只有元祐末苏轼任礼部尚书时恢复过一次诗赋取士)。建炎二年(1127),恢复诗赋、经义取士。时代巨变将取士政策又推向了老路。第一场习诗赋者诗赋各一首,习经义者本经义三道,《语》《孟》义各一道;第二场并论一道,第三场并策三道。殿试并策三道。相应的,废除了禁止入仕人读诗赋的政令。② 这种根本性的变化客观上为科举时文带来了新的要求:义理文采兼备。本来,仅以经义取士时,北方士子尚不能与南方士子一争高下,至此诗赋取士之门重启,南方士子的优势更明显,引起吕颐浩、赵鼎等北方政治大佬的反感,故于绍兴五年(1135)"戒饬有司商榷去取,毋以绨绘章句为工,当以渊源学问为尚。事抵教化、有益治体者,毋以切直为嫌;言无根柢、肆为蔓衍者不在采录。举人程文许通用古今诸儒之说,及出己意,文理优长为合格。"(《宋史·选举志》二)前面两句剑指诗赋取士,最后一句意在鼓励举子发挥程氏学说。但是,举子轻经重赋(论、策)的趋势仍不能扭转,"自经赋分科,声律日盛。帝尝曰:向为士不读史,遂用诗赋;今则不读经,不出数年经学废矣。"(《宋史·选举志》二)于是绍兴十三年(1143)春正月乙巳,复兼试进士经义、诗赋。二月庚辰立太学及科举试法(《高宗本纪》)③,以法制形式将兼试经义、诗赋的科举取士法加以确认。此后,似乎诗赋予经义又分离,乃有二十七(1157)年复行兼经诏,强调如十三年之制(《宋史·选举志》二)。三十一年(1161)礼部侍郎金安节言:"熙宁、元丰以来,经义、诗赋废兴离合,随时更革,初无定制。近合科以来,通经者苦赋体雕刻,习赋者病经旨渊微,心有弗精,智难兼济。又其甚者,论既并场,策问

---

① 《水心文集》卷二九《题周子实所录》。
② 有人还不满意仅仅恢复诗赋取士,绍兴元年(1131),侍御史曾统请只用词赋,取消经义科。高宗也认为古今治乱多载于史,以经义登科的人大多不懂历史,欲从其议,左仆射吕颐浩进言:"经义、词赋均以言取人,宜如旧。"遂止。吕氏为北方人,而北方人多不擅文学,习经者多,所以反对取消以经取士。见《宋史·选举志》二。
③ 录取法太固定,也易生弊端,如《止斋集》卷四十三《策问》十四首之一所指出的:"粤自一切任法,而概以绳尺之文,虽有茂材异等,语不中程,辄弗第录,由是场屋始以缀辑揉熟淫靡之文相师,而士气日卑,议者病之。逮以时务发策,以求实学。"

太寡,议论器识无以尽人。士守传注,史学尽废,此后进往往得志而老生宿
儒多困也。请复立两科,永为成宪。"从之。于是士始有定向,而得专所习
矣。(《宋史·选举志》二)经过三十余年的探索(自建炎二年[1127]至
此),南宋科举中诗赋予经义分科的考试制度,终于稳定下来。①

　　无论是兼试经义、诗赋法,还是诗赋、经义分科法,都要求士子熟悉历
史、文学、儒家经典,并掌握良好的写作技法,加之主考者提倡文理优长的一
家之言,客观上就为自韩愈以来、经柳宗元、欧阳修、苏轼等人一脉相承的文
统和伊洛学说的结合留下了发展的空间,科举时文的写作技巧性和历史、经
术相结合的要求隐含其中。杰出之士总能乘时造化,敏锐地理解政策变化
所带来的机遇。陈亮《龙川集》卷十一《变文法》对此认识很清楚:"其后(指
庆历时——引者),欧阳公与尹师鲁之徒古学既盛……胡翼之、孙复、石介以
经术来居太学,而李泰伯、梅尧臣辈又以文墨议论游泳于其中,而士始得师
矣。……乘士气方奋之际,虽取三代两汉之文,立为科举取士之格,奚患其
不从? 此则变文之时也。艺祖固已逆知其如此矣,然当时诸公(指西昆体诸
人——引者)变其体而不变其格,出入乎文史而不本之以经术。"经术与文学
结合之意很明显。温州士子秉承太学九先生的经义、文学并重的优良传统,
温州又是程学南传的重点区域,无疑具有地域文化方面的优势。

　　再说地利。我们将"地利"指向温州与临安的特殊政治关系,即高宗曾
驻跸温州三月之久,并且置太庙于温州十余年②;赵鼎和秦桧先后从温州带
走不少人才,这些人后来均在朝廷发挥轻重不同的作用。一个政治上的温
州群体已经形成。他们或者不是同一派系,但均未同室操戈相煎,相反,还
互相支持。关于赵鼎、秦桧将温州士子推向政坛的具体情况,已有相关研究
可查,此不多赘言。③ 朝中有人,是一种实实在在的看得见的力量,对扩大

---

① 这其间,夹杂着主程氏说还是主王安石之争。"程王之学,数年以来宰相执论不一。赵鼎
主程颐,秦桧主王安石,至是诏自今毋拘一家之说,务求至当之论。道学之禁稍解矣。"
(《宋史·选举志》二)赵、秦权力变更发生以绍兴十年,以赵氏贬潮州安置为结局。以后为
秦氏执政时期。

② 《止斋集》卷三十九《温州重修南塘记》:"自中兴,永嘉为次辅,郡其选守盖多名卿大夫矣,
然境内有宜治者三:间岁贡士群试且万人,于浮屠宫中、草舍托处,一宜治……"次辅的地
位,数量巨大的贡士,无不显示温州地位的急剧上升。

③ 陈安全、王宇《永嘉学派与温州区域文化崛起研究》第三章。人民出版社 2008 年版,第 68
页至 108 页。日本学者冈元司近年来一直致力于宋代温州与永嘉学派的研究,发表了《南
宋科举试官的地域性——以浙东士大夫为中心》《南宋温州士大夫的相互关系》等论文。
前文他用"穷举法"对南宋疆域内所以路、州的试官数量都进行了梳理,试图证明众多的浙
东出身科举考官保证了温州举子在科场的优势。后文以图表的方式勾勒出宋代温州成
功的科举家族,及这些家族之间千丝万缕的关系。见王宇著《导言》。

和提升温州地域文化的作用是不言而喻的。例一小例,温州人萧振提携了王淮,后王淮举荐了温州人郑伯熊和叶适,这种蛛丝马迹,就是一种有形的力量在起作用。可以这样说,当中原陷落金人之手后,"北方"已事实上不存在,朝廷中政治派系的斗争,已消除了南北之见,南方士人大量进入政府后。因为历史的机缘,温州人赢在了起跑线上。

关于人和。这里将"人和"指向陈傅良、叶适等温州士子成功地经营起来的社会关系网。① 以陈傅良为例。陈氏出身非士族家庭,但与同乡父辈以上、显宦之家陈桷(1091—1154)、陈鹏飞(1099—1148)、陈夔(字蕃仲,与陈鹏飞同为绍兴壬戌榜进士)等人攀上同宗关系;又娶士族之女为妻,拜温州大儒郑伯熊(1124—1181)、薛季宣(1134—1173)为师,四女嫁温州潘、林、薛、徐四大望。在京城,主管国子监的芮烨(字国器,1115—1171)是其旧识,素所相知,陈傅良入太学,芮氏"亲访公于所隶斋,见其二子,且即以公为学谕,俾为诸生讲说经义"②。京城名流吕祖谦、张栻皆亦师亦友。其他如吴猎(1130—1213)、楼钥(1137—1213)、陈亮(1143—1194)、陈谦(1144—1216)、叶适、蔡幼学等,皆朋友、弟子之杰出者。《宋元学案》卷 53《止斋学案》所列的门人达 24 人之多。

至于机遇,我们将此指向吕祖谦对以陈傅良、蔡幼学、徐谊等为代表的温州士子所擅长的科场文体的高度肯定和扶持。永嘉文体出现,离不开陈傅良及其弟子们对时文特征的刻苦钻研和掌握;但光大其影响,则与吕祖谦的提携分不开。吕祖谦早年"为天下之师,总学者之会。英伟奇杰之士则与论明统,而正极笃厚谨信之士则与论正心,而诚意好古慕远之士则与论制度纪纲,尚文茹华之士则与论言语文字,以至隐逸之徒、进取之辈莫不因其质以指其归,勉其修以成其志解"。③ 吕氏负家传中原文献之学,学术以广博兼收见称。《林下偶谈》卷四"东莱以誉望取士"条载:"淳熙间,永嘉英俊如陈君举、陈蕃叟、蔡行之、陈益之六七辈,同时并起,皆赴太学补试。芮国器为祭酒,东莱为学官。东莱告芮公曰:'永嘉新俊,不可不收拾。'"乾道八年考试官本来已指定是吕祖谦,但该年初突遇丁父忧,离京前他对芮烨(国器)作以上交代。此处文字,时间上有两处误差。一,这些"永嘉英俊"赴太学就

---

① 王宇《试论永嘉学派的活动方式——以陈傅良门人集团为中心》(《浙江社会科学》2007 年第 4 期)对此作了很充分的研究。这些成果又见于《永嘉学派与温州区域文化崛起研究》一书中。此处综合引用其相关结论。同时参考陈欣、方如金《陈傅良交游考略》一文,见《安徽师范大学学报》(人文社会科学版)第 36 卷,2008 年第 3 期,第 299—304 页。

② 蔡幼学所撰陈傅良《行状》。《止斋集》附录。

③ 《东莱集》附录《丁希亮祭吕祖谦文》(卷三)。

读在乾道六年(1170),就试则在乾道八年,非"淳熙间";二,芮国器卒于乾道末,"淳熙间"已不在世。① 但是,"永嘉英俊"一时并起,且受吕祖谦提携,是不错的。

三

永嘉文体既流行,永嘉文派即自然而形成。② 一般而言,流派之立,需有三个标准:影响较大的领袖人物、清晰明确的创作理念、广为认可的创作实绩(或昭示理念的选本)。以此三者衡量,永嘉文派在孝宗朝成立是可信的。前文已述,在新的科举取士制度下,永嘉文体自觉继承了唐代至北宋以来韩柳欧苏的古文传统,根据新的历史条件的需求,将经学、史学、文学合流,不再视经学、文学两者为二途,也就是恢复唐及北宋散文"文以载道"的优良传统。乾道八年,陈傅良、蔡幼学、徐谊师徒数人一起高中进士第,"永嘉英俊"作为一个整体形象展示在世人面前,永嘉文体由此更受士人青睐,陈傅良是这一新兴文体的领袖人物,他们的作品集《待遇集》《进卷》风行举子之间,成为示范性作品。具言之:永嘉文派是指在以陈傅良、叶适为代表的永嘉文体影响下所形成的散文流派。永嘉文体是永嘉学术的载体,永嘉文派是永嘉学术的表现之一。两者皆以永嘉学术为核心。

永嘉文派早期(1165—1195,乾道、淳熙、绍熙)的代表性作家,是永嘉学派鼎盛时的"永嘉英俊"。简单介绍如下:

陈傅良(1137—1203),字君举,号止斋。登乾道壬辰(1172)第。年未三十,文名已著。授徒仙岩,四方景从。著有《周礼说》三卷、《春秋后传》《左氏章指》合四十二卷、《建隆编》一卷、《读书谱》一卷、《西汉史钞》十卷、《止斋文集》五十二卷、《毛诗解诂》若干卷,学者称止斋先生。陈傅良为永嘉文派早期的旗手。《宋史》本传称:"(陈傅良)初患科举程文之弊,思出其说,为文章自成一家,人争传诵,从者云合,由是其文擅当世。"陈傅良入仕后曾议科举法之失,可知其观点由来已久。陈傅良本意是倡导一种内容充实、

---

① 《吕祖谦年谱》本年纪事对此有揭示。

② 四库馆臣称戴栩的散文:"其文章法度则本为叶适之弟子,一一守其师说传,故研炼生新,与水心尤为酷似……敷陈削切,在永嘉末派,可云尚有典型。""永嘉末派"云云,说明清人已注意到自叶适起温州文学已隐然成流派。杨庆存《宋代散文研究》第八章第四节提出了"永嘉派"之说(人民文学出版社 2002 年版)。朱迎平在《宋文论稿》中提出了"永嘉文派"的概念,认为"在叶适之后,永嘉学派在承传过程中渐渐蜕化成为永嘉文派"(上海财经大学 2003 年版,第 1 页)。刘春霞硕士论文《永嘉文派研究》对永嘉文派有较全面论述(华南师范大学 2005 年版),然似可更深入些。本文提出永嘉文派源自永嘉文体,与上述文章立脚点均不同。

精神饱满的新体时文,以取代当时陈腐不堪的科举程文。但后来,陈傅良尽力摒除此时文习气,"既登第后,尽焚其旧藁,独从郑景望讲义理之学,从薛常州讲经制之学,其后止斋文学日进,大与曩时异……止斋之文,初则工巧绮丽,后则平淡,优游委蛇,宛转无一毫少作之态。其诗意深义精,而语尤高。"(《林下偶谈》卷四"陈止斋"条)

王自中(1140—1199),字道甫(一作道夫),号厚轩。登淳熙戊戌(1178)第。陈亮称其文"韩筋柳骨,独步当时",叹不可及。叶适则比之陈亮(见《水心集》卷二十四《陈同甫王道甫墓志铭》),生平见陈傅良所撰《王道甫圹志》。著有《孙子新略前后序》《历代纪年》《王政纪原》《厚轩文集》。

戴溪(1141—1215),字少望,登淳熙戊戌第。少筑精舍眠冈,与王楠读书其中,尽通诸经,声名日起,江浙之从学者数百人。著有《易经总说》二卷、《曲礼口义》二卷、《学记口义》二卷、《诗说》三卷、《续诗纪》三卷、《春秋说》三卷、《石鼓论语答问》三卷、《孟子答问》三卷、《通鉴笔议》三卷、《将鉴论断》三卷、《复雠对》《岷隐文集》各若干卷。另修有《清源志》七卷。学者称岷隐先生。

鲍潚(1141—1208),字清卿,登乾道壬辰(1172)第。地方志载其"知识绝异,行事超卓"(弘治《温州府志》卷十一"宦业")。其著作失载。

薛叔似(1141—1221),字象先,登乾道壬辰第。博学善持论,为多士所宗(宋史本传)。著有《薛恭翼公奏议》十卷、《文节公集》。

王楠(1143—1217),字木叔,登乾道丙戌(1166)第。著有《合斋文集》十六卷,《王秘监诗集》四卷。

陈谦(1144—1216),字益之,号水云。登乾道壬辰第。著有《周礼说》《诗解诂》《春秋后传》《左氏章指》《易庵文集》《永宁编》《雁山行记》。学者称易庵先生。

陈季雅(1146—1191),字彦群,登淳熙戊戌(1178)第。著有《西汉博议》十四卷。《水心集》卷十四有《陈彦群墓志铭》,对其生平介绍颇生动。

蔡幼学(1154—1217),字行之,登乾道壬辰第。曾从陈傅良学,芮烨选进士,谓其文过其师(见叶适所作墓志)。著有《国史编年政要》四十卷、《国朝实录列传举要》十二卷、《续百官公卿表》二十卷、《质疑》十卷、《育德堂外制集》八卷、《内制集》三卷、《年历》《大事记》《文懿公集》《西垣集》《春秋解》各若干卷。

王绰,字诚叟,未出仕,有气节,水心之畏友。赵汝谈等在史馆,奏充编校,不就。卒,薛归翁以诗挽之,有"水心文会已凋零,犹有先生续典型"之句。有《春秋传记》及杂文,门人尤煜、薛蒙分别刊于建州与括苍学官。

陈烨,字表民,工属文,善持论,为叶适所推。

温州"乾淳诸老"不少人卷入到废光宗、立宁宗的重大事件中,事情进展顺利,本应同享政治成果,但结局却大出乎意料。韩侂胄大权在握后,将赵汝愚赶出朝廷,温州官员多站在赵汝愚一边,故一并受到禁锢。据有学者研究,庆元党禁入榜的三十五人中,温州人即有十四位。温州官员在政治文化中的语语权被大大削弱。本文以此为界,定永嘉文派进入中期(1195—1224,光宗、宁宗朝)。叶适成名早,本来也属永嘉文派早期重要人物,但考虑到他在光宗、宁宗朝文坛的实际影响力,以及长寿因素,将他列入中期,以领袖群彦。

永嘉文派在中期发展的特点是:作者群体扩大到两浙地区;文派的大旗交付到了叶适手中①;文章的经世色彩渐退,文学性增强。②

叶适声名鹊起之时,文坛大家尚有:尤袤(1127—1194)、范成大(1126—1193)、周必大(1126—1204)、杨万里(1127—1206)、陆游(1125—1210)。但至宁宗朝,文坛大家逐渐退出历史,或进入创作力和影响力衰退之际,叶适的崛起,正好填补了空白并顺利地接过了文坛大旗。南宋叶绍翁(1194?—?)在《四朝闻见录》卷一说:"水心先生之文,精诣处有韩、柳所不及,可谓集本朝文字之大成矣。"吴子良(1197—1256,字明辅,号荆溪)对叶适文学创作的文学史意义有如下总结:"自元祐后,谈理学者祖程,论文者宗苏,而理与文分为二。吕公病其然,思融会之,故吕公之文早葩而晚实。逮至叶公,穷高极深,精妙卓绝,备天地之奇变,而只字半简无虚设者。"(吴子良《筼窗续集序》)事实上,元祐后谈理者不全是程学,论文者也不尽主苏文,其时新党执政,荆公新学和政宣风流下的文学创作,与此都有不少距离。只是程学重道轻文,新党人士的创作专主气象而缺乏精神理念,也是文道分离,这倒是客观事实。吴子良看到了自吕祖谦、陈傅良、叶适以来,永嘉文体在纠正"洛学起而文字坏"的局面、回归"文以载道"传统的巨大作用及深远

---

① 朱迎平为永嘉文派列出的线索是:周行己—郑伯熊—薛季宣—陈傅良—叶适—陈耆卿—吴子良—舒岳祥—戴表元—袁桷,并发挥清人全祖望之说而指出:在这个文统中,叶适是一个转折点:之前叶适为止是"学、文兼擅",叶适之后陈、吴则"文胜于学",舒岳祥以下"但以文著"。(《宋文论稿》第116页、128—129页)朱文对其中转变的细节及转变之因,没有过多论述,有待进行细致而艰苦的勾勒。陈安金《论水心辞章之学的大众化和异化》(《学术界》总第118期,2006年3月,第137—141页)一文,对朱说有深化之处,但个别结论亦可商榷。笔者认为,朱教授所指出的永嘉文派统绪失之宽泛。从学术派别到文学流派,中间有诸多中介环节需理清,最重要的是,不能忽视了九先生之文与永嘉文体之间较为明显的区别,其中"永嘉文体"是形成永嘉文派的关键。

② 全祖望在《宋元学案·水心学案》中谓:"乾淳诸老既殁,学术之总汇为朱陆二派,而水心断断其间,遂称鼎足。然水心工文,故弟子多流于辞章。"

意义,很有见地。在陈傅良之后,叶适"卓然为一大宗"(《四库全书总目》《水心集》提要语)。

温州仍然是永嘉文派的重镇,作者如林。

周端朝,字子靖,周去非之侄。绍熙末上书救赵汝愚的"太学六君子"之一。著《周子靖集》《桂阳志》。

戴栩,字文子,戴溪族子。少师事叶适,故明经之外亦高于文。著有《五经说》《诸子辩论》《东都要略》《戴博士集》。

林拱辰,字岩起,著有《诗传》(刊于平江)、《春秋传》(刊于婺州)。其弟林应辰同年进士,著有《龙冈楚辞说》五卷。

曹叔远,字器远。少学于陈傅良,著有《永嘉谱》二十四卷,分年谱、地谱、名谱、人谱四类,识者谓有史才,亦表现了明确的地域文化自觉意识。陈傅良文集亦由其编定。

方来,字英齐,少从叶适学。著作失载。弘治《温州府志》卷十列入艺文传。

林略,字孔英,登庆元己未(1199)第。有名儒之称。著作失载。

钱文子,字文季,绍熙壬子(1192)以太学两优释褐。笃学明经,为儒林巨擘。著有《白石诗传》《诗训诂》《论语传赞》《中庸集传》《孟子传赞》《汉唐事要》《汉唐制度》和《补汉兵志》等。

谢梦生,字性之,与陈埴、叶味道为友,圣经贤传无不研究,于是所得沛然有余,下笔不自休,名重当时。

薛师石,字景石,隐居不仕,筑屋会昌湖西,名曰瓜庐。常在此主持文会,有《瓜庐集》。

薛师董,字子舒,号敬亭。薛叔似子,师石弟。天才颖拔,文名重一时。曾游幕金陵,与苏泂有唱和。叶适有《祭薛子舒文》,称其"虞夏昭回,汉唐苏醒"。其他永嘉文派的温州籍作者尚多,不一一尽录。

在永嘉文派中期,更值得探讨的是永嘉文派在其他地区的扩散。

从地域文学的角度而言,永嘉文派进入中期以后的发展过程,就是永嘉文体在两浙区域范围内影响力扩展的过程,也是区域里地域文学间相互交流、相互促进发展的过程。① 永嘉文体既为大众所接受,其作者地域范围自

① 如台州文学的兴起,就是在与永嘉文人的相互影响中展开的。这也可当作地域文学之间相互交流的显例。政、宣时期,台州左经臣诗名甚盛,永嘉周行己、刘安上皆兄事之,而许景衡与之唱和最多。此时是天台影响温州地域文学的兴起。自南宋乾道六年(1170)至八年间,陈傅良退居天台国清寺悟道讲学,其间台州弟子颇多盖无可疑。自此时起,进入温州地域文学影响台州地域文学的时代。后来永嘉四灵再起,对台州诗人的影响亦可想而知。

然扩大,不再局限于永嘉一地,而相近的台州、越州、婺州、吴郡等地,是永嘉文体最早的扩散区。《宋元学案》卷五十四、五十五"水心学案"载叶适弟子33人(吴子良归此)。其中来自台州者有陈耆卿、丁希亮、王象祖、王汶、吴子良、夏庭简,来自婺州者有王植、厉仲方(东阳)、张垓,来自吴郡的有周南、滕戍、孟猷、孟导、王大受,来自越州者有宋驹(绍兴)、王度(会稽)、孙之宏(余姚),其他地方者有赵汝讜(临安)、赵汝谈(临安)、叶绍翁(龙泉)、袁聘儒(建安)。叶氏再传弟子4人,耆卿弟子车若水(台州人),吴子良弟子舒岳祥(台州人),舒岳祥弟子戴表元(明州人)、林处恭(台州人)。永嘉地域文化之影响,可见一大概。今以台州籍叶适弟子为例,看看永嘉文派在地理空间上的扩展情况。

台州与温州在文学上早有联系。北宋末太学九先生时代,温州文学受台州文学影响。周行己、刘安上、刘安礼兄事台州名诗人左纬(经臣),而许景衡更是左氏的忘年交。绍兴间,温州文化大兴,至王十朋、薛季宣、郑伯熊辈出,温州对台州的文化已转为输出为主了。如台州理学开山者应恕(字仁仲),从县尉郑伯熊专治经学,台州人杜范(清献公)曾说:"吾乡固多士,而开义理之渊源,揭词华之典则者,实自先生始。"(《万历黄岩县志》)这里的"先生"是指应恕,他的老师是温州人郑伯熊。陈傅良隆兴时在天台国清寺讲学,从者数百人,其中就有不少台州人,如吴子良曾记开林表民之父林师葳与陈傅良交往(《赤城集》卷十六《四朝布衣竹村居士墓表》)。到叶适时,自台州来从学者日众:

丁希亮(1146—1192),字少詹,世昌族弟,二十九岁始发愤,从叶适受业,与水心介于亦师亦友之间。又从陈同甫、吕祖谦、朱文公游。《水心文集》卷十二有《丁少詹文集序》,卷十四有《丁少詹墓志铭》。

王象祖(1164—1239),字德甫,号大田先生。吴子良《大田先生墓志铭》:"王德父……盖叶公水心之高弟。"(《赤城集》卷十六)王氏有诗句云:"因事因时谈治效,不谈道学又何妨?"明显排斥道学。《水心集》卷七有《读王德甫文卷因送省试》诗。《赤城集》载王象祖文多篇。《宋元学案》称象祖文简古老健,非有所见不下笔,真德秀极重之。

丁木,字子植,世雄之子。尝从叶水心游。登嘉定四年(1211)进士。居家,四方来学者甚众,尊之曰松山先生。有《东屿稿》十卷,已佚(参《万历黄岩县志》"文苑")。《水心文集》卷七有《丁氏东屿书房》诗,有句云:"朝纳棂上光,千帙乱抽翻。夜挑窗下明,一字究本源。旧师蚤传习,新友晚闻见。邻里疏聚头,江海勤会面。"殆亦勤治学、好交游的读书人。

王汶,字希道,号东谷。尝师事王绰、叶适,而与永嘉薛师石游从最密,有《东谷集》,已佚(参万历《黄岩县志》"文苑")。《水心集》卷十二有《送戴许蔡仍王汶序》。

葛绍体,字元成,与弟应龙师事叶水心,博学善属文。有《东山诗选》二卷(参万历《黄岩县志》"文苑")。《郡斋读书志》卷五云《东山诗文选》十卷,家大酉为之序,叶梦鼎跋其后,行状墓志附焉。《四库》本从《永乐大典》辑出,仅有诗。馆臣谓:"《永乐大典》所载,乃有诗无文。或文不足录,为编纂者所删欤?"叶适有赠绍体诗,惜其不遇;又曾为葛氏作《留耕堂记》(《水心集》卷十),名句如"但存方寸地,留与子孙耕"。葛氏集中有与翁卷、赵师秀倡和诗,其诗盖近四灵诗派。

柯大春,字德华,号大雷山民。闻叶水心之名,往谒之,叶介绍于林浩斋略之门,因得闻二公秘论。累试太学不入,益肆力于古文。有《大雷山民集》,已佚。谢慎斋直得其书,谓为理到之文(参万历《黄岩县志》"隐逸")。

谢希孟,谢仮孙。避宁宗讳,改名直,字古民。淳熙十一年(1184)进士,历任大社令,大理寺司直,奉仪郎,嘉兴府通判。《水心集》卷七有《送谢希孟》诗,句云:"白头趋幕府,早已负平生。"庞元英《谈薮》载谢希孟佚事两则,提到陆象山喜其文。

夏庭简(1164—1218),庆元五年(1199)进士。字迪卿。《水心集》卷二十三有《宣教郎夏公墓志铭》。

赵景寿,屡以经学为叶水心、赵章泉所荐,晚仅得漱浦监税(光绪三年《黄岩县志》卷三十九"杂志杂事")。

陈耆卿(1180—1236),字寿老,号筼窗。嘉定十一年(1218)上书叶适,献《筼窗初集》《论孟纪蒙》,叶适极为欣赏,有《题陈寿老文集后》:"今陈君耆卿之作,驰骤群言,特立新意,险不流怪,巧不入浮,建安元祐恍焉再睹。……君之为文,绵涉既多,培蕴亦厚,幅制广而密,波游浩而平,错综应会,纬经匀等。"(《水心集》卷二十九)吴子良称其文"其奇也非怪,其丽也非靡,其密出不乱,其疏也不断,其周旋乎贾、马、韩、柳、欧、苏、曾之间,疆场甚宽而步武甚的也",(《筼窗续集序》)指出了其散文新奇、厚重、疏丽的特点。《林下偶谈》卷二"知文难"条说叶适"晚得筼窗陈寿老,即倾倒付嘱之"。叶适本来想传文柄于黄度的女婿、吴县人周南(1159—1213),可是周早于自己死了,让叶适很悲伤失望。陈耆卿的到来,让叶适看到了文脉传承的希望,一见即认定他是传衣钵之人。陈氏晚年自序文集,说三十五岁时发誓"当涵浸乎义理之学,词章之习不惟不敢,亦不暇"。这种说法的真实性,或者说誓言的有效性,值得怀疑。很明显,他三十八岁见叶适时,还是带着《筼窗初集》《论孟纪蒙》去的,而且叶适对此时的作品进行了充分肯定,并在以后的几年里将自己的治学为文之道"倾倒付嘱之"。他致信叶适的主要目的是要求后者就《习学记言》给予指导,说明他有意转向永嘉之学,或者还有文章作法。永嘉之学的要点在哪里?以叶适自己的话来说就是"经欲精,史欲博,文欲肆,政欲通"(《观文殿学士知枢密院事陈公文集序》)。车若水曾向陈耆卿学古文,归呈祖父,祖父不认可。多年后车氏悟出祖父不认可的原因:永嘉文派的文章,看似"顾首顾尾,有间有架,且造语俊爽",但其中无理学(《脚气集》)。可见,陈耆卿能继承师法,未转向朱氏理学;其晚年自序文集时,理学已一统天下话语权,人人讳道事功。文人趋好名,在所难免。今人读其文字,当有鉴别。

叶适于嘉定十六年(1223)去世,次年理宗即位。以此为界,定永嘉文派进入晚期(1224至宋末)。

永嘉文派后期,影响不如以前,永嘉学术的内涵进一步稀释,蜕变成纯散文流派。《黄氏日抄》卷六十八谓:"水心之见称于世者,独其铭志序跋,笔力横肆尔。"代表了此时人们普遍的看法。不过,此时的永嘉文派传人,仍代表着南宋末散文的最高成就。就中比较突出者如下:

吴子良(1197—1256),字明辅,号荆溪。少从陈耆卿学,嘉定十一年(1218)后与陈耆卿一起学于水心。《水心集》卷二十七有《答吴明辅书》:"皆以学致道,而不以道致学。道学之名,起于近世儒者,其意曰:'举天下之学皆不足以致其道,独我能致之。'故云尔。其本稍差,其末大弊矣。足下有志于古人,当以诗书为正,后之名实伪真,勿致辨焉,更与寿老讲求之可也。"叶适直到去世,其学术思想并未多大改变,对朱氏理学,特别是其末流,一直持否定态度。① 吴氏能谨守师说,当朱熹理学渐布两浙、水心之学日趋没落之际,能坚守师道不改其辙者,陈耆卿、吴子良两人而已。所谓"终身守此一格"(车若水《脚气集》)。吴氏著作仅存诗文评类著作《荆溪林下偶谈》,谈诗文艺术,多有至当之见,如卷一"四六与古文同一关键"条云:

> 本朝四六,以欧公为第一,苏、王次之。然欧公本工时文,早年所为四六见《别集》,皆排比而绮靡。自为古文后,方一洗去,遂与初作迥然

① 《水心集》卷九《金坛县重建学记》:"孔氏之所以学而颜孟皆传之,古今之义理准焉。虽更燔灭坏乱而传注终不能汩,异说终不能迷也。然则,后之学孔氏何当哉?敬其所传,可与言学之方欤?简传注、辟异说,可与言道之序欤?若夫人己之分未豫辨而以敬其所传者,貌加之,所以处之未素审,而以简传注、辟异说者众建之,成己不忠而成物不恕。是故高则伤物,而卑则丧己。此非孔氏之学使然也。"这段话实际上是不点名地批评了程朱一派的学术。又卷二十七《赠薛子长》:"读书不知接统绪,虽多无益也;为文不能关教事,虽工无益也;笃行而不合于大义,虽高无益也;立志不存于忧世,虽仁无益也。"此暗批朱氏学者。

不同。他日见二苏四六,亦谓其不减古文。盖四六与古文同一关键也。
然二苏四六尚议论,有气焰,而荆公则以辞趣典雅为主。能兼之者,欧
公耳。水心于欧公四六暗诵如流,而所作亦甚似之,顾其简淡朴素无一
毫妩媚之态,行于自然,无用事用句之癖,尤世俗所难识也。

叶氏再传弟子有文名者三人,耆卿弟子车若水(台州人),吴子良弟子舒
岳祥(台州人);舒岳祥弟子戴表元(明州人)。

车若水(约1209—1275),字清臣,号玉峰山民。台之黄岩人。少师事
陈耆卿,学为古文,及与同郡杜范(号立斋,谥清献)游,粗知性理,大悔初学,
改师陈文蔚(克斋)、王柏(鲁斋),刻意理学。所著有《宇宙略记》《玉峰冗
稿》《台学源流》(《浙江通志》引明《一统志》)。《元史》卷一百九十《周仁荣
传》云:"周仁荣字本心,台州临海人。父敬孙,宋太学生。初,金华王柏以朱
熹之学主台之上蔡书院,敬孙与同郡杨珏、陈天瑞、车若水、黄超然、朱致中、
薛松年师事之,受性理之旨。"据《宋史》卷四百二十五《赵景纬传》,上蔡书
院乃台守王华甫景定年间(1260—1264)所建。后车氏以理学著,古文特其
余事。他对永嘉文派的背离和反思,正是基于理学一统学术思想话语权的
现实。这种文学趣向的转变在当时已成常见现象,如刘埙亦云:"近世铭笔,
推永嘉叶氏为宗。某少之时,因诸公宗尚,尝熟复焉。十数年来,深味其文,
乃又大不惬于予心者,往往崇华藻而乏高古,不免止是。"(《水云村集》卷十
一《答谌桂舟论铭文书》)全祖望说:"是时天台学者皆袭筼窗、荆溪之文统,
车氏能正之。"(《宋元学案·南湖学案》卷六六)所谓"筼窗、荆溪之文统",
实际上是永嘉文派的传统,"能正之",则表明永嘉文派在台州的传播遇到了
阻力。

舒岳祥(1218—1298),字舜侯,台州宁海人。宝祐四年(1256)进士。
宋亡不仕。学者称阆风先生(《宋诗纪事》卷六十七)。有《阆风集》十二卷。
至大四年(1311)永康胡长孺序称:"其文凌张文潜、秦太虚而出其上,其诗
韩子苍、陆务观不足高也。"揆诸文集,此殆友朋间推誉之虚语,不如《四库提
要》称其诗文"类皆称臆而谈,不事雕缋"之得体。清代全祖望称:"自水心
传筼窗,以至荆溪,文胜于学,阆风则但以文著。"永嘉文派特有的学术内涵
渐渐流失,时代已转型,文体亦酝酿着新变。

戴表元(1244—1310),字帅初,一字曾伯。自少即慨然以振起斯文为己
任,"时四明王应麟、天台舒岳祥并以文学师表一代,表元皆从而受业焉。故
其学博而肆,其文清深雅洁,化陈腐为神奇,蓄而始发……至元大德间,东南
以文章大家名重一时者,唯表元而已"(《元史》卷一百九十戴表元本传)。

戴氏之文,已导夫元代诗文之先路。永嘉文派至此已完全退出历史舞台。

　　总之,正如吴子良在《荆窗续集序》中所指出的那样,永嘉文派是一流传有序的文学流派:"文有统序,有气脉。统绪植于正,而绵延枝派旁出者无与也。气脉培之厚而盛大,华藻外饰者无与也。六籍尚矣,非直以文称,而言文者辄先焉,不曰统绪之端、气脉之元乎?……唐之文,以韩柳倡,接之者习之,持正其徒也。宋东都之文以欧苏曾倡,接之者无咎、无己、文潜其徒也。宋南渡之文以吕叶倡,接之者寿老其徒也。"(《赤城集》卷十七)他们多在散文中说理议政,切于实用;又能自觉追求散文的技巧,讲究文章的表现形式;在文体选择上,他们还发扬了韩柳欧苏等大家常用的记、序、题跋、杂文等体裁,无论是记事、议论还是描写、抒情,均持平易流畅的传统散文叙事风格,具有较强的文学意味,代表着南宋散文特别是小品文的艺术高度。

四

　　关于永嘉文派衰落的原因,有人归结为叶适没有提出明确的"道",谓:"由于缺乏明确的'道'的支撑,'文以载道'往往成为一句空话,或流为以文谋生,或转而认同朱学道统,这就是水心之学在宋元之际遭遇的困厄。"①叶适所集大成的永嘉学派,应该说还是有自己比较集中的思想——道,学界对此多有总结,此不重复。我认为探讨永嘉文派衰落的原因,视野还可放得更宽广一些。

　　从文化的深层角度看,儒家文化的基本性格决定了叶适之"道"不可能占到中国思想文化的主流,其思想只能在一种特定时代条件下,如社会严重危机时,才有可能被统治者稍稍认可,一旦这种局面消失,它也就失去了存在的社会基础。这就是永嘉文体最终在南宋末沉寂的根本原因。南宋自开禧北伐失败后,思想界、政界掀起清算运动,因永嘉弟子参与北伐者众,故多遭摒斥,他们从此被排除在政治生活之外,叶适本人亦在摒居之列。与此同时,朱熹的理学已成官方认可的思想,传播既广,地位日隆。学术界已是朱氏一统天下,水心之学已无市场,叶氏学生要么转向理学以顺世,要么承其师傅,"流于辞章"以出头地。车若水在《脚气集》中以自己为例,谈到当时文学界对永嘉文派态度的变化:"予登荆窗先生之门方逾弱冠,荆溪吴明辅先生从荆窗已登科,相与做新样古文,每一篇出,交相谀佞,以为文章有格。归呈先祖,乃不悦。私意谓先祖八十有余,必是老拙,晓不得文字。顾首顾

────────

① 陈安金《论水心辞章之学的大众化和异化》,见《学术界》总第 118 期,2006 年 3 月。第137—141 页。

尾,有间有架,且造语俊爽,皆与老拙不合也。继而,先祖与箓窗皆即世,吾始思六经不如此,韩文不如此,欧苏不如此,始知其非。继而见立斋先生,见教尤切,后以所作数篇呈之,忽贻书四五百言,痛说水心之文。是时,立斋已登侍从,其意盖欲痛改旧习,不止如前时之所诲也。"车氏始从陈耆卿学古文,后转理学,反戈一击,以理学家立场来反对永嘉文派。这是当时学术常见的现象。

　　此外,还可讨论由此而延伸带出的其他原因,如学校教育的异化。太学不论,各州县皆立学校,生员颇众。时间一久,名额皆为有势者得之,加之无考察之法,故为有势者子弟之聚食场所。下层英俊者不得入学,而富户之英俊者又不屑与之为伍。陈傅良非学官,而从学者数百人,原因即出于此。此其时代背景也。在校之庸碌学生,多以学时文参加考试为唯一目的,求学问道非所关心。随着永嘉文体影响的扩大,它自然也成了学校学子们模仿的范本,这就是永嘉文体能风行科场几十年的根本原因。这个市场是如此之大,而该类学生素质又是如此低劣,直接导致永嘉文体整体形象走向负面,乃至被人抛弃。叶适自己首先对此进行了反思。① 永嘉文体在士子手里一旦成了一种缺乏灵魂的文体,永嘉文派的历史也就结束了。

　　当然,永嘉文体与生俱来的先天不足,也是其走向衰落的重要原因。永嘉文体最适合表达文人参政议政的愿望,抒发一种积极入世的崇高情怀,它关注的是社会现实中的种种不足和历史上的成败得失,总想以此来提示当政者。这是社会上升期或者危机期,是容易被接受的。因此,这种文体抒发的是一种"公共情怀",非个人独特体验,这也是它与欧苏文体的差距之一。开禧北伐失败后,南宋迎来了宁宗、理宗两朝约六十年太平日子,这个时代讲究安定和秩序,所以理学容易被接受成为社会主导思想,永嘉文体最擅长表达的内容已不适应时代。我们可以看到,此时永嘉文派的传人大多转向了理学。永嘉文体旧路无法走通,又没有及时地转向抒发自我情怀的新路上来,所以被大家冷落了。元代文学主情思潮兴起,可以说是文人学士多年探索文运复兴后的必然选择。这样,他们才找到了超越南宋末文学的途径。

---

① 《水心集》卷三《科举》:"今之所以取者,非所以取之。其在高选辄为天下之所鄙笑,而乡曲之贱人、父兄之庸子弟俯首诵习,谓之黄册子者,家以此教,国以此选。……今也举天下之人,总角而学之,力足以勉强于三日课试之文,则嚣嚣乎青紫之望盈其前。父兄以此督责,朋友以此劝励,然则,尽有此心而廉隅之所砥砺,义命之所服安者,果何在乎?……则聚食而已。而士之负俊气者不愿于学矣。"

第三章　宋代台州地域文学研究

第一节　宋代台州地域文化的发展(上)

台州在南宋属两浙东路,辖五县:临海(望)、黄岩、天台、仙居、宁海。东临大海,东北抵括苍山与庆元府(今宁波)接,北抵五里关岭与绍兴府接,西北抵大盆山与婺州接,西抵苍岭与处州接,南抵盘山与温州接。面朝大海,三面环山,世外桃源般的地形,让它的文化也带上了某种程度上的独特性。本文旨在探究台州地域文化传统从"仙源佛窟"向"理学名邦"的转型过程。

一、仙源佛窟与东晋至北宋士人的"天台想象"

台州以天台山而得名,而天台山自古为道教圣地。今传道教十大洞天中,台州居其三:委羽山洞(在黄岩)、赤城山洞(在天台)、括苍山洞(在仙居);三十六小洞天中台州有"盖竹山洞"(在黄岩);七十二福地中台州有盖竹山、东仙源、西仙源、灵墟四处①。孙绰(314—371,字兴公)在《天台山赋》序中说:"天台山者,盖山岳之神秀也。涉海则有方丈、蓬莱,登陆则有四明、天台,皆玄圣之所游化,灵仙之所窟宅。"可知在孙绰任章安令(今临海)时,天台山的道教文化氛围已相当浓厚。东晋以前不论②,仅以东晋来说,天台

---

① 洞天福地的观念,可见于东晋道士顾欢所编《真迹经》。说明东晋以前洞天福地的观念已形成。

② 《赤城志》卷三十五《释道》载,东晋以前与台州有关联的著名道教人物有:周朝王乔、后汉刘晨、阮肇(永平中人天台山采药失道,《幽明录》作刘晨)、汉末陈仲林、许道居、尹林子、赵叔道(四人居盖竹山得道,其后王世龙、赵道元、傅太初等又居之)、三国时吴人左慈(葛玄之师)、葛玄等人,皆传说与事实参半。换个角度来看,这也说明台州与道教的关系源远流长。

道士（或曾活动于此）著名者有：平仲节（？—345），于括苍山从宋君学道，据称"精思四十五年，体有真气"（葛洪《神仙传》）；王玄甫、邓伯元，两人同于赤城修道，王玄甫能内见五脏，冥夜中作书；邓伯元发明了盛极一时的"青精石饭之法"（《天台山方外志》）；任敦，字尚能，居临海，据说能役鬼召神，隐身分形；白云先生，即天台紫真，王羲之"永"字法为其所授；葛洪，曾在台州盖竹山、括苍山、赤城山、桐柏山修道；夏馥，入天台桐柏山修道，遇黄真人，授以黄水云浆之法（《天台山方外志》）；许迈，拜南海太守鲍靓为师，得中部之法及三皇内文，后在临海修道多年，善书法，与王羲之交好；郗愔（313—384），《晋书》载"为临海太守，会弟昙卒，益无处世意，在郡优游，颇称简默。与姊夫王羲之、高士许恂（询）并有迈世之风，俱栖心绝谷，修黄老之术。后以疾去职，乃筑宅章安，有终焉之志。"（郗鉴传附）郗愔虽为士流，但也可视为道流人物。

孙绰是东晋有影响的名士，成帝咸康末（340年前后）曾任临海郡章安（今台州临海）令，任上他写出了著名的《天台山赋》。台州别称赤城，源于此赋中的名句："赤城霞起而建标，瀑布飞流以界道"。孙绰以游仙笔法，写自己"登"（神游）天台山的情景："被毛褐之森森，振金策之铃铃。披荒榛之蒙茏，陟峭崿之峥嵘。济栖溪而直进，落五界而迅征。跨穹窿之悬磴，临万丈之绝冥。践莓苔之滑石，搏壁立之翠屏。揽樛木之长萝，援葛藟之飞茎。"完全是行走在人烟绝迹之处，此时的台州，除道教文化驻足之外，还处在荒蛮未凿的状态。经过一番艰难的跋涉之后，终"迄于仙都"。仙都如何？

> 双阙云竦以夹道，琼台中天而悬居。珠阁玲珑于林间，玉堂阴映于高隅。彤云斐亹以翼棂，暾日炯晃于绮疏。八桂森挺以凌霜，五芝含秀而晨敷。惠风伫芳于阳林，醴泉涌溜于阴渠。建木灭景于千寻，琪树璀璨而垂珠。

从原始森林来到天上仙境，"游览既周，体静心闲。害马已去，世事都捐。投刃皆虚，目牛无全"（赋中语）。仙都带给人的是无限欣悦，作者由此而经历了一次精神世界的升华。此赋文采之绚丽，境界之奇异，后继者只有李白《蜀道难》《梦游天姥吟留别》及今日电影《阿凡达》中的场景，差可与之相比。孙绰《天台山赋》是将天台山推向主流文化圈的第一个文化坐标，故南宋台州大学者陈耆卿在《赤城志》卷十九"山水门一"中说："台以山名州，自孙绰一赋，光价殆十倍。"后世士大夫的"天台想象"多肇端于此。

常言道：天下名山僧占多。天台山的奇山异水，佛教非但没让道教独擅，且有后来居上之势。据载，东晋兴宁年间（363—366），曾有释昙猷来天台传教。南朝陈太建七年至至德三年（575—585），释智颉（即智者大师）来天台说法，其教遂称天台宗。天台宗是最早创立的中国本土佛教宗派，以《法华经》为基本经典。此陈隋时事。

入唐，天台山佛道两教发展更加辉煌。唐代著名道士司马承祯（647—735），字子微，法号道隐，为道教上清派第十二代宗师。他遍游天下名山，由于喜爱天台山山水秀绝，遂隐居桐柏玉霄峰，自号天台白云子。善诗，与陈子昂、卢藏用、宋之问、王适、毕构、李白、孟浩然、王维、贺知章并称"仙宗十友"，武则天、唐睿宗、唐玄宗都多次延请他进京请教。唐睿宗还敕建桐柏观于桐柏山，供司马承祯居住。台州其他高道名士也都名噪一时，如王远知、冯惟良、徐灵府、叶法善、叶藏质、杜光庭等。其中叶藏质募造道经一藏，号为《玉霄藏》，在中国道藏史形成和发展的过程中作出了重要的贡献。杜光庭，唐末五代人，乃司马承祯第五代弟子，来台后先居桐柏观，后移居赤城山玉京洞，其对道教的最大贡献在于他终身注释、整理道教经文，其所著《洞天福地岳渎名山记》与司马承祯的《天宫地府图》，为中国道教划分洞天福地的主要依据。据《天宫地府图》载，台州洞天福地共有十二处之多，其中十大洞天中有黄岩委羽山洞、天台赤城山洞、和仙居括苍山洞三处；三十六小洞天中有黄岩盖竹山洞和天台金庭山洞两处；七十二福地中有黄岩东仙源、西仙源、天台灵虚、司马悔山、玉环玉溜山，黄岩清屿山六处。①

隋唐五代佛教的发展虽不及道教兴盛，然五祖章安大师、六祖智威大师、七祖慧威大师八祖玄朗大师都以国清寺作为根本道场，不断发扬天台宗。中唐时期，九祖湛然大师感慨台宗不振，发心讲述、弘扬天台教旨，中兴天台宗，当时慕名求法者接踵而至，著名者即有鉴真、一行和日僧最澄。另有丰干、寒山、拾得三位高僧，明代传灯的《天台山方外志》将三人列为"圣僧"，是为弥陀、文殊、普贤三圣的应化。三人号为"国清三隐"，善诗，常以诗偈对答，内含深邃的禅宗义理，据《天台山方外志》载，禅宗沩仰宗的创立者灵祐禅师曾来国清寺学习参法，曾受到过丰干、寒山、拾得三人的点拨。至此，台州遂有"仙佛之国"的美称。②

司马承祯对道教的贡献是：汲取儒家的正心诚意和佛教的止观、禅定

---

① 司马承祯《天宫地府图并序》，吴受琚辑释《司马承祯集》卷五，社会科学文献出版社，2013年版，第45—55页。

② 同上。

之说,系统地阐述了道家修道成仙的理论。① 在当时影响巨大,后世奉其教曰"南岳天台派"(此派代表人物均在南岳短暂停留过)。武后、睿宗、玄宗均召其至京师,每次还山,皇帝及公卿数十人均有诗相送,这些诗在《天台前集》中保存了一些。② 诗中大多表达了与彼岸世界的隔绝之感和不胜向往之情:

> 江湖与城阙,异迹且殊伦。(唐玄宗送司马承祯诗句)
> 蓬莱阙下长相忆,桐柏山头去不归。(宋之问送司马承祯诗句)
> 蓬阁桃源两处分,人间海上不相闻。(李峤送司马承祯诗句)
> 白云天台山,可思不可见。(沈如筠寄天台司马道士诗句)
> 人间白云返,天上赤龙迎。(崔湜《寄天台司马先生》)

在皇帝、大臣们的唱和影响之下,台州山水成为文学家笔下常见的诗歌题材,神仙人物、灵异古迹、紫烟青藤、寺庙宫观、奇峰异岭,往往是台州"仙源佛窟"的具象,也是唐宋士人"天台想象"的核心。诗人们在表达对神仙境界的向往同时,还伴随着对尘世的厌弃,台州天台山,成了士大夫想象中安顿心灵的最佳之处:

> 纷吾远游意,学彼长生道。(孟浩然《宿天台桐柏观》)
> 不教日月拘身事,自与烟萝结野情。(杜荀鹤《送项山人归天台》)
> 他日抛尘土,因君拟炼丹。(罗隐《寄剡县主簿》)

北宋时,台州又出了几位道教大师。张无梦,字灵隐,号鸿蒙子。"游天台,登赤城,庐于琼台,行赤松导引、安期还丹之法"③,以修炼内丹之事形于歌诗,得百余首,名《还元篇》。宋咸平四年(1001)前后,台州倅夏竦献《还元篇》于参知政事王钦若,钦若奏闻真宗,真宗遂召张元梦来京。张还山时,真宗赋《送张无梦归天台山诗》送行。和诗者有王钦若、陈尧叟、钱惟演等大臣三十余人(见《天台续集》卷上)。张伯端(?—1082)字平叔,人称"悟真

---

① 《中国道教史》(第一册),第289页。
② 《天台前集》载此类诗甚多,如唐玄宗《送司马炼师归天台山》、宋之问《送司马道士游天台》、《寄天台山司马道士》、李峤《送司马先生》、沈佺期《同工部李侍郎适访司马先生子微》(《文苑英华》作《送司马白云归天台》)、张说《寄天台司马道士》、沈如筠《寄天台司马道士》、崔湜《寄天台司马先生》。
③ 《道藏》第32册第263页。文物出版社等1988年版。

先生"或"紫阳先生"。著《悟真篇》,主先修命后修性,禅道合流,为内丹南宗之祖。至此,佛道两大宗教在台州天台山已有三次开宗立派的记录。陈景元(1025—1094),字太虚,自号"碧虚子"。居天台修道十余年,主清静之说。天台山作为"仙佛之国",其历史影响力在北宋达到顶峰。

北宋时,由于最高统治者的提倡,僧徒道士在天台山与京师之间往来更频繁了,而名公大臣为他们吟诗送行似乎也成了一种政治时尚。在张无梦还山后不久,佛徒梵才大师也踏上了回归天台之路,钱惟演领衔赋《送梵才大师归天台》,和者有章得象、蒋堂、叶清臣等"名公"二十三人以上;同时又有某名僧回天台护国寺,赋诗送行者有丁谓、钱惟演、吕夷简等"名公"二十二人;又有某僧归台州天宁万年禅院,赋诗送行者有钱惟演、杨亿、李宗谔等"名公"十人(俱见《天台续集》卷上);崇教大师回天台寿昌寺,杨亿领衔赋诗送行,和者有陈尧叟等"名公"六人(《天台续集拾遗》)。此时士大夫亲莅台州者毕竟还少,多数诗歌出于"悬想",悬想依据是士大夫历代"遗传"的"天台想象"。

可以说,由于士人的文化参与(文学创作),台州作为"仙佛之国"或者"仙源佛窟"的形象被大大强化了。此时的台州地域文化,深受"天台想象"的制约和陶铸——佛道文化占绝对主流,儒家文化刚刚蹒跚起步。元丰三年(1080),陆佃之兄陆佖为黄岩令①,陆佃为作《妙智院记》,他眼中的黄岩县"其俗无贵贱大抵向佛,虽屠羊履豨牛医马走浆奴酒保洴澼之家,亦望佛刹辄式,遇其像且拜也。以故学佛之徒饰官宇为庄严,则吝者施财,惰者输力,伛者献涂,眇者效准,聋者与之磨砻,而土木之功,苍黈赭垩之饰,殆无遗巧"(《赤城志》卷二十八),完全是佛国景象。南宋嘉定时,台州佛道势力之盛犹有数据可证:"(州学)岁得谷仅一千九百石"(《赤城志》卷十三"学田"),而同时台州共有寺观三百六十二所,有田十三万五千四百四十九亩(寺均四百八十余亩),地三万六千七十六亩(寺均百亩),基六千三百五十丈,山十三万一千二百七十四亩(寺均四百七十亩左右,见《赤城志》卷十四"版籍·寺观")。这还是台州在南宋儒学发达之后的社会现实,不难想象一百多年前,当台州儒学起步时,佛道文化在当地的影响是何等的深广。

二、儒学在台州的兴起

陈耆卿序《赤城志》卷三十二"人物门"时说:"(人物)盖非有勋业不传,

---

① 《赤城志》卷十一载,元丰三年陆佖为黄岩令,注曰:"佃之弟,见内照庵诗序,壁记不载。"而陆佃《妙智院记》则自道陆佖为兄(见《赤城志》卷二十八"妙智院"条附录)。当以"兄"为是。

非有名节不传,非有文艺不传",而台州符合"三传"条件的人太少,故"自汉至五季,绵历如许而仕焉者止十人,遁焉者止七人,寓焉者止十一人"。陈耆卿所说"人物",显然指以儒家思想为归依的士人。

据《赤城志》卷三十三"仕进门"记载,可知迄于北宋中期,儒学在台州尚未展开。台州至北宋大中祥符二年(1009)始有进士及第者,庆历六年(1046)临海人杨蟠中进士,喜作诗,颇有佳句,后得与文化名流欧阳修、苏轼等交游,为台州第一位稍具影响的士人。但台州儒学荒芜之状尚未有根本性改观,临海人罗适(1029—1101)回忆自己少年读书时兴趣强烈,但:

> 乡中无文籍,唯乡先生朱叟绛世传《论语》、《毛诗》,皆无注解。余手写读之,茫然不知义旨之罅隙,唯永叹而已。庆历中,有僧智贤师、禹昭师,皆里释之秀者……惟贤通儒书,能讲五经、《论语》。二师性明敏,志坚而气刚,各以儒释二家自负,不少下人。余因得与二师游。假其书,叩其论谊,日浸淫开发,闻此达彼,由是知圣贤之门墙有可入者。遂寻师访友,以终所业。余知经术之为乐,权舆于二师也。(罗适《宁海永乐院记》,《赤城志》卷二十九)

罗适为北宋治平二年(1065)进士,是台州"前辈大雅,以适为称首"的人物,乡贤祠里排名第一,他的启蒙老师竟是佛教徒;而且罗适之后业儒者后继乏人,"自余登第三纪矣,乡曲少年无登第者,亦无僧以儒释学自负如二师者"。儒学在台州地域文化中力量之微弱,可想而知。

台州儒学的发展,徐中行父子与陈襄居功最多。徐中行,台州临海人,始知学,闻安定胡瑗讲道苏湖间,遂往求学。至京师邸舍,遇胡瑗弟子刘彝,得胡氏所授经义,熟读精思年余。累举进士不第,以明经教授乡邦。徐中行所教,自洒扫应对、格物致知、达于治国平天下。远近来学者,摩肩接踵。台州儒学,一时称盛(见陈瓘《有宋八行先生徐公事略》,《台学源流》卷一)。罗适为其挚友。弟子辈高第而仕者多,如列为乡贤祠三贤之一的陈公辅(1077—1142)。其子徐庭筠"事无细大,必诚必敬,卧必登床而后脱巾,旦则巾而后起。终日危坐不欹侧,口无戏言,不祠神佛,独严其先,祭以分。至祭之日,虽疾必扶以拜,不焚纸币,不事阴阳吉凶之说。师慕洛学,读书不治章句,务行诸身"(石塾《徐季节先生墓志铭》,见《赤城集》卷十六)。淳熙间,朱熹行部浙江,拜墓下,题"道学传千古,东瓯说二徐"之句(《宋史》徐中行传附)。徐氏父子是将当时主流文化的显学——胡瑗春秋学和程氏洛学带入台州的导路者。

罗适少年求学时,朝廷中有识之士始倡导兴学(此后北宋历届政府的惠政首推此)。庆历八年(1048),大儒陈襄为仙居令,"政尚教化,首辟县庠养士,士始知有学官"(《赤城志》卷十一)。《天台续集》卷下收陈襄《和郑闳中仙居十一首》有诗云:

> 我爱仙居好,隆儒尠大方。诸生令讲艺,童子俾升堂。予每讲书罢,又令诸生侧讲,转相教授。公暇每有童子十数人至堂上教授经书,或试之诗云。买地兴民学因孔子庙后修起学舍,买三家之地以广其基,驱车下党庠。予每出行诸乡,遇有小学,则下,以观童子。三年邑未化,官满意彷徨。

诗中自注,皆是陈襄在仙居兴学的第一手资料。另,《赤城志》卷三十七"土俗"收有《仙居令陈密学襄劝学文》:"前年曾有文书教谕汝乡民,令遣子弟入学,于今二年矣,何其无人? ……今汝父老归告而子弟,速令来学,予其择明师而教诲之,庶几有成如前所说。予明年十二月官满即去,汝父老亟其听予言。"县令兴学之热望,与民众就学态度之冷漠,形成鲜明对比。

万事开头难,陈襄在仙居兴学毕竟收有成效。陈襄高弟台州陈贻范登治平四年(1067)进士第,后又曾游胡瑗之门(《台学源流》卷一)。又有仙居人吕逢时,"少受经于令陈公襄,邑人知学,自逢时始"(《赤城志》卷三十四"人物·遗逸")。陈氏惠政影响长久不衰,政和五年(1115),仙居人蒋旦、应灌同中进士,"先是,邑人未知教,自旦以力学中第,始争自奋。乡人推其清节,祠之学宫。""(应灌)与蒋旦同为邑倡"(《赤城志》卷三十三)。在外来士人的帮助下,在当地富绅之家的努力践行下,台州的读书种子慢慢增多,佛道一统当地文化的局面被打破。

北宋末南宋初在台州所传之儒学,主要是胡瑗"春秋学"("师友渊源之学")。胡氏之学精髓在于敦尚实行,稽古爱民。陈襄曾问学于胡瑗,徐中行、陈贻范曾游安定之门已如前述,而罗适与徐、陈两人为友,得闻安定之教,故其学有本源,而通于世务。至于徐庭筠,能行家学,且德性精明,危坐静修,深潜笃信,暗合伊洛轨辙(《台学源流》卷一)。徐庭筠为温州大儒郑伯熊的畏友,郑氏兄弟宗程氏学,亦可窥徐氏学术之一端。以上诸人拓荒性的文化引入和讲学实践,为理学在台州的传播打下了基础。

三、事功之学在台州的传播

南宋时有所谓"事功之学"者,以浙东婺州唐仲友、陈亮和永嘉陈傅良、叶适等人为代表,该学派主张经制之学,反对空谈心性玄理,力求通经明史以知古圣人治世之道,经世致用。台州也深受其影响。

　　唐仲友,字与政,号说斋,人称说斋先生,婺州金华人。淳熙七年(1180),唐仲友知台州,颇有作为,"尝条具荒政之策,请以司马光旧说,令富室有蓄积者,官给印历,听其举贷,量出利息,俟年丰,官为收索,示以必信,不可诳诱,从之。锄治奸恶甚严。"①他崇儒尊孟又重视理财等实学,上述经济政策正是他思想学术的实际运用。唐仲友为官注重修桥、兴学等实务。他在台州组织修建中津桥,修缮白鹤山灵康庙,台州学宫(官学)等,为台州交通和教育的发展做出了一定贡献。淳熙九年朱熹连上六章弹劾唐仲友,唐仲友遂罢祠。这就是历史上著名的"唐朱之争",关于此事的是非,说法众多,孰是孰非,未有定论,然而从朱熹连上六章弹劾来看,这在一定程度上反映出当时各流派为争夺学术思想话语权而激烈斗争的现象。

　　与此同时,在"恢复中原"的社会情绪高涨的孝、光、宁三朝,陈亮的王霸学说得以迅速传播。黄岩士人丁希亮,字少詹,初师事叶适,后变名,往永康,学于陈亮。陈亮一见奇之,认为"是人目莘莘,神谔谔,非妥帖为学徒者,且吾乡里不素识,得非岩穴挺出之士耶!"②朱熹曾言"陈同父学已行到江西,浙人信向已多,家家谈王霸,不说萧何、张良,只说王猛;不说孔孟,只说文中子。可畏可畏!"③由此可见婺学在台州的影响力度。

　　影响台州事功之学更深远的还是来自以陈傅良、叶适为代表的永嘉学派。永嘉学派实际上所传承的乃是胡瑗"经术、实践并举"的思想,只不过经温州太学九先生和郑伯熊(1127?—1181)的发展,逐渐转向独具面目的事功之学,最终经薛季宣、陈傅良等人进一步发扬光大,到叶适时已大盛,成为具有全国影响力的学术学派。④温州人郑伯熊曾为黄岩县尉,台州大儒应恕曾随其治经学。陈傅良于隆兴年间寓居天台山国清寺讲学,"士友纷然,从之数月"。⑤永嘉学派另外一位巨擘叶适也曾在台州讲学,台州士子从其学者众多,如临海王象祖、吴子良、黄岩王汶、丁希亮、夏庭简、戴许蔡等,一时称盛,后起之秀陈耆卿、吴子良和舒岳祥则更是名扬当时。

　　陈耆卿(1180—1236),字寿老,号筼窗,临海人,嘉定七年(1214)进士,

────────────

① 《说斋学案》,《宋元学案》卷六十,第五册,第354页。
② 《水心学案》下,《宋元学案》卷五十五,第五册,第186页。
③ 黎靖德编;杨绳其、周娴君校点《朱子语类》第四册卷一百二十三,岳麓书社1997年版,第2667页。
④ 姜海军《宋代永嘉学派的经学传承及思想演变》,《南都学坛》(人文社会科学学报)第33卷第5期,2013年9月,第25—29页。
⑤ 吴子良《荆溪林下偶谈》卷四,"陈止斋"条,《历代文化》第一册,浙江大学出版社2007年版,第585页。(下引此书皆此版本)

曾任青田县主簿,颇有政绩。后任庆元府学教授,秘书省正字、秘书郎、著作郎等,官终国子监司业。陈耆卿为人正直,不随波逐流,不谄媚奉承,曾有乡人请陈耆卿作祠记一篇,当中需有吹捧权相的内容,陈力辞而不为。① 据吴子良《荆溪林下偶谈》卷二载,史弥远柄国,钦慕其才华,然不久便与其意向不合,对人说"陈寿老好一台谏官,只太执耳。"②嘉定十一年(1218)年陈耆卿上书叶适,登门求教,"叶水心见之,惊诧起立,为序其所作,以为学游、谢而文张、晁也。"③即刻收为门生。彼时叶适正处于周南早死而无传人的痛苦中,陈耆卿的到来使得叶适看到了希望。叶适既殁,耆卿之文遂为世所宗。他一生著述颇丰,有《论孟纪蒙》、《赤城志》和《筼窗集》。

陈耆卿得叶适真传,其思想一脉相承,乃是永嘉学派所主张的经世事功之学。他除了接受儒家基本的观念以外(如将"仁"作为人的精神本源,"仁者,天地生物之心也。天地以仁为生物之心,而人亦得之以为心。所谓无常之本,大而无所不包也。"④),更进一步认为:"道"并非虚无不可捉摸,而存于事物本身之中,"悟道者以见真,体道者以真力。"⑤陈论气,将其分为两种:义理之气和血气之气,而义理之气尤为重要,"气之所在,不三事而贵,不九鼎而富,不松柏而寿,不花卉而荣"⑥,而要获得这种"浩气",就要"主敬以为根,立义以为的。羹墙焉,参衡焉,日周流乎是理之中,而罔敢逾越。迨其久也,完粹纯熟,正大高明,如养桐梓,日化月长而值者不知。"⑦陈耆卿所论乃是"理寓气中",有别于程朱理学的"理在气先"。鉴于此,陈耆卿特别强调务实,反对空谈,"苟不以身体之,以日用推之,而徒耳剽目掠、唇商齿榷,而以明理,理不明而反晦。"⑧其思想表现在政治上,主张以民为本,提出为君治国之道在于"听言"和"用人",为官治政之道在于"俭于己,不俭与民","急于民,不急于己"⑨。

吴子良(1197—1256),字明辅,号荆溪,宝庆二年(1226)进士,曾任湖南运使、太府少卿,后因忤逆史嵩而罢职。幼时随陈耆卿学习,后亦登叶适之门。筼窗之统,悉传于子良。著有《荆溪集》(已佚)、《木笔杂钞》、《荆溪

---

① 吴子良《州学六贤祠》云:"陈公之滞于三馆也,乡人嘱以祠记谄权相,则谢不为。"
② 吴子良《荆溪林下偶谈》卷二,"为文须遇佳题伸直笔"条,第 552 页。
③ 《水心学案》,《宋元学案》卷五十五,第五册,第 185 页。
④ 陈耆卿《论孟纪蒙后序》,陈耆卿著,曹莉亚校点《陈耆卿集》卷三,浙江大学出版社 2010 年版,第 16 页。(下同,不具。)
⑤ 陈耆卿《曾子论》,《陈耆卿集》卷一,第 2 页。
⑥ 陈耆卿《浩斋记》,《陈耆卿集》卷四,第 32 页。
⑦ 陈耆卿《浩斋记》,《陈耆卿集》卷四,第 32 页。
⑧ 陈耆卿《论孟纪蒙序》,《陈耆卿集》卷三,第 15 页。
⑨ 陈耆卿《处州平政桥记》,《陈耆卿集》卷四,第 30 页。

林下偶谈》。陈耆卿之后,吴子良乃是台州事功之学执牛耳之人。但此时的永嘉学派已经剥落其原有的学术性质,而逐步向文学发展,陈耆卿承接叶适而成为文章大家,吴子良在其后更是全面总结散文做法,即重义理的议论性阐发。而舒岳祥则更加注重记叙和感情的抒发。正如全祖望所说:"自水心传篑窗,以至荆溪,文胜于学。阆风则但以文著矣。"①总之,永嘉学派的事功之学在台州流行未久,并迅走向终结,取而代之的则是朱子理学的发展壮大。

四、南宋台州史学的成就

由于台州佛道文化历史悠久且兴盛不衰,故唐五代时已经有记载台州佛道史文献的史学著作,如灌顶的《国清百录》(四卷)、《智者大师别传》(一卷),徐灵府的《天台山记》、《天台山小录》等。

至南宋,台州史学大盛,史学著作种类繁多,其中编年类和地理类史学著作尤为突出,代表人物有赵师渊、胡三省、陈耆卿。

赵师渊,字几道,号讷斋,台州黄岩县人,乾道八年(1172)进士,历任衢州推官、南剑州推官等,赵汝愚罢相后,师渊"翻然东归,益究所学,积十余年不仕"。② 其为人"卓荦不群,器能足以重任,谋虑足以经远","英明敏达,是非立断,宦游所至,声称藉藉,天资可谓高矣。学问以充之,师友以磨之,养之以宽洪,守之以坚正,宁陆沉于下位,耻阿世以苟求。"③师渊本为应恕弟子,后游于朱熹门下,与朱熹合撰了史学名著《资治通鉴纲目》。④ 该书在内容上可以看出师渊为史的一些基本观念,即忠于史实,实事求是;倡导尊贤节者,维护君臣纲常,倡导节义道德,辩正闰明顺逆,有着浓厚的尊王攘夷思想;讲究经世致用,认为史书的任务在于宣传传统纲常,有功于教化;写法上采用的是"《春秋》笔法",尽褒贬之能事,因而编纂之时就继承"《春秋》之义"。因此,《纲目》受到历代朝廷的追捧,影响非常大。

胡三省(1230—1302),字身之,又字景参,号梅涧,原名满孙,后取《论语》"吾日三省吾身"之意而名"三省"。台州宁海县人,宝祐四年(1256)与宋末名臣文天祥、同乡舒岳祥同登进士第,任吉州泰和尉,后改任庆元府慈

① 《水心学案》下,《宋元学案》卷五十五,第205页。
② 浙江省地方志丛编委员会编《浙江通志》卷一百七十六,中华书局,2001年版,第4989页。
③ 袁燮《祭太丞赵公几道文》,《絜斋集》卷二十二,第五册,中华书局,1985年版,第363页。
④ 《资治通鉴纲目》(下简称《纲目》)究竟出自谁手是一桩历史公案,明清学者认为朱熹只制定了凡例,其余均出自师渊之手,《四库全书总目提要》有"其目则全以付赵师渊"之说,后著名史学家全祖望亦认同此说,因而广泛流传。但是也有学者并不认同此看法,支持此书乃是朱熹独撰。

溪尉,宋亡不仕。三省登第后便致力于《资治通鉴》的资料收集与注释工作,其初稿完成后因战乱而遗失,胡三省不气馁,又重新着手校注,隐居山村陋室,呕心沥血,前后共历经三十年,终于完成了《资治通鉴音注》(又称《新注资治通鉴》)二百九十四卷。

该书虽称之为"音注",但其工作远不止于是。全书对《资治通鉴》在记事、地理、制度等方面都作了详细的阐释和补正,并对原文或者注文错误的地方予以修正,对字词的训诂也颇为详细,内容详实。"凡纪事之本末,地名之异同,州县之建制离合,制度之沿革损益,悉疏其所以然。"①胡三省的史学观念有如下特征:重视文献材料的收集和考据;六经皆史,应该经史并治,治史也可求道,因事寓道,道无所不在。"世之论者率曰:'经以载道,史以记事,史与经不可同日而语也。'夫道无所不在,散于事为之间,因事之得失成败,可以知道之万世亡弊,史可少欤!"②反对重经轻史的治学态度。

当然,胡三省史学研究的最终目标乃是以史为鉴,经世致用。他强调:"为人君而不知《通鉴》,则欲治而不知自治之源,恶乱而不知防乱之术;为人臣而不知《通鉴》,则上无以事君,下无以治民;为人子而不知《通鉴》,则谋身必至辱身,作事不足以垂后。乃如用兵行师,创法立制,而不知迹古人之所以得,鉴古人之所以失,则求胜而败,图利而害,此必然也。"③因此,注解中处处注意梳理古制,并不断总结历史经验教训,如对《周礼》中井田制度的研究,即要求合实务。总之,胡氏《资治通鉴音注》是宋代台州史学的"高潮"之作,更是史学史上的不朽之作。

陈耆卿主编的《赤城志》是一部名志,共四十卷,是现存最早的台州总志。该志卷首有陈耆卿自序、州境图和各县境、县治图,在体例安排上分为十五门,依次为地理门、公廨门、秩官门、版籍门、财赋门、吏役门、军防门、山水门、寺观门、祠庙门、人物门、风土门、冢墓门、纪遗门和辨误门。体例完备、宏大,前所未有,可谓一部百科全书。后三门乃是陈氏创新,体现了陈耆卿独到的史学眼光。陈耆卿在该书《自序》称:"余为谂沿革,诘异同,剂巨纤,权雅俗。凡意所未解者,恃故老;故老所不能言者,恃碑刻;碑刻所不能判者,恃载籍;载籍之内有漫漶不白者,则断之以理而折之于人情。"④可见,

---

① 胡三省《新注资治通鉴序》,楼沪光、孙琇主编《中国序跋鉴赏辞典》古代编,河北教育出版社,2003 年版,第 261 页。
② 同注①。
③ 同注①。
④ 陈耆卿《赤城志序》,《赤城志》,第 2 页。

陈撰此志的态度是严肃认真的。需要注意的是,陈氏史学特别注意"恃故老",即请教乡里老前辈,并将其放于求证的首位,这表明他编史并不一味从以往史书上查阅,这种注重"活资料"的史学研究方式是陈氏的一大贡献,拓宽了史实求证之法。

陈氏作志,除叙述沿革,记录往事,标举贤达之外,更是志在"教化",故《赤城志》尤其褒奖注重名节、操守之士,以振世教之风。在写法上,陈耆卿得叶适永嘉文体的真传,立意高远,叙事简要有序,故而此志在文笔上要高出其他方志很多。王棻称赞该书"事立之凡,卷授之引,词旨博赡,笔法精严,繁而不芜,简而不陋,洵杰作已。"①

陈耆卿受到永嘉学派的影响,他注重以史为鉴,讲求经世实务。如卷二十六《山水门八·水利》序:

> 迁书《河渠》,固志《沟洫》,得不以水利吾民之命,不容不备录之欤!每念古郑白之俦,出意疏凿,有以一渠而溉田千顷者,接于近世,非惟不能图新,而并与其旧失之矣。台虽号山郡,所在陂塘良众,顾以豪吞富噬,日湮月磨,每岁邑丞汇申,按败纸占名惟谨,何识兴坏!以故甫晴虞旱,方雨忧潦,盖人力不至而动责之天,宜其少乐岁也!余故搜按旧畎,特揭一门,庶使后之有志者可按图而得之焉。②

陈氏指出水利乃是"吾民之命",故此卷将台州各处水利设施汇集,期待有志之人能够按图得之,兴修水利,其现实用意一目了然。

台州史学除上述代表著作外,留存至今的尚有史抄类史书仙居林越撰《汉隽》十卷;山水类有临海陈克、吴若同所撰《东南防守便利》三卷;杂记类有临海陈公辅撰《台州风俗记》;职官类有临海陈骙撰《中兴馆阁录》十卷《续录》十卷以及胡太初撰《昼帘绪论》十五卷;目录类有天台桑世昌撰《兰亭考》十二卷等等。③ 这些史学成果反映出台州史学发展的多元化特点,同时也体现出台州史学家们史学研究逐步走向专门化的趋势。

总体来说,台州史学同时受到了朱子理学和浙东事功之学的影响,体现在其注重经世致用,讲究实效,反对空谈的同时还强调存天理等思想。这种将两种学术思想汇聚一起的兼容之态,乃是台州独有的。

---

① 王棻:光绪《太平续志序》,谭其骧主编,《清人文集地理类汇编》第2册,浙江人民出版社1986年版,第624页。
② 陈耆卿《赤城志》卷二十六,《山水门》八,第395页。
③ 据喻长霖等纂修《民国台州府志》统计。

第二节　宋代台州地域文化的发展(下)

一、理学在台州的传播

宋室南渡,为台州地域文化发展,特别是理学在当地的发展,提供了历史性契机。①

鲁訔《登科续题名记》载:"绍兴大驾南巡,昵迹风化,中州名公巨卿萃于郡市,改肆里,易服,声华文物相摩荡而俗益美。故旧记始自咸平,每举不过一二人;比来榜不下四五,自今家训人励,辟山川之隘而广之。"(《赤城集》卷六)②建炎、绍兴年间,一向被中原视为偏远之地的台州,成了北方士人的理想避难地。据《赤城志》卷三十四"人物·侨寓"载:当时寓居台州的知名人士有:吕颐浩,建炎四年寓临海;綦崇礼,建炎中寓临海;钱忱,绍兴初奉秦鲁国贤穆明懿大长公主寓临海;钱端礼,少师忱之子;李龟朋,字才翁,与兄龟年齐名,绍兴末随钱少师忱寓临海;谢克家,绍兴初寓临海;谢伋,克家之子,绍兴初侍父寓黄岩;贺允中,绍兴初寓临海;曹勋,绍兴中寓天台。此流寓之标标者,声名不著者不知其数。外来士族(包括皇室宗支)的大量输入,不仅提升了台州的政治地位,也改变了台州的文化品味:"改肆里,易服,声华文物相摩荡而俗益美。"台州地域文化从"仙佛之国"渐渐向"海滨邹鲁"转变。

有必要将两宋之际文化思想界的最新变革在此作一番交待。在北宋后期,儒学经周敦颐、二程、张载、邵雍等人重释和重组,形成了后世所谓的理学。其中,周敦颐、邵雍、张载更多地将道家太极、阴阳八卦及静心养性等理论引入儒学,为后来朱熹所继承,被称为"道学";而二程更多地发展了孔孟儒学正宗。③

台州儒学自北宋末以来实以"胡氏学"为主,而胡瑗的学术精神,为南宋张栻、吕祖谦、陈傅良、唐仲友等(浙东学术)继承并发展。若依此惯性运行,

---

① 南渡后,北方士族南迁,南方地域文化迅速兴起,如浙东地区,就有以吕祖谦、唐仲友为代表的金华学派,陈亮为代表的永康学派,以陈傅良、叶适为代表的永嘉学派,以"甬上四先生"为代表的四明学派。南宋台州儒学(理学)的兴起,应置于这样的大时代背景下考量。

② 鲁訔(1099—1175)与郡人陈良翰同中绍兴乙卯第(1135),《赤城志》卷三十三《进士门》失载其名,宜补。

③ 历来谈理学者,多言程朱理学,似乎二人学术一脉相传,实误。近人何炳松《浙东学派溯源》(1933年出版)已详论程朱之异。笔者信取何氏之论断。

则似应往"浙东学术"的方向发展;且稍后温州陈傅良在台州弟子甚众,金华唐仲友于淳熙七年(1180)守台,为官颇有政绩;然而,台州儒学最终还是转向了朱子道学。个中原因,必有其内在力量在起关键作用。

依笔者浅见,这股"内在力量"是风俗改变所带来的民心向背。可引用的材料颇多,仅举一例言之。陈公辅《临海风俗记》载:

> 天台介于东南之陬,方承平时最号无事,斗米不百钱,鱼肉斤不过三十钱,薪炭蔬茹之类绝易得。里无贵游,郡官公事暇,日日把盏,百姓富乐,但食鱼稻、习樵猎而不识官府之严。渡江以来,国家多故,官吏冗沓,军旅往还,取需郡县,供亿不给。寓士有官至宰辅者,而城市百物贵腾,视前时十倍。民始逐末忘本,机变巧出,被甲荷戈,出没于醯茗之地;吏胥持文书索逋负,日叫号于细民之门。自是讼牍繁多,而民俗浸异矣。虽衣冠辈出,风雅日盛,未之有改也。然是岂徒天台一郡为然?他郡往往或然。则率薄归厚,以庶几曩时之旧,是则为政者之任,而是邦贤士大夫之责也。(《赤城集》卷一)①

一方面是因战争而赋税加重,北方人口无序流入,像台州这样的小地方,地方经济濒临破产;另一方面,迁入的士族因为资金雄厚,且有免于赋役的特权,兼并在所难免,地方物价翻了十倍不止。这给台州的社会关系造成了严重破坏,细民冒死以争毫末之利,与官府严重对立,风俗大变。"岂徒天台一郡为然? 他郡往往或然",面对这样严逼的社会现实,那些占据社会统治地位的士大夫,他们急需一套"率薄归厚"的思想来为当下的合法性作出解释,以稳定现有秩序。很显然,讲求"正心诚意"的朱子理学比永嘉经制之学和唐氏经世立治之学更容易被一般士大夫所接受。台州士人,就像其他州的士人一样(温州除外),并没有选择浙东学术,而是投到了朱子门下。而在其中"穿针引线"者,实为朱熹在台州的三位"讲友":石𡒃、应恕和徐大受。

石𡒃(1128—1182),字子重,号克斋,临海人,陈良翰婿,绍兴十五年(1145)进士,任右迪功郎,贵阳县主簿等,后调任南剑州尤溪知县,官终南康军事。先生"自少端悫,警悟不群,及长,刻意为学"。② 先从陈学,后与朱熹交好,"𡒃从朱文公游,自是里人知有洛学"③,然说不确。石𡒃比朱熹中进

---

① 按:陈氏此《风俗记》今已不存,殆类《东京梦华录》《梦粱录》。今唯存此序。序有两种文本,此取其较优者。
② 金贲亨撰,徐三见点校《台学源流》卷二,第9页。
③ 陈耆卿《赤城志》卷三十三,《人物门二·仕进》,第502页。

士早三年,是前辈。石墪的学问乃"深造而自得者也"①,非因朱氏。朱熹曾撰《南剑州尤溪县学记》称"尝得游于石君,而知其所以学者,盖皆古人为己之学;又常以事至于其邑,而知其所以教者,又皆深造自得之余。"②朱熹对石墪的理学研究成就非常推崇,称其"论仁之体用,甚当;以此意推之,古今圣贤之意,历历可见,无一不合,窃愿与长者各尽力于斯。"③

乾道九年(1173),石墪在尤溪知县任上,以教学《中庸》之便,编成《中庸集解》二卷,因此书集周敦颐、程颐、张载、吕大临、杨时等十家之说,又称为《十先生中庸集解》。石墪的《中庸》研究抛弃汉学的章句训诂之旨归,复求圣人之本义。朱熹和张栻都极为推崇其书。朱熹曾为其做序,序中高度评价:"子重之为此书,采掇无遗,条理不紊,分章虽因众说,然去取之间,不失其当,其谨密详审,盖有得乎行远自迩,登高自卑之意。"④朱熹的《中庸章句集解》无疑是宋代乃至今《中庸》研究影响最大的,其成书正是站在石墪《中庸集解》之上的。朱熹自序说:

> 熹自蚤岁即尝受读而窃疑之,沉潜反复,盖亦有年,一旦恍然似有以得其要领者,然后乃敢会众说而折其中,既为定著《章句》一篇,以俟后之君子,而一二同志复取石氏书,删其繁乱,名以《辑略》,且记所尝论辩取舍之意,别为《或问》,以附其后,然后此书之旨,枝分节解,脉络贯通,详略相因,巨细毕举,而凡诸说之同异得失,亦得以曲畅旁通,而各极其趣。⑤

由上可见,其《中庸辑略》是由石墪《中庸集解》删定更名,而《或问》则是因《辑略》取舍删减之意而成。石墪所书集众家之说,成书早于朱熹《章句》,且朱熹称《章句》"会众说而折其衷",不能不说参考了石墪《集解》。清代大儒王棻在《台学统》中评价:"此书矣,有宋周、张、二程诸儒出,实能接孔孟之传,而朱子集其大成,于是作为《中庸章句》《中庸或问》,以发明其蕴奥,而《中庸章句》《中庸或问》,实皆本于《中庸集解》,则石氏此书,信千古

---

① 《浙江通志》卷一百七十六《儒林·台州府》引车若水语。
② 朱熹《南剑州尤溪县学记》,《晦庵先生朱文公文集》卷七十七,朱熹撰;朱杰人,严佐之,刘永翔主编《朱子全书》,第 24 册,上海古籍出版社,安徽教育出版社,2002 年,第 3718 页。(下引此书皆此版本)
③ 金贲亨《台学源流》卷二,第 9 页。
④ 朱熹《中庸集解序》,《晦庵先生朱文公集》卷七十五,《朱子全书》第 24 册,第 3640 页。
⑤ 朱熹《中庸章句序》,《晦庵先生朱文公集》卷七十六,《朱子全书》第 24 册,第 3675 页。

道统之所系矣,今特著为'台学性理之宗'。"①石墪对台州理学的贡献还在于其曾于台州创建观澜书院,讲学受徒,使得程学在台州广为流传,为朱子之学的传入做好了准备。

应恕,字仁仲。由处州括苍徙台州黄岩西桥,从县尉郑伯熊(绍兴二十年为黄岩尉)专治经学。隐居讲学,门人赵几道等尊之为艮斋先生。尝与朱熹游,朱以"隐居老友"称之。杜范(1182—1245,谥清献)谓:吾乡固多士,而开义理之渊源、揭词华之典则者,实自先生始(《万历黄岩县志》"卷五·儒学")。温州郑伯熊首刻朱子著作于福州,是推广朱子学的重要人物。

徐大受,字季可,号竹溪。淳熙十一年特科进士。早岁工于诗。朱熹行部于浙,闻其名,造访,议论皆合,遂定交。

南宋淳熙以后,台州士子多投朱子门下,与当地"德高望重"的老先生们的荐举有关,如赵几道,始为应恕弟子,后游朱子门;杜暴初与弟知仁学于克斋石墪,克斋致暴于朱熹,于是师事朱氏十余年。据统计,台州籍朱氏入门弟子标标者约有十五人:赵师渊(几道)、赵师夏(致道)兄弟(皆宗室,进士),林鼐(伯和)、林鼏(叔和)兄弟,杜暴(良仲)、杜知仁(仁仲)兄弟,赵师郢(共父,绍熙元年宗室科进士),林恪(叔恭),潘时举(子善),郭磊卿(子奇),杜贯道,池从周(子文),赵师雍(然道)、赵师葴(咏道)兄弟,吴梅卿(清叔)(据《台学源流》)。大约自孝宗淳熙后期(九年以后)至于宁宗朝(1182—1224),台州理学发展到第一高峰阶段。朱熹之后,台州朱学薪火不灭,分两支继续传承,黄岩杜氏学系为一支,杜烨、杜知仁兄弟传朱子之学,家学昌隆,《宋元学案》专辟《南湖学案》,其从孙杜范乃南宋名臣,得家学旨要。杜氏弟子众多,多为黄岩人,代表人物有邱渐、戴良齐,方怡等;另一支乃金华王柏所传朱子学系,王柏曾受聘于天台上蔡书院任教,学子众多,主要代表人物为黄岩车若水、黄超然、临海杨钰、杨琦等。朱氏理学在台州的主导地位已经确立。同时,台州学子在理学研究上取得了很大的成就,除了上述石墪的《中庸集解》外,典型之作还有董楷的《周易传义附录》和黄超然的《周易通义》等。②

二、台州理学发展进程中的重要事件

台州地域文化由"仙佛之国"向"海滨邹鲁"的转变,士大夫在其中起着主导作用,这些士大夫群体主体是历任地方官员、本地士族、郡外名流、寓居士人。儒学的种子,端赖这些士人将其植入台州的土壤。台州理学发展进

---

① 王棻《台学统》卷三十,《性理之学一·朱子学派一》,吴兴刘氏民国嘉业堂刊本。
② 另有《资治通鉴纲目》也是在理学思想指导下的作品,这里归入台州史学中。

程中的重要事件,自然要数朱子广招台籍士子为门生最为显著,但仅此不足以言台州理学之盛。还有以下几个方面:

一是兴学校。历任地方官员是主要的推动力量。皇祐中(1049)陈襄任仙居令,大兴文教,修学校,聘师儒;孝宗隆兴元年(1163),郡守赵某"下车敦庠序之教"(季翔《台州州学藏监书记》,《赤城集》卷五);嘉泰辛酉(1201)夏,林岳为仙居令,重修县学(周必大《仙居县学重修记》,《赤城集》卷七);开禧时郡守李兼作《戒事魔十诗》(《赤城志》卷三十七风俗);理宗时(端平前),太守赵必愿增置学田(陈耆卿《增学田记》,《赤城集》卷六)①;赵与杰解决了学田争执案,大幅增置学田(董亨复《州学增高涂田记》,《赤城集》卷六);嘉定壬午(1222),郡守齐硕造台州贡院(楼观《增造贡院记》,《赤城集》卷六)。

二是建乡祠。乡祠是地域文化自觉的重要标志。南宋中兴时期的文化名人尤袤,于淳熙二年至四年(1175—1177)知台州,立思贤堂,祠毕文简公士元、章文简公得象、元章简公绛,"皆旧侯有惠政、后至宰辅者也";继又建三老堂,祠罗提刑适、陈侍郎公辅、陈詹事良翰,"皆乡之名德、后进尊慕者也。"(《赤城志》卷四"先圣庙")此事标志着儒学在台州地域文化中已占据一席之地,台州士子从此知风化之所向。后来,州府又立颂僖堂,祠宗守颖、黄守章、朱守江、唐守仲友、江守乙祖,"皆有功于学者也";又立谢丞相(深甫)祠,此人为台州位至宰相第一人(《赤城志》卷四"先圣庙");嘉定五年(1212)春正月,郡守黄齀在台州州学建四先生祠,祠周敦颐、程颢、程颐、朱熹四人。(刘爚《四先生祠堂记》,《赤城集》卷八)同时黄氏还建有谢良佐祠。"谢良佐字显道,受业二程……诸子避难并逸,一死楚,一死闽,独克念者落台州。绍兴六年(1136),给事中朱震子发奏官之,寻亦死。克念有子偕三,贫无衣食,替人承符引养老母……(黄齀)访求故家得之。"(叶适《上蔡祠堂记》)

绍定改元(1228)十月,台守赵令汝驹祠谢良佐、叶适、徐中行于黄岩县学,"上蔡之学,盖宗孔孟氏,龙泉之学亦宗孔孟氏,八行之学出安定,亦宗孔孟氏,能宗之则能续之矣。故其道续之也,其文与行亦续之也。"(陈耆卿《黄岩县学三贤祠记》,《赤城集》卷八)

绍定癸巳(1233),台守赵必愿在台州建陈瓘祠,理由是"昔贤迁谪之地,往往有祠以见其高山景行之意,如韩文公之于潮,苏文忠公之于黄。"(陈振孙《陈忠肃公祠堂记》,《赤城集》卷八)

---

① 陈耆卿《记》中以为刑侯,似有误字,理宗时无太守姓刑者,当以董亨复《州学增高涂田记》所载赵必愿为是。

淳祐五年(1246)三月,于台州州学始祠六贤:鹿何、石𡒄、商飞卿、郭磊卿、陈耆卿、杜范。"颇欲恢教法,振儒风。"(吴子良《州学六贤祠堂记》,《赤城集》卷八)

以上九祠,皆公祠。"国之大事,在戎在祀。"有了公共祭祀这个制度化的保障,理学在台州深深植入民众,成为地域文化的重要根基之一。同时,此举也将当地文化士族的政治优势地位,以法定的形式固定了下来,这些士族就成了巩固和维护理学在当地政治文化生活中中心地位的持续性力量。与立祠的意义大致相似的,还有官府因当地文化名人(包括寓居者)或其科举功名成就,来命名乡镇、街坊,如临海衮绣乡,庆元六年叶籈为谢丞相深甫立;临海世衮乡,嘉定元年李兼为钱丞相象祖立;仙居状元乡,旧名安仁,开禧元年令赵汝逵以胡谦魁特科改今名;台州状元坊以陈侍郎公辅释褐第一故名;台州綦内翰巷,以绍兴中綦崇礼居之故名;黄岩梯云坊以杨似云、叶应辅中第故名;仙居状元坊以陈正大魁武科故名,折桂坊以吴芾兄弟中第故名,棣华坊以王孙震兄弟登右科故名。举不胜举。

三是修方志与整理乡邦文献。在《嘉定赤城志》以前,与台州有关的志书多是"仙源佛窟"的历史。《嘉定赤城志》是台州第一次在儒家思想指导下编纂的本土历史和文献的总结。因系草创,故文献收集不易,先后有四位郡守有意修州志而终未成,他们是尤袤、唐仲友、李兼、黄𥫣。黄之后十余年,郡守齐硕再续前事,命陈耆卿总领,郡博士姜容、邑大夫蔡范等分纂,郡中士子陈维及林表民助查文献,终于克成(陈耆卿《赤城志序》)。继任太守王楫尚嫌此志体例不广,内容有缺,又命郡学教授姜容、郡人林表民补充八卷,称《赤城续志》(吴子良《赤城续志序》,《赤城集》卷十八)。王氏的继任者叶棠又命作《三志》,林表民于是立灾异、纪功二门,作《赤城三志》(王象祖《赤城三志序》,《赤城集》卷十八)。修史历来是展示国家意志的重要手段之一,它掌握了最高的话语权和道德评价权;等而下之,地方志则是地方士族掌握地方话语权和道德评价权的重要手段。佛道文化虽然还在台州地域文化中重据重要地位,但已被摒出了主流之外,仅为方志中一个门类,其他十几个门类,都在叙说儒学的历史和治迹。台州十年之内三次修郡志,虽过频繁,但士人重视整理地方文献的态度,是值得肯定的。台州本地文化人是修志的主体,特别是陈耆卿、林师蒧、林表民父子用力最多。作为修志的资料准备(也可称副产品),台州地方文献总集也陆续出版:林师蒧编有《天台集》三卷(所附《天台前集别编》《天台集拾遗》为林表民编)、林表民编有《天台续集》三卷、《天台续集拾遗》一卷、《天台续集别编》六卷、《赤城集》十八卷。在整理乡邦文献的过程中,当地士大夫的文化自豪感、自信心和历史使命感,空前地得到了加强,从上述几种文献集的序言中不难感受到。

四是学术切磋与文学唱和。相对于前面三类活动而言,唱和与切磋更为不显眼,却是一种实实在在的文化力量。学术和文学能力,历来是士人文化资本的重要体现;而文学唱和,则是进入文化权力圈的重要途径。台州文人的文学创作,见下节《台州地域文学的兴起》,此处仅举台州士子的学术交流情况。

台州士子与当时学术界的交流,可举当地文化家族丁氏与林氏为代表。丁少云、丁少瞻兄弟为台州巨子,"英伟奇杰之士则与论明统,而正极笃厚谨信之士则与论正心,而诚意好古慕远之士则与论制度纪纲,尚文茹华之士则与论言语文字,以至隐逸之徒、进取之辈莫不因其质以指其归,勉其修以成其志"(丁希亮撰《祭文》,见《东莱集》附录卷三)。淳熙四年(1177),丁少云始筑丁园,"曰堂曰亭曰台曰榭曰林曰坡曰窝曰谷,无虑二十余许"(王绰《云海观记》),"盖君兄弟所从游,如叶水心、陈龙川正伟人之尤者,皆尝与之婆娑偃仰,咏歌讲诵于其间"(陈耆卿《松山林壑记》)。"松山二丁君,好学,喜事,家有海山奇诡之观,诸公间多过焉。"(周端朝《东屿书房记》)丁氏园林,是台州学子与学界交流的"会所"之一。

吴子良《四朝布衣竹邨林君墓表》中说:"君(林师蒇)卧穷巷,声援绝,然师友皆名辈胜流,王公卿月、虞公似良、李公庚、徐公似道、钱公象祖、谢公深甫、张公布、商公飞卿、丁公可、徐公大受、林公宪、桑公世昌,君陪从于乡邦者也;陈公傅良、楼公钥、张公孝伯、万公钟、龚公颐正、王公厚之、巩公丰、真公德秀、杨公长孺,君承接于他邦者也。"(《赤城集》卷十六)台州士子能够平等而广泛地交接当时学界代表性人物,也可看出台州学术界在开始形成自己的特色,并得到尊重。"台学"正以自家面目出现在世人面前,台州新的地域文化传统已经形成。

第三节　宋代台州地域文学创作(上)

一、台州地域文学前传

台州地域文学的创作,有一个梦幻般的开端。东晋名士孙绰(314—371,字兴公),于成帝咸康末(约340年)任临海郡章安(今台州临海)令,任上他写出了著名的《游天台山赋》。该赋集游仙和游览于一体,通过对天台山"窈窕绝域"富于浪漫神奇的描绘,表达了"浑万象以溟观,兀同体于自然"的出世之想。此赋后来成了台州文化史上的坐标,自然也是台州文学的坐标。其中所构建的"天台想象",成为此后数百年中文人吟咏天台的主要内容和方式。

继之而起、将台州推向中原文化主流圈内的是高僧和名道。道教在台州的兴起,笔者已在《论南宋台州地域文化传统的重建》一文中作了论述。① 在孙绰任章安令之前,天台山的道教文化氛围已相当浓厚,是公认的"玄圣之所游化,灵仙之所窟宅"(《游天台山赋》)的道教名区。东晋以后,道教在此地更有发展。南朝陈太建七年至至德三年(575—585),释智𫖮(即智者大师)来天台说法,其教遂称天台宗。从此台州在中国文化史上"仙源佛窟"的地位确立。唐代道教名士王远知、司马承祯、吴筠、徐灵府、杜光庭等,佛教徒寒山、拾得等,皆与天台联系紧密者。

天台山不但是教徒们心中的圣地,也是文人墨客魂牵梦绕的地方。道士司马承祯(647—735)在武后、睿宗、玄宗时均被召至京师,每次还山,皇帝及公卿数十人均有诗相送,这些诗在《天台前集》均有保留。这种文学与宗教相结合的荣耀,在北宋还重复了好几遍。北宋真宗时,著名道士张无梦游天台,宋真宗带头作《送张无梦归天台山》,和诗者有王钦若、陈尧叟、钱惟演等大臣三十余人。② 在张无梦还山后不久,佛徒梵才大师也踏上了回归天台山之路,钱惟演领衔赋《送梵才大师归天台》,和者有章得象、蒋堂、叶清臣等"名公"二十三人;同时又有某名僧回天台护国寺,赋诗送行者有丁谓、钱惟演、吕夷简等"名公"二十二人;同时又有某僧归台州天宁万年禅院,赋诗送行者有钱惟演、杨亿、李宗谔等"名公"十人(同上);崇教大师回天台寿昌寺,杨亿领衔赋诗送行,和者有陈尧叟等"名公"六人。③ 此时士大夫亲莅台州者毕竟还少,多数诗歌出于"悬想",悬想的依据是士大夫历代"文化遗传"的"天台想象"。

此外,无宗教背景的大诗人而与台州有重要文学因缘者,也可举郑虔(691—759)为例。天宝之乱后,郑虔被贬为台州司户参军。郑虔善诗工书擅画,杜甫对其尤为服膺,称他"有才过屈宋",并有寄赠、怀念之诗十八首。明修《台州府志》载郑虔被贬台州的八个年头里,教授了数百名弟子,郡城"弦诵之声不绝于耳"。这里显然有夸张之处。④ 又有研究者认为:从唐时

---

① 《上海大学学报》(社科版)2011年第6期。
② 林师蒇《天台续集》卷上,文渊阁《四库全书》本。
③ 林师蒇《天台续集拾遗》,文渊阁《四库全书》本。
④ 陈师尚君先生据出土郑虔墓志分析后认为,郑虔在至德二载十二月被贬台州,到乾元二年九月去世,总共只不过一年又九个月,如果减去从长安到台州的长途跋涉,以及在台州患病到去世的时间,在台州可以有所作为的时间不过一年有奇,而不是以往认为的五六年之久。(《郑虔墓志考释》,载《传统中国研究集刊》第3辑)

郑虔、郑灌祖孙二人先后均任朝廷"协律郎"一职看,台州是最早将当时长安盛行的参军戏引入江南的地区。① 郑虔以罪人身份谪居台州,且仅一年余,未必有如此雅兴。差可议者,乃在郑虔何以被后世称为"台郡文教之祖"。郑虔虽在台州时间逗留不长,但影响深远,后人建有祠堂纪念他。其巨大影响力是一个历史事实。研究者可将"郑虔居台"与"郑虔影响力在台"两件历史事实稍作区分,力争采取一种较为通达的史观。

项斯为台州第一位有影响的诗人,当时的国子监祭酒杨敬之颇为看重项斯,曾作《赠项斯》诗:"几度见诗诗总好,及观标格过于诗。平生不解藏人善,到处逢人说项斯。"这就是之后"说项"之典故由来。据元辛文房《唐才子传》记载,项斯诗风与张籍相类,皆清妙奇绝,其警联颇多,当时称盛,如《宿山寺》:"月明古寺客初到,风度闲门僧未归",再如"湖山万叠翠,门树一行春"②等句,可知其诗歌多属目山水,风格清妙,或许受到台州奇异山水和浓郁宗教氛围的影响。不过此后,台州地域文学重归寂静。

二、南北宋之际台州地域文学的兴起

台州地域文化真正兴起,已是五代及宋朝的事了。北宋时期台州地域文学不显,仅杨蟠稍有诗名。杨蟠字公济,别号浩然居士,台州临海县人。庆历六年进士及第,官历密、和二州推官、杭州通判、温州知州、寿州知州等,事见《宋史》卷四四二《文苑传》。有《章安集》二十卷,已佚,现今所见一卷乃从各种总集、方志等辑出,共有一百三十多首及残句几则。③ 杨蟠的诗歌写景状物清新自然,不事雕琢,善于抓住事物的细节进行描写,整体意境悠远,诗风朴实平淡,写法上很少用典,常以议论和散文手法入诗,这在当时诗歌界是一种新型的手法,难怪欧阳修读杨蟠《章安集》后作诗表扬云:"苏梅久作黄泉客,我亦今为白发翁。卧读杨蟠一千首,乞渠秋月与春风。"④可想而知,杨蟠的诗歌创作为扫除西昆体诗风起到了一定的作用。

及至徽宗朝,两位台州籍文人享有全国性声誉,即左纬和陈克。

左纬,字经臣,号委羽居士。一生隐居不仕。强记,善嘱文,少即以诗名州里。⑤ 北宋绍圣三年(1096),许景衡为任黄岩县丞,两人结为忘年交。又

---

① 王中河、卢惠来《灵石寺塔戏剧砖刻脚色与台州戏曲之滥觞》,《东南文化》1990 年第6 期。
② 傅璇琮主编《唐才子传校笺》卷七《项斯》,中华书局,1990 年版,第333 页。
③ 林佳骊、杨东睿《杨蟠及其诗歌考论》,《第四届宋代文学国际研讨会论文集》,2005 年版,第362 页。
④ 李之亮笺注《欧阳修集编年笺注》卷一四,巴蜀书社,2007 年版,第567 页。
⑤ 陈钟英等修《黄岩县志》卷二十《遗逸》,台北成文出版社《中国文志丛刊》景印光绪三年刊本。

多与其他温州人周行己、刘安上等赋诗唱和,诸人兄事之。① 政和年间,左纬诗名耸动朝野,黄裳《委羽居士集序》云:"慕王维、杜甫之遗风,甚严而有法。自言:每以意、理、趣观古今诗,莫能出此三字。"②可知其诗前期有王维意境之疏旷,后期有杜诗之沉郁谨严,读之"使人意虚而志远"(黄序中语)。如《许少伊被召追送至白沙不及》:"短棹无寻处,严城欲闭门。水边人独自,沙上月黄昏。"《诗人玉屑》谓:"此二十字,可谓道尽惜别之情,至今使人黯然魂消。"又如《春晚》诗:

> 池上柳依依,柳边人掩扉。
> 蝶随花片落,燕拂水纹飞。
> 试数交游看,方惊笑语稀。
> 一年春又尽,倚仗对斜晖。③

　　然其论诗却持"意、理、趣"三者,此正是宋诗之面目和精髓。政和癸巳(1113),左纬访陈瓘于台州宝城方丈处,并将黄裳作序之《委羽居士集》出示,陈瓘题其后。④ 两年后,左纬又持此集见陈瓘,陈特别欣赏《招友人》诗中一联"一别人经无数日,百年能得几多时",谓"非特词意清逸可玩味也,老于世幻,逝景迅速,读此二语能无警乎?"因再题其后。同时题其后者还有山阴石公弼。石跋云:"观黄公之序,则知经臣之诗,六义之隽也。"⑤这个评价相当高。经历方腊之乱后,左纬诗境更趋沉郁厚重,如《避贼书事十三首》《避寇即事十二首》《会佺誊》等诗。试举两首为例:

> 搜山辄纵火,蹑迹皆操刀。小儿饥火逼,掩口俾勿号。
> 勿号可禁止,饥火弥煎熬。吾人固有命,困仆犹能逃。(《避贼书事十三首》之五)
> 有女衣已穿,颜色犹自好。无食来几时,呦呦哭荒草。
> 问之谁家女,低头未忍道。前山欲黄昏,吾行不暇考。(《避贼书事十三首》之十二)

①　陈耆卿《嘉定赤城志》卷三十四,文渊阁《四库全书》本。
②　林表民(逢吉)《赤城集》卷十七,文渊阁《四库全书》本。
③　《全宋诗》(29),卷一六七九,页18823。
④　林表民(逢吉)《赤城集》卷十六《有宋八行先生徐公事略》文末,文渊阁《四库全书》本。
⑤　陈瓘、石公弼及下文许景衡跋,均见黄裳《委羽居士集序》后附录。

诗中具体描绘了社会动乱带给人民的苦难,恰如杜甫笔下的安史之乱,诗之写实特点和人道主义精神皆相似。这种强烈的写实精神,在北宋末的诗坛显得格外醒目。再看其《会侄誉》诗:

> 忆昨宣和末,群凶聚韦羌。一朝逻巡尉,州县皆皇皇。
>
> 居民弃家走,老稚纷抢攘。我时遭劫逐,与子空相望。
>
> 及兹建炎始,叛卒起钱塘。初闻杀长吏,寻亦及冠裳。
>
> 死者不为怪,生者反异常。子在贼围中,不知存与亡。
>
> 出处虽异域,阽危多备尝。骨肉非不亲,患难各自当。
>
> 回思见贼日,岂谓免杀伤。安知出深壁,犹得还故乡。
>
> 争言不死状,失声惊四旁。余生偶然遂,万事皆可忘。
>
> 会我试新秋,放怀坐中堂。庭梧露蹐碧,砌菊风催黄。
>
> 年华意未晚,蟋蟀已近床。对此复何待,五觞至十觞。
>
> 歌声咽寒月,舞袖破夜霜。岂无少年态,一醉乃尔狂。
>
> 此徒为酒使,酒力安得长。灯影照鬓发,百忧在中肠。
>
> 干戈时未息,盗贼势益张。与子归何处,相看两茫茫。①

许景衡跋云:"泰山孙伯野尝见经臣古律诗,击节称叹曰:'此非今人之诗也,若置之杜集中,孰能辨别?'余谓非《避寇》诸诗为然,大抵句法皆与少陵抗衡,如《会侄》一大篇,自天宝以后不闻此作矣。"评价相当高。在徽宗朝,学杜诗很盛行,众人皆重在效其格律,不过得其形似而已,左纬是那个时代真正继承了杜甫诗歌精神的诗人。南宋中后期诗人薛师石《送法照》有句云:"论著天台教,诗参左纬来。"②可见左纬在台州当地诗歌界的影响。

左纬的三个儿子皆中进士,有文采,号称"三左"。其侄左誉,字与言,自号筠翁,大观三年(1109)进士,官至湖州通判,著有《筠翁长短句》,今不传。据宋王明清《玉照新志》记载:"天台左君与言,委羽之诗裔,饱经史,而下笔有神,名重一时,学者所敬仰","吟咏之句,清新妩丽,而乐府之词,调高韵胜,好事者尤所争先快睹。"③可见左誉诗词俱佳。且其人物风流,曾爱慕当时名姝张秾,"无所事,盈盈秋水,淡淡春山","一段离愁堪画处,横风斜雨摇衰柳","堆云剪水,滴粉搓酥"等词句,皆为张秾所作,时人均传"晓风残

---

① 《全宋诗》(29),卷一六七九,页18819。

② 陈起《江湖小集》卷七十三《瓜庐集》,文渊阁《四库全书》本。

③ 王明清撰,汪新森、朱菊如校点《玉照新志》,上海古籍出版社,1991年2月,第67页。

月柳三变,滴粉搓酥左与言"之对。据传,张秾后委身大将张俊,改姓章,左誉与之相遇西湖,车舆甚盛,听其吟道:"如今若把菱花照,犹恐相逢是梦中",左誉发觉正是故人,豁然开悟,遁入空门,不再关心名利。"老禅宿德,莫不降服皈依"。① 虽小说家言,必有可观焉。左誉跟许景衡唱和颇多,深得后者赞许。《横塘集》卷一《寄左四十》:"小左真奇才,童稚已颖悟。读书一十年,胸臆日充䐃。时时吐所有,落笔不肯住。长江吞巨壑,白日破昏雾。雄辞何纵横,妙理争发露。骅骝始汗血,万里犹顷步。"读此诗,左誉文气逼人的形象跃然眼前。左氏不愧为台州第一文学家族。

陈克(1081—?),字子高,号赤城居士,临海人②。其父陈贻序,治平初进士,以文鸣,为东坡、曾巩所知。伯父陈贻范,字伯模,治平四年进士,尝游胡瑗、陈襄之门;又好聚书,著有《颍川庆善楼书目》二卷,诗文集《庆善集》。陈贻范与徐德臣(真定)、徐庭筠(温节)、罗适四人皆台州儒学开山者③。陈克以文士而好事功,吕祉开都督府于金陵,引陈克自随,克欣然应其辟。其友叶梦得曾劝其勿行,克弗听④。后吕祉果为叛军所杀,陈克亦被御史劾罢⑤。

在南北宋之交,陈克是一个文名颇盛的人物。曾慥《百家诗选》说陈克"不事科举,以吕安老荐入幕府得官。"⑥《景定建康志》卷四十九进一步说"(克)不事科举,博学专用以资为诗"。其文不多见,或称其参著之《东南防守利便》三卷"事既详实,文亦条畅"⑦。《吴都文粹》续集卷八载其《平江府谯楼门上梁文》。其诗集,《两宋名贤小集》卷一百三十六谓《天台集》,不言卷数。《直斋书录解题》卷二十则谓:"《天台集》十卷,《外集》四卷,《长短句》三卷附。临海陈克子高撰……诗多情致,词尤工。"陈克诗清丽俊逸,尤多佳句,如"鸟声妨客梦,花片搅春心"(《西溪丛语》引),《彦周诗话》盛赞

---

① 事见王明清《玉照新志》,版本如上。
② 曾慥《百家诗选》称陈克为金陵人,《古今诗文类聚》遗集卷十一、《景定建康志》卷四十九皆因之,皆误。陈克为台州人,只不过常寓金陵等地,陈振孙《书录》已辨其误。《钦定续文献通考》卷一百七十一"《东南防守利便》三卷"条下谓:"陈克始末无考,若官建康府通判,里贯均未详"。失考之甚。《浙江通志》卷一百六十五引《台州府志》谓陈克绍兴间死于叛军郦琼之手。按,此误,当时被杀者乃其长官吕祉,陈克此次得以脱险,后致仕归老脯下,见翟汝文《忠惠集》卷二《光禄寺丞陈克致仕制》)。
③ 金贲享《台学源流》卷一,《四库全书存目》本。
④ 《建炎以来系年要录》卷一百十一。按,此七年三月丁卯以后事。
⑤ 《三朝北盟会编》卷一百十四。按,此七年九月乙亥事。劾词云:"每为夸大无稽之语,吕祉信之,置之幕中。凡祉失军情者,皆克所为。"
⑥ 陈振孙《直斋书录解题》卷二十《天台集》条引。上海古籍出版社1987年版。
⑦ 周必大《文忠集》卷五十四《曾无愧三英南北边筹序》。文渊阁《四库全书》本。

子高《赠别》诗,说其中"泪眼生憎好天色,离觞偏触病心情"一联,"虽韩偓、温庭筠,未尝措意至此。"①绍熙元年(1190),光宗亲书陈克诗《芙蓉篇》赐臣下②,想必此诗是陈克影响巨大的名作之一。

陈克今存诗共56首,收于《两宋名贤小集》卷一三六中,其中题画诗最多,占40首。题画诗作为绘画艺术的一种"附属品",对诗歌而言是一种题材的扩充。题画诗的基本主题是歌咏山水,并对画论进行品评,然而陈克题画诗内容较为特殊,自抒胸臆者多,高谈画技者少③。

陈克诗词俱工,词尤为世所重。王灼《碧鸡漫志》卷二称其词"佳处如其诗"。陈振孙《直斋书录解题》卷二十一又载其《赤城词》一卷,并称:"词格颇高,晏周之流亚也。"在词风竞相华丽软媚的徽宗朝,陈克颇能坚守格调。自柳永出,慢词长调成为风尚,宋人争学之,然陈克固守小令阵地,纵观其词,几乎无一首慢词长调,这也是陈克独有魅力之处④。《乐府雅词》选词取舍虽失当,但陈克之词入选三十六首,居入选词数第五位,终究还是可以反观陈克在两宋之交史上的重要位置。《花庵词选》选词最精审,陈克词仍入选十三首,与谢无逸、万俟雅言同居第四位⑤。超高的人气指数,其词必有过人之处。《花草粹编》卷三选其《浣溪沙》"罨画溪头春水生。铜官山外夕阳明"一首,虽然此词绘景疏朗,神观超越,但不若以下《菩萨蛮》词更能体现陈克词风之特色:

> 赤栏桥尽香街直,笼街细柳娇无力。金碧上青空,花晴帘影红。　　黄衫飞白马,日日青楼下。醉眼不逢人,午香吹暗尘。

从内容和遣辞来看,此词正沿袭《花间》、南唐词风而来,但情志风雅,格调高昂,不类后者之绮靡柔软。个中艺术奥秘,刘逸生在《宋词小札》中说得很准确:"写景不难于绚丽,而难于显出生命的活泼;写人不难于形貌,而难于透出神情的毕肖。"陈克词之高格,源于此;其词名之盛,亦源于其词风之独特。

南宋初年,台州以文学鸣者,尚有刘知过、刘知变兄弟,俱有诗名,并称"二刘"。刘知过,字与机,绍兴二十一年(1151)特科进士,官终监南岳庙。

① 《诗人玉屑》卷六"措意"条引。中华书局2007年版,第177页。
② 杨冠卿《客亭类稿》卷七《代跋御书芙蓉诗后》。文渊阁《四库全书》本。
③ 牛艳丽《陈克题画诗研究》,上海大学硕士学位论文,2016年4月。
④ 姜小娜《宋代台州地域文学研究》,上海大学硕士学位论文,2017年4月。
⑤ 李慈铭《越缦堂读书记》认为,陈克是浙江词人之首。显是过誉。见上海书店2000年版,第1228页。

刘知变,字与权,绍兴十二年(1142)进士,官终池州教授。贺允中绍兴初寓居台州临海,在游览天台玉霄峰时遇到刘知过,从此结为好友,尤喜其诗,绍兴十九年(1149)命知过诗集为《江东天籁》,称"气浑格整,雄赡两足,意语具胜。""仿佛乎唐之气象。"足堪与当时之江西诗派对垒①。淳祐十二年(1252)吴子良复序《江东天籁集》,称其诗"宏富俊健,有庆历、元祐气象"。以今观之,刘知过的诗歌讲求意境的浑融,有唐诗的情韵之胜,写景状物不太注重外在形态的刻画,不见宋诗的刻意雕琢之态,而更侧重事物神韵的表达,以及情感的抒发,在这一方面,刘知过确实规模唐代,有唐诗风骨;然而诗中时有议论,自然流畅,情感内敛而沉稳,感情真挚而平和,有一种老成的风格在内,这一方面又如梅诗一般,平淡圆融,恰如吴子良所说有庆历之气骨②。

刘知变的诗歌基本与知过诗风相似,但是宋诗本色的印记更重一些,如《唐叟小阁》:

> 野性爱山仍爱水,是中观水亦观山。
> 人生只此为佳境,何处更求身外间。③

诗中没有言及小阁风景,而直接以议论入诗。

从以上台州诸作家的创作风格可知,此时台州地域文学的创作,尚沿庆历元祐以前诗风,对于近年兴起的江西诗派并不接受,或者说很隔膜④。这也是宋代地域文学发展不平衡的一个例子。这种不平衡,为文学发展的多样性提供了丰沃的土壤,使得台州文化呈现与主流不同的风格,成为北宋台州独特的文学面貌。台州地域文学这种小传统(唐诗抒情传统)在合适的时机,会转化为新的主流风格(江湖诗派)。这就是我们重视地域文学的意义:关注小传统,关注文学多样性。⑤

三、南宋初外来文人之激荡

台州在南宋初曾经是南渡士大夫和官僚们的重要寄居之地,如洪拟(成

---

① 释无尽《天台山方外志》卷十九,杭州华宝斋据光绪甲午版 2007 年景印本。
② 姜小娜《宋代台州地域文学研究》。
③ 许鸣远辑《天台诗选》卷一,第 18 页。
④ 可举贺允中《江东天籁集序》中的一段话为例:"予应之曰:'闻有豫章先生乎? 此老句法为江西第一祖宗,而和者始于陈后山。派而为十二家,皆铮铮有名,自号江西诗派。今子孤立江东,恨知子者未多。他日士大夫终得子之诗,必有心醉而兴见晚之叹者矣。彼派焉者,虽欲擅一方,而不容对垒之,可乎?'与机掉头不领。"
⑤ 姜小娜《宋代台州地域文学研究》。

季),丹阳人,官至吏部尚书,靖康中避地宁海;吕颐浩,济南人,绍兴元年拜左仆射,建炎四年寓临海;綦崇礼(叔厚),北海人,建炎中寓临海;韩昭(用晦),真定人,韩缜曾孙,官至直谟阁,绍兴初避地仙居;成大亨(正仲),河间人,官至左朝散大夫、直秘阁,绍兴初寓天台;范宗尹(觉民),襄阳人,建炎四年拜右仆射,绍兴初寓临海;钱忱(伯诚),钱塘人,官至少师,封荣国公,绍兴初奉秦鲁国贤穆明懿大长公主寓临海;谢克家(任伯),上蔡人,建炎四年参知政事,绍兴初寓临海;郭仲荀(传师),洛阳人,官至太尉,绍兴中寓临海;李擢(德升),奉符人,官至礼部尚书、徽猷阁直学士,绍兴初寓临海;卢知原(行之),山东人,官至徽猷阁待制,绍兴中寓临海;张师正(子正),大梁人,官至宜州观察使、河东都统制,绍兴中寓临海;贺允中(子忱),上蔡人,绍兴初寓临海;曹勋(功显),颍昌人,官至昭信军节度使、开府仪同三司,绍兴中寓天台;王之望(瞻叔),襄阳人,绍兴初寓临海。此外,寓居台州的,也有普通官员但在文学上颇有建树者,如桑庄(公肃),高邮人,绍兴初寓天台;李龟朋(才翁),长安人,与兄龟年齐名,绍兴末随钱少师忱寓临海;于恕(忠甫),诸城人,张九成之甥,绍兴中以父定远为州判官,因寓黄岩①;虞似良,字仲房,号横溪(横溪真逸),本余杭人,建炎初以父官台,因家于此。"诗词清丽,得唐人旨趣。"②

以上侨寓之人,有些本身就是著名文人,如谢克家、曹勋等。宋代有一首著名的词:"依依宫柳指宫墙,楼殿无人春昼长。燕子归来依旧忙。忆君王。月破黄昏人断肠。"据韩淲《涧泉日记》载,此词为谢克家所作。谢长于四六文,在徽宗朝他草拟的蔡京谪官制词,传诵一时。晚年他还为曹勋之父曹组的文集作过序(见《直斋书录解题》所作《箕颍集》解题)。他们的到来,遍咏台州名胜③,强有力地推进了台州地域文化的发展④。试举文学唱和的一个具体例子,窥一斑而知全豹。

建炎末绍兴初(1131 年前后),政坛大佬吕颐浩寓居台州,建退老堂,作《退老堂诗》,一时和者甚众,计有观文殿大学士左银青光禄大夫提举嵩山崇

---

① 俱见陈耆卿《嘉定赤城志》卷三十四《侨寓》,文渊阁《四库全书》本。

② 黄应祺修,牟汝忠等纂万历《黄岩县志》卷六《文苑》,上海书店《天一阁藏明代方志选刊》本。

③ 如郭仲荀、綦崇礼、张俣(字子扬)、徐向(字瞻明)和李擢《题张子正观察溪风亭》诗,见《天台续集别编》卷二、卷三。以上诸人皆侨寓台州者。

④ 寓台文人对当地文人的影响,可举林师蒇交游为例。《赤城集》卷十六吴子良《四朝布衣竹邨林君墓表》:"王公卿月、虞公似良、李公庚、徐公似道、钱公象祖、谢公深甫、张公布、商公飞卿、丁公可、徐公大受、林公宪、桑公世昌、君陪从于乡邦者也。"此处所提诸人,徐大受疑为本地人,其他皆寓公。

福宫李纲、新安居士汪伯彦①、资政殿大学士左中大夫提举万寿观兼侍读张守、资政殿大学士左中大夫提举临安府洞霄宫王绹、资政殿大学士左中大夫提举临安府洞霄宫李邴、资政殿大学士左中大夫提举嵩山崇福宫张澂、端明殿学士太中大夫提举临安府洞霄宫韩肖胄、左中大夫充徽猷阁待制提举临安府洞霄宫黄叔敖等三十二人②。此外,方回《瀛奎律髓》卷三十五有吕颐浩的三首和诗:《次张全真参政退老堂》《次蔡叔厚退老堂》③《次韵李泰叔退老堂》。《全宋诗》中尚收录李处权《退老堂》诗一首,因而题退老堂诗者有 35 人之多④。上述侨寓台州的达官名人,亦多有参与者。

　　台州此前从未见过这种华章毕集的盛况,可想而知,当这些名人名作聚集一堂的时候,那种场面是多么的震撼!这其中,就有台州重要文人陈公辅等人的身影。退老堂和诗,可以视为台州文学的一次盛会,虽然它带有"舶来品"性质,但毕竟发生在台州,台州士人没有理由不以为荣耀。

　　宋室南渡后,台州成为辅郡,经济文化等各方面繁荣发展,台州在此时期达到了它的第一个鼎盛状态,有"小邹鲁"之称。由于地位重要,所以南宋初的几位台州台守,都是比较知名的文人,如曾惇、曾几、尤袤等。他们任上兴建亭台楼阁,遍咏台州山水,并和当地文人相互唱和,这些也无疑推进了台州地域文学的发展。下面具体论述下他们的在台文学创作事迹,以探究他们对台州文学之影响。退老堂和诗,台州一般士子恐难"叨陪末座"。而当地士人与台守的唱和,参与者门槛已没那么高,所以参加人数就多了,地位也较为平等,台州地域文学创作因而有了实质性的推动。当然,此时还是以太守和寓居台州的文人、他们的弟子为唱和主角。

　　曾惇于绍兴十六年(1146)四月至十八年五月守台,与台倅洪适、寓台文人贺子忱、蔡瞻明、谢伋、李益谦、李益能(两人为李擢子)、王嵎(谢伋表倥)等于分绣阁、清閟堂、东湖、双岩堂、更好堂、梅园、玉霄亭等处唱和。这些唱和诗,均收在《天台续集别编》卷二、卷三之中。绍兴间洪氏三兄弟文名盛极一时,曾惇也是文学界活跃人物。他们都以故家子弟身份来台,联袂率当地士子在台州唱和,留下了不少诗作,激活了当地的文化记忆,如洪适《交翠

---

① 按:汪为知枢密院事,拜右仆射。
② 当时和者远不止此,李处权《崧庵集》卷二尚有《退老堂》可补充;《瀛奎律髓》卷三十五载吕颐浩《次韵张全真参政退老堂》《次韵李泰叔退老堂》《次韵蔡叔厚退老堂》。
③ 按:"蔡"当为"綦",且吕颐浩《次蔡叔厚退老堂》诗二首与綦崇礼《题退老堂》二首格律一致。
④ 姜小娜《宋代台州地域文学研究》。

亭》诗下自注:"政和丙申(1116),家君主宁海簿,明年作交翠亭,是秋而适生。后二十八年,适来贰郡事,逾年行县至此,感旧怀远,赋诗二章。三瑞堂已见前篇。"①杨按:前篇指《宁海三瑞堂》诗。交翠亭、三瑞堂皆洪弼为宁海簿时所建。《分绣阁记》亦出洪适之手②。在台州,洪适与曾惇的唱和最多,如曾惇有《东湖怀洪景伯》,洪适即和有《适两日小疾,谒告闻知府郎中丈有东湖之游,而不果陪,遂蒙佳句宠问,辄趁韵以谢》③,再如曾惇作《后园观梅简洪景伯》,洪适即有次韵,等等。此外还有词作的唱和,如《减字木兰花·曾竑父落成小阁,次其韵》《好事近·东湖席上次曾守韵,时幕曹同集》等。

曾惇是太守,出身名门,更是著名词人,洪适《曾竑父见招赏梅时范子芬欲行》称赞曾氏云:"丽句竞传新乐府,谁夸何逊在维扬"④。政和年间,曾惇词已传唱于都城;为台守,词兴更浓,作词五十余首刻于郡斋,名曰《曾使君新词》。寄籍士人、亦是其曾经的僚友谢伋为作序,序称:"(早年)滑稽放肆之词,播在乐府,下至流传平康诸曲,皆习歌之。以是乐府尤著。""(此词)英妙卓绝,可继门户钟鼎之盛。"⑤盖曾惇早年,长于富贵,又染都城享乐之习,使酒玩世,作词亦步当时滑稽侧艳之体;殆出仕,放纵之心大为收敛而才气不减,故此时之词"英妙卓绝"矣。《直斋书录解题》卷二十一载:"《曾竑父诗词》一卷,知台州曾惇竑父撰。纡之子也。皆在台时作。"

曾惇在台州的创作,影响甚广,当时文坛老宿均推扬不已,如《宋孙仲益内简尺牍》卷三《与宫使李尚书名擢字德升》云:"曾竑父名惇,时为台守寄近诗,可见宾客之盛。……又示长短句一轴,樽俎风流,追继前修,想寓公不复赋《式微》矣。"⑥同上书卷六《与台守曾郎中》:"自台守齐安(按,即黄州),栖霞、雪堂遂起废,名章俊语,藉藉满淮吴士大夫之口。天台诗词,皆以王事从方外之乐,词句高雅,不自凫鹜行中来,持玩三叹,岂敢独享? 当与识者共之。""皆以王事从方外之乐"指曾惇在台州政事之余,积极创作诗词。是不是因为台州优美的环境、浓厚的佛道文化氛围,触发了他的创作灵感?外来士人大量聚集台州,他们不再停留在此前文学界传统的"天台想象"之中,而是历遍此山、此寺、此石、此溪,故他们笔下的台州山水,格外有了生

① 林表民《天台续集别编》卷三,文渊阁《四库全书》本。
② 陈耆卿《嘉定赤城志》卷五,文渊阁《四库全书》本。
③ 《全宋诗》(34),卷一九四七,页 21766。
④ 林表民《天台续集别编》卷三,文渊阁《四库全书》本。
⑤ 林表民(逢吉)《赤城集》卷十七,文渊阁《四库全书》本。
⑥ 曹勋《松隐文集》卷十七《送曾竑父还朝》(之八):"阿蘋能唱大苏词,赤壁吟哦更一奇。"原注:"公姬名小蘋。"曹勋时寓居台州,必与曾惇唱和者也。文渊阁《四库全书》本。

气。顺便提到,外来文人与当地文人的交流,已相当深入,如众多外来文人纷纷拜访当地名宿吴氏就是一例。①

绍兴二十六年(1156)三月,南宋大诗人曾几为台州守,与寓台文人谢伋、林景思等唱和尤多。曾几是江西诗派后劲,陆游尝向其诗法,且是北宋文学大家族孔氏(文仲等)之甥。曾几《遗直堂》诗自序云:“三孔,几之舅氏也。伯舅舍人熙宁中实为台州从事,手植桧于官舍之堂下,逮今八十余年矣。绍兴丙子岁,几假守是州,因以‘遗直’名其堂。十月既望,会同僚于堂上,赋诗六章,用‘叔向,古之遗直’为韵,以告来者,庶几勿蕝焉。”熙宁三年,孔文仲应贤良方正举,因反对王安石变法,被放回台州原任。“遗直”即指此。曾几《遗直堂》组诗作成后,和者甚从,曾几复有《同僚皆次韵几亦复次韵》②,这里唤醒的不光是家世历史,更多的是地方文化记忆。曾几出任台州守前,“寓上饶七年,读书赋诗,盖将终焉”③,诗歌艺术达到最佳阶段,且其诗集后亦刊于台州郡斋,故曾氏诗学对台州士人的影响,直接而深远。

唱和者谢伋,字景思,谢克家之子,绍兴初侍父寓黄岩。自号药寮居士,有文集,叶适为之序。叶称“崇观后文字散坏,相矜以浮肆,为险肤无据之辞,苟以荡心意、移耳目取贵一时,雅道尽矣”,而谢伋能做到“拨弃组绣,考击金石;洗削纤巧,完补大朴”④。谢伋的孙子谢希孟(谢直)是叶适弟子,他请老师为自己祖父的文集作序,叶适因此说了很多客气话。谢伋大约自绍兴五年起寓居台州,长达二十年;后生问他请教四六作法,他于是编成《四六谈麈》一书(有绍兴十一年五月自序),可见他也擅长论文。

淳熙二年(1175),中兴四大家之一尤袤起为台守,台州文学唱和之风再次兴起。叶适曾提到,尤袤为台州守时,王楠是其副手,“相继同僚者楼参政钥、彭仲刚、石宗昭,郡人石𡒄、逸民应恕、林宪之流,皆聚焉。颇依依友朋箴切,不随吏文督迫,名一时胜会,远近传之。”⑤尤氏尝作《台州郡圃杂咏十二首》,和之者如林景思《台州郡治十二诗太守尤延之命赋》等。尤氏好作亭台,在郡创设(包括重建)有:天台馆(驿馆)、清平阁、节爱堂、霞起堂、凝思

①　苏迟(伯充)《建炎己酉冬自婺女携家至临海岁首泛舟憩天柱精舍谒吴君文叟山林感泉石之胜叹城邑之人沉酣势利不知山中之乐也》、胡世将(承公)《癸丑三月十日自涌泉寺过吴文叟山居临溪观鱼輙题二诗》、谢伋《绍兴甲寅正月至吴文叟山庄》、苏简(伯业)《访涌泉吴文叟隐居》、何□《留题吴氏园》等。见《天台续集》别编卷三。
②　林表民《天台续集别编》卷三,文渊阁《四库全书》本。
③　陆游《渭南文集》卷三十二《曾文清公墓志铭》。文渊阁《四库全书》本。
④　叶适《水心集》卷十二《谢景思集序》,文渊阁《四库全书》本。
⑤　叶适《水心集》卷二十三《朝议大夫秘书少监王公墓志铭》,文渊阁《四库全书》本。

堂、乐山堂、舒啸亭等,每建必有诗,有诗必有和。其诗如《凝思堂》:

> 失脚堕尘网,牒诉装吾怀。公庭了官事,时来坐幽斋。

> 天风肃泠泠,山鸟鸣喈喈。我思在何许,独对苍然崖。①

　　首句与陶渊明"误落尘网中"相似,叙述自己不堪公事烦扰。颔联即希望了却官事,常常来像凝思堂一样的幽静之地坐坐。颈联描写了凝思堂外的天风冷肃,山鸟鸣唱和谐,尾联回到自己的思绪中,不能了却尘事,只有独自对着悬崖叹息。这种思想也在其题记中有所体现,如《玉霄亭柱记》:"凭栏四望,叠嶂环绕,手挥丝桐,目送飞鸿,飘飘乎如乘云御风,身在物表"②。或许是受到台州山水美景和佛道文化的熏染,使得尤袤在台咏景诗歌中增加一份仙气,也让其归隐思想表现的更加真切③。台州士子们在往来唱和中,熟知了当时文坛的最近动向;又通过这些守臣们,树立了自己的文学名声。林宪就是寓居台州而因此扬名者。

　　林宪,字景思,号雪巢。初寓吴兴,从徐度(敦立)游。徐度得名法于魏昌世(衍),而魏氏"实后山陈公嫡派也"④。后为参政贺允中孙婿,遂寓临海。《直斋书录解题》卷二三十《雪巢小集》解题称:"其人高尚,诗清澹,五言四韵古句尤佳,殆逼陶谢……然其暮年诗,似不逮其初,往往以贫为累,不能不衰索也。"林宪与历任郡守佐丞均有唱和,又因尤袤的推荐,得与中兴大诗人们游。诚斋有《上巳同沈虞卿尤延之王顺伯林景思游春湖上随和韵得十绝句呈之同社》,可知林氏已进入诗坛中心。尤袤为林景思作了《雪巢赋》《雪巢记》,又为其文集写了序,对林宪不是一般的推崇⑤;诚斋作《雪巢集后序》,并有诗极力赞美林氏:"华亭沈虞卿,惠山尤延之。每见无杂语,只说林景思。试问景思有何好,佳句惊人人绝倒。句句飞从月外来,可羞王公荐穹昊。"(《林景思寄赠五言以长句谢之》),评价不可谓不高。

---

① 《全宋诗》(43),卷二三三六,页26852。
② 尤袤《玉霄亭柱记》,林表明《赤城集》卷十一,第166页。
③ 姜小娜《宋代台州地域文学研究》,2017年上海大学硕士论文。
④ 韦居安《梅磵诗话》卷中。中华书局《历代诗话续编》本,1983年版,第554页。
⑤ 尤袤《梁溪遗稿》卷二《雪巢小集序》:"初不煅炼,而落笔立就,浑然天成,无一语蹈袭。如'柔橹晚潮上,寒灯深树中'、'汲水延晚花,推窗数新竹'、'中夜鹅鹜喧,谁家海船上',唐人之精于诗者不是过。一时名流皆愿交之,若徐敦立,芮国器、莫子、毛平仲相与为莫逆。其后诸公雕丧略尽,君亦运蹇不偶,至无屋可居,无田可耕,其贫益甚,其节益固,而其诗益工。"文渊阁《四库全书》本。

　　值得补充介绍的,还有金华人唐仲友为台州守时(淳熙七年)与朱熹的一段恩怨,这段恩怨牵扯出台妓严蕊等人。据朱熹状,唐仲友私严蕊,严在宴会上唱高某所作《卜算子》词①:

　　　　不是爱风尘,似被前缘误。花落花开自有时,总赖东君主。　　去也终须去,住也如何住。若得山花插满头,莫问奴归处。

　　无论是高氏代言作,还是严蕊自作,此词切于歌妓身份。在那些被侮辱、被损害的灵魂身上,我们感受到了宁静、通达、乐观的精神力量,她们对这个世界唯一的希求不过是记住她们美好的一刻。据朱熹《按唐仲友第三状》,台州当时有歌妓四十余人,由一地可概想其他州县,这是一支不可忽视的文学创作(至少是创作需求)和文学传播势力。此词为台州文学史添上重彩一笔。

　　南宋前期,这些台守和寓台文人之间的唱和,在台州营造了一种文化、文学的氛围,利于诗文的流布和文学技巧的探讨,台州士子得以知晓文坛最新的动向,从而使得台州的文学发展加强了与外界的交流。南宋中期起的晚唐体诗潮,就是这样进入台州诗歌创作界的。况且他们多有著作在台付梓,例如谢伋寓居台州后有后生请教四六作法,因而编成《四六谈麈》一书以备教学之用;曾惇、曾几等都有诗文刊于郡斋,这些都无疑影响着台州士子的诗文创作。需要注意的是,这些外来文人已经与台州当地文人有了深入的交流,如林师蒇的交友圈内就有林宪、李庚等人,再如《天台续集别编》中记录了官僚士大夫们纷纷拜访当地名宿吴氏而所作诗歌等等②。在外来文人的激荡之中,台州士子勇于向学,加之永嘉文派的影响,于是有了台州本土文人的群体崛起。

第四节　宋代台州地域文学创作(下)
——南宋台州本土作家群体的崛起

　　台州向为"仙宅佛窟",佛道文化对周边州郡的辐射自当不言而喻。但

---

①　朱熹《晦庵集》卷十九《奏状按唐仲友第四状》,文渊阁《四库全书》本。据朱熹状,此词乃唐仲友亲戚高宣教作,洪迈《夷坚志》庚卷十、周密《齐东野语》卷二十称是严蕊自作,周并称:"《夷坚志》亦尝略载其事而不能详,余盖得之天台故家云。"
②　胡世将《癸丑三月十日自涌泉寺过吴文叟山居临溪观鱼辄题二诗》、谢伋《绍兴甲寅正月至吴文叟庄》、苏简《访涌泉吴文叟隐居》等等。

是,北宋中期以来,儒学复兴,二程性理之学与胡氏春秋学竞起,并成为主流学术文化,各地地域文化发展迎来新机遇。台州在这一轮社会文化转型中,并未取得先机。它周围的州县,反倒有暂时的"后发优势"。不过,台州毕竟有着深厚的历史文化积淀,在经过短暂的文化输入之后,迅速消化吸引,并一跃成为地域文化繁荣之邦①。这是台州地域文化在南宋发展的大概。台州文人的成长既得益于外来文人的带动,更受益于与周边地区的文化交流。这其中,台州与温州的文化交流,对台州地域文学的影响,最引人注目。

南宋绍兴末至隆兴年间,温州地域文化大兴。王十朋、郑伯熊、薛季宣、陈傅良等人出,他们分别继承了温州自太学九先生以来的当地学术传统:性理之学和春秋经制之学,并对周边郡县产生了影响,如台州理学开山者应恕(字仁仲),从郑伯熊专治经学②。陈傅良隆兴时在天台国清寺讲学,从者数百人,其中就有不少台州人,吴子良曾记载林表民之父林师蔵与陈傅良交往③。温州经制之学在陈傅良、叶适手中,发展成"永嘉学派";他们的文章,成为当时举子竞相仿效的文体,即"永嘉文体"④。由于叶适的巨大影响力,以及近水楼台的缘故,自台州来温州从学者最多,且绍兴时寓居台州的一代文人逐渐式微,特别是淳熙(1174)以后,台州本土成长起来的学子已成永嘉文派后期的传承主体。试为考述如下:

戴敏(1101—1171)⑤,谱名志捷⑥,字敏才,号东皋子。台州黄岩县人。戴敏一生不仕,不求闻达,"东皋"语出陶渊明《归去来兮辞》:"登东皋以舒啸,临清流而赋诗。"可见戴敏所追求的正是像陶渊明一样的隐逸生活。戴敏一生与诗为伴,然存诗仅有十首,分别是《小园》《屏上晚眺》《约黄董二亲与桂堂俟侄避暑》《楼上》《西溪陈居士家》《后浦园庐》《郑公家》《海上》《观梅》《赵十朋夫人挽章》,收录在其子戴复古的诗集《石屏集》卷首,称为《东

---

① 南宋宁宗、理宗两朝70年间(1195—1264),先后启用15位丞相,台州籍即占5人。南宋国祚152年,约行科举50次,台州平均每科中进士11人,共计550人,达到极盛(转引自《台州地区志》,浙江人民出版社1995年版)。《嘉定赤城志》卷四"贡院"条载,嘉定年间,台州一次郡试,参加者八千余人。这个数字很惊人。

② 台州人杜范(清献公)曾说:"吾乡固多士,而开义理之渊源,揭词华之典则者,实自先生始。"(万历《黄岩县志》应恕传)。明人金贲亨《台学源流》将台州理学之源上溯北宋末的徐真定、徐温节,以为"邦人宗"(见该书序)。应以宋人表述为准。

③ 林表民(逢吉)《赤城集》卷十六《四朝布衣竹村林君墓表》,文渊阁《四库全书》本。

④ 参笔者《从永嘉文体到永嘉文派》一文。《江海学刊》2011年第1期。

⑤ 吴茂云《新发现〈戴氏家乘〉中戴复古家世和生卒年》,《台州学院学报》,2013年2月,第47—48页。

⑥ 此从吴茂云先生《新发现〈戴氏家乘〉与戴复古家世和生卒年》,第五届中国唐宋诗词暨天台山文化国际学术研讨会论文(2002.11)。

皋子诗》。观其诗,有气象宏大者,如《海上》:

> 万顷鲸波朝日赤,沧洲四望无穷极。
> 海山何处是蓬莱,遍问渔翁都不识。①

　　这首诗写一望海上日出的雄伟景象,一轮红日从广袤的海浪中喷薄而出,诗人站在海滨之上看着天边的万丈光芒,叩问海中神山蓬莱之所。景色阔大,设思新奇。

　　其诗亦有秀丽闲适者,如《小园》:

> 小园无事日徘徊,频报家人送酒来。
> 惜树不磨修月斧,爱花须筑避风台。
> 引些渠水添池满,移个柴门傍竹开。
> 多谢有情双白鹭,暂时飞去又飞回。②

　　小园殆诗人僻居之所。诗人过着与世隔离的生活,但这种孤独的生活并没有消磨他内心对生活的热爱,他喝酒、种树、养花、修渠、建园,还时时留意天空飞来飞去的白鹭,假想此鸟与自己有心灵默契,常来相伴。此诗颇受时人钟爱,倪寿峰(祖义)评价《小园》说:"诗和则欢适,雄则伟丽,新则清拔,远则闲暇。东皋子诗云:'小园无事日徘徊,频报家人送酒来',欢适也;'惜树不磨修月斧,爱花须筑避风台',伟丽;'引些渠水添池满,移个柴门傍竹开',清拔也;'多谢有情双白鹭,暂时飞去又飞回',闲暇也。备是四体,一篇足矣,况鹤鸣子和,清唳方彻九皋耶!"③后其子戴复古请名家楼秋房书写此诗并刻石④,足见此诗在当时受人喜爱的程度。

　　戴敏这种终生立志不仕的人生选择是宋人少有的,楼钥曾评价戴敏曰:"唐人以诗名家者众,近时文士多而诗人少。文犹可以发身,诗虽甚工,反成屠龙之技,苟非深得其趣,谁能好之? 黄岩戴君敏才独能以诗自适,号东皋子,不肯作举子业,终穷而不悔。"⑤戴敏的人生追求对戴复古产生了很大的

---

① 《全宋诗》(43),卷二三五八,页27069。
② 戴敏《东皋子诗》,吴茂云笺《戴敏集 戴复古集》,浙江大学出版社2016年版,第14页。(下引此书皆此版本,不再出注版本信息)
③ 魏庆之著,王仲闻点校《诗人玉屑》卷一九,"东皋子"条,中华书局2007年版,第616页。
④ 戴复古《先人东皋子〈小园〉七言人多喜之浼秋房楼大卿作大字刻石》,《石屏诗集》卷四。
⑤ 楼钥《石屏诗集序》,吴茂云校笺《戴敏集 戴复古集》附录二,第612页。

影响,在戴复古的眼中,父亲是"诗仙"一样的存在,他支持父亲终身不仕的选择,而自己也承继父志,不求科举,以诗为业,曾有诗《求先人墨迹呈表兄黄季文》诗曰:"我翁本诗仙,游戏沧海上。引手掣鲸鲵,失脚堕尘网。身穷道则腴,年高气弥壮。平生无长物,饮尽千斛酿。传家古锦囊,自作金玉想。篇章久零落,人间眇余响。搜求二十年,痛泪湿黄壤。"①

林师蒇(1139—1214),字咏道,晚字四朝布衣,自号竹邨居士,官州学学喻,台州临海县人。据《黄岩县志》载,师蒇"酷嗜书,质衣货家具购书至几千卷,名帖亦数千卷。每一卷入手校雠考订亡日夜。"②林师蒇利用自己丰富的藏书对台州诗歌进行辑录,有《天台前集》三卷、《天台续集》三卷、《天台续集拾遗》一卷。前两种是在李庚③原本的基础上增修,同时也有林登等人的参与汇录。《天台前集》所录为晋唐诗人诗歌,其中包括孙绰、谢灵运、李白、杜甫、骆宾王、孟浩然、韩愈、刘禹锡、白居易、元稹等众多名家之诗赋。《天台续集》《天台续集拾遗》所录为宋初迄宣、政时人之诗,这一时期的名公大臣、著名诗人以及台州当地名儒都有诗作入录。此三集整体上辑录了台州文学从史有所载到师蒇当代的与台州相关的诗歌,体裁上包括两类,第一类为吟咏天台山水或佛道圣地之作,孙绰《天台山赋》首开其先,赋中极力赞美天台美景和仙佛胜景,使天台美名远播,从此名家学士争相歌咏;第二类位寄赠送别之作,其中记载了唐人与天台僧道的交往,同时表达了他们对天台山水的向往之情。④

丁希亮(1146—1192),字少詹,二十九岁始发愤,从叶适受业,并能"尽师硕儒,尽友良士,尽闻名言,尽求别义。常服补褐而食疏薄,夜诵逮晨,手抄满屋,纵笔所就,词雄意确,论事深眇,皆有方幅。"⑤惜天不假年,不得尽展其文学才能。

谢希孟,因避宁宗讳,改名直,字古民。谢伋孙。淳熙十一年(1184)进士。少年倜傥不羁,孙应时己亥、庚子(1179—1180)间识谢希孟,时谢二十四五岁,"逸气如太阿之出匣,仆敬爱之,文昌楼公时为监州,亦甚爱之,惜其旷达,终不受羁束。然其所见要自有绝人者。"⑥陈亮到台州,士子争相来见,楼钥、谢希孟置酒招待。因陈亮饮酒不及时,谢希孟大怒,对其拳脚相

---

① 戴复古《石屏集》卷一,吴茂云校笺《戴敏集 戴复古集》,第107页。
② 王棻等纂修,陈忠英等续修,王咏霓续纂修光绪《黄岩县志》,《中国地方志集成》,江苏古籍出版社,上海书店,巴蜀书社,第445页。
③ 据《天台前集提要》称李庚"盖当官御史而流寓天台者也。"
④ 姜小娜《宋代台州地域文学研究》,2017年上海大学硕士论文。
⑤ 叶适《水心集》卷十四《丁少詹墓志铭》,文渊阁《四库全书》本。
⑥ 《烛湖集》卷六《与俞惠叔书》,文渊阁《四库全书》本。

加，一时传笑①。庞元英《谈薮》载，谢希孟尝为陆象山弟子，"与妓陆氏狎，象山责之，希孟但敬谢而已。他日复为妓造鸳鸯楼，象山又以为言，希孟谢曰：'非特建楼，且为作记。'象山喜其文，不觉曰：'楼记云何？'即占首句云：'自逊抗机云之死，而天地英灵之气不钟于男子，而钟于妇人。'象山默然。又一日，希孟在妓所，恍然有悟，忽起归兴，不告而行。妓追送江浒，悲恋而啼，希孟毅然取领巾，书一词与之云：'双桨浪花平，夹岸青山锁。你自归家我自归，说着如何过。　　我断不思量，你莫思量我。将你从前与我心，付与他人可。'"可见谢之名士风流。希孟后自号慎斋，盖阅尽繁华、返朴归真的结果。陈傅良《止斋集》卷二有《送谢希孟归黄岩四首》，与其论金石文字；叶适《水心集》卷七有《送谢希孟》诗，句云"白头移幕府，早已负平生"，盖仕途不甚显达者。

柯大春，生平见前第二章第六节（二）介绍。谢希孟直得其书，谓为理到之文（参万历《黄岩县志》"隐逸"）。此"理"，显非朱氏理学之理也，乃见识深刻通达之谓。

王象祖（1164—1239），字德甫，号大田先生，世为临海望族。祖冲，为校书郎，文学行义有名孝宗朝；父应之，豪迈博习，遍交乾淳诸老。象祖早从丘崈（宗卿）入蜀，工古文，晚为水心所知②，实叶适高弟，陈耆卿畏友③。和厚严重，学邃行高④。曾有诗句"因事因时谈治效，不谈道学又何妨"⑤，明显倾向永嘉学派，排斥道学。其文多载于《赤城集》，如《重修子城记》《寿台楼赋》等。车若水评其文曰："其文简古老健，虽笪窗亦畏之，第于褊，不及笪窗圆活。然非有意不为文，非有味不为句，尤未易及。"（《脚气集》）。曾致书车若水，论台州文学的创作现状："乡邦之彦，嘲风露而写光影，借比兴而盗《离骚》，句吟字炼，岂无一得？而与之读《檀弓》、谈《左传》、评《国语》及太史公、贾谊、扬雄、韩柳欧苏之作，求其一言之几于道，莫得也。议论甚不是，文章自好甚么？文气（疑作柄）未有可授者也。"（同上）这个"道"，非朱子之道，乃永嘉学术之道；"议论"，即"因事因时谈治效"。

林表民，字逢吉，号玉溪。林师蒇子。幼承家学，且与陈耆卿、吴子良游⑥。尝同耆卿修《赤城志》，又自撰《续志》三卷，并辑成《赤城集》十八卷。

---

① 吴子良《荆溪林下偶谈》卷三，文渊阁《四库全书》本。
② 吴子良《荆溪林下偶谈》卷三"东坡享文人之至乐"条，文渊阁《四库全书》本。
③ 林表民（逢吉）《赤城集》卷十六《大田先生墓志铭》，文渊阁《四库全书》本。
④ 《浙江通志》卷一百九十一引《台州府志》，文渊阁《四库全书》本。
⑤ 车若水《脚气集》"大田王老先生"条，文渊阁《四库全书》本。
⑥ 《浙江通志》卷一百八十一引《台州府志》，文渊阁《四库全书》本。

补辑其父的《天台前集》成《前集别编》一卷,补辑其父的《天台续集》成《续集别编》六卷。以上辑录天台诗歌共计十五卷,总称《天台集》①。

《天台集》的编辑始于李庚,但林师蒇、林表明父子相继甄辑,前后共经历了长达四十年的时间才得以最后完成。由此可见林氏父子致力于整理乡邦文献的决心。需要注意的是,在编排体例上,林表民在补遗其父的所辑诗集时,并没有打乱原编,而是以补遗的形式付于其后,数次拾遗及有所更正增删者,均一一明载。这种严谨的态度,使得天台诗集的编纂过程历然在目,有助于后人的学习和研究②。《天台集》是台州地区现存最早的一部区域性诗歌总集。纵观全书,虽然其汇集的诗歌也包含对台州其他地方的歌咏,但绝大部分诗歌均与台州名山天台山有关,因而可以将其视作一部专门歌咏天台山的诗歌总集。今人研究者对此集的评价很高,认为"从学术史或文化史意义上讲,《天台集》一书更为重要的价值,在于它是存世最早的中国山岳诗文总集"。③

《天台集》的辑录有诗无文,林表民感于此,又汇集台州记、序、书、铭、谟、赞、颂之文,成书《赤城集》十八卷,收两宋之文共有一百八十余篇,前有吴子良序。

总之,林表民父子有自觉的地方文学意识,《天台集》《赤城集》较为完整地保存了南宋淳祐十年以前台州地方文学作品(包括外地文人咏台州),为整理乡邦文献作出了巨大贡献。

王汶,字希道,号东谷。尝师事王绰、叶适,而与永嘉薛师石游从最密,有《东谷集》,已佚④。《水心集》卷十二有《送戴许蔡仍王汶序》。

葛绍体,字元成,与弟葛应龙师事叶水心,得其指授。博学,善属文(出处同上)。叶适有诗赠绍体,惜其不遇;又曾为葛氏作《留耕堂记》,称"但留方寸地,留与子孙耕"⑤。有《东山诗文选》。《郡斋读书志》卷五云:"《东山诗文选》十卷,家大西为之序,叶梦鼎跋其后,行状墓志附焉。"《四库》本《东山诗选》二卷,系从《永乐大典》中辑出。馆臣谓"《永乐大典》所载,乃有诗无文。或文不足录,为编纂者所删钦?"。葛氏集中有与翁卷、赵师秀倡和

① 一般称《天台集》有 13 卷,其中《天台集拾遗》和《天台续集拾遗》附录不计,本文单列出来,方便区别。

② 方山《〈天台集〉——天台山现存第一部诗歌总集》,《东南文化》,1990 年 12 月 27 日,第 136 页。

③ 辛德勇《题天一阁旧藏明刻本〈天台集〉》,《浙东文化论丛》2011 年第 1、2 合辑,上海古籍出版社 2012 年版,第 146 页。

④ 黄应祺修,牟汝忠等纂万历《黄岩县志·文苑》,上海书店《天一阁藏明代方志选刊》本。

⑤ 叶适《水心集》卷十,文渊阁《四库全书》本。

诗,其诗盖近四灵诗派。

戴复古(1168—1247)①,字式之,号石屏。台州黄岩人。其父将亡,"语亲友曰:'吾之病革矣,而子甚幼,诗遂无传乎!'为之太息,语不及他。"戴复古长大后,承继乃父遗志,笃意诗词创作,"雪巢林监庙景思(林宪)、竹隐徐直院渊子(徐似道)皆丹丘名士,俱从之游,讲明句法。又登三山陆放翁(陆游)之门,而诗益进。"②后其诗影响甚大,"以诗鸣东南半天下"③,"以诗鸣江湖间垂五十年"④。

戴复古的一生可以用"读万卷书,行万里路"来概括,据吴子良《石屏集后序》记载:戴复古"所搜猎点勘,自周汉至今,大编短什、诡刻秘文、遗事廋说,凡可资以为诗者,何啻数百千家。所游历登览,东吴、浙西、襄汉、北淮、南越,凡乔岳钜浸、灵洞珍苑,空迥绝特之观,荒怪古僻之踪,可以拓诗之景,助诗之奇者,周遭何啻数千万里。"⑤丰富的阅读,广泛的游历,使得戴复古的诗歌题材广泛,且风格多样。有《石屏诗集》十卷,《石屏词》一卷。

戴复古大部分的时间均在外奔走,可谓备尝艰辛,因此他写了很多的羁旅诗,记录了他远离故乡的漂泊感。如《客中秋晚》:

> 榴花才放客辞家,客里因循见菊花。
> 独坐西楼对风雨,天寒犹自著轻纱。⑥

再如《清明感伤》"清明思上冢,昨夜梦还家",《秋夜旅中》"旅食思乡味,砧声起客愁"等句,情感皆类此,充满伤感。

飘泊感还只是戴复古悲伤情绪的一种,更深沉的痛苦来自他在漫游江湖时所看到的民众悲苦和山河破碎,如《淮村兵后》:

> 小桃无主自开花,烟草茫茫带晓鸦。
> 几处败垣围故井,向来一一是人家。⑦

如《江阴浮远堂》:

---

① 此从吴茂云《新发现〈戴氏家乘〉与戴复古家世和生卒年》。
② 楼钥《戴复古集序》,吴茂云校笺《戴敏集 戴复古集》附录二,第612页。
③ 包恢《戴复古集序》,同上书第614页。
④ 姚镛《姚镛题跋》,同上书第622页。
⑤ 吴子良《石屏诗后集续》,同上书第615页。
⑥ 戴复古《石屏集》卷七,同上书第461页。
⑦ 戴复古《石屏集》卷七,同上书第458页。

横冈下瞰大江流,浮远堂前万里愁。

最苦无山遮望眼,淮南极目尽神州。①

戴复古反映百姓疾苦诗多使用乐府诗体,如《织妇叹》:

春蚕成丝复成绢,养得夏蚕重剥茧。

绢未脱轴拟输官,丝未落车图赎典。

一春一夏为蚕忙,织妇布衣仍布裳。

有布得着犹自可,今年无麻愁杀我。②

织妇辛勤劳作,养蚕抽丝再成绢布,但也不够残酷的官府剥削,整年都在为上供而忙,到头来却连自己的衣服都没得穿,最后还要愁苦当年的赋绢。飘泊无依感、国运毁灭感、贫穷无助感是当时的南宋社会走向痛苦的一个缩影。国家还在,但国民看不到前途,看不到希望,一切都在无可奈何地衰败下去,国民的痛苦指数的积累,这就是戴复古这一派江湖诗人们的时代处境和心灵记录。

赵潜夫,字景寿,自号鹤所。黄岩人。嘉定进士,宝庆二年监海盐澉浦税,三年卒于官,建安葛绍体撰词招之。诗有清思(《檇李诗系》卷三)。按:"建安"不确,葛绍体为赵同乡,故为作祭文。据载,"(赵)屡以经学为叶水心、赵章泉所荐。"③盖尝学于水心者。

丁木,字子植。尝从叶水心游。登嘉定四年(1211)进士。居家,四方来学者甚众,尊之曰松山先生。有《东屿稿》十卷,已佚④。叶适《丁氏东屿书房》诗云:"朝纳楔上光,千帙乱抽翻。夜挑窗下明,一字究本源。旧师蚤传习,新友晚闻见。邻里疏聚头,江海勤会面。"⑤殆亦勤治学、好交游的读书人。

陈耆卿,生平介绍见第二章第六节(二)。叶适赞其文"驰骤群言,特立新意,险不流怪,巧不入浮,建安元祐恍焉再睹"⑥,吴子良称其文"其奇也非怪,其丽也非靡,其密出不乱,其疏也不断,其周旋乎贾、马、韩、柳、欧、苏、曾

---

① 戴复古《石屏集》卷七,同上书第 457 页。

② 戴复古《石屏集》卷一,同上书第 157 页。

③ 陈钟英等修《黄岩县志》卷三十九《杂志杂事》,台北成文出版社《中国方志丛书》景印光绪三年刊本。

④ 黄应祺修,牟汝忠等纂万历《黄岩县志·文苑》,上海书店《天一阁藏明代方志选刊》本。

⑤ 叶适《水心集》卷七,文渊阁《四库全书》本。

⑥ 叶适《水心集》卷二十九《题陈寿老文集后》,文渊阁《四库全书》本。

之间,疆场甚宽而步武甚的也"(《筼窗续集序》)。陈耆卿之"论",继承了嘉祐以来欧、苏、王提笔作翻案文章的特点,又能避免苏、王末学故作险怪之论以耸动世人的缺点,如《樊哙论》:

> 排闼事虽足以解帝之惑,而亦足以招帝之疑。譬如家有悍仆,以之御侮他人则可,若主有过,直入其帷而谏之,纵曰朴忠,其主亦已畏之矣。高帝笑而起,其中以为如何哉? 此固疾时之谮所由入也。然则帝之欲杀哙,其豪壮强直自可忌尔。

永嘉文派著意追求为文需有见识,不蹈袭前人成说,然不可为出奇而故出险怪之论;行文需有词彩,然不可伤于浮华。吴子良将此总结为:"文虽奇,不可损正气;文虽工,不可掩素质。"①陈耆卿之文能守此宗旨。

在写法上,陈耆卿往往在文章开始摆落常言,直揭主旨,这种"驰骤群言,特立新意"的作法,给人以气势沉雄之感,如《卢绾论》开篇即是:"人主之报旧恩,当厚以赐予,不当假以封爵。"一句话就将卢绾之封王,与张良、韩信之封王,在性质上区分开了。其他如"序""记"之类文字,皆能超然物外,立意高远;而"表""状"等文,皆"理趣深而光焰长,以文人之华藻,立儒者之典刑,合欧、苏、王为一家者也"。②

车若水提到:当朱熹理学渐布两浙、水心之学日趋没落之际,能坚守师道不改其辙、"终身守此一格"者,唯陈耆卿、吴子良两人而已③。陈耆卿是永嘉文体的重要传人,他的古文,代表着南宋后期散文的高度。

《黄氏日抄》卷六十八谓:"水心之见称于世者,独其铭志序跋,笔力横肆尔。"道出了南宋后期永嘉学术的没落处境,叶适此时已成了众人敬仰的文章大家,其学术大家的面貌渐渐模糊。不过,可以欣慰的是:他的弟子以及再传弟子,即此时的永嘉文派主要传人,仍代表着南宋末散文的最高成就。就中台州弟子比较突出,如吴子良、车若水、舒岳祥等人。

吴子良,生平见前第二章第六节(二)。吴子良继耆卿之后主台州文坛,尝"齐盟作刿田方元善诗序,石城王与义公矩、冰壑王惟明公猷、阆风刘培之茂实、南峡胡蛩英俊父,交以诗进,而君(刘士元)与弟湘亦以所作见。宁海诗流殆无遗矣。"④可见台州当时诗坛盛况。吴氏著作仅存诗文评类著作

---

① 吴子良《荆溪林下偶谈》卷二,文渊阁《四库全书》本。
② 吴子良《荆溪林下偶谈》卷二《四六与古文同一关键》,文渊阁《四库全书》本。
③ 皆见《脚气集》,文渊阁《四库全书》本。
④ 《阆风集》卷十《刘士元诗序》。文渊阁《四库全书》本。

《荆溪林下偶谈》,谈诗文艺术,多有至当之见。

吴子良的文章虽未流传下来,而从其论文章作法的诸般文字①,可以推知大概:上溯《尚书》之语词、司马迁之史识,李太白、李习之、欧阳永叔、王介甫、王深甫、张文潜等人之文字,追求一种法度谨严、见识高远、文字淡雅、优游不迫的整体风格。

舒岳祥(1218—1298),字景薛,更字舜侯,台州宁海人。宝祐四年(1256)进士,宋亡不仕。学者称阆风先生。有集十二卷。至大四年(1311)永康胡长孺序称:"其文凌张文潜、秦太虚而出其上,其诗韩子苍、陆务观不足高也。"捋诸文集,此殆友朋间推誉之虚语,不如四库馆臣《阆风集》提要称其诗文"类皆称臆而谈,不事雕缋"之得体。清代全祖望称:"自水心传笮窗,以至荆溪,文胜于学,阆风则但以文著。"②永嘉文派特有的学术内涵渐渐流失,时代已转型,文体亦酝酿着新变。以文学史角度而论,吴子良、舒岳祥站在北宋以来欧、王散文传统的终结处。

宋代台州地域文学的发展,经过"天台想象"、外来文人激荡、永嘉文派沾溉三次较为重要的文化启蒙,最终形成了蔚然可观的台州本土作家群体。其中杰出者如陈耆卿等人的文章,庶几可代表南宋后期的艺术高度。

正如吴子良在《笮窗续集序》中所指出的那样,台州文章学从永嘉文派而来,而永嘉文派则是唐宋古文运动在南宋的赓续:"唐之文,以韩柳倡,接之者习之、持正其徒也。宋东都之文以欧苏曾倡,接之者无咎、无己、文潜其徒也。宋南渡之文以吕、叶倡,接之者寿老其徒也。"③他们多在文章中说理议政,切于实用;又能自觉追求作文的技巧,讲究文章的表现形式;在文体选择上,他们还发扬了韩柳欧苏等大家常用的记、序、题跋、杂文等体裁,无论是记事、议论还是描写、抒情,均持平易流畅的传统散文叙事风格,具有较强的文学意味。吴子良之后,台州文学进入"理学之文"的阶段。

不独文章为然,台州南宋诗歌在乾淳(1165—1174)后亦多规步永嘉四灵。舒岳祥《阆风集》卷十《刘士元诗序》称:"初,薛沂叔泳从赵天乐(师秀,1170—1219)游,得唐人姚、贾法,晚归宁海,为人铺说,闻者心目鲜醒。而匊

---

① 《荆溪林下偶谈》卷四"尚书文法"条:"今人但知六经载义理,不知其文章皆有法度。"又同卷《太史公循吏传》《贾谊传赞》对太史公传赞的文字多加赞赏;卷三《李习之诸人文字》条:"文字之雅淡不浮、混融不琢、优游不迫者,李习之、欧阳永叔、王介甫、王深甫、李太白、张文潜,虽其浅深不同,而大略相近,居其最则欧公也。"
② 黄宗羲、全祖望《宋元学案》卷五十五,中华书局1986年版,第1825页。
③ 林表民(逢吉)《赤城集》卷十七,文渊阁《四库全书》本。

田(方元善)闭户觅句,惟取其清声切响,至于气初之精,才外之思,元善盖自得之,而非有所授也。于时俊父探元善之所以自得者,亟用力焉,久而有忘筌之意。耻名近律,刻意侧体,曰我盖来自韦苏州也。君(刘士元)少与俊父讲明其说,澹然冲守。近又欲自蜕前骨,务为恢张,骎骎乎派家步骤也。”从薛泳、方元善、俊父到刘士元,大致勾画了台州诗歌创作从步武四灵到形成自家面目的过程。南宋晚期的台州诗人,在诗学观念上,已超越四灵,“退之论魏晋以降,以文鸣者,其声清以浮,其节数以急,其辞淫以哀,其志弛以肆。近世诗人,争效唐律,就其工者论之,即退之所谓魏晋以降者也,而况其不能工者乎?”[①]这明显是针对四灵而发的。从文章与诗歌两方面来看,南宋晚期,台州文学基本上摆脱了温州文学的影响,有了自家面貌。

其中可议者,是南宋后期理学对台州文学逐渐施加的影响力。

南宋台州地域文学的成长,几乎是与台州理学的成长同时进行的。约在南宋宁宗嘉定(1208)以前,叶适、陈亮、朱熹、陆九渊诸人学术影响力并行,台州学子很多都有同时向叶适和朱熹或陆九渊学习的经历,但明显偏向朱子理学。具体经过,见前文《论南宋台州地域文化传统的重建》第二节、第三节。嘉定以后,思想界已是朱氏一家独大,理学在台州取得了完全的主导地位。朱熹的台州弟子众多,如林鼐(字伯和)、林鼒(字叔和)、赵师渊(几道,讷斋)、赵师郎(恭父)、赵师夏(致道)、赵师雍(然道)、赵师蒧(咏道)、杜良仲、杜爗(知仁、仁仲)、林叔恭(恪叔)、郭磊卿(子奇)、杜贯道、吴梅卿(清叔,谦斋)、杜范(成之、立斋,清献)等人。其中林鼐、林鼒兄弟与叶适介于师友之间。

杜范(1182—1245)是这一转型时期的代表性人物。在台州作家普遍受到温州叶适及四灵影响之际,他已转向在文学中寻求一种普遍的“古道”,即理。如《送子谨叔》之一:“古道日凋弊,人心竞险薄。风雨晦朝暮,平陆变沟壑。”之三:“大雅久不作,文士日以众。缵缉斗新美,靡靡相溃澒。春禽转巧舌,但可供好弄。取之以终身,只字不可用。古来名节人,往往多朴重。”[②]按,此组诗写于杜范壮年时。对“文士”之作多有批评,呼唤“朴重之士”的大雅之作。在文学表达的主要内容究竟是要普遍真理,还是当下情怀的问题上,天平在向前者倾斜。

与之相应问题是道与文的关系。文士之作强调语言形式的创新,能准确地表达出当下情怀;而理学家则对语言创新抱敌对态度,认出这样会损害

---

① 吴子良《荆溪林下偶谈》卷三“近世诗人”,文渊阁《四库全书》本。

② 杜范《清献集》卷一。

"道"的表达。杜范《丁丑别金坛刘漫塘七首》之五云:"词章道之华,于世非少补。施之匪其宜,文绣被泥土。自昔重立言,一语万钧弩。"①按,丁丑为嘉定十年,即 1217 年。作为理学家的杜范,虽交游于孙惟信、翁处静、尹焕诸词人间,但似乎更看重"立言",其《跋翁处静词》谓:"余拙于文,于乐府尤所未解……柳周辈凄情丽句,后之为乐府者多之,而苏黄诸公爱惜文士如金璧,乃寂不挂口,此亦余所未解。"②这实际上是批评翁处静,其词虽多清词丽句,而无"道",皆不足称也。

台州作家、也是南宋后期重要的理学家车若水(约 1209—1275),字清臣,号玉峰山民。少师事陈耆卿,学古文,及与同郡杜范游,遂粗知性理,大悔初学,改师陈文蔚(克斋)、王柏(鲁斋),刻意理学。所著有《宇宙略记》《玉峰冗稿》《台学源流》。他对陈耆卿一派古文的背离和反思,正是基于朱子南宋后期理学一统学术思想话语权的现实。这种文学趣向的转变在当时已成常见现象,如刘埙《答谌桂舟论铭文书》亦云:"近世铭笔,推永嘉叶氏为宗。某少之时,因诸公宗尚,尝熟复焉。十数年来,深味其文,乃有大不惬于予心者,往往崇华藻而乏高古,不免止是近世文章尔。"③全祖望说:"是时天台学者皆袭箟窗、荆溪之文统,车氏能正之。"④所谓"箟窗、荆溪之文统",实际上是永嘉文派的传统,"能正之",则表明永嘉文派在台州的传播遇到了阻力,其发展方向已有实质性的改变。

南宋后期台州地域文学,站在了理学与文学交融的最前端。这也就是它在中国文学史上的意义。

① 杜范《清献集》卷一,文渊阁《四库全书》本。
② 杜范《清献集》卷十四,文渊阁《四库全书》本。
③ 刘埙《水云村稿》卷十一,文渊阁《四库全书》本。
④ 黄宗羲、全祖望《宋元学案》卷六二六,中华书局 1986 年版,第 2122 页。

第四章　南宋两浙清雅词风研究

第一节　南宋两浙路清雅词风刍议
——以《阳春白雪》《绝妙好词》为考察中心

关注文学传播的地理空间,有助于更清晰地把握研究对象;而地域、作家、文化传统,则是其研究中的三要素。本文拟从文学传播的地理空间这一角度,研究南宋两浙路清雅词风产生的背景、创作状况和词人地域分布。为集中论述,文章以南宋后期编成的《阳春白雪》(赵闻礼编)、《绝妙好词》(周密编)为举例对象,以两浙路为论述范围①,以清雅词风为论述目标。

一、清雅词风的兴起

南渡前后,词坛倡雅之风渐成气候。当时词集,多有以"雅"命名者,如《典雅词》(残存,专收南渡前后人词)、程垓(生卒不详)《书舟雅词》、赵彦端(1121—1175)《宝文雅词》、张孝祥(1132—1170)《紫微雅词》。此前,李清照(1084—1155)曾提出"词需雅正、知之者少"的看法;南宋绍兴壬戌(1142),铜阳居士序《复雅歌词》,倡导"骚雅"审美理念。绍兴丙寅(1146)曾慥编《乐府雅词》,标准是"涉谐谑则去之"。相对而言,曾慥的标准比较简单,偏重于内容上的雅俗分辨(以谐谑、艳情为不雅之词);李清照则从作词时是否严守音律、分辨字声顿挫、情志高洁等方面来权衡雅俗;铜阳居士的标准定得更高,他从古今乐变的高度,提出只有上接汉魏六朝乐府之声

---

① 南宋两浙分东西两路,东路地辖临安(杭州)、平江(苏州)、镇江、嘉兴四府,安吉、常、严三州,江阴一军;西路地辖绍兴、瑞安(温州)、庆元(明州)三府,婺、台、衢、处四州。

律、词华者方可称雅词。①

李清照、铜阳居士从音乐角度来倡导雅词,还词体于音乐文学本位,与当时其他论词者多从辞章角度出发大不一样,自属行家眼光,具有深刻的学术意义。然而,铜阳居士立意虽佳,但论证过程却是错误的。词本是因燕乐而产生的文学,如果取消了燕乐,何从谈词?产生汉魏诗的音乐(据铜阳居士的说法,它来源于古老的郑卫之音,与汉代兴起的新音乐"倡乐"相对)已失传数百年之久,怎能要求宋人依此来创作"雅词"?铜阳居士谓唐五代北宋以来词,符合骚雅之意者"百一二而已"。此论甚高,很让我们怀疑《复雅歌词》所收四千三百余首词,究竟是不是按此标准选出来的?或者说,唐五代北宋词是否有如此庞大的总量,以至于其中的百分之二就有四千三百多首?相对之下,李清照主张从音乐和辞章两者结合的角度来谈雅词,更符合文学创作实际。

不过,铜阳居士主张雅词应该有汉魏乐府诗的"骚雅"审美意味("意趣格力,近古而高健"),在词体创作上具有方向性指导意义,《复雅歌词序》在词学批评史上的价值或许就在此。铜阳居士倡导的词体骚雅美学标准,是对苏轼"以诗为词"、周邦彦"富艳精工、曲折层深"创作理念的深化。

但是,动荡不安的时代,文艺无法保持平和骚雅之姿;只有社会生活进入相对的稳定期,文艺才会回到情绪平和的基点。所以,铜阳居士的"骚雅"理念并不是马上被词人们理解、接受。从美学标准的提出到一般词体创作的转型,有一个较为漫长的过程,其中有一个关键性的历史环节——淳熙绍熙年间(1174—1194)西湖词人群体的出现。他们的创作实绩,让清雅词风成为词体主流。而这个西湖边上的词人群体,又隐然是以张镃家族为中心的。

二、两浙路清雅词风的确立

清雅词风有三个重要特征:重音律,用字造句求新,贵浑厚含蓄。前两点无疑受江西诗派重诗法的文学思想有关;而浑厚含蓄则有意与江西末派之汗漫无禁的粗嚣诗风拉开了距离,并与自周邦彦以来的江浙词学传统

---

① 《复雅歌词序》自明《花草粹编》曾提及以后,寂无人知。吴熊和教授从宋谢维新《古今合璧事类备要》外集卷一一《音乐门·乐章类》重新发现它。今读此序,文意稍有不连贯处,例如,铜阳居士一方面认为郑卫之音没有上继商周《诗经》的音律系统,另一方面又说《文选》《晋书》等所收乐府诗,是秦汉以下民间歌词,源出郑卫,"其意趣格力,犹近古而高健"。对同一事物的评价前后矛盾,其中表述的转换处当有漏句。又如,他所认可的雅词是什么样的?从此序中看不到明确的答案。从他彻底否认燕乐传统来看,他认可的雅词应该是上继汉魏乐府诗的。这种文意不连贯的情况,或由于古文献层层转录讹脱所致。

有关。

《四库全书总目》高观国《竹屋痴语》提要云:"词自鄱阳姜夔句琢字炼,始归醇雅,而达祖、观国为之羽翼,故张炎谓数家格调不凡,句法挺异,俱能特立清新之意,删削靡曼之词。"其实,姜、史等人之所以能新创一代词风,实与西湖词坛的中心人物张镃(1153—1211)兄弟的支持分不开。姜夔依附张氏兄弟自不必言,史达祖原本开封人,家境较好,南渡后居临安,因缘为韩氏堂吏。公元1205年,韩氏被诛,史氏被黥面流配。在为韩氏堂吏之前,史氏已然在词界很活跃。当时西湖词社的主要成员有:张镃兄弟、姜夔、史达祖、卢祖皋、高观国、赵子野、陆游、杨万里、范成大等人。清雅词风的后期(张镃去世后),则以吴潜、吴渊、吴文英、周密、陈允平、杨缵、施岳、张枢、孙花翁、龟溪二隐、王沂孙等人为代表性词人,其连接处仍在张氏家族。地点则是从杭州扩大到湖州、嘉兴、绍兴等地。

兹以《阳春白雪》中收词5首以上(蔡松年有7首词,不计入)、《绝妙好词》中收词3首以上的词人为例,来分析清雅词风的主要创作者的地域分布情况:

	《阳春白雪》	《绝妙好词》	占 籍	备 注
周邦彦	20	☆	杭州人	《绝妙好词》不收北宋词,☆者同。
辛弃疾	13	3	济南人,居上饶	
史达祖	16	10	开封人,居临安	
康与之	11		滑州人,居临安	
姜 夔	12	13	番阳人,长期寓居湖州、临安等地	
卢祖皋	10	10	温州人	
高观国	10	9	绍兴人	
陆 游	6		绍兴人	
贺 铸	9	☆	绍兴人	
吴文英	13	16	明州人	
刘 过	6	3	太和人	
王沂孙	6	10	绍兴人	
奚 淢	7		客游吴中、越中、临安等地	

（续表）

	《阳春白雪》	《绝妙好词》	占　籍	备　注
张　矩	10		杭州人	
利　登	6		南城人	
翁元龙	11	5	明州人	
胡翼龙	10		吉安人	
赵汝芜	7	5	宗室	
刘之才	7		不详	
赵以夫	11		长乐人	
谭宣子	13		不详	
郭世模	5		不详	
徐　照	5	3	温州人	
范成大	5	5	苏州人	
田　为	5	☆	不详	
潘　汾	5		金华人	
俞国宝	5		临川人	
李从周	5		眉山人	
吴　潜	5		宁国人	
翁孟寅	5	3	杭州人	
孙惟信	7	5	金华人,居杭最久	
曹　邍	6		温州人（？）	号松山,温州有松山。
黄廷琦	6		不详	
黄　载	5		南丰人	
赵子发	7		宗室	
赵闻礼	9	10	临濮人,居两浙	临濮乃祖籍,非居地（署名楼采的四首,为赵氏作）。
刘克庄	5	4	莆田人	
刘　翰	5	3	潭州人,长居临安、越中	
韩元吉	6		信州	

（续表）

	《阳春白雪》	《绝妙好词》	占　籍	备　注
韩　疁	6	3	不详	
张孝祥		4	历阳人	
谢　懋		4	洛师人,居南方	黄昇评价极高。
刘仙伦		5	吉安人	
张　辑		5	波阳人	
尹　焕		3	绍兴人	
周　晋		3	居湖州	
杨　缵		3	杭州人	
许　棐		3	海盐人	
李肩吾		7	不详	
薛梦桂		4	温州人	
施　岳		11	苏州人	
陈允平		9	明州人	
张　枢		6	杭州人	
李　演		6	建安人	
莫　仑		6	居丹徒	
汤　恢		6	眉山人	
李彭老		12	湖州人	
李莱老		13	湖州人	
王易简		3	绍兴人	
张　炎		3	杭州人	
周　密		22	湖州人	
赵与仁		6	宗室	
仇　远		3	杭州人	

　　本表中,基本上将南宋创作清雅词的重要词人包括在内了,共计63人,其中两浙路词人有39位(宗室和长期寓居此地者计入),占重要词人(籍贯不详者7人除外)比例为68.2％。而同时入选两书的著名清雅词人有18位,其中14位是两浙词人(籍贯不详者均不计)。要知道,周邦彦和贺铸是

因为体例原因未收入《绝妙好词》的,否则人数将更多。《阳春白雪》中,收词数占前 10 位的作家有 12 位(4 人收词数同),其中两浙词人有 8 位(谭宣子籍贯不详,不计);《绝妙好词》中,收词数占前十位者全是两浙词人。再放大来看,《阳春白雪》共收词人 231 家(无名氏不计)①,其中可考知占籍者,两浙词人所占比重,据粗略的考察和统计,其结果还要高于以上 68.2% 这一数字。《绝妙词选》情况同。反过来看,兼收南北宋词的《阳春白雪》集,收李清照词仅 3 首,柳永词仅 3 首,秦观词仅 3 首,晏几道词仅 4 首,晁端礼词仅 1 首,张元幹词仅 2 首,张先词 1 首,黄庭坚词 1 首;《花间集》及南唐词、欧阳修、晏殊等人词则未选;而同为北宋词人的周邦彦及贺铸词分别收入 20 首和 9 首。这说明选编者有意识地避开了《花间》词风和以欧阳修、苏轼为代表的北宋词风,转向推崇以周、贺、姜、史为代表的两浙清雅词风,也与《乐府雅词》《复雅歌词》所倡导的“雅”拉开了距离。

三、两浙路清雅词风的前世、今生和后世

很显然,南宋清雅词风在两浙路的确立,地域文化传统是其中重要的因素。

在论及清雅词风的“前世”时,研究者大多已注意到了魏晋风度在其中的影响。可依此方向,作进一步的思考。

魏晋风度实由两部分组成:魏国名士风流和晋宋风流。究之后世历史,魏国名士那种追求绝对自由、与政权严重对立的作派,在后世跟进者实在少之又少;反倒是东晋风流那种追求精致文化生活、鄙弃尘俗的作法,多为后来文人所仿效。

东晋风流主要源自两浙地区,尤其以越中为盛。北宋末温州文人许景衡在《上石守》一文中说:“某窃以永嘉名郡,江山秀发,甲于东南。自昔颜、谢相继出守,率以登临吟咏为事。考之载籍,则晋宋风流多出于此。”(《横塘集》卷十六)难免有乡曲之意,但东晋风流主要发生于越中、永嘉一带是不错的。

东晋风流是以南迁的北方士族为主体的人群所形成的。士族阶层的教养和江南秀丽的自然景观完美组合,是产生东晋风流的客观基础。表现在文学上,恰如魏征《隋书·文学传序》中所言:“江左宫商发越,贵于清绮。”文化既成,行之既久,便成传统,晋宋风流已融入两浙地域文化传统之中。晋宋风流的主要意义在于政治与文艺的适当分离,为文艺的独立发展留下了足够的空间。张镃在政治上完全则奉行冷血主义,表现出宋人罕见的铁

① 数据来源:葛渭君校点《阳春白雪》前言,上海古籍出版社 1993 年版,第 1 页。

腕风格,如建言杀韩侂胄,并积极参与其中,令朝士侧目;但他在艺术和生活情趣上崇尚雅致,其趣味之高超脱俗,周密《武林旧事》等书有已有详细的描述,不赘。同样的情况还如史达祖,其行不足道,其词则被姜夔评为"奇秀清逸,有李长吉之韵"(《中兴以来绝妙词选》卷七引)。

　　南宋以来,人们多将南宋立朝与东晋的"衣冠南渡"相提并论,祖籍北方的南宋文人,身处曾经的东晋风流盛行之地,自然会生发"今犹昔也"的联想。所以,移民身份,是我们考察南宋清雅词风与东晋风流内在精神相通性的重要角度。据吴松弟《北方移民与南宋社会变迁》(台北文津出版社1993年版)一书中的分析,靖康之乱后,北方人南迁分七个阶段,其中第一阶段(1126—1141)规模最大,影响最深远,因为皇室、官僚、士大夫、军官占此时总移民人口比重大,"整个南宋时期的政治、经济、文化格局主要是在高宗朝奠定的"(上书第35页)。吴氏根据各种文献,编制了一份移民档案(当然是士大夫家族才会有文献留存),对江南各府州移民数进行了总结:临安府145,台州111,平江府82,镇江府82,明州74,绍兴府56,秀州府51,婺州36,建康29,湖州29,温州26,衢州22,等等(前揭书第47页)。移民数占前十二个的州府中,两浙路占有其中11个。可以想见,北方士大夫家族,大多数留在了两浙路。《建炎以来系年要录》卷173(绍兴二十七年七月丁巳)载:"兵兴以来,临安户口所存,才十二三。而西北人以驻跸之地,辐辏骈集,数倍土著。今之富室大贾,往往而是。"又如台州,南渡后为宗室和高官集中之地,参《赤城集》引陈公辅《临海风俗记》,见第三章第二节(一)。

　　移民的大量涌入,改变了台州的宁静和谐,物价飞涨,民风大坏;当然也有好处,"衣冠辈出,风雅日盛",这显然是指高素质官僚士族移民带来的。平江府、湖州等地亦然,韩淲《次韵》诗云:"太湖渺渺浸苏台,云白天青万里开。莫道吴中非乐土,南人多是北人来。"(《全宋诗》第五二册,32727页)韩淲作此诗时,距南渡约有八十余年,当时人仍未改"北人"心态。

　　南宋创作清雅词风的重要词人,如张镃兄弟、史达祖、周密、赵闻礼、张枢、赵汝芜、张炎等,均"北来人"。至于一般词人,具有移民身份者,就更多了。如赵师秀,温州宗室,他的文化气质和艺术追求,可视作两浙移民作家的代表。在戴复古眼中,赵师秀是"东晋时人物,晚唐家数诗"(《石屏诗集》卷二《哭赵紫芝》);刘克庄论赵师秀"的然沈谢何难识,逝矣应刘不可追"(《后村集》卷三《答汤升伯因悼紫芝》)。赵师秀与姜夔等人一样,在当时人眼中是"晋宋间人物"的代表,这主要是他们的文化气质所决定的。韦居安《梅磵诗话》卷中载:"杜小山尝问句法于赵紫芝,答之云:'但饱吃梅花数斗,胸次玲珑,自能作诗。'"梅花以其清雅之态,成了南宋以来文人雅趣的重要载体。

《阳春白雪》和《绝妙好词》均出自两浙移民词人之手,他们对两浙地域文化传统(晋宋风流)、特别是对自周邦彦、贺铸以来骚雅词风的推扬,其中展示出来的自觉文化选择,反映了移民的文化认同感。台州移民林师蒇、林表民父子倾力整理台州地方文献,编成《天台前后集》《赤城集》等书,其背后的文化心理类似。

当然,周邦彦所确立的词风,是南宋两浙清雅词人直接继承的文学遗产。周词在南宋两浙地区享有极高声誉,楼钥称:周邦彦去世八十多年后,其词仍广为传唱(《清真先生文集序》),楼氏的话还可以从强焕《题周美成词》中得到印证。尹焕序梦窗词说:"求词于吾宋,前有清真,后有梦窗。此非焕之言,天下之公言也。"陈振孙谓周邦彦词"富艳精工,词人之甲乙也"(《直斋书录解题》卷二十一)。张炎《词炎》卷下说当时"神于琴"的大音乐家杨缵有《圈法周美成词》。沈义父说"凡作词当以清真为主"、"学者看词,当以《周词集解》为冠"(《乐府指迷》)。在吴文英、张炎的时代,清真词仍传唱人口,广披管弦。吴文英《惜黄花慢·序》、张炎《国香词·序》和《意难忘·序》均记载当时人仍在传唱清真词。张炎晚年距清真之死已有一百多年。

宋人填词,北宋时多按乐谱,自南宋后期起,填词多按词谱。就文人创作来说,清真词在南宋时实际上起到了词谱的作用。早在南宋中期,就有衢州人方千里、明州人杨泽民将清真词逐字逐韵和过一遍,传为文坛佳话。在当时还出现了剖析周词以供学词者模仿的书,如《圈法周美成词》《周词集解》等。陈郁、张炎、沈义父在各自著作中,多次提到当时学清真者很多。南宋的各种词集选本里,周邦彦都占据第一、第二的位置。两浙清雅词风,就是在清真词风的笼罩下蓬勃发展起来的。顺便提及,姜夔词学主张主要是承袭周邦彦者而来,以前学界多注间姜、周之"异",其实,两人之"同"还是占主导性的,也是最有词学思想史意义的。例如,姜夔主张诗词要清空,更要浑厚①;而浑厚,则公认是周邦彦词风的特点之一。从地理空间上来说,以上这一切文学现象都发生在两浙范围之内。

南宋两浙清雅词风在后世有一次遥远的回响——清代浙西词派。清雅词风的文脉,以地火式的存在潜伏在两浙地区,一旦遇到合适的气候和条

---

① J.Z.爱门森《清空的浑厚》:"白石'浑厚'中的儒式'温柔敦厚',部分已有意无意地披上了释道'无迹'的外衣……正如其《诗说》中言气象浑厚、体面宏大、血脉贯穿、韵度飘逸,及随之而来的不俗、不狂、不露、不轻等要求,充分体现了其'浑厚'的审美思想,也可看作是其'清空'艺术表现特色的理论基础。"(上海文艺出版社 1997 年版,第 158 页。作者系 20 世纪 80 年代中期复旦大学顾易生教授的研究生)在笔者看来,此书是研究姜夔诗学思想(包括词学思想)最有创见的著作之一。

件，又喷薄而出，蔚为文坛大观。浙西词派重视南宋词，以姜夔和张炎为宗，认为"词至南宋而极其工，至宋季而始极其变"，且"姜尧章氏最为杰出"（朱彝尊《词综·发凡》）。至厉鹗，浙西词派的影响更上一层楼，"雍正、乾隆间，词学奉樊榭为赤帜，家白石而户梅溪矣"（《赌棋山庄词话》卷十一）。厉鹗笺注了周密的《绝妙好词》，在词坛产生了影响巨大，堪比朱彝尊《词综》。至晚清，词人则忽又重视梦窗。自南宋以来的两浙清雅词风，逐渐扩散至全国各地，融入中国传统文化的整体之中。

总之，南宋两浙的清雅词风，影响中国文学至巨，也充分体现了中国文化的基本性格之一：清雅。它与"中庸"一道，构筑了中国儒家文化精神的基本面目。如果说中原文化精神中，"中庸"色彩要浓厚些；那么，"清雅"则是江南（特别是两浙）地域文化精神的底色之一。中华文化历数千年而不断，其中就有中国文学传统所具有的强大的传承力量在起作用。

第二节　"浮家泛宅"文化意识与姜夔"清空"创作理念

在两宋之交的诗人们逐渐凋谢后，绍兴年间成长起来的一批诗人开始崭露头角。他们都生长于南方，甚至是生活在南宋的核心区域江浙、江西、福建一带。宋人黄伯思在《重校楚辞序》中云："盖屈宋诸骚，皆书楚语、作楚声、纪楚地、名楚物，故可谓之楚辞。"地域对文学创作的制约作用，不可忽视。那么，生活于江浙之地的南宋诗人们，江浙的地域文化在他们的创作中，又留下了哪些印记？试以江浙地区"浮家泛宅"文化意识对姜夔诗词创作的影响为例，稍作解说。

一、"浮家泛宅"解析

谈到江浙的地域文化，特别是民俗文化，给人印象最深的是如下描绘：

杭州。柳永《望海潮》："烟柳画桥，风帘翠幕，参差十万人家。云树绕堤沙，怒涛卷霜雪，天堑无涯。市列珠玑，户盈罗绮，竞豪奢。　　重湖叠巘清嘉，有三秋桂子，十里荷花。羌管弄晴，菱歌泛夜，嬉嬉钓叟莲娃。"

欧阳修《有美堂记》："其民富足安乐，其习俗工巧，邑屋华丽。"苏轼《表忠观碑》："其民老死不识兵革，四时嬉游，歌鼓之声相闻。"

晁补之《七述》："杭俗尚工巧，家夸人斗，穷丽殚好，八方之民车辕舟会，角富而衒宝。"

秦观《雪斋记》:"其俗工巧,羞质朴而尚浮华,且事佛为最勤。"

湖州。"永嘉之后,衣冠萃止。文艺儒术斯之为盛,虽闾阎贱品,处力役之际吟咏不辍,盖因颜、谢、徐、鲍之风扇焉。"①"水逶迤而清深,山连属而秀拔,人才之生是以似之。"②"吴兴山水发秀,人文自江左而后,清流美士,余风遗韵相续。"③

苏州。王鏊《姑苏志》卷十三"风俗":"有海陆之饶,商贾并辏,精饮馔,鲜衣服,丽栋宇。婚丧嫁娶下至燕集,务以华缛相高,女工织作,雕镂涂漆,必殚精巧。""吴音清柔,歌则窈窕洞彻,沉沉绵绵切于感慕,故乐府有《吴趋行》《吴音子》,又曰《吴歈》,皆以音擅于天下,它郡虽习之,不及也……按诸曲之音,可以验风气之清嘉矣。大凡五音,惟商最清,故《子夜》《江南》皆入商调。"……

概而言之,江浙地域文化有一些共同的特征:清雅、精致、华丽;又因其地尚佛信道,故精神超脱。南宋士大夫多居住或往来吴越之地,于其风俗不能不有所濡染,发为文学,则清雅而不枯瘦,精致而不刻露,华丽而不绮縻。"富艳精工"庶几当之,谈南宋江浙文学者,于此不可不察。

此一般诗人之大端也。具体到个人,则人各有体,如历来论姜夔创作风格,以"清空"目之。张炎《词源》中释"清空"谓:"清空则古雅峭拔,质实则凝涩晦昧。姜白石词如野云孤飞,去留无迹。""白石词如《疏影》《暗香》《扬州慢》《一萼红》《琵琶仙》《探春》《八归》《淡黄柳》等曲,不惟清空,又且骚雅,读之使人神观飞越。""清空"之意,实为古雅、峭拔、清虚、骚雅、神观飞越等义的综合体。而姜夔"清"、"雅""虚"、"超越"诸审美心理产生之因,则除上文提到的江浙风俗诸端外,还与此地域文化中的"浮家泛宅"文化意识密切相关。

江浙地域文化中的"浮家泛宅"文化意识,既植根于客观现实基础,也受历史文化的影响。江浙河道密布,吴越之人出入以舟代步,一生与舟船紧密相连。《吴越春秋》卷六记越地"水行山处,以船为车,以楫为马,往若飘然,去则难从"。又如严州,"百姓日籴则取给于衢、婺、苏、秀之客舟"。④ 舟带来一种流动的生活体验。李清照一到南方,很敏锐地发现了这一点,言愁之

---

① 周义敢、程自信、周雷编注《秦观集编年校注》,人民文学出版社 2001 年版,第 579 页。
② 《浙江通志》卷九十九《风俗一·湖州》引刘焘《进士题名碑记》。文渊阁《四库全书》本。
③ 张方平《乐全集》卷三十三《湖州新建州学记》,文渊阁《四库全书》本。
④ 方逢辰《新定续志序》,《浙江通志》卷一百《风俗二·严州府·建德县》引。文渊阁《四库全书》本。

句即以舟为喻："只恐双溪舴艋舟，载不动、许多愁。"①江浙地区这种以舟代步的水乡生活方式，绵历至上世纪前期。在众多江浙作家的笔下，穿梭于河港的乌篷船、交白船是那样的令人魂牵梦绕，甚至代表着记忆中的故乡。徐志摩《沪杭车中》一诗里写道："一卷烟，一片山，几点云影；一道水，一条桥，一枝橹声；一林松，一丛竹，红叶纷纷。"一叶叶扁舟穿梭在江南水乡的美丽画面里。轻舟出行的生活方式是江浙地域"浮家泛宅"意识存在的客观现实基础。

　　"浮家泛宅"意识的产生，还有其必需的思想文化基础。江浙历来是佛道传播的重镇，佛寺道观遍布，事佛奉道已融入当地百姓的日常生活之中。当佛教的人生如幻意识、道家的人生若浮、人生如寄思想②，与江南源远流长的隐逸思想融合后③，一种空灵无碍的人生观便得以形成，与江浙之地浮家泛宅的生活方式融合，表里如一。

　　此外，"浮家泛宅"意识得以存在，还需有一定的自然物质基础。江浙之地，地平水阔，土地肥沃，物丰阜繁，常有隐者或置身闹市，或避处山泽。这一类隐逸生活，并非庄子理想中的弃绝文明，回归原始；也不是宗教意义上那些形容枯槁者的苦修。江浙文化中的隐士，身份多半亦农亦文，趣味高雅，性情淡泊，与主流社会刻意保持着一定的距离。正如陆龟蒙笔下的那位隐者：

　　　　隐君姓丁氏，字翰之，济阳人也，名飞举。读老子、庄周书，善养生，能鼓琴。居钱塘龙泓洞之左右，或曰憩馆耳，别业在深山中，非得得行不可适到其下。畜妻子、事耕稼如常人。余尝南浮桐江，途而诣龙泓憩馆，获见。纶巾布裘，貌古而意澹，好古文，乐闻歌诗，见待加厚……（年八十余，尚）时时书细字，作文纪事，皆有楷法意义。夜半山静，取琴弹之，奏雅弄一二而已。④

　　这不是孤立的例子。如建德县，"郡人物表表相望，大抵尚气节而轻功名，有子陵之风。"⑤"瑰奇特杰之观，潇洒清绝之气，独萃斯邑（建德）。士气

①　绍兴五年（1135）避难浙江金华时所作。
②　如：《庄子·刻意》："其生若浮，其死若休。"《金刚经》"六如偈"："一切有为法，如梦幻泡影，如霜亦如电，应作如是观。"魏晋时，人生如寄思想遍布士大夫，而江浙，则是"晋宋风流"的盛行的重要地区。
③　东汉著名隐士、会稽余姚人严光（子陵）拒绝皇帝刘秀的高官厚禄，只不过是吴越隐逸文化的典型代表罢了。他彰显了隐逸之风在当地有着深厚的社会民众基础。
④　《丁隐君歌》序，《笠泽丛书》卷四。文渊阁《四库全书》本。
⑤　《浙江通志》卷一百《风俗二·严州府·建德县》引《新定续志》。

醇醇,文风寖盛。"①他们构筑了江浙地域文化的基础水准和审美趣味。

江浙文化史上的几个坐标,更是强化了"浮家泛宅"集体无意识。作为此地最重要历史文化符号——吴越争霸,最终留给后人的只是一个苍茫的背影:越王成功复仇之后,功臣文种被杀,另一功臣范蠡,则驾舟载得西施消失在烟波之上。那湖面上逐渐远去的帆影,牵引着千百年中国文人的视线。②

东晋王子猷(献之)的一次顶级雅事也与"浮家泛宅"隐约有点关系。《世说新语·任诞》载:"王子猷居山阴,夜大雪,眠觉,开室,命酌酒。四望皎然,因起彷徨,咏左思《招隐诗》。忽忆戴安道。时戴在剡,即便夜乘小船就之。经宿方至,造门不前而返。人问其故,王曰:'吾本乘兴而行,兴尽而返,何必见戴?'"这样的故事,发生在风景秀丽的水乡绍兴、剡县一带,道具必然少不了舟船。"雪夜访戴"为文人放纵不羁、委身于自然山水树立了新标杆,是千古文人逸趣、素雅、恬淡超妙心境的终极表达。

"浮家泛宅"文化中,最亮丽的名片有三张:中唐诗人张志和、晚唐德诚禅师(船子和尚)、晚唐诗人陆龟蒙。张志和是婺州金华人,其父游朝,清真好道,著道教书十余卷,志和兄弟颇受其影响。志和少年得第,后因事被贬;丧亲后无复宦情,遂扁舟垂纶,浮三江,泛五湖,自称"烟波钓徒";尝著《玄真子》十二卷,后人因呼其"玄真子"。后隐居越州会稽十余年。大历九年(774),颜真卿在湖州刺史任,张志和乘敝舟往访,颜欲为其造新船,张云:"倘惠渔舟,愿以为浮家泛宅,沿溯江湖之上,往来苕霅之间,野夫之幸矣。"③席间,颜真卿与客作《渔父词》二十余首赠志和,志和即命丹青剪素,绘景夹词,须臾五本④。词即《渔父词》词五首也,第三首云:

　　　　雪溪湾里钓渔翁,舴艋为家西复东。　　　　江上雪,浦边风,反著荷衣不叹穷。

---

① 《浙江通志》卷一百《风俗二·严州府·建德县》引余植《进士题名记》。
② 越国后被楚国战败,一部分越人从海路逃到今福建地区,与当地土著闽人融合成闽越,后发展成闽越王国,存在了100余年,后被汉朝攻灭。一部分闽越人逃到江海之上,演变为东南沿海的水上居民——疍民。新中国成立前,福州附近曾经广泛存在的连家船民(属疍民),大部即为古越人的子遗,他们的姓氏大多是江、池、浦、翁(渔翁)、欧(鸥)、唐(塘)等,与水上生活有关。在江浙地区开化后,原始越人水居文化的基因尚可寻觅,如宋末形成的建德九姓渔户(陈、钱、林、袁、孙、叶、许、李、何),以交白船往来建德江流域,浮家泛宅数百年,直至民国时期,仍不与岸上通婚,自相联姻。"浮家泛宅"已进入越文化的基因之中。
③ 颜真卿《浪迹先生玄真子张志和碑》,《颜鲁公文集》卷九。文渊阁《四库全书》本。
④ 沈汾《续仙传》卷上。《道藏·洞真部》记传类。又见《太平广记》卷二十七引文。

"舴艋为家西复东"乃浮家泛宅之谓。湖州乌程县之东有泊宅村,乃志和当年系舟之处①。"泊宅"云云,是比"人生如寄"更为空灵的生命感受了。又,张志和好友"桑苎翁"陆羽(竟陵子),在其师智积禅师去世后,作诗寄情曰:"不羡白玉盏,不羡黄金罍;亦不羡朝入省,亦不羡暮入台,曾向竟陵城下来。"②遂隐居苕溪③。雪溪和苕溪后来成为隐居者的圣地。

华亭德诚禅师则是缁流中浮家泛宅的代表人物。南宋北磵(居简禅师)《西亭兰若记》载:"诚禅师号船子,蜀东武信人。在药山三十年,尽药山之道。逮其散席,浮一叶往来华亭、朱泾,上下百余里。林塘佳处,意所适则维舟,汀烟渚蒲间,咏歌道妙。"④诚禅师号船子和尚,药山指药山和尚惟俨禅师(749—834),船子和尚之师。药山去世后,德诚来华亭一带传教。宋理宗景定三年(1262),当政者在船子和尚游歌处,建西亭兰若以纪念之。德诚禅师既是唐代高僧,亦是唐代诗人、词人,作有《拨棹歌》39首,歌词句法类于唐代张志和《渔父词》,皆吟咏渔人生活而寓以释道玄理,如:

> 千尺丝纶直下垂,一波才动万波随。夜静水寒鱼不食,满船空载月明归。
>
> 一任孤舟正又斜,乾坤何路指生涯。抛岁月,卧烟霞,在处江山便是家。
>
> 问我生涯只是船,子孙各自赌机缘。不由地,不由天,除却蓑衣无可传。

德诚诗词,淡雅清远,自有一种林下风流,备受历代谈禅论道者喜爱。江浙之地,玄学与禅风先后畅行,而禅宗乃玄学与佛教禅学相结合的产物⑤,故江浙地域文化有明显的清雅空灵特征。

陆龟蒙(? —881),自号天随子、江湖散人,今江苏苏州东南甪直镇人。"天随"语出《庄子·在宥》:"神动而天随。"陆氏自解"散人"之义:"散人

---

① 方勺《泊宅篇》卷二(《宋元笔记小说大观》本,上海古籍出版社2001年版,第2114页)。叶梦得《岩下放言》卷上亦云:"今东震泽有泊宅村,野人犹指为志和所尝居。"

② 李肇《唐国史补》卷中。文渊阁《四库全书》本。

③ 韩淲《涧泉日记》卷下。文渊阁《四库全书》本。

④ 《北涧集》卷四,文渊阁《四库全书》本。又见《机缘集》卷下。《机缘集》两卷,元至治壬戌(1322)法忍寺首座坦法师辑录。上卷为宋人吕益柔刻石于枫泾海会寺之《船子和尚拨棹歌》三十九首;下卷为《诸祖赞》,辑录投子青、保宁勇以下宋元诸禅师咏赞,及黄山谷、张商英、赵子固诸居士和作。《上海文献丛刊》本,华东师范大学出版社1987年起陆续出版。施蛰存首揭《船子和尚拨棹歌》三十九首于《词学》第二辑(1983年10月)。

⑤ 此用葛兆光观点,见《禅宗与中国文化》,上海人民出版社1986年版,第16页。

者,散诞之人也。心散、意散、形散、神散。既无羁限,为时之怪。"①"人间所谓好男子,我见妇女留须眉………行散任之适,坐散从倾欹。语散空谷应,笑散春容披。衣散单复便,食散酸咸宜。书散浑真草,酒散甘醇醨。屋散势斜直,树散行参差。客散忘簪履,禽散虚笼池。外物一以散,中心散何疑。不共诸侯分邑里,不与天子专隍陴。"②十足一个沉湎于自己的艺术精神世界的自由分子。他常携书籍、茶灶、笔床、钓具泛舟往来于吴淞江。"好洁,凡格窗户、砚席,剪然无尘埃。得一书详熟,然后置于方册,值本即校,不以再三为限,朱黄二毫未尝一日去于手。所藏虽少,咸精实正定可传。借人书,有编简断坏者缉之,文字谬误者刊之。""先生嗜茶荈,置园于顾渚山下(山在吴兴郡,岁贡茶之所),岁入茶租十许簿,为瓯牺之实。自为品第书一篇,继《茶经》《茶诀》之后。"③宋代以来,那么多人景慕陆龟蒙,把他作为某种理想的化身,就是因为在陆的身上,体现了士大夫理想中"浮家泛宅"生涯的最佳状态。

要言之:"浮家泛宅"文化意识包括如下几点要素:清空浮动的生存体验、雅洁高尚的文化趣味、不为物累的行动自由。

二、姜夔在湖、杭、苏的生存体验和创作

从南宋前期诗坛大环境来看,绍兴以后的南宋诗人,虽然论诗仍较多地在讨论如何学习杜甫,如何掌握下字运意技巧,但要求突破江西诗派牢笼的呼声越来越清晰,诗坛弃学江西诗派在隆兴年间(1163)即已形成风气。《诚斋诗话》云:"自隆兴以来,以诗鸣者,林谦之(光朝,1114—1178,莆田人)、范至能(成大,1126—1193,吴县人)、陆务观(游,1125—1210,山阴人)、尤延之(袤,1127—1194,无锡人)、萧东夫(德藻,1151 年进士,福清人,居乌程)。"这份名单还可补充很多,如杨万里(廷秀,1127—1206,吉水人)、姜特立(邦杰,1125—?,丽水人)、潘柽(德久,1131—1209,温州人)、刘翰(字武子,自号小山。绍兴间游张孝祥、范成大之门)等,他们都是南宋比较早地主张学唐诗的诗人④。例如杨万里,他在《诚斋江湖集序》称:"予少作

---

① 《江湖散人传》,《笠泽丛书》卷一。文渊阁《四库全书》本。

② 《散人歌》,《笠泽丛书》卷一。

③ 《甫里先生传》,《笠泽丛书》卷一。按:《茶经》,陆羽撰;《茶诀》,皎然撰。

④ 尤袤对姜夔也列过一份相似的诗人名单:"先生因为余言:近世人士喜宗江西,温润有如范致能者乎? 痛快有如杨廷秀者乎? 高古如萧东夫? 俊逸如陆务观? 是皆自出机轴,岂有可观者,又奚以江西为? 余曰诚斋之说政尔。"(《白石道人诗集原序》,见《白石道人诗集》卷首,文渊阁《四库全书》本)诚斋历数诸诗人的原话见《千岩摘稿序》,原话是:"余尝论近世之诗人,若范石湖之清新,尤梁溪之平淡,陆放翁之敷腴,萧千岩之工致,皆予所畏者。"所赞许之诗风,皆近唐诗者,非江西体。见《诚斋集》卷八十二,文渊阁《四库全书》本。

有诗千余篇,至绍兴壬午(1162)七月,皆焚之。大概江西体也。今所存曰《江湖集》者,盖学后山及半山及唐人者也。"①

《白石道人诗集原序》载:"近过梁溪,见尤延之先生,问余诗自谁氏。余对以:异时泛阅众作,已而病其驳如也,三熏三沐师黄太史氏,居数年,一语噤不敢吐,始大悟学即病,顾不若无所学之为得,虽黄诗亦偃然高阁矣。"②按:姜夔初见尤袤在庆元二年(1196)③,十年前(淳熙十三年,1186),姜识萧德藻于长沙,萧大为赏识姜夔诗才,妻以侄女,并约同归湖州,盖有意把姜夔引入诗坛中心。则姜夔弃学黄庭坚诗,当更在 1186 年之前数年,乃当时诗坛风气转移的结果。姜夔生长于汉沔之地,诗学新思潮经历约二十年的传播,应当已传到这里。姜夔以他的文学天分,敏锐地抓住了它,故遇到萧德藻后被其赏识,也是偶然中的必然。④

姜夔约 1186 年底到湖州,此后一段时间内,活动范围大致在湖州、苏州、临安,而三地正"浮家泛宅"思想浓厚之地。北宋时,吴江鲈乡亭绘有范蠡、张翰、陆龟蒙三人像,东坡曾有《吴江三贤画像》诗。此亭后易名"三高亭"⑤。乾道三年(1167)"三高祠"建成⑥,范成大为作《三高祠记》,此记天下传诵⑦。值得指出的是:范成大自许为范蠡后代⑧,又在政坛和诗坛享有崇高地位,文人好奇,故"三高"便成为往来此地的诗人们热衷歌咏的对象⑨。姜

---

① 《诚斋集》卷八十。按此序作于淳熙戊辰(十五年,1188)九月。文渊阁《四库全书》本。

② 见《白石道人诗集》卷首。

③ 见夏承焘《姜白石词编年笺校》第 310 页考证,上海古籍出版社 1981 年版。

④ 《诚斋诗话》中,姜夔等人列为"近时后进"一类,也明确了姜夔的晚辈诗人身份。同属这一辈分的诗人还有:张镃功父(1153—1211,杭州人)、赵蕃昌父(1143—1229,上饶人)、刘翰武子(绍兴间游于张孝祥、范成大之门,长沙人,久居杭州)、黄景说岩老(1169 年进士,闽清人)、项安世平甫(1152—1208,括苍人)、徐似道渊子(1166 年进士,黄岩人)、巩丰仲至(1148—1217,金华人)、徐贺恭仲(不详)、汪经仲权(不详)。

⑤ 龚明之《中吴纪闻》卷三。《宋元笔记小说大观》本,上海古籍出版社 2001 年版,第 2858 页。

⑥ 范成大《吴郡志》卷十三。文渊阁《四库全书》本。

⑦ 黄升《中兴以来绝妙词选》卷二"范至能"条下谓:"诗文超绝,《三高亭记》天下人诵之。""三高亭"或为"三高祠"之误。《唐宋人选唐宋词》,上海古籍出版社 2004 年版,第 717 页。范成大《三高祠记》见《吴郡志》卷十三"三高祠"下附。文渊阁《四库全书》本。

⑧ 范成大《念奴娇》词有"家世回首沧洲,烟波渔钓,有鸥夷仙迹。"《三登乐》词有"况五湖元有,扁舟祖武。"(分别见《范石湖集》,上海古籍出版社 2006 年版,第 471、479 页)范自认为范蠡后人,为当时诗人所公认。如《齐东野语》卷十载干道八年周必大去国,过吴,题范氏园壁,有"须苗裔之贤者,然后享其乐耶"之句。又楼钥《攻媿集》卷一《读范吏部三高祠堂记》称范氏"前身陶朱今董狐"。姜夔《石湖仙·寿石湖居士》亦称:"须信石湖仙,似鸱夷翩然引去。"文渊阁《四库全书》本。

⑨ 李洪《芸庵类藁》卷五有《和人松江》,杨万里《诚斋集》卷二十九有《题吴江三高堂》,姜夔《白石道人诗集》有《三高祠》(均见文渊阁《四库全书》本)。唐时,陆龟蒙有《汉三高士赞》,见《笠泽丛书》卷三。陆氏所谓三高,与宋代"三高"有别,但宋时士大夫崇尚高逸之士的想法是一样的。

夔也是在这样的环境里,找到了自己的"精神偶像"陆龟蒙,"越国霸来头已白,洛京归后梦犹惊。沉思只羡天随子,蓑笠寒江过一生。"①在姜夔看来,范蠡、张翰的生活犹有缺憾,只有孤舟蓑笠在江上"过一生"的陆龟蒙是自己最欣赏的,如《点绛唇·丁未冬过吴松作》:

> 燕雁无心,太湖西畔随云去。数峰清苦,商略黄昏雨。　　第四桥边,拟共天随住。今何许?凭栏怀古,残柳参差舞。

丁未,指淳熙十四年(1187)。这一年春天,姜夔由诚斋介绍去苏州见范成大。自此后,姜夔或曾多次往返湖州与苏州之间。本词即此年冬天经过吴松江时作。吴松,即松江(又名松陵、笠泽),因流域在古代吴国境内,故又称"吴淞江",进上海市区后叫苏州河。第四桥,即吴江城外甘泉桥,"以泉品居第四也"(乾隆《苏州府志》卷二十)。天随,指陆龟蒙。词中所示闲适的心态,清空的思致,高雅的日常生活②,以及居无定所的漂荡生涯,皆与陆龟蒙相似,而姜夔在表达了"拟共天随住"的愿望。历来解本词者众,吾尤爱陈匪石《宋词举》中所论:

> 详味本词,燕春来秋去,雁秋来春去,随云来往,无所容心,开口便饶闲适之味,谓为白石自况,亦无不可也。"数峰清苦",所"商略"者又是黄昏之雨,则红尘不到,万籁俱寂,而有四顾苍茫之慨,与后篇"怀古"二字息息相关。

吴淞江是姜夔往来最多、感触最深的一条河,他创作的诗词,很多与此河有关。来来往往中,"浮家泛宅"的生存状态便进入了姜的创作意识。绍熙辛亥(1191)所作《除夜自石湖归苕溪》十绝,在当时即受到诗坛大家激赏③,数年后姜氏《庆宫春》词序还对此有美好追忆④。组诗最能体现浮舟泛宅生涯对姜夔诗歌风格的影响,举其中两首如下:

---

① 姜夔《三高祠》诗。
② 张羽《白石道人传》:"夔家居不问生产,然图书古董之藏,恒纵横几榻。座上无虚客,虽内无担石,亦每饭必食数人。"转引自《姜白石词编年笺校》,上海古籍出版社1981年版,第322页。
③ 姜夔自注:"此诗录寄诚斋,得报云:所寄十诗,有裁云缝雾之妙思,敲金戛玉之奇声。"
④ 姜氏词序曰:"绍熙辛亥岁,予别石湖归吴兴,雪后夜过垂虹,尝赋诗云……"。

三生定是陆天随,又向吴松作客归。已拚新年舟上过,倩人和雪洗征衣。(之五)

笠泽茫茫雁影微,玉峰重叠护云衣。长桥寂寞春寒夜,只有诗人一舸归。(之七)

在大雪纷飞的除夕之夜,正阖家团圆之时,而诗人却栖息在"客中为客"的归舟之中。无论是怎样的归去,都不是回到真正的家。诗人内心充满孤独,但没有悲伤,他反复自比陆龟蒙,好像很坦然地接受着这种命运。"人生如寄"的思想,已融入他的生命。姜夔最好的诗和词,好像都写在寒冷的、与舟为伴的放逐时光里。当夜舟过垂虹桥时,姜夔写下了著名的《过垂虹》诗:

自作新词韵最娇,小红低唱我吹箫。
曲终过尽松陵路,回首烟波十四桥。

不管生活如何漂荡,命运如何难以掌控,诗人内心仍保持着优雅和高贵。那悠扬的笛声穿越千年时光,至今仍回荡在雪月澄清的吴江之上。如此清冷、孤寂、空明的意境,似乎还是在很久很久以前出现过:

漏移寒箭丁丁急,月挂虚弓霭霭明。
此夜离魂堪射断,更须江笛两三声。(陆龟蒙《江城夜泊》)

千尺丝纶直下垂,一波才动万波随。
夜静水寒鱼不食,满船空载月明归。(德诚禅师《拨棹歌》之二)

姜夔的诗词,明显继承着这种意境而来。空船载月生涯,属于江浙之地。江水、孤舟、风雪或月色、橹声,笛声,还有远处寺院传来的钟声,交汇于江面之上。如此清空明净的场景,洗涤了作者的情感与思想,故遣词运意皆清纯明净。姜夔的代表作《暗香》《疏影》正作于这次辛亥年底拜访范成大之时,词中以一系列与江乡雪夜有关的意象,如:"月色"、"吹笛"、"清寒"、"江国,正寂寂"、"夜雪"、"江南江北"、"玉龙"、"随波"等,成功地营造出清空骚雅之境。这样的作品,读来怎不令人产生"神观飞越"之想?

辛亥除夕的风雪夜归,非姜夔所经历的最后一次。五年后,他又重践此

境,不过这次有其他诗友相伴,有《庆宫春》词纪之:

> 双桨莼波,一蓑松雨,暮愁渐满空阔。呼我盟鸥,翩翩欲下,背人还
> 过木末。那回归去,荡云雪、孤舟夜发。伤心重见。依约眉山,黛痕低
> 压。　　采香径里春寒,老子婆娑,自歌谁答。垂虹西望,飘然引去,此
> 兴平生难遏。酒醒波远,政凝想、明珰素袜。如今安在? 唯有阑干,伴
> 人一霎。

“那回归去”指辛亥除夕雪夜之行。“伤心重见”,可见那次孤舟载雪
在姜夔心中留下了多么深刻的印象。姜氏创作之“清空”特征,似乎被此
夜的大雪深深地烙上了印记。关于《庆宫春》词的创作环境和过程,姜氏
有词序作解:“绍熙辛亥除夕,予别石湖归吴兴……后五年冬,复与俞商
卿、张平甫、铦朴翁自封禺同载诣梁溪,道经吴松。山寒天迥,雪浪四合。
中夕,相呼步垂虹,星斗下垂,错杂渔火。朔吹凛凛,卮酒不能支,朴翁以衾
自缠,犹相与行吟,因赋此阕。……此行既归,各得五十余解。”还是那样的
雪夜行舟,还是在吴松江上,还是那座垂虹桥,还是那样的渔火。此情此景,
让三位诗人“诗兴横发,嘲吟讽咏,造次出语便工”,计有律、绝、赞、颂、偈、联
句、词曲、纪梦等作品共一百五十三首,总命名《载雪录》。姜夔自序,萧德
藻、孙惟信题诗。① 姜夔屡屡在孤舟载雪的环境下,找到了自己创作的最佳
兴奋点,足见“浮舟泛宅”文化思想对他的巨大影响。清人丁绍仪《听秋声
馆词话》卷十一载:“吾友陈叔安明府宇,亦家鄱阳,流寓金陵,后浮江溯粤,
重游鄱之东湖……其浮家浪迹,殆与白石有同慨。”此善以“同情之了解”读
姜夔诗词者也

姜夔自认陆龟蒙为异代知音,还与诚斋的“印可”有关。《齐东野语》卷十
二载“白石自传”一篇,其中有曰:“待制杨公,以为于文无所不工,甚似陆天
随。”而杨万里的创作风格的转换,也是从重视和学习陆龟蒙开始的②。作为
江浙地域文化符号之一的陆龟蒙,充当了南宋诗坛审美转型的第一媒触。

---

① 周密《浩然斋雅谈》卷中。孙惟信题诗有句云:“清苕载雪流寒碧,老我扁舟独自来。”深得
　“浮舟泛宅”之精义。辽宁教育出版社 2000 年版。
② 《诚斋集》卷二十七《朝天续集》有《读笠泽丛书》诗云:“笠泽诗名千载香,一回一读断人
　肠。晚唐异味同谁赏? 近日诗人轻晚唐。”卷二十八《过太湖石塘三首》之二:“笠泽古今多
　浪士,包山近远在何村? 季鹰鲁望何曾死,雪是衣裳月是魂。”卷三十一《江东集》《和陆务
　观用张季长吏部韵寄季长兼简老夫补外之行》二首,分别有“今代老龟蒙,无书遗子公”、
　“别去公怀我,诗来我梦公。半轮笠泽月,一信镜湖风”之句(文渊阁《四库全书》本)。处
　处以陆龟蒙作比,他对陆氏的推崇可见一斑。

第三节 越文化对姜夔"古雅峭拔" 审美意识的影响

张炎谓姜夔词"清空",其美学特征是"古雅峭拔"①。那么,姜夔审美意识中的"古雅峭拔"从何而来? 又,姜夔的诗学理念,起于江西诗派,转于晚唐诗境,止于魏晋风雅,一如他的人格形象。范成大称其"翰墨人品,皆似晋宋之雅士。"②陈郁称姜夔"襟期洒落,如晋宋间人。语到意工,不期于高远而自高远。"③明代张羽《白石道人传》亦称其"体貌轻盈,望之若神仙中人。"姜夔从学山谷至宗晚唐,到最终定格于崇魏晋,这种深刻的变化,其原因除笔者所论"浮家泛宅"思想文化的影响以外④,还可从越中文化对他的影响方面来探讨。草蛇灰线,脉络可寻。

一、从编集方式和多次游越看姜夔对越地的向往

首先从姜夔生前自编词集谈起。嘉泰二年(1202),云间钱希武刻《白石道人歌曲》六卷于私第东岩读书堂。钱希武是参政钱良臣的后裔,姜与钱良臣曾酬唱往来,集中有《蓦山溪·题钱氏溪月》《题华亭钱参政园林》诸作。夏承焘定此版本为姜夔手定⑤。淳祐十一年(1251),刻版归嘉禾郡斋,其时白石子姜瑛为嘉禾签判。此版后不传,书亦无存者。元至正十年(1350),陶宗仪从钱塘叶广居处钞得《白石道人歌曲》六卷《别集》一卷,前六卷犹出自原刻,多出《别集》一卷,盖后人掇拾而成。今传白石诸版本,皆出于陶钞。陶钞本编集形式如下:

卷之一:皇朝铙歌鼓吹曲十四首、琴曲一首;

卷之二:越九歌十首;

卷之三:令;

卷之四:慢;

卷之五:自度曲;

① 张炎《词源》,中华书局《词话丛编》本,1986 年版。
② 周密《齐东野语》,上海古籍出版社《宋元笔记小说大观》本,2001 年版。卷十二,页 5571。
③ 陈郁《藏一话腴》内编卷下,文渊阁《四库全书》本。
④ 杨万里《"浮家泛宅"文化意识与姜夔清空创作理念》,《汉语言文学研究》2012 年第 1 期。
⑤ 夏承焘《姜白石词编年笺校》,上海古籍出版社 1981 年版。页 160。

卷之六：自制曲；

别集：词18首

古人将自己的作品编集，安排上往往颇具深意，绝不会随意为之。姜夔曾上《大乐议》《琴瑟考古图》《乐书》于朝，希望以此改变身份，取得相应的社会地位，但一再未果。排在第一卷的《皇朝铙歌鼓吹曲十四首》，就是庆元五年（1199）上于尚书省的创作，他对此曾寄予厚望，视之为词人一生功业之所在。姜夔亦尝作《琴书》，乃"再三推寻唐谱并琴弦法而得其意"①，此书记录着姜夔对音乐声律的重要见解，故《琴曲》也放卷一。同样的道理，《越九歌》置于第二卷，可推知姜氏对它的看重，同时也可以看出越文化在姜夔心中的分量。姜夔数次往来杭湖与越中，明确可考两次：第一次是1192—1194年春之间，时姜夔依张平甫在越；第二次在1201—1203年之间②，这期间他可能尝前往华亭，将词集付梓。《越九歌》作于哪次寓越时，不可考。屈原《九歌》乃湘中祀神之曲，姜夔模仿而作，用于越人祭祀，分别献给越中自古至南宋初有广泛影响的九位神灵：帝舜、王禹、越王勾践、越相文种、项王（羽）、涛神、曹娥、忠义唐琦、蔡孝子。越文化经承了古代百粤民族的野性精神，故有卧薪尝胆、十年报仇之类的铮铮铁骨精神；又因为越文化后来融入吴文化，故又有高雅柔情的一面。祀神之曲必出崇敬之情，姜夔对越中文化的了解和敬慕，不难想见。

姜夔对越中山水格外喜爱。会稽山水之美，在魏晋时就已为文人激赏。王献之说："从山阴道上行，山川自相映发，使人应接不暇。"顾恺之说："（会稽）千岩竞秀，万壑争流，草木蒙笼其上，若云兴霞蔚。"东晋至南朝，越中曾经是中国文人山水审美的发祥之地，山水画的发源之地，山水诗的成熟之地。特别是东晋永和九年（358）暮春，王羲之、谢安、孙绰等42人在会稽山阴举行兰亭盛会，将"晋宋风流"推向极致，在中国思想史、艺术史上影响深远。顾况谓会稽山水"一草一木栖神明"（《范山人画山水歌》），道出了越中山水对艺术创作的强烈催发作用。姜夔《征招》词序说：

---

① 夏承焘《姜白石词编年笺校》，页73。

② 姜夔《绛帖平》自序："嘉泰辛酉，予入越。友人朱子大以绛帖遗予，归而玩之。因为之本事释文，名曰《绛帖平》……嘉泰癸亥五月九日，番阳姜夔尧章序。"辛酉即嘉泰元年，1201年。按：此序不见于四库本《绛帖平》，今录自《六艺之一录》卷一百三十八（四库本）。朱子大名朱鼐，周文璞《方泉诗集》有《吊友人朱子大》诗："那知君今亦逝川，洪崖白石梦杳然。"（《两宋名贤小集》卷二百六十三）

越中山水幽远,予数上下西兴、钱清间,襟抱清旷。越人善为舟,卷篷方底,舟师行歌,徐徐曳之,如偃卧榻上,无动摇突兀势,以故得尽情骋望。予欲家焉而未得,作《征招》以寄兴。

除陆龟蒙的家乡以外,越中是姜夔另一个最想安家之处。一生漂泊的姜夔,如果不是特别的原因,是不会想到要定居某处的。他喜爱越中山水,数次往来越中山水之间,每容与其中,辄有"襟抱清旷"之感。如和辛弃疾《汉宫春·会稽蓬莱阁观雨》词:

> 一顾倾吴。苎萝人不见,烟杳重湖。当时事如对弈,此亦天乎。大夫仙去,笑人间、千古须臾。有倦客,扁舟夜泛,犹疑水鸟相呼。　秦山对楼自绿,怕越王故垒,时下樵苏。只今倚阑一笑,然则非欤。小丛解唱,倩松风、为我吹竽。更坐待、千岩月落,城头眇眇啼乌。

按:苎萝人指西施。西施助勾践灭吴后,随范蠡乘舟于太湖隐去。大夫指越大夫文种,其墓在卧龙山(后名种山)。秦山指会稽秦望山。楼指蓬莱阁。越王故垒,在卧龙山之西。小丛,指盛小丛,唐朝大中年间浙江绍兴一名妓女,曾临席赋《突厥三台》诗,为传为越中文坛佳话。辛词原作,被评为"高唱入云",情怀激烈;姜词则以越地历史上优雅女性的身影冲淡了辛词原作中的激烈之情,又借千古不变的月夜扁舟、水上飞鸟、秦山越垒、千岩月落等清虚意象,表达了在历史面前的平静之感。姜词之"清空",每每类此得江山之助。①

二、越中书法艺术对姜夔的影响

越地向来被看作"晋宋风流"的主要盛行之地,而"晋宋风流"的精华部分往往表现为书法。东晋士大夫书札往来,书法是一种表现身份优越感的重要媒介,不唯其文字内容简练,含味隽永,其书法亦以刚健流美的行书为主流(追求自由适意的结果)。东晋书法的形成和传播是以越中(特别是绍兴)为中心的,所以,要谈越文化对姜夔的影响,历史传说、会稽山水之外,就是东晋书法。下文试以姜夔诗学与书学之比较为中心,来阐述姜夔受越文化影响的具体情况。

在诗词、音乐之外,姜夔还擅书法。姜夔一生不事生产而应付裕如,主

---

① 任桂全《绍兴山水风光论》,载《绍兴学刊》2006 年第 1 期,总第 96 期。

要经济来源就是卖文和卖字①。他撰有《续书谱》一卷、《绛帖平》二十卷（存六卷）、《禊帖偏旁考》等书法著作。

姜夔诸书法著作，其讨论的中心论题即东晋书法。《绛帖平》中，时时可见姜夔对两晋书家的书法特征了然于胸，尤其是对王献之书法之得失具有独到见解。姜夔自谓习二王书法有二十多年②，"学书三十多年，晚得笔法于单丙文"③。按：单明远，字丙文，或作丙父，号定斋。他是南宋书法大家，被称为宋代的"王钟"④，喜定武本《兰亭》，得二王笔法，字画遒劲。单丙文曾说："尧章得吾骨"⑤。骨者，笔力刚健之称，陈郁评姜夔"气貌若不胜衣，而笔力足以扛百斛之鼎"⑥。姜夔书法作品传世不算多，但在南宋书法家里，可入能品⑦，如现藏于故宫博物院的《王献之保母帖跋》，其书楷法谨严，潇洒秀雅，隐隐散发魏晋风神格调。该跋文有两千多字，从中可看出，姜夔对二王"文势兰秀"⑧的书法至为推崇⑨，特别是认为王献之《保母帖》，"求二王法，莫信于此"。何据？姜夔所持理由是："定武《兰亭》，乃前代巧工所刻，尝以他古本较之，方知太媚。此刻甚深，惟取笔力，不求圆美……此砖恐是大令自刻。"（跋文中语）可见，姜夔喜"深刻"，而不喜"媚"和"圆美"。深刻者，法度森严之谓也。《砚北杂志》卷上云："宋人书习钟法者五人：

① 姜夔卖文众所周知，卖字亦有据。陈造《次尧章饯南卿韵二首》之一："姜郎未仕不求田，倚赖生涯九万笺。"陈师道诗："从今更作中和颂，少费将军九万笺。"任渊《后山诗注》引《语林》："王右军为会稽守，内史谢安就乞笺纸，库中有九万笺纸，悉与之。"
② 姜夔嘉泰癸亥年(1203)三月跋《兰亭》语。见俞松《兰亭续考》卷一(四库本)。
③ 《姜夔跋王献之保母帖》，孙宝文编，吉林文史出版社2006年版。
④ 与姜夔同时的徐照亦师事单丙文，有《题单丙文画像》诗："几年无字学，宋代出王钟。钩锁全遗力，锥沙不露锋。神明还旧观，时辈获稀逢。势成险峻，意造绝纤秾。八法因知永，三分可问踪……"。南宋时，先后有单炳文和单丙文(丙父)两人。姜夔与两人的关系，近年郭峰先生曾有揭示："姜夔与两个'单丙文'交游的事实是：姜夔早年在沔鄂见过单炳(炳文)的襄州《兰亭》定武刻本，并由此对《兰亭》定武刻产生了浓厚的兴趣。姜夔还学习过单体行书，但与单炳并没有直接的交流。姜夔与单丙父有一定的交游，并单丙父的指导下尽得兰亭笔法。详《姜夔师事单丙文考辨》，《古籍整理研究学刊》2007年第6期。
⑤ 无名氏《东南纪闻》卷二："单云：'尧章得吾骨，敬叔得吾肉。'单又自画梅，作一绝与敬叔云：'兰亭一入昭陵后，笔法于今未易回。谁识定斋(单自号)三昧笔，又传璧坼到江梅。'其风致可见。"
⑥ 陈郁《藏一话腴》内编卷下，文渊阁《四库全书》本。
⑦ 《癸辛杂识·后集》"贾廖碑帖"载：廖莹中"以所藏陈简斋、姜白石、任斯庵、卢柳南四家书为小帖，所谓世彩堂小帖者。"《六艺之一录》卷一百三十八(四库本)附载："白石翁字学极为超诣，真闯右军、大令堂室。所著《绛帖平》二十卷，摘讹指谬，令古人几无遁形。雍正四年十二月十八日，药林符曾记。"
⑧ 姜夔跋王献之保母帖中语。
⑨ 苏泂《到马塍哭尧章》诗句有："除却乐书谁殉葬？一琴一砚一兰亭。"姜夔之痴迷《兰亭》可知矣。

黄长睿伯思、洛阳朱敦儒希真、李处权巽伯、姜夔尧章、赵孟坚子固。"同书卷下又谓"赵子固目姜尧章为书家申韩"。申韩者，法家也，赵孟坚看到了姜夔学重法度的独特之处①。当然，此论并不是否认姜夔更重二王之"文势兰秀"的一面。

顺便可提及，姜夔词中，有许多篇幅短小、韵味隽永的词序。这些序，无论是从风格还是章法来看，极似王羲之《兰亭序》，特别是姜序中所饱含的人生感喟，明显有模仿前者的痕迹。考虑到姜夔的词序大多是后来补入，故可推知，这些序均作于他往来越中之后。

三、《白石道人诗说》与《续书谱》艺术精神之相通性

姜夔书学与诗学之相通性，可以他的两种著作《白石道人诗说》《续书谱》来作具体的比较：

	《白石道人诗说》	《续 书 谱》
论风神意境	诗有四种高妙，一曰理高妙，二曰意高妙，三曰想高妙，四曰自然高妙。碍而实通，曰理高妙；出乎意外，曰意高妙；写出幽微，如清潭见底，曰想高妙；非奇非怪，剥落文采，知其妙而不知其所以妙，曰自然高妙。	大抵下笔之际尽仿古人则少神气，专务遒劲则俗病不除。（总论）
		故唐人下笔应规入矩，无复魏晋飘逸之气。（真书）
		颜柳结体既异古人……而魏晋风轨扫地矣。（真书·用笔）
		若使风神萧散，下笔便当过人。（草书）
		以此知定武虽石刻，又未必得真迹之风神矣。字书全以风神超迈为主。（行书）
		书以疏为风神，密为老气。（疏密）
	意格欲高，句法欲响，只求工于句、字，亦末矣。故始于意格，成于句、字。句意欲深欲远，句调欲清、欲古、欲和，是为作者。	风神者，一须人品高，二须师法古，三须纸笔佳，四须险劲，五须高明，六须润泽，七须向背得宜，八须时出新意。（风神）

---

① 盛熙明《法书考》卷一引《书法纂要》云："庆历以后，惟君谟特守法度，眉山、豫章一扫故常，米、薛、二蔡大出所奇，虽皆有所祖袭，而古风荡然。南渡而后，思陵大萃美蕴，筋力过婉；吴傅朋规仿孙过庭，姿媚伤妍；姜尧章迥脱脂粉，一洗尘俗，有如山人隐者，难登廊庙。"姜书力脱俗媚，却不是雍容闲雅的馆阁体，实其"江湖处士"的身份，以及其所崇尚的"风神论"书法思想有关。文渊阁《四库全书》本。

	《白石道人诗说》	《续 书 谱》
论作法	雕刻伤气，敷衍露骨。若鄙而不精巧，是不雕刻之过；拙而无委曲，是不敷衍之过。	用笔不欲太肥，肥则形浊；又不欲太瘦，瘦则形枯；不欲多露锋芒，〔否〕则意不持重；不欲深藏圭角，〔否〕则体不精神。（真书·用笔）
	学有余而约以用之，善用事者也。意有余而约以尽之，善措辞者也。乍叙事而间以理言，得活法者也。	然柳氏大字偏傍清劲可喜，更为奇妙。……故知与其太肥，不若瘦硬也。（真书·用笔）
		与其工也宁拙，与其弱也宁劲，与其钝也宁速。然极须淘洗俗姿，则妙处自见矣。（草书·用笔）
		至有未悟淹留，偏追劲疾；不能迅速，翻效迟重。夫劲速者超逸之机，迟留者赏会之致。能速不速，所谓淹留。（情性）
论构思	诗之不工，只是不精思耳；不思而作，虽多，亦奚以为？	意在笔先，字居心后，皆名言也。（草书·用笔）
	意出于格，先得格也。格出于意，先得意也。吟咏情性，如印印泥，止乎礼义，贵涵养也。	
	作大篇尤当布置，首尾停匀，腰腹肥满。多见人前面有余，后面不足；前面极工，后面草草。不可不知也。	
	篇终出人意表，或反终篇之意，皆妙。	
论作品与精神相通	陶渊明天资既高，趣诣又远，故其诗散而庄，澹而腴，断不容作邯郸步也。	艺之至，未始不与精神通。（情性）
论技法	不知诗病，何由能诗？不观诗法，何由知病？名家者各有一病，大醇小疵差可耳。	真书用笔自有八法，吾尝采古人字，列之以为图。（真书）
	波澜开阖，如在江湖中，一波未平，一波已作。如兵家之阵，方以为正，又复是奇；方以为奇，忽复是正。出入变化，不可纪极，而法度不可乱。	

（续表）

	《白石道人诗说》	《续 书 谱》
论血脉	大凡诗，自有气象、体面、血脉、韵度。气象欲其浑厚，其失也俗；体面欲其宏大，其失也狂；血脉欲其贯穿，其失也露；韵度欲其飘逸，其失也轻。	贵乎秾纤间出，血脉相连。筋骨老健，风神洒落，姿态备具。（行书）
		字有藏锋出锋之异，粲然盈楮，欲其首尾相应、上下相接为佳。（血脉）
论体	一家之语，自有一家之风味。如乐之二十四调，各有韵（均）声，乃是归宿处。模仿者语虽似之，韵亦无矣。鸡林其可欺哉？	尝考魏晋行书，自有一体，与草书不同。（行书）
	小诗精深，短章蕴藉，大篇有开阖，乃妙。	

　　《续书谱》一书中，除着重讲真（正）书、行书、草书的美学特征的历史流变以外，更注重写字过程精神和技法紧密结合的一般通则，如辟专节讲性情、血脉、风神、燥润、劲媚、方圆、向背、位置、疏密，皆具体而精微，实写字时体悟之论，非泛泛而论者。《白石道人诗说》所讨论者，也以上述法则为中心。这些艺术法则，是姜夔艺术观的核心。很明显，《白石道人诗说》与《续书谱》两种著作，都集中于艺术本身规律之探索，少有儒家伦理的空洞说教。这是姜夔秉承"游心六艺"的生命价值观所决定的，而持同样价值观的南宋人，已经不多了①。姜夔诗学之独到，亦在于此。考虑到姜夔一生诗学观念屡变，而书法则一往情深地致力于二王，我们可以推断，《诗学》中的文学思想，晚于其书法思想之形成。也就是说，姜夔的诗学理念，是受到其书学理论的深刻影响的。姜夔晚年往来越中，且有终焉之意，则他对越中文化的理解与接受，是很明白的了。

　　从艺术角度而言，姜夔所秉持的"风神超迈"的书学法则（飘逸与清劲瘦硬相结合），与他在诗词中"以健笔写柔情"的一贯作法是息息相通的。诚斋谓姜诗有"戛金戛玉之声"，而论其词者必谓"格调不侔，句法挺异""古雅峭拔"（以上《词源》）、"姜白石清劲知音"（《乐府指迷》），清人陈廷焯更是以为姜夔词"清劲"似美成，"风骨"似方回，"骚情逸致"远超晏欧，"高举远引"下视柳苏，清虚中见魄力，刚健中含婀娜②，直如史家有司马迁，书家

---

① 姜夔《续书谱》谢伯采序。文渊阁《四库全书》本。
② 陈廷焯《云韶集》卷六，清钞本（南京图书馆藏）。

有王羲之,画家有陆探微,姜氏可谓"词圣"①。姜词中这些特征的形成,与他多年修习《兰亭》分不开,更是他对"晋宋风流"所蕴藏的美学意味高度认可的结果。

　　由可以得出结论:姜夔的艺术思想(诗论、书论),最终都是归依于魏晋风神。在来两浙之地前,姜夔秉赋中或已有亲近魏晋风神的心理倾向,但真正把这种潜在的心理倾向,转化为自觉的艺术追求,是他往来两浙、特别是越中之后。据现存资料可以推知,姜夔在会稽时的重要活动,实与书法有关②。世之论姜词者,常谓姜词颇受辛词沾溉。此论成立与否且不论,可议者,姜氏与辛弃疾为数不多的直接交往,即在会稽。嘉泰三年(1203),姜夔作《汉宫春·次韵稼轩》词,结句云"公歌我亦能书"。敢于在地方大员且词名卓著的辛弃疾面前自道"能书",显示了姜夔于书道的自信。而这个时候,正是姜夔在会稽对自己的书法作出最终总结的时期。姜夔数次往返于越中,并一度想在此安家,越文化对他的影响及在其心中的分量,可见一斑。

----

① 陈廷焯《词则·大雅集》卷三,上海古籍出版社《稿本丛刊》本,1984 年版。
② 姜跋《兰亭》云:"嘉泰壬戌(1202)十二月序,得于童道人。"(转引自桑世昌《兰亭考》卷七,四库本)。同时还跋萧千岩藏《兰亭》,见俞松《兰亭续考》卷一(四库本)。后一年(1203),他又跋定武兰亭(三月)、保母帖(见前注),皆在会稽时。

第五章 南宋闽北文学研究

第一节 《花庵词选》与南宋雅词传统的定型

黄昇《唐宋诸贤绝妙词选》十卷和《中兴以来绝妙词选》十卷，总名为《绝妙词选》，由其亲友刘诚甫于一二四九年付梓。词选中王迈《贺新郎·丁未守邵武宴同官》一词作于一二四七年，是《花庵词选》中可确定年份的最晚之作，故《花庵词选》不会早于此年编成。据黄铢名下注文"其母孙夫人能文，有词，见前《唐宋集》"可知，当时两书乃同时印行。《唐宋诸贤绝妙词选》未有宋刻留存，《中兴以来绝妙词选》初印本今存国家图书馆，前有黄昇自序和胡德方序。此两序当为《绝妙词选》的总序，分别冠于《唐宋集》和《中兴集》两集之首者。明末毛晋《词苑英华》将两书合印，改称《花庵词选》（可能是为了与周密《绝妙好词》相区别而另命名），为后人所接受。

黄昇自序云：

> 长短句始于唐，盛于宋。唐词具载《花间集》，宋词多见于曾端伯所编，而《复雅》一集，又兼采唐宋，迄于宣和之季，凡四千三百余首。吁！亦备矣。况中兴以来作者继出，及乎近世，人各有词，词各有体。知之而未见，见之而未尽者，不胜算也。暇日裒集，得数百家，名之曰《绝妙词选》。

《花庵词选》有意上接曾慥（端伯）《乐府雅词》和锏阳居士《复雅歌词》两书，而收南宋词人之作，且补前两书之所遗及不足。

曾慥《乐府雅词》实就手头仅有的家藏歌词稿编辑而成，未见其搜辑考订之功①。当时词坛大家如晏殊、柳永、晏几道、苏轼、黄庭坚、秦少游均未入选(曾慥另有《东坡词》《东坡词拾遗》,此处未收坡词,可以理解)。就入选名单来看,这些作者除欧阳修、张子野、王安石三人外,其余人都是神宗朝以后至南渡时词人,即苏轼的后辈词人,且人数不足三十。再分析入选者的收词数量,取舍失当之处比比皆是:周美成负一代词名,收词仅二十九首,而舒亶(信道)词作平平,收词却达四十八首,位列入选作品数第三位;叶梦得虽有一定词名,但此处收词五十五首,位列第二,明显过多;欧阳修入选八十八首,高居第一,似无说法。另外,诸多不以词名家的作者如陈莹中十七首、李萧远十四首、吕居仁十九首、赵子发十首等,皆取舍失当之例。清代中期秦恩复将此选刻入《词学丛书》,跋云:“去取之意未为定论。”洵为知言。该书前三卷所收词为有名氏之作,自苕溪以至清人秦恩复,均指出多有误收者;而另外百余首“脍炙人口”的“无名氏”之作,只要编者稍作考订,大部分作品是可以确定作者的,然编者未稍加考订,统统归入“补遗”以完事。曾慥唯一做的工作就是淘汰“谐谑(词)”和“艳曲”,这显然是较为简单的,且这种做法并不值得提倡:以“雅”为选词标准,随意性太大,极有可能会武断地删除入选者(如欧阳修、曹组等人)的优秀之作,特别是言情之作。徽宗朝大晟府诸词人代表着当时最高、也是最雅的词体创作水平,除周邦彦之外,一概排除不收,可知曾氏“雅”意之狭隘(钱建状《南宋初期的文化重组与文学新变》认为,不选大晟词人与高宗朝政局上的“清算政宣,再续元祐”有关,可参考)。总之,从资料收集面不广、考订欠精和取舍失当三者来看,过高地估计这本词选的文学史价值的看法是应该存疑的。它非但不能体现北宋词史的真实面目,反而有扭曲北宋词坛真实情况之嫌。该书一直未见刻本,仅以抄本形式在极小范围里流传,至清初,经朱彝尊的推介后,才重回词学者的视野。朱彝尊为打压《花间集》和《草堂诗余》的影响,将它抬出来,声援《乐府补题》以对付“花草”词风余习,读是选者不可不察其用心而误判其学术价值。在《复雅歌词》失传之后,该选本的亮点有二:为当时文坛复雅之风提供了一个实例或注脚,虽然不能算是一个理想的实例;卷首所收宫廷流出的大曲,可资考订。

　　黄昇编《绝妙词选》时所持的严谨的学术态度,正好与曾慥选《乐府雅词》形成对照。黄昇自谓“暇日裒集,得数百家”,入选数量上已远超曾氏的

---

① 在浙江工业大学举办的词学研讨会上(二零零九年十一月),杨海明教授曾对我讲,二十世纪八十年代他曾在镇江某学报发文,认为历来最好的词选有两种,其一便是黄昇《花庵词选》。笔者见闻少,没有找到杨教授原文拜读,但听了杨教授的话,不禁有随喜之感。特记于此。

三十三人。据统计,《唐宋诸贤绝妙词选》收词人一百三十六家,《中兴以来绝妙词选》收词人八十九家,两书合计收入词人二百二十五家,录词一千二百七十七首(明茹天成《重刻绝妙词选引》说收词人二百三十,词一千三百五十)。以《中兴以来绝妙词选》收词为例,大部分人收词在五首以内(少则一首),名家收词在六至二十首之间,超过二十首(含)的仅十一人(黄氏本人不计在内),他们是:辛弃疾四十二首,刘克庄四十二首,姜夔三十四首,严仁三十首,卢祖皋二十四首,张孝祥二十四首,康与之二十三首,刘镇二十二首,张辑二十一首,高观国二十首,陆游二十首。这种数据的分布,与南宋词人的文学成就总体上是相符的(其中刘克庄四十二首、严仁收词达三十首,与后世之评价出入较大,说详下文)。《唐宋诸贤绝妙词选》因时间跨度更广,所以入选的作家和作品数更加苛刻,现将收词六首以上的作家按时间顺序排列如下:(唐五代)李白七首,温庭筠十首,韦庄七首,孙光宪六首,李询八首,李后主六首,(宋)晏殊六首,柳永十一首,欧阳修十八首,苏轼三十一首,僧仲殊十首,晏几道十二首,黄庭坚九首,晁无咎六首,赵德麟九首,秦少游十六首,贺方回十一首,谢无逸十三首,周邦彦十七首,万俟雅言十三首,晁端彦七首,陈子高十三首,曹元宠八首,李清照八首。不经意中,黄昇在《绝妙词选》中建立了以温韦、后主、苏辛为代表词人的词史谱系,他们分别代表唐朝、五代和宋朝词体创作的最高成就,而李白,则被定义在词家之祖的位置。即使是以今天的学术眼光来看,黄昇设计的这份词史谱系,仍不失为最佳方案,其中唯一"落榜"的大词人是吴梦窗,而"错选"的大词人也仅赵德麟、谢无逸、张辑数人而已。万俟雅言、陈子高、曹元宠词作传于今者较少,从词作数量上今人已不再将其列入大词人之列,但他们在当时影响实广。《乐府雅词》中收陈子高词三十首、曹元宠词三十一首,分别排第五位第六位,虽有失当,但从一侧面可知两人词名之盛。陈振孙称陈子高为"晏周之流亚",而曹元宠词天下传唱,万俟氏被山谷誉为一代词人。如果不是他们的作品大部分失传,他们跻身后世词史中大词人之列是可想而知的。这份词史谱系似在提示我们,那些因为偶然因素而被尘封的大词人,我们需要以实事求是的研究态度予以关注。相对于宋人品评词人高低时的随意之论,如后山谓"当今词手,秦七黄九"、曾慥以欧阳修为绝对第一、陈郁许周邦彦为二百年来独步、《书录解题》称周邦彦为词人甲乙、尹焕称"求词于吾宋,前有清真,后有梦窗"、刘克庄推孙惟信为最后一位词人等,布衣终身的乡间词人黄昇更显示出了迥出侪辈的文学眼光。在他之前,还没有任何一本词选像他那样,有如此明确的词史意识。黄昇的词史意识,首先为毛晋《花庵词选跋》中所揭出。《复雅歌词》收"雅词"四千三百余首,黄氏感叹说

"吁！亦备矣"，赞其详备，而或不满其贪多而无统绪，因其书已失传，无法深论。

黄昇所建立起来的词史谱系之所以能经受历史考验，原因之一是编者采用了近乎严苛的去取姿态。《花庵词选》收词近一千三百首，作者遍及禅林闺阁，无一无名氏之作，且能择版本较善者选录。如康与之名下注云："书市刊本皆假托其名，今得官本，乃其婿赵善贡及其友陶安世所校定，篇篇精妙。"刘仙伦名下注云："吉州刊本多遗落，今以家藏善本选集。"必要时，还附以考证语，如李白《清平乐令》词下注："按：唐吕鹏《遏云集》载应制词四首，以后二首无清逸气韵，疑非太白所作。"苏过（叔党）《点绛唇》词下云："此词作时，方禁坡文，故隐其名以传于世。今或以为汪彦章所作，非也。"徐干臣名下注："有《青山乐府》行于世，然多杂周词，惟此一曲，天下称之。"杨诚斋乐府极少，黄氏特录其两首，"以告世之未知者"（中华书局本《诗人玉屑》卷二十一附《中兴词话补遗》杨诚斋条）。刘仙伦《霜天晓角》词，天下传唱，然皆不知作者，是黄昇"旧抄其全集得之"（《中兴词话补遗》刘招山条）。至于选本中时常透露的另具慧眼的选词，更无需一一列举了。此皆反映了选词者谨严的学术态度，不难体会其背后包含的艰辛的数据收集和选择过程。因其所选词可信，故后世辑词诸家多以之为辑佚渊薮之一。

原因之二，黄昇坚持开放而又能固守词体本色的词学标准选词论词。《花庵词选》中时有精彩评论，可据此进行具体分析说明。

《花庵词选》列李太白为第一位词人，《菩萨蛮》词下注："二词为百代词曲之祖。"发前人所未发。这个大判断透露了一种推尊词体的学术考虑。如上所述，黄昇在词选中建立了以温韦、后主、苏辛为代表作家的词史谱系，初祖则是李白，这与江西诗派以杜甫为初祖恰成对照。

寻根只能解决尊体的部分理由，欲尊词体，还需高扬词体本身的艺术特色。只有准确地把握了词体的本色，认识到诗词有别，才能真正尊体。黄昇自序云：

> 佳词岂能尽录？亦尝鼎一脔而已。然其盛丽如游金、张之堂，妖冶如揽嫱、施之袂，悲壮如三闾，豪俊如五陵（引者按：此数语本张耒《东山词序》），花前月底，举杯清唱，合以紫箫，节以红牙，飘飘然作骑鹤扬州之想，信可乐也。

何谓词体本色？欧阳炯《花间集序》中有经典描述："镂玉雕琼，拟化工而迥巧；裁花剪叶，夺春艳以争鲜。是以唱云谣则金母词清，挹霞醴则穆王心醉。名高白雪,声声而自合鸾歌;响遏青云,字字而偏谐风律……则有绮筵公子,绣幌佳人,递叶叶之花笺,文抽丽锦;举纤纤之玉指,拍按香檀。不无清绝之辞,用助娇娆之态。"词体之起,特别讲求词藻之华丽,"镂玉雕琼"、"裁花剪叶",黄昇所谓"盛丽"、"妖冶",均指此而言。词又当合律而歌。词的功用,开始时仅限于娱宾遣兴,即"不无清绝之辞,用助娇娆之态",黄氏"花前月底,举杯清唱,合以紫箫,节以红牙,飘飘然作骑鹤扬州之想"即指此传统功能。自南唐起,词体功能进而发展到抒发词人之个人情感;至苏轼等人,在词中寓以诗人句法,无事无意不可入词,词体功能无限扩大了。"悲壮"、"豪俊"则是词体在南宋特定的局势下"文随代变"的结果,如南渡初的爱国词及稍后的辛词。黄昇既关注词体的本色,又能从词人抒发自然性情的角度,肯定"悲壮"、"豪俊"的南宋新词风,所以他的词学思想能超越时代的局限性。

　　与入录词作数量的严苛相反,编者在词人的入选方面采取了开放姿态。何以故?编者自有看法:"人各有词,词各有体。"充分尊重词人的独创性,更不因人废词,如夏竦名下注:"竦乃庆历间所谓一不肖者,然文章有名于世。"舒信道名下注:"为神宗朝御史,与李定同陷东坡于罪者。"两人词皆收入。他对柳永纤艳之词不满,然不一概抛弃,而是"取其尤佳者",于曹组谑词亦采取同一态度。曾慥持"雅"一端以选词,符合了一时的主流思想,表达了一时的文学思潮的倾向,但不能准确地反映词体创作的总体现状,其单一的艺术标准也不利于词体创作的繁荣。黄昇标举"盛丽"、"妖冶"、"悲壮"、"豪俊"四种风格的词并行不废,表明了他在词体风格上持多元态度。他的这种态度,基于他词体创作史状况的洞察了解。文随代变,同一种文体在不同时代会呈现不同的精神面貌。如他评唐人词:"凡看唐人词曲,当看其命意造语工致处,盖语简而意深,所以为奇作也。"很明显,这与南宋词风的"悲壮"、"豪俊"是很不一样的,黄昇能识其各自艺术妙处而推扬之。当然,南宋词风不仅是"悲壮"、"豪俊"两类,《花庵词选》对张镃、姜夔("词极精妙,不减清真乐府")、史达祖、高观国等词人的充分重视,说明他对南宋格律词派也是有着深刻认识的。

　　黄昇持多元风格的主张,不表明他对词体的"主导风格"没有看法。他以语简意深的唐词为"奇作",评温庭筠词:"极流丽,宜为《花间集》之冠。"评聂冠卿《多丽》词:"可谓才情富丽矣,其'露洗华桐'四句又所谓'玉中之拱璧、珠中之夜光',每一观之,抚玩无斁。"评万俟雅言:"雅言之词,词之圣者也。发妙旨于律吕之中,运巧思于斧凿之外。平而工,和而雅,比诸刻琢句意而求精丽者远矣。"隐然以万俟雅言为词人之甲乙。其评僧仲殊云:"殊之词多矣,佳者固不少,而小令为最。小令之中,《诉衷情》一调又其最。盖篇篇奇丽,字字清婉,高处不减唐人风致也。"其于沈公述《望海潮》词后评云:"公述此词典雅有味,而今世但传其'杏花过雨'之曲,真所谓'吾未见好德如好色者也'。"评周邦彦《花犯》云:"此只咏梅花,而纡余反复,道尽三年间事。昔人谓'好诗圆美流转如弹丸',余于此词亦云。"他心中最好的词,是那些内容上表现富丽才情,用语上语简意深,表达方式上圆美流转,风格上平而工、和而雅,且合音律之作。因此,他对应制词和应制词人,特有一种喜爱,李白、周邦彦、万俟雅言、康与之、曹组、曾觌、张抡等词人词作均获其高度评价,基本可以推定:黄昇认为他们代表着词体本色;而苏、辛入选数量最多,代表着词体新变的最高成就。黄昇还在词选中对柳永的浮艳之作不满,也对"刻琢句意而求精丽者"如吴文英等评价也不高。黄氏词学观,是既坚守词体本色、又认可词体创新的矛盾统一体,其折衷之处在于"才情富丽"四字。

魏庆之《诗人玉屑》(中华书局整理本)卷十九载黄昇《中兴诗话补遗》二十八则,第二十一卷末载黄昇《中兴词话补遗》十七则,可与《花庵词选》相发明。《中兴词话补遗》"叶石林"条云:"石林叶少蕴'睡起流莺语'词,人人能道之,集中未有胜此者,盖得意之作也。有《湘灵鼓瑟》一曲,尤高妙,而曾端伯所选《雅词》不载。""高妙"(有时分用"高""妙")是黄昇论词的一条重要艺术标准,同上"陆放翁"条云:"余观放翁之词,尤其敷腴俊逸者也。"且举《夜游宫》、《临江仙》(鸠雨催成新绿)两词为例,说"皆思致精妙,超出近世乐府"。"俊逸"、"精妙"云云,可与前揭黄氏论唐吕鹏《遏云集》所载李白应制词"后二首无清逸气韵,疑非太白所作"互参;同上"杨诚斋"条谓诚斋《忆秦娥》词"精绝";同上"刘伯宠"条谓伯宠词"下字造词,精深华妙";同上"刘招山"条谓招山《霜天晓角》词"词意高绝";同上"游龙溪"条谓游子西词"词意高妙";同上"朱希真"条谓朱词"辞虽浅近,意甚深远"。皆可与前引诸文字互参。同上"陆放翁"条又谓放翁"月照梨花"一词,置于《花间集》中,人莫能辨。同上"辛稼轩"条云:"('宝钗分'词)风流妩媚,富于才情,若不类其为人矣。"可见黄昇心中好词是以《花间集》为标准的。

黄昇评词,已从单纯的词话式纪事和赏析,上升到词体形式批评的新阶段。如张泌《江城子》词下注:"唐词多无换头,如此词两段,自是两首,故两押'情'字。今人不知,合为一首,则误矣。"词从令曲出,故皆短小,一曲之中不换头重复(联章体情况不属此),这种直探本源的词体论,一扫后人之沿误,最具说服力。类似的情况还如李询《巫山一段云》下注:"唐词多缘题所赋,《临江仙》则言仙事,《女冠子》则述道情,《河渎神》则咏祠庙,大概不失本题之意。尔后渐变去题远矣。如此二词,实唐人本来词体如此。"皆非长期浸润于词史整理者不能道。自词中寓以诗人句法以来,谈词者多从辞章角度论词之结构,较之以前的印象式批评,是一种进步,但如不顾及词体本身所隐含的音乐特性,机械操作,也会失误。周美成《瑞龙吟》词后黄昇评道:"今按此词自'章台路'至'归来旧处'是第一段,自'黯凝竚'至'盈盈笑语'是第二段,此谓之'双拽头',属正平调。自'前度刘郎'以下即犯大石,系第三段。至'归骑晚'以下四句再归正平。今诸本皆于'吟笺赋笔'处分段者,非也。"音乐体制决定了辞章体制,在知音审律的周邦彦诸人的词作中,应是需要特别引起重视的因素。蒋师哲伦先生谓:黄昇此语对读词辨解音律、体制与篇章结构的关系,有切实的指导意义(上海古籍出版社2007年版《花庵词选》导读文字)。又如评周邦彦《花犯》词云:"此只咏梅花,而纡余反复,道尽三年间事。"另,《中兴词话补遗》"卢申之"条评蒲江钓雪亭词:"无一字不佳,每一咏之,所谓如行山阴道中,山水映发,使人应接不暇也。""应接不暇"即词中章法多变的形象说法。以上皆形式批评之显例。

《花庵词选》在词人或词作后点缀的简短文字,除了进行总体评价之外,更多的是介绍作者字号、里籍、仕迹、著述,很多不知名的作家得以为后世所知。有些文字虽短,却有重要的考据性意义。张炎《词源》载大晟府依月律进词,后人或以为无据,而《花庵词选》晁次膺名下注:"宣和间充大晟府协律郎,与万俟雅言齐名,按月律进词。"又于万俟雅言名下注"精于音律,自号词隐,崇宁中充大晟府制撰,依月用律制词。故多应制。"黄昇的记载早于张炎,观此可知,张炎之说确有依据,值得重视。姜夔曾序史达祖之词,此序今不存,而《花庵词选》史达祖及其词后,录有夔此序数条,是研究姜夔词学思想的第一手资料,可与姜夔《诗说》互参。蒋师哲伦先生曾指出:黄昇在标注中提到的一些词集,如唐吕鹏《遏云集》、徐干臣《青山乐府》一卷、僧仲殊"有词七卷,沈注为序"、吴淑姬"有词五卷,名《阳春白雪》"、曾纮甫"有词一卷,谢景思为序"、吴子和"有词五卷,郑国辅序之"、李居厚"有乐府一卷"、刘叔拟词"有吉州刊本"、刘叔安"有《随如百咏》刊于三山",等等,皆为黄昇首次提及,有助后人搜辑遗集,考证源流。黄昇在词选中这种创造性的标注法,其体例的优点为后人所吸取,如清代几部影响巨大的选本《词综》《列朝诗集》《宋诗钞》均取法于此。

最后,谈谈《花庵词选》中体现出来的地域文学特征。

黄昇字叔旸,号玉林,又号花庵词客,建安(今福建南平)人。《花庵词选》中载与延平(今福建南平)人冯熙之(字取洽,号双溪翁)、冯伟寿(字艾子,号云月)父子唱和词多首。如冯取洽《沁园春·中和节日为黄玉林寿》词:

禀气之中,具圣之和,生逢令辰。算三春中月,方才破二,百年大齐,恰则平分。立玉林深,散花庵小,中有翛然自在身。诗何似?似苏州闲远,庾府清新。　　　青鞋布袜乌巾。试勇往蓉溪一问津。有心香一瓣,心声一阕,更携阿艾,同寿灵椿。劫劫长存,生生不息,宁极深根秋又春。聊添我,作风流二老,岁岁寻盟。

此词作于黄昇五十寿辰日,庆寿地点在玉林之散花庵。黄昇《酹江月·戏题玉林》词有句云:"玉林何有?有一湾莲沼,数间茅宇。"这是故作低调之语,黄家花园在黄昇父亲时即小有名气,且家富藏书,大诗人赵蕃、林楚良均有诗赋之,见《中兴诗话补遗》"黄小园"条。本词中"心香一瓣"云云,或取后山尊曾巩为师意,其景慕玉林之情豁然。联系《诗人玉屑》(有黄昇一二四四年序)多引玉林之诗话、词话,则玉林隐然为当地文坛之主盟似可想见。"作风流二老"云云,知双溪翁、玉林两人年纪相若。冯取洽生于1188年,而《花庵词选》序刻于1249年,则黄昇大约生于公元1188年左右,而去世在1249年以后。本词中提到玉林之诗"似苏州闲远,庾府清新",黄昇评韩仲止诗云:"然而寄大音于沉寥之表,存至味于淡泊之中,非具眼者不能识也。"(《中兴诗话补遗》"韩涧泉"条)黄氏论诗如此,其诗近韦应物而兼具庾信之清新,当可信。再参其文友胡德方《绝妙词选序》中的话:"玉林早弃科举,雅意读书,间从吟咏自适。阁学受斋游公(游九功)尝称其诗为晴空冰柱,闽帅秋房楼公闻其与魏菊庄为友,并以泉石清士目之。其人如此,其词选可知矣。"黄昇乃一未有功名、极富文学修养的闽北富绅,志趣雅洁,诗风清泠俊逸,给人以冰清玉骨之印象。惜其诗不传,词仅三十八首附《花庵词选》传至今。他的两本诗学著作《中兴诗话补遗》和《中兴词话补遗》赖《诗人玉屑》的转录得以保存若干条目。《中兴词话补遗》残存的部分条目与《中兴以来绝妙词选》有呼应之处,两者可以肯定是配套的学术成果;以此类推,《中兴诗话补遗》也该有相对应的《中兴以来绝妙诗选》,惜今无从探知。

《中兴以来绝妙词选》中入选作家共89人,闽籍词人28人(刘镇长住福建三山二十多年,词亦刻于此;连可久为道士,长期在福建西山居住;未明籍贯者洪叔玙,词中地名多涉闽地,今皆暂定为闽地词人)。以地域而论,闽地作家所占比例最大。细分析之下,127人中可确定属闽北词人的则有:黄铢(子厚,崇安人)、刘子翚(彦冲,崇安人)、游子明(次公,建安人)、严仁(次山,邵武人)、严参(少鲁,邵武人)、马庄父(子严,建安人)、卓稼翁(田,建阳人)、刘伯宠(褒,崇安人)、刘清夫(静甫,建安麻沙人)、刘子寰(圻父,建安麻沙人)、陈敬叟(以庄,建安人)、冯取洽(熙之,延平人)、冯伟寿(艾子,延平人)、李耘叟(芸子,邵武人)、黄昇(叔旸,建安人)、连可久(久道,多往来闽北西山),计十六人。刘清夫、刘子寰、陈敬叟、冯取洽、冯伟寿、李耘叟与黄昇皆为同时唱和之人,再加上魏庆之、胡德方等,从这一长串名单约略可知:在闽北建安,形成了一个以黄昇为中心的诗词创作品鉴群体,而退居在家的朝臣游九功、地方大员闽帅楼秋房则在旁为之奖掖揄扬。

非闽地词人而入选《中兴以来绝妙词选》者,在一定程度上与他们在闽地(特别是闽北)为官有关,如叶梦得、辛弃疾、蔡幼学、魏了翁、王埜、曹豳、李俊明、吴潜等人。吴潜入选词中有两首为赵葵(南仲)而作,南仲则是继吴潜而任福建路安抚使者。那些不以词知名的人能够入选,更显"为官"因素在起重要作用。兹举王埜为例来说明外来为官者(客籍作家)在闽地的创作情况。王埜字子文,号潜斋,金华人。嘉定进士。绍定间为邵武军通判、端平间为知军邵武军,时盗起唐石,埜亲勒兵直捣其穴,平之,民赖以安。嘉熙间知建州军军事,陛辞,理宗命之曰:"游、胡、朱、真风流未泯,表厥宅里,以率其民。"至郡,开馆迎致廖德明门人郑思尹、蔡元定孙模,使校朱、真二先生遗书;修游酢、胡安国祠,创建安书院,祀朱熹,而以真德秀配享。复立斋舍,以思尹与模典教事,文教大兴(《福建通志》卷三十一)。王埜对巩固理学在闽北的文化地位作出了重要贡献。为官之余,填词遣兴,推动了当地词体创作的繁荣。王埜绍定间知邵武军时当已作词,《中兴以来绝妙词选》卷八收戴复古《满庭芳·元夕上邵武王守子文》一词,有句云:"风流贤太守,青云志气,玉树丰标。"王埜儒雅形象不难想见。其知建州军时,曾作《西河》词,抒发国事难为之慨,豪迈似辛词,但已显末世情结。时温州人曹豳知福州,有《西河·和王潜斋韵》词,既言世事无可奈何,又对王埜寄少许劝勉之意。王埜建州任期结束后,可能是调任太平州,李俊明有《摸鱼儿·送王子文知太平州》词相送。以上三词见《中兴以来绝妙词选》卷九,创作地点皆闽地。

《唐宋诸贤绝妙词选》收苏轼词中,有《水龙吟·次韵章质夫杨花词》《江神子·送述古》《菩萨蛮·西湖送述古》,苏轼佳词甚多,而送述古之词入选两首,显然是地域因素在起作用(陈襄述古是闽人);而章质夫(建安人)《水龙吟·杨花》词因苏轼次韵而名满天下,更不可缺。如果说当时闽人对柳永词喜在心头却不敢言之于口,那么,章质夫此词,可谓让闽人扬眉吐气了。黄氏在章质夫《水龙吟》词后加评语:"傍珠帘散漫数语,形容尽矣。"按,此评又见《诗人玉屑》卷二十一,未注出处,或为魏庆之录黄昇语亦未可知。晁无咎评东坡词的名言"豪放杰出,自是曲子中缚不住者",实为东坡和章词而发,晁氏之言曰:"章质夫作《水龙吟》咏杨花,其用事命意,清丽可喜。东坡和之,若豪放不入律吕,徐而观之,声韵谐婉,便觉质夫词有织绣工夫。晁叔用云：东坡如毛嫱、西施，净洗却面，与天下妇人斗巧，质夫未免膏泽。"(《词苑丛谈》卷四引《曲洧纪闻》)黄昇在苏轼名下录晁氏语前半，而略去批评章词之后半，其表彰乡贤之意可谅。章氏杨花词已成闽人词作典范，刘镇作于理宗宝庆二年(1226)的《水龙吟》词，因注明"和章质夫韵"，亦得入选。有时，黄氏甚至不惜"破坏"体例来表达"敬乡"之意，如《中兴词选》卷二中收入吴激词即此例。黄昇在吴彦高名下注曰："名激，先朝故臣，米元章之婿。"吴激应是北宋人，先朝云云，编选者已注意及此，为何还是列入"中兴之选"？因为吴是闽人，地域因素使然。吴氏被留金国，其词被南宋使臣张贵谟的随从、闽人郑中卿带回，传播闽中，故黄氏得以录之。黄氏在吴激词后补充说明："右二曲皆精妙凄婉，惜无人拈出。今录入选，必有能知其味者。"既揄扬了本乡先贤，又体现了自己独到的审美眼光。世人必以此谅其自乱体例吧。郑中卿的词亦入选。凡此种种，皆可见《绝妙词选》浓厚的地域文学色彩。由于黄昇在此选中保留了闽北大批词人词作，故我们得以了解：南宋中后期词坛是闽北、两浙、江西三足鼎立的态势。

渗透在《绝妙词选》中的浓厚的地域文学色彩，并没有影响黄昇词史观的相对客观性，或者说这种影响不是很明显，原因是黄氏将词人成就的高低与入选人数巧妙地区别开来。具体地说，黄昇在品评词人成就高低时，采取的是一种"博观约取"的态度，以"读书未遍，不可妄下雌黄"的标准自我约束，保证了品评的客观性；而在选入词人时，对本乡词家则采取了相对宽容的态度。在理性与感性的平衡中，黄昇无意中为我们保存了南宋福建词人群体的珍贵资料。

第二节　论《草堂诗余》的地域文学特征

地域与文学之关系，早为学者所共知。然《草堂诗余》与宋代福建之关系，恐谈及者不多①，请浅述之。宋代三处具有浓厚地方色彩的文学已有人论及，它们是：江西文学、齐鲁文学和蜀地文学。依我之见，除上述三大地域文学之外，宋代尚有未引起学人注意的闽地文学的存在。具体来说，闽地文学的存在，既有其可能性，又有其必然性。福建是古闽越之地，直到晋代才接触中原文化。据记载，至南宋末，有三次移民给福建带来了先进的中原文

---

① 吴熊和《增修本〈草堂诗余〉跋》一文，曾提到"(增修本)其间或许有着乡谊的因素"(《吴熊和词学论集》杭州大学出版社1999年版，第123页)。作者2009年12月补记。

化。第一次是永嘉之乱,中原士族林、黄、陈、郑等八大姓入闽;第二次是唐末王审知、王延翰父子入闽,开馆育才,很多"浮光世族,与之俱南";第三次是北宋靖康之难,"华俗由是丕变"(彭韶《闽通志序》)。《宋史·卷八十九·地理类五》云:"福建路,盖古闽越之地,……其俗信鬼尚祀,重浮图之教,与江南略同。然多乡学,喜讲诵,好为文辞,登科第者尤多。"何以见得?《淳熙三山志》卷三十六"人物·科名类"云:"唐自神龙迄后唐天成二百二十有三年,州擢第者三十六人,何才之难进耶? …由(宋)太平兴国五年至今淳熙八年,几二百有年,以科目进者一千三百三十有九人,内元符以前一百二十三年才三百二人耳!(外恩科有八十三人。)而建中靖国至今止八十有三年,乃一千三十有七人,犹有漏逸不载者。"①南渡后八十多年,福州一地中进士者猛增到一千三百多人,显然与中原士族、皇室入闽有关。福州如此,整个福建人才之盛可以想见。在此文化高涨的背景下,"闽学"作为风格特异的学派产生了。胡安国、朱熹(生于建安,长于建安)、真德秀、蔡元定、刘克庄等,均为此派著名学者;加之泉州又是当时世界性贸易大港,经济活跃,文化鼎盛,使福建一下子成了"海滨邹鲁"。

在开化之前,福建本地主导文化是"信鬼尚祀,重浮图之数"一类的巫鬼文化;宣和以后,中原士大夫特别是皇室纷纷南渡,(《福建通志》卷五引《中兴小记》云:"及渡江以来,迁徙不常。是年西外宗居福建,南外宗居泉州。")他们带来的是北方极为流行的享乐文化;当然,士大夫们的高雅文化也会随之而入,但能在闽地迅速扎根的必然是通俗娱乐性文化,因为它们与福建本地固有的"鬼祀"民俗文化性质更为接近。在今天福建仍较为完整地保存了不少宋代的戏剧和乐舞,如泉州的梨园戏使宋元南戏宛然可睹,可目为宋代戏剧的活标本②。龙榆生先生也说:"在福建泉州所传的《南词四十四套》中,还保存着吴文英等常用的《秋思耗》《双姝媚》两个调子的歌词和节拍。可见词乐直到现在,有的还活在某些古老剧种中。"③宋代陈起《江湖小集》、朱熹《朱子语类》、刘克庄《后村先生大全集》《宋史·乐志》等,都记载着福建在宋代盛行杂技、杂剧、乐舞的情况。闽地文学的最大特点是"俗"——平民性。就以词人为例,在宋代,以"俗"名满当时的福建词人就有柳永、阮阅、康与之、曹元宠、陈莹中等。可以看出,这是福建作家的普遍

---

① 《宋元方志丛刊·第八集》,中华书局 1990 年版。
② 曾永义《宋代福建的乐舞杂技和戏剧》,载《宋代的文学与思想》,台北学生书局 1989 年版,页 2—29。
③ 龙榆生《词曲概论》,上海古籍出版社 1980 年版,页 10。

现象。产生于福建的《草堂诗余》①，其文化背景大抵如此。细按《草堂诗余》，还可以看出它与福建特别是建安另有更为直接的关系。

从《草堂诗余》所选作家来看，福建籍作家最多。特别是增修时，很不出名的福建词人如马庄父等也在入选之列。林葆恒编《闽词综》、叶申芗《闽词钞》录福建词人甚详，取《草堂诗余》核之，则《草堂诗余》中所收福建词人有：柳永、张元幹、曹组、康伯可、黄玉林、徐昌图、陈莹中、俞克成、冯伟寿、刘克庄、潘庭坚、邓肃、吴彦高、章质夫、阮逸女、马庄父等。就入选词人数目而论，《草堂诗余》偏重福建词人是很显然的。

从书中所引笺注及词话来看，书中引用黄昇《花庵词选》（有时称"黄玉林"、"玉林词客"、"玉林词选"、"花庵"、"花庵词客"等）和魏庆之《诗人玉屑》较多。按，黄昇为建安人。早弃科举，吟咏自适，1250 年编成《绝妙词选》。《草堂诗余》的增修笺注者"建安古梅何士信"与黄昇同里，且《草堂诗余》所增选之词，大都来自黄氏之书。二者关系密切。《诗人玉屑》的作者魏庆之（菊庄），也是建安人。今传南宋嘉定本《详注周美成词片玉集》署名为"庐陵陈元龙少章笺注，建安蔡庆之宗甫校正"。显然此书出自建安书林。拿它与《增修笺注妙选群英草堂诗余》比较，则可发现二书有很多相似之处。在分类上，《片玉集》分为春景、夏景、秋景、冬景、单题、杂赋六大类，《草堂诗余》同前四种；再比较二书分类细目，则相同者还有：春思、春恨、秋怨、冬雪、元宵、立春、寒食、上巳、端午、七夕、中秋、重阳、除夕、咏雪、晴景、夜景、宫词、金陵、西湖、钱塘、隐逸、渔父、佳人、妓女、风情、旅况、警悟、茶酒、筝笛、渔舟、荷花、桂花，等等。再者，从二书所载周邦彦词来看，所录周词秩序大致相同，特别是增修笺注部分的差别不大，是知《草堂诗余》增修笺注时，参考《详注周美成词片玉集》处极多。

将研究的眼光扩大到福建（特别是建安）宋时文学盛况中，来考察《草堂》与福建地域文化之关系，情况更为了然。兹以建安为例。据 1929 年所修《建瓯县志》（建安属之）第十二卷"艺文类"记载，在宋代，该县大约有五十多种诗文著作，如李虚己《雅正集》十卷，黄观《黄虞部诗》一卷，丘濬《观时感事诗》一卷，吴育、吴庠《西台酬唱集》，毛直方《诗学大成》三十卷、《诗宗群玉府》十三卷、黄昇《散花庵词》一卷，魏庆之《诗人玉屑》三十卷，蔡梦弼《杜工部草堂诗笺》《草堂诗话》等等。另外论著类、杂注类、方伎类多得难于统计。《草堂诗余》的增修笺注是否也受《草堂诗笺》《草堂诗话》之类的影响呢？建安读书风气盛，又处在全国出版中心，故其中大量的饱学之士

---

① 何士信为建安人。

有用武之地。他们留下的注释之书、类书也很多,如大学者吴棫就有《毛诗叶韵补音》五卷、《楚辞释音》等多种,魏仲举有《五百家注音辨昌黎先生文集》四十卷、《五百家注音辨柳先生文集》二十五卷(包括外集、新编外集、附录),可见笺注之盛;另外,刘达可编《璧水群英待问会元选》八十三卷,为太学生答策而用,"大抵当日时文活套";谢维新编《古今合璧事例备要》(前集、后集、续集、别集、外集共三百六十六卷),此书分类编选,采摭详细,为举子或注书者提供了方便。类似的书还有叶庭珪《海录碎事》二十二卷,无名氏《答策秘诀》一卷(有"至正己丑建安日新堂"标记,殆成书于宋末),等。这些书都编成于何士信同时先后不久,客观上为何士信笺注《草堂》提供了资料上的方便,《增修笺注草堂诗余》本身也是这个时代的产物。古代交通不发达,作为一个布衣之士,他受到的影响,主要来源于乡梓前辈或同时代人,是可以理解的。

　　总之,研究《草堂诗余》在南宋中后期成书的原因,可以略窥一代词坛风尚。南宋中后期,词坛尚醇熟,故出自民间书坊的《草堂诗余》不收姜吴词,并且明显地排斥豪放词。至于《草堂诗余》的分类,既是受诗文分类影响的结果,又是当时节日文化高度发达的必然产物;它的增修笺注,既与词乐分离(诗词合流)的大趋势有关,又与江湖诗派崇晚唐有关;此外,福建文人特别是建安书林与《草堂诗余》的成书,有直接的关系。

第六章　宋代吉州地域文学研究

引　言

　　吉州,古称庐陵,春秋时属百越之地,战国时属楚,秦时属九江郡,汉属豫章郡,东汉献帝兴平二年(195)析豫章置庐陵郡。吴宝鼎年间(266—268)析庐陵、长沙、豫章三地各一部置安成郡,隋开皇(589—600)中废,复庐陵为吉州。唐时吉州属江南道,管县五:庐陵、安福、永新、太和、新淦,天宝年间人口二十三万七千三十二。五代初属吴杨氏,后入南唐,领县六:庐陵、新淦、太(泰)和、安福、龙泉、永新。宋时吉州隶江南西路,属县有八:庐陵、吉水(雍熙元年析庐陵地置)、安福、太和、龙泉、永新、永丰(至和元年析吉水地置)、万安(熙宁四年以龙泉县万安镇置),崇宁时登记人口九十五万七千二百五十六。

　　唐末以前吉州尚属草昧之地,地域文化未显。《雍正江西通志》卷四十九录唐代江西进士姓名,吉州无一人。这个统计虽不排除因文献失传而漏载,但至少可以推知唐代吉州地域文化未显的一般情况。唐开元中,永新县有尹氏女,姿容颇丽,性识敏慧,能尽歌唱之妙。重阳日,与群女戏登南山文峰,为同辈歌一曲,声逗数十里。后表荐入宫,封为唱歌供奉,喉音妙绝为天下第一,呼为尹永新①。这可算是吉州第一名人,但非文人。幸好常有流寓或仕于吉州者,他们的到来提升了当地文化水平,如杜审言,武后时坐事贬

---

① 龙衮《江南野史》卷六。但《太平御览》卷五百七十三引《乐府杂录》云:"开元中有人许子和者,本吉州永新县乐家女也。开元末进入宫,因以永新名之,籍于宜春院。既美且惠,善歌,能变新声,韩娥、李延年殁后千载旷其人,至永新始继其能。"据此,尹永新本名为许子和。

吉州司户参军,文雅风流,足变鄙俗,州人建诗人堂以祀之①。牛僧孺祖父
仕交广罢秩归,至郴衡间被山贼所杀,僧孺与母流落于庐陵禾川。僧孺依母
训,数年博有文学,入长安以文投韩退之、皇甫湜,遂得知遇,由是擢上第,不
十数年累秩辅相②。吴机仕吉州,撰《吉州记》三十四卷;段成式仕吉州,撰
《庐陵官下记》二卷③。张翊,其先世为京兆人,唐末翊父授任番禺,北还遇
阻,遂居庐陵禾川。翊长大后,文辞婉丽,禾山大舜二妃庙碑、庐陵紫阳观
碑、新兴佛阁碑文,皆翊所撰④。有颜诩者,颜真卿之后,唐末徙居永新禾
川,一门百口,家法严肃,子侄二十余人皆服儒业⑤。这种以习儒业为特征
的聚居家族,在当时当地还是比较少见,故特载入史书。这些富有文化修养
的外来者对当地文化的引领和提升,当是无可怀疑的。

　　自唐末五代起,吉州地域文化的发展进入新阶段。有罗韬字洞晦者,庐
陵人,隐居不仕,于后唐明宗长兴年间(930—933)建匡山书院(在泰和,今
存),聚众讲学。"是时学校之政未有修明,共溺于词章,取具应制,韬崛起以
圣学为己任,有宋道学之盛,盖有开先之力焉"⑥。唐代儒学不振,士人多以
辞章之学为仕进之具,罗韬反其道而行之,专意儒学⑦。五代时复兴儒学的
思潮在大江南北暗流涌动,吉州罗韬即其一。欧阳彬家族世代为庐陵土著,
彬仕南唐为武昌令,官至检校右散骑常侍兼御史大夫;彬生八子,长子欧阳
俊仕南唐为洪州屯田院判官;次子欧阳伸守道不仕;三子欧阳仪举南唐进
士,乡里荣之,改其居"文霸乡安德里履顺坊"为"儒林乡欧桂里具庆坊",后
官至屯田郎中;四子欧阳伾守道不仕;五子欧阳信仕南唐为静江团练使;六
子欧阳偓(欧阳修祖父)少以文学著称,耻举进士,献文得官⑧。庐陵欧阳氏
家族是吉州较早兴起的大家族。郭鹏子昭庆,博学而多才,保大中著《唐春
秋》三十卷、《治书》五十篇以献;后主时复献《治书》诸篇,擢著作郎。"时方

---

① 万历《吉安府志》卷十七"贤侯传"。按,周必大《文忠集》卷四十一《赵正则(彦法)司户沿
　　徽而归玉蕊已过追赋车字韵诗奉答》诗自注:"唐诗人杜审言为吉州司户,正则尝刻其诗于
　　廨舍。"杜审言对当地诗坛的影响,是实实在在的。
② 龙衮《江南野史》卷六。
③ 以上两书分别见《宋史》卷二百四、《宋史》卷二百六。
④ 《十国春秋》卷十一。
⑤ 马令《南唐书》卷十五本传。
⑥ 《江西通志》卷七十五引《玉山遗响》及按语。
⑦ "道学"作为一个专名,是南宋孝宗时代反朱熹的人对朱子学说称谓,后成为理学的代称。
　　宋初没有道学,只能称儒学。
⑧ 欧阳修《欧阳氏谱图》,《居士外集》卷二十一。中国书店 1998 年影印本,页 515—516。按,
　　彬第七子欧阳佺隐居不仕;八子欧阳做仕宋,为许田令。

奉中朝(指北周),凡岁庆贺贡方物笺表及廷劳宴饯之辞,率命昭庆为之"。①
陈乔(字子乔)世为庐陵玉笥人,祖岳,仕唐为南昌观察判官,著《唐书》,自高
祖迄于穆宗,为《统纪》一百卷行于世;父浚,仕(杨)吴为中书舍人、翰林学士,
撰《吴录》二十卷;乔幼敏悟,耽玩文史,烈祖(李昇)颇器重之,迁尚书郎,拜中
书舍人②。唐末庐陵陈氏家族俨然已是文学世家了。萧俨,甫十岁诣广陵,
以童子擢第,及长,志量稳正,交不苟合,授秘书省正字③。鲁崇范,灶薪不
属而读书自若,烈祖初建学校,典籍多阙,而鲁氏九经子史世藏于家,刺史贾
皓就取进之④。刘洞,能诗,长于五字唐律,自言得贾岛法。后主嗣位,洞献
诗百篇⑤。这些事例可以看出,至唐末,儒学和文学已在吉州当地扎根。

地域文化的发展,除了靠民间力量的自发推动外,更有赖某种机缘而来
的政治力量的强力推助。南唐时,以宋齐丘(887—959,祖籍庐陵,长于南
昌)为代表的江西士人群体在朝廷中形成一股势力⑥,相应地,带动了吉州
地域文化的整体提升。南唐保大年间(943—957)试童子科,江西中试者王
克贞、欧阳仪、刘鹗、曾颛、曾文点、萧俨、郭鹏、胡元龟、张惟郴,皆庐陵人。
吉州士人在朝廷中的特殊地位,当有宋齐丘暗中调护的因素在。史载,郭鹏
后坐齐丘党免官。

马令《南唐书》卷二十二《归明传序》曰:"南唐之士事皇朝者,皆谓之归
明,而归明之士未必皆善也。"按:宋时归明人与流徙人等视,政治地位低
下。吴越王钱弘俶纳土,封"淮海国王"等王号;南唐李煜先是拒宋,既而降
宋,封"违命侯",小周后屡被召唤入宫,李煜备受羞辱后终被酖杀。"归明
人"是一种政治标签,这种明显的打压措施,对南唐故地的政治文化生态产
生了深远影响。北宋前期朝廷里的南方人一直被北方人压制着,南唐故地
士人尤甚。谈宋史者都知道这个故事:陕西籍的寇准号称名相,在人才选
拔方面,存有根深蒂固的地域偏见:"南方下国,不宜多冠士。"甚至直接干预
状元人选,有一次硬生生地将排名靠后的山东人蔡齐取代考试第一的南方
籍文士肖贯中,让蔡齐作了状元,并公然宣扬说:"又为中原争得一状元。"山
东人王旦为相,处处抑制副相江西人王钦若,直到真宗天禧元年(1017)王旦

---

① 马令《南唐书》卷十四本传。
② 马令《南唐书》卷十七《义死传下》。
③ 马令《南唐书》卷二十二《归明传》。
④ 马令《南唐书》卷十八《廉隅传》。
⑤ 陆游《南唐书》卷十五《刘洞传》。
⑥ 马令《南唐书》卷二十《党与传上》:"宋齐丘、陈觉、李征古、冯延己、延鲁、魏岑、查文徽为
　一党,孙晟、常梦锡、萧俨、韩熙载、江文蔚、钟谟、李德明为一党。"南唐江西士人中,亦有齐
　丘的不同政见者,如萧俨。这是由于政治斗争的分化而来的。

死后,王钦若始大用。王钦若发牢骚说:"为王公,迟我十年作宰相!"王旦压抑王钦若,地域是其重要的因素。王钦若是北宋开国近六十年来第一位江南人作宰相者。山东人王曾对仁宗说:"钦若、丁谓、林特、陈彭年、刘承珪,时谓之'五鬼',奸邪险伪。"这"五鬼"之中,刘承珪为宦官,地域不详,其余四人皆南方人。北方官僚群体对崭露头角的南方政治新秀们,保持着高度的警觉,并不加掩饰地表达出他们心中的敌视。朝廷在用人方面的南北之争,直到仁宗天圣(1023起)时期才基本结束①。

宋代吉州地域文化的发展,承唐末五代之良好基础,虽经宋初数十年的政治压制,而自仁宗朝起终成全面繁荣之势,一跃成为宋代著名的文化之邦。地域文化的繁荣表现多端,限于篇幅,本文试从以下三个方面来阐述:文教的兴盛发达、文化家族的发展壮大、自成一体的学术传授。依次叙述如下。

第一节　宋代吉州地域文化的发展(上)

一、文教的兴盛发达

五代十国至宋易代之际,士人纷纷避乱吉州。如吉水杨氏始祖杨辂,系杨承休六世孙,仕南唐为门下侍郎,徙家庐陵②,士大夫多依之以居③;庐陵大姓曾氏,其先金陵人,五季自宜春徙吉之吉水④。再如胡氏,"其先金陵人,五季避地庐陵";又如罗氏,"其先以五季之乱自豫章徙"⑤。明代杨士奇尝总结说:"吾泰和故家,唐宋来文献有传、谱牒有录者,不啻数十姓。其自金陵来者七姓,七姓源本之盛,莫有过王氏者。"⑥这还只是庐陵泰和一县的

---

① 陆游《渭南文集》卷三《论选用西北士大夫札子》:"臣伏闻:天圣以前选用人才多取北人,寇准持之尤力,故南方士大夫沉抑者多。仁宗皇帝照知其弊,公听并观,兼收博采,无南北之异。于是,范仲淹起于吴,欧阳修起于楚,蔡襄起于闽,杜衍起于会稽,余靖起于岭南,皆为一时名臣,号称圣宋得人之盛。"仁宗朝至北宋末,有明确籍贯记录的状元有30人,南方占21人。美国学者John W. Chaffee在他所著的《宋代科举》一书中,将北宋划为六个时期,其中960年—997年北方籍进士在全国总额中占28.4%,1101年—1126年仅占0.08%。

② 杨万里《诚斋集》卷一百二十二《中奉大夫通判洪州杨公墓表》,卷一百十八《国侯食邑一千五百户食实封一百户赐紫金鱼袋赠通议大夫胡公行状》《宋故赠中大夫徽猷阁待制谥忠襄杨公行状》。

③ 李时勉《古廉文集》卷三《杨氏重修祠堂记》。按,《吉水县志》卷五十六《艺文》标此文为解缙作。

④ 杨万里《诚斋集》卷一百三十一《静庵居士曾君墓铭》。

⑤ 杨万里《诚斋集》卷一百二十六《罗元通墓志铭》。

⑥ 杨士奇《东里文集》卷三《泰和王氏族谱序》。

情况,放眼吉州,外来士族避居此地者之数量可约略推知了。

宋初几十年,吉州作为"归明"之地,政治上不被信任,当地读书人的出路受限。士大夫纷纷选择了隐居不仕、半耕半读的生活,私塾教育、地方书院因此成为保育文化火种的必然选择。如吉州刘氏,"当五代时避乱,皆不仕"①。刘沆曾祖父刘景宏,南唐故将,庐陵处乱世而未遭杀戮之劫,刘景宏之力为多;入宋后不被重用,直到曾孙刘沆才因科举而显达(皇祐三年[1051],参知政事)。南宋初刘才邵说其祖父辈以上"皆肥遁林野,以儒学世其家"②。如安福王氏:始祖王该自太原徙家吉之庐陵,又徙安福,传六世至王祥、七世王奭,皆隐德不仕,第八世王庭珪(字民瞻)始登政和八年(1118)进士第③。又如庐陵兰溪曾氏,入宋以后耕读传家,谓"蓄田千亩,不如藏书一束。"④到北宋末,曾氏蛰居数世后终于起家,曾光庭生五子,著名者有曾敏学、敏行。敏学生五子:三省、三恕、三顾、三协、三达;曾敏行字达臣,号浮云居士,生子三聘、三异、三畏等。光庭兄弟曾光远生敏恭、敏才,敏才宣政间游太学有声。敏才生机,机字伯虞,庆元庚申卒,年六十四,有诗文集《静庵猥稿》十卷⑤。此时的曾氏,"对策集英者三,贡于乡者十二,文风蔼如也"⑥,典型的文化大家族。再如安福刘氏,刘逢辰绍兴庚午秋闱被荐,逢辰长子德礼淳熙甲午解魁登第,季子德仁发癸卯解,三子德恭久负隽声,四子德性绍熙乙卯复冠乡举⑦。这是吉州士族一般的发展之路,只不过显达有早有晚。他们的兴起,都有赖于科举;科举的成功,来源于地方文教的兴盛发达。

先看北宋吉州科举情况。宋初三十年,吉州进士不多见,如雍熙二年乙酉(985)梁灏榜:彭度(庐陵人)、康珣(安福人);端拱二年己丑(989)陈尧叟榜:彭应求(庐陵人)、段鹄(永新人)。这当然不是吉州"野无遗贤",主要是因为政治制约所致⑧。北宋立朝三十年后,吉州士人开始成批出现,淳

① 欧阳修《文忠集》卷二十九《尚书主客郎中刘君墓志铭》。
② 刘才邵《檆溪居士集》卷十二《亡叔墓志铭》。
③ 杨万里《诚斋集》卷一百二十六《王民雅墓志铭》。
④ 周必大《文忠集》卷三十六《曾监酒母孺人刘氏墓志铭》。
⑤ 杨万里《诚斋集》卷一百三十一《静庵居士曾君墓铭》。
⑥ 周必大《文忠集》卷三十六《曾监酒母孺人刘氏墓志铭》。
⑦ 周必大《文忠集》卷四十二《绍兴庚午与刘逢辰秋闱同荐……》诗。
⑧ 光绪《江西通志》和光绪《吉安府志》载宋初至咸平三年(1000)庐陵进士,有些名字不见于此前记录,可存疑,试举其所载开宝五年(972)庐陵进士刘鹗为例。刘鹗本举南唐童子科,且南唐归附北宋乃开宝八年之事,刘鹗不可能在开宝五年参加北宋的进士考。雍熙二年(985),南唐进士、常州人张观等四人应北宋礼部试,太宗惜名额,不与(见《续资治通鉴长编》卷二十一"雍熙二年闰三月"条)。当时归明人的政治处境可想而知。今人所编《宋登科记考》(江苏教育出版社2009年版)依光绪志统统收录。

化三年壬辰(992)孙何榜吉州有进士四人,咸平三年庚子(1000)陈尧咨榜吉州有进士九人,大中祥符元年戊申(1008)姚烨榜吉州进士四人,大中祥符八年乙卯(1015)蔡齐榜吉州进士五人,天圣二年甲子(1024)宋郊榜吉州进士三人,天圣五年丁卯(1027)王尧臣榜吉州进士有六人,天圣八年庚午(1030)王拱辰榜吉州进士有六人,景祐元年甲戌(1034)张唐卿榜吉州进士有十一人(雍正《江西通志》卷四十九、龚延明等《宋登科记考》)。顺便提到,吉州进士主要出自欧阳氏、胡氏、曾氏、杨氏、萧氏、刘氏、董氏等几个文化大家族。

　　自庆历兴学后,吉州的文教取得了长足发展。自嘉祐三年(1058)起,吉州每次解试录取人数都在三十人左右(雍正《江西通志》卷四十九),至南宋时已蔚为大观,《诚斋集》卷七十七《静庵记》:"吉州为江西大州,文武盛于诸路,承平时应诏率数千人……为屋五百十有八间。"周必大《文忠集》卷十八《题郭彦逢庚午解牒并〈易辨说〉》:"绍兴庚午庐陵郡秋试数千人,预贡者六十有一。"同上卷七十四《朝奉郎袁州孙使君逢辰墓志铭》则云:"乡邦解试士逾万人。"这是乾淳时期的情况。动辄数千人甚至近万人参加州试、五六十人应进士试,吉州读书风气之盛可见一斑了。父子、兄弟、叔侄联袂而起者,比比皆是。仅以南宋高、孝、光、宁四朝而言,叔侄同年者,如泰和涩塘杨氏杨昌英与杨万里;从兄弟同年者,如涩塘杨氏杨炎正、杨梦信;亲兄弟而同年者,如泰和印冈罗氏罗维藩、罗维翰,兰溪曾氏曾天若、曾天从;有父子同年者,若清江之徐得之、徐筠(清江在宋初属吉州,后归临江军。两地人习惯上仍以同地人相呼)。庆元四年(1198),吉州在乡进士集会,到会者达五十人。不但数量多,质量也高。吉州取高第者代不乏人:天圣八年,欧阳修以国学冠名南宫,这一年廷试榜眼则是刘沆,其后鼎甲则侍郎郭公,中兴第五则资政胡公,至绍兴十八年参政董公遂唱名第一①。1257年文天祥进士第一,且这一年吉州中进士47人。无论是取士的数量还是质量,吉州都可称宋代的文化名邦。

　　以上略见宋代吉州科举之盛②。科举之盛,源于文教之盛,官学不论,宋时吉州私塾及书院教育有足可称述者。

　　吉州私塾及书院之设,可上溯到唐末。唐末刘庆霖为吉州通判,流寓永丰,遂建皇寮书院以讲学。据称是中国第一座私立书院。此外,南唐时邑人

---

①　周必大《文忠集》卷四十八《题戊午岁吉州举人期集小录》。
②　宋代江西(包括吉州)科举之盛,已有多文专门研究,为省篇幅,此不多引。另可参阅龚延明、祖慧撰《宋登科记考》,江苏教育出版社2009年版。

罗韬(886—969)建匡山书院,书院在今泰和县东匡山下。入宋,著名的私塾及书院粗略统计即有:

光禄书院,在庐陵县富田乡,宋开宝二年(969)邑人刘玉建。(《江西通志》卷二十一)

白云书院,在吉水县治北,宋邑人陈子张所筑,曾巩记之。(《江西通志》卷二十一)

文溪书院,在泰和治西二里,宋邑人曾季礼(《江西通志》卷二十一称季永)藏修于此,绍兴间赵师奭记之。(《明一统志》卷五十六)

龙头书院,在万安县,庆元戊午(1198)夏四月知县事宣教郎赵师逌建①。

槐阴书院,南宋中期龙泉李宗儒、师儒兄弟主持。李师儒曾入太学上舍稽古堂②。

卢溪书院,龙泉项圣与家族主持。圣与,项充(德英)子,项汝弻(唐卿)犹子。充、汝弻、胡铨同师萧楚(字子荆,号三顾隐客),传春秋学。项氏家族于绍兴十年以行义获旌表门闾③,为当地学问道德之楷模,故卢溪书院在当时影响极大,来学者众:"卢溪书院一番新,千里举子来如云。天教书院名自起,速化先从主人始。主人主盟为阿谁?楚汉名家今项斯。胸中五车载书卷。笔端三峡倾冰砚,鲁秉周礼说一经。"④

卢溪草堂:安福王庭(一作廷)珪宣和末建。"邑有芦溪,筑草堂其上,乡人号芦溪先生,执经来者屡满户外"⑤。

潜乐书院,永丰董亿建。董氏为吉州大族,居高位者众。周必大谓:"(董亿)即先庐竹林辟观过斋,聚书万卷,日延贤师友讲贯道艺,未尝泛交。别墅在城东,创潜乐书院,时与亲宾尊酒论文,略无子弟过失。"⑥

清节书院,原本绍圣间(1094—1097)泰和萧楚讲学处,建炎四年(1130)

---

① 周必大《文忠集》卷五十八《万安县新学记》。又,《诚斋集》卷一百十二《答万安赵宰》:"近新进奏判院曾仲卿相过,极谈龙头书院绝境,江乡未有,恨不得飞堕其间观文物之盛也。"
② 杨万里《诚斋集》卷四十《寄题龙泉李宗儒师儒槐阴书院》,周必大《文忠集》卷四十三亦有诗咏此。
③ 周必大《文忠集》卷四十三有《龙泉项汝弻字唐卿卢溪书院》诗:"往闻澹庵评乡贤,有朋曰项如箧埙。是非褒贬乃枝叶,孝友忠信为本根。姓名不愿唱上第,诏旨特许旌高门。化行同邑得模楷,经授犹子留渊源。轻财重义续前烈,筑屋贮书贻后昆。"原书自注:子名梦绶。
④ 杨万里《诚斋集》卷四十一《寄题龙泉项圣与卢溪书院》自注,同书卷四十二《送项圣与诣太常》。
⑤ 周必大《文忠集》卷二十九《左承奉郎直敷文阁主管台州崇道观王公廷珪行状》。
⑥ 周必大《文忠集》卷七十五《登仕郎董君亿墓志铭》(嘉泰四年作)。

楚殁,宗人请以己赀作书院祠之。元至正(1340)间族裔复建之①。

云冈书院,万安县萧和卿建。和卿乃北宋著名御史萧定基八世孙,诚斋寄诗云:"芝兰玉树争绩文,江湖鹄袍争骏奔。愿师朱张两先生,驷马高盖塞里门。"②朱指朱熹,时主白鹿洞书院;张指张栻(南轩先生),时主岳麓书院。云冈书院有意向前两者学习。

三松书院,南宋王子俊(材臣)创于南山下,中为振古堂,左为日强斋,右为格斋。材臣从周必大、杨万里游,二人视其为畏友。朱熹遗书勉以博取约守之功,于是师事朱氏。集师友议论问答为《师友绪言》,门人杨长孺、曾焕序次成编。

筠坡书院,南宋中永新谭汉卿建。周必大《文忠集》卷四十二《永新谭汉卿求筠坡书院诗用诚斋之韵之意而推广之》纪之。

龙潭书院,南宋中廖氏兄弟建(疑为吉州人)。廖仲高名仰之,廖文伯名天经,谢谔称其伯仲有进士材。仲高之父讳彦修,字敏道,尝为阳朔主簿。诚斋云:廖氏兄弟"岁招明师,日集良友,与其子弟讲学肄业于上。士之自远而至者,常数千百人。诵弦之镈、灯火之光、简编之香,达于邻曲。其子弟服食仁义、沉酣经训,往往多为才之良者"③。

龙洲书院,在泰和治南澄江上,亦名鹭洲书院。周必大《太和县龙洲书院记》:"今宰宣教郎赵汝薲……嘉泰元年(1201)七月砌而新之,叠石为基,创屋二十楹……仿潭之岳麓、衡之石鼓、南康军之白鹿,榜曰龙洲书院。择春秋补试前列者十人居之。"(周必大《文忠集》卷五十九)

云津书院,在泰和县龙洲上,宋嘉定间(1208—1223)邑人刘逢原建。曾历记。(《明一统志》卷五十六)。曾历是嘉定进士,见明罗钦顺《整庵存稿》卷九《云津书院集序》。

柳溪书院,在泰和县治西白鹤观右,宋邑人陈德卿建。严万全记。(《明一统志》卷五十六)

磻溪书院,在吉水县同水乡,宋周泽之建。(《明一统志》卷五十六)

清风书院,在永丰县秋江。宋观察推官刘禹锡淳熙间(1174—1189)致仕归,筑清风台,吟咏其中,后改书院。(《江西通志》卷二十一)

---

① 乾隆《吉安府志》、光绪《江西通志》、光绪《泰和县志》。据李弘祺《宋元书院与地方文化——吉州地区书院、学术与民间宗教》一文分析,以上材料记载俱谓清节书院为元至正间建,实误,参之民国《吉安县志》(铅印本)所录欧阳玄所作清节书院《记》可知。但该记不见于其《圭斋集》,是逸文。刘文刊于《湖南大学学报》(社会科学版)2006 年第 6 期。

② 杨万里《诚斋集》卷四十二《寄题万安萧和卿云冈书院》。

③ 杨万里《诚斋集》卷七十六《龙潭书院记》。

秀溪书院,在安福县西三十里。宋嘉泰间(1201—1204)邑人周奕(彦博)建。讲经有堂,诸生有舍,丛书于间,旁招良傅以训其四子伯纪、承勋、伯仍、大同。艮斋先生(谢谔)闻而嘉之,为大书四字以署其堂焉。(《诚斋集》卷七十七《秀溪书院记》)

龙城书院,在吉水县八都,宋曾无疑建。无疑名三异,尝与朱子论揲筮之数,学者称云巢先生(《江西通志》卷二十一)。按:曾无疑工文,尤精考订,有《本朝新旧官制考》行于世。端平元年(1234)以隐逸召为秘阁校勘,乡党之士多劝其毋出,而无疑竟出,甫一年而归,卒年九十。与诚斋子杨长孺、戴复古善(罗大经《鹤林玉露》卷十一"庆元间"及《石屏集》)。又工画草虫,年迈愈精(罗书卷六"唐明皇令韩干"条)。弟曾无魄。

凤山书院,曾三复之子、曾三异之侄曾宏父(字幼卿,号凤墅逸客)觅城西隙地创建,为舍三百六十五楹,规模几与州学相埒,又置养士田一千五百亩。书院建成后,曾宏父捐给了吉州府,择老成主持之。前后存在了百余年①。地址在今吉州天华区天华山。曾氏所编《凤墅帖》二十卷,嘉熙(1237)、淳祐(1241)间勒石,七年乃成,置于凤山书院。(《江西通志》卷二十一)

竹园书院,在安福县治南,宋刘弘仲建,朱子、胡文定俱有诗。(《江西通志》卷二十一)

湖头书院,在永丰县治西。宋邑人金汝砺聚徒讲学之所。(《江西通志》卷二十一)

白鹭洲书院,在府城东白鹭洲上。宋淳祐间(1241—1252)州守江万里以程大中先生尝为庐陵尉,乃即是洲建书院。(《江西通志》卷二十一)

石冈书院,在安福城东南三十里之峡江。宋萧仪凤始创。萧氏乃梁萧子云二十四世孙,举漕贡,始即其居之近作书院,聚宗族乡人子弟而教之。仪凤之子子安,为王府掌计,从文丞相举义,事败,覆其家,书院亦废。(明杨士奇《东里集》文集卷二《石冈书院记》),后仪凤从孙徙梅溪复创之。(明梁潜《泊庵集》卷六《石冈书院诗序》)

龙溪书院,在万安县治西。宋赵清献忭守虔,周濂溪敦颐为司理,经游龙溪及香林寺。初建濂溪祠,久而(南宋时)改为书院。(《明一统志》卷五十六)

昂溪书院,在万安县昂溪里,为宋儒段奎斋讲学处,文文山颜而记之。(《江西通志》卷二十一)

① 《吉水南华曾氏族谱》,转引自《曾宏父与凤山书院》,见《寻根》2017年第5期,第97页。

书院之外,还有私塾教育,其中号"乡先生"者对地方文教的贡献最为突出。举南宋有名者如下:

萧楚,庐陵乡先生,胡铨、胡铸、胡昌龄叔侄等人师之,受《春秋》学①。

梁充道,庐陵隐君子,周必大童稚时从之学,训励奖与甚至②。

刘若川,庐陵乡先生,亦周必大兄弟童子师③。

罗元通(上达),庐陵人,罗天文长子。元通以诗学名家,授徒数十百人,自三舍盛时有声庠序④。

欧阳邦基(寿卿),永新人,办私塾,见周必大《习斋记》⑤。

刘遇,庐陵乡先生,授徒数十百人。子德礼(字敬叔)长于《周官》,为文清新,精于四六,有文集二十卷。孙子渐、子泰皆进士⑥。

李氏万卷堂。龙泉李氏私塾。见周必大《文忠集》卷四十三《寄题龙泉李氏万卷堂》。

曾氏槐堂,清江人谢谔借庐陵兰溪曾机(伯虞)槐堂,开馆授徒,"一时俊秀自远来学者,北自九江,南暨五岭,西而三湖,东则二浙,鳞集于堂下,诗礼之训,仁义之实,诵弦之音,洋洋如也。后数十年,异材林立,布列朝野。或以学传,或以行著,或以能称,或以文炳者,多艮斋(谢谔)之门人弟子也"⑦。 这是外地人在庐陵开的私塾。

王氏委怀堂,庐陵宣溪王氏私塾,建于淳熙(1174)以前。"其家自察判公旁招明师,多取端友,储书三万卷,无日不讨,子若孙立于庭而训之……故吾州世家,言子弟之秀且良、有文而勉于学,必曰宣溪之王"⑧。

周氏家塾。周必大家私塾。《文忠集》卷十二有《家塾策问》七首,卷十三有《家塾策问》十二首,卷十五有《家塾所藏六一先生墨迹跋》十首。

刘安世,字世臣,安福人,未仕前在乡讲学,来学者百千人,先生木溉江导,从学者皆有得⑨。

刘承弼,安福乡先生,"所学殚洽,江之西、湖之南,士子辏集,执经问学,户外屦满。瑰才隽士,小大有就。"⑩

① 周必大《文忠集》卷三十《资政殿学士赠通奉大夫胡忠简公神道碑》。
② 周必大《文忠集》卷二十八《肖颜堂记》。
③ 周必大《文忠集》卷三十一《右迪功郎致仕刘公若川墓志铭》。
④ 杨万里《诚斋集》卷一百二十六《罗元通墓志铭》。
⑤ 周必大《文忠集》卷五十五《习斋记》。
⑥ 杨万里《诚斋集》卷一百十九《奉议郎临川知县刘君行状》。
⑦ 杨万里《诚斋集》卷一百三十一《静庵居士曾君墓铭》。
⑧ 杨万里《诚斋集》卷七十七《委怀堂记》。
⑨ 杨万里《诚斋集》卷一一八《朝奉刘先生行状》。
⑩ 杨万里《诚斋集》卷七十四《刘氏旌表门闾记》。

　　母教也是地方文教的重要组成部分。"孟母三迁"就是中国母教的最早最生动的记述。在世家大族中,母亲往往是子女的启蒙老师。欧阳修父早逝,其母以荻画地,教其识字。这样的例子实在太多,举不胜举。太和萧知节建敬思亭以纪念母亲詹氏,他对周必大说:"先人讳遵,不幸早世,吾母素知书,既嫠,力教知节以学劬躬立门户,轻财重义,抚育宗族。凡知节得出入公卿之门,皆母教也。"①又如兰溪曾光庭之夫人刘氏(曾敏学母亲),在丈夫去世后,"益励诸子以学问。某贤也可师,某能也可友,必厚礼重币延置家塾,尝曰:'蓄田千亩,不如藏书一束。'故不吝金帛以求之。"②刘氏的儿媳刘氏,亦能继婆婆家风,"文学公(曾敏学)壮而老于文,老而壮于学,馆士教子,夫人主膳羞必躬必伤,其门填然。子男五人三省、三恕、三顾、三协、三逵皆力学。"③庐陵黄漕胡铨、胡问,兄弟幼即失怙,"则有贤母,以母之鞠兼父之训,倒箧肢篚,一簪不留,尽周以招聘一郡之名师、远方之良朋以儒其二子。二子少长,隽声四驰,文学辥如。"④据诚斋在此铭中的记载,胡铨之母刘氏,出自泰和刘氏家族,幼时从父亲刘獬受《孝经》《论语》《孟子》等儒家经典,一过能诵,终身不忘(出处同上)。庐陵王俊臣妻欧阳氏"训诸子以学问,每夕吹灯,视其读书,默听古人语,时若有得,曰某书某语,殆谓某事耶?往往吻合文意。至鬻簪珥、典衣服以资其子,使从四方名士游"⑤。庐陵王季安妻萧氏,"自既归季安,王氏在庐陵族大家昌。季安砥行好修,以不及当世之贤而知名为耻,倾身下士,倾家序宾,其门长者车辙常满,其堂日具数百人之馈,而其室落然,若无人声。以故士多从季安游。""季安即世,太宜人(萧氏)以勤俭齐家,以诗礼迪子,淑问益茂,家政益葺"⑥。大凡世家望族,必有聪慧贤良之女性默默扶持在内。俗语谓"选对媳妇旺三代",其背后深刻的社会文化意义在此。

二、文化家族的发展壮大

　　经过唐朝科举取士的长期培育、唐后期的农民起义、五代频繁的改朝换代,以血统为标志、具有世袭权力的士族被彻底打散、重组,一种新型势力——以进士起家的文化家族——取而代之。这类文化家族的重要特征是

① 周必大《文忠集》卷六十《敬思亭记》。
② 周必大《文忠集》卷三十六《曾监酒母孺人刘氏墓志铭》。
③ 杨万里《诚斋集》卷一百二十六《曾正民(敏学)妻刘氏墓志铭》。
④ 杨万里《诚斋集》卷一百二十九《太孺人刘氏墓志铭》。
⑤ 杨万里《诚斋集》卷一二六《夫人欧阳氏墓志铭》。
⑥ 杨万里《诚斋集》卷一二八《太宜人萧氏墓志铭》。

"以儒名家而世业者"①,率皆家风淳谨②,重教业儒。这些后世意义上的
"乡绅",在乡能主持风会,如刘弇伯父刘贽③;关键时刻能挺身而出,如南宋
初金兵至庐陵,太守杨渊弃城走,时胡铨为举子居芗城,乃自领民兵入城固
守,卒完其城(《宋史》胡铨本传)。文化家族以其相对超强的稳固性和知识
优越性,成为观察宋以后中国封建社会结构和运作的最佳视角之一。

　　陈寅恪曾说:中国封建文化,造极于天水一朝。我则进一步谓:天水朝
文化之盛,实基于文化家族之盛;而天水朝文化家族最盛之地,非江西吉州
莫属。自北宋淳化三年(992)以后,吉州进士群体涌现,吉州文化家族因之
广泛形成。今略考之如下:

　　胡氏

　　庐陵胡氏本金陵人,五季徙庐陵④。后分两支,一是西昌黄漕之胡,一
是庐陵值夏之胡。黄漕之胡首贵者曰胡衍,庆历十一年进士,官至朝奉大
夫;至南宋胡筦、胡问再以进士起家,建逢庆堂。值夏之胡最著者有胡铨(字
邦衡,号澹庵先生),官至资政殿学士,谥忠简。值夏之胡可考之世系如下:
一世胡连,二世胡谅、胡恺,三世胡方中、胡治中(汾)、胡剔中,四世胡仔、胡
宗古、胡铨、胡镐、胡铸;五世胡昌龄(长彦)、胡箕(斗南)、胡籍(季文)、胡
泳、胡瀚、胡浃、胡洧、胡冲、胡涣(季享)、胡从周(季怀)、胡季解、胡季永、胡
彦英、胡廉夫,六世胡柢(仲本)、胡枸、胡栋、胡楷、胡模、胡格、胡标、胡规、胡
榘(仲才)、胡杙、胡桯、胡柯(伯信)、胡仲威、胡叔贤,七世胡芨、胡炉。其
中,胡铨之孙胡规官至尚书。"庐陵胡氏为大族,群从百数多通经工文章",
"秋举殆无虚榜,它姓莫敢争衡。"⑤胡铨、胡铸、胡昌龄同事萧楚,学《春秋》,
俱号高弟。胡箕幼而志趣不群,既长,贯穿经史,尤精于《春秋》,为文下笔数
千言衮衮不休,间得异书,口诵手抄,废寝忘食⑥。(按:各家族的学术成就
或著述情况,在下文相关章节会集中论述,此略举一二)。

---

① 杨万里《诚斋集》卷八十三《定斋居士孙正之文集序》。
② 杨万里《诚斋集》卷一百二十九《太孺人刘氏墓志铭》:"岁时二子(胡筦、胡问)及妇若孙,
百拜于庭,升堂上寿,芝兰相辉,俎壶即叙。太孺人(刘氏)朱颜鹤发,正坐举觞,观者艳
焉。"这些文化家族对外通过与其他大家族联盟、结交文化名流的方式保持声望;对内则通
过一整套复杂礼仪、宏大排场来整合家族共同价值观和秩序。
③ 刘弇《龙云集》卷三十二《冲厚居士刘君墓志铭》:"伯父事吾祖以恭,而成诸季以义,至于
以恩抚宗族,以礼接里人,其尊卑上下皆恂恂而不失其序,恺悌仁厚之风蔼然于乡,时之老
成教其子弟孝恭谨礼让而温仁,必以伯父为法,曰为人如刘公足矣。乡人有争讼之不平
者,不听有司之令,而听伯父之一言。犯有司之刑不以为耻,而以不得于伯父为愧。"
④ 周必大《文忠集》卷三十《资政殿学士赠通奉大夫胡忠简公神道碑》。
⑤ 周必大《文忠集》卷七十一《宣义郎致仕赐金紫鱼袋胡公昌龄墓志铭》。
⑥ 周必大《文忠集》卷六十《胡斗南箕墓志铭》。

欧阳氏

吉州欧阳氏,据欧阳修《欧阳氏谱图序》载,欧阳询四世孙琮为吉州守,遂家吉州(治庐陵)。琮八世孙欧阳万为安福令,遂居安福。万生和,和生雅,雅生二子效、楚,效生三子谟、讬、诙,讬生三子鄂、彬、邦。彬乃欧阳修之曾祖,居安福,享年九十四,累赠太师中书令。彬生八子:俊、伸、仪、伾、信、偓、佺、仿,大约此后欧阳氏衍居庐陵永和镇①、吉水沙溪②(至和二年析吉水立永丰,沙溪划归永丰)。"自宋三十年,吾先君、伯父、叔父始以进士登于科者四人(载、颖、观、晔),后又三十年,某与丽兄之子乾曜又登于科(天圣八年),今又殆将三十年矣,以进士仕者又才二人。"此二人,指欧阳乾度(庆历六年进士)、欧阳粲(嘉祐八年进士)。欧阳氏在吉州算是显达较早的文化家族了。"欧阳氏族望庐陵,而家于永和镇者尤以儒称"③。欧阳修以后,庐陵欧阳氏进士虽不算多,但每次乡举都有人入选,文脉兴旺。仅以欧阳登一支为例④:登(大明)生粲,是为二世;粲生璟(粹明,隐君子)、来用,是为三世;璟生襄(允成,贡京师游太学),来用生㫷(全美,崇宁五年进士,靖康中死节)、元发,是为四世;襄生弇(耿仲,举人)、变、弁、彝(元鼎),四人号"里中四杰"⑤;元发生充(彦美,绍兴十二年进士),是为五世;彝生撰(屡荐南宫),充生铁(伯威,号寓庵),是为六世;撰生士凤、士麟、士豹,铁生矸、玕、矼,是为七世。永和欧阳氏"与贡籍、登科第者相望,其兴特未艾"。有欧阳中立者,元丰二年进士,入元祐党籍,永和人⑥。欧阳樗叟,永和先儒,胡铨志其铭,"其子若孙复与予游,皆谨厚好学,不忘秋兰朝菌之家训。"⑦欧阳彝"日与后进讲学,文笔素豪,至是机杼愈新,尤喜为诗,悲欢登览感今怀古一见于赋咏,著述总六十卷,别有《愤世疾邪书》三卷。"⑧又如欧阳铁,曾任永和欧阳氏族长,与周必大同年生,唱和甚多,诚斋评其诗集《脞词》曰:"盖自杜少陵至江西诸老之门户窥闯殆遍矣。"⑨别有《杂著》五卷,录生平之见闻。凡此种种,皆可证永和欧阳氏乃具优良家风之文学世家也。

---

① 周必大《文忠集》卷十八《书安福刘德礼家紫芝诗卷》谓彬居安福县,欧阳修《欧阳氏谱图序》称彬葬庐陵儒林乡欧桂里。彬寿九十四岁,大约早年住安福,后迁居庐陵。彬之次子仪举南唐进士,乡里荣之,遂改庐陵之文霸乡安德里为儒林乡欧桂里,彬或以此迁庐陵也。
② 欧阳偓、欧阳观皆葬吉水(至和后属永丰)。
③ 周必大《文忠集》卷三十二《乡贡进士欧阳耿仲弇墓志铭》。
④ 周必大《文忠集》卷四十九《书欧阳彝四世碑》。
⑤ 周必大《文忠集》卷三十二《乡贡进士欧阳耿仲弇墓志铭》。
⑥ 杨万里《诚斋集》卷七十八《欧阳伯威〈脞辞集〉序》。
⑦ 周必大《文忠集》卷十八《跋永和欧阳樗叟铭》。
⑧ 周必大《文忠集》卷七十五《欧阳元鼎墓志铭》。
⑨ 杨万里《诚斋集》卷七十八《欧阳伯威〈脞辞集〉序》。

罗氏

《秀川罗氏族谱》载有罗汇(巨济)于淳熙元年甲午(1174)春所作序,其中称:"(罗氏)占籍吉洲庐陵化龙乡折桂里戡村戏下(戏音麾,五代时驻兵于此),关书所载可得而考者曰戡。戡之子曰达,达之子曰皎。皎卒于圣宋开宝二年(969),以其世而逆推之,则戡当唐懿、僖时(859—888)。戡之上世在唐中叶已居戡村矣。汇尝闻显考奉议(罗守道,字安强)言,祖父相传自豫章徙来,则戡村罗氏实武陵(太守企生)之后,但世次之远近,迁徙之岁月,未得其详。达又徙居延康里之秀川。秀川在戡村西,相去仅里许,今又为秀川罗氏也。皇祐、治平(1049—1067)以来,子孙始专意儒学。徽宗行三舍法,而父子兄弟同时以文艺升。既复科举取士,凡诏书之下,试场屋者数百人,登第入仕者亦肩相摩而袂相属也。因序其世次,庶几传历、迁徙皆可考云。"此谱又载宝庆丁亥(1227)年罗沂(溪园公)所作序,称:"宝庆丁亥,忽得先大父贡元乾道丙戌(1166)《春祀小录》手泽云:罗氏自豫章徙吉之同江,自同江徙庐陵戡村。以唐肃宗二年关书考之,今四百余年矣。是必先大父亲见此书,故有此语。然自乾道丙戌至淳熙初元,甚未久也。蓬山公之序文乃不及此,但云唐之中叶已居戡村,何耶?今同江有地名陶银塘者,丘木数围,屋宇虽湮没,而故老相传以为罗家墓,莫敢翦伐,其自豫章徙同江明矣。"据罗沂序及《兴宁罗氏昭远公世系》族谱,知庐陵秀川罗氏世系记载始自罗戡。戡子三人:超、延、达(生南唐咸通己丑,869)。超为东塘罗氏之祖,延为马冻罗氏之祖,达则印冈(秀川)罗氏之祖,即《诚斋集》所记南塘(四库本《诚斋集》皆记为完塘,误)之罗、东西塘之罗、印冈(山)之罗[①]。盖时隔二百余年,地名已有变迁。殆后来印冈(秀川)罗氏鼎盛,遂以秀川罗氏为罗戡后裔之总称也。

据《诚斋集》,知南塘之罗自武冈公(罗棐恭)第建炎二年进士,其族遂鼎盛。罗棐恭(?—1188),字钦若,建炎进士,尝知武冈军(治今湖南武冈县),官至左朝散大夫。其学邃于名数、字书,著有《不欺先生诗文集》三十卷。周必大挽钦若辞中有"天已偿高寿"、"千车会葬者"等语,知其德隆而高寿者。诚斋《送罗正夫主簿之官余干》诗:"君家人物已数世,后有秘丞前给事。近来复见乡先生,武冈使君五经笥。"罗正夫似属南塘罗氏,诚斋在诗中称他"妙年已号万人敌",复兴家族、光大门楣似乎指日可待。

东西塘之罗自罗长吉始聘师友,辟斋房,训子弟,垂五十年而独未有闻。

---

①　杨万里《诚斋集》卷七十六《罗氏万卷楼记》。

长吉之后人罗敬夫始筑万卷楼于深山,朝夕诵读①。东西塘之罗虽科举不盛,然五十年来孜孜不倦训导子弟,盖亦书香世家。

罗沂乃印冈罗氏之后。其在谱序中记载:宋乾德五年丁卯(967),达之子皎(883—969)、晦与其侄忠立(皓之子)分关。皎六子:琅、训、诩、赞、议、遇。议生于后唐戊子(928),终于宋大中祥符戊申(1008),葬豪川,即三十三承事也,后世称豪川府君。议之子遵,名昌,是为大承事,终于天圣戊辰(1028),葬南塘。遵有四子:元、兴、轺、轩。罗元生于咸平己亥(999)。嘉祐二年丁酉岁(1057),轺与侄金、侄偿、侄新分关(其时轺之兄弟皆过世)。罗沂论此事曰:"四房子孙生齿之数不为不众矣,兄弟四人,遇遭事变不为不多矣。财厚则其争易启,人众则其心难齐。事变之来为时之久,则其势不能以久合,而绵历三纪。其业不分,是非兄友弟恭,闺门雍睦绝纤芥之隙,何以能然?此在庆历嘉祐之先。于时朝廷方议开设学校,儒风未盛也。民生斯世,非有师友渊源,雅诰浸润磨砻之具,而孝友姻睦之风若此,其兴也勃焉!不亦宜乎。"(《秀川罗氏族谱》序)由此可略窥庆历之前耕读之大家族的家风,其后罗天文以《诗经》扬名东南,知其家传之教由来远矣。南宋杨万里系印冈罗氏之婿,故其《诚斋集》记载印冈罗氏较详。印冈罗轺一支世次如下:一世轺(号龙池府君),二世仇,三世绂(字天文,号印山先生),四世上达(元通)、上行(元亨)、尚义(元忠),五世维藩(价卿)、维申、维翰、仁仲、全略(仲谋)、全德、全材、全功、才愈、才望、才孚、才来,六世瀚、瀛、浩、沂等。印冈之罗自北宋政宣间罗天文以《毛诗》为三舍八邑之师,其子若孙若曾孙以经术文词第进士者七人,其荐于乡者指不胜屈,遂为士乡,家章甫、人诵弦。周必大谓"今江西通经之士固多,而诗学尤盛于庐陵,印山罗氏又其渊薮。三岁举于乡殆无虚榜。六十年间父子兄弟登科第者七人"②。诚斋谓"印山三子十一孙,六人擢桂两特恩"③。罗天文三子十一孙中,有六人中进士,两人被特恩,这是旷世之盛事,也是吉州地域文化高度发达的必然结果。诚斋为罗天文女婿,与罗氏关系极密切,《诚斋集》中所见罗氏,除上文中已见者外,尚有:罗季周、罗永年(永丰人)、罗必高(天文后)、罗宠材、罗茂忠、罗德礼(著《补注汉书》)、罗允中(字惟一,著《尚书集说》)等,以上诸人,皆出诚斋所记,理应属印冈之罗氏者为多。罗沂统计了南宋以来百余年中秀川罗氏的科举盛况:"正奏名已十有二人;特奏名九人;以童子科进者又九人;以

---

① 杨万里《诚斋集》卷七十六《罗氏万卷楼记》。
② 周必大《文忠集》卷十九《题印山罗氏一经集后》。
③ 杨万里《诚斋集》卷三十八《送罗宣卿主簿之官巴陵》。

至魁胄、监联、乡荐,累累而升,由世赏跻显仕者继继而出焉。"(出处同上)
皇庆二年癸丑(1313)罗履泰(通斋)序族谱云:"长老言溪园公(罗沂)居乡
里时……沿溪南北山下,灯火书声出松竹间,六七里不绝。三岁大比试艺者
逾数百,六经词赋悉占,而词义独当阖郡三分之一,每科乡漕辄数人贡,故
《庐陵志》称罗氏一经族。"(出处同上)甚矣家族之盛也。

　　印冈罗氏,除罗天文一支外,同时而有学问者,如罗钦若(棐恭),第建炎
二年进士,与胡铨同在学舍。罗守道(安强)"性喜方技之学,阴阳图纬多所
通晓",与其子汇(巨济,教授,官至运管,有蓬山堂),孙光弼、忠弼,皆有文
学①;又,印冈罗氏另一支罗锷(士廉)、罗无竞(廉中,号遁翁,门生私谥孝逸
先生)兄弟②,皆以学问称。无竞一生嗜好读书,藏书万卷,卒于建炎年间
(1127—1130),年五十三;给事中李仲谦为作墓志铭,胡铨作《孝逸先生
传》,传谓"窃评其大概,曰:为亲而仕近毛义,诙达以危近东力朔,遁以求志
近渊明云。"③无竞长子良弼(长卿)少时与胡铨同学,皆师事清节先生萧楚。
建炎三年(1129)以诗赋冠乡举,绍兴二十七年(1157)进士及第,"举进士为
第一"④。良弼晚年与退居乡里的周必大交往甚密,一同校刻地方文献,卒,
胡铨作《会昌县东尉罗迪功墓志铭》(《澹庵集》卷二六)。良弼有文集三十
卷,《欧阳三苏年谱》若干卷,《欣会录》十卷,《诗话》二十卷,《闻书》七卷。
无竞次子开(良佐)"亦中优选",早卒。良弼二子:泌、泳(见周必大《龙云
集序》)。罗泌(1131—1189,字长源,号归愚)曾助周必大刻《欧阳文忠公
集》,并著有《路史》等书多种。萧楚《春秋辨疑》一书也为罗泌、罗泳兄弟首
刻面世。罗泌子罗苹,字华叔,号复斋,一心问学,不曾入仕。尝为《路史》作
注,《四库全书总目》卷五十本书提要谓:"核其词义,与泌书详略相补,似出
一手。"盖能世其家学者。罗苹与欧阳守道交厚,守道为其作《复斋记》(《巽
斋文集》卷十六)。罗苹去世后,族弟罗椅为他作《祭族兄复斋文》(《涧谷遗
集》卷三)。罗泌堂弟罗时英,号逸溪居士,与周必大善。时英三子,曰莘老、
岩老、渭老。莘老之妻赵氏咸淳九年(1273)寿百岁,举族庆贺,文天祥亦前
往,并作诗两篇⑤。莘老之子罗士友(1199—1266),字熹善,一字晋卿,自号

---

①　刘才邵《樗溪居士集》卷十二《罗守道墓志铭》。
②　周必大《文忠集》卷十八《跋杨忠襄与乡人罗锷诗帖》提到士廉侄孙泌,故士廉与无竞是兄弟。
③　胡铨《澹庵集》卷三一。
④　胡铨《澹庵集》卷二五《罗长卿母氏墓志》、刘才邵《杉溪居士集》卷十二《朱氏夫人墓志
　　铭》、周必大《省斋文稿》卷一《罗主簿妻朱氏挽词二首》。
⑤　文天祥《封孺人罗母墓志铭》,《文山集》卷十六(四库本,下同);又同书卷二《庆罗氏祖母
　　百岁罗氏庆门寿母百岁父老见所未尝乡里夸以为盛某既交朋升堂为寿退布席厅事与横舟
　　昆弟子侄举酒尽欢酒酣赋诗志喜也》。

融斋。承其家学,著有《史编》及诸家诗体(万历《吉安府志》卷二五)。卒,文天祥作《罗融斋墓志铭》①。士友次子罗煜(1224—1299),字光叟,自号横舟。一生勤学不仕,有诗名,有诗集三十卷。士友第四子罗畊(1230—?),字一鹗,号存叟,举开庆己未(1259)进士,授清江县主簿,调赣州濂溪书院山长。有诗名,文天祥为作《罗主簿一鹗诗序》②。终南宋之世,庐陵罗氏家族一直文名赫赫,允为文化世家也。

杨氏

吉州吉水杨氏以南唐杨辂为始祖,辂生九子,长子锐,不仕,教书为生,居祖屋杨家庄;次子铤,终海昏(今永修)令,迁居湴塘,其余七子皆外迁繁衍。是为二世。锐生宏嗣,铤生宏彻,是为三世;宏嗣生延安、延规,宏彻延宗、延邦,号"四延",是为四世;延安生时清、时澄、时江,延规生克俭、克用、克弼、克宽、克类,延宗生克广,延邦生戬等,是为五世;时清生允素(泰和杨姓始祖)等,克弼生允丕(屯田公。真宗大中祥符八年擢甲科)、允亨等,克广生允绪,戬生伦等,是为六世;允丕生南美,允亨生中谨,允绪生堪,伦生郊等,是为七世;南美生恒、求,中谨生同,堪生布开等,郊生布、存(正叟,中奉公,元丰八年进士)等,是为八世;恒生安平,同生桤、邦乂(字敏道,谥忠襄),布开生元中等,布生朴(字元素,同时另有杨绘字元素,与东坡游者)、杞(字元卿,号鳣堂先生)等,是为九世;邦乂生振文、郁文、昭文、蔚文,元中生芾(文卿)、辅世(字昌英,号达斋)等,是为十世;郁文生炎正(济翁),蔚文生梦信,芾生万里,是为十一世(以上皆录吉水杨氏之要者)。诚斋于庆元己未(1199)六月一日所写的《重修杨氏族谱序》中说:"二族(指锐与铤之后)自国朝以来,至于今第进士者十有三人,杨家庄其九:曰丕、曰纯师、曰安平、曰求、曰同、曰邦乂、曰迈、曰炎正、曰梦信;湴塘居其四:曰存、曰杞、曰辅世、曰万里。"③吉水杨氏家风显著特征是:清刚节义。真宗称:"彭齐之文章、杨丕之廉谨、萧定基之政事,可为江西三瑞"④。杨存官余杭时,公正地处理了蔡京门下老尼的不法事,遭蔡京摈弃,终老州县。杨邦乂守金陵,拒不投降,被金兵割舌、开胸而死,谥忠襄,入州祠。诚斋自谓:"自屯田公、中奉公之后,至忠襄公,以死节倡一世,于是杨氏之人物不为天下第二。"⑤

---

① 文天祥《文山集》卷十六。
② 文天祥《文山集》卷十三。
③ 此谱序不见于四库本《诚斋集》,今据吉水杨氏家谱本引用。《诚斋集》卷七十八《鳣堂先生杨公文集序》中也说:"吾族杨氏,自国初至于今,以文学登甲乙者凡十有一人。"
④ 彭大翼《山堂肆考》卷一百三"江西三瑞"条。
⑤ 《诚斋集》卷七十八《鳣堂先生杨公文集序》。

这种家风一直影响着以后的杨氏族人,也奠定了杨氏在庐陵特殊的政治地位。

刘氏

吉州刘氏为大姓,其中安福刘氏族最盛。据民国《江西通志稿·氏族志》记载,宋代安福刘氏有进士53人,举人184人,见载于正史列传和方志者267人,其中杰出者如刘弇一族。刘弇字伟明,吉州安福人,登元丰二年进士第,继中博学宏词科,元符中进《南郊大礼赋》,哲宗览之动容,以为相如、子云复出。有《龙云集》三十卷,周必大序其文,以为"庐陵郡自欧阳文忠公以文章续韩文公正传,遂为本朝儒宗,继之者,龙云刘公也"①。刘弇弟㲮、翕、畲亦皆进士。

安福诸刘之中,又以"水部刘氏"为大宗。始祖刘德言归宋,授水部员外郎;德言生三子,长子程,居安福荆山,次子秩,居安福山角,三子税(905—991,字君彻),居安福丛桂,是为二世;税生子承亮(字希明),是为三世;承亮生四子:常、集、绪、昉,是为四世;五世、六世不明;赟、溥,七世;思(赠承事郎),八世;刘安镇(镇臣)、刘安世(世臣),是为九世;安世子四人,格非、去非、胜非、知非,是为十世;"先生(刘安世)之族自从祖溥以文章魁恩科,群兄弟策进士者六人,荐名者三十三人"②。刘逢辰绍兴庚午秋闱被荐,逢辰长子德礼淳熙甲午解魁登第,季子德仁发癸卯解,三子德恭久负隽声,四子德性绍熙乙卯复冠乡举③。刘禹锡(绍兴二年进士)、刘廷直(字谔卿,一字养浩)兄弟绍兴初年以文章炜然同升里选,州里称"二刘"。廷直之侄刘承弼(字彦纯,号西溪),南宋时朝廷曾旌表其门。安福刘氏另有刘雄一支,刘雄长子乔,次子刘鹗(仲翔)开宝中进士,尝愤五季文辞卑弱,仿扬雄《法言》著《法语》八十一篇行于世(《宋史》本传);乔四世孙刘才邵(美中),大观二年上舍释褐,绍兴时官至尚书。为诚斋之师。有《樏溪集》存世。安福刘氏率皆以《春秋》起家,终以理学著称,于理学扎根吉州有功焉。

永新刘氏以刘沆为最著。沆曾祖景洪(宏)南唐时保家乡有功,然不仕,至沆始以进士起家(天圣八年榜眼),官至宰相。泰和刘过,自号龙洲道人,以诗侠名湖海间。周益公闻其名,欲客之门下,不就。叩阍一书,请光宗过重华宫,辞意恳婉,声重一时;尝以书陈恢复方略,谓中原可一战而取,用事者不听,以是落魄无所遇合。晚年欲航海,抵昆山,友人潘友文留

① 周必大《文忠集》卷五十五《龙云先生文集序》。
② 杨万里《诚斋集》卷一百十八《朝奉刘先生行状》。
③ 周必大《文忠集》卷四十二《绍兴庚午某与安成刘逢辰秋闱同荐……》诗。

之,寻卒。

萧氏

庐陵萧氏以萧俨一支为大姓。萧俨十岁时诣广陵(杨吴),以童子擢第,南唐时官至大理卿兼给事中。为官明清平恕,号称职(《南唐书》本传)。萧俨传四世为萧涣,涣子良辅,良辅子定基(字守一)、化基①。定基天禧三年登第,后任侍御史,风节凛然,真宗誉为"江西三瑞"之一。定基三子汝谐、汝砺、汝器②,化基子汝为(叔展)。定基孙服,化基孙公望、公球、公厂。汝谐、汝砺、汝器、服俱及第。萧服崇宁大观间擢监察御史,徽宗谓"服文辞劲丽,宜居翰苑,朕爱其鲠谔"(《宋史》本传)。萧氏"再世以直谅闻,号庐陵名族,禄仕不绝"。霁七世孙许(岳英),许子特起,皆与周必大交游。③《诚斋集》卷五《送萧仲和往长沙见张钦夫》诗:"萧家伯氏难为兄,萧家仲氏难为弟。御史子孙今有谁,眼中乃见此二士。"此萧仲和兄弟是萧定基之后。同上书卷四十二寄题《万安萧和卿云冈书院》:"吾乡萧君八叶孙,云冈筑斋高入云。芝兰玉树争绩文,江湖鹄袍争骏犇。"萧和卿也是萧定基之后,迁居万安者。和卿筑云冈书院,前文已述。周必大《文忠集》卷八《资正殿学士萧照挽词二首》自注:萧氏乃同郡人,令子亦及第。又,《文忠集》卷五十三《续后汉书序》载庐陵贡士萧常潜心史学,继班史、范史为《续后汉书》。诸人亦当是定基之后。萧氏学风如何?"萧民望甚贤而喜士,尤嗜蓄书,发粟散廪而饔飧六经,捐金抵璧而珠玉百氏。每鬻书者持一书至,必倍其估以取之,不可则三之,又不可则五之,必取乃已。蓄之多而不厌,老而不衰也。以故其子弟皆好学。"④

曾氏

泰和科举之盛,首推曾氏。曾肃四子:安辞、安止、安中、安强;安辞举人,早卒,余皆中进士,郭知章挽曾母诗有云:"一门十捧乡老书,四子五折东堂桂。"安止,熙宁九年进士;安中,元丰二年进士,安强,元符三年进士。"五折桂"云云,是因为有一子考中两次。绍圣初,苏轼南迁过太和,宣德郎致仕曾安止献《禾谱》五卷,轼美其温雅详实,为作《秧马歌》,又惜其书不谱农

---

① 刘弇《龙云集》卷三十一《萧孝廉墓表》。
② 周必大《文忠集》四十九《跋萧氏敦节堂诗》谓萧服之父名汝襄,字君保,官至通直郎,所居曰敦节堂。清《江西通志》卷七十五《人物十·吉安府》则以萧服为汝谐子。《通志》又载萧汝士,谓定基子,以不执行王安石新法求去。
③ 周必大《文忠集》卷四十八《跋萧氏祖藏官告》:"武宁七世孙武陵丞讳许,字岳英,才具过人。余尝与之游,诸公方欲荐用,俄谢事去,议者惜之。因其子特起出示祖告,并题于后。庆元戊午上已。"
④ 杨万里《诚斋集》卷七十三《石泉寺经藏记》。

器。几年后,安止侄孙末阳令之谨续成之①。

吉水兰溪曾氏,其先金陵人,五季徙袁,又徙吉之吉水县兰溪。曾君彦以前皆隐居不仕,君彦生光庭、光远。光庭生五子:敏逊、敏修(绍兴四年举人)、敏德、敏学(诚斋笔下有正臣、良臣,当是敏字辈人)、敏行(达臣,号浮云居士),光庭十五孙:三益(早逝)、三锡、三复(1160年进士,庆元元年1195年改刑部侍郎)、三省、三畏、三聘(1144—1210,1166年进士,奉使死难于金)、三觌、三寿、三登、三接、三顾、三异(无疑,与周必大、朱熹交往甚密,创龙城书院)、三协、三英(无媿)、三达。"预贡者数人,而三复、三聘相继擢第"②。光庭曾孙辈有曾宏父,以七年时间刊《凤墅帖》;宏度、宏迪皆中进士(淳熙八年,1180)。光远生两子敏才、敏恭(叔谦);敏才生机(伯虞),敏恭生栝(字禹任,一字伯贡,后更名震,字东老),栝的岳父是欧阳珣。又有曾表民,殆光庭辈人物,有孙行可、行中、行己、行义,皆有文学;曾子与"场屋声名三十年",曾文卿"一喷词场万马空",曾世夫"韦编著床头"等③,皆好学有文之士。《诚斋集》卷一百十四《淳熙荐士录》:"曾三复,以文策第,以廉提身,作邑有声,尽罢横敛,梁牓;曾三聘,刻意文词,雅善论事,西外宗学教授,萧牓。""庐陵(曾氏)一族文献相承无虑数十人"④。兰溪曾氏家族重学问和乡邦文献。曾敏行著《独醒杂志》,"皆近世贤士大夫之言或州里故老之所传也"(诚斋序中语),开郡人罗大经《鹤林玉露》之先声。曾三英(无媿)尽三十年心力著《南北边筹》,总结自秦汉以至隋唐的历史经验,对国防建设中的将帅、地利、国势、兵备等问题深入探讨,另有《蒙史》10卷⑤。曾三异著《欧阳文忠公年谱》,颇详实⑥。又著《因话录》10卷⑦。曾机"年未四十,不践场屋,不入城市,力教二子读书。辟一室号静庵"⑧。曾栝自号群玉隐居,言语文章自出机轴,尤喜为诗,平淡简古,深得陈黄句法。有《群玉集》。又

---

① 周必大《文忠集》卷五十四《曾氏农器谱题辞》。《直斋书录解题》卷十:《禾谱》五卷,宣德郎温陵曾安止移忠撰。《农器谱》三卷《续》二卷,末阳令曾之谨撰,安止之侄孙也。杨按:温陵误,乃泰和。
② 周必大《文忠集》卷三十六《曾监酒母孺人刘氏墓志铭》。
③ 以上分别见《诚斋集》卷二十一《寄题竞秀亭》、卷三十九《送曾文卿入京》、卷四十二《题曾世夫颐斋》。
④ 周必大《文忠集》卷四十七《题浮云居士曾达臣杂志后》。
⑤ 杨万里《诚斋集》卷八十四《曾无媿南北边筹后序》。以上文字另参《吉水南华曾氏族谱》(转引自《曾宏父与凤山书院》,见《寻根》2017年第5期,第97页。)
⑥ 周必大《文忠集》卷六十二《欧阳文忠公年谱后序》:"文忠公年谱不一,惟桐川薛齐谊、庐陵孙谦益、曾三异三家为详。"
⑦ 《吉水南华曾氏族谱》,转引自李宗江《曾宏父与凤山书院》,见《寻根》2017年第5期,第97页。
⑧ 周必大《文忠集》卷四十四《曾君伯虞年未四十……》诗。

工书,字画遒劲,人比虞褚云。藏书数万卷,又得欧阳氏故书数千卷,阁以庋之,终日徜徉其间。①

永丰曾氏,其先本金陵人,宋初徙居吉水报恩镇,至和中析报恩镇置永丰县,遂为永丰人。其源流如下:唐末曾庆生伟,伟生辉,三世为廉平吏,阶勋名德俱高。四世崇范,事南唐后主东宫。五世延修以父荫为步驿吏,随后主入宋,改左班殿直。六世(延修生四子)奋身为儒,颉为南唐童子科举人,硕为淳化三年举人,颙、颜为咸平三年举人。七世朝阳,庆历二年进士,朝阳弟匪庆历六年进士。八世百荷以五经荐名。九世正矩,太学内舍生;铖,举八行。十世觌,绍圣二年进士。十一世安民。十二世度,政和二年进士;民瞻,宣和三年登第②;彭年,龙南尉。十三世彦明,政(宣?)和六年进士;彦圭,字君玉,嘉泰元年(1201)卒,年七十八。十四世澧、涣、清、瀚③。

吉州尚有安福曾氏,乃自南丰迁居而来者。始祖名宗,二世弼,三世序昌,皆积善;四世嘉谟,博洽强记,仕至从事郎;五世光祖,字景山,一字承先,《诚斋集》卷三十九有《题曾景山通判寿衍堂》。光祖著有《礼记精义》十五卷,《治功必录》十五卷,《江湖诗集》十五卷,《南溪旧稿》二十卷④。不失曾氏文化家族之荣耀焉。

王氏

吉州安福王氏其先太原人,始祖该唐末避乱徙居庐陵郡西六十里之何山,后迁安福⑤。该之孙怀,生八子,长曰勋,勋之六世孙瑞,七世孙章,八世孙度,九世孙异(同父)。其中,孙、度皆有文名,荐名春官者再。周必大兄弟有诗称同父"天葩奇芬"、"清芬蔼家庭";谢锷(艮斋先生)为作记,有"君子长者、忠信孝弟"之辞⑥。怀之次子曰赞,其三世孙曰祥,四世孙曰奭,五世孙曰王廷珪(民瞻,泸溪先生)。廷珪崇宁甲申贡辟雍,与刘才邵同学京师。"宣和末公年未五十,知时事阽危,无宦游意,学道著书,若将终焉。邑有卢

---

① 杨万里《诚斋集》卷一百二十八《端溪主簿曾东老墓志铭》。
② 曾民瞻字南仲,永丰人,宣和进士。少通天文,为南昌尉,置晷漏图,范金为壶,刻木为箭,壶后置四盆,一斛壶之水资于盆,盆之水,资于斛,其一注水则为铜虬张口吐之。箭之旁为二木偶,左者昼司刻,夜司点。其前设铁板,每一刻一点则击板以告。右者昼司辰,夜司更,其前设铜钲,每一辰一更则鸣钲以告。又为二木图,其一用木荐之,以测晷景;其一用水平之,以法天运,自谓得古人所未至。
③ 周必大《文忠集》卷七十四《曾迪功郎彦圭墓志铭》。按,四库本此文叙述凌乱,此参《江西通志》卷四十九宋代永丰科举名录约略正之,殊未尽善。
④ 文忠集卷七十二《朝请郎曾君光祖墓志铭》。
⑤ 周必大《文忠集》卷二十九《左承奉郎直敷文阁主管台州崇道观王公廷珪行状》。按:必大谓王该乃廷珪十一世祖,诚斋谓八世,见下引叔雅墓志。相差三代,不知何故。
⑥ 杨万里《诚斋集》卷一百三十二《王同父墓志铭》。

溪,筑草堂其上,乡人号卢溪先生。执经来者屡满户外"(周必大《行状》)。廷珪之子曰顿(叔雅),"叔雅自束发受书,性警敏,六经百氏悉钩其深,尤邃于《春秋》。文定胡公过泸溪先生草堂,与先生讲《春秋》,叔雅从傍听之,即能陈说大义,笔削衮斧,洞视诸儒"①。

吉水王氏,来自临川。与王安石同宗。二世祖景观,为王安石从祖,教授于吉,"从者倾一州",萧世京、彭燮、杨纯师皆从之授业,又著书数百卷,号《野民集》。景观生端礼(元祐三年进士),端礼生鸿举,鸿举生大临(舜辅),"(大临)自经史外,虞初小说、道家释氏之书无不贯穿沉浸,尤熟于左氏传与三国七朝史,口讲指画,若身履然。绍兴庚午客永和镇,馆于曾氏。②"亦不失王氏文化家族之本色。

董氏

永丰云盖乡(绍兴二十一年割云盖等五乡置安乐县,隶抚州)董氏世业儒,在吉州诸大族中,董氏业科第早且盛。据今安乐县流坑董氏族谱记载,两宋永丰(含安乐)董氏中进士第者有二十九人(内状元两名),荐举入官者二十二人,以荫入仕者二十六人,特奏名入仕者二十一人,获解者(举人)难计其数。是一个族势相当惊人的仕宦世家。其中进士类不乏辉煌的记录,如景祐元年(1034)张唐卿榜,董洙、董汀、董师德、董师道、董仪五人父子兄侄登第,震撼一时。太守奏改董氏居地曰五桂坊,乡人荣之。皇祐元年(1049),董唐臣、董俌、董伋、董偕四人登第,一时无与伦比。这种文化大家族科举保持不衰的秘密,就在于重视教育,重视学问,如高宗时的状元董德元之孙董亿(永年),"即先庐竹林辟观过斋,聚书万卷,日延贤师友讲贯道艺,未尝泛交。别墅在城东,创潜乐书院,时与亲宾尊酒论文,略无子弟过失。"③在封建社会里,家(即家族)是国的基础,宋代家族文化如此强盛,宋朝文化因而能造极一时。

彭氏

目前吉州彭氏家谱,大多以彭玕为始祖。其实,自玕之祖辈伉、偘、仪一代起,彭氏已分派别传。宋时安福彭氏(后有徙郡城者),多是仪之后代。仪生彝,彝生嵩(南唐御史中丞),嵩长子仁桢,仁桢长子慕德,荫授吉州刺史,家于庐陵九曲巷。生三子,允奇徙沙溪,允成徙青原,允敬徙安福④。允敬之后曰士忠,士忠子衍,衍生合(绍兴进士),合生楚老、汉老(季皓)、商老;

① 杨万里《诚斋集》卷一百二十六《王叔雅墓志铭》。
② 杨万里《诚斋集》卷一百二十八《王舜辅墓志铭》。
③ 周必大《文忠集》卷七十五《登仕郎董君亿墓志铭》。
④ 明进士翰林学士南京工部尚书安福彭黯《仪公派谱序》。

楚老生尧辅(道夫)、尧弼,汉老生尧俞、去疾、去泰、去非①。皆业儒仕宦之
世家。安福彭氏之著名者,首推彭思永(季长,皇祐时侍御史),次彭合。彭
合同时,安福有乡先生彭仲庄,自少与诚斋、刘彦纯等游;又有乡先生彭醇
(道原),尝上书讥切王氏新政,著《澉溪居士文集》;仲庄晚辈如彭湛(少初,
仲庄子)、彭文蔚(有《补注韩文》)、彭文昌、彭云翔、彭云翼、彭汝翼、彭梦弼
等,皆一时俊彦,与诚斋等人唱和往还,如《诚斋集》卷五《赠彭云翔长句》:
"读书台边士如云,卢溪门下士如麟。定知此地难为士,后来之秀说彭子。
雪里能来访我为,当阶下马雪满衣。赠我文章无不有,出入欧苏与韩柳。如
今场屋号作家,相州红缬洛中花。"评价相当高。

　　段氏

　　段氏自唐成式刺吉州后,家永新。宋初有段鹄字正己者,端拱进士,与
琅邪王俨、建阳李寅及孟归等,入庐山国学读书十余年,并有时名②。至讳
准者徙居郡城,故为庐陵人③。准生及、居简,皆不仕。及生赟(仲实),治平
元年甲辰吉州解试名单中有赟及藻,当是兄弟行。藻治平元年及第,赟至元
祐初才登第。居简生世臣。赟生管(元美),世臣生子冲(谦叔),自少力学
不倦,筑小斋藏书数万卷,无复用世意④;郡以遗逸八行举,固辞不就,自号
潜叟。元美生五子,褒、雍、亶皆能力学,为士友所称;子冲生五子,元恺(达
信)其一。段氏以儒学世家,为当地文化世家。段赟学古信道,不以毁誉得
失倾其守。黄庭坚官泰和(1080),慕名造谒,相与语终日乃罢。元祐初苏辙
谪居筠州,段赟为高安主簿,因得抠衣叩质疑义,大蒙赏接,辙亲笔为仲实校
正《国语》《战国策》,此书段氏子孙代代宝藏之⑤。段元美自经子下逮司马
班范诸书多所该综,务深求其意,以推见古圣贤是非去取之实,不喜为无根
浮论以售其说⑥。段子冲不肯为新学,退筑芸斋,藏书数万卷,朝夕雠校,自
号潜叟;郡以遗逸八行荐,不就。和梅花辗转千韵,人叹其博。所著书号《螺
川集》,多至百卷,胡铨为序⑦。

---

① 杨万里《诚斋集》卷一百十九《中散大夫广西转运判官赠直秘阁彭公行状》,周必大《文忠
　集》卷七十一《宋故连州彭史君尧辅墓志铭》。杨、周二人所称彭氏"自金陵来"云云,盖指
　南唐也,非地名。
② 清《江西通志》卷七十五《人物十·吉安府》。
③ 周必大《文忠集》卷三十五《段元恺墓志铭》。
④ 刘弇《龙云集》卷七《伤段谦叔失意二十八韵》:"默记逾三箧,疏通贯九流。赋才肩贾马,
　诗格驾曹刘。"
⑤ 刘才邵《楙溪居士集》卷十二《段元美墓志铭》。
⑥ 同上。
⑦ 周必大《文忠集》卷三十五《段元恺墓志铭》。

孙氏

《文忠集》卷七十四《朝奉郎袁州孙使君逢辰墓志铭》:"吉统八邑,龙泉号山水县,故多名人,孙氏又其名家也。"诚斋《定斋居士孙正之文集序》称:"大江之南,郡国以多士名者,莫庐陵若也……以儒名家而世业者尤多,其间如庐陵印冈之罗、吉水兰溪之曾、龙泉之孙又世于儒之尤者也。至于迩年收科相望者罗氏七人、曾氏四人、而孙氏三人。"此孙氏即龙泉孙文一族。孙文仁厚有家法,诸子皆力学:长子元量,擢大观三年进士第,终贺州教授;次子叔通,从赣上李朴(先之)学①,贡京师,投匦论星变,请开党禁,忤蔡京,斥归,政和二年登第,终清海军节度推官;叔遇偰悦喜周急,博通群书,不乐王氏学,日与黄元铭、徐德饶歌诗唱酬,后赠承务郎;生宜,再举礼部,早世。宜三子:长逢吉(从之),吏部侍郎,入庆元党禁名单;次逢年,登乾道八年进士,笔力高古,仕止南安军上犹令;次逢辰(会之),登乾道二年进士第,为官处事有条理,喜论大利害,援古证今如指诸掌,律身廉谨。逢吉、逢年、逢辰皆有文学行义,时称孙氏三龙。(见周必大《墓志》)

要之,吉州文化大家族,其他重要者如庐陵周氏(周必大家族)、永新张氏、庐陵邓氏、万安郭氏,皆文风颇盛,卓有家声。他们都是宋代吉州文化地图上闪亮的坐标。周必大在《朝奉郎李君琥墓碣》(嘉泰元年作)一文中说:"予自少喜从前贤子孙游,非独典型可想,亦可以其议论传世,足以发蔽蒙而资寡陋也。"②然则,文化家族之作用,可忽视哉? 正如周必大提到的那样:"永丰析吉水为邑,壤地褊小,徒以欧阳文忠公故乡,且先茔在焉,故士之力学好修者众,文献不绝。近岁曾幼度、罗永年又以诗文为诸生倡,殆欲家屈宋而人贾马也。"③这些文化家族家风与学风,在当地具有引领文化潮流的典范作用,影响极其深广。

第二节　宋代吉州地域文化的发展(下)

儒学在宋代吉州的传授

《诗经》《尚书》《周礼》《周易》《春秋》"五经"和《论语》《孟子》《大学》

---

① 李朴曾向伊川问学,见朱熹《孟子精义》卷三。
② 周必大《文忠集》卷七十八。
③ 周必大《文忠集》卷五十五《书示永丰彭肃》。

《中庸》"四书",是儒家思想文化的载体,更是宋代以后读书人必修课程。《宋史·选举志》说得很清楚了:"初,礼部放举,设进士、九经、五经、开元礼、三史、三礼、三传、学究、明经、明法等科。皆欲取解,冬集礼部,春考试。合格及第者,列名放榜于尚书省。"

经典常在,解读各异。在"异"之中,形成了古代中国的学术流派或地域文化。此处专论宋代吉州儒学的发展,所列学术人物,是宋代吉州地方文化的代表,他们或未仕,或出仕。吉州地域文化这一个案,可以看出宋代地域文化与总体文化(主流文化)之间的双向流动和影响的过程。

1.《论语》在吉州的传播

据当今学者研究,汉魏时期研究《论语》的专著见之于著录者约百余部;隋唐时期才有 12 部;而两宋时期有 250 余部①。以上统计数据或有出入,但用以反映元代以前《论语》研究的盛衰状况,大体还是不错的。

今天有文献可征的宋代吉州治《论语》者,首推王端礼。王端礼的父亲王景观是临川人,与王安石同宗,后迁吉州吉水县,子孙遂为吉州人②。王端礼元祐三年(1088)进士,著有《论语解》《茶谱》等。以"解"这一著述体裁讨论《论语》,在当时是一种成风,如王安石、苏轼、程颐均有《论语解》。宋代以前,对经书的解读方式,大多以对名物典制的考据训诂或章句的串讲为主,"间或有一些政治、伦理思想的解说,这些解说也大多停留在政治实践需要的层次上,缺乏深刻的理论思维"③。宋代学者在疑经思潮的影响下,欲以注释经书为手段,借以阐发新儒学,即由训诂以通义理,如程颐《论语解》从体用的角度来重新释读"忠恕"④。谢良佐《论语说·序》:"能反其心者,可以读是书也。孰能脱去凡近以游高明,莫为婴儿之态而有大人之器,莫为一身之计而有后世之虑,不求人知而求天知,不求同俗而求同理者乎?是人虽未必中道,然其心能广矣、明矣、不杂矣,其于读是书也,能无得乎?"这段话里的很多概念,如"反其心"、"脱去凡近"、"婴儿之态"、"天知"、"明矣不杂矣"等,夹杂禅学、道家思想,皆非此前儒家所阐扬者,实乃北宋新理学之产物。随着程门弟子的发展壮大,《论语》学的义理化已蔚然成风。王端礼的《论语解》应是这种学术潮流下的产物,具体的观点则不得而知。

徽宗时,吉州治《论语》者渐多。永丰曾朝阳(庆历二年进士,1042)之

① 唐明贵《宋代〈论语〉研究的勃兴及成因》,《东岳论丛》2007 年第 3 期。
② 万历《吉安府志》卷十八。
③ 董洪利《孟子研究》,江苏古籍出版社 1997 年版,第 193 页。
④ 唐明贵《宋代〈论语〉研究的勃兴及成因》,《东岳论丛》2007 年第 3 期。

孙曾元忠,大观间登第,著有《论语解》等书,门人私谥文节先生①。另有安福王庭珪(崇宁间入太学读书)著《论语讲义》五卷②。至南宋初,吉州《论语》研究进入新的境界,可举胡铨之侄胡公武(字彦英)为例。

杨万里《诚斋集》卷一百二十七《胡英彦墓志铭》:

> 澹庵先生胡公以道德文学师表一世,仁濡义染,丕变大江以西,而其宗族家庭俊茂尤角立。其好学刻深、厉操清苦,克肖先生者,犹子英彦也……覃思经训,钩沉圣处,出入百氏,洞视根穴。至论道原,独谓求圣道当自《论语》始,以韩子始孟为非是。乃取贾谊、扬雄、李翱等解为《集注论语》若干卷,传以新意,自郑康成、王肃、马融之外,《史》《汉》所引,臣瓒、颜秘书辈所注释,阙文异义,靡不裒萃,成一家言。

周必大《文忠集》卷二十《胡彦英〈论语集解〉序》:

> 学林胡彦英辨博该贯,泛通六艺诸子百家之书,而以《论语》为宗。古今注解自汉贾生、杨子,晋何氏,唐韩、柳氏,周熙时子,本朝邢氏、刘原父、欧阳子、司马温公、程正叔、二苏、谢显道数十家,片言之相涉,一说之可取,如医储药贾居货,惟患其不备。所得既富,则徐为折衷;而以其先君子《隐居口讲》与夫从叔侍读公《新说》系之,又为《丛书》二卷,掇拾遗余;《集音》二卷,考证同异,博观约取,期明道而后止。惟胡氏世传《春秋》学,彦英尤致意焉。是书也,集诸儒之说而以道为之权衡,是非取舍不敢铢两轻重其心间,有旨虽殊而理通,亦并存不废,务使学者优柔而自求,厌饫而自趋,非深于《春秋》能如是乎?

胡公武(1125—1179),字彦英,胡铨侄。胡彦英解说《论语》的著作,诚斋说是《集注论语》,周必大说是《论语集解》,当以周说为是。胡彦英集解《论语》,是在宋朝邢昺、刘攽、欧阳修、司马光、王安石、二程、二苏、谢良佐等数十家解说《论语》之后,有何创新呢? 如杨诚斋、周必大所述,胡彦英的《论语集解》有如下特征:一是辨博该贯,覃思经训,出入百氏。既不同于传统的训诂之学,也不等同于以佛道之理解六经的理学家们,而是广泛吸收百家之说,择善而从。二是以《论语》为宗,圣道当自《论语》始,不赞同韩愈

---

① 李贤等《明一统志》卷五十六。
② 王庭珪《泸溪集》附录周必大所作《(王庭珪)行状》。

"圣道始于孟子"的说法。《论语》与《孟子》在弘扬儒家之道方面有何区别?核而言之,孔子主张君子之道,孟子主张王道,前者重个体之觉醒及社会责任,后者重帝王之集权。三是阙文异义,靡不衷萃,以道(家传"春秋学")为之权衡。一言以蔽之:"泛通六艺诸子百家之书,而以《论语》为宗。"其中夹杂禅学、道家思想是可以肯定的,独特之处在于以《春秋》学为折中标准,亦《论语》学术史上之小小贡献也。

罗维藩(1130—1182,字介卿)有《论语解》二卷①。罗氏家传《诗经》学,自介卿祖父罗绂(字天文,诚斋岳父)政和间以诗学起家之后,至介卿之子瀽,吉州印山罗氏四代人出了六个进士,十二个举人,皆以《诗经》学名世。据诚斋为其所作《墓志铭》,谓其人"性简而厉,言动从绳,静以御繁,勇以行义",且其为官之地皆现政通人和之清明效果。故可推知:罗维藩的《论语》学虽然不免受当时理学思潮的影响,但还保持着传统儒家"刚勇和践行"等基本教义。

李概(仲承),吉水人。史载其"为文务为惊人语,连举不第,尽弃故业,雅志笃实之学,酿郁六经,训释《论》《孟》,屡能发所未发。当时才人如萧伯承、王材臣往复质疑,必以承仲为宗,号为乡先生"②。吉州王材臣乃杨万里之友,《诚斋集》中屡见其人。"笃实之学"在当时一般指与王安石"新学"、二程理学相对的学术,即传统意义的经学。"屡能发所未发"云云,指李概以六经本旨解《论语》《孟子》,与当时综合儒释道三者解经的理学、以疑经臆断为主的王安石新学路径大异其趣。

刘元刚,字南枝,吉水人。嘉定癸未(1223)进士。著《论语衍义》《孟子衍义》《孝经衍义》《容斋杂著》③。

周焱,吉水人,宝祐(1253—1258)进士,官南昌知县,宋亡誓不复仕,闭门著书以娱老。有《通鉴论断》《四书衍义》行于世。④

以上两人的《论语》研究,因资料有限,无法窥测。

2.《诗》学在吉州的传播授受

宋时吉州本土《诗》学,首推印山罗氏,而印山罗氏起家者为罗绂⑤。罗绂字天文,诚斋之岳父。《诚斋集》卷八十二《罗氏〈一经集〉序》:"本朝三舍

---

① 杨万里《诚斋集》卷一百二十八《罗介卿墓志铭》。
② 《江西通志》卷七十五《人物十·吉安府》。
③ 万历《吉安府志》卷十八。
④ 《江西通志》卷七十六《人物十一·吉安府》。
⑤ 如欧阳修,为宋义理之学开山人之一,从《诗经》开始开启一代疑经之风。然其人虽为吉州人,实则少小离家,长于中原,所接师友皆中原学者。故此处不将他列入吉州《诗》学的代表性人物。

养士之胜,至宣政间极矣,是时庐陵有乡先生曰罗天文,以《诗》学最高,学者争从之。先生(天文)之家,以《诗》学世相传焉。"六十年中,罗天文子孙有七人中进士,两人被特恩,这是旷世之盛事①。罗天文所传之《诗》学,为卜子夏—毛苌诗学。②

卜商(前507年—?),字子夏,是孔子晚期学生中的佼佼者,被孔子许为其"文学"科的高才生。孔门十哲之一。《论语》中保留了他的许多著名的格言,如"仕而优则学,学而优则仕","虽小道,必有可观者焉"等等。孔子去世后,子夏至魏国西河(济水、黄河间)讲学,"如田子方、段干木、吴起、禽滑厘之属,皆受业于子夏之伦"(《史记·儒林列传》)。子夏还做过崇尚儒学的魏文侯的老师。

据传,孔子删定《诗经》后传给了子夏,子夏传给了曾申,曾申传李克,李克传孟仲子,孟仲子传根牟子,根牟子传荀卿,荀卿传给毛亨。如此说来,毛亨与韩非(约前280—前233年)、李斯(约前284年—前208年)是同学,毛亨思想中具有法家精神也是可以想见的。秦皇统一中国,焚书坑儒,毛苌逃往武垣县(今河间市,当初属赵国的北部)居住下来。直到西汉第二位皇帝汉惠帝刘盈(前210年—前188年)废除了挟书律,毛亨才重操旧业,整理出《诗经诂训传》并亲口传授给毛苌。尔后,河间王刘德(前171年—前130年)遍求天下"善"书,听说毛苌善解《诗经》,于是"礼聘再三",请毛苌出山,并封他为博士;又在都城乐城东面建造日华宫,命毛苌在此讲经,传授弟子。

毛苌同时,讲解《诗经》的主要有:齐人辕固(前194年—前104年)、鲁人申培(约前219—前135)、燕人韩婴(文帝时为博士)。《齐诗》多谶纬,《韩诗》"皆引《诗》以证事,而非引事以明《诗》",某种程度上延续了春秋时代引《诗》言志的传统;而传《鲁诗》者申培,曾师从荀卿弟子浮丘伯,解《诗》以训诂为教。毛苌解《诗》,事实多联系《左传》,训诂多同于《尔雅》,保存了很多古义。故毛诗与鲁诗比较接近。毛诗在汉末经郑玄作笺后遂大行于世,其他三家逐渐衰落,今仅存《韩诗外传》六卷。

北宋末吉州印山罗氏所传毛苌《诗》学,其学风应是以传统的训诂为基础,结合地方学术文化中重《春秋》的学风,遂成自家面貌,与当时以义理解《诗》风气大不一样。对于经典而言,学不贵新,复古是新。准确理解经典的

---

① 周必大《文忠集》卷十九《题印山罗氏一经集后》:"六十年间父子兄弟登科第者七人。"
② 类似记载还见于《诚斋集》卷一百二十六《罗元忠墓志铭》:"天文以卜子夏《诗》学为宗旨、大观学舍师表。"同书同卷《罗仲谋墓志铭》:"仲谋祖绂字天文,宣和间以毛苌诗学为诸儒宗师。"同书卷三十八《送罗必高赴省》:"印山先生罗天文,一卷《周雅》遗子孙。"

意义始终是第一位的。罗天文之孙罗维藩有《诗解》二卷。① 同时而后,吉州解《诗经》者还有王庭珪,著有《六经讲义》十卷,这十卷之中,必有论述《诗经》者。胡维宁(或作从周),字季怀,绍兴乡举,闭门著书,有《诗集善》等书传世。胡氏书从书名推测,有集注性质。这与南宋时学问的"集成化"趋势一致。

3.《春秋》《尚书》学在吉州的传播接受

宋时吉州地方显学,在《春秋》学与《诗经》学。《诗经》学介绍如上,《春秋》学代表性人物有萧楚和胡铨。

萧楚(?—1130)字子荆,号三顾隐客②,门人胡铨私谥为清节,故又号清节先生。泰和人。绍圣(1094—1098)中贡礼部,不第,因游太学。时方尚词赋,而萧楚独崇经术,尤深于《春秋》。从其学者尝百余人,赵旸、冯澥、胡铨等为门人中的杰出者。蔡京方专国,楚愤,疾其奸,移书弟子冯澥,谓蔡京废麟经,忘尊王之义,且将为宋之王莽。胡铨登甲科,《春秋》为第一,归拜床下,楚告之曰:"学者非但拾一第。身可杀,学不可辱,毋祸我《春秋》。"③萧楚未婚妻某氏,泰和人,既许聘于萧,其父母厌楚贫,遂改适他姓。嫁之日,氏知之,缢死车中。楚义之,终身不娶④。于公于私,都可见萧楚忠愤清刚之本色。

《四库全书总目》苏辙《春秋集解》提要谓:"刘敞作《春秋意林》,多出新意;孙复作《春秋尊王发微》,更舍传以求经,古说于是渐废。"萧楚曾受教于《春秋》学大家孙复,故治学路径有同于孙复之处,如萧楚有感于自汉至宋,习《春秋》者概僻于《传》,故独以《经》授弟子,这是他继承孙复《春秋》学的地方,但也有自己的特色。《四库全书总目》萧楚《春秋辨疑》提要曰:"书之大旨主于以统制归天王,而深戒威福之移于下,虽多为权奸柄国而发,而持论正大,实有合尼山笔削之义,与胡安国之牵合时事、动乖经义者有殊;与孙复之名为尊王而务为深文巧诋者,用心亦别。厥后铨以孤忠谠论震耀千古,则其师弟之于春秋,非徒以口讲耳受者矣。"简言之,萧楚的《春秋》学,尊王的态度更为明确和纯粹,强调知行合一。据《宋史》艺文志记载,萧楚《春秋辨疑》原本十卷,今仅存四卷,四十四篇。观其书,每篇皆集中一主题,以《春秋》"书法"——该书的特有用词及剪裁逻辑——为研究工具,揭示《春秋》

---

① 《诚斋集》卷一百二十八《罗介卿墓志铭》。
② 《诚斋集》卷四十一《寄题龙泉项圣与泸溪书院》自注:"忠简胡先生与项德英同师萧子荆先生,传春秋学,萧先生自号三顾隐客。"
③ 曾敏行《独醒杂志》卷六。
④ 万历《吉安府志》卷二十五《儒行传》,雍正《江西通志》卷九十九。

尊王的意蕴。摆脱史实层面的纠缠（汉以来的"古法"），进入本经本意的归纳和阐释（宋代新学）。据宋曾敏行《独醒杂志》卷六称，萧楚《春秋辨疑》流行于庐陵。有证据显示，庐陵学子们确实抄刻此书为积学之阶梯，如绍兴七年（1137）春胡铨《春秋辨疑原序》："铨既进词业，即日除枢密院，编修官罗氏兄弟泳、泌，博学君子也，欲镂板以传，且乞铨序。"此时距萧楚去世才七年，他的书很快就在当地镂板流传。周必大淳熙元年（1174）《与欧阳邦基启》："萧子荆《春秋辩》（杨按：即《春秋辨疑》）一部附纳，穷经如此乃无愧耳。"①为何叫"穷经如此乃无愧"，周必大未说透。庐陵学子的忠愤、爱国精神非常突出，是否与地方文化中重《春秋》的学术传统有关呢？似乎只好意会，难以言传。

萧楚的当地弟子有胡铨、项充（德英）、胡昌龄（胡铨侄子）。

项充终生未仕，在当地隐居讲学，周必大《文忠集》卷四十二《龙泉项汝弼字唐卿卢溪书院》诗注："项名充，与胡忠简公俱以《春秋》驰声，不廷试，绍兴十年以行义旌表门间。"这个"行义"指项充幼承家兄项洵美训诲，后析产时，他尽以自己那份家产送兄长，答其教育之恩。知郡王洋上其事，诏旌门。②

光大萧楚《春秋》学的，要数以胡铨为代表的吉州值夏胡氏家族。

胡铨《春秋》学著作有《书解》四卷、《春秋集善》三十卷。胡在殿试中直接大胆："臣而不言，是臣负陛下；言而不从，是陛下负臣。"（《御试策》）后来写出了震惊中外的《戊午上高宗封事》，在此时已露苗头，显示了江西地方性格之一：忠愤。周必大论胡铨奏议的特点时说："夫人之生也，有血气，有浩然之气。少而刚、老而衰，血气也，众人以之。乘彝好德，养之以直，塞乎天地，少老如一，浩然之气也，胡忠简公以之。"（《跋胡邦衡奏札稿》，）胡铨的著作中，特别是奏疏和议论文，《春秋》典故信手拈来，且用典精切，浩然之气喷薄而发，发为文辞，形成纵横恣肆的文风。

胡铨侄子胡昌龄为绍兴十四年江西解试发解者之一（《江西通志》卷五十），然直到乾道己丑（1169）才以特奏名对策授官，淳熙四年（1177）辞官归，绍熙三年（1192）卒，年八十八。事见周必大《宣义郎致仕赐金鱼袋胡公昌龄墓志铭》。该铭还记载："公于忠简虽从侄而年相迩，同事萧先生楚，学《春秋》，俱号高第……每著书，援古证今，是是非非不休。喜藏异书，手自雠校。有文集五十卷。"从其喜藏异书，好援证古今来看，胡昌龄之学问有庐陵地域学人共同的特征：博而杂。其《春秋》学果能绍萧楚之学风矣。

① 周必大《文忠集》卷一百八十六。
② 《江西通志》卷七十五《人物十·吉安府》。

刘安世有《尚书解》二十卷。诚斋谓:"先生之学不为空言,其原委自贾谊、陆贽、苏明允父子之外不论也。"①按,刘安世,字世臣,号清纯先生,与刘廷直、王庭珪皆诚斋之师。贾谊少年时跟荀卿的弟子、秦朝的博士张苍学习《春秋左氏传》,又跟李斯的学生、河南郡守吴公学习,受到很大的教益。他建议朝廷制订新的典章制度,兴礼乐,改正朔,易服色,改变官名等,又在《论积贮疏》中主张实行重农抑商的政策。陆贽在"治乱由人,不在天命"的指导思想下,所有建议皆具实践操作性,如他提出了考察官员的八个指标,即所谓"八计听吏治"。八个标准是:视丰耗以稽抚字、视垦田盈缩以稽本末、视薄厚以稽廉冒、视繁简以稽听断、视囚系盈虚以稽决滞、视奸盗有无以稽禁御、视选举众寡以稽风化、视学校兴废以稽教导。刘安世治学"不为空言,其原委自贾谊、陆贽、苏明允父子来",则其学术思想的重实践性是很明显的了。

胡从周,字季怀,绍兴乡举。与周必大为挚友,唱和甚多。季怀死,必大有"山中宰相今谁继,地下修文古亦难"之叹②。一生闭门著书,有《易筌蹄》《诗集善》《春秋类例》及《周官》《左氏类编》传世。

胡公武(1125—1179),字彦英,胡铨侄。年十三为庠学《春秋》弟子员,郡博士汪俣、刘夙皆加称赏,招为郡学《春秋》师。公武继承家学又加以发展。

胡箕(斗南,1122—1194),庐陵人,忠简从子,绍兴十三年以选入国学③。周必大谓:"(斗南)既长,贯穿经史,尤精于《春秋》。为文下笔数千言衮衮不休,间得异书,口诵手抄,忘寝兴已无倦。事亲笃孝,免父丧,楗衰冠于墓次,遇忌日及岁时必登塚而服之。生七十有三年,以绍熙五年二月六日卒。娶曾氏,安远令端之女。四子:楷、模、格、标。《遗稿》三十卷,《三传会例》三十卷、《孙吴子注解》并藏于家。"④

罗允中,字惟一,著《尚书集说》,诚斋为序。⑤ 罗维藩,著有《左传说》二卷。⑥ 贺升卿,著有《春秋会正论》。⑦ 曾元忠,著有《春秋历法》(《江西通志》卷七十五"人物十·吉安府")。以上诸人之《春秋》学,惜不知其主旨。

龙森,永新人,嘉熙间(1237—1240)以所著《春秋三传评》《续南唐书》进,授登仕郎。诰词以孙明复、刘道原褒之。(《江西通志》卷七十五"人物

① 杨万里《诚斋集》卷一百十八《朝奉刘先生行状》。
② 周必大《文忠集》卷五《次韵邦衡哭季怀》(庚寅九月二十二日)。
③ 以上胡铨子侄辈四人并见《江西通志》卷七十五《人物十·吉安府》。
④ 周必大《文忠集》卷七十一《胡斗南箕墓志铭》。
⑤ 杨万里《诚斋集》卷八十三《罗允中〈尚书集说〉序》。
⑥ 杨万里《诚斋集》卷一百二十八《罗价卿墓志铭》。
⑦ 周必大《文忠集》卷四十二《永新贺升卿著〈春秋会正论〉屡督跋戏往》。

十·吉安府")据《宋史》刘恕(字道原)本传,刘恕在巨鹿讲《春秋》,晏殊亲自带手下去聆听;朝廷召能经义者,刘恕以《春秋》《礼记》应,其特点是:"先列注疏,次引先儒异说,末乃断以己意。主司异之,擢为第一。"

王炎午(1252—1324),原名鼎翁,别号梅边,学者称梅边先生。王庭珪之诸孙,自幼力学,业《春秋》,升太学上舍生,与丞相文公、青山赵公同游,破产助文天祥勤王,后文山被俘,炎午作生祭文以助其死。《南宋书》有传,《元草堂诗余》录其词一首。炎午之气节、爱国情怀,皆深受《春秋》学影响。

尹用和,安福人。有《春秋通旨》传于世。

总之,庐陵《春秋》学意识形态上以尊王、天子统制天下为核心;学术体制上以集成、渊博为特色,故忠君、正统是当地士人的精神内核,博学贯综是其学术特征。北宋灭亡,庐陵杨叉守金陵时以身殉国;南宋灭亡,唯有庐陵文天祥率当地民众组成勤王之师,良有以也。

4.《礼》学在吉州的传播接受

王廷老(1081—1156),庐陵人。其兄廷俊、廷彦。"熙宁元丰间,太平文物之盛,庐陵号多士,战艺之徒推王氏为先登"①。廷彦弱冠登第,仕至江东西部使者。廷老博综群籍,尤深于礼学。暮年官于岭南。徽宗建辟雍,造大成殿,召为礼制局检讨,冕服制度皆依其议,由是言礼者皆以王氏为宗师。侄鸿志(梦授)等皆从其学礼。绍兴丙子(1156)终于家,年七十六。②

胡铨著有《周官解》十二卷、《礼记解》三十卷、《学礼编》三卷,周必大《文忠集》卷三十《资政殿学士赠通奉大夫胡忠简公神道碑》:"(胡铨)邃于礼乐,能躬行之。冠婚丧祭必遵古训,释老异端一切屏弃,亲旧庆吊,寒暑不辍。"礼者,节也,节制社会秩序和人的日常行为。胡铨的礼学不杂佛道,纯然儒行,且以躬行实践为基础,强调在现实生活中应用。《宋史》卷八十一《律历十四》:中原既失,礼乐沦亡。高宗时胡铨著《审律论》曰:"臣闻司马迁有言曰,六律为万事根本,其于兵械尤所重,望敌知吉凶,闻声效胜负,百王不易之道也。臣尝深爱迁之言律于兵械为尤重,而深惜后之谈兵者止以战斗击刺奇谋,此律之所以汩陈而学者未尝道也。"音乐之道与政通,胡铨律历学思想比较保守,一如其行古儒礼制。

刘德礼,字敬叔,安福人,淳熙二年(1175)进士,学极博,尤长于周官(万历府志卷十八)。又有曾光祖,字景山,安福人。淳熙进士。仕徽州录

① 王庭珪《卢溪文集》卷四十二《故王梦授墓志铭》。按,万历《吉安府志》卷二十五《儒行传》以王廷老作王庭老,且谓其中元祐二年丁卯(1087)解试,皆误。

② 王庭珪《卢溪文集》卷四十二《故王梦授墓志铭》,万历《吉安府志》卷二十五《儒行传》。

事,决谳明敏;荐知新喻,逾年而邑大治。平居喜著述,有《礼记精义》《治功必致录》行世。(《江西通志》卷七十六"人物十一·吉安府")据二人行事推测,前者礼学渊博,后者切于实用。

5. 程朱理学在吉州的传播与接受

理学在吉州的广泛传播,有其必然的因素。二程之父程珦,在赣州为官时,向周敦颐问学,二程得以亲炙,故赣州实为理学首邦,而吉州与赣州毗邻。此地理之天然关系也。又,程珦尝为庐陵尉①,其子程明道又是庐陵人彭思永(字季长,尚书应求子。登天圣五年进士)的女婿。此人事上的天然关系也。

王瑞礼,字懋甫,吉水人。元祐三年(1088)进士,慕濂洛之学,慨然以斯道自任,探索究极,思以身体之。年四十致仕②。按:端礼之时,濂洛之学刚起,王瑞礼或预知之流,求修身养性之学,故能激流勇退也。但理学在吉州此时还没有普遍传播,只有少数杰出的吉州士大夫参与其中。北宋末期及南宋初,理学在吉州的接受者越来越多。刘廷直,字鄂卿,号浩斋,学于胡安国(文定先生),是吉州传伊洛之学的带头人③。《诚斋集》卷七十四《浩斋记》:"某所亲安福刘彦与以书来曰:'先君子得伊洛之学于文定胡先生'……某自少憪学,先奉直令求师于安福,拜清纯先生刘公(安世)为师,而卢溪王先生(庭珪)及浩斋先生俱以国士知我,浩斋又馆我,每出而问业于清纯,入而听诲于浩斋。一日问曰:'子见河南夫子书乎?'曰:'未也。'退而求观之,则惊喜顿足,曰六经、《语》《孟》之后乃有此书乎?"诚斋杨万里直到在刘廷直家作塾师的时候,才真正了解理学是什么,并迅速接受了其要义。周必大谓诚斋立朝性格有师友渊源④,即指此。又,胡铨之子能泳也是吉州较早接触理学的人。⑤

加速理学在吉州当地传播的另一个重要契机是张九成谪南安⑥十四

---

① 万历《吉安府志》卷十七《贤侯传》。

② 万历《吉安府志》卷二十五《儒行传》。

③ 杨万里《诚斋集》卷三十一《送刘觉之归蜀》:"大江东西湖南北,鹄袍学子森如竹。何人开口不伊川,阿谁初导此水源? 清纯先生刘夫子,冷笑俗儒钻故纸。梦中亲见大小程,为渠刺船入洙泗……"。

④ 周必大《文忠集》卷十九《题杨廷秀浩斋记》。

⑤ 周必大《文忠集》卷三十二《承务郎胡君泳墓志铭》:"(绍兴)三十一年春,侍先生归庐陵,讲道家塾,兄弟怡怡如也。学有家法,尝读横渠易至'心化在熟',击节叹曰:'至言也,请终身诵之。'雅好吟咏,慕陈后山而学焉。某蒙先生不鄙,间许唱酬,君辄用韵见贻,语皆惊人,盖天才有过人者。"

⑥ 宋淳化元年(990),以虔州(今赣州)原辖南康、大庾、上犹三县另置南安军,治大庾(今江西大余县)。

年。张九成广泛与赣、吉士人交往,为理学传播作出了重要贡献。杨万里一
中进士,即上书张九成论学,张九成勉之以"正心诚意",特别以"诚"字期待
于他。杨万里后改名诚斋,实源于此。《胡澹庵先生文集》卷十八《诚斋记》
论之详矣。诚斋初入仕即为零陵尉,此地为周敦颐故乡,且理学大家张浚、
胡铨、刘安世此时均在零陵,故斋诚斋得以全面而深入地亲炙理学。接触理
学后不久,诚斋即焚弃旧诗千余首,抛弃早年所习江西体,皆与此有关。

　　杨万里自零陵调官赣州为户曹,遇忘年交诗友邹敦礼。敦礼字和仲,号
北窗先生,新淦人,绍兴二年张九成榜进士。《诚斋集》卷八十四《北窗集
序》谓邹敦礼诗祖山谷,诗句清如黄菊。杨按,邹敦礼盖未染理学之气也。
张九成《回赣州邹推官》三首之二:"蒙示及《季子论》,备见考订精深,学问
不苟。然言必虑其所终,行必稽其所敝,更几审察可也。性论当摈诸人,独
以已体孟子之言,则所得必深,上溯孔门无分毫不合矣。"张九成对同年的理
学功夫,还是不满意的。这正好说明吉州老一辈士人对理学还是比较隔膜,
此时江西体诗与理学尚未契合,不像后来,江西诗融入理学思想。

　　大约自诚斋这一辈人起,吉州读书人接受理学则较为普遍了。如安福
人彭元亨(文昌),周必大叙述其接受理学的过程:"某以是嘉其人,授以著
作吕君祖谦《辨志编》。盖自洒扫应对、推己应物、细行之矜、达于全德,凡前
言往行,次第毕载。彭君受而服膺焉,传之副墨,又求名儒达官敷绎之,蚤夜
力行不敢少息。"①邹浩的族子邹有常卜居吉州富川,尚濂溪之学。②澄塘杨
昌英于理学也有心得,周必大《文忠集》卷四《杨昌英示〈性悦〉次韵为诗》:
"圣学榛芜欠扫除,诚斋刻意绍渊舆。羊岐自昔迷多径,鸡瓮从今识广居。
西洛穷源谈近似,南宗投隙说真如。早知大道容方轨,何用危涂转栈车。"此
诗作于1168年,杨昌英的理学还杂有禅的味道,这正是张九成的理学特点。
极端的例子是严彦博,字文益,泰和人。居乡以德义称,博极群书,尤邃于理
学,雅好修炼,著《内外丹图诀》③。

　　朱子理学也同时传入了吉州。王子俊(材臣、才臣),吉水人,从周必大、
杨万里游,二人视其为畏友。朱熹遗书勉以博取约守之功,于是师事朱氏。集
师友议论问答为《师友绪言》,门人杨长孺、曾焕序次成编。创三松书院于南
山下,中为振古堂,左为日强斋,右为格斋,一时名流如杨万里、朱熹、陆游皆曾

①　周必大《文忠集》卷七十二《彭元亨墓志铭》。
②　杨万里《诚斋集》卷四十二《寄题邹有常爱莲亭》:"道乡先生有族子,卜筑富川弄江水。更
　　穿两沼磨碧铜,分种芙蕖了秋事。一沼花白一沼红,新亭恰当红白中。此花不与千花同,
　　吹香别是濂溪风。"
③　《江西通志》卷七十五《人物十·吉安府》。

游其地。材臣是吉州理学中走朱子理学一路的人。左庆延,永新人,绍兴戊辰(1148)进士,与晦庵书推明义理,问辨反复。(万历《吉州府志》卷十八)

《鹤林玉露》乙编卷三谓:"古人观理,每于活处看。故《诗》曰:'鸢飞戾天,鱼跃于渊。'夫子曰:'逝者如斯夫,不舍昼夜。'又曰:'山梁雌雉,时哉时哉!'孟子曰:'观水有术。必观其澜。'又曰:'源泉混混,不舍昼夜。'明道不除窗前草,欲观其意思与自家一般。又养小鱼,欲观其自得意,皆是于活处看。故曰:'观我生,观其生。'又曰:'复其见天地之心。'学者能如是观理,胸襟不患不开阔,气象不患不和平。"按:此江西理学之精华也。《诚斋集》卷四十一《题胡季亨观生亭》自注"观生"一词曰:"取观天地群物生意之义。"(周必大《文忠集》亦有之)。另外,诚斋《闲居初夏午睡起二绝句》:

> 梅子留酸溅齿牙。芭蕉分绿上窗纱。
> 日长睡起无情思,闲看儿童捉柳花。(其一)
> 松阴一架半遮苔,偶欲看书又懒开。
> 戏掬清泉洒蕉叶,儿童误认雨声来。(其二)

周必大《文忠集》卷四十四有《达斋铭》《坡谷斋铭》《濂伊斋铭》,共敬欧阳修、司马光、东坡、山谷、周敦颐、二程。朱熹谓江西理学不淳,此之谓欤?然正因其"不纯",故能区别于朱子理学,故能保守赣州理学"观生"之核心思想,"诚斋体"的产生不脱乎此思想之指引。

6. 吉州之史学

据《江西通志》卷七十五"人物十·吉安府"载,五代宋初,吉州已有史学著作问世。罗士友,字兼善,庐陵人。著有《史编》及《诸家诗体》。刘鄂,泰和人,尝应诏上书万言论时事,又作《边防龟鉴》七十卷。宋代史学界热衷于注解两《汉书》,特别是临江三刘(刘敞、刘攽、刘奉世)的《汉书刊误》出,突破了唐人音注、集释的老路,大胆地以推理、本证、内证、出土文物来订正史事和旧说旧注,开宋代史学研究新局面。杨万里(诚斋)谓:"至吾宋又有三刘之注出焉,学者以为《汉书》于是无余秘矣。"[1]不过,诚斋笔锋一转:"今观吾友罗子之注,又出于三刘之外。"这本"出于三刘之外"的史学著作,即庐陵罗德礼所作《补注汉书》,"吾友罗德礼寄所作《补注汉书》示予,古文奇字,分章别句,其据也有依,其证也有来,盖《汉书》之幽者白,纷者释,险者不险也。"(出处同前)依诚斋之意,罗德礼的史学著作,还是以文字考订、音韵

---

① 杨万里《诚斋集》卷七十九《罗德礼〈补注汉书〉序》。

训诂为基础,附之以内证、本证,特考订加详,内证转密耳。

王之望《汉滨集》卷五有《看详罗棐恭改正汉书次序文字状》,称罗棐恭上书请用"真本《汉书》"改正当下流行之本。罗棐恭所谓的真本,即《南史》萧琛传中所说的事:"萧琛为宣城太守,有北僧南渡,赍一瓠芦,中有汉书序传。僧云三辅旧书,相传以为班固真本。琛求得之,以饷鄱阳王范,献于东宫。"王之望先以古书常有错简,后人谨于阙疑,不敢有所釐正为说,接着一一驳罗棐恭所列需改正的事实,结论是"棐恭所乞,恐难议施行。"罗棐恭,庐陵人,与胡铨同学,建炎二年进士。

周必大《文忠集》卷五十三《续后汉书序》:"今庐陵贡士萧常潜心史学,谓古以班固史为《汉书》,范晔史为《后汉书》,乃起昭烈章武元年辛丑,尽少帝炎兴元年癸未,为《续后汉书》。既正其名,复择注文之善者并书之,积勤二十年,成帝纪、年表各二卷,列传十八卷,吴载记十一卷,魏载记九卷,别为音义四卷。"这大概是最早的"正统三国史"吧?以蜀为正统,以吴、魏为偏霸,颇能反映一部分人的历史意识,也许与吉州当地浓厚的《春秋》学氛围有关吧?又有张钢字德坚者,"少勤问学,四魁漕举,登辛丑进士科。尝编类《皇朝列圣孝治》,自帝后逮臣民,傍及藩侯、蛮夷,总一百卷,表上之。平生著述号《横江丛集》七十卷,藏于家。"①又周必大《文忠集》卷四十八亦赞王才臣之史学,惜未详述其史学之特征。

吉州史学家最有特色者,要数罗泌(1131—1189)。罗泌字长源,号归愚人。精于诗文,一生不事举业,为补上古之史,遂博采各种典籍,积数十年之功,于乾道年间撰成《路史》,记述上古迄两汉事,保存了大量的古代佚闻,如《蜀本纪》之类,为后世研究上古史特别是上古神话传说提供了丰富的资料。不过,该书多采谶纬伪书杂说,内容上难免穿凿附会。

《江西通志》卷七十六"人物十一·吉安府"还记载了吉州其他一些史学家:如庐陵人王伯刍,字驹文,博洽工文辞,日夜校雠,笺注经史,凡前贤世系出处,必推见本末。永新人龙升之,预修《中兴政要》,书成,除福建节干,在幕修《帝学增释》二百卷。泰和人刘子澄,字清叔,刘将孙称其有史才,所著有《玉渊集》《平淮疏》《补史》,行于世。

明杨士奇《东里续集》卷十八载,庐陵钟尧俞有《宋名臣言行录类编举要》前后集十六卷,前集举言行之体,后集发言行之用,始终有微意。盖取朱子书及《会要》《长编》诸书所记有益于世教者类编之。尧俞进士出身,咸淳四年曾以史馆编校得旨赴殿。

————————

① 周必大《文忠集》卷七十四《郴州张使君钢墓志铭》。

附：周必大《文忠集》所见宋代吉州《易》学

吉州学术文化自北宋后期开始进入整体爆发期,其标志就是"金陵故家"子弟的崛起。南宋建炎年间,周氏家族的迁入①,又为吉州增添了优秀的文化家族,并将吉州"仕途经济"推向了新的高度。本文试以周必大与庐陵易学家们的交往,来推测吉州地域学术文化的一般情况。

一

乾道八年(壬辰1172)正月,周必大权中书舍人。二月,张说、王之奇除签枢,二人上章请辞免新命。在当时,除官后上章请辞是一种礼节,皇帝照例以不允诏回应,一辞一留之间,酿造出一种君臣相遇的良好政治氛围。然而这次周必大居然抗命不撰此诏,搞得上下都很尴尬。几天后,皇上有旨:周必大"与在外宫观,日下出国门"。② 圣旨到达,周氏需即刻走人,可见当局的愤怒。六月周必大一家回到吉州。第二年(癸巳)正月,周必大意外地得到任命,"除知建宁府"。心有余悸的他不知是祸是福,不敢应命,再三上章请辞,不允。时间一天天过去,转眼过去了大半年,朝廷的任命不能再拖下去了,中元节这一天,他决定在请前辈知己、著名《易》学家胡铨为自己算一卦。于是有了这首诗:《邦衡侍郎用〈洪范〉五行推薄命而成杰句,叹仰大手,几至阁笔。勉赓盛意,兼叙天人之应,庶知托契辱爱如此其厚,决非偶然耳。癸巳七月十五日》:

> 五行陈范推箕子,三寿为朋颂鲁申。
> 二纪环周元附骥,四辰鳞次岂因人。
> 交承紫掖追随旧,递宿金銮契分申。
> 人事天时已如此,更看坏甊累陶钧。
> (原注:"胡诗用东坡韵,故押两'申'字。"《文忠集》卷五)

按:胡铨(1102—1180)字邦衡,庐陵人。本诗首联入题,言胡铨用《洪

---

① 周必大《文忠集》卷首《年谱》:"建炎二年戊申,是岁,大父秦公倅庐陵,皇考奉使湖湘,因挈家归省。"文渊阁《四库全书》本。下引此书皆出此,只标明卷数,不再注明版本。
② 周必大《文忠集》卷首《年谱》乾道八年纪事。

范》五行理论帮自己推测运程。《洪范》是《尚书》中的篇名,据说是箕子向周武王陈述"天地之大法"而作。帝王统治天下有九条大法("洪范九畴"),第一条就是遵行金木火土火"五行"的客观规律。"三寿为朋"语出《诗经·鲁颂·闷宫》,郭沫若释三寿为参寿,意思是寿数像参星一样高。"三寿为朋"即"参寿为比"之意①。颔联言自己与胡铨生辰的神秘关系。"二纪环周"句作者原注:"某后公二纪生,而同在午,故用马事。""四辰鳞次"句作者原注:"公月日时胎在未辰卯戌,某日月时胎在申巳辰亥,率后一辰。"古人以为:生辰时刻与个人命运有某种对应关系,故云"兼叙天人之应,庶知托契辱爱如此其厚,决非偶然耳"。颈联回忆一起在行在宫廷中为官的日子,紫掖即"紫禁掖垣"的省称,唐代门下、中书两省分别在禁中左右掖,称左掖、右掖。乾道六年前后,周必大与胡铨同在中书省为官,交谊甚好。契分申即"契分深",缘分不浅。尾联表达希望得到胡铨提携之意。坯甄(qì)指破瓦壶,"累陶钧",有待陶冶铸造也。周必大在出处大事上如此信任前辈胡铨的《易》术,那么,胡铨的《易》学有何特点? 可稍作分析。

胡铨少从乡先生萧楚(1064—1130)学,萧氏以《春秋》学名家,但他实际是一个百科全书式的学者,"著书百卷,皆发明《易》《春秋》与阴阳、卜筮、占相、医方、氏族、星经、地志、字书、图画、九流百家,及驳王氏,远至浮图、老子、外国之说。"②很显然,萧氏的学术特点是"杂"——融合九流百家,思想非常开放,不囿于儒,也不只综合释道,而是糅杂了主流三教和阴阳、卜筮、占相、医方、氏族、星经等民间学术。其师如此,弟子胡铨的《易》学也可推知应是综贯博取为特色的。上引周必大诗中,很显然胡铨是用五行来推命的,且言"四辰鳞次岂因人",他们都相信,有一种神秘的时空对应关系在支配着各人的命运。这种"天人之应"的观念,就是占星术与《易》学象数之学的混合体。

又,周必大有《前岁冬至与胡邦衡小语端诚殿下,道直夏旧事。今年邦衡举〈易纬〉六日七分之说,辄用子美五更三点为对。数日得刘文潜运使书,记去年馆中团拜十人今作八处,感叹成诗。壬辰十二月》③。按,胡铨所举"六日七分之说",乃汉代象数派孟喜所传,即《易纬》卦气之说。其法以坎、离、震、兑为四正卦,每一卦主一时,坎冬、离夏、震春、兑秋;每卦六爻,爻主

① 郭沫若《两周金文辞大系考释·宗周钟考释》。三寿还有其他解释,如三老说,上中下三寿说,三卿说,与岗、陵同寿说。详杨朝明的博客《〈诗经·闷宫〉"三寿为朋"试解》,http://blog.com.sina.cn/qfsdyangchaoming。
② 胡铨《澹庵文集》卷五《清节萧先生墓志铭》。文渊阁《四库全书》本。
③ 周必大《文忠集》卷五。

一气,共主二十四气;余六十卦,每卦六爻,爻主一日,凡主三百六十日;剩余的五又四分之一日,每日分为八十分,总计四百二十分,以六十卦分之,每卦各得七分,是谓"六日七分"。《后汉书》列"六日七分"为"方术传"。

与胡铨同时,庐陵有郭彦逢者,颇精于《易》。绍兴庚午(1150),庐陵郡秋试数千人,彦逢名在第五,又魁《易经》,时彦逢已年过五十。"著《易辨》十篇,自乾卦至《系辞》皆为训说"①。周必大《静庵曾伯虞机挽词》诗云:

> 往闻郭林山,学易之指南。
> 艮斋从其子,议论青出蓝。
> 授徒兰溪上,妙理常穷探。
> 真旨传何人,著录推静庵。
> 称疾似玄晏,观复师老聃。
> 芸芸已归根,吊客无多谈。②

曾机(1137—1200)字伯虞,号静庵③。与曾三异、三聘为同族兄弟,有诗文集《静庵猥稿》十卷④。郭林山,当即郭彦逢之字号。当时庐陵郭氏能称为"学《易》之指南"者,必为魁《易经》乡举之郭彦逢。艮斋乃谢谔(1121—1194)之号,入仕前借庐陵兰溪曾氏屋设馆授徒,从者数百,屡满户外,后曾从邵雍游⑤。盖郭彦逢之《易》传其子,其子传谢谔,谢谔传曾机。周必大谓曾机"称疾似玄晏,观复师老聃","称疾"云云,据诚斋为曾机所作墓志铭,曾机患有末疾(某种慢性病)。玄晏指三国时皇甫谧,一生著述甚丰,且精通医理,为中医针灸鼻祖,晚年患有风痹疾,仍手不释卷。周必大谓曾机状况跟玄晏相类似。观复是道家的思想,《老子》第十六章曰:"致虚极,守静笃,万物并作,吾以观复。夫物芸芸,各复归其根,归根曰静,静曰复命。"上诗中"芸芸已归根"取意于此。庐陵道风甚盛,如三十六洞天之一"玉笥山"即在

---

① 周必大《文忠集》卷十八《题郭彦逢庚午解牒并〈易辨说〉》。郭年长周必大一辈,但同年贡举。
② 周必大《文忠集》卷四十三。
③ 周必大《文忠集》卷四十四《静庵铭》:曾君伯虞年未四十,不践场屋,不入城市,力教二子读书。辟一室号静庵,因故人欧阳元鼎索予铭。"语静之至,何加于坤。辟则生物,岂劳吾形。人生而静,毋失其性。不出户庭,能定能应。"(庆元乙卯正月作)
④ 杨万里《诚斋集》卷一百三十一《静庵居士曾君墓铭》。文渊阁《四库全书》本。下引此书版本同,不再注明。
⑤ 杨万里《诚斋集》卷一百二十一《故工部尚书章焕阁直学士朝议大夫赠通议大夫谢公神道碑》,周必大《文忠集》卷六十八《朝议大夫工部尚书赠通议大夫谢谔神道碑 嘉泰二年》。按:两文大同小异,且一人有两神道碑,同时所作,甚可怪也。

永新县。郭氏、谢氏、曾氏所习皆庐陵当地世代传承之《易》学，与萧楚、胡铨之《易》比较接近。

二

那么，宋时庐陵《易》学，在宋代高度发达的《易》学文化中，处什么样的地位呢？要回答这个问题，首先得稍稍了解一下《易》学史的基本格局。

《易》学史按其解经路径大致可分为二：以汉儒孟喜（其观点部分保留于僧一行《卦议》中）、京房（《京房易传》）、焦延寿、无名氏《易纬》为代表的一派，重视易象与易数，注重于卦象的研究，以阴阳、五行的变化来解释卦，可称象数派；以费直为代表的一派，重视按《易传》文意解释经文①，不讲卦气说和阴阳灾异，可称义理派。

宋代《易》学盛行，解经也别开生面。约略言之：宋代象数派的代表性人物刘牧、李觏、周敦颐、邵雍、张行成、朱震、朱熹等人，专推易数和重视《河图》、《洛书》、太极图、卦气图、先天诸图等。此派的核心观念用邵雍的话说就是：“神生数、数生象、象生器”（《观物外篇》），故有时他们又称术数派、图象派。当然，他们对术数的理解，已上升到本体论，与汉儒仅仅从自然时序或五行来推验相比，高了一个层次②。宋代易学的义理派代表人物胡瑗、孙复、范仲淹、欧阳修、张载、王安石、程颐、龚原、杨万里等，此派的特点是以人事来解经，往往借经象发挥自己的观点，故此派多作新论。当然，从来没有截然分开的象数学和义理学流派，此取其主导倾向而言。

从现存文献来综合分析，宋时吉州主流《易》学是象数之学，多参阴阳、五行、卜筮、占相、星经等民间知识和信仰③。这是吉州象数之学区别于主流象数之学的地方。

自宋初至胡铨、郭彦逢时代，吉州《易经》象数之学已有深远的历史。宋初彭仲元能以星历知人祸福，不差毫发，即之者如市，后以此术官京师④。与欧阳修约略同时的吉州永新人张翔（字升卿，后更名庠，字符道），也以解《易》著称一时。张“尝著《斥蠹》《正言》二书以排佛老，作《元经图》以明五

---

① 《汉书·儒林传》载：“（费直）长于卦筮，亡章句，徒以《彖》《象》《系辞》十篇文言解说上下经。”
② 参王铁《宋代易学》前言，上海古籍出版社 2005 年版，第 3 页。
③ 从更长远的历史时段来看，吉州《易》学的象数学传统，实际是继承了本地域的历史传统。唐孔颖达《周易正义》序中说：“其江南义疏十有余家，皆辞尚虚玄，义多浮诞”。这里的江南学术指南朝学术，吉州自然包含在内。除去南北地域之见的成分，孔颖达的看法大体是比较客观的。
④ 见《独醒杂志》卷一，《宋元笔记小说大观》第三册，上海古籍出版社 2001 年版，第 3201 页。

行六度之秘。郑獬、吴处厚、钱明逸咸质款焉,号白云先生"①。按:郑獬(1022—1072)、吴处厚皆皇祐五年(1053)进士,钱明逸(1015—1071),钱易子。此三人皆当时俊士。"质款"云云,切磋之谓,可知张翔的《易》学至少达到了与主流学者对话的水平。张翔既作《玄经图》,"又论五行六度",则其《易》学属象数派无疑,只不过其中掺杂了宋代的太玄学。汉代杨雄著《太玄》一书,模仿当时孟喜、京房的卦气说,根据自然界四时、昼夜变化来占断吉凶。杨雄此书自真宗朝起在士大夫中流行开来,至仁宗朝形成学术热点之一。《太玄》热的兴起,既与真宗崇道有关,也是当时《易》象数学中术数学泛滥的结果;反过来,《太玄》的流行,促进了《易》象数学的研究。张翔的《玄经图》正是那个时代学风的产物。

蒋概字康叔,龙泉人,皇祐进士,大约与张翔同时。其宰巴东日,与周濂溪游。治平间京师大水,上疏推本《洪范》,极言朝政阙失②。周敦颐是《易》学象数派的重要人物,蒋概又以《洪范》五行理论推衍世运吉凶,则蒋概属《易》象数学派应无疑义。

张汝明,字舜文,吉州太和人。少嗜学,刻意属文,下笔辄千百言。入太学有声,登元祐七年(1092)第,后知岳州,卒于官,年五十四。汝明学精微,研象数,贯穿经史百家,所著书不蹈袭前人,有《易索》《书张子卮言》《大窍经》传于世③。大观初(1107)游酢定夫志其墓。《易索》十三卷,"上下经六卷,观象三,观变、玩辞、玩占、丛说各一"④。该书早佚,吕祖谦《古周易》、冯去非(1188—1265)之父冯椅《厚斋易学》中有转引。张汝明之《易》学属象数派,但已向义理派靠拢(贯穿经史百家),故当时有人评价其《易》学成就时说"颇支离,盖以己意逆推者"⑤。"支离"即言其不是纯正的象数派,有个人创新。

印冈罗氏罗守道(安强)"性喜方技之学,阴阳图纬多所通晓"⑥,其侄孙罗泌(1131—1189)著有《易说》。考虑到古代大家族的文化传授方式,我推测罗泌之《易》学,应该是深受其叔祖影响的,可归为数象学一派。

杨叔方,号学睡翁,吉水人。解缙《南麓斋记》云:"学睡翁少传刘静春(清之,1134—1190)之学,通诗、书、易、春秋,天文、历数靡不研精,著《五经

---

① 《江西通志》卷七十五引《永新人物志》。《元经图》当作《玄经图》,因避讳改。文渊阁《四库全书》本,下引此书版本同,不再注明。

② 《江西通志》卷七十五。

③ 《宋史》卷三百四十八(列传第一百七)本传。

④ 俞琰《读易举要》卷四"魏晋以后唐宋以来诸家著述"条。文渊阁《四库全书》本。

⑤ 同上。

⑥ 刘才邵《樵溪居士集》卷十二《罗守道墓志铭》。文渊阁《四库全书》本。

辨疑》《历法五行论》等书行世。筑室兹山之麓而题其扁曰南麓斋,四方学者争造其门,以经学授清江范德机,以历法授习吉翁,以天文数学授临川锺朗,而南麓之学遂行天下。"①刘清之乃朱熹高弟,又与张栻、吕祖谦游。其《易》学盖以象数之学为本,参以义理之学。

三

周必大曾提到胡铨之子胡泳绍兴三十一年春(1161),侍父胡铨归庐陵,"讲道家塾,尝读横渠(张载)《易》,至'心化在熟',击节叹曰:'至言也,请终身诵之。'"②。胡铨侄子胡维宁,字季怀,绍兴间乡举,有《易筌蹄》。"筌蹄"者,捕鱼兔之工具,《庄子·外物》:"得鱼忘筌,得兔忘蹄。"此处借用其词,取其"得意忘象"之义。按:张载是宋代《易》学义理派的代表人物,胡泳服膺其学,是知胡永与其父在《易》学取向上已稍稍不同。胡维宁也抛弃了象数派专注探讨《易》象的作法,重在对意的分析,当属义理派。这与其家族的看家学问"《春秋》学"的精神是一致的。

纯正之义理派在庐陵《易》学传统中为异数,较著者只欧阳修杨万里两人、很多人则是以义理之学与象数之学互参交融,如曾朝阳、王端礼、王庭珪等数人。下依时代顺序依次叙述之。

宋代吉州《易》学,首推庐陵欧阳修(1007—1072)。他在其所著《易或问》《易童子问》《传易图序》等书中,提出如下看法:(一)通行的《易传》中的《文言》《系辞》《说卦》《杂卦》不是出自孔子之手;(二)汉以来《易》学分为三派(参上注二)。第一个观点煽扬了宋人学术上的疑经之风,第二个观点启发了宋代《易》学研究者追寻古《周易》真面目的学术热情③。作为《易经》义理派的坚定实践者,欧阳修认为:《易》虽然自古以来就是占筮之书,但文王所作卦爻辞寓有深刻的社会人生理论,孔子的《彖传》《象传》就是为发明文王的这些社会人生理论而作的,这是《易经》之本,那些推测易数和占筮之类,都是《易经》之末:"《易》者,文王之作也。其书则六经也,其文则圣人之言也,其事则天地万物、君臣、父子、夫妇人伦之大端也。大衍,筮占之一法耳,非文王之事也。然则不足学乎?曰:得其大者可以兼其小,未有学其小而能至其大者也。"④欧阳修《易》学的主要精神是很明确的了。不过,欧阳修对象数派《易》学的批判,并未产生多大影响,后者在宋代仍是《易》

---

① 解缙《文毅集》卷九。
② 周必大《文忠集》卷三十二《承务郎胡君泳墓志铭》。
③ 参王铁《宋代易学》第二章第三节,上海古籍出版社 2005 年版,第 21—25 页。
④ 欧阳修《欧阳文忠公集》卷一百三十《易或问》三首。

学主流。

王端礼,字懋甫,吉水人,元祐三年(1088)进士①,为政皆行其所学。著有《强仕稿》《论语解》《易解》《疑狱集》②。按当时学者著书情况,凡论经称"解"者,多从儒家伦理方面发挥,如王安石《易解》等;且从"政皆行其所学"来看,王端礼敏于政事,断狱如流,则其人注重事功,明于大义,不装玄弄虚,由此推测其《易解》当属义理派。

曾元忠,曾朝阳(庆历二年进士,1042)孙,永丰人。著有《周易解》③。曾元忠的《周易解》殆与王安石的《易解》一样,属《易》学义理派乎?

王庭珪(1080—1172),字民瞻,自号泸溪老人、泸溪真逸,安福人。少年时从张汝明学《易》。周必大在王庭珪《行状》中说:"《易解》二十卷,……公学无不通,而尤邃于《易》,少尝师乡先生张汝明,晚自得于言意之表。汉上朱先生震、文定胡公安国、芗林向公子諲见其解,皆叹赏,以为必传,公亦不轻示人。"④按:朱震(1072—1138),字子发,有《汉上易传》,公认为是象数派集大成之作;又,今人统计《汉上易传》六十四卦注解中,朱震明引程颐《易传》之处,有一百条之多⑤,这说明,朱震《易》学乃以象数学为主,又吸收了义理派(理学家)《易》学的观点。朱震与胡安国相善,而安国以《春秋》名家。朱、胡、向三人见王庭珪《易解》应当是在两宋之交(王氏宣和末弃官居家讲学,朱氏1138年去世),"皆叹赏"云云,则此时的王氏《易》学还是以象数派为主。因王氏自感未尽惬意,故不轻示人;待到"晚自得于言意之表",自成特色,才稍稍为人所知。由此推测,王庭珪《易》学最终是以象数学为基础,融合了义理派的解经法。这也是当时的《易》学发展的大趋势。

杨万里(1127—1206),字廷秀,号诚斋。著有《诚斋易传》二十卷,其子长孺《申送易传状》云:"自淳熙戊申(1188)八月下笔,至嘉泰甲子(1204)四月脱稿,阅十有七年而后成书。"诚斋自序云:"易者,何也? 易之为言变也。易者,圣人通变之书也。何谓变? 盖阴阳,太极之变也;五行,阴阳之变也;人与万物,五行之变也;万事,人与万物之变也。古初以迄于今,万事之变未已也,其作也一得一失,而其究也一治一乱。圣人有忧焉,于是幽观其通,而

---

① 《江西通志》卷四十九选举,《元祐三年》条。
② 《江西通志》卷七十五引《豫章书》。按《江西通志》成书于清雍正时期,以理学为编纂指导思想,往往将前人理学化,此处言王端礼"平居慕濂洛,慨然以道自任",并无他证,不采信。
③ 《江西通志》卷七十五《人物十·吉安府》。
④ 周必大《文忠集》卷二十九《左承奉郎直敷文阁主管台州崇道观王公庭珪行状》。
⑤ 侯外庐等《宋明理学史》上卷,第264页。

逆绌其图,易之所以作也。易之为言变也,易者,圣人通变之书也。其穷理尽性,其正心修身,其齐家治国……万事之变方来,而变通之道先立。变在彼,变在此,得其道者,蛊可蛊,蹇可济,眚可福,危可安,乱可治,致身圣贤而跻世泰和,犹反手也。斯道何道也? 中正而已矣。"按其书,则议论多本之程氏而引史传事证之,此实程氏解《易》之方法,朱熹尝论之矣。元代陈栎谓:"《诚斋易传》文极奇,说极巧,段段节节用古事引证,使人喜动心目。坊中以是书合程子易并行,名曰《程杨二先生易传》,实不当也。"①四库馆臣以诚斋之《易》学为南宋义理派之代表。杨万里曾将《易传》寄朱熹、袁枢等人审阅,袁氏提了很多见解,诚斋均采纳,独朱熹不置可否,回信仅"蒙示《易传》之秘"六字,诚斋大为不满②。于北山先生解其原因有二:宋明讲学,最重先师,朱之师乃二程正脉,杨之师乃二程之旁派;朱氏治《易》宗义理,杨氏解《易》尚史证③。

龙仁夫,字观复,永新人,博学好古,潜心道理,深探濂洛关闽之奥,经传子史,律历阴阳无不精究,著《周易集传》八十卷,文章与庐陵刘岳申并名。学者称麟洲先生④。其《易》学为象数派而参理学言论者。

附带周必大本人对《易》学的态度。《文忠集》卷四十六《跋萧唐叟时庵记》:"萧君唐叟尝示予以《易说》矣,今以时名庵,而求宜春欧阳永年为之记,谢公昌国、杨公廷秀为之跋,而丐予一言。夫艮,止也,其象乃曰'时止则止,时行则行'。君既有得于此,予固无以伸其喙。虽然,'刚柔者,立本者也',所以况卦总主一时之事也;'变通者,趣时者也',⑤所以况爻就一时之中而趣其所宜之时焉。是道也岂特艮而已,自乾至未、济诸卦皆然。夫惟君子而时中,然后动静不失其时,其道光明,君其勉之。庆元乙卯六月十八日周某题。"贯穿其中的解说,都是儒者刚正弘毅之人生态度,不杂神秘主义,其精神与诚斋同。

总之,庐陵主流《易》学终两宋而不改者是象数之学,多参阴阳、五行、卜筮、占相、星经等民间知识和信仰⑥,其稍稍例外者,则融合义理派之解经

---

①　陈栎《定宇集》卷七《问杨诚斋易传大概如何》。

②　杨万里《诚斋集》卷六十七《答袁机仲寄示易传书》。

③　于北山《杨万里年谱》,上海古籍出版社 2006 年版,第 693 页。

④　万历《吉安府志》卷二十八《艺文传》。

⑤　《周易正义·系辞下》:"刚柔者,立本者也。变通者,趣时者也。立本况卦,趣时况爻。"

⑥　从更长远的历史时段来看,吉州《易》学的象数学传统,实际是继承了本地域的历史传统。唐孔颖达《周易正义》序中说:"其江南义疏十有余家,皆辞尚虚玄,义多浮诞"。这里的江南学术指南朝学术,吉州自然包含在内。除去南北地域之见的成分,孔颖达的看法大体是比较客观的。

法。纯正之义理派在庐陵《易》学传统中为异数。象数派《易》学有助于人们保持对世界的神秘感、想象力、幻想精神以及思想的开放性,其缺点是理性不足,有愚民之嫌;义理派《易》在打破思想愚昧方面有积极意义,其缺点是实际上折损了《易经》的哲学高度和思维的深度,其下者蜕为社会政治说教,最终沦为历代少数统治者推行神圣政治的工具。这当然是统治者所需要的。从这个方面来看,欧阳修、周必大、杨万里之所以能成为一代文学之代表,或与他们能够摆脱地域文化的制约有关,此登岸舍筏之道。无筏,则无以渡河;不舍筏,亦无以渡河。筏者,庐陵地域文化之谓也。

第三节　宋代吉州的民风与士风①

北宋时江西民风"好讼",吉州、赣州尤盛。然好讼之民俗也不是一成不变。盖其始者民风好讼,继而好讼与好文并存,至南宋后期则彬彬然一内陆邹鲁。宋末文天祥起兵勤王,吉州、赣州士民破家跟随者比比皆是,此则为忠义、激烈之民风和地域文化性格的具体表现,值得大书特书者。

宋时吉州人好讼,盖自南唐时已然。周必大《文忠集》卷四十七《题周洽所藏南唐牒诉》:"右南唐吉水县乡贡进士周洪谊牒诉七幅。"这七幅诉牒,是周氏自诉状还是代他人上诉状?不得而知。若是前者,则七幅诉牒正是"好讼"之证;若是后者,殆身为乡贡进士的周洪谊乃所谓人见人畏的"讼棍"欤?至宋,吉州人好讼屡见于记载,如戚纶太平兴国八年(983)登第后不久知泰和县,邑俗故喜讦讼,戚纶为谕民诗五十篇,因时俗耳目之事以申规诲,老幼多传诵之②;吕士元"咸平二年(999)为泰和令,民喜斗讼,往往因事中吏,以法多不免,士元日与长吏争曲直,辨情讹,猾吏伺候,终无毫发过失"③;王式宰永新,俗固好讼,公一皆痛刮其弊,民戴之如父母④;李宗咏

---

①　宋时吉州辖县八:庐陵、吉水、安福、太(泰)和、龙泉、永新、永丰、万安。另外,临江军新淦县(今新干)则是淳化三年从吉州划出,然其地与吉州的文化交流和习惯交往未断,如邹敦礼(和仲)为新淦人,而诚斋在《北窗集》序中称:两人在赣州同官时"以乡里故,相得欢甚";诚斋文集中还将新淦曾氏视为乡人;故万历《吉州府志》卷二十二将新淦曾三异、曾三聘、曾三畏等收为吉州人一点也不奇怪了。本文将新淦列入吉州地域文化版图,谅不致疑也。
②　见《宋史》卷三百九本传,但未言知泰和及年月,据万历《吉安府志》卷十七《贤侯传·泰和县·戚纶》条补(《日本藏中国罕见地方志丛刊》,书目文献出版社1991年版。下同)。
③　万历《吉安府志》卷十七《贤侯传·泰和县·吕士元》条。
④　余靖《武溪集》卷十九《宋故大理寺丞知梅州王君墓碣铭》,文渊阁《四库全书》本。

"补吉州庐陵尉,邑多盗民,好讼,号难理"①。顺便说到,好讼是江西中部、南部民风的显著特征,吉州相邻的赣州、袁州也是如此。《仕学规范》卷二十二称"虔州地远而民好讼";"江西地薄民贫,崄而好讼"②。韩琚(韩琦之兄)通判虔州(今赣州),虔民轻狡好讼,至有害已子而诬人者③;"惟虔暨舒皆今名郡,好讼之称被于俗谚"④;阮阅《无讼堂诗》序称"袁(州)人好讼"⑤,《梦溪笔谈》卷二十五谓"世传江西人好讼",《癸辛杂识》续集卷上"讼学业嘴社"条谓:"江西人好讼,是以有'簪笔'之讥。往往有开讼学以教人者,如金科之法,出甲乙对答及哗讦之语,盖专门于此,从之者常数百人。此亦可怪。"⑥。争讼在江西已走上职业化、专业化道路。

　　站在封建管理者的立场,好讼当然是一种极坏的民风,有人认为此风之恶劣仅次于强盗⑦。但事物的存在,总有其辩证性。好讼固然不能算是一种好的民风,但讼争过程中所需的那种气势、对语言的提炼和表达技巧的讲求、执着于认死理的专注精神,不能不在吉州地域文化性格中留下痕迹。江西庶民好讼,而江西士人性格则多执拗(王安石号称"拗相公"),不能排除有"好讼"民风长期熏陶的原因。江西庐陵人罗大经《鹤林玉露》丙编卷二"论事任事"条谓:"惟欧阳公为谏官侍从时,最号敢言。及为执政,主濮园称亲之议,诸君子哗然起而攻之,而欧阳公乃不能受人之攻,执之愈坚,辩之愈激,此则欧公之过也。"罗大经对这位前辈乡贤的微词正确与否且不论,欧阳修的行为,是否确有些许讼师的影子? 南宋时朝臣论高宗配享,诚斋与洪迈议不合,诚斋拈出"欺、专、私"三字来抨击洪迈,一招致人于无法还手之地,亦有刀笔老吏的手法在。难怪孝宗也对诚斋的这种讼师作法非常不满:"洪迈固是轻率,杨万里亦未免浮薄。"欧阳修、杨万里两人在政治生活中最关键时刻所表现出来的行为,难道不应深入到"好讼"的民风中

---

① 张方平《乐全集》卷二十九《朝散大夫右谏议大夫知相州军州同群牧事上柱国赐紫金鱼袋赵郡李公墓志铭》,文渊阁《四库全书》本。

② 苏辙《栾城集》卷二十八《吴革江西运判敕》,文渊阁《四库全书》本。

③ 韩琦《安阳集》卷四十六《三兄司封行状》,文渊阁《四库全书》本。

④ 刘敞《彭城集》卷二十一《西浙提刑张询可知越州知濠州林颜可知虔州唐坰可知舒州制》,文渊阁《四库全书》本。

⑤ 《江西通志》卷一百五十四引。

⑥ 宋时地方民风"好讼"者,还有吴中、相州等地,如张克戬大观二年知吴县,俗好讼,克戬一切绳以法,奸猾屏气。(《宋史》卷四十六《忠义传》又《文献通考》卷三百一十六"相州":"北齐之灭,衣冠士人多迁关内,唯伎巧商贩及乐户移实郡郭,由是人情险诐,至今好讼。"又闻括之松阳有所谓业嘴社者,亦专以辨捷剥利口为能,如昔日张槐应,亦社中之铮铮者焉。(《癸辛杂识》续集卷上《讼学业嘴社》条)但均不及江西人"好讼"给人留下的印象深刻。

⑦ 张九成《横浦集》卷十七《重建赣州学记》,文渊阁《四库全书》本。

找其根源?①

　　吉州在五代以前地域文化未开,为何一进入宋代即给世人以"好讼"的印象? 背后必有某种突现的客观因素。讼争风俗产生的必要条件有二:土地急剧集中,较高文化水平的人口。自唐末五代起,中原大族(今客家)和南唐金陵大族便络绎进入吉州和赣州。诚斋状胡铨称:"其先金陵人,五季避地庐陵。"②吉州涩塘杨姓也是从金陵而来,始祖为南唐侍郎杨辂,见诚斋《中奉大夫通判洪州杨公墓表》:"六世曰辂,仕南唐,徙家庐陵。"③杨辂善待士,金陵而来的大族多依之而居④。文天祥撰《邹月近墓志铭》称:"邹故出范阳,五季始有籍斯土。"⑤这种人口迁入在数量上大有与土著对垒之势,仅以吉州泰和县为例,明代杨士奇记载:"吾泰和故家,唐宋来文献有传,谱牒有录者,不啻数十姓。其自金陵来者七姓,七姓源本之盛,莫有过王氏者。"⑥据饶龙隼教授依刘崧《槎翁文集》和杨士奇《东里文集》记述而整理出的结果,五代以来徙居泰和的"故家旧族",有珠林刘氏、涩塘杨氏、古株山康氏、丹山罗氏、南冈陈氏、灌溪张氏(始冒尹姓)、禾溪萧氏、横冈袁氏、南冈及黄漕胡氏、禾溪季氏、沙溪刘氏、不详王氏、不详梁氏等⑦。外来高素质人口的大量迁入,必然加剧土地集中,社会矛盾激化在所难免,聚讼因此而来。所以,北宋以来江西好讼民风的背后,有着中原文化和人口大量植入当地的历史大背景。

　　更进一步看,唐末五代迁入吉州的大家族,带来了中原文化的那种固有的"河朔词义贞刚,重乎气质"⑧文化性格,此其大者。因此,我们可以看到,文献中常用"气"、"慷慨"等词来评价宋时来自吉州的士人,如王贽,泰和人,天禧间登第,仁宗称:"若南士而有燕赵之气,王贽是也。"殿人、侍者皆属

---

① 或谓:欧阳修生于绵,长于随,归于颍,没有在吉州生活过,吉州地域文化影响从何而来? 予应曰:古人以乐曲之学为主导,故受家族两方面影响至巨,一是家族性格遗传,二是家族体现的地域文化影响。如诚斋家族,自真宗朝"江西三瑞"之一杨丕(屯田公)起,世守清节家风。徽宗朝蔡京权倾中外时,杨存(中奉公)坚决查处蔡氏门下之老尼;建炎中,杨邦乂(忠襄公)以大义死建康。诚斋之父杨芾,家居不仕,然"字画清壮,可知气节之高"(周必大《文忠集》卷十九《题杨卿芾诗卷》)。诚斋处世立身之道,皆可见家风之强烈影响。欧阳修一直生活在叔父的庇护之下,受到吉州地域文化的影响是可以想见的。

② 《诚斋集》卷一百十八《国侯食邑一千五百户食实封一百户赐紫金鱼袋赠通议大夫胡公行状》。

③ 《诚斋集》卷一百二十二。

④ 解缙《杨氏重修祠堂记》,见《吉水县志》卷五十六《艺文志》。

⑤ 见《文山集》卷十六。

⑥ 《东里文集》卷三《泰和王氏族谱序》。这金陵七姓除王氏外,还有胡氏、刘氏(两支)、陈氏、张氏、袁氏。

⑦ 饶龙隼《南唐故家与西昌文学》,《文学评论》2005年第4期。

⑧ 《隋书》卷七十六《文学传》序言。

目(万历《吉州府志》卷十八列传)。刘沆,永新人,倜傥任侠,多奇气(《宋
史》本传)。董敦逸(1031—1101)为北宋正直御史的光辉典范,元祐六年
(1091)为监察御史,弹劾苏轼;后又不顾哲宗、蔡卞、蔡京等人压力,公正地
主持"瑶华秘狱",孟后(即元祐皇后、隆裕太后)因得剖冤而从轻发落。萧
服,字昭甫,吉水人,"特操如松筠,不以时宰风指轻重诏狱。九原虽远,直气
凛然"①。胡邦衡以编修官身份上书请斩权倾中外的宰相秦桧,被贬新州;
而居乡且年届六十三的王庭珪毅然赋诗为胡邦衡送行,有"痴儿不了公家
事,男子要为天下奇"之句,气壮朝野。诚斋之师刘安世绍兴十七年应举,对
策中"极言守令不才,致民流殍,其语痛次骨"②。光宗曾说过"杨万里也有
性气"③,诚斋亦自谓"某平生狂直,蒙太上圣语云:杨万里直不中律"④。这
个性气、不中律,以周必大的话就是"立朝谔谔,知无不言,言无不尽,要当求
之古人"⑤。类似例子举不胜举。

　　执拗、慷慨之气一旦与忠君思想结合,便是"忠鲠"、直颜犯谏、节义等性
格,吉州士人在这方面表现得尤为突出。除欧阳修、周必大(均谥文忠)外,
宋时吉州尚有杨邦乂(谥忠襄)、欧阳珣(字全美,死于国难)、胡铨(谥忠
简)、杨万里(谥文节)、左誉(绍定二年进士,死于国难),胡梦昱(谥刚简)、
孙逢吉(谥献简)、曾三聘(谥忠节)、文天祥(信国公,死于国难)等等,皆以
气节忠义彪炳史册者。诸人得谥者以"忠"、"简"、"节"字为多(未得谥者据
其事迹应谥"忠")⑥,忠义节气已成吉州士人的主体性格⑦。在吉州文人的
作品里,时时可感受到它的潜在影响,如诚斋《上寿皇乞留张栻黜韩玉书》:
"至于小人如韩玉者,士论藉藉,谓其人狼子野心,工于诞谩,深于险贼……而
玉小人,不知圣恩之深,阴怀两端之志,其大奸大恶之状台臣既言之矣。"⑧忠
鲠犯谏之气貌跃然在前。《诚斋集》卷六十七《与材翁弟书》:"某老谬不死,

---

①　周必大《文忠集》卷十六《跋萧御史荐宗室世颩奏状稿》,文渊阁《四库全书》本。下引该书
　　版本同。
②　《诚斋集》卷一一八《朝奉刘先生行状》。文渊阁《四库全书》本。下引该书版本同。
③　《鹤林玉露》甲编卷一《诚斋谒紫岩》条。
④　《诚斋集》卷一百五《答王信臣》。
⑤　周必大《文忠集》卷十九《题杨廷秀浩斋记》。
⑥　据谥法,危身奉上、盛衰纯固、临难不忘国、推贤尽诚、廉方公正、周险不避难、杀身报国可
　　谥"忠",一德不懈、平易不訾、正直无邪、居敬行简可谥"简",好廉自克、好廉克已、谨行制
　　度、能固所守可谥"节"。
⑦　嘉泰四年,庐陵宰赵汝厦建三忠祠,祠欧阳修(文忠)、杨邦乂(忠襄)、胡铨(忠简),周必大
　　作记,见《文忠集》卷六十《庐陵县学三忠堂记》,内有句云:"文章,天下之公器,万世不可
　　得而私也;节义,天下之大闲,万世不可得而逾也。"文章节义已成吉州士人的基本文化
　　品格。
⑧　《诚斋集》六十二。

三忤济翁矣。自丙午之秋济翁自吉州入京,是时某为都司,济翁欲求作亲弟见试,某不敢欺君以疏族为亲弟,济翁大怒,一忤也。戊午之春,济翁又来,求以假称外人、面不相识而以十科荐,某不敢欺君以族人为外人,济翁又大怒,二忤也。今又有奸党累人之怒,三忤也。”在君臣大义面前,诚斋认定家族利益毫不犹豫应当让路。较之处处为子孙谋利益的其他官僚们,其鲠直之性能不令人心生敬意?

在北宋前期,欧阳修也许是有感于家乡民风不淳(至少是口碑不佳),故他在《吉州学记》中对此曾寄予厚望:“予他日因得归荣故乡而谒于学门,将见吉之士皆道德明秀而可为公卿,问于其俗而婚丧饮食皆中礼节,入于其里而长幼相孝慈于其家,行于其郊而少者扶其羸老,壮者代其负荷于道路,然后乐学之道成而得时。从先生耆老席于众宾之后,听乡乐之歌,饮献酬之酒,以诗颂天子太平之功。”可喜的是,欧阳修的愿望基本上已实现,吉州自真宗朝“江西三瑞”之后①,特别是欧阳修登上政坛和文坛之后,吉州士风为之一变,士人大多以“通经学古为高,以救时行道为贤,以犯颜直谏为忠,家诵诗书,人怀慷慨,文章节义,遂甲天下”②。足为两宋时州县优良士风的典范。范仲淹以气节自任提振了宋代士人的精神面貌,欧阳修亦范氏同道,而后者对吉州士风的影响更是可触可感:“若夫自唐末五代以来,为臣者皆以容悦而事君,能以容悦而事君,岂不能以容悦而事雠乎? 忠言直节,举明主于五三,以丕变容悦之俗,至于庆历元祐之隆,近古未有,天下国家至今赖之,亦不知夫作而兴之者先生乎?”③周必大绍熙四年(1193)跋庐陵罗氏《一经集》谓:“夫经明必行修,岂徒解颐拾青紫而已。他日采诗之官出,观风俗,考得失,使温柔忠厚之教不在他邦,非大幸欤? 予虽老,尚及见之。”④南宋时,吉州民风及士风之淳厚,在刘承弼身上有集中体现:“安福县令王棣、丞刘谷死官,下卧在地,承弼为棺敛。丞尤穷,至鬻幼女,承弼闻之即赓其直,鞠于家,及嫁,后己女先丞女。故相刘沆远孙有女,贫不能归,承弼亦任之。”⑤是知吉州民风虽有好讼之陋习,但士风则比较优良,具体来说就是有文章节义之优良传统。

---

① 万历《吉安府志》卷十八《列传一》:“萧定基,字守一,吉水人。天禧己未进士,与同邑彭齐(字孟舒,祥符戊申进士)、杨侁(一作丕,祥符乙卯进士)齐名,真宗谓萧之政事,杨之清谨,彭之文章可为江西三瑞。”后来,吉州建有“三瑞堂”,三瑞的精神气质时时影响着吉州士人。

② 万历《吉安府志》卷十一《风土志》总论。

③ 杨万里《诚斋集》卷七十三《沙溪六一先生祠堂记》。

④ 周必大《文忠集》卷十九《题印山罗氏一经集后》。

⑤ 杨万里《诚斋集》卷七十四《刘氏旌表门闾记》。

第四节 宋代吉州地域文学概况

明代解缙《文毅集》卷七《西游集后序》谓:"(此书)前序为范君仲纶作,称庐陵文章自欧阳后,世有传续。其论当矣,特未知吾庐陵诗学之源流也。盖自周末有避秦者九人,隐于玉笥,多为四言诗,刻之石间,郡人往往效之,而庐陵四言诗始盛。汉封安成王、长沙王,而淮南王宾客多往来荒祠古冢,镵文犹存。至晋许逊、郭璞、殷仲文辈皆游庐陵,而五七言复盛。唐初,杜审言为吉州司户,始大兴诗学,而庐陵之律诗尤盛。此吉州'诗人堂'之作,由是肇也。南唐刘洞、夏宝松擅名家。宋盛时,彭应求称南国诗人,江西诗派葛敏修擅其雄,诸体备矣。"依解缙之意,在四言诗时代、五七言古诗时代、律诗兴盛时代,吉州均已有外来诗人的进入,并影响到当地诗歌创作。然而并没有文献可征,吉州本地诗人的兴起,名姓可考者,要到南唐刘洞、夏宝松,入宋后始彬彬盛矣。又,万历《吉安府志》卷十七"贤侯传"载,杜审言武后时坐事贬吉州司户参军,文雅风流,足变鄙俗,州人建"诗人堂"以祀之。按,州人何时建诗人堂? 并未明言。依本章导言所述,杜审言为吉州司户时,当地文化尚未开展,杜审言虽然带来了中原文化的文雅风流,未必能在当时当地生根发芽。只有地域文化发展到了一定的程度,达到"地域文化自觉"时,以前的文化遗产(如名人、古迹等)才会重新被发现、被强化。正如周必大《赵正则(彦法)司户沿徽而归玉蕊已过追赋车字韵诗奉答》诗句所述:"今得审言诗胜画,传诗何必赵昌花①。"自注:"唐诗人杜审言为吉州司户,正则尝刻其诗于廨舍。"此南宋前期杜审言诗被当地强化之例也,非谓唐时杜审言在吉州已有强大影响力。

据今人研究,唐五代时期的吉州诗人有陈吉、罗滔、宋齐邱、李家明、胡元龟、刘洞、夏宝松、曾崇范妻刘氏、曾庶几、萧结、陈甫、陈谊等十二人②。皆无闻于今,唯刘洞、夏宝松二人在当时稍有诗名,皆同学于庐山诗人陈贶者。刘洞尤长于五言,自号五言金城③,其诗格清而意高,语新而理粹,自谓

---

① 杜甫《曲江》诗之二有句曰:"穿花蛱蝶深深见,点水蜻蜓款款飞。"又《江畔独步寻花》(其六)有句曰:"穿花蛱蝶时时舞,自在娇莺恰恰啼。"故宫博物院藏北宋画家赵昌《写生蛱蝶图》,以墨笔勾秋花虫草,彩蝶翔舞于野花之上,蚂蚱跳跃于草叶之下。盖传杜诗之意也。
② 刘文源《唐五代时期的吉州诗人》,《吉安师专学报》1994 年第 3 期。
③ 马令《南唐书》卷十四刘洞本传。按唐刘长卿擅五言,号"五言长城",而刘洞自称"五言金城",较"长城"坚固,厉害多矣。

得阆仙（贾岛）之遗态①。此皆吉州地域文学"前传"。

在北宋初，吉州士子的读书求试之路有多难？"始，（王章）尝用诗赋进取，为交游所推，致连三试无所遇。而会朝廷更科，因操其所为文悉焚去，而更习经义，又两试不得志。"②王章经历了北宋科举考试最激烈的转型期——由诗赋取士到经术取士。他两边都没做好，所以一直未能中进士。当地域文化与主流文化差距很大时，各州县的普通读书人是很难出人头地的，这大概是当时读书人的普遍遭遇吧。今录吉州文学家名录，不以功名为标准，但凡有文名于一时一地者，辄录焉，庶几不辜负古人当日之呕心沥血于文也。

欧阳修③（1007—1072），字永叔，号醉翁，六一居士。吉州永丰人。其文学成就，苏轼有极好的概括。苏轼谓欧阳修文："论大道似韩愈，论事似陆贽，记事似司马迁，诗赋似李白。此非余言，天下之言也。"④简言之，文章要以经史之学为根柢，积极介入社会生活，这就是欧阳修带给当时文学界的宝贵艺术经验。

杨纯师，吉水杨家庄人，诚斋杨氏族前辈。仁宗朝以文章显。《花草粹编》卷六载其《清平乐》词一阕："小庭深院。睡起花阴转。往事旧欢离思远。柳絮随风难管。　等闲屈指当时，栏干几曲谁知。为问春风桃李，而今子满芳枝。"词风清丽，格调潇洒，有晏欧之范，且能远绍南唐之余波也。

蒋概（康叔），龙泉人，皇祐己丑（1049）进士，读其诗，迹其平生，盖亦慷慨士。（万历《吉安府志》卷十八）

曾匦，朝阳弟，庆历间（1041—1048）登第，永丰人。为龙南令，设学教其子弟，邑人渐化。一时贤达如宋庠、唐介、韩绛、赵抃、富弼、司马光皆与深相知。（万历《吉安府志》卷十八列传一）

伍皓（纯甫），安福人，才思如泉涌川赴。祖孟轲、司马子长文之雄浑，独步当时。登治平乙巳（1065）进士，王安石荐起为诸王宫教授，性刚介寡合。（万历《吉安府志》卷二十八艺文传）

胡衍，字昭叔，泰和人，庆历进士，尝知梧州，以年致仕。性夷旷，内外洞彻，所至以循良称。藏书万卷，多自手抄。黄山谷为太和县令时（1081），尝造其门请益，借书。见山谷《胡朝请见和食笋诗辄复次韵》《闻致政胡朝请

① 龙衮《江南野史》卷九刘洞本传。又见陆游《南唐书》卷十五刘洞本传。
② 刘弇《龙云集》卷三十二《王君章墓志铭》。
③ 欧阳修不长于吉州，特南宋初起其文学影响显于吉州，今姑录于此。
④ 苏轼《六一居士集叙》，《苏轼文集》孔凡礼点校本，中华书局1996年版，第一册第316页。

多藏书以诗借书目》等诗。卒年八十五,有《松陵退居集》藏于家。

郭知章(1039—1114),字明叔,吉州龙泉县(今江西省吉安市遂川县于田镇)人①。治平乙巳进士,历仕英宗、神宗、哲宗、徽宗四朝,官至刑部尚书、翰林学士、显谟阁直学士,食邑九百户。谥文毅。史称郭知章"器仪高超","决事清明",办事妥洽,刚直不阿。《宋史》卷三五五本传则谓:"郭知章迎合时好,且发《实录》之诬。观诸人所学,与其从政已多可尚,何乐而为此恶哉? 不过视一时君相之好尚,将以取富贵而已。"工诗律,诗风清奇,著有文集 20 余卷。

萧介夫,字纯臣,泰和人,性不羁,英宗朝中乡举,作《将进酒》,人争传颂,以为可比玉川子《茶歌》。(万历《吉安府志》卷二十八《艺文传》)

彭淳(醇),字道原,庐陵人。生而颖悟,六岁时赋《中秋不见月》诗,有警句,自是以词章经术驰声乡间。年三十一登熙宁六年(1073)进士,垂七十纳禄而归。自号定庵,又曰卧云翁。有《澈溪居士集》五十卷,议论平正如其为人②。杨万里为之序。

段子冲,字叔谦,号潜叟。庐陵人。"段氏自唐成式刺吉州后家永新,至讳准者徙居郡城……世臣生子冲,字谦叔,一上南宫,不肯为新学(熙宁时),退筑芸斋,藏书数万卷,朝夕雠校。自号潜叟。郡以遗逸八行荐,不就。政和(1111—1117)中,太守程祈学有渊源,尤工诗,在郡六年,日与谦叔唱酬。其和梅花辗转千韵,人叹其博。所著书号《螺川集》多至百卷。程为前序,资政忠简胡公作后序。忠简公与谦叔有师友婚姻之契。"③按:时陈与义因咏梅诗,得皇帝宠幸。

刘弇(1048—1102),字伟明,安福人。元丰二年(1079)进士,继中博学宏词科。元符中献《南郊大礼赋》,哲宗览之动容,以为相如、子云复出(《宋史》本传)。刘弇《龙云集》,一开始只有福建刻印的二十五卷本,绍兴四年,乡人罗良弼广搜异本,收集遗文,编成《龙云集》三十二卷,六百三十余篇(首)。"龙云"者,指安福县龙云岭也,刘弇读书、著述于此岭之下。周必大序其文称:"庐陵欧阳文忠公以文章续韩文公正传,继之者弇也……《南郊赋》气格近先汉,诗书序记往往祖述韩柳,或似之;铭志丰腴,规摹文忠。"《宋史》本传评其文"为文辞铲刬瑕颣,卓诡不凡"。评价都很高。唯四库馆臣于《龙云集》提要谓周必大的说法"推许未免溢分"④。从刘弇的文学创作

---

① 郭知章墓于 1978 年 3 月在江西省遂川县枚江公社莲溪大队第一生产队被发现。
② 周必大《文忠集》卷五十四《澈溪居士文集序》。
③ 周必大《文忠集》卷三十五《段元恺墓志铭》,卷一百七十八《程祈陈从古梅花诗》。
④ 按,刘清之(子澄)尝谓庐陵自六一之后,惟王庭珪可以继之,"闻者趑焉"。

特征来看,欧阳修的文风并未立即对故乡文坛产生影响。吉州读书人还是沿着传统的学习门径,在两汉、韩柳等文学遗产中吸取营养。

刘显,字微之,吉水人,曾布(1036—1107)甥婿。子琮,有文集数十卷。

曾安强,字南夫,泰和人。生才八年,赋《白鹭》诗云:"外洁临清流,中贪鱼鰕求。"人已骇伏。元符庚辰(1100)进士,苏文定公(辙)一见称其迈往。父肃,字温夫,元丰五年(1082)黄山谷宰泰和,以清高处士目之。兄曾安止,著《禾谱》五卷,苏东坡公为赋《秧马歌》。安强有遗文四十卷,周必大为序,谓"乡先生刘弇伟明许可严甚,每谓精博不可及。时禁旧学,颁新义,公作《读资治通鉴》诗百余言,卒章有'何当释书禁,新学破盲聋'之句。"①

梁材,字景节,大观间应诏上书,被放回。尤工乐府。(万历《吉安府志》卷二十八艺文传)

一般而言,地域文学成熟的标志有三:一是出现了数量可观的作家群体,二是有明确的地域文统意识,三是出现了有当世影响力的作家。以此三者衡之:欧阳修文名虽震耀宇内,但于吉州而言是孤掌难鸣;刘弇虽文学成就颇著,奈官名不显,且仅过中寿,影响力未发挥出来;吉州作家群未起,吉州地域文统意识均尚未建立。故曰吉州地域文学在北宋中期(宋神宗之前)尚未成气候。

吉州本地诗人之文学与主流接轨者,始于葛敏修。自他开始,北宋吉州地域文学遂蓬勃兴起;至南宋杨万里、周必大时,竟至独步一时,引领文坛风尚,极一时之盛。

葛敏修,字圣功,号遵岷先生,庐陵人。其先常州人葛宫,大中祥符中登第。祖咏始徙家庐陵。父曰宣,兄敏求、侄经、纬俱有文行。侄孙葛澡(德源)与周必大为同学②。黄庭坚知泰和(1081)时,敏修从其学诗,见山谷《萧巽葛敏修二学子和予食笋诗次韵答之二首》。元祐三年(1088)试礼部,苏轼奇其文,置高等。有《道岷集》三十卷③,胡铨为序。初,敏修以元符三年(1100)上书置党籍,崇宁三年(1104)始出籍,而气不稍衰,时论多之。"公之行实,樱宁李公志之;公之逸事,樾溪刘公跋之;其文,则有澹庵胡公之序在。"④其为人所重如此。按,周必大外祖与葛敏修为同年进士,同出苏轼门下。必大谓其外祖"以古文论周秦强弱,见知东坡,置在前列"。而周必

---

① 周必大《文忠集》卷五十二《曾南夫提举文集序》。
② 周必大《文忠集》卷七十二《葛先生澡墓志铭》。
③ 雍正《江西通志》卷七十五。
④ 周必大《文忠集》卷二十《葛敏修圣功文集后序》。

大的长辈刘才邵(樵溪)绍兴八年记敏修举进士事云:"元祐中,圣功试南宫,论周秦强弱不变之弊,如太仓公言病,洞见根穴所起。东坡奇其文,置之高列。山谷曰:此某为太和令时所与唱酬学子也。因相庆得人。由是名闻诸公间。"①按,敏修此榜列高等,是因其纵横翻案、文采滔滔的文风为苏轼所喜者也。周必大与刘才邵所记敏修试举之事稍有出入。②敏修诗学山谷,文似东坡,此无可疑者。此后,敏修因缘结识苏轼、黄庭坚,遂有名于四方,敏修之诗成了当地士子学习的榜样,如《樵溪居士集》卷十《跋葛圣功诗》所载:"王惠迪见过,出葛圣功所寄诗相示,曰:'仆自少学焉。蒙许以可教。是诗期待甚厚,奉以周旋,不敢废坠。'"

在葛敏修因缘接武文学主流的同时,吉州地方文化和地域文学也得到了一个亲炙主流文化的机会。"崇宁初元(1102),诏凡置学州并选教授二员。明年,故大司成葛公次仲以道德文章首应新书,分教于庐陵。时新法方行……公独越去拘挛,寓意篇什,其美刺比兴深得诗人吟咏情性之旨,不但贯穿今古,摹写物象而已。时著录于学者几千人,其承公讲画为文词者皆有可观,故显谟阁直学士刘公才邵年甚少,才最高,公力荐进之。学日成,已而登优第,掌内外制,以歌诗名四方,清婉有唐人风。至今人皆乐道一时师弟子之美。"③葛次仲(1063—1121),字亚卿,丹阳人,绍圣四年(1097)年与兄胜仲同年进士④。有《集句诗》三卷。今《岁时杂咏》卷三十一存其《中秋月》集句诗两首,《吴都文粹续集》卷三十四存其《题马鞍山寺》集句长诗一首,《宋诗纪事》卷三十四存其《昆山慧聚寺》集句长诗一首,数诗皆集唐人诗句而成。盖自诗人个人兴趣而言,次仲喜好唐诗;自当时时势而言,在旧党受抑、新党正炽的哲宗、徽宗朝,苏、黄诗体在民间受追捧,而在官方则处于被打压状态⑤,当时主流诗学在六朝与唐诗也,故吉州当时所教诗学乃唐

---

① 刘才邵《樵溪居士集》卷十《跋葛圣功诗》。引文中"学子"原作"进士",语误,山谷作太和县令时,葛敏修尚不是进士。兹据《鹤林玉露》卷十五改。

② 罗大经《鹤林玉露》卷十五记葛敏修此举事更奇。罗谓苏轼主持的此次考试,题目是《扬雄优于刘向论》。原文曰:"二十名间一卷颇奇,坡谓同列曰:'此必李方叔。'视之,乃葛敏修。时山谷亦预校文,曰:'可贺内翰得人。此乃仆辈太和时一学子相从者也。'"按,据周必大《葛敏修圣功文集后序》称,敏修此榜乃第七名。

③ 周必大《文忠集》卷十九《葛亚卿庐陵诗序》。

④ 按:丹阳葛次仲与庐陵葛敏修实同宗,盖敏修祖咏自常州丹阳迁来庐陵。以辈分论,敏修长次仲一辈。后乾道中,次仲子葛立象又来守庐陵。见周必大《文忠集》卷七十二《葛先生漂墓志铭》。

⑤ 王庭珪《卢溪文集》卷四十七《故校书郎曹公行状》。王庭珪以亲身经历谓当时太学学风:"宰相欲变文章,禁锢元祐之学。专用庄老、《字说》谈性命,说虚无,习为馺散之文。……(程文)或误用东坡公一句,即谓之不纯正。有司虽爱其文而弃不敢取。"

律,刘才邵这一批吉州士子作诗有唐人风,并不意外。葛次仲将当时的文坛风尚及时传入吉州,让吉州士子与文学主流迅速接轨,并脱颖而出,进入仕途。葛次仲在吉州的得意门生,大约以王庭珪、刘才邵等人为代表。

王庭珪(1079—1171),字民瞻,安福人。崇宁癸未(1103)舍法取士,一试右诸生。明年贡辟雍,补上舍生升入太学。大观间张根以八行荐,不就。登政和八年(1118)第,调衡州茶陵丞。宣和末,知世事不可为,乃筑草堂于卢溪之上,学道著书,若将终焉。乡人呼为卢溪先生。执经来者,履满户外。虽不仕,常怀忧世之心,事苟宜民,必告当路。绍兴十二年(1142)因以诗送胡铨,流辰州。高宗末许自便,年已近八十。孝宗即位,召对,除国子监,以老求去。乾道八年卒,年九十三①。尤工诗,迁谪既久,语益奇,周必大谓"芦溪丈人(老)而诗益清壮,简古如挥鲁阳之戈。"②书有楷法,自成一家。诚斋《卢溪先生文集序》称:"(庭珪)少尝见曹子方,得诗法。盖其诗自少陵出,其文自昌黎出。大要主于雄浑刚大云云。"按,曹子方即曹辅,与东坡、山谷多唱和者。王庭珪少时在家乡读书,未尝出外,殆入太学(1105年左右),年龄将及26岁,始见曹子方之子曹崇之(唐老),此时方有可能识曹子方。据王庭珪回忆,曹唐老之诗,清词秀句,颇类其父③。淳熙戊申(1188),庭珪之孙澹、曾孙征、门人刘江编次其文,嘱诚斋序而刻之郡。此前郡守示子渊已刻庭珪之诗于郡斋。诚斋自称为庭珪先生门人④,早年尝侍杖庭珪左右,闻先生之诲言⑤。周必大谓王庭珪主庐陵文盟者六十年,继之者诚斋杨万里(廷秀)⑥。

刘才邵(1086—1158),字美中,号樵溪真逸。年二十四,大观三年(1109)释褐甲科,为赣、汝二州教授。宣和二年复中词学第二,两登馆阁,一掌外制,再直翰苑,仕至工部侍郎兼权吏部尚书。卒于家,年七十二⑦。王庭珪与刘才邵先后入太学,"触犯大禁,挟六一、坡谷之书以入,昼则庋藏,夜

---

① 周必大《文忠集》卷二十九《左承奉郎进敷文阁主管台州崇道观王公庭珪行状》。
② 周必大《文忠集》卷十五《跋王民瞻诗》。
③ 王庭珪《卢溪文集》卷四十七《故校书郎曹公行状》。
④ 杨万里《诚斋集》卷一百一《跋王卢溪民瞻先生书帖》。
⑤ 杨万里《诚斋集》卷八十一《卢溪先生文集序》。
⑥ 周必大《文忠集》卷十八《跋王民瞻杨廷秀与安福彭雄飞诗》。又,周必大《文忠集》卷四《万安韦邦彦字俊臣携王民瞻杨庭秀谢昌国绝句相过次韵勉之》(之二):"后学争欹雨后巾,前贤久泽雾中文。韦郎勉力追三杰,他日人还效五云。"皆王庭珪为吉州诗学榜样之证也。
⑦ 周必大《文忠集》卷五十四《杉溪居士文集序》。按,杉溪之气和心平,讥之者如《万历吉安府志》卷十八谓:"才邵气和貌恭,方权臣用事,雍容逊避以保名节。"《四库全书总目》《杉溪集》提要从之。

则缮阅。每伺同舍生息烛酣寝,必起坐吹灯,纵观三书。"①诚斋自谓十七岁拜王庭珪为师,二十七拜刘才邵为师。才邵著作原二十二卷,今存《橶溪居士集》十二卷。"始,予少时闻公赋咏一出,辄手抄而口诵之……皆凌厉乎先贤,度越乎流辈。盖得于天者气和而心平,勉于己者学富而功深……其制诰有体,议论有源,铭志能叙事,偈颂多达理,固余事也。藻饰王度,冠冕诸儒,领袖乡党,有以也夫。"(同上周必大序中语)王、刘为太学同学,而志趣差远,王刚直而刘依违,盖个性使然也。

因山谷在太和为县令多年,又与当地诗人广泛唱酬,所以,山谷诗体在当地诗人中流行是可以想见的。王庭珪那首著名的送胡铨编管新州的诗,有句曰:"痴儿不了天下事,男子要为天下奇",即翻自山谷《登快阁》诗:"痴儿了却公家事,快阁东西倚晚晴。"反其意用之耳。庆元五年(1199)黄𤲞作《山谷年谱》成,该谱卷十四《登快阁》诗目下注:"阁在太和,今有先生祠堂"。诚斋在入仕前所作诗千余首,皆江西体,绍兴壬午(1162)年焚之,转而学后山、半山及唐人律(《江湖集》自序、《荆溪集》自序)。萧彦毓,泰和人。《诚斋集》卷三十六《跋萧彦毓梅坡诗集》:"西昌有客学南昌,衣钵真传快阁旁。坡底诗人梅底醉,花为句子蕊为章。想渠踏月枝枝瘦,赠我盈编字字香。若画江西旧宗派,不愁擒贼不擒王。"按:南昌者,豫章黄庭坚也,下句"衣钵真传快阁旁",指黄庭坚《登快阁》诗。江西旧宗派,指江西诗派。皆可见江西体在吉州流行的一个侧面。

与此同时而稍后,在北宋最后二十多年里,因州学教授葛次仲大力提倡唐诗,故吉州诗学亦尚唐律。《诚斋集》卷一百十五《诗话》载王庭珪早年绝句一首:"江水磨铜镜面寒,钓鱼人在蓼花湾。回头贪看新月上,不觉竹竿流下滩。"有唐诗的意兴流淌之感。严羽《沧浪诗话·诗评》谓:"本朝人推尚理而弊病于意兴,唐人推尚意兴而理在其中。"王庭珪早年之诗正所谓"尚意兴"者,虽然首句"江水磨铜"造语有些生硬,要之不害其为唐诗风格也。诚斋《诗话》还载其族前辈杨存(正叟)、杨朴(元素)、杨杞(元卿)、杨辅世(昌英)皆能诗。元素诗句"和露摘残云浅碧,带香炊出玉轻黄",吟庐陵早熟之稻米,有少陵"香稻啄余鹦鹉粒,碧梧栖老凤凰枝"风味;元卿有绝句云:"三间茅屋独家村,风雨萧萧可断魂。旧日相如犹有壁,如今无壁更无门。"咏诚斋老父贫居之状;昌英有绝句云:"碧玉寒塘莹不流,红蕖影里立沙鸥。便当不作南溪看,当得西湖十里秋。"元卿、昌英之诗,体貌全同,前两句皆写景,后两句皆议论,深得晚唐体之趣。杨辅世,字昌英,号达斋。诚斋族叔,与诚

---

① 杨万里《诚斋集》卷八十四《橶溪集后序》。

斋同年进士,工诗能文,善篆隶。有《达斋先生文集》,诚斋序称:"斯文,非今人之文,古人之文也;斯诗,非今人之诗,古人之诗也。"①诚斋所谓"古人之诗",指宋以前人,则其诗风可以想见。

刘敏求(好古),泰和人,号松菊老人。《题滕王阁》云:"阁中环佩知何处? 游子再来春欲暮。莺啼红树柳摇风,犹是当年旧歌舞。古来兴废君莫嗟,君看红日西山斜。西山不改旧颜色,换尽行人与落霞。"山谷称赏再三。(万历《吉安府志》卷二十八"艺文传")按万历志,则刘敏求是北宋中期人,疑不确。考南宋时泰和有两刘敏求,一在南宋初,一在南宋末。南宋初者,乃曾任周必大下人,见《文忠集》卷一百三十二《乙未赴南剑申省札子》。此周家苍头刘敏求,殆即元末明初泰和人刘嵩所提及者。刘嵩《槎翁集》卷七《武山十四境》序言谓:"昔宋绍兴中,乡先生刘敏求尝赋西昌八境,各为七言长句,辞极雄丽。"上引《题滕王阁》七言诗,正符合"辞极雄丽"的特色,殆即一人所作欤?"山谷称赏再三"或为后人揣度之语耳②。今人据顺治《吉州府志》卷三一辑得刘敏求诗六首,七言居其一,五言居其五③。

随着胡铨这一辈吉州学者在绍兴初的崛起,特别是周必大、杨万里等人在绍兴后期入仕,唐诗在吉州一枝独秀的影响力很快就消歇了。

罗荣恭,字钦若,吉水人。与胡铨、李东尹同在学舍,甚相得④。建炎二年戊申(1128)进士,然仕宦不达。隆兴初(1164),胡铨荐于朝,授朝请大夫。博闻强记,邃于名数字书,故其文长于叙事,间出庾词难语,切响奇字。胡邦衡谓其不畏强御,萧深夫称其学问文章行谊政事冠冕近代,诚斋谓其可备顾问,周必大谓其"以旁搜远绍之学,济中坦外庄之姿。冠映儒林,最为先达。周旋仕路,亦号老成。"⑤有诗文三十卷。⑥

胡铨(1102—1180),字邦衡,号澹庵老人,谥忠简。登建炎二年进士第。周必大谓其文学:"圣经贤传昼夜绎思,古文奇字悉力研究,发为文章雄深雅健,清新藻丽,下笔辄数百言。尤刻意诗骚,用事深远,措词奇崛,后生投贽

---

① 杨万里《诚斋集》卷八十有《达斋先生文集序》。
② 《万历志》谓山谷曾赞赏刘敏求诗,清代陈弘绪《江城名迹》卷四从之,然《宋诗纪事》卷七十七亦引此诗,诗人小传乃谓刘氏宋末人,未知何据。但厉鹗不信"山谷赞叹再三"的态度是明确的。顺便提到,《万历志》多次提到当地诗人与山谷唱酬或受后者嗟赏,殆因山谷曾在此地作县令,后人遂附会耳。
③ 吴宗海《〈全宋诗〉遗诗》,《井冈山学院学报》2006 年 6 月。南宋末刘敏求见于王炎午《吾汶稿》卷八,乃王氏姻家。
④ 曾敏行《独醒杂志》卷六。
⑤ 周必大《文忠集》卷二十三《奉祠归庐陵答吉水罗朝请荣恭启》。
⑥ 顺治《江西通志》卷七十五。

率次韵以酬,多至百韵数十篇,愈出愈工。字画端劲,兼通篆隶,碑版一出,人争传玩。晚号澹庵老人,遂以名其集。总一百卷。"①诚斋序《澹庵先生文集》曰:"先生之文肖其为人,其议论闳以远,其记序古以驯,其代言典而实,其书事约而悉……先生之言曰:道六经而文未必六经者有之矣,道不六经而文必六经者无之。先生之文,其所自出,盖渊矣乎?"事具《诚斋集》卷一一八《胡公行状》、周必大《文忠集》卷三十《资政殿学士赠通奉大夫胡忠简公神道碑》。

　　胡铨、罗茇恭后一辈的吉州士子,学诗多途,有宗山谷者(见前文),有宗苏辙者,有宗陈与义者,有宗唐律者,渐成百花齐放之势。此吉州诗坛兴盛之表征也。

　　北宋末,陈与义以《墨梅》诗受知徽宗,天下传为美谈。庐陵陈希颜(晞颜)字从古,尤爱陈与义诗,和简斋诗五百一十余首(淳熙五年1178)②,又集古今咏梅诗千余首,并逐一和之(淳熙辛丑1181冬)③。古今痴梅咏梅者,此君当第一。希颜与周必大是世兄兼同年,情非一般:"予先大父与希颜之大父为同年进士,予又缀名希颜榜中,在期集所日日相从,间虽出处不齐,而契爱厚矣……自高曾以来,世工篇什,君及从吕居仁、向伯恭、苏养直游④,往往得其句法。尤爱陈去非诗,取《简斋集》尽次其韵。"⑤总体而言,陈希颜从学苏庠入手,进而学陈与义,皆江西诗派也。

　　王伯刍,字驹父。庐陵人,博洽工文辞,六经诸史,时时校雠训诂,旁及释老,多肆览成诵,杨诚斋推为淮海文士,谢谔、汤邦彦、刘清之皆推其文。著有《史法杂著》十卷,诗词十卷,《五代咏史诗》五百篇,杂纪一篇。(万历《吉安府志》卷二十八艺文传)

　　王泰来,字太初,诗必更锻成令,不厕一常语于篇中,直等夷唐人。晚遇家祸,贫且病,而诗愈益工,诗集名《大酉山白云》。(万历《吉安府志》卷二十八艺文传)

　　胡公武,胡铨侄,性嗜文,尤工于诗。有诗若干篇,诗话若干卷,丛书三卷,又《集音》两卷,《文髓》十卷,注《兰台》及《淮海词》各若干卷。其句法

---

①　周必大《文忠集》卷三十《资政殿学士赠通奉大夫胡忠简公神道碑》。
②　周必大《文忠集》卷十七《跋陈晞颜从古和简斋陈去非诗》。
③　周必大《文忠集》卷十七《跋陈从古梅诗》、卷三十四《朝散大夫直秘阁陈公从古墓志铭》。
④　按,苏庠之诗,以周必大的评价是:"后湖居士歌诗清腴,盖江西之别派;而字画健逸,又老坡之苗裔也。"《文忠集》卷十六《跋周德友所藏苏养直诗帖》。
⑤　周必大《文忠集》卷三十四《朝散大夫直秘阁陈公从古墓志铭》。

祖元白而宗苏黄,追琢光景,金舂玉应。①

　　胡永,字季泳,胡铨子。"雅好吟咏,慕陈后山而学焉。"②

　　周子中,周必大兄,自数岁已能诗,稍长,凡古人篇章无不穷极根源。中年以后深味禅悦,虽遇兴,间有赋咏,要非所好也。陆务观一见其诗,谓句法入律,无愧古人③。

　　周必大(1126—1204),字子充,号平园老叟。诗学苏辙:"吾友陆务观,当今诗人之冠冕,数劝予哦苏黄门诗。退取《栾城集》观之,殊未识其旨趣。甲申(1164)闰月辛未,郊居无事,天寒踞炉如饿鸥,刘友子澄(按,刘清之,静春先生)忽自城中寄此卷相示,快读数过。温雅高妙,如佳人独立,姿态易见,然后知务观于此道真先觉也。"④周必大性情似苏辙,官亦如之。《四库全书总目》周必大《文忠集》提要:"必大以文章受知孝宗,其制命温雅,文体昌博,为南渡后台阁之冠,考据亦极精审,岿然负一代重名。"

　　欧阳铁(1126—1202),字伯威,自号寓庵。庐陵人。高祖欧阳登,曾祖欧阳来,以举荐为本州助教;叔曾祖欧阳粲,曾任澶州通判。祖欧阳元发,不仕;叔祖欧阳珣(1081—1127),字全美,又字文玉,号欧山,靖康间以忠义死难。父欧阳充,字彦美,登绍兴壬戌(1142)进士,戊辰年(1148)卒官广西。伯威善文,尤工于诗词,涵咏锻炼,启前人关键。王庭珪、刘承弼、杨愿皆以能诗高世,独推铁,比之孟襄阳、贾长江云。以诗豪重一时,诚斋序其《脞词》,谓"伯威诗驭风骑气",至手抄其警句诵之。著作有《脞词》《漫成集》《遣兴集》《暮景集》《自娱集》《松筠集》,另有《杂著》五卷⑤。庆元元年(1195),周必大新居落成于当年试院旧地,招旧友集会酬唱,欧阳伯威、葛德源年皆七十。周有诗句曰:"诗场曾作推敲手(自注:吾三人皆以诗赋试于此),文会今随出入肩。"⑥诚斋作《欧阳伯威挽词》,对其诗学有很有概括:"酒魄飞穿月,诗星流入脾。豪来无一世,贫不上双眉。泸水奇唐律,香城赏楚辞。前身定东野,又得退之碑(原注:益公作志铭)。"⑦伯威之诗坚诗唐律传统,效孟郊、贾岛,益以《楚辞》之神观飞越。《诚斋集》卷九十九有《跋欧阳伯威诗句选》,盖自选伯威诗句而读之者也。跋语云:"右欧阳伯威诗句之释也。予既序其《脞辞》,复手抄此数纸,自有用处。每鸟啼花

---

① 杨万里《诚斋集》卷一百二十七《胡英彦墓志铭》。
② 周必大《文忠集》卷三十二《承务郎胡君泳墓志铭》。
③ 周必大《文忠集》卷四十六《题曾伯震所得子中兄二绝》。
④ 周必大《文忠集》卷十六《跋苏子由和刘贡父省上示座客诗》。
⑤ 周必大《文忠集》卷七十四《欧阳伯威墓志铭》。
⑥ 周必大《文忠集》卷四十一《庆元乙卯与欧阳伯威铁葛德源溪俱年七十……》。
⑦ 杨万里《诚斋集》卷四十一。

落,欣然有会于心,遣小奴擎瘿樽,酤白酒,醽一梨花瓷盏,急取此轴快读一过,以嚼之,萧然不知此在尘埃间矣。"诚斋,当世大诗人也,其好欧阳伯威诗如此。

葛溪(1126—1200),字德源,庐陵人。与周必大、欧阳铁为同学。"先生四岁而孤,又七年母亡,依仲父唐州录参纬。苦学,忘寝食,手抄书巨万,无一字行草。贯通经子、历代史书。端醇详雅,士大夫子弟争愿从,胡忠简公及其群从号儒先甲族,竞以书币延致,亦尝不鄙过予家塾。晚即所居讲授八邑暨傍郡,秀民著录盈门,先生廸以行谊,非但章通句解而已。后多登第,游宦荐春官不论也……所著有《草茅卑论》三卷,《祭斋笔语》四十卷。先生存心恕而勇于义,尝集本朝死王事者,著《旌忠录》三卷,名士多为序跋。"①

周子益,"属联切而不束,词气肆而不荡,骎骎乎晚唐之味。盖以诗人之情性而寓之举子之刀尺者。"②

倪师尹,字得一,泰和人。著《澹轩稿》。无书不读,尤长于四六。(万历《吉州府志》卷十八)。

杨万里(1127—1206),字廷秀,号诚斋。庐陵人。二十八岁前一直在乡里就学应试,二十九岁始外出为官(赣州户曹),与赣州推官、临军诗人邹敦礼(和仲)日夕论诗。敦礼,宗山谷者也③。三十二岁任满返里,与族叔辅世(昌英)唱和颇多;旋改零陵丞,三十四岁识张浚,受"正心诚意"之学。三十六岁,零陵任最后一年,焚少作千余首,"大概江西体也"。其实,诚斋初识二程之学是在二十一岁从学刘安世时,见张浚前,子思中庸之学早已在心中定型。见张浚,仅是印可而已,正如他在几年前赣州任时上书张九成之意,惜张九成接书不久赴福建任,未及讲学印可耳。三十七岁时零陵任满,返里小住,又去杭注官,初与当世名流王十朋、金安节、陈良翰等人相识。胡铨以诗人荐之于孝宗,诚斋始扬名于文坛中心。三十八至四十四岁这段时间诚斋都在家乡闲居,与乡中文士唱和不断,直至四十四岁(乾道六年三月)之官南昌奉新才告一段落。诚斋《和李天麟二首》之一:"学诗须透脱,信手自孤高。衣钵无千古,丘山只一毛。"又集卷三《和周仲容春日二绝句》有云:"参透江西社,无灯眼亦明。"皆居乡唱和之作也,早已摆脱江西诗派的影响。周必大《跋杨廷秀石人峰长篇》谓:"至于状物姿态,写人情意,则铺叙纤悉,曲尽其妙,遂谓天生辩才,得大自在。"④

---

① 周必大《文忠集》卷七十一《葛先生溪墓志铭》。
② 杨万里《诚斋集》卷八十四《周子益训蒙省题诗序》
③ 杨万里《诚斋集》卷八十四《北窗集序》。
④ 周必大《文忠集》卷四十九。

　　彭文蔚,诚斋同乡,且同乡举。著有《补注韩文》,诚斋为序:"上自先秦之古书,下迨汉晋之文史,近至故老之口传,旁罗远撷,幽讨明抉,殆数十万言。于是韩子之诗文,雅语奇字,发摘呈露无余秘矣。文蔚尚有《春秋指掌》《集义》二书,予恨未见也。"①

　　刘承弼,字纯彦,安福人。与诚斋同学于清纯先生刘安世(世臣)之门。绍兴丙子(1156)、乾道戊子(1168)两荐于乡,既下第,即隐西溪。江之西、湖之南士子辏集,执经问学,户外履满。淳熙三年(1176)邑人举其节行,旌表门闾,杨万里为作《刘氏旌表门闾记》②。刘安世卒,诚斋为服师父之服,承弼复与众人私谥其师为"清纯先生",王庭珪叹为"呜呼,师弟子朋友之道废久矣,忽见此举,可以兴古礼,振颓俗。"③常慕五柳先生为人,尽和其诗百篇,杨万里亦为之序,盛行于江西。④

　　彭惟孝,字孝求,泰和人。博学有文,议论鲠挺,与周必大、杨万里为同学,相友善。隐于家,以诗书自娱。(万历《吉安府志》卷二十七《隐逸传》)周必大《文忠集》有数唱和诗。

　　欧阳彝(1134—1203),字元鼎,欧阳粲(嘉祐八年进士)之曾孙,庐陵人。隆兴甲申(1164)北伐,从舅舅、兵部侍郎胡铨措置海道,走江阴画御敌要策。会胡铨罢,遂归,"日与后进讲学,文笔素豪,至是机杼愈新,尤喜为诗,悲欢登览,感今怀古一见于赋咏……著述总六十卷,别有《愤世疾邪书》三卷。"⑤

　　彭雄飞,字云翔,安福人。《诚斋集》卷五有《赠彭云翔长句》:"读书台边士如云,卢溪门下士如麟。定知此地难为士,后来之秀说彭子。雪里能来访我为,当阶下马雪满衣。赠我文章无不有,出入欧苏与韩柳。如今场屋号作家,相州红缬洛中花。岂如彭子有律令,会当一书取张景。今年谁子司文柄。"彭云翔乃王庭珪晚年门下士,于诚斋为小学弟,其文出入韩柳欧苏,在吉州后起诗人中,大有接棒诚斋之势。周必大《文忠集》卷十八《跋王民瞻杨廷秀与安福彭雄飞诗》:"卢溪王公主庐陵文盟者六十年,继之者今诚斋杨监廷秀也。观二公品题彭君如此,则其学问文采可知矣……祝云翔他日踵其趾,岂特毋负二公之言,亦庶几乡里斯文之得其传乎。"期望殷切。

　　杨炎正(1145—?),字济翁,杨邦义侄孙,杨万里族弟。1196 年进士及

---

① 杨万里《诚斋集》卷八十一《彭文蔚补注韩文序》。
② 周必大《文忠集》卷五十二《刘纯彦和陶诗后序》。杨文见杨万里《诚斋集》卷七十四。
③ 王庭珪《卢溪文集》卷四十五《故左朝奉郎刘公墓志铭》。
④ 见周必大《文忠集》卷五十二。
⑤ 周必大《文忠集》卷七十五《欧阳元鼎墓志铭》。

第,刚入仕途时任宁远簿、吏部架阁等职,1210 年改任大理司直,后任藤州、琼州知府。杨万里在《诚斋诗话》中说:"余族弟炎正,年五十二乃登第。"杨炎正善于填词,其词今存 38 首,与辛弃疾不仅友情深厚,而且词风相近,并有唱和词 6 首。杨炎正著有《西樵语业》词集,《四库全书总目》谓:"是集词仅三十七首,而因辛弃疾作者凡六首,其纵横排傲之气虽不足敌弃疾,而屏绝纤秾,自抒清俊,要非俗艳所可拟。一时投契,盖亦有由云。"

　　周必大、杨万里仕宦、文学皆杰出于当时吉州一地,故为后来者之榜样。周必大嘉泰二年(1202)谓:高沙曾忠佐字良臣,筑思堂以念亲,傍辟书阁,书阁里挂杨万里及周必大的画像①。不过,由于理学的流行,周、杨下一辈诗人,其风格已稍稍有变化。如永丰邓傅之,积学笃勤,十三作《祭叔祖文》,十五作《登山赋》,语多老苍。十六七时从儒先曾丰幼度、邑宰黄景说岩老讲习诗文,复侍族伯约礼文范官永嘉,因游叶适正则之门,庆元戊午(1198)春,年十有九,归,作求斋记。大概欲自求于内,收放心于外。又论颜子之乐,惟在博学,藻绘组织何有哉。傅之于六经尤好读《易》,有《系辞说》一卷,评论史汉名臣及诗赋记序箴铭杂说,皆出入经传,推寻义理,举业亦不废也。②以义理入诗、入文,乃时代习气使然。

　　罗克开,字达父,龙泉人。乾道壬辰(1172)进士,有《橘隐集》三卷(万历《吉州府志》卷十八)。

　　张纲,字德坚,永新人。家藏书万卷,类编《宋列圣孝治》一百卷。另有《横江丛稿》(万历《吉州府志》卷十八)。

　　王才臣,才学渊博,然久困于场屋。乾道九年(1173),周必大与之书,谓从乡人萧伯和得其诗文一编,意谓他乡异世老于翰墨者之所作,不知近出州里,而年方逾冠也。淳熙六年,周必大又与之书,谈论乡荐不尽合理,为才臣久困于贡举鸣不平③。按,王庭珪之弟庭璋亦字才臣(1086—1141),见王庭珪《故弟才臣墓志铭》。

　　杨长孺,号东山,诚斋子。其论文要旨见于《鹤林玉露》丙编卷二"文章有体"条:"杨东山尝谓余曰:'文章各有体,欧阳公所以为一代文章冠冕者,固以其温纯雅正,蔼然为仁人之言,粹然为治世之音,然亦以其事事合体故也。如作诗,便几及李杜;作碑铭记序,便不减韩退之;作《五代史记》,便与

---

① 周必大《文忠集》卷四十五记《高沙曾忠佐良臣筑思堂以念亲傍辟书阁肖杨诚斋及予像求赞》。
② 周必大《文忠集》卷五十四《求斋遗稿序》。
③ 周必大《文忠集》卷一百八十六《王才臣子俊》。

司马子长并驾;作四六,便一洗《昆》体,圆活有理致;作《诗本义》,便能发明毛、郑之所未到;作奏议,便庶几陆宣公;虽游戏作小词,亦无愧唐人《花间集》。盖得文章之全者也。其次莫如东坡,然其诗如武库矛戟,已不无利钝。且未尝作史,藉令作史,其渊然之光,苍然之色,亦未必能及欧公也。曾子固之古雅,苏老泉之雄健,固亦文章之杰,然皆不能作诗。山谷诗骚妙天下,而散文颇觉琐碎局促。'又云:'欧公文,非特事事合体,且是和平深厚,得文章正气。'"

龙升之,字子崇,永新人。博学好著述,游真西山、杨东山之门,尝修《中兴政要》,任福建帅司节干时,修《宋帝学增释》二百卷(万历《吉州府志》卷十八)。

刘过(1154—1206),字改之,自号龙洲道人,泰和人。少怀志节,读书论兵,好言古今治乱盛衰之变,曾多次上书朝廷,屡陈恢复大计,谓中原可一战而取。四举不中,辗转江湖间,布衣终身,客死于昆山。与庐陵刘仙伦合称"庐陵二布衣"。又与陆游、陈亮、辛弃疾等交游,饮酒豪放,词风近辛弃疾。有《龙洲道人集》十五卷、《龙洲词》一卷。事迹见《桯史》《山房随笔》《浩然斋雅谈》《四朝闻见录》《江湖记闻》等书。

刘子澄,字清叔,泰和人,嘉定间进士,负侠气,刘将孙称其有史才,论文欲出韩柳欧苏之上(万历《吉安府志》卷二十八艺文传)。

欧阳守道,字公权;初名巽,字迂父。学者称巽斋先生。庐陵人。少孤,贫无师,自力于学,年未三十翕然以德行为乡郡儒宗。淳祐元年辛丑(1241)进士,廷对称:国事成败在宰相,人才消长在台谏。江万里作白鹭洲书院,首致守道为诸生讲说;吴子良为湖南运使,聘守道为岳麓书院副山长,升讲,发明孟氏正人心、承三圣之说,学者悦服。江万里入为国子祭酒,荐守道史馆校阅,授秘书省正字。终官著作郎。《宋史》卷四百十一有传。守道学有本源,文章委蛇诘难,务尽于理,江万里谓其高上直逼西汉学者。文天祥、邓中义、刘辰翁俱受业(万历《吉州府志》卷十八)。有《巽斋文集》二十七卷(《续文献通考》卷一百九十)、《皇宋通鉴纪事本末》一百五十卷(《千顷堂书目》卷四)。

刘辰翁(1233—1297),字会孟,庐陵人。少贫力学,登陆象山之门,补太学生。廷对忤贾似道,请濂溪书院山长归。宋亡不仕。为文祖先秦、战国、庄、老等言,卒奇逸自成一家(万历《吉安府志》卷十八)。今存《须溪集》十卷,《须溪四景诗集》四卷,另有批点前人诗集若干种。四库馆臣评其诗文"专以奇怪磊落为宗",评其批点文字"意取尖新,太伤佻巧"、"破碎纤仄,无裨来学"。刘辰翁的文学实绩,可视为宋代吉州地域文学转为低潮的体现。

吉州地域文学再一次绽放异彩，要到明代杨士奇、解缙诸人矣。

综上所述，吉州地域文学在南宋初已然成熟，其标志有三：一是明确的文统意识，二是明确的文统传递意识。三是出现了有影响力的作家。周必大晚年，传文垂统意识愈趋强烈，如建三忠堂，谓"欧阳文忠修、杨忠襄邦乂、胡忠简铨皆庐陵人，必大平生所敬慕。"必大官至封国，负一代文名，而其平生所慕者，皆本州前贤，其绝笔之文乃是为三忠堂作记。周必大受欧阳修影响是多方面的，其一即是喜名家名帖，并为作跋，皆受《集古录》之影响也。《文忠集》卷十五《跋自刻六一帖》云："欧阳公道德文章百世之师表也，而翰墨不传于故乡，非阙典与？某不佞，好公之书，而无聚之之力，闻有藏其尺牍断稿者，辄假而摹之石，多寡既未可计，则先后莫得而次也。"《诚斋集》卷八十四《楳溪集后序》云："古今文章至我宋集大成矣……在仁宗时，则有若六一先生主斯文之夏盟；在神宗时，则有若东坡先生传六一之大宗；在哲宗时，则有若山谷先生续国风雅颂之绝弦，视汉之迁、固、卿、云，唐之李、杜、韩、柳，盖掩有而包举之矣。中更群小，崇奸绌正，目为僻学，禁而锢之，盖斯文至此而一厄也。惟我庐陵有泸溪之王、楳溪之刘两先生身作金城，以郭此道。"诚斋的文统理念中最明显的因素还是地域，其已视庐陵地域文学为宋代文学之中流砥柱。罗大经《鹤林玉露》丙编卷三《江西诗文》条谓："江西自欧阳子以古文起于庐陵，遂为一代冠冕。后来者，莫能与之抗。其次莫如曾子固、王介甫，皆出欧门，亦皆江西人。"庐陵人罗大经明确提出"江西诗文"这一概念，就是地域文化自觉的体现。又前文引周必大《跋王民瞻杨廷秀与安福彭雄飞诗》谓："卢溪王公主庐陵文盟者六十年，继之者今诚斋杨监廷秀也。观二公品题彭君如此，则其学问文采可知矣……予祝云翔他日踵其趾，岂特毋负二公之言，亦庶几乡里斯文之得其传乎？"这种明确的文统传递意识，正是吉州地域文学成熟的体现。

第七章　临江军地域文学研究

北宋淳化三年(992)转运使张鉴请析筠州(即唐代高安郡)之清江、吉州之新淦、袁州之新喻三县置临江军,隶属江南西路①。崇宁时户九万一千六百九十九,口二十万二千六百五十六。其地大致包括今樟树市、新余市、新淦县、峡江县等地。

第一节　临江军地域文化发展概况

秦两汉时,临江地方远离政治、经济、文化中心,因此其文化基本处于蒙昧状态。三国东吴时,中原士大夫为避战乱,有迁入此地者②,然不改其文化落后状态。在武夫擅政的唐末五代,全国的文化总体上凋零,但南唐是个例外。在南唐二主佑文政策的庇护下,民间的好文风气蔚然形成,相应地,临江(彼时分属三州)地域文化得到快速发展。据《临江府志》载,唐末陈岳,峡江人(时属新淦),累官南昌观察判官,著《唐书统纪》一百卷;其子漍,侍杨吴为翰林学士,撰《吴录》二十卷。前者应是唐朝断代史,后者是杨吴断代史,二书时间相接,表明了陈岳父子鲜明的历史自觉意识。杨彦伯,字鼎臣,新淦人,大顺间(890—891)擢童子科,昭宗亲试之,彦伯应对详雅,昭宗以"刘晏之徒"称之,并赐以诗。邓佑,峡江人,擢南唐童子科,弟佶登三礼

---

① 脱脱《宋史》卷八十八,第7册,第2191页。中华书局1977年版。以下引《宋史》皆为此版本,不另注。又据(明)刘松《(隆庆)临江府志》卷三载,明嘉靖五年(1526)析新淦县峡江镇置峡江县。上海书店1962年影印天一阁文物保管所藏明隆庆刻本。下引隆庆《临江府志》皆指此书,不另注。

② 《宋史·地理志》四十一载:"江南东、西路……永嘉东迁,衣冠多所萃止,其后文物颇盛。"第7册,第2192页。

科,乡人易其乡名"扬名里"为"双秀里"。刘式,字叔度,新喻人,南唐进士
第一人,"年十八九,辞家居庐山,假书以读,治左氏、公羊、穀梁《春秋》,旁
出入他经,积五六年不归,其业精出。是时天下大乱,江南虽偏霸,然文献独
存,得唐遗风。礼部取士,难其人甚,叔度以明经举第一,同时无与选者。"①
归宋后事宋太祖、太宗,历官三司都磨勘司,太宗赐玉书法帖十六轴。

　　虽然南唐因"重文"政策而使江南西路(江西)保存了良好的学术底蕴;
虽然金陵世家大族在国亡后多避居江西中南部,但是,由于南唐先拒宋后降
宋的特殊经历,南唐故地的人物受到特别对待(如李煜封违命侯),所以,除
少数世家大族之外,宋仁宗以前,江西地方一般的读书人很难出人头地,大
多维持在耕读之家的状态。江西人萧贯、王钦若、晏殊等人都有被排挤的经
历,直到王钦若为相,南北地域之见基本消除,加之科举制度的严格推广,至
仁宗朝,江西士人群体在文化、政治上大放异彩。这朵"迟放的鲜花",自有
其特殊的历史过程,不可不察。

　　北宋末年,大批中原士族再次涌进南方,临江也是重要的迁入之地。他
们的到来给当地文学、史学、理学等注入了新的活力,提高了当地文化发展
的水平。随着时间推移,中原士族逐渐本土化,成为此地有名望的文化大家
族。有宋一代,临江人才辈出。有人据《宋史》《宋史翼》等史料,统计出江
西各地《人物列传地域分布密度表》《宋代江西进士地域分布密度表》《著作
地域分布密度表》,得出了这样的结论:临江军以仅辖三县的面积,人才综
合指标却位居江南西路首位②。其人文盛况,明代龚守愚《先哲言行录序》
曾有较好概述:

　　　　吾郡阁皂、玉笥之胜名,天下灵秀所钟,不于物而于人,生其地者,
　　或制行衡门(杜本、刘永之之类),或流声政府(李谘、萧燧之类),或列
　　温公党籍之碑(刘奉世、二孔),或与朱子伪学之籍(彭龟年、章颖、曾三
　　聘),或追卞壶张巡之踪(陈乔、李邈、赵孟济、练子宁),或厉张良、韩偓
　　之操(向子諲、徐卿孙、黎立武),或牧民驭众以才谞称(萧贯、刘立之、
　　孔延之、萧注之类),或挂冠遗荣以廉靖著(徐梦莘、曾三复、张美和之
　　类),其风节有如此者,或深于经(刘敞、梁寅),或邃于史(刘攽、徐天
　　麟),或闻追欧曾(谢谔),或学亚张吕(刘清之),或抠衣大儒之门(向
　　浯、皮晋),或策名道学之传(张洽),或诗侔于虞伯生(范梈),或博拟于

---

①　杜大珪《名臣碑传琬琰之集》中卷四十刘敞《刘磨勘府君在此家传》。
②　刘锡涛《宋代江西文化地理研究》,陕西师范大学 2001 年博士论文。

　　宋景濂(曾鲁),其学问有如此者,岂徒一乡之望,虽以名天下可也。①

　　以上皆概括而言。具体情况见本章第二节、第三节所述。
　　宋代临江军地域文化之所以得到快速发展,而且达到了相当的高度,除了在南唐时积累的文化基础之外,其直接原因是多方面的。
　　首先,宋代江西很多地方都有完善的官学与发达的私学,临江也不例外。临江军自肇建,地方官员也为当地的文教事业贡献良多。罗开满,开宝间守临江,崇儒尚礼。何洪,庆元间知新淦,崇礼教,弛鞭扑。范端,嘉祐间知临江军,崇学育材。孔端木知临江军,崇教厉士,向往之风一时丕振,与张著立祀郡学。汪杲,绍兴间知新淦,兴学之风大振,淦之士独盛于他邑者,杲之力也。沈诜,淳熙间知临江军,尝买民址以广贡院,增屋数十间,又刊二刘《春秋传》《权衡》《意林》于郡庠。黄幹,嘉定中以恩补新淦令,尝建书院,延诸生讲明新安之学。赵师道,通判临江军州事,以贡闱窄隘,因申郡漕开拓之,又括在官之田置贡士庄以助偕计吏者②。叶师中,字子实,永嘉人,嘉定中,教授郡学,积廪饩之余,买田为义廪,以资仕进之贫及衣缨后之不振者。黄自然,字元辅,建安人,嘉定末教授郡学,以理学诲诸生,斋宿问辨,率至夜分③。这些教员学识广博,认真负责,促进了当地教育的发展和人才的成长。据今人统计,宋代临江进士共 384 人,在当时江西各州进士数量排第六④。以人口密度而论,居江南西路前列,这与以上学官的重要贡献分不开。
　　临江私学也很兴盛。有文献可征者如:清江书院,在清江县治东,宋著作郎张洽建;金凤书院,在清江县金凤洲,宋国子司业黎立武建;芎林别墅,在府城东门外,宋侍郎向子諲致仕归里筑;蒙山书院,在新喻县北蒙山之麓,同为黎立武建,效嘉眉故事,礼先达,以主试月讲季课《春秋》,行释菜礼,四方来学者云集,乡人谓之"状元讲书堂"⑤;高峰书院,在新淦县治东,宋新淦县令黄干建⑥。这些私家书院,为广大读书人提供了便利。名师益友也带来了外面的文化,大大促进了此地文化的进步和文学的发展。
　　其次,临江大量隐居未仕的"乡先生"们,对当地的教育、文化发展的贡献也不容忽视。宋玘、严九龄、扬无咎、萧饷、鲁瀚、严世父、萧增、胡至隆等

---

① 潘懿《清江县志》卷九《艺文志》,清同治九年刻本。
② 《临江府志》卷十一。
③ 《江西通志》卷六十一。
④ 夏汉宁、刘双琴、黎清《宋代江西文学家地图》,江西美术出版社 2014 年,第 309 页。
⑤ 《江西通志》卷二十一。
⑥ 李贤《明一统志》卷五十五,文渊阁《四库全书》本。

乡贤名流,在个人的学术和文学上多有建树,对后学有教导和汲引之功。宋玘曾与王安石唱和,三孔皆从之游,是三孔的良师益友。严九龄质敏嗜学,教授里塾①。清江胡宗元"自结发迄于白首,未尝废书,其胸次所藏,未肯下一世之士也。前莫挽,后莫推,是以穷于丘壑。然以其老于翰墨,故后生晚出,无不读书而好文"。② 严九龄"质敏嗜学,教授里塾",鲁瀚"力学强记,尤精于易。喜吟,常与向子諲为诗社";扬无咎善作墨梅,号村梅,又号逃禅,诗、书、画皆精,人称逃禅三绝;严世父"师事朱熹,有疑义问答往复书,学者称为城冈先生"。③

与"乡先生"们互相辉映的是,一些杰出的女性在家庭教育中扮演了重要角色。刘式卒后,有人劝其妻陈氏罄所藏置产为悠久计,而陈氏不为所动,"诸子习学一有怠者,则为不食,由是诸子能植立……四子继登第,皆为郎官,孙二十有五人,缙绅称为郎官家云。"④邹迪母杨氏,新淦人,"性喜篇籍,略知大指,蚤失父,事母以孝。既嫁,生迪,教之不以恩克义,迪甫九岁,以文显,有司称神童,吕伯恭志杨墓曰:'贤淑媲陶母。'"⑤这些女性明大义、通文墨,鼓励子孙科举仕进,教育后代知恩守义。

最后,颇具地域特色的、深厚的道教文化让临江士子在北宋尊崇道教的特殊政治氛围中脱颖而出。北宋真宗、徽宗朝都发生过狂热的崇道行为,而临江有道教名山玉笥山和阁皂山。前者位于新淦县,又名群玉山,即道教第十七洞天,第八郁木福地。据周必大《群玉诗集序》载:"古有宫观二十余区,以承天宫为冠,在三会峰下,本梅福旧坛,五代号玉梁观,真宗祥符初,赐今名。宣和间升观为宫。其右白云斋,又登临之冠也。方其盛时,聚徒至三百人。"⑥玉笥山作为道教的文化名山,山中宫观多,玉笥山宫观得真宗赐名,道徒数量剧增。阁皂山是灵宝派的祖庭所在地,地位神圣尊崇,也是道教第三十三福地⑦,和茅山、龙虎山并列的三大道教名山⑧。其山中崇真观有"四朝御书(太宗、真宗、仁宗、高宗)"。可见,在宋代崇道君主的视野中,阁皂山具有重要的文化地位。尤其真宗时,因封禅之需要,尤其重视注重劝

---

① 《临江府志》卷十二。
② 《全宋文》卷 2307,第 106 册,第 147 页,黄庭坚《胡宗元诗集序》。
③ 《临江府志》卷十二。
④ 《江西通志》卷九十八《豫章书》。
⑤ 《江西通志》卷九十八《豫章书》。
⑥ 《全宋文》卷 5117,第 230 册,第 139 页,周必大《群玉诗集序》。
⑦ 一说三十六福地,一说为三十二福地。见潘自牧《记纂渊海》卷一百八十七,仙道部之二,文渊阁《四库全书》本;张君房《云笈七签》卷二十七,四部丛刊景明正统道藏本。
⑧ 周必大《文忠集》卷一百八十三,《记阁皂登览》。

善度人、斋醮仪式的灵宝教,朝廷曾颁行《灵宝度人经》,真宗亲制《御制灵宝度人经序》①以示重视。道风氤氲下的临江人又将道教文化带到朝廷和其他地方,提高了道教在政治、文化、文学中的影响力,如王钦若,他推动了真宗封禅的进程,从而使道教从普通民间宗教成长为朝廷御用宗教,也影响了当时的文学创作,拓展了文学表现的空间;临江道士陈孟阳、杨休文、甘叔怀等人更是引领了时代风尚,成为文化交流的中心人物,使吟咏两山的道风文学作品大量涌现,也大大提高了两山的文化影响力。

第二节　临江军学术文化研究

有宋一代,以科举出身的文化家族逐渐成长起来,成为新兴的力量,引领时代的风潮。临江因科举仕进之路成长起来的文化家族,数量多,规模大,影响范围广,并形成了以经学、史学、理学为主线的学术文化风貌,临江也因之成为著名的文献之邦。

（一）临江《春秋》学

宋代经学研究中,《易》学研究、《春秋》研究占据着重要的位置,而临江学人《春秋》学研究成果尤为突出,在一定程度上是临江学人的努力大大提升了《春秋》学在宋代经学中的学术地位。

临江《春秋》学崛起较早,成就突出者为新喻刘氏。早在南唐,刘式(949—997,字叔度)就以研究三《传》著名。据刘敞《先祖磨勘府君家传》载:"治左氏、公羊、穀梁《春秋》,旁出入他经,积五六年不归,其业益精……叔度以明经举第一。"②刘式通三传又不囿于一传的治《春秋》之法,打破学术壁垒,奠定了刘氏家学解读经典勇于怀疑突破的思想基础。其孙刘敞治《春秋》,正是对这种学术思想的继承。

刘敞(1019—1068),字原父。世称公是先生。临江新喻人。北宋史学家、经学家、散文家、金石学家。庆历六年(1046)进士。博学多识:"公于学,博自六经、百氏、古今传记,下至天文、地理、卜医、数术、浮屠、老庄之说,无所不通"③,尤着力于《春秋》学,有《春秋传》《春秋权衡》《春秋说例》《春秋意林》合四十一卷,另有《春秋文权》(已佚)。《春秋传》以己意解经,"比

---

① 《全宋文》卷262,第13册,第141—142页。
② 刘敞《先祖磨勘府君家藏传》。《全宋文》卷1295,第59册,第378页。
③ 欧阳修《集贤院学士刘公墓志铭》。《全宋文》卷756,第35册,第382页。

事以发论,乃其传文褒贬之大旨";①《春秋权衡》以本经为依据批驳三传之得失;《春秋传说例》《春秋意林》是对《春秋传》进行补充的随笔札记。他对于《春秋》的基本认识是"《春秋》所记,大事而已"②,跳出汉注疏及唐正义之藩篱,延续了中唐以来啖助、赵匡、陆淳等"能绎经而不专信传,最得《春秋》体要"的解经之路③,发扬了不惑于传注、求取经之本义的信经疑传的做法。另有《公是先生弟子记》四卷,据四库言"文词古雅,与其注《春秋》词气如出一手"④,虽托名弟子,实则自作。

刘敞及其《七经小传》为北宋儒家经学风尚转折的标志⑤。自汉儒以来对经典的注疏纷繁芜杂,易使人惶惑于博杂的字词名物注释之中,反而丢失了经之本义。刘敞实际上是拨开传统的注疏、训诂之解经方法的迷雾,力求以义理、事实为根基还原先圣作经之本意。"至宋,清江刘原父始以聪明博洽之资,据经考礼,欲尽排周秦以来传注之失。宋代经学之盛,刘公实张之。"⑥刘敞开以己意言经的先河,在经学史上影响深远。吴曾引元祐史官言:"庆历以前,学者尚文辞,守章句注疏之学,至刘原父为《七经小传》,始异诸儒之说,王荆公修经义,盖本于原父云。"⑦宋初三先生(胡瑗、孙复、石介)尚是旧学规模,开宋学新境界者,临江刘氏家族有与焉。其后,王安石、二程等继起,宋代经学遂成自家面貌矣。总体而言,正如四库馆臣所指出的:"敞之谈经虽好与先儒立异,而淹通典籍,具由心得,究非南宋诸家游谈无根者比,故其文湛深,经术具有本原。"⑧欧阳修多问《春秋》于刘敞,敞为其"深言经旨"。⑨

刘攽(1023—1089)字贡夫,一作贡父、赣父,号公非。刘敞之弟。北宋史学家、经学家。治《春秋》学,提出了一个有力的观念:"春秋笔法"不足为史书榜样。何则? 因为叙述事件时用的"隐微"做法,并不为后之史官明了,

---

① 纪昀等《四库全书总目》卷二十六,《春秋传说例》,清乾隆武英殿刻本(下引该书皆此本)。
② 刘敞《春秋权衡》卷五,清通治堂经解本。
③ 蔡世远《古文雅正》卷九:"解《春秋》者三传之外有唐三传,啖助、赵匡、陆淳三家是也。始能绎经而不专信传,最得《春秋》体要,宋程伊川、胡康侯、刘原父最善,余尤喜原父之说。"文渊阁《四库全书》本。
④ 《四库全书总目》卷九十二子部二《公是先生弟子记》提要。
⑤ 参见袁建军、李君华《从诗经学的研究看刘敞对欧阳修经学的影响》,《新余高专学报》2008年第6期。
⑥ 周复俊《全蜀艺文志》卷五十一,文渊阁《四库全书》本。
⑦ 吴曾《能改斋漫录》、晁公武《郡斋读书志》、王应麟《困学纪闻》中皆有记载,虽语词稍异,然皆承认刘敞开宋人疑经之先。
⑧ 《四库全书总目》卷一百五十三。
⑨ 马端临《文献通考》卷二百三十五,浙江古籍出版社2007年版。

以为是写史不需秉笔直书,导致了委曲求全、迎合时事的需要而这种种不顾是非、妄自篡改以"悦生者而背死人"的做法,是有违史家通则,更有违圣人作经典的本意。

张洽,嘉定元年(1208)进士,授松滋尉。后历袁州司理参军、永新知县、池州通判,白鹿书院长,著作佐郎等职。少从朱熹学,"自六经传注而下,皆究其指归,至于诸子百家、山经、地志、老子、浮屠之说无所不读。熹嘉其笃志,谓黄干曰:'所望以永斯道之传,如二三君者不数人也。'"①可见朱熹有意视之为学术传承人。张有《春秋集传》《春秋集注》《左氏蒙求》《续通鉴长编事略》《历代地理沿革表》及文集②。其《春秋集传》体例上模仿朱熹《孟子集注》,摘引历代名家之说;其《春秋集注》是在《春秋集传》基础上择各家精华,依次编录,并附己之心得。

至张洽,宋代临江军《春秋》学研究已经有了明显的变化。首先,解《春秋》的基本思想的变化。刘敞虽倡导以己意解经,但是基本的思想依然是发明圣人之本旨,发掘《春秋》的本义,思想正统而保守;张洽由于其理学家的思想底色,故多以天理、义理解《春秋》③,带有明显的客观唯心主义的色彩。其次,临江学人自北宋至南宋,重视从经、史两方面对《春秋》本经进行直接解读;而张洽接受了胡安国重视三传的看法,尤着意于《左传》,认为《左传》从史料上注解《春秋》,虽语言简练,然史料广博,叙事详尽,补充了《春秋》史料的不足,贡献良多。他对前代学者舍弃三传的做法提出了批评。

(二) 临江史学

宋代临江史学在宋代史学中有着重要的地位和学术影响,代表学人有王钦若、二刘、三孔、三徐、彭龟年等。

王钦若,宋代临江史学的领军人物。景德二年(1005)真宗命其主持修撰《历代君臣事迹》。此书将历史上君臣事迹按照一定门类进行重新汇编,于大中祥符六年(1014)修成,共一千卷,赐名《册府元龟》。此书材料多选自经、正史、实录等,有些资料直接收录,不加删削,保存了大量的史料,补足

---

① 《宋史》卷四百三十,道学四,张洽本传。
② 《宋元学案》卷六十九,第3册,第726页。
③ 朱熹《朱子五经语类》卷五十八:"张元德问《春秋》《周礼》疑难。曰:'此等皆无佐证,强说不得,若穿凿说出来便是侮圣言,不如研穷义理,义理明则皆可遍通矣。'"文渊阁《四库全书》本。程颐《程氏学说》卷五:"夫子之道既不行于天下,于是因鲁《春秋》立百王不易之大法。"程颐、程颢《二程遗书》卷十五:"先识得个义理,方可看春秋。"王元杰《春秋谳义》卷一,胡安国曰:"《春秋》鲁史尔,仲尼就加笔削,乃史外传心之要典也。孟子发明宗旨,以为天子之事,周道衰微,乾纲解组,乱臣贼子接迹当世,人欲肆,天理灭矣,仲尼,天理之所在。"

了其他史书之阙疑,因而有着重要的史学价值。这种以正统思想去粗取精整理加工历史文献的方法,充分体现了王钦若作为史学家客观的学术态度和开放的学术视野,并直接启发了司马光《资治通鉴》的修撰,并对后世《续资治通鉴长编》《皇宋通鉴长编事略》等史学巨著的产生重要影响。

另外,王钦若在宋代的当代史领域有突出贡献,为宋初三朝的历史特别是封禅之历史资料的保存贡献良多。据陈振孙《直斋书录解题》卷四记载,景德四年(1007),王钦若参与修撰《三朝国史》《真宗实录》。同时王钦若是朝廷封禅的积极倡导者和组织者,也参与撰写多部记载封禅及其他祭祀活动的史学著作,如《天禧大礼记》五十卷①、《天书仪制》五卷、《卤簿记》三卷,另撰有历代后妃事迹《彤管懿范》七十卷②。

刘敞尤长于史学,曾协助司马光修《资治通鉴》。他对史学的重要贡献之一是二重证据法。他喜收藏金石文物,认为金石铭文是研究古代典章制度、小学训诂、谱牒世系的重要资料。刘敞著有《先秦古器图》一卷③,以金石古器与历史互证,为金石学和史学开拓了新的研究领域;又多次为欧阳修撰《集古录》提供资料。④ 刘敞、欧阳修收藏金石资料以研究历史的作法,引领了宋代金石学的发展。欧阳修撰《新五代史》《新唐书》时,多有向刘敞请教⑤。

刘攽在《汉史》研究方面,独树一帜。《史记》、两《汉书》流传到宋代,已多有讹误,基于历史教育和科举取士的需要,朝廷派人专门就前三史进行校订,这揭开了宋人校订、研究汉史的序幕⑥。刘攽为学官,作《西汉刊误》《东汉刊误》各一卷⑦,"增损其书,凡字点画、偏傍不应古及其文句缺衍,或引采经传有谬误者,率以意刊改"⑧。"率以意改"在当时实是开启疑古思潮和思想解放之举。"《汉书》自颜监之后,举世宗之,未有异其说者,至刘氏兄弟始为此书,多所辨正发明。"⑨后来他协助司马光修撰《资治通鉴》,主撰汉史部分;并奉旨修撰《汉书精要》;又有《汉官仪》三卷,该书是对汉代职官制度的专门研究,为史学的专门化研究开拓了新的领域,为三孔、三徐的史学专

① 王应麟《玉海》第五十七,上海书店出版社、江苏古籍出版社 1990 年版(下引该书皆此版本)。
② 《续资治通鉴长编》卷八十五,第 7 册,第 1539 页。
③ 《宋史》卷二百二,第 15 册,第 5076 页。
④ 《全宋文》卷 709,第 33 册,第 294 页,欧阳修嘉祐七年《与刘侍读书》。
⑤ 马端临《文献通考》卷二百三十五。
⑥ 燕永成《宋人汉史学论述》,《史学月刊》2007 年第 7 期。
⑦ 《郡斋读书志》卷五。
⑧ 《玉海》卷第四十九《艺文》。
⑨ 《直斋书录解题》卷四,第 106 页。

门化研究起到开拓探索之功。

在长期的史学研究实践中,刘攽逐渐形成了自己关于修史的三个标准①:一是史书传"信",即忠实于历史事实,修史者要不惧障碍,敢于秉笔直书。二是记录重大事件。"太史公作《张良传》,称非天下之所以存亡则不著,知古人为史不必琐琐毫举厘录也"②。三是修史要经世致用,明圣人教化之旨。编撰史书的目的在于以史为鉴,考查时政之得失,或资政务,或资学术,他的《汉书精要》亦以此为目的为出发点。

临江三孔,即文仲、武仲和平仲。孔文仲(1038—1088),字经父,嘉祐六年(1061)进士,有文集五十卷。孔武仲(1042—1097),字常父,嘉祐八年(1063)进士,曾经参与校订《资治通鉴》和《神宗日历》。虽二人之史学著作今皆不存,但从流传下来的相关文字可以看出,他们的史学观念中特别强调维护君臣纲常关系,有浓厚的尊王攘夷思想。孔平仲(1044—?),字毅父,治平二年(1065)进士。工文词,"尤精史学"③。著有《续世说》十二卷④,《释稗》一卷⑤、《诗戏》三卷⑥、《孔氏杂说》(又名《珩璜新论》)一卷⑦、《孔氏谈苑》五卷⑧、《良史事证》一卷⑨诸书。其中《谈苑》是一部史料笔记,记载了一些民间传说,宋代以前的名人轶事,以及宋代太祖至哲宗朝帝王与朝廷官员的逸闻轶事,是了解宋代官制、军事、政治、文化等历史的珍贵资料。这些作品并不似正史般鸿篇巨制,而是短小精悍,行文亦不刻板严肃,灵动活泼,可读性强。

周必大寄徐梦莘诗谓"三孔三刘岁月赊,后来儒术数君家"⑩。以三刘、三孔家族作比,足见徐氏文化家族的学术成就。临江徐氏的儒术,主要体现在史学。徐梦莘(1126—1207)字商老,绍兴二十四年(1154)进士。耽嗜经史,尤其熟悉纷争动荡的晋、宋、南北、五代历史,又熟本朝掌故,"自熙、丰、

---

① 刘攽《彭城集》卷二十七《与王深甫论史书》,台北商务印书馆,1967年版,下册,第373页。(下引该书皆此版本,只标注页码。)
② 《彭城集》卷二十七《与王深甫论史书》,下册,第373页。
③ 《全宋文》卷5118,第230册,第147页,周必大《临江军三孔文集序》。
④ 《宋史》卷二百六,《艺文志》第一百五十九。《文献通考》作十二卷,孔平仲毅父撰,编宋至五代事以续刘义庆之书也。
⑤ 《宋史》卷二百六,《艺文志》第一百五十九。
⑥ 《宋史》卷二百八,《艺文志》第一百六十一。
⑦ 《宋史》卷二百六,《艺文志》第一百五十九。
⑧ 晁公武《郡斋读书志》卷第五上,《四部丛刊三编》景宋淳祐本。
⑨ 《宋史》卷二百五,《艺文志》第一百五十八。
⑩ 周必大《文忠集》卷四十二,《徐商老梦莘参议直阁进书登瀛创儒荣堂来索鄙句许示奏议寄题》,文渊阁《四库全书》本。

元祐以来,名公奏议及出处,大致无不该综。作文皆有根据,用事精确。"①
有感于金兵入侵、宋廷南迁,遂"取诸家所撰及诏敕、制诰、书疏、奏议、记传、
行实、碑志、文集、杂著,事涉北盟者,悉取诠次。起政和七年登州航海通好
之初,终绍兴三十二年逆亮犯淮败盟之日,系以日月,以政宣为上帙,靖康为
中帙,建炎绍兴为下帙,总名曰《三朝北盟集编》,尽四十有六年,分二百五十
卷。"②该书以保存史实原貌为己任,不妄作评论,"其辞则因原本之旧,其事
则集诸家之说,不敢私为去取,不敢妄立褒贬,参考折衷,其实自见。"③实上
继乡贤王钦若《册府元龟》的客观主义历史精神。

徐得之,梦莘弟,字思叔,淳熙十一年(1184)进士,以通直郎致仕。著有
《左氏国纪》《史记年纪》《具敝箧笔略》《鼓吹词》《郴江记》八卷等书④。
《左氏国纪》一书的特点是:汇集编年体、国别体的优长,以《诗经》等材料印
证、补足《左氏春秋》诸多遗漏史实,使读者清晰把握各时期春秋各国的历
史。徐得之将文学与史学结合的研究方法,为两者的研究开拓了新的领域,
为史学研究找到另一种获取文献的途径。

徐筠,字孟坚,徐得之长子,淳熙十一年(1184)进士,学于陈傅良,著
《周礼微言》及《汉官考》四卷、《修水志》十卷⑤、《姓氏源流考》等。《汉官
考》是一部专门研究汉代官制的史书。

徐天麟,字仲祥,徐得之次子,开禧元年(1205)进士,著《西汉会要》七
十卷、《东汉会要》四十卷、《汉兵本末》一卷、《西汉地理疏》、《山经》等。会
要体起源于唐德宗时苏冕作的《会要》,宋初王溥编《唐会要》《五代会
要》⑥,宋仁宗时,命王洙、章得象修纂《国朝会要》。徐氏两种《汉会要》分
类辑录汉代典章制度和史实,且在每个材料下注明出处,体例上要比《唐会
要》分类更细、更严密,内容上《东汉会要》增加了史论部分⑦。

临江史学繁荣,还表现在多元发展的态势。刘昌诗的《芦蒲笔记》,有学
者认为它比一般的野史笔记史料性更强,更注重文献和考证,取材更加精
当,并严格按照史学体例要求和求真务实的原则,具有较强的史料价值⑧。

① 《攻媿集》卷一百八,《直秘阁徐公墓志铭》,第20册,第1527页。
② 徐梦莘《三朝北盟会编》,卷首序,清许涵度校刻本,《玉海》卷四十七采楼钥《攻媿集》中
《直秘阁徐公墓志铭》说法。
③ 《三朝北盟会编》,卷首序。
④ 《宋史》卷二百四,艺文三。《宋史》卷四百三十八。
⑤ 《宋史》卷二百四,艺文三。
⑥ 《玉海》卷五十一。
⑦ 王世英《〈唐会要〉的编撰体例及其文献价值》,安徽大学2007年硕士论文。
⑧ 吉毛仔《〈芦浦笔记〉的史料价值》,《哲学史学研究》2010年第4期。

彭龟年绍熙五年上《内治圣鉴》二十卷,这是一部记载赵宋王朝祖宗家法的作品。体裁模仿会要,史实多本长编,亦录名臣奏议等,内容涉及"修身、齐家、教子,训齐宗室,防制外戚、宦官、执御等事。"①显现了理学思想对史学创作的重要影响。张洽有《历代郡县地理沿革表》(又名《春秋历代郡县地理沿革表》),他自言模仿司马迁作十表,将古今郡县沿革的信息重新研究辑录整理成一套资料汇编式的作品,希望能通过地理之沿革而查考历史之变迁②。此书开历史地理学先声。

由于年代久远,临江史学很多史学著作已散佚于历史长河中。据《宋史·艺文志》载,刘敞《经史新义》七卷③、《五代春秋》十五卷④、《内传国语》十卷⑤;刘清之《衡州图经》三卷⑥;刘昌诗《六峰志》十卷⑦(六峰即今南京六合);孔武仲《金华讲义》十三卷⑧,也即辑录朝廷政令的史书⑨;张洽有《五运元纪》一卷、《古今帝王记》十卷⑩;章颖《文州古今记》十二卷⑪;彭龟年《光宗圣政》三十卷⑫。龟年子彭铉(字仲诚)《临川可否录》《备寇兵议事录》⑬;赵与时《史翼》一百六十卷⑭,皆不传于世。不过从书名之富丽,不难想象宋代临江史学之发达情景。

第三节　临江军理学研究

在南宋理学蓬勃发展的潮流中,临江出现了刘氏兄弟、谢谔、章颖、彭龟年、黎立武等理学大家,在理学史各有独特的历史地位和深远影响。《宋元学案》专辟"清江学案"以记其学者群体。

清江学案以二刘为首。"朱、张、吕三先生讲学时,最同调者清江刘氏兄弟

① 王应麟《玉海》卷一百三十《官制》文渊阁《四库全书》本。
② 张洽《春秋集传》《缴省投进状》,江苏古籍出版社1988年版。
③ 《宋史》卷二百九。
④ 《宋史》卷二百三。
⑤ 《宋史》卷二百二。
⑥ 《宋史》卷二百四。
⑦ 《宋史》卷二百四。
⑧ 《宋史》卷二百三。
⑨ 孔继汾《阙里文献考》卷三十一,清乾隆刻本。
⑩ 《宋史》卷二百三。
⑪ 《宋史》卷二百四。
⑫ 《宋史》卷二百三。
⑬ 《江西通志》卷七十三。
⑭ 《临江府志》卷十二。

也。敦笃和平，其生徒亦遍东南。"①。刘靖之，字子和，绍兴二十四年(1154)
进士。人称孝敬先生。他研究经学出身，涉及音韵、句读、训诂等小学领域，
又能吸收诸家的学说、近世的学术动态等②。他对理学最显著的贡献是大
力推行周学。周敦颐于嘉祐元年(1056)年任赣州通判，并创办濂溪书院。
时隔百年，刘靖之为赣州教授，凭借他的谆谆教导和身体力行，当地学子逐
渐感受周学的魅力③。相较于周敦颐的形而上理学，刘靖之更加强调用儒
家礼仪规范自身行为，"其教大抵以读书穷理为先，持敬修身为主……其言
行小不中理，服饰小不中度，必规正之。"④赣州浮惰之气为之一变。

刘清之(1134—1190)，字子澄，号静春先生，著有《曾子内外杂著篇》
《训蒙新书》《外书》《戒子通录》《墨庄总录》等。他受业于兄长刘靖之，举
进士，又曾应博学宏辞科，与朱熹、吕东莱、张栻亦为师友⑤。刘清之不倡导
书斋式的性理之学，强调理学的外化功能和实际效果。除了涵养身心、规范
行为这些理学基本功之外⑥，他本人还不断投身实践，如留意学校，广延生
徒，尽力清除歪风邪气，使民风淳正；还带领子弟学习军事⑦。这与他受到
长兄刘靖之的影响有关，只不过刘靖之注重潜移默化，刘清之的做法更为强
硬凌厉。此外，刘清之在获得从政的机会以后，积极推行他的理学治天下的
观念。理学在理宗朝逐渐取得官方指导思想的正统地位，或与他的推动之
功有关。

彭龟年字子寿，号止堂，登乾道五年(1169)进士第，尝与刘清之从朱熹、
张栻学，既继承了程、朱的天理是宇宙根本的理念，又传承了张栻之学注重
对内在涵养的修持和礼教的生活实践，深得湖湘学派"内圣外王"之精髓。
清代全祖望认为彭龟年发扬了张栻之学，使张氏之学在南宋与朱子学并驾
齐驱⑧。

---

① 《宋元学案》卷五十九，第3册，339页。
② 朱熹《晦庵集》卷九十八，《刘子和传》，《四部丛刊》景明嘉靖本。
③ 《晦庵集》卷九十八，《刘子和传》："诸生请曰赵公则闻耳矣，敢问濂溪何人也？子和具告
　之故，且出其书使之读之，诸生固已风动，又益推本其说，以发明六经论孟之遗意。晨入寓
　直之舍，诸生迭进问事，子和谆谆辨告如教子弟，至暮乃罢，日以为常。"
④ 《晦庵集》卷九十八，《刘子和传》。
⑤ 李幼武《宋名臣言行录续集别集外集》卷十四，《刘清之·静春先生》，文渊阁《四库全书》本。
⑥ 《宋名臣言行录续集别集外集》卷十四："以力行切己者为务，不事空言；燕居端坐，终日钦
　钦；非翻阅经史，则省察性情；见义必为，无所顾虑；训诱后进，唯恐失一士，有一善则亟称
　而成就之。"
⑦ (宋)蔡戡《定斋集》卷一，清光绪《常州先哲遗书》本："居官首以风化为务，留意学校，广延
　生徒，又率介胄子弟欲习兵事者肄业其中。荆楚之俗尚鬼，病者不药而巫，死者不葬而火，
　清之力禁止之。而又斥淫昏之祠，表烈女之墓，抑告讦之风，使民知向。"
⑧ 《宋元学案》卷七十一，第3册，第844页。

谢谔字昌国,号艮斋①、定斋。晚年居东郭,茂林修竹环列其居,而桂尤盛,遂以桂山名其堂,又皆称桂山先生。绍兴二十七年(1157)进士第。著《性学渊源》五卷,《圣学渊源录》五卷②,《经解》二十卷(含《〈诗〉解》《〈书〉解》《〈论语〉解》),《左氏讲义》三卷,《柏台》、《谏垣奏议》五卷,《经筵总录》,《孝史》五十卷③,《艮斋集》四十卷。曾师从吉州郭雍(字兼山)学《易》,吸收郭氏以《中庸》之旨解《易》的思想,也是郭氏简易之学的践行者。得到同列陆游、杨万里(诚斋)等人的激赏,"杨公诚斋少许可,其所重者,晦庵、南轩之外,必曰艮斋先生。"④

顺便说说艮斋后学。新喻欧阳朴和黎立武实其佼佼者。欧阳朴著作有《艮斋事实》⑤。黎立武,字以常,号元中子,咸淳四年(1268)进士,著述有《大易元通说》《大学本旨》《中庸指归》《中庸分章》《大学发微》等。朱熹《中庸章句集注》将《中庸》分为三十三章,黎立武《中庸分章》将《中庸》分为十五章,"盖《中庸》之学传自程子,后诸弟子各述师说,门径遂歧。游酢杨时之说为朱子所取,而郭忠孝(郭雍之父)'中庸说'以中为性,以庸为道,亦云程子晚年之定论。立武《中庸指归》皆阐此旨。"⑥

章颖(1141—1218)字茂献,新喻人,孝宗时礼部奏名第一。为玉山汪应辰弟子。汪氏推行至诚思想⑦,比如要达到不怨天尤人的境界,关键在于要遵循法则,顺应天命,并且要以至诚来对待事物。章颖受其教,因而具有耿直果敢、至诚奉公的思想性格。"(颖)操履端直,生平风节不为穷达所移,虽仕多偃蹇而清议与之"⑧,得到朱熹等人的称誉⑨。

宋时临江军为理学重镇之一,且呈思想多元化发展之势。刘靖之注重用儒家礼敬观念规范行为,修持涵养身心;刘清之不主张以训诂为重点的义理之学,强调理学的外化和社会功能,将理学逐渐引向指导现实政治;彭氏理学源自湖湘学派,又与刘清之为学友,故强调内圣外王,特更为激进凌厉;

---

① 谢谔曾学易于郭雍。郭雍释艮之义云:"所得在艮,艮者,限也。限立而内外不越。天之命我,限之内也,不可出;人欲,限之外也,不可入。"《宋元学案》卷二十八,第 2 册,第 300 页。

② 王圻《续文献通考》卷一百七十八《经籍考》,明万历三十年松江府刻本。

③ 《直斋书录解题》卷七,第 213 页。

④ 《宋元学案》卷二十八,第 2 册,第 300 页。

⑤ 同注④。

⑥ 《四库全书总目提要》卷三十五《经部三十五》。

⑦ 《宋元学案》卷四十六,第 2 册,第 773 页:"君子不愿乎外,是以不怨天;尽其在我,是以不尤人。祸福得丧,在天而不在人,我何怨? 是非毁誉在人而不在我,又何尤? 惟行法以候命,推诚以待物。"

⑧ 《宋史》卷四百四,第 35 册,第 12228 页,章颖本传。

⑨ 朱熹《晦庵续集》卷五,《四部丛刊》景明嘉靖本。

谢谔吸收了郭兼山《中庸》之学,强调"仁"的重要作用,更为平和恬淡。以上种种,并影响了作家的文学创作心理和审美倾向。

第四节　临江军地域文学创作概说

宋代较早活跃于文坛的临江作家,当属王钦若。他的名句如"龙带晚烟离洞府,雁拖秋色入衡阳",给真宗留下深刻印象,称钦若此诗"落落有贵气"①。关于他的文学创作,将在下节重点论述。

宋曾敏行《独醒杂志》谓:"谢民师名举廉,新淦人,博学工词章,远近从之者尝数百人。民师于其家置讲席,每日登座讲书一通。既毕,诸生各以所疑来问,民师随问应答,未尝少倦。"曾敏行字达臣,新淦人,所记乡里前贤事迹当不诬。谢举廉(民师),元丰八年(1085)进士,为"临江四谢"之一,有《蓝溪集》,久佚。谢民师文章学苏轼,在乡所传授的文章作法,当亦以苏轼为宗。苏轼在《答谢民师书》一文中,对谢氏文学创作有如下评价:"所示书教及诗赋杂文,观之熟矣。大略如行云流水,初无定质,但常行于所当行,常止于所不可不止,文理自然,姿态横生。"②这是一种什么样的文风? 抒情性、艺术性是其中重要的要素。

当然,临江地域文学整体上是以经世致用的创作面貌出现于世人面前的,尤其是以家族为单位的文学群体。这源于临江深厚的学术文化底蕴,长期的经、史、理学的研究,奠定了他们强烈的儒家思想基础,倡导文学有功教化。在这一过程中,文学逐渐从抒情性、艺术性的文艺作品,演变为士大夫仕途生活的反映,甚至完全变为教化之具。另一方面,这些作家又置身于道风浓郁的临江文化氛围中,当他们仕途失意时,作品又会回归抒写亲近自然、淡薄自适,当他们仕宦闲暇时也会流露出热爱生活的闲情逸致。以下以家族为轴心,以点带面,反映学术文化背景下的临江地域文学创作的整体风貌和演变轨迹。

临江墨庄刘氏,以经史之学名家,学术研究不仅锻炼了他们的思辨能力,丰富了他们文学创作的历史深度,还给文学创作打下了浓厚的儒家思想底色。因而,在文学创作中,文体选择、思想内容、语言风格等方面,都明显体现着他们儒家经世致用的文学观念。临江刘氏中刘敞作文才思敏捷、引

① 蔡絛《西清诗话》卷中,明抄本。
② 苏轼《苏文忠公全集》卷十四,明成化本。

证丰赡,文辞典雅而又各得其体①,人称"追古作者"②,"多法古绝。文字学《礼记》《春秋》,或学《公》《穀》。"③刘敞创作上用字模仿《礼记》《春秋》,得其用词简练深刻之旨;行文宗《公》《穀》,得其论辩之长。具体来说:

其一,刘敞解读《春秋》以回归圣人之旨为根本,其散文创作也以儒家德、仁、礼、智、忠、敬等为思想的内核。《封建论》认为圣人王天下依靠封建,而真正的封建建立在德的基础上。《不朽论》也论证了德的重要作用,认为士有"三不朽":德能服人则不朽,功能济时则不朽,言能贻世则不朽。然三者的根本在于德,具体指向仁义忠信。整体上看,他的文章本自经书中来,文以载道,并强调文章对现实政治的指导功能,充分发扬了封建士大夫经世致用的文学观念。是继韩愈之后,最正统的儒者之文;文字上其文章自有高古之趣,或气平文缓,文词古雅,④深得儒者之风,这一点区别于韩愈,与欧阳修的散文"六一风神"并驾通衢。

其二,宗《公》《穀》之学,习韩孟之文,长于论辩;加之临江地域文化中本有"好讼"风习,故其赋、策、论等显示出严密的逻辑和雄浑的气势。以《三代同道论》为例,上篇讨论了忠、敬、文之间的关系,认为忠为礼之本,敬为礼之体,文为礼之成,它们相待而成,相须而行。中篇讨论了德、爵、亲之间的关系,认为德、爵、富、亲失去了任何一方,就失去了秩序规则,国家都不能正常运转。下篇讨论了命、神、礼的关系,认为夏、商、周都重视命、神、礼,无一偏废,古人所谓夏尚忠、商尚敬、周尚文,或夏人尊命,商人尊神,周人尊礼的说法,生硬地将问题简单化、符号化。只知道三王之不同,而未深刻理解三王之道同、三王之德一的道理。该文立足古代礼制、政治、史实,逐层剖析礼、德、道的历史和现实意义,指出三代圣王治国理政不仅不刻板,反而会因时而动、适时而变。从根本说,三代遵行的原则、崇尚的观念、治国的方法是相通的。刘敞以儒家思想为根基对历史辩证分析,文章逻辑严密,有强烈的思辨色彩,颇有孟子、韩愈之文风。

其三,其诗歌师承魏晋诗风,热衷五古创作,与当时诗坛流行的晚唐体和白体大异其趣。刘敞《公是集》共有五十四卷,其中二十六卷为诗歌,诗歌中古体诗有十五卷,而五古占其中十二卷之多。他的五古诗承汉魏之风,喜

---

① 欧阳修《欧阳文忠公集》卷三十五,《集贤院学士刘公墓志铭》:"为文章尤敏赡。尝直紫微阁,一日追封皇子、公主九人。公方将下直,为之立马却坐,一挥九制,数千言。文辞典雅,各得其体。"四部丛刊影元本。
② 《四库全书总目》卷一百五十三集部六,引曾肇《曲阜集》之《敞特征进制》。
③ 刘敞《公是集》卷首,《公是集提要》,文渊阁《四库全书》本。
④ 《公是集提要》有朱熹的"刘侍读,气平文缓,乃自经书中来,比之苏公有高古之趣"和"则其文词古雅,可以概见矣"之说。

用叠字与起兴手法,诗歌格调高古雅正。如《出塞曲》(三首之一):

> 桓桓良家子,趫趫羽林儿。恩仇久未报,感激气拂霓。
> 无用丈二组,不须一丸泥。独身斩胡颈,手揽封侯圭。

当然,作为一个正宗儒者,刘敞不取魏晋五言诗慨叹时光易逝、抒写男女恋情的基本主题,在诗歌中植入了儒家兼济天下的思想,流露出积极的入仕情怀。如《啸亭纳凉》:

> 翻翻竹梢叶,习习蘋末风。水气稍澄澈,云阴反蒙笼。
> 解襟面虚旷,幽兴欲飞冲。得意耻独善,慨然环堵中。

即使在纳凉休闲的时候,也流露出传统文人学而优则仕的普遍心态,希望能一飞冲天、一鸣惊人,在仕途中一展抱负,不愿独善其身,而是胸怀天下。

东晋诗人谢朓、应璩、陶渊明等人对刘敞的文学创作有直接影响,如《石林亭成宴府僚作五言》:

> 吾爱谢宣城,适意安独往。虽联凤池步,不废山泉赏。
> 吾慕应休琏,感事能属书。颇婴下流谤,独占仁智居。
> 寥寥二贤后,忽忽千载余。若士不可追,此风或在予。
> 延石象众山,决泉泻交渠。林壑使我欣,不知岁月徂。
> 薜萝分蔽亏,松竹相扶疏。时时四方客,顾此亦踟蹰。
> 倪遇钟子期,知子情所摅。

谢朓的适意,应璩的从容,皆古代仁人志士的典范。"若士不可追,此风或在予",刘敞以谢朓、应璩二贤的继承者自居,其仰慕之情溢于言表。另外,刘敞对陶渊明的推崇与模仿,使其成为北宋和陶文学潮流的引领者之一。

史载刘攽"博记能文章","所著书百卷"①。著有《彭城集》《中山诗话》《文选类林》②等。刘攽作诗与其兄弟刘敞趣向不一样,他受当时诗坛宗唐风潮的影响,称赏李杜、韩愈、张籍、孟郊、贾岛、刘长卿、卢全等人的作品。

① 《宋史》卷三百一十九。
② 《文选类林》专门对《文选》中字句可供词赋之用者,分门标目,共五百四十九类,以资词赋创作之用,不过对此书为刘攽之作,尚有可疑(杭世骏《道古堂全集》卷二十七,清乾隆四十一年刻光绪十四年汪曾唯修本),在此不作论述。

不过,他深厚的经史之学功底对他的诗歌创作产生了极大的影响。他的诗歌有强烈的批判怀疑精神和议论化倾向。如《自古》(自古边功缘底事)、《蛮请降》三首和《陈州杂咏》三首等诗。

刘攽的散文创作继承了韩愈文以载道的文学观,不过更强调实用功能,注重作品承载圣王之道、有功治乱兴废的价值。

孔延之(1013—1074),字长源。仁宗庆历二年(1042)进士。"工于为文"①,惜其文集不传。今存两诗《顶山寺》《七星岩》②,境界开阔、立意高远,证之苏轼《孔长源挽词二首》自注"长源自越过杭,夜饮有美堂上,联句,长源诗云'天目远随双凤落,海门遥蹙两潮趋。'一坐称善",可以想见其诗风是雄肆豪迈的。

孔延之最为人称道的是辑录了《会稽掇英总集》,此书是现存绍兴最早一部文学总集。全书编排体例上以重要建筑物和名胜地点为中心,按照律诗、古诗的顺序,近到远的时间顺序编排③;又分送别、寄赠、感兴、唱和、史辞、颂、碑、碑铭、记、序、杂文等类别为序,保存了唐宋会稽历史文化的"全息影像",对于后世构建和发展地方文化有重要价值。该书向来以精博著称,直到清代,学者认为它在宋人总集之中最为珍笈,其精博在严陵诸集上也④。为何?举一端言之:"所录诗文,大都由搜岩剔薮而得之,故多出名人集本之外,为世所罕见……有功于文献矣。"⑤临江刘攽、吉州欧阳修(《集古录》)皆江西人,是引导宋代金石学的重要人物,孔延之受临江一带地域文化重视金石研究的传统的影响,以金石当做文学的载体,辑录文献,研究作品,为金石学、文学研究打开了一扇新的大门。

孔文仲"少刻苦问学,号博洽。举进士,南省考官吕夏卿,称其词赋赡丽,策论深博,文势似荀卿、杨雄,白主司,擢第一","有文集五十卷"⑥,然多亡佚,存者见于《清江三孔集》。

孔文仲论史固守儒学之正统,遵先王之法、圣人之旨,又能做到不盲从前人成说,立论喜另辟蹊径。一般先引用经典,否定既有成说,先破后立,驳斥原有观点,亮出自己的论点,常有出人意表之见。他常能发人之所未发,对历史人物有新的解读,颇有怀疑精神,敢于提出创见。比如《舜论》,孔子

① 曾巩《元丰类稿》卷四十二,《司封郎中孔君墓志铭》,《四部丛刊》影宋本。
② 曾燠《江西诗征》卷六,清嘉庆九年刻本。
③ 《全宋文》卷1033,第48册,第70—71页,孔延之《会稽掇英总集序》:"诗则以古次律,自近而之远;文则一始于古。稍以岁月为先后,无所异也。"
④ 《四库全书总目》卷一百八十六。
⑤ 同注④。
⑥ 《宋史》卷三百四十四列传第一百三。

曾言舜无为而治,后人就认为据此认为他对朝堂、天下之事皆不过问。他认为舜继承了风化法度完备的尧时天下,所以他不必为事之首。接着以史实为依据,言舜在位七十载,劳心庶政,五载一巡守,以考诸侯之治。犯冒寒暑,涉履山川,未尝安然于京城。还在晚年亲自征讨一个区区苗民。汉文帝、唐明皇惑于无为之说而不考其实,遂欲以清净寂寞治天下,或终于无功,或至于衰乱,都是错误地理解了舜之无为。可见,孔文仲立论以儒家经典为依据,评论历史人物,不会怀疑经典,批评的是后人对经典的理解。其他文章,如《制科策》洋洋洒洒八千三百余言,旁征博引,议论透辟,不负"策论深博"之美誉。其他诸如史论作品,①行文上,逐层深入,细致探讨,事实清楚,逻辑严密。喜用反问、铺排和对比手法,因而常有难以辩驳的气势,又细致谨严似绵里藏针,颇有荀子的雄辩之风。

　　孔文仲留存的诗歌不多,《三孔集》分其为两类:官题诗、古今体诗。宋人称皇帝为官家,官题诗是为皇帝歌功颂德之作,可不论。其古今体诗,有生活杂感诗、送别友人、次韵三类,真情实感流露其中,如《秋月》二首:

其一

孤枕夜何永,破窗秋已寒。雨声冲梦断,霜气袭衣单。

利剑摧锋锷,苍鹯缩羽翰。平生冲斗气,变作泪汍澜。

其二

秋夜不可晨,悲歌聊自永。俯听一掀帘,星河光炯炯。

霜浮万瓦寂,月满四山静。壮心随北风,吹入单于境。

其一描写清冷的漫漫秋夜,以环境烘托人物心境的手法运用到极致,情景交融。诗人怀揣为国建功立业的梦想,然而现实屡屡却让人碰壁,让人失望无奈,这才是诗人悲伤的根源。其二虽然也以悲景悲情起笔,然远望星河炯炯,俯瞰万瓦覆霜,月满四山,陡生对国家命运的关注。写法类杜诗又比杜多了豁达豪壮之气势。另如《将至南都途中感旧二首寄钱穆父》:

其一

北风吹雪满皇州,携手同为落魄游。

---

① 苏颂《苏魏公文集》卷五十九:"公世儒者,少禀义训,知自刻苦,经史传注、百氏子集,外至于天文、律历、算术之书,无不识于心而诵于口,其议论浃洽,讲解精辩,诸宿儒老生,往往不能出其右。"上海古籍出版社,1987年版,第633页。

　　　　　　　霄汉路歧腾万里,江湖尘土积千忧。

　　　　　　　世情共逐飞蓬转,人事都如激浪流。

　　　　　　　只待清谈慰愁病,月明几度促归舟。

　　　　　　　　　　　　其二

　　　　　　　荏苒星霜七换年,故人已上碧云天。

　　　　　　　书凭去雁虽无便,路出名都亦有缘。

　　　　　　　秋晚楼台风作雪,雨余琦岸柳生烟。

　　　　　　　应烦北道开樽俎,又费公庖几万钱。

作者与钱勰(字穆父)交情甚笃厚,仅存的九首古今体诗中就有四首是写给他的。其一写两人志同道合,看淡仕途官场的复杂斗争,厌恶世人的虚幻追求和随波逐流,以友情来慰藉愁苦,以自由来远离烦忧。全诗的基调豁达乐观,"虽有牢骚而不显颓唐,虽有痛苦而仍达观。"①其二写两人七年未见,天各一方,可以隔空对饮,以雄奇的景色烘托了诗人不因友人相离而悲伤的洒脱乐观。

　　孔武仲"历秘书省正字、校书,集贤校理,著作郎,国子司业。尝论科举之弊,诋王氏学,请复诗赋取士。又欲罢大义,而益以诸经策,御试仍用三题。"(《宋史》本传)。著说甚富。文学观念上,他的诗歌观念明显来源于孔子的兴、观、群、怨之说,讲究诗歌的现实功能,能表现个人情志,反映社会现实,有功治乱兴亡。他对后世丢弃这一原则而因诗获罪的事情(如刘禹锡、白居易、苏轼等人),提出批评。杜甫的文学创作代表着他心中理想的文学典范,他在《读杜子美哀江头后》中说:"子美杰然自振于开元、天宝之间。既而中原用兵,更涉患难,身愈困,而其诗益工。大抵哀元元之穷,愤盗贼之横,褒善贬恶,尊君卑臣,不琢不砻,暗与经会。盖亦骚人之伦,而风雅之亚也……余固喜诗,愿以子美为师者。"②他本人的诗歌创作也在实践着他所理解的杜诗境界,如《健儿走马行》《高楼行》《车家行》等,颇有杜甫诗歌的风貌,抨击了朝廷军事不力、忍辱苟且的政治态度,暴露了统治者们生活豪奢,搜刮民脂民膏的贪婪和冷漠本性,反映了百姓生活困苦不堪的境况。

　　他的游记文学创作中,有《兴国僧房诗》《南斋稿集》《渡江集》《丙寅赴

---

　　①　陈莲香《临江三孔诗歌评注》,百花洲文艺出版社,2010 年。

　　②　《清江三孔集》卷十七,孔武仲《读杜子美哀江头后》,第 281 页。

阙诗稿》等集子,作品多为他辗转多地仕宦生涯中所见所闻所感以及和友人的唱和之作,虽有散佚,但《三孔集》中仍存这类诗六百多首。其《兴国僧房诗序》:"昔周人为《采薇》之歌曰:'昔我往矣,杨柳依依;今我来思,雨雪霏霏。'盖伤行役之勤,感时物之变也。余之是行也,冒大寒,历潦暑,凡半岁而后得止。鞍马之劳,筋骸之瘁,殆无余力矣。其感于物,动于心,发于言,不为讥嘲以忤群众,从容自道而已,亦诗人之志也欤?"①他元祐丙寅(1086)自湘潭令为秘书省正字,从长沙到京师的途中,创作了大量作品,诗辑为《丙寅赴阙诗稿》:"舟居逼迫,无以自娱其间。落日幽浦,平沙远岸,樵渔之上下,鱼鸟之沉浮,时有旷然物外之意。登高临远,吊古人之遗迹,考之碑碣,问之耆老,记以本末,以备遗忘,则别录存焉。其顾瞻笑傲摹写风云一时之情状,则有诗赋若干篇在。"②类似的意思还见于其《渡江集序》中:"元丰六年,余以信州从事得罢,岁暮入京师……故其览瞩风物,登涉山川,吊往念昔,感今怀古,与道途之蟠直险易,气象之风雨晦冥,皆发之于诗,叙而录之,得六十篇,以览观焉。"可见他的创作,是贯彻着"伤行役之勤,感时物之变"的"诗人之志",即《诗经》所代表的"怨而不怒,哀而不伤"传统。

　　他史论文有专论和札记两种论述方式,前者如《汉武帝论》《介之推论》《高颎论》《陆贽论》《论华轶、王恭事》《论介子推》;后者如《书晋语后》《书晋武帝纪后》《书儒林传后》《书唐宪宗纪后》《书裴度传后》《书古永传后》《颜真卿评传》《书裴垍传后》《书朱梁本纪后》《书后唐纪后》《书石晋纪后》《书周纪后》《书孙晟传后》等,这些当为作者读史、书史时的札记,也有史论性质。武仲论史强调全面掌握史实,不盲从众人之见。如《汉武帝论》,班固曾说:"武帝雄才大略,而不改文景之恭俭。"武仲曾怀疑其为"史臣褒扬先帝之辞",因为班氏"其于罪恶甚多皆略而不问",真实的汉武帝固然是雄才大略之主,但也有"不能躬践法度以追二帝三代之隆,而甘心四夷虚内事外,敝天下之力,殚生民之财"的过失。这样评价历史人物就相当全面了。当然,孔武仲的史论文,也带有"翻案文章"的时代烙印,体现了北宋文化学术界的思想解放状态。如《介之推论》认为介之推虽为奇节之士,然以受赏为非,不受赏为是,武仲认为这样"是率私意而乱国法",扰乱了古代设爵颁赏的圣王不易之法。为什么这样说? 因为赏赐是国家对人臣行为准则引导和规范,"功大者赏优,劳微者报薄,无功者不与焉。贪者不敢进趋,廉者不敢避退,亲者不敢以宠昵而觊望,疏者不敢以遐远而自疑。"又如《高颎论》曰:

---

① 《清江三孔集》卷十五,孔武仲《兴国僧房诗序》,第248页。
② 《清江三孔集》卷十五,孔武仲《兴国僧房诗序》,第247—248页。

"事君之道有三而已。方其未进于朝廷,于其君之贤否,不可以无择也;既得志矣,于其君之失,不可以无谏也;谏而不从,于其职不可以无去也。"以此"三不可以无论"来观照,高颎的进退出处是很有疑问的。

孔武仲的杂著类作品,直接继承了柳宗元的散文精神。如《蝗说》《鸡说》《记鼠》《吊猫文》这类作品,构思新颖,多借动物形象,反映王安石变法下的社会现实及丑恶现象,表达对新法的否定之意①。又如《寿说》言人之寿命不过百年,这是自然之规律,祈求寿命长久不过是缘木求鱼,人最重要的是能够修仁义。都是继承柳宗元彻底的无神论精神。

在散文使用的语言风格上,孔武仲主张简练行文,反对绮靡文风,这是基于他对儒家经典微言大义传统的继承:"昔之贤人有达而在上者,其言甚简,而录于《尚书》,皋陶是也;有穷而在下者,其言甚简而录于《论语》,颜渊是也……然则文章岂可恃而久长哉?"②他认为像《诗》《书》这样的作品,语言甚为简练,都是作者思想观念的精华结晶。因此文学应当以简练精微能发明圣人之旨为上。

孔武仲注意到了诗歌语言、意境与散文的语言、意境有着不一样的要求。他在序柳师圣诗歌时,肯定了柳氏诗"语益丽,气益清。其缀绩纤巧,发越雄健,如错布绩绣间金石,使玩而听之者愈久而不厌焉。"③他自己的诗作或清新明丽,如《籍田观荷花》:

> 绿水满平郊,江莲辉幽渚。偷香一霎风,逞响无边雨。
> 波间的皪笑,竹里婵娟舞。异境看仙姿,萧然失烦暑。

选择色彩明丽又不失淡雅的意象绿水、江莲、清风、绿竹,营造清雅脱俗、幽美绝伦的意境。语言清丽,清新活泼之气扑面而来。

或雄健奔放,如《大风入朝》:

> 风从何落来何处,百马盘空正号怒。
> 闭户犹恐丘山颓,谁人放舟江海去。
> 庐山之南白云翁,冠带强游京邑中。
> 狐裘包缠不暖体,却羡爱居能避风。

---

① 袁红兰《论孔武仲杂著的构思》,《读与写》2011 年 1 月。
② 《清江三孔集》卷十五孔武仲《南斋集稿序》。
③ 《清江三孔集》卷十五孔武仲《柳师圣诗集序》。

大风不知从何而起,仿佛百马腾空正呼号,关上门户仍然担心丘山崩颓,有人唯恐避之不及放舟江海。不得已宦居京城的诗人,感受到大风凛冽的气势,羡慕那些迁离此地的人们。从正面和侧面把大风来势强大、震撼人心的气势展现得淋漓尽致。另如《大风》二首("万窍轩轩渐怒号"、"风从昆仑溟渤来"),写大风仿佛从昆仑而来,以强劲的势头席卷数千里,仿佛鬼兵金甲相接,万马争先的情景。大气磅礴,颇有唐人气象,豪迈不羁有李白歌行的特点,沉郁顿挫又有杜甫律诗的风貌。把朝廷上甚嚣尘上的变法和乘势而上的官员扰乱朝政的乱象描写得生动传神,具有震撼人心的强烈力量。

　　《清江三孔集》中收孔平仲古体诗三卷,今体诗三卷,诗戏三卷,表、启、状等两卷。吴之振《宋诗钞》称"平仲长于史学,工词藻,故诗尤夭矫流丽,奄有二仲。"①"夭矫"指诗中意趣横生,这是由于他深于史学,有深刻的史识所然;"流丽"指用词妥贴婉转而精妙,这是由于他"工词藻"所致。孔平仲诗"夭矫流丽"之处,正在他的《诗戏》中。

　　宋人有作杂体诗的习惯,如集句诗、人名诗、数字诗、药名诗等,屡见于各家作品中。这不仅仅是玩文字游戏,更是作家们表现个人才情的途径,考验的是作家的知识储备、创作才情、应变能力,也是相互交流切磋学艺的平台。孔平仲是这方面的杰出代表。他的《诗戏》三卷专门收录此种作品,有人名诗、集句诗、数字诗、咏字诗、八音诗、四声诗、藏头诗、药名诗、离合诗、郡名诗、卦名诗、回文诗、星名诗等,类型丰富,趣味性强,见平仲过人之才情,在当时轰动一时,引领诗坛风气。苏轼赞其游戏体诗:"羡君戏集他人诗,指呼市人如使儿。天边鸿鹄不易得,便令作对随家鸡。退之惊笑子美泣,问君久假何时归。世间好句世人共,明月自满千家墀。"苏辙亦有"时有江南生,能使多士服"、"文成剧翻水,赋罢有余烛"等诗句,对孔平仲的文学才华给予了高度赞扬②。

　　总体而言,孔氏作家各有所长,孔延之颇有诗才和对构建地域文学的自觉性,以敏锐的眼光和高度的责任心辑录了精博的文献,为会稽地域文化、文学的发展做出了杰出的贡献,使淹没于历史烟云中的作品重新回到读者眼前,填补了文学史上尤其是唐代文学上的诸多的空白。孔文仲以深博雄肆而又严谨缜密的散文、高古赡丽之词赋,以期完成致君尧舜的人生理想,孔武仲继承了兴、观、群、怨的诗歌创作观念,倡导以简练而精微的语言表达

---

　　①　吴之振《宋诗钞》卷十六,文渊阁《四库全书》本。
　　②　见苏轼《次韵孔毅父集古人句见赠五首》诗、苏辙《次韵孔平仲著作见寄四首》诗。

圣人之旨,其作品不仅反映了个人的生活经历,而且给予复杂的政治斗争有力的批评,当然也不乏清丽的抒情小品。孔平仲为文博雅绵密,诗歌雄健又格调雅致,以他严肃而又不失谐谑的作品展现了他独特的才情。

南宋理学繁盛,临江理学更是名家辈出,流派纷呈。文学创作也受之影响,呈现普遍重视文学实用功能的特点,而各个理学家的文学又有不同的特点。

刘清之的文学创作

在文学创作实践上,其一,散文创作中尤其灌注了他浓厚的理学思想,如《萍乡县学记》①则明确表示了他"知致物格,心正意诚。本于修身,齐家国治,而天下平"的政治理想,并且期望学子在学习中能够重视君臣、父子、夫妇、兄弟、友朋五种关系,提高道德修养,并"行著习察,理明义精",才能终归圣门。其诗歌中则流露出对人们道德修养的重视。以一种貌似客观的理学精神取代此前文学中常有的忠君爱民、体察民瘼,或怡情自乐、忘情山水,或张扬个性、抒发忧愤等主观色彩浓厚的主题思想,这就是理学兴起后,文学精神发生的重大转折,而刘清之等人,站在转折处的前沿阵地上。

其二,与刘清之文学中冲淡平和的思想相对应的,是其创作中追求的平实坦易的文风。如《烝湘岣嵝祠坛记》②,详细叙述设坛建醮的准备及各方建议,并不刻意以华词丽句描摹建醮场面、营造神秘气氛,而是简略交代建醮过程。文章转折自然不突兀,逻辑清晰,语言平实晓畅,简洁明了。这种理学之文的平易文风,既区别于柳宗元隽洁疏朗,又区别于欧阳修娓娓而来。

总之,刘清之文学观念上持传统的儒家文学观,总体上重道轻文。从文体选择上看,相比较赋体散文、诗词,他更倾向古文的创作。从文学语言上论,他论文也不以文词雄肆为标准,倡导文风平易的载道之文。在创作实践中,散文创作秉承文以载道的传统,以儒家经典为论文行事的思想基础;诗歌即有道风浓郁的一面,也有理学家回归日常私人生活一面。

彭龟年师从张栻,为南宋湖湘学派重要学者之一,又求教于朱子之门。有《止堂集》十八卷,奏疏、札子、省状、经解、策问、上书、启、笺、祭文等占十五卷。

在文学观念上,彭龟年继承了湖湘学派重道轻文的思想,湖湘学派奠基人之一胡安国说:"凡所训说,务明忠孝大端,不贵文艺。""谨按圣门设科,成周贡士,皆以德行为先,文艺为下。"③这一观点也深刻影响了彭龟年的文

----

① 刘清之《萍乡县学记》,《全宋文》卷5799,第258册,第117—118页。
② 刘清之《烝湘岣嵝祠坛记》,《全宋文》卷5799,第258册,第118—119页。
③ 《全宋文》第190册,卷4186,第148—149页。

学观念。南宋光宗绍熙元年(1190),朝中有官员上言应当为读书人"精择旧来时文谨严而有法度、精粹而有实学者,经义、词赋、论策各若干篇,许之版行,以为程式。"①此时作为太学博士的彭龟年上《乞罢寝版行时文疏》②予以呼应:"以德行取士……其次经术,其次政事,其次艺能。"真德秀有言:"至濂、洛诸先生出,虽非有意为文,而片言只辞,贯综至理,若太极、西铭等作,直与六经相出入,又非董、韩之可匹矣。然则文章在汉唐未之言盛,至我朝乃为盛尔。忠肃彭公(龟年)以濂、洛为师者也,故见诸著述,大抵鸣道之文而非复文人之文。"③从文人之文转向鸣道之文(理学之文),这是南宋散文发展的大转折。

不独其文如此,其诗亦然。细按《止堂集》,诗中时时流露道学家的语气,如《别刘寺簿子澄赴岳州倅》:"墨庄一种子,落实今几年。瞠乎出其后,独得道学传。诚身自孝悌,玩理潜天渊。"对墨庄刘氏家族推崇备至,表达了自己对刘靖之、清之兄弟潜心理学的崇敬之情。另如《挽沈漕宜之父主管》:"蝉蜕轩裳早,冰融义理深。"赞扬沈主管一片冰心,精通义理。

《止堂集》中有大量的送别诗,彭龟年在这类诗中表达了希望朋友以理学经时济世的期待。如《送徐仲洪尉南安八首》其四:"若见村中小校师,教将义理训童儿。四端五品人人有,莫道冥顽不与知。"谆谆告诫徐仲洪,要重视地方教育的重要,引导地方教育工作者以义理之道教育孩子,使他们懂得四端五品的礼仪之道。其贺寿诗摈弃了称颂功德的传统,带入了理学家修炼人格、有功世教的说教。魏了翁曾评其《寿张京尹》诗曰:"虽未能免俗,然其间如云'江湖秋已多,宇宙清无边。气凝万类实,人亦体其全',端明英迈人也,止堂不以颂而以规,然则非志于古道者其能然乎!"④彭龟年并不去颂扬对方的丰功伟绩,而是以"紫岩天下志,勇决如百川。一身扶三纲,百丑妒独妍"的张浚,和"南轩经世学,仰嗣千圣传。匆匆造膝陈,众鸟惊虚弦"的张栻为榜样,勉励对方:"愿公如紫岩,而复得君专。愿公如南轩,而享箕翼年",希望他能够在匡扶国政和经世济时的学术研究上有所成就。其他如生活杂感诗大多类此。

总之,作为理学家的彭龟年,在观念上,重视德行,轻视文艺;在文学语言上,反对虚浮藻饰,崇尚文以载道的做法和淳厚质实的文风;在文学实践中,亦发扬义理和诗教传统,不尚辞采,语言质朴。

---

① 《全宋文》第 278 册,卷 6294,第 107 页。
② 同注①。
③ 真德秀《西山文集》卷第三十六,《跋彭忠肃文集》,《四部丛刊》景明正德刊本。
④ 《全宋文》第 310 册,卷 7087,第 163—164 页。

　　谢谔博学工文词①,有《艮斋文集》。作为理学家的他,学术思想上重仁。他多次在文章中提到"仁"的重要作用,如《旌德县学言仁堂记》《海盐新修学记》等。其中后篇有言曰:"即是以求尧、舜、禹、汤、文、武为仁之传,稷、伊尹、周、召为仁之佐,孔、孟为仁之言,六经为仁之书,五典五教为仁之方,自家而国而天下为仁之序,俾居乎学者日之所见、升降揖逊无非为仁焉,弦歌管籥无非仁焉……故学之为效,明礼乐,移风俗,召和气而致太平,有不难者。若乃雕锼乎文字,瘟癖乎诵习,竞争乎末节,缘饰乎虚名,是又学之浅者,君子之所略焉耳。"②他认为学习儒家经典,掌握儒家仁的思想,以明礼乐,移风俗,致太平,才是求学之人的根本任务,而学习雕琢文字,沉溺于吟咏,不过是徒有虚名。这是常见的理学家重道轻文的思想。

　　但实际上,与其他理学家相比,谢谔还是比较尊重文学的存在价值和艺术规律的。除了在《黄御史集序》中说过一些理学家常有的"有补风教之一端"之类的套话③,谢谔对文学的理解还表现在他重视文法,这说明他很清楚文学艺术的独特性。他认可的文法特指简洁硬朗的风格。其《三余集序》称:"文由王临川之简而造昌黎之理,诗溯山谷之流而指少陵氏之源,由是乎不之而竟合于古。"④谢谔称赞黄季岑的文章由王安石之刚简有法而上溯到韩愈的文以载道,诗歌由学黄庭坚而上溯至杜甫的造境,最终不期而合乎古法。又称赞王庭珪的《卢溪文集序》:"书铭记序诸篇严厉有法,而《上皇帝书》并《盗贼》两论。其经纶宏杰,不减陆贽、杜牧,岂徒文而已哉!"⑤他崇尚的是谨严有法的儒者文风。谢谔的朋友、吉州杨万里(诚斋)评谢谔之文谓:"程(泰之)李(仁甫)二公,或以经学鸣,或以史学鸣,或以文辞鸣。曰经而经,曰史而史,曰文而文者,其惟谢公乎……公之文大抵祖欧阳公与曾南丰,予常谓公曰:近世古文绝弦矣,昌国之文如《送陈独秀序》其似欧,而《南华藏记》其似曾,皆我弗如也。"⑥欧为庐陵人,曾为南丰人。临江新淦等地本就属于庐陵,两地的文化传统存在天然的联系。

　　跟其他理学家喜欢在大自然和日常生活中"悟道"一样,谢谔也以热爱、

---

① 陈思《两宋名贤小集》卷一百七十九《香山诗集》,文渊阁《四库全书》本。
② 《全宋文》第220册,卷4872,第30—31页。
③ 《全宋文》第220册,卷4872,第21—22页。
④ 同注③。
⑤ 《全宋文》第220册,卷4872,第23页。
⑥ 同上《谢公神道碑》:"予在朝时,尝携二文以示兵部侍郎蜀人黄均仲秉,仲秉以古文自命,未尝推表一人,至见此文读之,一过曰好,再过曰极好,三过曰此古人之文,非今人之文也。均也见文集不少矣,而独未见此文,果何代何人作也? 予笑曰:'此古人今在都中之逆旅将诣曹而觅官。'黄惊曰:'乃今人乎?'"

欣喜的态度观察大自然,观察生活,并从中看到了大自然生动活泼的一面,即理学家所追求的清新灵动之"趣"。如《鳌溪》:

数版小桥横晚晴,两行古木弄春荣。
不知多少夜来雨,水到岸头浑欲平。

蔼蔼烟云望眼昏,乱红翻径绿遮门。
一声啼鸟在何处,山外人家桑柘村。

选择小桥、夕阳、古木、溪水、云烟、繁花、绿树、鸟鸣、人家等山野气息浓郁的意象,诗境清新幽美,极具画面感和艺术感染力。其他如《龙回院》《延福寺》等诗,喜用岩、松、苔藓、云烟、沙石、流水等意象,表达对寺院清新幽美、缥缈梦幻的环境的热爱。总之,谢谔的文学创作呈现出清新流丽、雅致脱俗的特点,这与他重视文学艺术的独特规律是分不开的。进一步看,临江理学名家在创作上有大致相同的情况:临江地域文化中的道风因素冲淡了他们文学作品中的头巾气,使他们的创作多少带有空灵流动之气。这就是地域文化所带来的积极意义——促进文学创作的多样性。

第五节　临江军道风与地域文学创作

临江道教的繁荣给当地文学带来了重要的影响,有些道人具备较高的文化修养,本身就热衷于文学创作,如宋代道士陈孟阳、杨休文、甘叔怀等人以道人身份,广泛接触政坛、文坛中人物,将道风引入了南宋朝廷,引领了时代风尚,成为文化交流的中心人物,使吟咏玉笥、阁皂两山道风的文学作品大量涌现,也大大提高了两山的文化影响力。在南宋时,已有多种咏玉笥山、阁皂山的文学专集出现。周必大《群玉诗集序》记载:

(玉笥)非传箓之地,故不能与阁皂争长雄,然山川宏丽、仙真杂沓则或过之。有宣义郎杨扶图南著《实录》二万余言,事为一门;王崈德升赋诗三百余篇,篇纪一事。二君皆邑之名胜,其书同成于绍兴之二十八年,古迹备矣。今知官事杨得清复刻自唐以来诗人题咏附益之。凡好事者苟未能一至此山,姑视三书,犹将神游意想,飘飘然起凌云之志,况于出入烟霞、遨游泉石之间哉!得清盖庐陵士族,于诚斋待制为叔侄行,作诗有家法。①

　　从中可知,在南宋绍兴二十八年已有杨扶所著两万多字的《玉笥山实录》,以事分门别类;王宷赋玉笥山诗三百余篇,每篇记载一事一景。两书记载玉笥山的文化历史,尤其是道教之遗迹及典故是可想而知的。接着有掌管承天宫的杨得清将唐代以来的题咏玉笥山的作品汇集成书。可以说,至南宋初,玉笥山的道教文化及文学生态已然成熟,成为地域文化中的标杆。而此地文人生来就浸染了道教风习,在创作中会自觉地走向顺遂自然、平和淡薄、闲散自适、清新闲雅的一面,王钦若、萧贯、扬无咎、郭应祥、向子諲、赵师侠等临江文人表现尤为突出。王钦若终身笃信道教,并将灵宝派道教文化带入真宗朝,掀起了声势浩大的封禅运动,大开宋代自上而下的崇道之风,提高了道教的宗教地位,拓展了文学表现的空间,影响深远。萧贯将道教文化中神幻色彩发挥到极致,广泛使用道教文化系统的神奇瑰丽的意象,营造神幻世界,颇有李贺之风。扬无咎性格骨鲠、不恋名利,安于隐居、醉心艺术,绘画天然素朴,文学清新雅洁,显示了道风、隐逸之风对他的巨大影响。郭应祥质性疏淡、洒脱不羁,作品关注私人生活,不在意仕途得失和作品水平的高低,这明显是道家无为思想的投影。向子諲作为外来文人,自觉接受临江的道教文化,生活上趋于隐居自适,作品从绮丽浮艳走向清新闲雅。赵师侠本为赵宋宗室,接受临江道风影响,作品中有大量道教色彩的词语,于富贵中增添清雅之底色。以下依次进行论述。

　　王钦若(962—1025)字定国,临江军新喻(今江西新余市)人,北宋第一位做宰相的南方人,在《道藏》整理、道教仪轨的制定、道教经书的谱系化等方面发挥了重要作用,使原本在江西、剑南等地小范围传播的宗教,一跃成为宋朝的御用宗教②,逐渐变成了广泛流行的宗教。王钦若虽是进士起家,但受地域文化的影响,他自小就是一个标准的道教徒,行辟谷之术,不食"羊物",讲究放生积德,喜与道士交往。

　　道教在北宋真宗时期兴起的原因,前人多有探讨,此不枝蔓。在真宗朝,封禅、祭祀盛行,斋醮活动频繁,这些活动需要大量的赞颂词章,故而斋醮仪式专用文书,如表、册文、告谢词、颂、步虚词、青词等大量涌现;又由于皇帝和馆阁文臣的积极参与,大大提高了青词的审美要求,青词及其他类型的道教文学作品逐渐从实用文类走向文学审美的范畴。真宗本人创作过不

---

① 《全宋文》卷5117,第230册,第139页。
② 石涛《宋代御用道教》,《山西大学学报(哲学社会科学版)》1998年第4期。

少青词作品①,夏竦《文庄集》中载有二十七篇青词,十一篇醮文。根据韩丹《宋代青词研究》中统计北宋青词的结果,胡宿 124 篇、王珪 122 篇、欧阳修 44 篇、夏竦 27 篇、王安石 27 篇、苏辙 23 篇、苏轼 20 篇、宋祁 16 篇。② 道化神仙世界原本是清修隐士们的文学表现的内容,此时已然成为上至帝王下至普通文人文学表现的对象。以真宗大中祥符元年(1008)结集的《西昆酬唱集》为例,其中组诗《致斋太一宫》三首直接写道教斋醮仪式的神秘情景,借汉武帝请道士求仙祈求长生的历史,反映真宗斋醮封禅之活动。组诗《鹤》以富有道教色彩的意象"鹤"为吟咏对象,"仙经若未标奇相","帝乡归路阻丹梯""应到昆丘指来历","何年玉羽别昆丘,飞舞长亲十二楼"这些句子还用道教典故语词帝乡、昆仑、仙、丹梯等来陪衬鹤的形象,使鹤富有道化神仙的意味。全集中诸如"银阙"、"银河"、"瑶台"、"瑶池"、"瑶光"、"羽"、"飞舄"等有道教色彩的词语或典故经常用到。需要指出的是,《西昆酬唱集》是王钦若领衔编撰《历代君臣事迹》(后赐名《册府元龟》)时,参撰者杨亿、刘筠、钱惟演等人修书闲暇的唱和集。

大中祥符五年(1012),真宗应王钦若之荐,召见了道士张无梦。张无梦向真宗及大臣们讲《还元篇》,后离京返回天台山,真宗率大臣作同题诗《送张无梦返天台山》,为他送行。据宋代李庚《天台集》载,这次送行规格极高,规模较大,依次有宋真宗、王钦若、陈尧叟、钱惟演、查道、初晖、丁谓、马知节、李维、刘筠、孙奭、李建中、陈越、曹谷、曾会、姜屿、苏为、陈既济、赵世长、王从益、杨亿、戚纶、夏竦、张复、钱易、章得象、黄震、刘起、孙冲、崔希范、王得益、方演等 32 人写诗③。皇帝居首,王钦若居真宗之下、诸臣之上,所以他在这次唱和中极有可能具有引领作用。王钦若的《送张无梦归天台山》如下:

> 天台琼台标奇状,赤城瀑布悬千丈。
> 中有高人混姓名,不向迷涂随得丧。
> 闲寻棋侣过清溪,静拨云根种紫芝。
> 八卦炉中调姹女,三田宫里守婴儿。
> 太平天子秉干篆,内宁外肃均百福。
> 直符受事紫微宫,三捧灵文降黄屋。

---

① 据查庆、雷晓鹏《宋代道教青词略论》一文统计,《道藏》收录有《宋真宗御制玉京集》6 卷,其中收录斋醮仪式中上启玉皇等尊神的表文和告谢词等 157 首。《四川大学学报(哲学社会科学版)》2009 年第 4 期。

② 韩丹《宋代青词研究》,华东师范大学 2014 年硕士论文。

③ 李庚《天台集》续集卷上,文渊阁《四库全书》补配文津阁《四库全书》本。

冲漠玄台集九真,清净洪基化兆民。

祥风拂袂来幽谷,志士乘蹻朝玉宸。

相见开怀忘岁月,因论微言鉴毫发。

万壑流泉岸不枯,四时春煦花常发。

却避红尘思旧麓,空羡冥鸿归势速。

囊中御制宠行歌,好与黄庭同诵读。①

作品描写神奇壮丽的天台山,住着一位修道炼丹高人(张无梦),他不受人间得丧荣辱之影响,过着下棋种芝、炼丹修真的慢生活。而当今皇上有意无为而治,以清净化兆民,张无梦乃受召奔赴京城,为皇帝讲经释道,深得君主宠信。后因高士留恋修道生活而归山。

王钦若的诗歌,从意境到情境,都奠定了同时其他大臣们的送行诗的"叙事模式",这些送行诗大致不脱以下内容:天台奇幻仙境,道人清修生活,无梦不恋世俗、向往自由逍遥的修道生活的性格。这些作家根本就没有真正到过天台山,所以在王钦若的引领下,虚构了一种"天台想象"②,这也是诸多道风诗歌的普遍特点。

王钦若、丁谓等人主导的封禅和崇道之风,还在新兴文体宋词中留下了印记。这类作家多来自馆阁,如丁谓、夏竦、张先、晏殊等。丁谓两首《凤栖梧》,夏竦《喜迁莺·霞散绮》,张先《喜朝天》《少年游慢·春城三二月》《感皇恩·万乘靴袍御紫宸》,这些作品喜用道教仙幻的典故和语词,比如蓬莱岛、十二楼、蟠桃、羽扇、瑶池、金盘、仙鹤、阆苑、玉宇琼楼、紫宸、瑶阶、仙骨等,描写想象中美轮美奂的仙境,和神仙道人餐风饮露、御风而行的逍遥生活。

就连柳永这样的"民间词人"也感受到了道风的强大气场。吴熊和《柳永与宋真宗"天书"事件》一文对此有揭示:"《玉楼春》五首,前两首咏宫中夜醮;《巫山一段云》五首,述道家游仙;《御街行》一首,言燔柴祭天。""柳永上述诸词概与真宗'天书'事件有关,皆有其现实背景。"③言情圣手柳永词中出现皇帝斋醮祭祀、道家游仙等道教题材,说明真宗封禅事件已经广泛而又深刻地影响了当时的文人创作,成了他们作品中不可能回避的话题。

描写道风盛行的这类作品,在一段时间里牢牢占据着文坛的主流地位,是一个时代文学风貌的集中表现。这些作品有程式化的倾向,风格趋同,个

---

① 李庚《天台集》卷上,文渊阁《四库全书》补配文津阁《四库全书》本。

② 杨万里《宋代台州地域文学创作研究》,《安徽师范大学学报》,2014 年第 4 期。

③ 吴熊和《柳永与宋真宗"天书"事件》,《杭州大学学报》1991 年第 1 期。

性越来越少,都极尽夸张之能事,竭尽华词丽句描写天书下降、祥瑞出现、祭祀神祇的神圣时刻,思想内容当然是肤浅不足论的。但也不是一无是处。这些作品注重描写虚拟的状态,为文学拓展了表现空间;比较关注细节的描写,注重对事件过程的铺排;利用赋的手法表现活动场景,形式尚骈俪,文辞雅赡。一定程度上改变了五代宋初文学的质朴平淡的风格,代表着宋朝自家面貌的雅文学由此形成。

萧贯,字贯之。大中祥符二年(1009年)进士甲科第二①,累官刑部员外郎。知饶州,迁兵部员外郎。召试知制诰,未及试而卒。虽南北之争阻碍其仕途发展,但难掩其文学成就。萧贯擅诗,风格类李贺,入《宋史·文苑传》,有文集二十卷,已佚。"俊迈能文,尚气概","初,感疾,梦绿衣人召至帝所,赋《宫中晓寒歌》,词语清丽,人以比李贺。"②其诗如下:

> 十二峣关隐空绿,兽猊呼焰椒壁馥。
> 渴乌涓涓不相续,辘轳欲转霏红玉。
> 百刻香残陨莲烛,九龙吐水漫寒浆。
> 红绡佩鱼无左珰,两两趋走瞻扶桑。
> 红萍半规山波面,回首觚棱九霞绚。
> 鸣鞭声从天上来,大剑高冠满前殿。

此清晨时仙宫的情景。碧空笼罩下的宫殿,兽猊的香炉燃着火焰,椒房的墙壁散发出幽香,状似金乌吸水曲筒也停止了工作,辘轳静静地停在绯红的霞光里,莲花状的烛台只留下燃剩的残香,状似九龙的器物涌出阵阵寒凉之水。大臣们两两成行迎着朝霞上朝,朝霞投影在半圆形的水面,水面仿佛长满了红萍,倒映着附近的山峦。回首宫殿瓦脊,霞光一片,绚烂非常。大殿上,挥动鞭梢的声音响起,群臣耸立在大殿上开始了早朝。钱钟书认为"宋自《宫中晓寒歌》,初为祖构李贺。"③开启了宋代效法李贺的风气之先。作

---

① 据李焘《续资治通鉴长编》卷八十四载,萧贯本应是状元,因为地域歧视,屈居第二:"新喻人萧贯与(蔡)齐并见,齐仪状秀伟,举止端重,上意已属之。知枢密院寇准又言南方下国人,不宜冠多士。齐遂居第一。"中华书局,1995年版,第1920页。

② 脱脱《宋史》卷4412,中华书局,1977年版,第37册,第13072—13073页。阮阅《诗话总龟》卷三十四记载更为详细:"萧贯少时,尝梦至宫闱中,长廊邃馆,如王者所居。有千门万户,望之洞然,金碧烁耀。既过数门,见群妇人如神仙。视貫惊问何所从来,贯愕然亦不知对。贯自陈进士,能为诗,中有一人授贯纸曰:'此所谓衍波笺,烦赋《宫中晓寒歌》。'贯援笔立成。既有奇语,其人甚赏之,因曰:'先辈异日必贵,此天上,非人间也。'贯寤,尚能记所赋。"《四部丛刊》景明嘉靖本。

③ 钱钟书《谈艺录》,中华书局1984年版,第46、47页。

品与李贺《李凭箜篌引》相似,都喜欢用奇特瑰丽的意象营造仙幻意境。如兽猊、渴乌、辘轳、莲烛、九龙、寒浆、佩鱼、鸣鞘声等营造了奢华、冷峭又庄严的宫殿环境,用空绿、红玉、红绡、红萍、九霞这样色彩绚丽的词语营造奇异瑰丽的意境。作品想象神幻诡怪,意象奇特,透露着仙幻冷峭之美,且语言清丽脱俗,确实可见李贺诗之神韵,而这种仙幻意境的营造也体现着临江地域文化中道教文化对萧贯的巨大影响。

扬无咎,字补之,号逃禅老人,又号清夷长者、村梅,自称汉扬雄之后。清江人,前期生活在清江,后期寓居豫章。道家、道教思想对其颇有影响。

他受道家思想中追求个性自由、不受外物拘束的影响,不愿攀附权贵,淡泊名利,乐享隐居生活。一试不第即弃去,"高宗朝以不直秦桧所为,累征不起"①。书、画、词皆擅,刘克庄称之"逃禅三绝",目为王维、郑虔、文与可、李公麟辈人物②。书法学习欧阳询、虞世南,小变其体,小楷殊清劲可爱,江西碑碣多其所书③;"水墨人物学李伯时,梅、竹、松、石笔法闲野,为一世绝,江西人得其一幅,价不下千百金"④。尤其善作墨梅,其《双清图》"奇悟入神,绝去笔墨畦径"⑤,作品不露笔墨雕琢痕迹,出神入化,巧夺天工。"有进之阜陵者,上笑曰:'村梅也。'因自名'村梅',有词集刻于豫章。"⑥阜陵,即徽宗。宋人嗜梅,有宫梅、官梅、村梅之不同,前两者养于宫阙园林,多名贵品种,花样繁多,有雍容层叠、富丽典雅之态;村梅生长于村头溪畔,竹篱茅舍旁,不着修剪,不饰雕琢,自由成长,枝条旁逸斜出,野趣盎然。村梅之号集中表现了其梅花作品清疏淡远的风格,更反映了他崇尚清新淡雅的艺术和热爱自由闲隐生活的性格志趣。

扬无咎词集名《逃禅词》。"逃禅"一词最早见于杜甫《饮中八仙歌》:"苏晋长斋绣佛前,醉中往往爱逃禅。"历来有"逃出禅"和"逃入禅"两种解释,如清代仇兆鳌《杜诗详注》认为"逃禅"是为"逃出禅":"持斋而仍好饮,晋非真禅,直逃禅而。逃禅,犹云逃墨、逃杨,是逃而出,而非逃而入。《杜

---

① 刘松《临江府志》卷十二《隐逸传》,明隆庆刻本。

② 《跋杨补之词画》:"艺之至者不两能,善画者不必妙词翰,有词翰者类不工画。前代惟王维、郑虔兼之。维以词客画师自命,虔有三绝之名。本朝文湖州、李龙眠亦然。过江后称杨补之,其墨梅擅天下,身后寸纸千金。所制梅词《柳梢青》十阕,不减花间、香奁及小晏、秦郎得意之作。词画即妙,而行书姿媚精绝,可与陈简斋相伯仲。顷见碑本已堪宝玩,况真迹乎?孟芳此卷宜题曰'逃禅三绝'。"《全宋文》卷7585,第329册,第406页。

③ 董更《书录》卷下知不足斋本:"余于率更为入室上足,小楷殊清劲可爱","学率更小变其体,江西碑碣多其所书。"

④ 陆心源《宋史翼》卷三十六,列传第三十六隐逸,清光绪刻潜园总集本。

⑤ 周密《蘋洲渔笛谱疏证》卷二,清乾隆刻本。

⑥ 刘松《临江府志》卷十二隐逸传,明隆庆刻本。

臆》云：醉酒而悖其教，故曰逃禅。后人以学佛者为逃禅，误矣。"①"逃出禅"显然不符合扬无咎的情况。从性情上来说，扬无咎的退隐，与文人学士学而优则仕的做法不同，他没有进入仕途，一直着隐居避世的生活，颇有逃入禅境、远离世俗的味道。《逃禅词》中少见关注时代社会政治的内容，更多关注私人日常生活。这种价值取向态度，正是他从道教文化中吸收了注重闲隐生活观念的表现。作品中或记述与友人志趣相投、相互珍重的友情；或咏物，表现清新高雅的志趣爱好；或描写节庆气氛，表现对生活的热爱；或作寿词，多为祝福功名富贵、长寿康泰之语，尤其是给妻子写的寿词，表现乐享天伦的愉悦；或描写歌儿舞女的美妙姿态和婉转歌喉，表现男女恋情；或描写隐居生活，表现悠然自适的隐逸之乐。

　　《逃禅词》中最有特色的当属清疏淡远的咏物词。"扬无咎咏物词取材范围涵盖自然界和社会生活各方面的事物，其所吟咏对象有梅、木樨、莲、酴醾、鸳鸯菊、梅子、雪、燕子、熟水、茶、龙涎香、鞋等。"②尤以咏梅著称，乾道元年（1165）七夕前一日，为范端伯画四幅梅花图，并赋词《柳梢青》四首③，描写了梅花未开时默默等待，欲开时粉嫩娇羞，盛开时倩影婆娑、幽香四溢，凋谢时风雪侵凌，花落纷披这四种状态。人因花更痴狂，花因人更珍贵，将赏梅人的心态细腻地展现出来，未开时翘首期盼，欲开时怜爱有加，盛开时珍惜呵护，凋谢时无限怅惘。周密认为这四首词"辞语清丽，翰札遒劲"，颇有"清风雅韵"。④元代柯九思评曰："补之辞翰，称妙一代，此卷尤佳。其《柳梢青》四辞可以想象当时风致。"⑤通过词、画两种他最擅长的艺术形式表现了梅花清雅的神韵，如《水龙吟·梅》：

　　　　当年谁种官梅，自开自落清无比。一朝惊见，危亭岑立，繁华丛里。知是贤侯，有难兄弟，素书时寄。纵舞携如意，吟搔短发，无从诉、心中喜。　　却对斜枝冷蕊。似于人、不胜风味。冰姿斜映，朱唇浅破，欣然会意。青子垂垂，翠阴密密，尤堪频憩。待促归禁近，邦人指点，作甘棠比。

无主的梅花自开自落，冰姿冷蕊，寂寥冷清，又透露出清雅孤傲的神韵，与词

---

①　仇兆鳌《杜诗详注》卷二，文渊阁《四库全书》本。
②　纪百令《扬无咎〈逃禅词〉研究》，福建师范大学 2014 年硕士研究生论文。
③　郁逢庆《书画题跋记》卷一，文渊阁《四库全书》本。
④　周密《蘋洲渔笛谱疏证》卷二，清乾隆刻本。
⑤　同注③。

人仿若知音。

其咏桂花词亦具特色。他与向子諲、徐府、韩璜、梁扬祖等人交游之作颇多涉及,如《点绛唇·和向芗林木樨》:

> 借问嫦娥,当初谁种婆娑树。空中呈露,不坠凡花数。却爱芗林,便似蟾宫住。清如许。醉看歌舞,同在高寒处。

《蓦山溪·和徐侍郎木樨》:

> 蟾宫仙种,几日飘鸳鸯。密叶绣团栾,似翦出、佳人翠袖。叶间金粟,薿薿糁枝头,黄菊嫩,碧莲披,独对秋容瘦。　　浓香馥郁,庭户宜熏透。十里远随风,又何必、凭阑细嗅。明犀一点,暗里为谁通,秋夜永,月华寒,无寐听残漏。

木樨即桂花,在道教文化系统中,桂花为月宫之物,吟咏桂花向来和嫦娥、吴刚、蟾宫、银河、天宫等联系在一起。向子諲的芗林别墅是扬无咎、徐府等人经常的聚集之地,芗林景色优美,多植岩桂等香花异草,还有企疏堂、百花洲等,为影响一时的文化沙龙聚集地。有着共同的爱好,相似的政治观念,一同品鉴桂花,消遣优游岁月,不胜乐趣。对于苟且偷安的南宋朝廷颇有不满,然而又无力改变,只能选择远离复杂的政治,以隐居避世、流连美景、开怀畅饮来消解心中烦闷。

郭应祥,字承禧,号遁斋,郭南仲孙。生于官族,淳熙八年(1181)进士,尝于湖南长沙等地为官,"从官逾一纪,未离乎州县间"。为人性疏懒,"衣食常不继,妻啼儿号",为官时,"无俸余之财,视金玉如粪秽",然"独好聚书,聚书满屋"。有《笑笑词》一卷收录于《百家词》中,嘉定三年刊刻于长沙书坊。曾与张孝祥、吴敬斋在长沙同官,但其典雅纯正、清新俊逸之词风似乎不受前者影响,詹傅认为其词:"造句若奇葩丽草,自然而敷荣,虽参诸欧、苏、柳、晏,曾无间然。"①足见郭应祥内心的宁静淡泊。今存词123首,大多是节庆、贺寿、会友、咏物词,其中节庆词有19首,而生日贺寿词有32首之多。"笑笑"之意,取古人"下士闻道则大笑,不笑,不足以为道"的说法。这个"道",就词集中充溢的太平盛世的喜乐康宁,所宣扬忠、孝、节、义之道。词集中有一部分口语化生活气息浓郁的作品,很有意味,如《踏莎行·寄远》:

① 郭应祥《笑笑词》卷首序,《疆村丛书》本。

一撮精神,百般体态。兰心蕙性谁能赛。霎时不见早思量,许多日子如何挨。　　我已安排,你须宁耐。看看重了鸳鸯债。此生永愿不分飞,傍人一任胡瞋怪。

词作叙事的成分明显增强,叙述了女主人公内心曲折细致的变化,且用语偏于口语化,贴近生活。可视为词体曲化表现之一。

因宋室南迁而来的临江军外地文人,如向子諲、郭弥约、赵氏宗族等,来临江后,思想上都受到当地道教和隐逸文化的感染熏染。从行事作风上看,他们隐居自适,徜徉山水;从思想性格上看,他们吸收了老庄、魏晋名士的顺遂自然、洒脱旷逸的思想,淡泊名利,崇尚自由随性,个性率真,保持个人独立的真我人格;从文学风格上看,他们的作品呈现出清新雅致的整体特征,喜关注日常生活和描摹自然山水风光,流露隐逸之思和闲雅之态。总之,他们注重私人生活的高雅品质,喜好交游唱和,自然形成一个个文化交流圈。这类作家以向子諲和赵师侠为代表。向子諲词风清旷闲逸,赵师侠富贵清雅,他们与婉约派、豪放派词人又有不同,既吸收了婉约派的婉约柔情,又无婉约派的消沉之气,更多了明快之风。既有豪放派的超然旷达,又无他们的粗豪不羁,更多了轻松闲雅。

向子諲,向敏中玄孙,钦圣宪肃皇后再从侄,本为汴梁人,以椒房入仕,靖康之乱,渡江而南。据王兆鹏先生考证,其渡江后的行踪大致是:自建炎元年(1127)罢六路漕,卜居清江五柳坊;二年(1128)除知袭庆府,道梗不能赴任,丁父忧,居清江;绍兴三年(1133)罢帅南海,即弃官不仕,丁母忧,居清江;绍兴四年丁忧居清江;绍兴九年致仕至绍兴二十二年(1152)去世,居清江。他就把清江当做归居之地,共在清江生活了十八年①,这占据了他渡江以后人生的大部分时光。

向子諲的芗林别墅"东望阁皂,山连玉笥",有着得天独厚的地理环境,加之主人人格魅力和交往圈子的影响,使慕名前来者络绎不绝②。周必大《跋临江军任诏盘园高风堂记》云:"清江,江西一支郡耳。而士大夫未至者,必问向氏芗林如何? 任氏盘园如何? 其至,则未有不朝芗林而夕盘园也。"③

向子諲有《酒边词》一卷,分为《江南新词》、《江北旧词》。后者创作于

① 王兆鹏《两宋词人年谱》,台北文津出版社 2000 年版,第 553 页。
② 陈渊《默堂集》卷十八《再与向伯恭侍郎》亦云:"芗林幽居,名闻海内。固梦寐所不能忘。"
③ 《全宋文》第 230 册,第 5127 卷,第 330 页。

北宋末年,彼时朝廷总体安稳,向子諲又以国戚入仕,享受的是公子王孙的优越生活,所以作品多描写绮罗香泽之态,绸缪婉转之度。《江南新词》创作于渡江以后,词风清雅脱俗,已脱却《江北旧词》描写女性生活的俗艳,也不见贵族公子优越生活的快意。宋代胡寅评曰:"芗林居士步趋苏堂而哜其胾者也。观其退江北所作于后,而进江南所作于前,以枯木之心,幻出葩华。"①"步趋苏堂而哜其胾",字面意思是造访苏轼之门,且亲尝了他做的肉菜,此喻向子諲退居临江之后,其词风步趋苏轼,渐有后者旷达飘逸、超尘脱俗之风。其编个人词集时将《江南新词》放于前,《江北旧词》放于后,可见他对于江南新词的自我认同。

　　向子諲《江南新词》受到临江之地浓郁的道风熏染。楼钥《芗林居士文集序》记载:

　　　　(向子諲)卜居临江,古木无艺,多植岩桂,又素慕香山,自号曰芗林。有船曰泛宅。高宗亲御翰墨,书四大字及企疏堂以宠其归。公家东望阁皂,山连玉笥,靓深如隐君子。居壁皆画以山水木石,门皆装以古刻,灵龟、老鹤驯扰其间,自著五十诗以形容景物,亦多和篇。②

　　向子諲卜居之地原为杨遵道的别墅,名五柳坊,乃慕陶潜之意也;而向子諲向来仰慕陶渊明,他曾从生辰上大做文章,称两人都是乙丑年人,可是自己却比陶渊明晚归了七年,心中不胜遗憾,没能赶上陶渊明及早归隐③。向子諲还曾保存邵雍手书陶渊明作品④。此外,向子諲为自己新居之地取号曰芗林(芗即香),是因为向子諲仰慕白居易,白居易自号香林居士。白居易在洛阳得杨常侍的旧宅,而向子諲得到杨遵道别墅,两人可谓异代知音⑤。杨遵道是二程的学生,向子諲并没有选择理学,而选择道风和隐逸,可见他对

① 《全宋文》第 189 册,卷 4176,第 359 页。
② 《全宋文》第 264 册,卷 5948,第 104—105 页。
③ 《全宋文》第 264 册,卷 5948,第 105 页,楼钥《芗林居士文集序》:"尝云:'渊明生于兴宁之乙丑,归以义熙之己巳,年四十有一,余生于元丰之乙丑,归以绍兴之壬子。'有《述怀》诗云:'我与渊明同甲子,归休已恨七年迟。'"
④ 《全宋文》卷 5127,第 230 册,第 328 页,周必大《跋向氏邵康节手写陶靖节诗》。
⑤ 楼钥原文:"又言:'香山得洛阳履道坊杨常侍旧宅,芗林得临江五柳坊杨遵道光禄别墅。'有诗云:'莫问清江与洛阳,山林总是一般香。两家地占西南胜,可是前人例姓杨?'又《题乐天真》云:'香山与芗林,相去几百祀。丘壑有深情,市朝多见忌。杭州总看山,苏州俱漫仕。才名固不同,出处略相似。'上梁文云:'坊名曰五柳,仰陶令之高风;洲号百花,乃东坡之遗事。'其尚友前贤类此,标致可知矣。士夫往来者必造见,又素喜客,相与觞咏其下。"《全宋文》第 264 册,卷 5948,第 105 页。

临江道教文化的自觉选择和接受。芝林房舍绘以山水木石等自然图景,门皆装饰以古刻,古朴雅致;其间驯养灵龟、老鹤,皆为道教文化中神异之物。

向子諲词中高频率地使用有道教色彩的词语和意象,如《水调歌头》中有"携手仟卿廛隐,阆苑与同游。人醉玉相倚,不肯下琼楼……胜欲探鹤瀛海,聊下越王州。直入白云深处,细酌仙人九酝,香雾尽侵裘。"阆苑,传说为神仙住处;琼楼,原为月宫中的宫殿,亦泛指仙宫中华美的楼台;鹤,在道教文化中多为神仙座驾,象征长寿。《八声甘州·丙寅中秋对月》有"飞镜上天东。欲骑鲸与问,一株丹桂,几度秋风。取水珠宫贝阙,聊为洗尘容。莫放素娥去,清影方中。玄魄犹余半璧,便笙簧万籁,尊俎千峰。"骑鲸,出自扬雄《羽猎赋》,后比喻隐遁或游仙;水珠宫贝阙,为以贝壳和明珠装饰的龙宫水府;素娥,即嫦娥,这指月宫、月亮。《洞仙歌·中秋》:"碧天如水,一洗秋容净。何处飞来大明镜。谁道斫却桂……肺腑生尘,移我超然到三境。问姮娥、缘底事,乃有盈亏,烦玉斧、运风重整。"姮娥,即嫦娥,月宫主神;玉斧运风,典出《庄子》运斤成风。如此大量的道教文化词语的运用,意在展现清新脱俗的环境,表达流连山水、隐居自适的愉悦,以及展现超尘脱俗的高雅志趣,也是作者深受临江地域文化中道风影响的体现。

赵师侠,字介之,号坦庵。据楼钥《益阳县丞赵君墓志铭》①记载,师侠为燕王德昭七世孙,赵伯撼仲子。伯撼随侍从祖令時迁居临江,做教习;高宗以其程文多引诗书,良不易得,可令附正奏名;中绍兴十五年(1145)进士,终益阳县丞。师侠中孝宗淳熙二年(1175)进士。十二年,为江华丞。词集名《坦庵词》,又名《坦庵长短句》,存词一百五十四首。一方面,至赵伯撼时,赵宋宗族的福荫渐至稀薄,养成了师侠质性恬淡、安于贫贱的性格。另一方面,赵师侠出身宗室,虽家境没落,但贵族的雍容和风雅的气度依然存在。"坦庵先生,金闺之彦,性天夷旷,吐而为文,如泉出不择地。连收两科如俯拾芥。"②除了贵族身份之外,临江军浓郁的道风对赵师侠富贵清雅、萧疏淡远的诗词风格也有着密切的联系。这可从如下几个方面来理解:

其一,对道风文化有着自觉地亲近。如《促拍满路花·瑞荫亭赠锦屏苗道人》即为赠道人的作品,词中描写了"连枝蟠古木,瑞荫映晴空"的桃江江景,更重要地表现了"扫尽荆榛蔽,结屋诛茅"的道人家风及其清静质朴、从容自在的生活情趣。仅存的三首诗,无一不带有道风色彩,《梅花》:"南山有佳人,迥立未可亲。而况得道者,其间梅子真。"以西汉梅福的典故咏梅

---

① 《全宋文》第 266 册,第 57—60 页,楼钥《益阳县丞赵君墓志铭》。
② 赵师侠《坦庵词》卷首尹觉《题坦庵词》,明崇祯刻本《宋名家词》本。

花,表现梅花清雅脱俗的神韵。《游阳华岩》二首:"出郭曾无十里赊,仙岩迎日号阳华。云藏奥突岚光润,信美元郎咏可家。石罅空明石色鲜,霞舒乳滴巧雕镂。萦回栈道泉湍响,疑是仙家小有天。"阳华岩云烟缭绕,洞内霞光映照,石色鲜艳,钟乳石奇巧似雕琢,泉水湍响,恍若仙境。诗歌从选词到意境的营造和隐逸情感的流露,处处透露道风的影响因素。

其二,对道风词语的选择和神仙幻境的描写。《坦庵词》中经常运用仙、神、琼、瑶池、鹤等道教词语,如《满江红·壬子秋社莆中赋桃花》的"回首瑶池高宴处,桂花香里骖高鹤。"化用瑶池、桂花、鹤富有道教色彩的词语,隐喻蟠桃的典故,展现了桃花所富有的神秘色彩和象征仙幻和长寿的意蕴。以"后土琼芳,蓬莱仙伴"咏八仙花;以"都忘身世,真在仙乡"描写月下赏莲的感受;以"东皇不受人间俗"写二月飘雪的奇景;《永遇乐·为卢显文家金林檎赋》的"缓步阆风仙苑",为金林檎轻盈绰约的姿态营造优美的环境;《蝶恋花·己亥同常监游洪阳洞题肯堂壁》的"仙洞同游皆胜侣",为道教文化圣地营造仙源奇境;《蝶恋花·癸卯信丰赋芙蓉》的"尚忆层城,仙苑飞琼侣",表现了芙蓉的清雅脱俗;《鹧鸪天·七夕》的"人逢役鹊飞乌夜,桥渡牵牛织女星。银汉淡,暮云轻。新蟾斜挂一钩明",表现了七夕之夜的空明澄澈和牛郎织女独特的文化内涵。总之,阆风仙苑、仙洞、仙苑、琼侣、鹊桥、牵牛、织女、银河、蟾蜍等语词的运用,不仅表现了主体的道教仙幻色彩和清新脱俗的特点,也透露了赵师侠对道教文化的自觉接受。

不少词作通篇营造富有道风色彩的氛围,如《伊州三台·丹桂》:

> 桂华移自云岩。更被灵砂染丹。清露湿酡颜。醉乘风、下临世间。　　素娥襟韵萧闲。不与群芳并看。蔌蔌绛绡单。觉身轻、梦回广寒。

丹桂这种特殊的植物本与道教文化符号"月宫桂树"有着天然的联系,因此,赵师侠就直接取意于此文化内涵,从用词到意境的描绘都广泛吸收了道风语词,如云岩、灵砂、世间、素娥、广寒宫等,表面上咏物,实际上咏怀。

其三,词中表现的淡泊名利的志趣和清静闲雅的生活,以及营造的缥缈空灵的意境与道家、道教所崇尚的志趣追求有着本质的联系。如《水调歌头·和石林韵》:

> 世态万纷变,人事一何忙。胸中素韬奇蕴,匣剑岂能藏。不向燕然纪绩,便与渔樵争席,摆脱是非乡。要地时难得,闲处日偏长。　　志

　　横秋,谋夺众,谩轩昂。蝇头蜗角微利,争较一毫芒。幸有乔林修竹,随
　　分粗衣粝食,何必计冠裳。我已乐萧散,谁与共平章。

　　则重在表现词人不恋尘俗纷扰、不争蜗角虚名、不贪蝇头微利,乐享山水自
然、粗朴衣食的萧散自在的生活追求。蝇头蜗角的典故即来自《庄子·则
阳》,这和庄子所倡导的不贪慕富贵名利而崇尚自由随性的思想是一致的。
类似的词还有《沁园春·羊角飘尘》《水调歌头·万载烟雨观》等。

　　总之,临江道风盛行,深刻影响了文人的思想观念和审美倾向。赵师侠
并不会如道士一般修道炼丹,但道家思想却给他以行动指引,使他在政治上
不蝇营狗苟、热衷功名利禄,而趋向于保持独立的人格操守;生活上乐天安
命,顺遂自然,乐享自由萧散的隐逸生活;作品上呈现富贵清雅、萧疏淡远的
特点①,道风文化启发了他对清新淡雅词语的选择以及缥缈梦幻意境的营
造,虽延续婉约之风,但无醉红倚翠的柔媚之气和绮罗香泽之态,他将富贵
发扬为清雅不庸俗、隐逸不凄苦。

附:阁皂山、玉笥山与临江地域文学创作

　　周必大《记阁皂登览》云:"政和八年五月,用守臣之请,改赐崇真宫为
额,给元始万神铜印一,授法箓则用之。盖天下授箓,惟许金陵之茅山,信州
之龙虎山,与此山为三院。"②可知在北宋后期,阁皂山元始宗坛的灵宝法箓
已与龙虎山正一宗坛的正一法箓、茅山上清宗坛的上清大洞法箓,共同构成
道教的三山符箓。体现了临江阁皂山在道教文化中占据重要的地位。又宋
周必大《临江军阁皂山崇真宫记》说:"凡殿宇皆翼以修廊,道士数百人环居
其外,争占形胜。治、厅、馆总为屋千五百间,江湖宫观未有盛于斯者。"③两
山主持道人如杨休文、陈元礼、陈孟阳、甘叔怀等人有着较高的文化素养,又
有出众的文化交游的能力,正如元代吴澄《阁漕山凌云内集序》所说:"甘叔
怀心契百世之师,杨休文身际万乘之君;此阁漕之人物,阁漕之文章所以卓
绝殊尤,而他山莫与齐也。"④(引者注:阁漕即阁皂也)在杨休文、陈元礼、
陈孟阳、甘叔怀等道人的影响下,阁皂声名传播益广,成为他山难以比肩的

　　①　《四库全书总目》卷一百九十八集部五十一。
　　②　周必大《文忠集》卷一百八十三,文渊阁《四库全书》第1149册,第65页。
　　③　同上书卷八十,第1147册,第826页。
　　④　俞策《阁皂山志》,江西人民出版社,1996年,第44页。

文化名山,也成为独特的道教文化符号,进入诸多文学作品中。今从诗歌的角度,对以阁皂、玉笥两山为题材的作品以及道人们的交游唱和活动作深入挖掘,探讨临江军道教对文学的影响。

临江阁皂山、玉笥山作为环境幽美、道风深厚的地方,历来不乏题咏。据传西汉梅福曾在玉笥山修炼并作诗,据《临江府志》卷十三载:

> 汉梅子真初游玉笥山,作坛投龙潭,侧忽有神人授以采都木碧茸法,子真悟,乃赋诗曰:"云霞一径通,迟日锁溶溶。春色桃花岸,溪头采绿茸。"

梅福诗歌描写了玉笥山云霞笼罩着通幽的小径、溶溶的夕阳,岸边桃花盛开,溪头绿草茸茸的情景,一副春意盎然的幽美图景,也展现了梅福自在愉悦的隐居生活。唯此诗不类汉代诗歌口吻,殆后人附会者。果然,查宋代曾敏行《独醒杂志》已有如下记载:

> (萧)子云擅草书,其《题郁木洞》诗云:"伐我万古石,纪我千载名。欲知古人处,白云中相寻。"又诗云:"千载云霞一径通,暖烟迟日锁溶溶。鸟啼春昼桃花折,独步溪头采碧茸。"此山幽深盘曲,延袤百余里,泉石水竹之胜概固无恙。①

将南齐萧子云七言绝句诗歌(尚存疑,以其无六朝味,多唐味也)稍加裁剪,变成五言四句诗后嫁名汉代梅福,以显玉笥山悠久的历史文化意味,用心良苦。至唐末五代,咏两山的作家渐多,如孙偓、伊用昌、李洞、宋齐邱、沈彬、孟宾于、徐铉、陶弼皆有诗咏阁皂山崇真观②,较之以前,此时文学作品中的神仙秘境成分渐浓,如伊用昌《留题阁皂观》:

> 花洞门前吠似雷,险声流断俗尘埃。
> 雨喷山脚毒龙起,月照松梢孤鹤回。
> 萝幕秋高添碧翠,画帘时卷到楼台。
> 两坛诗客何年去,去后门关更不开。

描写了阁皂观门前繁花点缀的门前,吠声如雷,更显周围幽静;山雨成瀑,渐

---

① 曾敏行《独醒杂志》卷六,《知不足斋丛书》本。
② 周必大《二老堂杂志》卷五《记阁皂登览》,中华书局 1985 年版。

起浓浓雨雾,月照松梢,孤鹤徘徊;秋天的藤萝并无凋零萧瑟,更添苍翠生机,拂过楼台仿佛绿色的帘幕。诗歌重在描写阁皂观周围与世隔绝、超尘脱俗的幽静奇异之境。又如五代宋初徐铉《送彭秀才南游》诗:

> 问君孤棹去何之,玉笥春风楚水西。
> 山上断云分翠霭,林间晴雪入澄溪。
> 琴心酒趣神相会,道士仙童手共携。
> 他日时清更随计,莫如刘阮洞中迷。

云烟笼罩的玉笥山,若隐若现,天朗气清时,林间白雪融化成涓涓澄澈的小溪。飘飘然而生出尘之感,想象与神仙道人宴游高会,最后表达他年追慕归隐之意。徐铉作品显然已经与前代作家大不相同,神仙道化的清幽脱俗之境已不再是与我分离的、仅供观赏的客体,而是可以融入其中去生活体验的一个存在。

至宋代,作品中的神仙道化色彩更为浓郁,多写及神仙道人、琼楼仙馆、蓬莱胜境。咏想象中的仙人事,绘虚构中的玉笥景,成了作品共同的审美追求。如陶弼《崇真宫》:

> 万仞天然皂阁形,阴阳不似众山青。
> 一区海上神仙宅,数曲人间水墨屏。
> 华表鹤归春谷响,玉京龙起夜潭腥。
> 可怜张葛无人继,三级高坛拂杳冥。

阁皂山高峻雄伟,山形似阁,山色如皂,崇真宫仿佛神仙之宅坐落于水墨般的山水之间。诗人重点描写了想象中阁皂山崇真宫仙鹤翩然、春谷喧腾、天阙龙起、夜潭涌动的神仙世界。又如黄庭坚《大秀宫》诗:

> 玉笥山前大白峰,望仙桥下水溶溶。
> 前溪流水后溪月,五步白云三步松。
> 半夜佩环朝上阙,插天楼阁度疏钟。
> 梦余仿佛钧天奏,如在蓬莱第几重。

诗的上半部分咏玉笥山大白峰和望仙桥周围的景色,流水淙淙,映着明月,白云苍松,营造了出尘的意境。半夜佩环、插天楼阁写出了大秀宫道教之盛况,强烈的宗教氛围让诗人分不清现实和梦境,梦境如此真实,以至于梦醒时依然觉得仿若身在蓬莱仙境。整诗突出了玉笥山大秀宫的仙幻之美。

当然不是所有的作家都关注此地的道教文化,描写当地的自然景观、人文风物的作品也是阁皂山、玉笥山文化的一部分,大大丰富了临江地域文学的内涵。黄庭坚《上萧家峡》:

> 玉笥峰前几百家,山明松雪水明沙。
> 趁虚人集春蔬好,桑菌竹萌烟蕨芽。

诗歌描写白雪映衬下的玉笥山开阔明朗,流水淘洗下的沙子也变得纯净明亮,初春时节,农人家忙碌地准备新鲜的山间食材,展现了一派山村农家风情。着意描写玉笥山一带山野风光,有山水田园诗的清新质朴。另如徐得之的《玉笥山》:

> 江作揉蓝绕髻鬟,令君心事每相关。
> 要令白叟黄童辈,如在清江碧嶂间。

江水环绕辉映下的玉笥山碧嶂耸立,风景优美,诗人盼望地方官(或自己在此为官)能让老百姓自由快活地生活在青山碧水间,庶几不辜负如此美景,如此名山。

阁皂山、玉笥山的道士不仅沉潜于修仙问道,传承发展着两山的道教文化,而且很多人有较高的文学修养,喜欢文学创作和外界交游,丰富了此地道教文学内容。宋初徐铉《寄玉笥山沈道士》诗记载了一位极富文学修养的道士:

> 珍重江南沈炼师,未曾相识久相思。
> 已全真气能从俗,不坠家风善赋诗。
> 玉笥共游知早晚,金貂回顾觉喧卑。
> 多惭书札遥相问,更望刀圭换白髭。

这位沈道士能从俗,善赋诗,又喜欢交朋友,虽与徐铉从未见面,却常有书信相问。天圣八年(1030),玉笥山道士朱旦因擅医术,被仁宗召见,被赐“善济处士”称号。还山时,夏竦作《送新恩善济处士归玉笥》诗相别:

> 蠲疴妙剂分黄阁,驻景仙山奉紫闱。
> 太秀山川须长价,少微星宿已增辉。

> 幅巾不被尘缨缚,别笈唯封赐药归。
> 唤鹤鸣猿好相候,利名无染世还稀。

诗歌写朱道士医术高明,奉命到皇宫施医,然其不恋名利,最终回归玉笥山。相必朱道士也是能诗善文的,故能得到大臣夏竦为他写的赋归诗。陈元晋的《别玉笥何炼师》诗记载了一位何道士,诗的题注有"东山杨先生有序赠之"之语,说明何道士和东山杨长孺也有交往:

> 轩轩黄冠师,胄出水曹后。流风尚诗癖,圣处坐参透。
> 褰裳红尘外,心赏山水秀。浑融入芒端,字字遗氛垢。
> 云雾巧裁缝,冰雪工刻镂。编成著山岩,光怪射牛斗。

"褰裳红尘外,心赏山水秀"的何道士,得先祖何逊之遗风,颇喜诗歌创作,儒道兼修。作诗善于刻画自然景物,语言精巧脱俗,意境浑融,透露出超尘脱俗的意味。刘克庄《赠萧高士》诗刻画了一位超然物外、精通音乐、善写山谷体诗的高士:

> 玉笥萧高士,超然物外姿。能弹广陵操,会作豫章诗。
> 紫府非无分,丹房未有基。西山多隐者,何必远求师。

南宋阁皂山道人异常活跃,部分道士俨然文化沙龙的中心人物,周围聚集着一批时代文化精英。阁皂山道士陈元礼在崇真宫中建苍玉轩,还绘而为图,引得一众文人学士驻足流连。虽为道人,颇好文学,将自己的作品辑录为《苍玉诗卷》。虞集《苍玉轩新记》云:

> 阁皂山崇真宫中,有竹轩曰苍玉轩者,宋淳熙中陈宗师元礼之作业。宗师文雅名一时,凡公卿大夫士无不与之游,为之赋诗多至三百人。其尤著者平园周公必大、艮斋谢公谔、诚斋杨公万里、野处洪公迈、晦庵朱公熹、枢密罗公点、待制徐公谊、尚书沈公诜、阁学萧公遂、月湖何公异、舍人张公涛、司封田公渭、知监徐公得之、盘园任公诏、澶渊胡公思成,皆见于宗师墓铭,尚书章公颖之所撰也。江右人物,于斯为盛。乃今于一轩之中,森然若尽见之,其为苍玉也,不亦久且大乎![1]

---

[1] 虞集《苍玉轩新记》,俞策《阁皂山志》,江西人民出版社1996年版,第44页。

这是一个庞大的文学群体,网罗了当时文坛的大家周必大、谢谔、沈诜、萧遂、何异、张涛、田渭、徐得之、任诏、胡思成、章颖,他们也为阁皂山留下了大量的文学作品,这些作品多已散佚,然从后人的追述中可知,在临江道人的影响下,道教文化影响了临江之外作家的思想与文学创作,比如朱熹的《跋苍玉诗卷》诗可见阁皂山幽美清新的景色,曲径通幽的建筑,深居其中的诗人清净雅致的轩中生活,仿佛平静安逸的世外桃源。王炎《题苍玉轩》诗中把陈元礼比作修道神仙,安家在青翠缥缈的阁皂山,仿佛道行高深纯熟,紫台仙宫也并不遥远。曾丰有《寄题阁皂陈亢礼苍玉轩》诗:

> 道山飞落江之濒,山中草木海上春。
> 鸿濛盘成碧树势,沆瀣蒸出琼芝津。
> 辟尘有许犹未惬,更著千百青嶙岣。
> 两三也足况千百,后土不自珍其珍。
> 从坤受质外负直,与乾同体中含纯。
> 表里洒然相肖似,亭亭物外佳主人。
> 鸣佩琅琅夜步斗,握圭挺挺晨朝真。
> 音韵危梢压霰耋,威仪峻节排风竣。
> 卷班归洞门不钥,世间望之自逡巡。
> 辽城翛翛鹤有道,葛陂矫矫龙何神。
> 主人与客俱变化,同为玉皇案头臣。
> 犹余栖凤未仙去,不有冥鸿孰情亲。

阁皂山仿佛从天上飞落凡尘,降落在赣江之滨,山中云海缭绕,碧树盘屈,水汽琼津。大地毫不吝惜地呈出众多峭拔嶙岣的山石珍宝。此刻道人与天地一体,本性纯直,表里如一,物我同一,亭亭直立。环佩声声,斋醮朝真,神圣肃穆,祷告声喧,威风凛凛。结束了程课斋醮回到洞府,府门并不落锁,对于普通人也无防备。丁令威乘辽鹤回乡,费长房驾竹龙归家,鹤与竹龙都得道成仙。经过一番参悟修炼,主客都修道成仙,位列仙班。陈亢礼就似留在凡间之凤,只是还没有能够乘之飞升的鸿雁而已。在诗人曾丰眼里,阁皂山及其主人陈元礼已是一个特殊的文化符号,这个符号充满着道教文化氛围。描绘此文化符号的作品重在描绘虚构神仙世界,激发着世人的神仙想象,因而具有特殊的诗学意义,成就了宋代临江军地域文学特殊的一类。

道士杨固卿,字介如,丰城梅仙乡人,幼入阁皂山为道士。"学通伦类,道书外,方技之说,皆探骨髓,听者竦动。尝主清江相堂观,有诗百余,号《隐居集》。弟伯椿、侄至质,一同学道山中。"①介如性格洒脱不羁,他身边聚集了一帮文士,颇有影响力。

　　杨至质,字休文,号勿斋,早年游四方,归,为阁皂山讲师②,筑云泉精舍于阁皂山中。读书通古今,善属辞,③"盖亦以文学自负,不屑等于黄冠者流"④。与一般道士不同,他深谙儒学,尝自言:"吾之少也,尝学乎孔氏矣,今虽寄迹于此,吾之心不能以一日安也。夫文畅浮屠师尔,昌黎韩子犹以墨名儒行而乐告之,况吾之于孔氏其所素学者乎?是顾愿一言以记之也。"⑤他以"勿斋"名其居及作品,表明他接受儒学的核心观念——礼,因为"勿"字来源于儒家的"非礼勿视,非礼勿听,非礼勿言,非礼勿动"之说。杨休文还认为老子深于礼,曾授礼于孔子,所以儒学和老学在核心价值观上是相通的。在儒家思想的影响下,他并不安心于避居山野,表现出积极入仕的心态,曾于淳祐间两度入朝,主持太乙宫斋醮,为红极一时的"金门羽客"⑥。杨至质入朝的经历,扩大了他的交游范围,他与刘克庄、真德秀、岳珂、李叔与、罗椅、戴复古等常有诗文酬唱活动。其中戴复古对老友出入宫廷充当金门羽客表示了失望之意:

> 未答前书每有惭,忽收近讯自开缄。
> 缴回玉笥山人号,换得金门羽客衔。
> 石鼎联诗尘满砚,竹宫应制草盈函。
> 可怜予与君俱错,投老方思卸戏衫。
>
> 　　　　　　　　　　　　　　　　　(《寄杨休文高士》)

杨休文未入朝前,与刘克庄有过谈文论道、结伴游访、"石鼎联诗"的交游活动,刘克庄对杨休文才华无比赞赏。后杨休文入朝主持太乙宫,成了金门羽客,竹宫应制取代了石鼎联诗,繁忙的公务疏远了友人的交往.戴复古已幡然悔悟:"可怜予与君俱错,投老方思卸戏衫",难道一个人只有到了老年,才能真正明白戴着面具、逢场作戏于人世间的荒谬么?

---

① 刘克庄《阁皂山道士杨固卿墓志铭》,俞策《阁皂山志》,江西人民出版社1996年版,第46页。
② 也即讲道传经的高明道士。
③ 刘克庄《云泉精舍记》,《全宋文》卷7598,第330册,第219—220页。
④ 《四库全书总目》卷一百六十四。
⑤ 《全宋文》第313册,卷7185,第447—448页,真德秀《勿斋记》。
⑥ "金门羽客",宋代曾慥《类说》卷七:"金门羽客,保太中,道士谭紫霄赐号金门羽客。"宋代徽宗崇道,道士林灵噩"赐名林灵素,号金门羽客通真达灵妙先生,赐金牌,无时入内"。

岳珂《寄道士杨休文》称杨至质"掉鞅文章四十年",道士杨至质的文学声望垂四十年之久,这是相当惊人的创作精力。杨至质今存《勿斋集》二卷。四库馆臣评曰:"是集皆四六书启,多与一时当事酬答之作","至质所作,虽边幅少狭,而对偶工致,吐属雅洁,犹有樊南《甲乙集》之遗,正未可以方外轻之矣。"①罗椅《酬杨休文》称:"未交君臂得君诗,一掬清寒已可知。写就榴皮书壁字,吟成松上步虚词。"杨休文擅长作步虚词,诗歌以清寒为特点,诗中多吟咏山中凄寒幽僻、缥缈梦幻的景色,以及道人飘然出尘的幽居修道之生活。今观其诗《送茅山刘书记游南岳》《茅山》即为此类。

周必大应王自正、邹时意、刘惟允、陈楚和之请作《临江军阁皂山崇真宫记》,称"近世道士张景先、陈孟阳、陈彦举(陈丹林)、黄裳吉之诗集,传于山中,此不复云。"②可见在南宋初期以阁皂山崇真宫为轴心,形成了一个道士作家群体,他们各有自己的专集。

道士陈彦举,周必大乾道九年(1173)游阁皂山时认识他,"(陈彦举)年七十五,稍能诗,以二篇为赠,又出政和中礼部给经纶科出身黄牒,且云尝为丹林郎,犹文臣修职郎也。"③他对于丹林郎的身份也颇为自得,特意拿出政和间赐予的经纶科出身的黄牒。且此人颇不类一般清苦萧瑟的修道之人,他性格豪爽,喜好饮酒,语声琅琅,诗歌亦有爽朗和乐之气:"听其语琅琅然,读其诗滔滔然,与之弈,局甚高,饮之酒,气甚豪,在异时道官中盖拔萃者,不然,公之莲社宁容滥吹耶?"④周必大甚至将陈彦举与东晋时庐山白莲社诸人相比。

道士陈孟阳的《答清江钱大尹问阁皂山中景》诗独具一格:

> 形如阁皂对清江,吴汉神仙古道场。
> 玉像灵多民受赐,天书岁久墨犹香。
> 绛霞密锁灵仙馆,碧雾轻笼正一堂。
> 苍藓斓斑双鲤石,寒泉澄湛九龙塘。
> 著衣台上三冬暖,鸣水亭前六月凉。
> 捣药鸟声喧夜榻,升天马迹印西冈。
> 葛憩源深生异草,凌云峰峻染瑶光。
> 丹井虽存人杳漠,松巢空见鹤飞翔。

① 《四库全书总目提要》卷一百六十四,集部十七。
② 《全宋文》卷5151,第231册,第269页。
③ 《全宋文》卷5129,第230册,第366页。
④ 《全宋文》卷5151,第231册,第268—269页。

> 屏妆水墨夸陶弼,门断尘埃忆孟昌。
>
> 风来松桧笙箫地,春入园林锦绣乡。
>
> 个中自少红尘到,闲里惟知白昼长。
>
> 景物敢吟成实录,愿凭贤宰一称扬。

道士陈孟阳应地方官之邀将阁皂山的情景巧妙嵌入诗歌中,这不仅可以当做阁皂山游赏导览线索,更可见道士陈孟阳已经将阁皂山的道教文化符号融入于自己的日常观照和文学创作中。且从中可见,阁皂山每一处精致景物的背后都有独特的文化意蕴,此时已然形成独特的文化体系和文化生态。他不自觉地流露出对自身及阁皂山文化的自豪感,并积极构建和发扬阁皂山道教文化,并希望地方官能够通过政府之力弘扬阁皂山道教文化。

道士甘叔怀,其兄曾为桂林户掾,能文。甘叔怀抛却红尘,出家修道,号碧崖道士,仿若闲云野鹤。文学修养高,擅长诗歌创作,造语新奇,有《碧崖诗集》五卷。与洪迈、杨万里、周必大①、朱熹②等皆有往来,"尝登晦庵、诚斋之门,杨长孺为之序"③。如杨万里《酬阁皂山碧崖道士甘叔怀赠美名人不及佳句法如何十古风》二首:

> 桂林户掾旧能文,有弟抛家作道人。
>
> 诗似道人人似鹤,看来若个觅纤尘。
>
> 赠我新诗字字奇,一奁八百颗珠玑。
>
> 问侬佳句如何法,无法无盂也没衣。

杨万里赞其诗似道人脱俗,人如仙鹤出尘,诗歌语言新奇,字如珠玑。感叹只有身无所累,心无尘俗,方能有此诗境。周必大有《洪景卢内翰为甘叔怀作〈碧崖修造疏〉,戏题小诗奉劝本宫管辖而下诸道友助缘》:

> 碧崖道士拍洪肩,白水真人觅玉泉。
>
> 我似东轩无一物,阁山风月不论钱。

---

① 周必大《文忠集》卷八十,文渊阁《四库全书》本。
② 朱熹《晦庵集》,《晦庵先生朱文公文集》卷第八十四,《四部丛刊》景明嘉靖本,朱熹有《诗送碧崖甘叔怀游庐阜兼简白鹿山长吴兄唐卿及诸耆旧三首》。
③ 晁公武《郡斋读书志》卷第五下,《四部丛刊三编》影宋淳祐本。

洪迈为甘叔怀作《碧崖修造疏》,似在期望朝廷给予财物上的支持,但周必大没有应允,并以诗相劝,诗虽有谐谑,可见道士们可以直接请求官员为他们修造工事提供支持,亦可见道士们与洪迈、周必大等已经超越官民关系,有着深厚的私人交情。

道士张惟深,杨万里有《赠阁皂山懒云道士诗客张惟深二首》:

> 阁皂峰头半朵云,化为道士到吾门。
> 问渠真个如云懒,为许随风处处村。
>
> 羽客来从阁皂山,殷勤告诉病诗癫。
> 古今此病元无药,癫到阴何便是仙。

此道人号为懒云,名如其人,闲云野鹤般自由自在,无所拘束,而且还有作诗癖好,作诗癫狂到无可救药的地步,与杨万里有文学创作上的交流。诚斋将之与南朝梁陈时代两位著名诗人阴铿、何逊相提并论。阴铿、何逊他们都善于写新体诗(后来的律体诗),在斟字酌句用韵方面下过苦功。诚斋此语,或是委婉批评道士张惟深的诗律不够谨严?另可注意的是,杨万里诗中语带戏谑,可见两人私交感情甚笃,毫无介意。

道士晏时中、彭正夫,他们喜游历名山大川,足迹遍布多地,都与曾丰有交游,如曾丰《阁皂山道士晏时中过我南浦久之告归》三首透露晏时中喜游历的爱好,足迹遍布三楚、七闽等地。在他游历的过程中,也经常和友人曾丰彼此联系,相聚交流,分享游历之乐、寄托远别之情、探讨诗道之得。

总之,临江玉笥山、阁皂山的道教诗人群,与当时著名诗人、政治和文化名流的酬唱交流,丰富了临江地域文学作品的宝库,为此地留下了宝贵的文化资源。而且提升了玉笥山、阁皂山的文化影响力,使之成为道教文化名山,成为文学作品中的典型符号。正如元代刘将孙《题阁皂山凌云集》所说:"江西阁皂山水之外,多名贤之赋,东南百年又盛。自唐以来,神仙如伊周昌,将相如宋子嵩,东京诸公皆有之。近世周益公之辞藻,朱文公之理学,杨诚斋之风节,与人交皆不数数,独为阁皂笔墨,先后辉映,其缠绵倾倒如此,不但以其地,则山中人有以取知于诸公者固尔也。由是杨休文被遇于淳祐,以羽客客金门,侍闲燕赋诗,雍容甘泉侍从间,如真西山言论风指,刘后村江湖宗工,皆为知己,岂独他山未有亦轶古人矣,此阁皂山之所以重也。"①在

---

① 刘将孙《养吾斋集》卷二十五,文渊阁《四库全书》本。

后人的追述中,阁皂山以它独特的地缘优势和深厚的道教文化背景,引得诸多文化名流为此地留下珍贵的作品,丰富了临江军地域文学的内涵。

　　临江军是道风盛行之地,宋代临江学人在思想性格和文学作品中留下道风影响的痕迹,如王钦若以他深厚的道教文化储备,主导了真宗封禅崇道之事,使道教迅速成为广泛传播的宗教;并整理了大量《道藏》文献,对于道教文化的弘扬和传播功不可没;引领了时代道风文学创作的风潮,拓展了文学表现的空间,一定程度上丰富了中国古典文学的表现内容。萧贯吸取道风文化因子,诗接李贺,为读者呈献了想象奇特、意象瑰丽的杰作,开启了宋代效法李贺的先河。扬无咎《逃禅词》中透露的萧散闲逸、乐享生活的性格志趣即来自道家的崇尚隐逸清新的思想。郭应祥《笑笑词》的取意来自道家无为的思想。外来文人,即使是积极于军国大事的主战派将领向子諲和宗室子弟赵师侠,在临江清新灵异山水的滋养下,在崇尚清静无为、隐居自适的道风熏陶下,作品在原来的富贵气中也增加了清雅脱俗的文学风貌。临江的玉笥山、阁皂山真仙杂沓,在道教文化中占据独特的地位,在宋代崇道风气的推动下,声名更盛,吸引着众多名道士来此清修。而道人们并不完全与世隔绝,由于朝廷的鼓励,他们与政坛、文坛名流多有交往。他们的诗文唱和,文化交流,带动了临江军以阁皂山、玉笥山为中心的道教文学的活跃。

结　束　语

　　文学的发展,是多重因素合力作用的结果,我们并不能预测其走向,能做的只是对文学和文学史作出评论、阐释而已。地域文化与文学的关系,就是我选择的一种阐释文学史的角度。

　　之所以这样选择,我在本书开篇《导论》中已有部分说明,即试图从空间维度来研究文学史。在本书的《结束语》部分,我还想补充一些我对于地域文化与文学关系的思考。

　　首先,地域文学研究的学术宗旨何在? 它想要解决什么问题? 本课题试图就此提出一些自己初步的考虑。地域文学研究的对象是地域诸因素(如自然景观、人文景观、文化传统)对当地作家(本籍、寄籍、客籍)的文学实践(创作、编纂、出版等)的影响,以及地域文学在文学史上的意义,从而回答如下问题:

　　　　地域文学的独特性如何(地域文化特征如何在地域文学中体现)?

　　　　哪些因素影响着这些独特性的形成?

　　　　地域文学与总体文学在艺术和精神两方面的联系怎样?

　　　　地域文学与一定时期内总体文学的转换关系。等等。

　　有学者从编写地域文学史的角度,提出地域文学史的主要学术关怀是注重独特的"地域文化—文学精神"的彰显,以及各不同历史时段所呈现的发展极度不平衡状态和地域特质强弱转化的多变性,即研究"不断演进、变易、增益,由确立、否定而再肯定的发展精神,实践为继承传统、改造传统或创变求新、另建传统的流动过程,充分显示出历史的纵深感。"①地域文学研

---

① 乔力、武卫华《论地域文学史学的研究方法》,《理论学刊》2006 年第 12 期。

究与编纂地方文学史当然是有区别的两类学术活动（主要是"史"感的差异），不过，前者是后者的学术基础，应无疑义，从具体的地域文学研究上升到地域文学史的总结，是地域文学研究的必然归宿。所以，两者学术目的的相同之处也远多于相异之处。这是首先要明确的。有学者建议将地域文学研究定位为一门学科，如李少群在《拓展地域文学研究的诗学格局》一文中就认为：地域文学研究是一门"新兴学科"，它涉及历史学、哲学、民族学、人文地理学、宗教学等多种学科的研究领域，并且希望建立起作为学科所必需的概念、范畴、基本问题、核心价值、方法论等。① 这种学术愿景值得我们去努力。

其次，当下中国遇到的"三千年未有之变革"——全球化、现代化，导致了中国文化的多样性在迅速消失，引起了我的文化乡愁与文化焦虑。生物多样性的消失，直接影响人类的物质环境；文化多样性的消失，直接影响人类的精神环境。现代工业化这种单一基因创造出来的"我们"，终将会成为"单向度的人"，成为资本统治下的生产工具。这种处境当然是很可悲的。古代中国人不是这样的：各地有自己独特的方言、独特的饮食、独特的风俗习惯禁忌、独具一格的建筑、自得其乐的地方戏，各自的神灵，各自的英雄人物和地方传说，各自的地方志、地方谱牒以及地方著述②。这些，就是我们的"乡愁"。"弘扬传统文化"、"传统文化的复兴"成为当下最能引起民心共振的话题，不是没有道理。华夏文明在历史上经历了无数次灭顶之灾而不绝，为什么？是因为地域文化的"文化基因"强大且足够丰富，文化复苏有依托。在全球化、现代化席卷天下的今天，要完成中华民族的复兴事业，文化的复兴是不可缺少的重要组成部分。文化复兴离不开文化资源的多样性的强力支持，而文化资源的多样性又离不开文化基因——地域文化——的丰富性。换句话说，民族文化复兴首先就是要如何找回文化自信的问题。如何找回文化自信？首先得找回"文化乡愁"所在。这是我写作本书的一个重要文化思考。

第三，从地域文化这一视角来看待中国古代文学史，也是因为学术研究

① 《文艺争鸣》2008 年第 1 期。
② 王沪宁《转变中的中国政治文化结构》一文中指出：中国政治文化历来是一种"文化中轴的政治文化"，它异于西方"制度中轴的政治文化"。所谓"文化中轴的政治文化"，指的是政治文化本身与家庭生活、社会生活、道德生活和伦理生活有着千丝万缕的联系，政治文化弥散在更宏大的社会文化之中，社会通过一定的文化机制和一定文化形态下形成的主体文化沉淀作用于政治生活，社会生活和伦理生活的展开便是政治生活的实现。见《复旦大学学报》（哲学社会科学版）1988 年第 3 期，第 55 页。概括得极好。政治文化如是，文学创作何尝不如是？

要遵从"事物发展的内在逻辑"这一认识规律。中国古代文学史发展的内在逻辑体现在很多方面,如文言词汇、意象的传承与革新,言志、缘情表现方式围绕"载道"这根中心轴此消彼长,以家族宗法为基础的国家运行体制。地域文化属于家族宗法这一范畴。古代中国实际上实行的是"州县共管、乡级自治",朝廷命官只到县令为止,县令以下由地方豪强自我管理。所以,宗族与乡邦是古代中国人最真实的生存空间。王钟陵《中国前期文化—心理研究》一书中,曾提出"中国文学史原生态式把握"概念,它包括研究古代文学时要关注的三个要素:一是宗族或家族①的色调,二是乡邦印记,三是师友交往②。自宋代以来,编辑地方文献和地方志,蔚然成风,其中编辑地方文学文献更是首当其冲;北宋很多学派都是以地方命名的,如关学、蜀学、洛学、闽学等等;翻开宋人著作,其文字提到某人必先言籍贯。这些都说明,地域乡邦已是宋代人(当然不只是宋代人)创作的最重要心理印记。因此,要准确地把握古代文学史的"内在逻辑",就离不开对地域文化的认真梳理。这是我写作本书的又一个思考。

地域文学研究有很多学术目标。1986年3月金克木先生在《读书》杂志上发表《文艺的地域学研究设想》一文,提出"不妨设想这种地域学研究可能有的四个方面:一是分布,二是轨迹,三是定点,四是播散。"金先生特地对四个概念作了解释:"文学和艺术的地域分布研究不是仅仅画出地图、作描述性的资料性的排列,是(要)以此为基础提出问题。""轨迹研究可以是考察文学家、艺术家和作品及文体、风格的流传道路。""地域定点研究可以是考察一时期或长时期内一个文学艺术流派的集中发展地点,也可以是其他的点。""播散研究的对象可以是尚不明白全国传播轨迹的风格、流派及其他,例如同一主题或同一结构在不同地域中重复出现或形成模式。"金先生提到的以上四个方面,其实是有交叉的,例如"轨迹"研究和"播散"研究就有重复之处,但主要意思还是很明显:要进行文学的地域性研究,而且是要兼顾到共时性和历时性的那种研究。

由上可知,地域文学研究需要大量的实证研究,须汇集大量的学者共同来开展,而且涉及的具体文献也很多。本书只是笔者进入地域文学研究的初步尝试,最多也只是在上述四大任务的第一项——作家分布——上作一

①　按,陈寅恪曾谓:"盖自汉代学校制度废弛,博士传授之风气止息以后,学术中心移于家族,而家族复限于地域,故魏、晋、南北朝之学术、宗教皆与家族、地域两点不可分离。"(《隋唐制度渊源略论稿》,上海古籍出版社1982年版,第17页。)陈氏此处所谓"家族",指权力世袭的世家大族,与宋以后形成的以文化传家的家族概念不一样。

②　王钟陵《中国前期文化-心理研究》,重庆出版社1991年版。

些小小的努力。具体来说,本书对地域文化与文学的关系研究,重点放在两个方面:一是梳理和描绘某特定地域空间里的作家群像,总结他们的创作成果,如《林石与温州"太学九先生"之显》《温州"太学九先生"的学术及其文学创作》《南宋光宁两朝温州诗人群体研究》《从永嘉文体到永嘉文派》《宋代台州地域文学创作研究》等。由此远离了文学史教材中常见的"宏大叙事",我的目光不再停留在文学长河中那些熠熠生辉的大作家身上,而是更多地关注大作家背后的数量庞大的小作家,他们是文学金字塔的基石。我试图从这些基石的形状、方向、质地和颜色,来分析一个时期的"总体文学"的形成之因,至少是部分原因。如南宋中期的"晚唐体"的代表人物"永嘉四灵",如果从地域文化(尤其是地方文学传统)的角度来阐释,将会有更清晰的理解图景。

本书的第二个研究重点是对上述作家群的地域文化背景的研究,即研究地域传统文化对他们创作的影响,以及他们与同时代其他地域作家交流对文学创作的影响,如《南宋两浙路清雅词风刍议》《"浮家泛宅"文化意识与姜夔"清空"创作理念》《越文化对姜夔"古雅峭拔"审美意识的影响》、《地域文化自觉与南宋温州诗歌创作》《地域文学交流与南宋温州诗歌创作》、《论南宋台州地域文化传统的重建》等。这方面研究的出发点就是细读作品。在阅读大量作品的基础上,进行历史、文化的综合性理解。这其中,时间、地点、人物、作品四者缺一不可。理学如何取代事功思想从而影响南宋文学创作转型的? 两浙文化中的清雅因素是如何进入风雅词人的创作中的? 离开了细致的个案剖析,我们就不会有丰满的解释答案,而地域文化则是最好的剖析角度之一。

地域文化与文学发展自宋代起有明显的互动关系。在宋代以前,文化发达之地,或者说文化中心,往往集中在首都及附近陪都,文学的繁荣也是如此。自北宋起,文化中心开始与政治中心适当分离,如洛阳与开封。到了南宋,这个趋势更明显,全国出现了多个文化副中心。这些文化副中心的形成,与北方文化大家族南迁有关,与北宋晚期崇宁办学有关,也与雕版印刷术普及有关。南宋重要的学术派别如永嘉学术、婺州学术、象山心学、朱子理学都没有产生在临安。与文化中心的扩散相应的,是文学中心的多极化。南宋多个文化副中心的形成,刺激了地方文化的觉醒,南宋中期起,编地方志的风潮席卷而起。传统的舆地志转向新兴的地方志,志中文化信息大大加强。文化作品、古迹、名胜等历史符号大量进入方志里。地方文化传统对当地士人正产生着切切实实的影响,在这种情况下,我们怎能对地域文化与文学的深刻关系熟视无睹?

　　本书原有一个较为宏大而周密的学术计划,就是深入宋代文学创作的实际情况,一家一地深入分析其创作的过程。但我没有估计到,要完成这个设想,其中包括的阅读量竟是如此庞大,信息量是如此丰富,没有一定时间是无法消化的。以阅读方志为例,所载的历史文化符号背后的信息太多,更遑论大量的作品、大量的历史文献需要去认真浏览了。在将地方志与作家作品对读后,诸多新问题让我既兴奋,又深感这些问题不是本书所能容纳得了的。原计划中,有宋代蜀地文学研究,但目前已有祝尚书先生的成果在,我在短时间里还没有超越其论述的可能,所以从本书计划里删去了。洛阳作家群体已有王水照先生及其他人的相关成果,我也没在本书中涉及。原计划分别以一本闽北著名的北宋著作集为例,写闽北地域文化与唐诗传统之间关系的系列文章,但目前只完成了两节。第七章论临江军地域文学的文字,原本是我指导研究生闫国利作的硕士论文,现征得她同意,以她的硕士论文为基础改定如前。我对她为本书所作的贡献表示十分感谢。作为一个课题项目,自有其固定的结项时间,但地域文化与文学之关系的研究没有止境,本书只是一个起点。

　　最后,衷心的感谢在我学术道路上给我长期支持的导师、学友、课题批审专家,你们的鼓励是我前行的动力。

2017 年 11 月 21 日于上海大学

参考引用书目

专书之属:

《文心雕龙注》,(南朝)刘勰著,范文澜注,人民文学出版社1958年版。

《文选》,(南朝)萧统编,(唐)李善注,上海古籍出版社1986年版。

《唐国史补》,(唐)李肇著,古典文学出版社1957年版。

《笠泽丛书》,(唐)陆龟蒙著,文渊阁《四库全书》本。

《宋朝事实类苑》,(宋)江少虞编,上海古籍出版社1981年版。

《苏魏公文集》,(宋)苏颂著,文渊阁《四库全书》本。

《宋高僧传》,(宋)赞宁撰,中华书局1987年版。

《古尊宿语录》,宋僧编,上海古籍出版社1991年影印。

《古灵集》,(宋)陈襄著,文渊阁《四库全书》本。

《儒志编》,(宋)王开祖著,文渊阁《四库全书》本。

《浮沚集》,(宋)周行己著,文渊阁《四库全书》本。

《横塘集》,(宋)许景衡著,文渊阁《四库全书》本。

《刘左史集》,(宋)刘安节著,文渊阁《四库全书》本。

《止斋先生文集》,(宋)陈傅良著,上海书店《丛书集成续编》本。

《朱子语类》,(宋)朱熹著,中华书局1986年版。

《伊洛渊源录》,(宋)朱熹著,文渊阁《四库全书》本。

《东莱吕太史文集》,(宋)吕祖谦著,文渊阁《四库全书》本。

《杨万里集笺校》,(宋)杨万里著,辛更儒笺校,中华书局2007年版。

《续资治通鉴长编》,(宋)李焘编,上海古籍出版社1986年影印本。

《建炎以来朝野杂记》,(宋)李心传撰,中华书局2001年版。

《建炎以来系年要录》,(宋)李心传撰,中华书局1956年版。

《三朝北盟会编》,(宋)徐梦莘撰,上海古籍出版社1987年版。

《陈亮集》,（宋）陈亮著,中华书局 1974 年版。

《叶适集》,（宋）叶适著,刘公纯点校,中华书局 1961 年版。

《西台集》,（宋）毕仲游著,文渊阁《四库全书》本。

《文忠集》,（宋）周必大著,文渊阁《四库全书》本。

《吴郡志》,（宋）范成大撰,江苏古籍出版社 1999 年版。

《客亭类稿》,（宋）杨冠卿著,文渊阁《四库全书》本。

《松隐文集》,（宋）曹勋著,文渊阁《四库全书》本。

《渭南文集》,（宋）陆游著,《四部备要》本。

《江湖小集》,（宋）陈起编,文渊阁《四库全书》本。

《续书谱序》,（宋）姜夔著,文渊阁《四库全书》本。

《姜白石词编年笺校》,（宋）姜夔著,夏承焘笺校,上海古籍出版社 1981
　　年版。

《泊宅篇》,（宋）方勺著,《宋元笔记小说大观》本,上海古籍出版社 2001
　　年版。

《中吴纪闻》,（宋）龚明之撰,《宋元笔记小说大观》本,上海古籍出版社
　　2001 年版。

《芸庵类稿》,（宋）李洪著,文渊阁《四库全书》本。

《筼窗集》（宋）陈耆卿著,文渊阁《四库全书》本。

《直斋书录解题》,（宋）陈振孙撰,上海古籍出版社 1987 年版。

《脚气集》,（宋）车若水著,文渊阁《四库全书》本。

《兰亭续考》,（宋）俞松著,文渊阁《四库全书》本。

《赤城志》,（宋）陈耆卿撰,中国文史出版社 2008 年版。

《天台前集》《前集别编》《天台续集》《续集别编》,（宋）林师蒧、（宋）林表
　　民编,文渊阁《四库全书》本。

《荆溪林下偶谈》,（宋）吴子良撰,文渊阁《四库全书》本。

《涧泉日记·西塘耆旧续闻》,（宋）韩淲、（宋）陈鹄撰,上海古籍出版社
　　1993 年版。

《梅磵诗话》,（宋）韦居安著,《历代诗话》本,中华书局 1983 年版。

《论学绳尺》,（宋）魏天应编、（宋）林子长注,文渊阁《四库全书》本。

《山房集》,（宋）周南著,北京图书馆出版社 2000 年版。

《阳春白雪》,（宋）赵闻礼编,葛渭君校点,上海古籍出版社 1993 年版。

《中兴以来绝妙词选》,（宋）黄昇编,中华书局上海编辑所 1958 年版。

《诗人玉屑》,（宋）魏庆之著,中华书局 2007 年版。

《癸辛杂识》,（宋）周密撰,《宋元笔记小说大观》本,上海古籍出版社 2001

年版。

《浩然斋雅谈》，（宋）周密撰，辽宁教育出版社 2000 年版。

《全宋诗》，北京大学出版社 2005 年版。

《剡溪戴先生文集》，（元）戴表元著，文渊阁《四库全书》本。

《清容居士集》，（元）袁桷著，中华书局 1985 年版。

《机缘集》，（元）坦法师辑录，上海人民出版社 1986 年版。

《宋史》，（元）脱脱等编，中华书局 1985 年版。

《宋史纪事本末》，（明）陈邦瞻编，中华书局 1977 年版。

《弘治温州府志》，（明）王瓒编，上海社会科学出版社 2006 年版。

《台学源流》，（明）金贲亨撰，《四库全书存目丛书》本。

《万历黄岩县志》，（明）袁应祺修，《天一阁藏明代方志选刊》本，上海书店
　　1983 年影印本。

《越缦堂读书记》，（清）李慈铭著，上海书店出版社 2000 年版。

《宋元学案》，（清）黄宗羲著，全祖望补，中华书局 1986 年版。

《文渊阁〈四库全书〉总目》，（清）永瑢等撰，中华书局 1965 年版。

《温州府志》，（清）李琬修，（清）齐召南纂。乾隆二十五年刊，民国三年补
　　刻版，台北成文出版社印行。

《宋诗纪事补遗》，（清）陆心源编撰，徐旭、李志国点校，山西古籍出版社
　　1997 年版。

《浙江通志》，（清）嵇曾筠、（清）李卫等修，上海古籍出版社 1991 年版。

《王荆公年谱考略》，（清）蔡上翔著，上海人民出版社 1959 年版。

《黄岩县志》，（清）陈钟英等修，台北成文出版社《中国文志丛刊》景印光绪
　　三年刊本。

《浙东学派溯源》，何炳松著，1933 年出版。

《宋诗选注》，钱钟书著，人民文学出版社 1958 年版。

《诗的地理》，陈正祥著，香港商务印书馆，1978 年版。

《中国文化地理》，陈正祥著，香港三联书店，1981 年版。

《文论十笺》，程千帆著，黑龙江人民出版社 1983 年版。

《王安石传》，梁启超著，海南出版社 1993 年版。

《中国道教》，卿希泰主编，知识出版社 1994 年版。

《中国历代文学家之地理分布》，曾大兴著，湖北教育出版社 1995 年版。

《宋代地域文化》，程民生著，河南大学出版社 1997 年版。

《中国经济思想通史》，北京大学出版社 1997 年版。

《王水照自选集》,王水照著,上海教育出版社 2000 年版。

《北宋诗文革新研究》,程杰著,内蒙古教育出版社 2000 年版。

《唐代三大地域文学士族研究》,李浩著,中华书局 2002 年版。

《文学：地域的观照》,陈庆元著,上海远东出版社 2003 年版。

《宋文论稿》,朱迎平著,上海财经大学出版社 2003 年版。

《宋代江南路文学研究》,王祥著,复旦大学 2004 年博士论文。

《佛法与诗境》,萧弛著,中华书局 2005 年版。

《姜夔跋王献之保母帖》,孙宝文编,吉林文史出版社 2006 年版。

《唐人轶事汇编》,周勋初主编,上海古籍出版社 2006 年版。

《禅宗美学》,张节末著,北京大学出版社 2006 年版。

《地域文化与唐代诗歌》,戴伟华著,中华书局 2006 年版。

《人文地理学研究方法》,[爱尔兰]基钦、[英]泰特著,蔡建辉译,商务印书
　　馆 2006 年版。

《宋代地理学的观念、体系与知识兴趣》,潘晟著,北京大学 2008 年博士
　　论文。

《永嘉学派与温州区域文化崛起研究》,陈安全、王宇著,人民出版社 2008
　　年版。

《永嘉四灵传》,吴晶著,浙江人民出版社 2008 年版。

论文之属：

金克木《文艺的地域学研究设想》,《探古新痕》本,上海古籍出版社 1998
　　年版。

《中国文学的地域性与文学家的地理分布》,见袁行霈主编《中国文学概
　　论》,高等教育出版社 1990 年版。

钱仲联《三百年来江苏的古典诗歌》,《梦苕盦论集》本,中华书局 1993
　　年版。

钱仲联《三百年来浙江的古典诗歌》,《梦苕盦论集》本,中华书局 1993
　　年版。

敬敏《地域自然环境与地域文化和文学》,《文学评论》2002 年第 4 期。

周晓琳《古代文学地域性研究的回顾与前瞻》,《文学遗产》2006 年第 1 期。

乔力、武卫华《论地域文学史学的学术源流与学理观念》,《清华大学学报》
　　2006 年第 6 期。

唐晓峰《社会历史研究的地理视角》,《读书》1997 年第 5 期。

李孝聪《传统文化与地域空间》,《读书》1997 年第 5 期。

赵世瑜《从空间观察人文与地理学的人文关怀》,《读书》1997 年第 5 期。

蒋寅《清代诗学与地域文学传统的建构》,《中国社会科学》2003 年第 5 期。

刘师培《南北文学不同论》,《刘申叔遗书》本,江苏古籍出版社 1997 年版。

王国维《元剧之时地》,《宋元戏曲史》本,上海古籍出版社 1998 年版。

汪辟疆《近代诗派与地域》,南京《文艺丛刊》1935 年第 2 卷第 2 期;又见重
庆《中国学报》1943 年第 1 卷第 1 期。

胡小石《南京在中国文学史上的地位》,《胡小石论文集》本,上海古籍出版
社 1982 年版,第 138 页。

陈安金《论水心辞章之学的大众化和异化》,《学术界》总第 118 期(2006 年
3 月)。

赵平《宋代道禅演进与永嘉四灵诗旨的形成》,《台州师专学报》2001 年第
1 期。

王中河、卢惠来《灵石寺塔戏剧砖刻脚色与台州戏曲之滥觞》,《东南文化》
1990 年第 6 期。

后　记

　　我自小对历史和地理有着强烈的阅读兴趣,所以中学时这两科的成绩特别好。每看到历史地图册或者现代地图,就喜欢对上面的地名、区域及其变迁进行圈画标记。这大概可以表明我生性具有传说中的"左图右史"的学者气质。还记得曾在一张全国地图上南北东西中圈出了很多地名,表示将来要走遍它们。这是我读到司马迁事迹后得到的启示。司马迁为了写《史记》,曾漫游江淮,探禹穴于会稽,渡沅湘吊屈原于汨罗,过汶水、泗水观礼于鲁,访楚汉相争遗迹于彭城。对于上世纪八十年代中期一个最远只去过县城的乡村少年来说,这已近乎是一个宏大的理想了。这种与生俱来的对异乡文化的强烈好奇心,深刻影响着我后来的人生道路与职业选择,如大学一毕业即远离故乡,辗转多个城市求学与生活。《宋代地域文学研究》正是我顺应自己内心兴趣的学术成果。

　　1997 年我进入复旦大学读博士,与导师陈尚君教授商议博士论文选题,讨论过的题目之一是《宋词与大运河》。这是有关文学地理、文学传播的很有意思的话题。不过最终一个更有意思的题目吸引了我:《宋词与宋代的城市生活》,它涉及文学新质与城市生活新变、文学创作、传播与商业互动、文学精神与世俗化之关系等诸多议题。毕业后,忙于编辑工作,无暇展开学术研究,但希望从事文学地理方面的学术研究一直是我心头的愿望。

　　2007 年左右,我得知日本学者正在进行中国区域文化研究的中长期学术规划,并且看到了几篇他们研究浙江温州和江西吉州区域文化的学术成果,印象深刻。2009 年我离开出版社到南开大学从事博士后研究工作,孙克强教授建议我作《南宋地域文学研究》这个课题,我欣然同意了。这既满足了我多年的学术心愿,也符合陈尚君教授对我将学术格局从宋词研究拓展到宋代诗文研究的期待。

　　现在我们已经很清楚地知道,宋代文化创新的驱动力,除一部分是来自文化中心京师之外,更多的是来自地域文化中心,如洛学、蜀学、婺学、闽学、永嘉学派、金华学派、台学等,均以地方州府命名。文学发展、宗教文化的发展更是如此,流派纷呈,均以地方冠名。这是宋代才开始的普遍的文化现象,我们怎可熟视无睹?作为常识,研究历史的人都知道,中国封建文化在宋代达到了鼎盛。这个鼎盛的局面是由多文化中心创造的。地域文学是地域文化的一个重要方面,通过研究地域文学发生、发展的具体过程和内在逻辑,可以加深我们对历史文化运行发展规律的理解。其间有些历史智慧完全可以古为今用,如士人要重气节、自由讲学、鼓励民间办学、尊重地方经验等。在我研究宋代地域文学之后,对宋代那样一个君臣共治的开明朝代更增加了一分敬意。

本书稿各个章节曾以单篇论文的形式在不同的学术刊物上发表,得到了诸多师友的支持和鼓励,如《文学遗产》的张剑先生(今为北大教授)、《清华大学学报》的刘石教授、《中华文史论丛》的胡文波先生、《江海学刊》的刘蔚编审、《上海大学学报》梁临川先生、《安徽师范大学学报》的杨柏岭教授、《绍兴文理学院学报》的高利华教授、《新宋学》的侯体健教授等。我对他们曾给予的支持帮助表示深深的感谢。本书稿能获得社科后期资助,是由于上海古籍出版社高克勤社长和奚彤云副总编的推荐,我对他们的大力支持表示衷心感谢。责编杨晶蕾认真审稿,纠正了书稿中的诸多错误;在本稿的写作过程中,我曾向一些学界同道请益,他们的建议令我受益多多,在此一并致谢。

2020 年 7 月 1 日于温州大罗山下

图书在版编目（CIP）数据

宋代地域文学研究／杨万里著. 一上海：上海古
籍出版社，2020.8
ISBN 978－7－5325－9688－1

Ⅰ.①宋… Ⅱ.①杨… Ⅲ.①中国文学—古典文学研
究—宋代 Ⅳ.①I206.44

中国版本图书馆 CIP 数据核字（2020）第 123489 号

宋代地域文学研究

杨万里 著

上海古籍出版社出版发行

（上海瑞金二路 272 号 邮政编码 200020）

（1）网址：www.guji.com.cn

（2）E-mail: guji1@ guji.com.cn

（3）易文网网址：www.ewen.co

上海商务联西印刷有限公司印刷

开本 787×1092 1/16 印张 19.5 插页 2 字数 340,000

2020 年 8 月第 1 版 2020 年 8 月第 1 次印刷

印数：1—1,300

ISBN 978－7－5325－9688－1

I·3497 定价：78.00 元

如有质量问题,请与承印公司联系